QUARTA ASA

5ª reimpressão

REBECCA YARROS

QUARTA ASA

Tradução
Laura Pohl

Planeta minotauro

Título original: *Fourth Wing*

Preparação: Renato Ritto
Revisão: Andréa Bruno, Caroline Silva e Ligia Alves
Projeto gráfico: Toni Kerr
Diagramação: Vivian Oliveira
Mapas: Amy Acosta, Elizabeth Turner Stokes e Melanie Korte
Capa: Bree Archer e Elizabeth Turner Stokes
Ilustração de capa e miolo: Peratek/Shutterstock
Adaptação de capa: Emily Macedo

DADOS INTERNACIONAIS DE CATALOGAÇÃO NA PUBLICAÇÃO (CIP)
ANGÉLICA ILACQUA CRB-8/7057

Yarros, Rebecca
Quarta asa / Rebecca Yarros ; tradução de Laura Pohl. — 2. ed. -- São Paulo : Planeta do Brasil, 2024.
544 p.

ISBN 978-85-422-2587-7 (capa dura)

Título original: *Fourth Wing*

1. Ficção norte-americana 2. Literatura fantástica 3. Dragões I. Título II. Pohl, Laura

24-0203 CDD 813.6

Índice para catálogo sistemático:
1. Ficção norte-americana

MISTO
Papel | Apoiando o manejo florestal responsável
FSC® C019498
FSC www.fsc.org

Ao escolher este livro, você está apoiando o manejo responsável das florestas do mundo

2025
Todos os direitos desta edição reservados à
EDITORA PLANETA DO BRASIL LTDA.
Rua Bela Cintra, 986 – 4º andar
01415-002 – Consolação
São Paulo-SP
www.planetadelivros.com.br
faleconosco@editoraplaneta.com.br

Para Aaron.
Meu próprio Capitão América.
Durante os períodos no exército, as mudanças,
os altos mais brilhantes e os baixos mais escuros,
sempre fomos eu e você, cara.

E para os artistas.
Vocês têm o poder de moldar o mundo.

NAVARRE
PROVÍNCIA
DE LUCERAS
RIO IAKOBOS
BASGIATH
CALLDYR
PROVÍNCIA DE CALLDYR
PROVÍNCIA DE DEACONSHIRE
PROVÍNCIA DE TYRRENDOR
LEWELLEN
ARETIA
PENHASCOS DE DRALOR
DRAITHUS
OCEANO ÁRCTILE

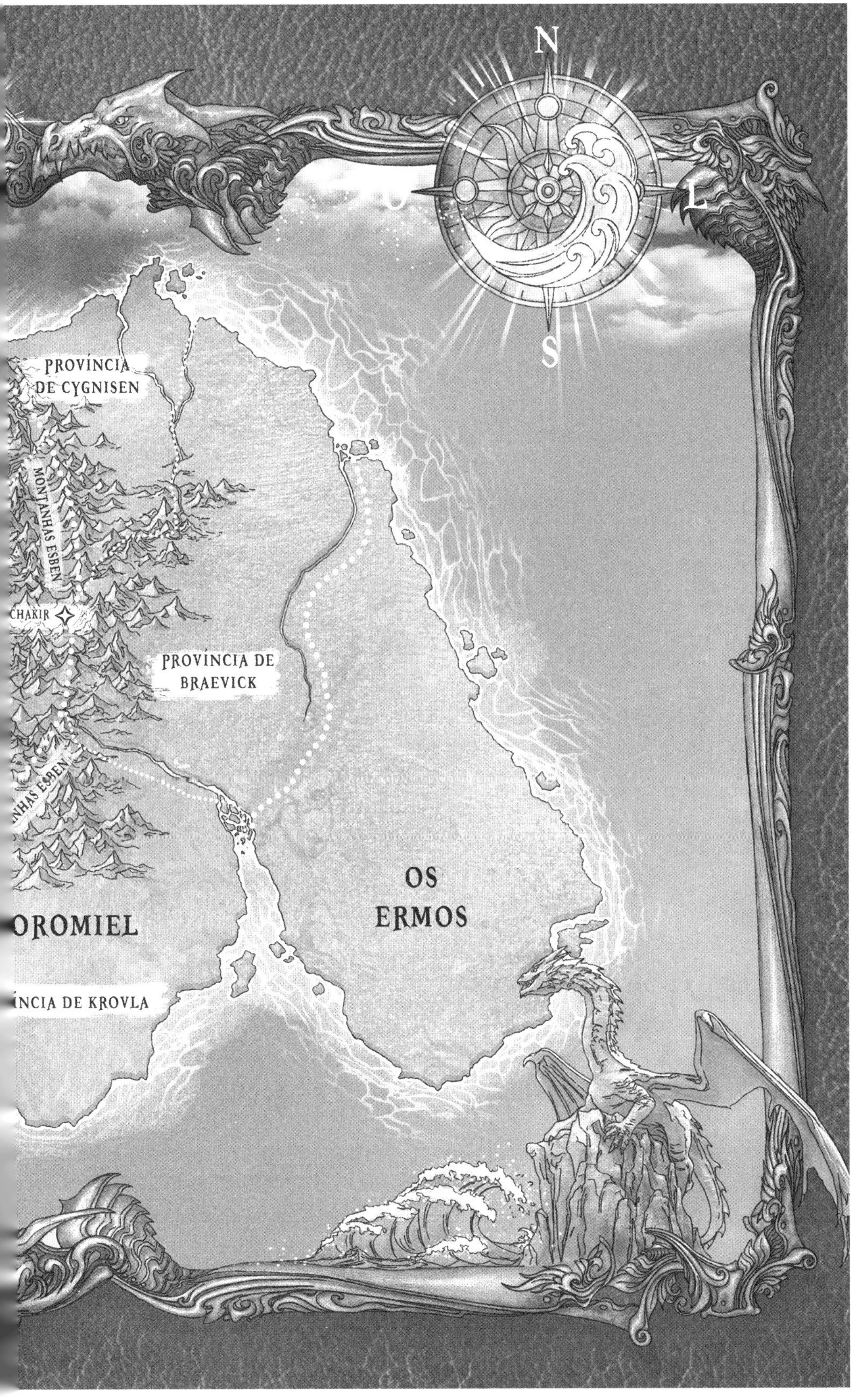
N
O
L
S
PROVÍNCIA DE CYGNISEN
MONTANHAS ESBEN
CHAKIR
PROVÍNCIA DE BRAEVICK
NHAS ESBEN
OS ERMOS
OROMIEL
ÍNCIA DE KROVLA

Quarta Asa é uma aventura emocionante de fantasia que se passa em um instituto militar competitivo e brutal para cavaleiros de dragão. Elementos relacionados a guerra, batalhas, combate corpo a corpo, situações de perigo, sangue, violência intensa, ferimentos graves, morte, envenenamento, linguajar pesado e atividades sexuais são relatados nestas páginas. É importante que leitores que se sentem sensibilizados diante desses conteúdos estejam cientes antes de prosseguir. Preparem-se para entrar no Instituto Militar Basgiath…

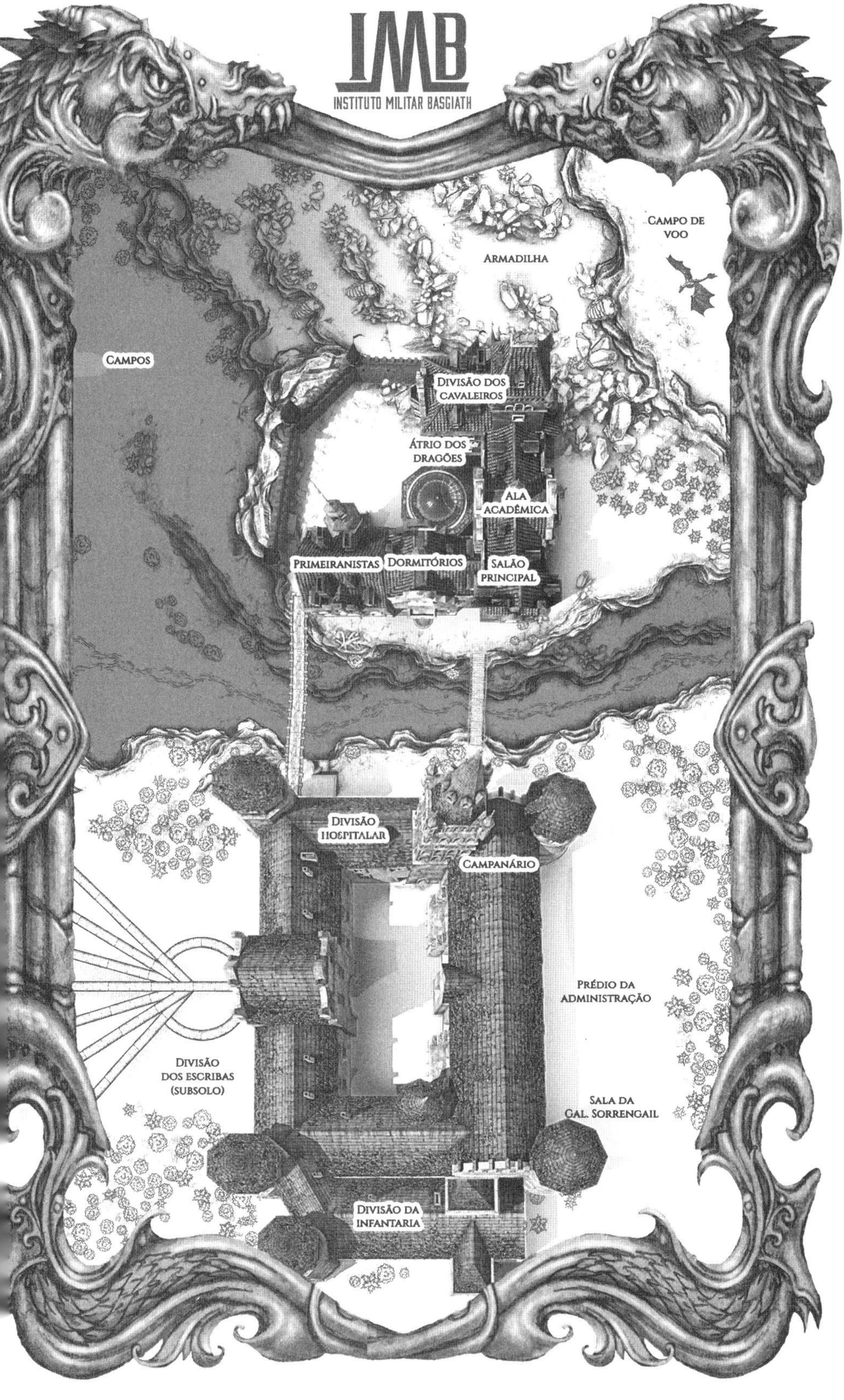
IMB
INSTITUTO MILITAR BASGIATH
Campo de voo
Armadilha
Campos
Divisão dos cavaleiros
Átrio dos dragões
Ala acadêmica
Primeiranistas
Dormitórios
Salão principal
Divisão hospitalar
Campanário
Prédio da administração
Divisão dos escribas (subsolo)
Sala da Gal. Sorrengail
Divisão da infantaria

O texto a seguir foi fielmente transcrito do navarriano para um idioma moderno por Jesinia Neilwart, Curadora da Divisão dos Escribas no Instituto Militar Basgiath. Todos os eventos descritos são verdadeiros, e os nomes foram preservados para honrar a coragem daqueles que caíram. Que suas almas sejam protegidas por Malek.

Um dragão sem seu cavaleiro é uma tragédia.
Um cavaleiro sem seu dragão é um homem morto.

— Artigo Primeiro, Seção Um,
Códex do Cavaleiro de Dragão

CAPÍTULO UM

O Dia do Alistamento é sempre o mais letal. Talvez seja por isso que o nascer do sol esteja especialmente bonito nesta manhã: porque sei que pode ser meu último.

Aperto as alças da mochila pesada e subo a escadaria larga da fortaleza de pedra que chamo de lar. Meu peito ofega pela exaustão, os pulmões ardendo quando chego ao corredor de pedra que leva à sala da general Sorrengail. Isto foi o que seis meses de treino físico intenso me deram: a habilidade de mal conseguir subir seis lances de escada com uma mochila que pesa quinze quilos.

Eu estou fodida.

Os milhares de outros alunos de vinte anos esperando do lado de fora do portão para entrar na Divisão que escolheram são os mais espertos e mais fortes de Navarre. Centenas deles se prepararam para a Divisão dos Cavaleiros desde o nascimento, a chance que tinham de se tornar alguém da elite. Eu tive exatamente seis meses.

Os guardas inexpressivos, enfileirados no corredor largo no topo do patamar da escadaria, evitam meus olhos enquanto passo, mas isso não é novidade. Ser ignorada, no fim, é o melhor cenário para mim.

O Instituto Militar Basgiath não é conhecido por ser gentil com... ninguém, mesmo aqueles que recebem ordens da própria mãe.

Cada cadete navarriano, quer tenha escolhido treinar como médico, escriba, soldado de infantaria ou cavaleiro, é moldado pelas paredes cruéis deste lugar durante três anos, transformando-os em armas para proteger nossas fronteiras montanhosas das tentativas de invasão violentas do reino de Poromiel e seus cavaleiros de grifo. Os fracos não sobrevivem por aqui, especialmente na Divisão dos Cavaleiros. Os dragões garantem isso.

— Está mandando ela para morrer! — ecoa uma voz familiar atrás da porta grossa de madeira da sala da general, e eu ofego. Só existe uma mulher no Continente inteiro que seria tola o bastante para erguer a voz para a general, mas ela deveria estar na fronteira com a Asa Leste. *Mira.*

Ouço uma resposta abafada e estico a mão para a maçaneta.

— Ela não tem a menor chance — grita Mira enquanto forço a porta pesada e o peso da mochila quase me faz cair para a frente. *Merda.*

A general pragueja atrás da mesa, e eu seguro as costas de um sofá de veludo vermelho para me equilibrar.

— Droga, mãe, ela não consegue aguentar nem a própria mochila — continua Mira, apressando-se ao meu lado.

— Estou bem! — Sinto as bochechas corarem e me forço a ficar em pé. Ela está de volta há cinco minutos e já está tentando me salvar. *Porque você precisa mesmo que alguém te salve, sua tonta.*

Eu não quero isso. Não quero *nada* que vem dessa merda de Divisão dos Cavaleiros. Não é como se eu tivesse um desejo de morte. Eu teria preferido fracassar no teste de admissão de Basgiath, indo direto para o exército junto com a maioria dos alistados. Porém, eu *aguento* a mochila e *vou* dar um jeito de aguentar o resto.

— Ah, Violet. — Olhos castanhos preocupados me encaram, as mãos fortes segurando meus ombros.

— Oi, Mira. — Um sorriso repuxa os cantos da minha boca. Pode até ser que ela tenha vindo até aqui para se despedir, mas eu estou feliz de ver minha irmã pela primeira vez em anos.

Os olhos dela se suavizam, e os dedos se flexionam nos meus ombros como se ela fosse me puxar para um abraço, mas ela dá um passo para trás e se vira para ficar ao meu lado, encarando nossa mãe.

— Você não pode fazer isso.

— Já fiz. — Minha mãe dá de ombros, as linhas do uniforme preto apertado erguendo e baixando com aquele movimento.

Bufo. Qualquer esperança se esvai. Não que eu esperasse receber qualquer misericórdia de uma mulher que ficou famosa justamente pela falta dela.

— Então *desfaça* — rebate Mira. — Ela passou a vida inteira treinando para ser uma escriba. Não foi criada para ser uma cavaleira.

— Bom, ela certamente não é igual a você, concorda, tenente Sorrengail? — Minha mãe deposita as mãos na superfície impecável da escrivaninha e se apoia levemente quando fica em pé, encarando com um olhar estreito que nos avalia e reflete os olhos do dragão entalhados nas pernas enormes da mesa. Não preciso do poder proibido de ler mentes para saber exatamente o que ela vê.

Aos vinte e seis anos, Mira é uma versão mais jovem de nossa mãe. Alta, forte, com músculos poderosos de anos de lutas e centenas de horas que passou no dorso de seu dragão. A pele dela praticamente brilha de tão saudável, e o cabelo castanho, com tons dourados, foi cortado curto no mesmo estilo que o da minha mãe. Porém, mais do que a aparência, ela tem a mesma arrogância, a mesma convicção inabalável de que pertence ao céu. É uma cavaleira por completo.

Ela é tudo que eu não sou, e, quando minha mãe balança a cabeça em reprovação, sei que ela concorda. Sou baixinha demais. Frágil demais. As curvas que tenho deveriam ser músculos, e meu corpo traidor me torna vergonhosamente vulnerável.

Nossa mãe anda em nossa direção, as botas pretas polidas brilhando sob luzes mágicas que cintilam nas arandelas. Ela segura a ponta da minha trança comprida e bufa ao ver o lugar acima dos meus ombros quando o castanho começa a perder a cor e lentamente se transforma em um prateado metálico nas pontas, e então a solta:

— Pele clara, olhos claros, cabelo claro. — O olhar dela suga toda a confiança que eu tinha. — É como se a febre tivesse roubado toda a sua cor junto com sua força. — O luto passa pelos olhos dela, as sobrancelhas franzidas. — Eu avisei a ele que não escondesse você naquela biblioteca.

Não é a primeira vez que a ouço xingar a doença que quase a matou enquanto estava grávida de mim, ou a biblioteca que papai construiu na nossa segunda casa quando ela fora enviada para Basgiath como instrutora e ele como escriba.

— Eu amo aquela biblioteca — respondo. Já faz mais de um ano que o coração dele finalmente cedeu, e os Arquivos ainda assim são o único lugar no qual me sinto em casa nesta fortaleza gigante, o único em que ainda sinto a presença do meu pai.

— Falou como a filha de um escriba — mamãe diz baixinho, e ali eu vejo: a mulher que ela era quando papai ainda estava vivo. Mais terna. Mais gentil... ao menos com sua família.

— Eu *sou* filha de um escriba. — Minhas costas doem, então finalmente solto a mochila dos ombros e a deixo no chão. Então, respiro pela primeira vez desde que saí do meu quarto.

Mamãe pisca, e aquela mulher mais suave desaparece, deixando apenas a general em seu lugar.

— Você é filha de uma cavaleira e tem vinte anos, e hoje é o Dia do Alistamento. Permiti que terminasse seus estudos, mas, como disse na primavera passada, não vou ficar vendo uma filha *minha* entrar para a Divisão dos Escribas, Violet.

— Porque os escribas são assim tão inferiores aos cavaleiros? — resmungo, sabendo bem até demais que os cavaleiros são o auge da hierarquia social e militar. Ajuda muito que os dragões possam fritar pessoas por diversão.

— Sim! — A compostura de sempre dela desaparece por um segundo. — E se você ousar entrar naquele túnel em direção à Divisão dos Escribas hoje, vou te puxar por essa trança ridícula e te levar eu mesma ao Parapeito.

Meu estômago revira.

— Papai não ia querer isso! — argumenta Mira, o rosto corando até o pescoço.

— Eu amava o pai de vocês, mas ele morreu — diz mamãe, como se estivesse apresentando a previsão do tempo. — Duvido que hoje em dia ele possa querer muita coisa.

Prendo a respiração, de boca fechada. Discutir não vai adiantar. Ela nunca escutou nada do que eu já disse antes, e hoje não vai ser diferente.

— Mandar Violet para a Divisão dos Cavaleiros é o equivalente a uma sentença de morte. — Acho que Mira ainda não deu a discussão por encerrada. Mira *nunca* dá discussão nenhuma com mamãe por encerrada, e a coisa mais frustrante é que nossa mãe sempre a respeitou por isso. Dois pesos, duas medidas. — Ela não é forte o bastante, mãe! Já quebrou o braço este ano, torce um ligamento a cada quinze dias e não é alta o bastante para montar em dragão, pelo menos em nenhum grande o suficiente para manter ela viva em uma batalha.

— Está falando sério, Mira? — Mas. Que. Porra. Enfio as unhas na palma da mão e fecho os punhos. Saber que minhas chances de sobrevivência são mínimas é uma coisa, mas minha irmã jogar isso na minha cara é outra. — Está me chamando de *fraca?*

— Não. — Mira aperta minha mão. — Só... frágil.

— Não muda nada. — Dragões não se unem a mulheres *frágeis*. Eles as incineram.

— Tá, ela é pequena. E daí? — Mamãe me avalia, examinando o caimento generoso da túnica e calça cor de creme que selecionei hoje de manhã para minha potencial execução.

Eu bufo.

— Agora vamos listar todas as minhas falhas?

— Eu não disse que era uma falha. — Mamãe se vira para minha irmã. — Mira, Violet lida com mais dor antes do almoço do que você lida a semana inteira. Se algum dos meus filhos é capaz de sobreviver à Divisão dos Cavaleiros, essa filha é Violet.

Ergo as sobrancelhas. Aquilo pareceu um elogio, mas, sendo a minha mãe, nunca dá para saber.

— Quantos candidatos morrem no Dia do Alistamento, mãe? Quarenta? Cinquenta? Quer tanto assim enterrar outro filho? — insiste Mira, em fúria.

Eu estremeço quando a temperatura da sala abaixa, uma amostra do poder de controlar tempestades que minha mãe canaliza através de seu dragão, Aimsir.

Sinto o peito doer quando me lembro do meu irmão. Ninguém ousara mencionar Brennan e seu dragão nos últimos cinco anos desde que eles tinham morrido lutando contra a rebelião Týrrica no sul. Minha mãe tolera e respeita Mira, mas ela amava Brennan.

Meu pai também. As dores no peito que ele sentia começaram logo depois da morte de Brennan.

Mamãe aperta a mandíbula e os olhos ameaçam uma retribuição enquanto encara Mira.

Minha irmã engole em seco, mas sustenta, inabalável, aquele olhar.

— Mãe — começo a falar. — Ela não queria...

— Saia daqui, tenente. — As palavras da minha mãe saem em lufadas de fumaça naquele escritório frio. — Antes que eu relate que você se ausentou de sua unidade sem permissão.

Mira endireita a postura, assente e depois dá meia-volta com uma precisão militar, saindo pela porta sem dizer mais nada e pegando uma mochila pequena ao sair.

É a primeira vez que mamãe e eu ficamos sozinhas em meses.

Os olhos dela encontram os meus, e a temperatura da sala aumenta quando ela respira fundo.

— Você ficou no topo da lista nos testes de velocidade e agilidade do exame de admissão. Vai dar tudo certo. Deu certo para todos os Sorrengail. — Ela passa os dedos pela minha bochecha, mal tocando minha pele. — Você é tão parecida com o seu pai — sussurra ela, antes de pigarrear e se afastar.

Acho que não se recebem medalhas de honra por disponibilidade emocional.

— Não vou poder me dirigir a você pelos próximos três anos — diz ela, sentando-se na beirada da mesa. — Na posição de comandante-general de Basgiath, serei sua superiora.

— Eu sei. — É a menor das minhas preocupações, considerando que ela já mal olha na minha cara agora.

— Não vai receber nenhum tratamento especial por ser minha filha. Na verdade, todos vão testar você com mais força para que prove que é capaz. — Ela ergue a sobrancelha.

— Estou bem ciente disso. — Que bom que eu estava treinando com o major Gillstead durante os últimos meses antes de mamãe fazer sua declaração final.

Ela suspira, forçando um sorriso.

— Então acho que vejo você no vale da Ceifa, aspirante. Embora eu acredite que já será cadete ao pôr do sol.

Ou estarei morta.

Nenhuma de nós diz isso em voz alta.

— Boa sorte, Aspirante Sorrengail. — Ela se senta atrás da escrivaninha, me dispensando por completo.

— Obrigada, general.

Jogo a mochila sobre os ombros e saio da sala. Um guarda fecha a porta atrás de mim.

— Ela despirocou — diz Mira do meio do corredor, bem onde dois guardas estão posicionados.

— Eles vão dedurar você.

— Como se já não soubessem disso — diz ela, entre dentes. — Vamos embora. Temos só uma hora antes de todos os aspirantes precisarem se apresentar, e vi milhares esperando do lado de fora quando voei até aqui.

Ela começa a andar, me guiando pela escadaria de pedra e pelos corredores que levam até meu quarto.

Bom… meu *antigo* quarto.

Nos trinta minutos em que estive ausente, todos os meus itens pessoais foram empacotados em caixas e agora estão empilhados no canto. Meu estômago se revira. Ela mandou encaixotar toda a minha vida.

— Ela é eficiente pra caralho, isso eu preciso admitir — murmura Mira antes de se virar para mim, me avaliando. — Estava esperando que fosse conseguir convencê-la a desistir dessa ideia. Você nunca deveria ir para a Divisão dos Cavaleiros.

— Você já mencionou isso. — Ergo a sobrancelha. — Diversas vezes.

— Foi mal. — Ela estremece, abaixando no chão e começando a esvaziar a própria mochila.

— O que está fazendo?

— O que Brennan fez por mim — ela fala baixinho, e sinto o luto entalar na garganta. — Consegue manejar uma espada?

Balanço a cabeça.

— É pesada demais para mim. Mas sou bem rápida com adagas.

Bem rápida mesmo. Rápida como um relâmpago. Posso não ter força, mas compenso em rapidez.

— Imaginei. Que bom. Agora larga a mochila aí e tira essas botas horrorosas. — Ela separa os itens que trouxe, entregando botas novas e um uniforme preto para mim. — Veste isso.

— O que tem de errado com a minha mochila? — Pergunto, mesmo assim a solto. Mira imediatamente a abre, tirando tudo que guardei ali com tanto cuidado. — Mira! Passei a noite toda arrumando isso!

— Você está levando coisas demais, e essas botas são uma armadilha. Vai cair do Parapeito com essa sola lisa. Mandei fazer botas de cavaleiro com sola de borracha pra você só para o caso de precisar. E, querida Violet, você vai precisar, e muito.

Os livros começam a voar da minha mochila, caindo perto das caixas.

— Ei, eu posso levar tudo o que conseguir carregar e quero levar esses! — Tento pegar o próximo livro antes que ela o jogue longe e mal consigo salvar minha coleção favorita de fábulas sombrias.

— Está disposta a morrer por isso? — pergunta Mira, seu olhar endurecendo.

— Eu consigo carregar!

Isso tudo é tão errado. Era para eu dedicar minha vida aos livros, e não atirá-los pelos cantos para aliviar o peso da mochila.

— Não consegue, não. Essa mochila tem quase a metade do seu peso, o Parapeito mal tem quarenta e cinco centímetros de largura e fica a sessenta metros do chão, e, da última vez que olhei, nuvens de chuva se aproximavam. Não vão deixar você atrasar tudo só porque a ponte vai estar escorregadia por causa da chuva, maninha. Você vai cair. Vai morrer. Agora, quer fazer o favor de me escutar? Ou vai se juntar aos outros aspirantes mortos na chamada de amanhã? — Não há nenhum traço da minha irmã mais velha na cavaleira que fala comigo. A mulher que está à minha frente é fria, calculista, e um pouco cruel. É a mulher que sobreviveu aos últimos três anos com apenas uma cicatriz, uma que o próprio dragão deu a ela durante a Ceifa. — Porque é tudo o que você vai ser. Outro túmulo. Outro nome gravado na pedra. Esquece os livros.

— Papai deu este aqui pra mim — murmuro, pressionando o livro contra o peito. Talvez seja infantil, só uma coleção de histórias para nos alertar dos perigos da magia e até demonizar dragões, mas é tudo o que me resta dele.

Ela suspira.

— É aquele livro de folclore de vermes que controlam a escuridão e seus wyvern? Já não leu isso umas mil vezes?

— Provavelmente mais — confesso. — E o nome certo é *venin*, e não verme.

— Papai e todas as suas alegorias — diz ela. — É só não tentar canalizar poder sem ser uma cavaleira com uma união que os monstros de olhos vermelhos não vão se esconder debaixo da sua cama, esperando pra te sequestrar com dragões de duas pernas e obrigar você a se juntar ao exército sombrio deles. — Ela pega o último livro da mochila e o entrega para mim. — Esquece os livros. Papai não pode mais te salvar. Ele tentou. Eu tentei. Agora é com você, Violet. Vai morrer como escriba ou viver como cavaleira?

Olho para os livros em meus braços e faço minha escolha.

— Você é um pé no saco.

Deposito as fábulas no canto, mas fico com o outro volume na mão quando encaro minha irmã.

— Um pé no saco que vai manter você viva. Pra que serve esse? — pergunta ela.

— Para matar pessoas. — Entrego o livro de volta.

Um sorriso lento se esparrama pelo rosto dela.

— Ótimo. Pode ficar com esse aí. Agora se troque enquanto eu arrumo essa bagunça.

O sino ressoa acima de nós. Temos quarenta e cinco minutos.

Eu me visto rapidamente, mas tudo parece pertencer a outra pessoa, apesar de obviamente ser do meu tamanho. Minha túnica é substituída por uma camisa preta justa que cobre meus braços, e as calças largas são trocadas por um par de couro que abraça minhas curvas. Então, Mira me aperta em um corpete em formato de colete por cima da camisa que visto.

— Isso impede que a pele fique assada — explica ela.

— Igual ao equipamento que os cavaleiros vestem em batalha. — Preciso admitir que as roupas são bem legais, mesmo que eu pareça uma impostora nelas. *Deuses, isso está mesmo acontecendo.*

— Exatamente, porque é isso que você está fazendo. Entrando em batalha.

A combinação de couro e tecido que eu não reconheço me cobre da clavícula até abaixo da cintura, envolvendo meu torso e se cruzando acima dos meus ombros. Passo os dedos pelas bainhas escondidas que foram costuradas na diagonal, acompanhando minhas costelas.

— Para as adagas.

— Só tenho quatro. — Eu as agarro da pilha no chão.

— Você vai ganhar mais.

Enfio as armas nas bainhas, e é como se minhas costelas agora fossem armas. O design é bem engenhoso. Entre as costelas e as bainhas e minhas coxas, o acesso às lâminas fica fácil.

Mal me reconheço no espelho. Pareço uma cavaleira. Mas ainda me sinto uma escriba.

Minutos depois, metade do que havia trazido foi parar nas caixas. Ela arrumou minha mochila de novo, descartando tudo que achava desnecessário e quase tudo de valor sentimental, enquanto disparava conselhos sobre como sobreviver na Divisão. Então, ela me surpreende ao fazer a coisa mais sentimental do mundo: manda que eu me sente entre seus joelhos para trançar meu cabelo em forma de coroa.

É como se eu voltasse a ser criança, mas faço o que ela me pede mesmo assim.

— O que é isto? — Testo o material acima do coração, esticando o tecido com a unha.

— Uma coisa que eu projetei — explica ela, apertando a trança contra meu couro cabeludo. — Foi feito especialmente pra você a partir de escamas de Teine, então tome cuidado.

— Escamas de dragão? — Viro para trás para olhar para ela. — Como assim? Teine é gigante.

— Conheço um cavaleiro que tem o poder de fazer coisas grandes ficarem pequenas. — Um sorriso malicioso brilha nos lábios dela. — E coisas pequenas ficarem... bem, bem maiores.

Reviro os olhos. Mira sempre foi muito mais aberta sobre os homens de sua vida do que eu... sobre todos os dois que passaram pela minha.

— Maior quanto?

Ela ri, puxando a trança.

— Vira a cabeça pra frente. Você deveria ter cortado o cabelo. — Ela puxa as mechas e volta a trançar. — É um risco nas lutas e batalhas, sem mencionar que é um alvo gigante. Ninguém mais tem cabelo prateado igual ao seu, e já vão estar atrás de você.

— Você sabe muito bem que a cor natural dele some gradualmente, não importa o tamanho. — Meus olhos são igualmente indecisos, um tom de mel variando entre azuis e âmbar que nunca se transforma em uma cor sólida. — Além do mais, fora a preocupação de todo mundo com a cor, meu cabelo é a única coisa perfeitamente saudável minha. Cortar seria tipo punir meu corpo por fazer algo que finalmente deu certo, e não é como se eu precisasse esconder quem eu sou.

— Você não precisa. — Mira puxa a trança, fazendo minha cabeça ir para trás, e nossos olhos se encontram. — Você é a mulher mais esperta que conheço. Não esquece disso. O seu cérebro é sua melhor arma. Seja mais esperta que eles, Violet. Está me ouvindo?

Assinto, e ela afrouxa o punho, terminando a trança e me ajudando a ficar em pé em seguida, enquanto continua a resumir anos de conhecimento em quinze minutos apressados, mal parando para respirar.

— Observe tudo. Ficar quieta é bom, mas preste atenção em tudo e todos ao seu redor e use isso a seu favor. Já leu o Códex?

— Algumas vezes. — O livro de regras da Divisão dos Cavaleiros é apenas uma fração do livro das outras divisões. Provavelmente porque cavaleiros têm dificuldade em obedecer às regras.

— Bom. Então você sabe que os outros cavaleiros podem te matar a qualquer hora, e os cadetes mais sanguinários *vão* tentar. Menos cadetes significa melhores chances na Ceifa. Nunca há dragões o suficiente dispostos a se unirem, e qualquer cavaleiro imprudente o bastante para morrer não vale um dragão.

— Exceto quando estão dormindo. É uma ofensa punível de execução atacar qualquer cadete que esteja dormindo. O Artigo Terceiro…

— Sim, mas isso não quer dizer que vai estar segura à noite. Durma vestindo isso, se puder. — Ela aponta para o corpete.

— Eu deveria fazer por merecer usar o preto dos cavaleiros. Tem certeza de que eu não deveria usar minha túnica hoje? — digo, passando a mão pelo couro.

— O vento no Parapeito vai inflar qualquer tecido sobrando como se fosse uma vela. — Ela me entrega a mochila, agora bem mais leve. — Quanto mais apertadas suas roupas, melhor você vai se dar lá em cima e no ringue quando precisar lutar. Vista a armadura o tempo todo. Mantenha as adagas aí *o tempo todo*.

Ela aponta para as bainhas que usa na coxa.

— Alguém vai dizer que eu não mereço usar isso ainda.

— Você é uma Sorrengail — responde ela, como se fosse o bastante. — Foda-se o que vão dizer.

— E você não acha que usar escamas de dragão é trapacear?

— Não existe trapacear quando se começa a subir na torre. Só existe sobrevivência ou morte. — Os sinos tocam. Só mais meia hora. Ela engole em seco. — Está quase na hora. Pronta?

— Não.

— Eu também não estava. — Ela dá um sorriso torto. — E olha que passei a vida treinando pra isso.

— Eu não vou morrer hoje. — Passo as alças da mochila pelos ombros e respiro um pouco mais leve do que de manhã. Está bem mais tranquilo de carregá-la.

Os corredores centrais e administrativos da fortaleza estão silenciosos de uma forma sinistra enquanto passamos por diversas escadas, mas o barulho do lado de fora fica mais alto enquanto descemos mais. Através das janelas, vejo milhares de aspirantes abraçando seus entes queridos e se despedindo nos campos de grama atrás do portão principal. Do que testemunhei todos os anos, a maior parte das famílias fica lá com seus aspirantes até o último sino. As quatro estradas que levam à fortaleza estão lotadas de cavalos e carroças, especialmente onde convergem na frente do instituto, mas são as carroças vazias que me deixam nauseada.

São para os corpos.

Antes de virarmos no último corredor que dá para o pátio, Mira para.

— O que... *ai*. — Ela me espreme em seu peito, abraçando meu corpo com força na privacidade relativa do corredor.

— Eu te amo, Violet. Não esquece nada do que eu falei. Não seja só mais um nome na lista dos mortos. — A voz dela tremula, e passo os braços ao seu redor, apertando com força.

— Vou ficar bem — prometo.

Ela assente, o queixo encostado no topo da minha cabeça.

— Eu sei. Vamos logo.

É tudo que ela diz antes de se afastar e seguir para o pátio lotado logo na entrada principal da fortaleza. Instrutores, comandantes e até nossa mãe estão reunidos ali informalmente, esperando a loucura do lado de fora se tornar a ordem ali dentro. De todas as portas do instituto militar, o portão principal é o único que nenhum cadete vai atravessar hoje, já que cada Divisão tem sua própria entrada e aposentos. Inferno, os cavaleiros têm uma cidadela própria. Aqueles filhos da puta pretensiosos e egoístas.

Sigo Mira, alcançando-a com alguns passos rápidos.

— Encontre Dain Aetos — diz Mira enquanto cruzamos o pátio na direção do portão aberto.

— Dain? — Não consigo reprimir um sorriso ao pensar em ver Dain outra vez, e meu coração acelera. Já faz um ano, e senti falta daqueles olhos castanhos suaves e da forma como ele ri, de um jeito que seu corpo todo ri junto. Sinto saudade da nossa amizade e dos momentos em que achei que essa amizade poderia se transformar em algo mais, nas circunstâncias certas. Sinto saudade da forma como ele olha para mim, como se eu fosse digna de atenção. Sinto saudade... dele.

— Já faz três anos que estou fora da Divisão, mas, do que ouvi falar, ele estava indo bem, e vai manter você segura. Para de sorrir desse jeito — ralha Mira. — Ele deve estar no segundo ano. — Ela aponta um dedo para mim. — Melhor não se envolver com os segundanistas.

Se você quiser transar, e deveria... — ela ergue as sobrancelhas —, com frequência, considerando que você nunca sabe o dia de amanhã, então aproveite pessoas do seu próprio ano. Não há nada pior que cadetes fofocando que você dormiu com alguém só para conseguir proteção.

— Então estou livre pra levar qualquer primeiranista pra cama — eu digo, com um sorriso. — E não o pessoal do segundo ou do terceiro ano.

— Isso mesmo. — Ela dá uma piscadela.

Atravessamos os portões, saindo da fortaleza, e nos juntamos ao caos organizado para além dele.

Cada uma das seis províncias de Navarre enviou sua cota de aspirantes para o serviço militar deste ano. Alguns são voluntários. Outros receberam o alistamento como punição. A maioria é compulsória. A única coisa que temos em comum aqui em Basgiath é que passamos no exame de admissão (um exame por escrito e um teste de agilidade nos quais ainda não acredito que passei), o que significa que não vamos acabar como bucha de canhão na infantaria lá no fronte.

A atmosfera é tensa, e Mira me conduz pelo caminho de pedras gasto na direção da torre sul. O instituto foi construído na lateral da montanha Basgiath, como se tivesse sido esculpido em um dos picos. A estrutura extensa e formidável se expande acima da multidão de aspirantes ansiosos e suas famílias chorosas, com uma muralha imensa de diversos andares (feita para proteger as partes altas do castelo lá dentro) e torres defensivas em cada canto, e uma delas contém o campanário.

A maioria das pessoas na multidão se move em fileira para a torre norte, a entrada da Divisão da Infantaria. Alguns vão na direção do portão atrás de nós, a Divisão Hospitalar, que ocupa a parte sul do instituto. Inveja assoma no meu peito quando vejo alguns tomando o túnel central que leva aos arquivos sob a fortaleza para se juntarem à Divisão dos Escribas.

A entrada para a Divisão dos Cavaleiros é uma porta fortificada na base da torre, assim como a entrada da infantaria ao norte. Porém, enquanto os candidatos da infantaria podem andar para os seus aposentos no nível do chão, os candidatos a cavaleiros precisam *subir*.

Mira e eu nos juntamos à fileira dos cavaleiros, esperando para assinar, e então eu cometo o erro de olhar para cima.

Muito acima no céu, cruzando o vale que divide o prédio principal do instituto da cidadela ainda mais alta da Divisão dos Cavaleiros no desfiladeiro ao sul, está o Parapeito, a ponte de pedra que vai separar os aspirantes a cavaleiros dos cadetes nas próximas horas.

Não consigo acreditar que estou prestes a cruzar aquela coisa.

— E pensar que eu estive me preparando para o exame escrito dos Escribas por todos esses anos. — Minha voz está carregada de sarcasmo. — Deveria ter ficado brincando em uma linha de equilibrista.

Mira me ignora enquanto a fila continua a andar e os candidatos desaparecem pela porta.

— Não deixa o vento atrapalhar seus passos.

Dois candidatos na nossa frente, uma mulher chora enquanto seu parceiro a tira de cima de um jovem, o casal se afastando da fila e se retirando em lágrimas, descendo o morro na direção da multidão de entes queridos que preenchem as estradas. Não tem mais nenhum pai ou mãe na nossa frente, apenas alguns aspirantes andando na direção dos examinadores.

— Mantenha os olhos nas pedras na sua frente e não olhe pra baixo — diz Mira, o rosto ficando cada vez mais tenso. — Estique os braços para se equilibrar. Se a mochila escorregar, largue ela. Melhor a mochila do que você.

Olho para trás, onde parece que centenas de pessoas apareceram nos últimos minutos.

— Talvez eu devesse deixar os outros irem primeiro — sussurro, o pânico tomando meu coração. Que porra estou fazendo?

— Não — responde Mira. — Quanto mais você esperar nesses degraus — ela gesticula para a torre —, mais o medo tem chance de crescer. Atravesse o Parapeito antes que o terror te domine.

A fila anda e o sino toca de novo. Oito horas.

A multidão atrás de nós foi separada completamente em seus esquadrões escolhidos, todos enfileirados para assinar e começar a servir.

— Tenha foco — diz Mira, e eu viro a cabeça para a frente. — Pode parecer meio duro, mas não procure fazer amizade por lá, Violet. Melhor forjar alianças.

Apenas duas pessoas estão na nossa frente agora: uma mulher com a mochila cheia, maçãs do rosto marcadas e rosto oval que me faz lembrar de pinturas de Amari, a rainha dos deuses. O cabelo castanho-escuro foi arrumado em diversas fileiras de tranças curtas que tocam o pescoço de sua pele igualmente escura. A segunda é um homem musculoso loiro, e uma mulher chora ao lado dele. Ele está carregando uma mochila ainda maior.

Olho na direção dos examinadores, arregalando os olhos.

— Ele é...? — sussurro.

Mira olha e murmura um xingamento.

— Filho de um separatista? É. Tá vendo a marca brilhante no topo do pulso? Relíquia da rebelião.

Ergo as sobrancelhas, surpresa. As únicas relíquias de que já ouvi falar são as de quando um dragão usa magia para marcar a pele do cavaleiro que escolheu para se unir. Mas são relíquias que simbolizam honra e poder, e geralmente têm o formato do dragão que as concedeu. As marcas dele são círculos e cortes que mais parecem um aviso do que um pertencimento.

— Um *dragão* fez aquilo? — sussurro.

Ela assente.

— Mamãe disse que o dragão do general Melgren fez isso com todos quando executou os pais deles, mas ela não falou muito desse assunto. Nada como punir crianças para impedir que mais pais traiam sua nação.

Parece... cruel, mas a primeira regra de viver em Basgiath é que nunca devemos questionar um dragão. Eles têm uma tendência a cremar qualquer um que achem grosseiro.

— A maioria das crianças com marcas da rebelião é de Tyrrendor, claro, mas tem traidores de outras províncias... — O sangue se esvai de seu rosto, e ela segura a alça da minha mochila, girando meu corpo em sua direção até encará-la. — Acabei de me lembrar. — Ela abaixa o tom, e eu me inclino, o coração acelerado ao ouvir a urgência em sua voz. — Fique longe de Xaden Riorson.

O ar se esvai dos meus pulmões. Esse nome...

— *Aquele* Xaden Riorson — confirma ela, o medo evidente na voz. — Ele está no terceiro ano e *vai* te matar no instante em que descobrir quem você é.

— O pai dele foi o Grande Traidor. Ele *liderou* a rebelião — digo, baixinho. — O que Xaden está fazendo aqui?

— Todos os filhos dos líderes foram alistados como punição pelos crimes dos pais — sussurra Mira enquanto andamos de lado, seguindo a fila. — Mamãe disse que nunca esperaram que Riorson fosse conseguir passar pelo Parapeito. Aí acharam que algum cadete acabaria matando ele, mas assim que o dragão o escolheu... — Ela balança a cabeça. — Bom, então ninguém pode fazer mais nada. Ele agora está na posição de Dirigente de Asa.

— Que merda — falo, agitada.

— Ele jurou lealdade a Navarre, mas não acho que isso vá impedir que ele faça alguma coisa com você. Assim que cruzar o Parapeito, e você *vai* conseguir, encontre Dain. Ele vai colocar você no esquadrão dele, e aí vamos torcer pra ser bem longe do Riorson. — Ela aperta mais as alças da minha mochila. — Fique. Longe. Dele.

— Já entendi. — Assinto.

— Próximo — diz a voz atrás de uma mesa de madeira que contém a lista de inscrição para a Divisão dos Cavaleiros. O cavaleiro marcado que não conheço está sentado ao lado de um escriba que eu conheço, e as sobrancelhas prateadas do capitão Fitzgibbons se erguem ao me ver. — Violet Sorrengail?

Assinto, pegando a pena e assinando meu nome ao lado da linha vazia da inscrição.

— Achei que fosse para a Divisão dos Escribas — diz o capitão Fitzgibbons baixinho.

Invejo a túnica cor de creme dele, sem conseguir encontrar as palavras.

— A general Sorrengail escolheu diferente — responde Mira.

Os olhos do homem se enchem de tristeza.

— Que pena. Você era muito promissora.

— Pelos deuses — diz o cavaleiro ao lado do capitão. — Você é Mira Sorrengail? — O queixo dele cai, e consigo sentir o cheiro de babação de ovo daqui.

— Sou — assente Mira. — Essa é minha irmã, Violet. Ela vai pro primeiro ano.

— Se ela sobreviver ao Parapeito. — Alguém atrás de mim dá uma risadinha. — O vento talvez leve ela para longe.

— Você lutou em Strythmore — o cavaleiro atrás da mesa diz, espantado. — Te deram uma Ordem da Garra por eliminar aquela linha de artilharia atrás das forças inimigas.

Os risos param.

— Como eu disse — anuncia Mira, colocando a mão nas minhas costas —, essa aqui é minha irmã, Violet.

— Você já conhece o caminho. — O capitão assente, apontando para a porta da torre.

Parece sombrio lá dentro, e resisto ao impulso de fugir.

— Conheço o caminho — ela garante, me levando para longe da mesa para que o babaca risonho atrás de mim possa assinar a lista.

Paramos no batente e nos viramos para nos encararmos.

— Não morra, Violet. Eu ia odiar ser filha única. — Ela dá um sorriso e se afasta, passando pela fila de aspirantes embasbacados enquanto as fofocas se espalham sobre quem ela é e o que ela fez.

— Difícil ficar à altura disso — diz a mulher na minha frente, dentro da torre.

— É mesmo — concordo, segurando as alças da mochila e adentrando a escuridão. Meus olhos se ajustam rapidamente à luz fraca que passa pelas janelas equidistantes ao longo da escadaria em espiral.

— Sorrengail, tipo...? — pergunta a mulher, olhando por cima do ombro enquanto começamos a subir as centenas de degraus que nos levarão até nossa morte em potencial.

— Isso. — Não há corrimão, então apoio a mão na parede de pedra enquanto subimos mais e mais alto.

— A general? — pergunta o loiro na nossa frente.

— A própria — respondo, oferecendo um sorriso rápido. Qualquer pessoa cuja mãe segura com tanta força não pode ser assim *tão* ruim, né?

— Uau. Calças legais também. — Ele sorri de volta.

— Valeu. Minha irmã que me deu.

— Me pergunto quantos aspirantes caíram desta escada e morreram antes de chegar no Parapeito — diz a mulher, olhando pelo centro da escadaria enquanto subimos mais alto.

— Dois no ano passado. — Inclino a cabeça e ela olha para trás. — Bom, três, se contar a menina em cima de quem um dos caras caiu.

Os olhos castanhos dela ficam arregalados, mas ela me dá as costas e continua subindo.

— Quantos degraus?

— Duzentos e cinquenta — respondo, e subimos em silêncio por mais cinco minutos.

— Não foi tão ruim — diz ela com um sorriso brilhante quando chegamos ao topo, no fim da fila. — Meu nome é Rhiannon Matthias, aliás.

— Dylan — diz o loiro, com um aceno entusiasmado.

— Violet. — Retribuo um sorriso tenso, ignorando prontamente a sugestão de Mira de evitar fazer amizades e forjar apenas alianças.

— Parece que estive esperando por este dia a vida toda. — Dylan troca o peso da mochila de lugar. — Dá pra acreditar que a gente vai fazer isso? É um sonho virando realidade.

Claro. Naturalmente, todos os candidatos, menos eu, estão animados para estar aqui. Esta é a única Divisão em Basgiath que não aceita que as pessoas sejam alistadas compulsoriamente: apenas voluntários.

— Mal posso esperar, porra. — O sorriso de Rhiannon aumenta. — Quem é que não quer cavalgar em um *dragão*?

Eu. Não que não seja legal, teoricamente. É, sim. É só que as chances de sobreviver até me graduar são tão terríveis que fazem meu estômago revirar.

— Seus pais aprovam? — pergunta Dylan. — Porque minha mãe ficou implorando para eu mudar de ideia por *meses*. Eu ficava falando que tinha mais chances de subir de posto como cavaleiro, mas ela queria que eu fosse para a Divisão Hospitalar.

— Os meus sempre souberam que esse era meu desejo, então me apoiaram. Além disso, minha irmã gêmea ficou com eles. Raegan já está vivendo seu sonho, casada e grávida. — Rhiannon olha para mim. — E você? Deixa eu adivinhar. Com o seu sobrenome, aposto que foi a primeira a se voluntariar este ano.

— Foi mais um serviço voluntário obrigatório. — Minha resposta é bem menos entusiasmada que a dela.

— Saquei.

— E cavaleiros recebem muito mais vantagens do que os outros soldados — digo para Dylan quando a fila começa a subir de novo. O aspirante risonho atrás de mim nos alcança, suado e vermelho. *Olha quem está rindo agora.* — Salário melhor, mais tolerância em relação ao uniforme — continuo.

Ninguém dá a mínima para o que os cavaleiros vestem, desde que seja preto. As únicas regras que se aplicam aos cavaleiros são as que memorizei do Códex.

— E o direito de falar que é um fodão — acrescenta Rhiannon.

— Isso também — concordo. — Certeza que te dão um ego junto com o uniforme de voo.

— Além disso, ouvi falar que é permitido que os cavaleiros se casem mais cedo do que as outras divisões — diz Dylan.

— Verdade. Logo depois da graduação. — Se sobrevivermos. — Mas acho que tem mais a ver com o fato de dar continuidade às linhagens sanguíneas.

A maioria dos cavaleiros de sucesso descende de outros cavaleiros.

— Ou porque morremos mais cedo que as outras divisões — comenta Rhiannon.

— Eu não vou morrer — declara Dylan, com muito mais confiança do que eu sinto, enquanto puxa um colar de dentro da túnica e revela um anel preso ali. — Ela disse que dava azar pedi-la em casamento antes de eu ir embora, então deixamos para depois da graduação. — Ele beija o anel e o esconde de novo embaixo do colarinho. — Os próximos três anos vão ser longos, mas vão valer a pena.

Reprimo um suspiro, apesar de talvez ter sido a coisa mais romântica que já ouvi.

— Você talvez consiga atravessar o Parapeito — desdenha o cara atrás de nós. — Mas essa aqui, se um ventinho soprar, vai parar no fundo da ravina.

Reviro os olhos.

— Cale a boca e foque em si mesmo — rebate Rhiannon, os pés batendo contra os degraus de pedra conforme subimos.

Finalmente avistamos o topo, o batente preenchido por uma luz embotada. Mira estava certa. As nuvens vão causar uma destruição, e precisamos estar do outro lado do Parapeito antes que isso aconteça.

Outro passo, e ouço os pés de Rhiannon de novo.

— Deixa eu ver suas botas — digo baixinho para o babaca atrás de mim não ouvir.

Ela franze o cenho, e seus olhos castanhos ficam muito confusos, mas ela mostra as solas. Lisas, como as que eu estava usando antes. Meu estômago revira.

A fila começa a andar de novo, parando quando estamos a poucos metros da abertura.

— Que tamanho você calça?

— Quê? — Rhiannon pisca, surpresa.

— Seu pé. Que tamanho você calça?

— Trinta e nove — ela responde, franzindo a testa.

— Eu calço trinta e oito — digo rapidamente. — Vai doer pra caralho, mas quero que fique com a minha bota esquerda. Troque comigo.

Minha bota direita contém uma adaga.

— Perdão? — Ela me encara como se eu estivesse louca. Talvez tenha ficado.

— Essas botas aqui são de cavaleiro. Aderem melhor à pedra. Seus dedos vão ficar amassados e reclamando, mas ao menos vai ter uma chance de não cair se começar a chover.

Rhiannon olha para a porta aberta (e para o céu cada vez mais escuro) e depois para mim de novo.

— Você está disposta a trocar?

— Só até a gente chegar do outro lado. — Olho pela porta. Três aspirantes estão cruzando o Parapeito, os braços esticados. — Mas precisa ser rápido. Está quase na nossa vez.

Rhiannon espreme os lábios, duvidando, e então concorda. Trocamos as botas esquerdas. Mal termino de amarrar a minha e a fila anda de novo, e o cara atrás de mim me empurra, me fazendo praticamente cambalear para encarar o céu aberto.

— Anda logo. Tem gente que tem coisa pra fazer do outro lado. — A voz dele irrita todos os meus nervos.

— Você não vale meu esforço agora — resmungo, recuperando o equilíbrio enquanto o vento chicoteia minha pele, a manhã carregada pela umidade do meio do verão. *Obrigada pela trança, Mira.*

O topo da torre não tem um telhado, as ameias de pedra subindo e descendo ao redor da estrutura circular no topo do meu peito, e não escondem a vista. A ravina e o rio lá embaixo de repente parecem muito,

muito distantes. Quantas carroças estão esperando lá embaixo? Cinco? Seis? Eu conheço as estatísticas. O Parapeito reivindica cerca de quinze por cento dos aspirantes a cavaleiro. Cada prova da Divisão, incluindo essa, é projetada para testar a habilidade de cavalgar do cavaleiro. Se alguém não consegue andar pelo comprimento de uma ponte de pedra estreita na qual venta muito, então certamente não vai conseguir se equilibrar e lutar nas costas de um dragão.

E quanto à taxa de morte? Acho que todos os cavaleiros pensam que o risco vale a glória, ou são arrogantes o bastante para pensar que não vão cair.

Não sou nenhuma das duas coisas.

A náusea revira meu estômago, e inspiro pelo nariz e expiro pela boca enquanto ando na beirada atrás de Rhiannon e Dylan, meus dedos segurando a pedra enquanto caminhamos na direção do Parapeito.

Três cavaleiros esperam na entrada, que é apenas um buraco na parede da torre. Um cavaleiro com as mangas cortadas registra o nome dos aspirantes que dão o primeiro passo para fazer a travessia traiçoeira. Outro, com a cabeça toda raspada, exceto por uma faixa no meio, instrui Dylan enquanto ele se posiciona. Dylan dá um tapinha no peito como se o anel ali trouxesse sorte. Espero que seja o caso.

O terceiro se vira na minha direção e meu coração simplesmente… para.

Ele é alto, com cabelos negros esvoaçantes e sobrancelhas escuras. A linha da mandíbula é pronunciada, coberta pela barba escura por fazer, a pele de um tom quente de marrom-claro. Quando ele cruza os braços, os músculos em seu torso e braço ondulam, movendo-se de uma forma que me faz engolir em seco. E os olhos dele… Os olhos são de um ônix salpicado de dourado. O contraste é magnífico, me deixando quase boquiaberta: tudo nele é impressionante. As feições são tão marcadas que parecem que foram entalhadas, e ao mesmo tempo são perfeitas, como se um artista tivesse passado a vida toda o esculpindo, gastando um ano trabalhando só na boca.

Ele é o homem mais lindo que já vi.

E, morando em um instituto militar, eu já vi *muitos* homens.

Mesmo a cicatriz diagonal que divide a sobrancelha esquerda e marca o canto da bochecha só o deixa mais gostoso. Gostoso pra caramba. Gostoso pra caralho. Em um nível de gostoso que vai acabar com a sua vida, mas que vai te fazer gostar mesmo assim. De repente, não consigo me lembrar do motivo para Mira me dizer que eu não deveria transar com gente que não fosse do meu ano.

— Vejo vocês do outro lado! — diz Dylan por cima do ombro com um sorriso empolgado antes de pisar no Parapeito, os braços esticados.

— Preparado pro próximo, Riorson? — diz o cavaleiro com as mangas rasgadas.

Xaden Riorson?

— Preparada, Sorrengail? — pergunta Rhiannon, dando um passo para a frente.

O cavaleiro de cabelos negros se vira para mim de imediato, e meu coração retumba no peito por todos os motivos errados. Uma relíquia da rebelião, curvada com rodopios, marca o pulso esquerdo dele, e então desaparece para dentro da manga do uniforme e reaparece no colarinho, onde continua os rodopios e espirais até o pescoço, terminando na mandíbula.

— Ah, merda — sussurro, e os olhos dele estreitam como se pudesse me ouvir acima dos uivos do vento que chicoteia minha trança.

— Sorrengail? — Ele dá um passo na minha direção, e preciso olhar para cima… e mais acima.

Meus deuses, eu não chego nem no ombro dele. Ele é enorme. Deve ter mais de um metro e noventa.

Eu me sinto exatamente da forma que Mira disse que eu era, *frágil*, mas assinto uma vez e o ônix brilhante de seus olhos é tomado por um ódio frio e completo. Quase consigo sentir o desprezo vindo dele feito perfume.

— Violet? — pergunta Rhiannon, seguindo em frente.

— Você é a filha mais nova da general Sorrengail. — A voz dele é profunda, com um tom de acusação.

— Você é o filho de Fen Riorson — rebato, a certeza da revelação se acomodando dentro de mim. Ergo o olhar, fazendo o possível para manter todos os músculos no corpo firmes para não tremerem.

Ele vai *te matar no instante em que descobrir quem você é*. As palavras de Mira ecoam no meu crânio, e o medo dá um nó na minha garganta. Ele vai me jogar pela beirada. Ele vai me pegar e me jogar da torre. Não vou sequer ter a chance de atravessar o Parapeito. Vou morrer sendo o que minha mãe sempre evitou falar que eu era: fraca.

Xaden respira fundo, e os músculos na mandíbula flexionam uma vez. Duas.

— Sua mãe capturou meu pai e o executou.

Espera. Como se *ele* fosse o único que tivesse direito a odiar alguém? A raiva percorre minhas vias.

— Seu pai matou meu irmão mais velho. Acho que estamos quites.

— Até parece. — O olhar dele me avalia como se estivesse memorizando cada detalhe, procurando uma fraqueza. — Sua irmã é uma cavaleira. Acho que explica a sua roupa.

— Acho que sim. — Sustento o olhar dele, como se ganhar essa competição de não piscar fosse me conceder a admissão na Divisão, em vez de atravessar o Parapeito atrás dele. De qualquer forma, vou atravessar. Mira não vai perder os dois irmãos.

Ele fecha os punhos, tencionando-os.

Eu me preparo para um golpe. Ele pode até me jogar da torre, mas não vou deixar as coisas fáceis para ele.

— Tudo bem? — pergunta Rhiannon, os olhos passando de Xaden para mim.

Ele olha para ela.

— São amigas?

— Nos conhecemos na escadaria — diz ela, endireitando os ombros.

Ele olha para baixo, notando as botas diferentes, arqueando uma sobrancelha. A mão dele relaxa.

— Que interessante.

— Vai tentar me matar? — Ergo mais o queixo.

O olhar dele encontra o meu quando o céu finalmente se rompe e a chuva cai como um dilúvio, encharcando meu cabelo, minha roupa e as pedras ao nosso redor em questão de segundos.

Um grito rompe o ar, e Rhiannon e eu nos viramos de imediato para o Parapeito a tempo de ver Dylan escorregar.

Arquejo, meu coração subindo para a garganta.

Ele se segura, prendendo os braços na pedra enquanto os pés chutam o ar abaixo dele, procurando uma aderência que não existe.

— Levanta, Dylan! — grita Rhiannon.

— Meus deuses! — Minha mão cobre a boca.

Mas ele solta a pedra molhada de chuva e cai, desaparecendo. O vento e a chuva roubam qualquer som que o corpo dele pode ter emitido ao se chocar no vale abaixo. Roubam o som do meu grito abafado também.

Xaden não tira os olhos de mim, me observando em silêncio com um olhar que não sei interpretar quando finalmente me volto para ele.

— Por que eu desperdiçaria tempo te matando quando o Parapeito vai fazer isso por mim? — Um sorriso maldoso curva seus lábios. — Sua vez.

Existe um equívoco em pensar que na Divisão dos Cavaleiros é questão de matar ou morrer. Os cavaleiros, como um todo, não vão assassinar os outros cadetes... a não ser que exista uma escassez de dragões naquele ano, ou um cadete seja um risco à sua Asa. Então as coisas podem ficar... interessantes.

— O GUIA PARA A DIVISÃO DOS CAVALEIROS, POR MAJOR AFENDRA (EDIÇÃO NÃO AUTORIZADA)

CAPÍTULO DOIS

E*u não vou morrer hoje.*

Faço dessas palavras meu mantra, repetindo-as em minha cabeça enquanto Rhiannon dá seu nome para o cavaleiro que mantém o registro da abertura do Parapeito. O ódio no olhar de Xaden queima contra meu rosto como uma chama palpável, e, mesmo nas rajadas de vento e de chuva, o calor não diminui, nem o pavor que percorre minha coluna.

Dylan morreu. Ele é só um nome, logo mais apenas outra lápide no cemitério infinito que cerca as estradas de Basgiath, outro aviso para aspirantes ambiciosos que preferem a chance de viver como cavaleiros a escolher a segurança de qualquer outra Divisão. Agora eu entendo o motivo para Mira ter me avisado a não fazer amizade.

Rhiannon segura os dois lados da abertura da torre e depois olha para mim por cima do ombro.

— Espero você do outro lado — grita ela, falando mais alto que a tempestade. O medo em seus olhos reflete o meu.

— Te vejo do outro lado. — Assinto, e até consigo dar um sorriso.

Ela pisa no Parapeito e começa a andar, e, mesmo sabendo que ele deve estar muito ocupado hoje, ainda assim faço uma prece para Zihnal, deus da sorte.

— Nome? — o cavaleiro pergunta enquanto o parceiro segura um casaco em cima do rolo de pergaminho em uma tentativa inútil de manter o papel seco.

— Violet Sorrengail — respondo, um trovão ressoando acima, o som estranhamente reconfortante.

Apesar desse dilúvio poder custar minha vida, sempre amei noites de tempestade, quando a chuva bate contra as janelas da fortaleza, iluminando e lançando sombras em cima dos livros enquanto eu me enrosco para ler. Com uma olhada rápida, já vejo que os nomes de Dylan e Rhiannon estão borrados onde a água encontrou a tinta. É a última vez que o nome de Dylan será escrito, com exceção de sua lápide. Do outro lado do Parapeito outra chamada é feita, para que os escribas tenham acesso às suas amadas estatísticas de baixas. Em outra vida, eu é que estaria lendo e registrando os dados para fazer uma análise histórica.

— Sorrengail? — O cavaleiro ergue o olhar, as sobrancelhas levantadas. — Tipo a general Sorrengail?

— A própria.

Isso já está ficando repetitivo, e eu sei que só vai piorar. É impossível evitar uma comparação com minha mãe enquanto ela for comandante aqui. Pior ainda, provavelmente vão achar que eu tenho um dom natural para cavalgar como Mira ou ser uma estrategista brilhante como Brennan. Ou vão olhar para mim, perceber que não tenho nada em comum com os três e declarar minha temporada de caça.

Seguro os dois lados da torre, arrastando as pontas dos dedos pela pedra. Ainda está quente por causa do sol matinal, mas já está ficando fria por causa da chuva. Úmida, mas não escorregadia, pelo crescimento de musgo.

Na minha frente, Rhiannon atravessa, as mãos esticadas dos lados para manter o equilíbrio. Já deve ter caminhado um quarto do caminho, a figura ficando mais borrada quanto mais ela anda chuva adentro.

— Achei que ela só tivesse uma filha — comenta o outro cavaleiro, virando o casaco enquanto outro sopro de vento bate. Se está ventando assim aqui, com as pernas protegidas pela torre, então vou me deparar com um mundo de sofrimento no Parapeito.

— Todo mundo diz isso.

Inspiro pelo nariz, solto pela boca, forçando minha respiração a ficar calma, o coração, a desacelerar. Se eu entrar em pânico, vou morrer. Se escorregar, vou morrer. Se eu... *Ah, foda-se.* Não posso fazer mais nada para me preparar.

Dou um único passo para me firmar no Parapeito e seguro a parede de pedra quando o vento sopra outra vez, lançando meu corpo contra a torre.

— E você acha que vai conseguir ser uma cavaleira? — zomba o aspirante babaca atrás de mim. — Com esse equilíbrio aí, nem parece uma Sorrengail. Tenho dó da Asa em que você acabar.

Recupero o equilíbrio e ajusto as alças da mochila.

— Nome? — O cavaleiro pergunta, mas sei que ele não está falando comigo.

— Jack Barlowe — responde o cara atrás de mim. — Marque esse nome. Um dia, vou ser Dirigente de Asa.

Até a voz dele é carregada de arrogância.

— Melhor ir logo, Sorrengail — a voz profunda de Xaden ordena.

Olho por cima do ombro e vejo que ele está me encarando.

— A não ser que precise de um pouco de motivação... — Jack dá um pulo para a frente, as mãos erguidas. Puta merda, ele vai me empurrar.

O medo corre por minhas veias e eu me mexo, abandonando a segurança da torre e subindo no Parapeito. Agora, não tem mais volta.

Meu coração bate com tanta força que o ouço nos meus ouvidos feito um tambor.

Mantenha os olhos nas pedras na sua frente e não olhe pra baixo. O conselho de Mira ecoa na minha cabeça, mas é difícil segui-lo quando cada passo pode ser meu último. Estico as mãos para me equilibrar e então começo a dar os passos curtos e comedidos que pratiquei com o major Gillstead no pátio. Porém, com o vento, a chuva e o precipício de sessenta metros abaixo, não é nem um pouco parecido com o treino. As pedras sob os meus pés são irregulares em certos pontos, unidas com argamassa, o que facilita escorregões nas junções. Então, eu me concentro no caminho adiante e não olho para minhas botas. Meus músculos estão retesados enquanto mantenho o centro de gravidade do meu corpo com a postura ereta.

Meus pensamentos estão a mil, meu batimento cardíaco, acelerado.

Calma. Eu preciso ficar calma.

Não consigo segurar uma nota, nem mesmo cantarolar decentemente, então cantar para me distrair está fora de questão, mas sou uma erudita. Não existe lugar mais calmo do que os arquivos, então é nisso que me concentro. Fatos. Lógica. História.

Sua mente já sabe da resposta, então fique calma e permita que ela se lembre. Era isso que meu pai sempre falava. Eu precisava ocupar o lado lógico do meu cérebro para que ele não me fizesse querer dar meia-volta e andar de novo até a torre.

— O Continente é lar de dois reinos, e estamos em guerra há quatrocentos anos — recito, usando os fatos mais básicos que me foram incutidos enquanto eu me preparava para a prova dos escribas. Passo a passo, vou cruzando o Parapeito. — Navarre, meu lar, é o reino maior, com seis províncias diferentes. Tyrrendor, nossa província maior e mais ao sul, divide a fronteira com Krovla, dentro do reino de Poromiel.

Cada palavra acalma minha respiração e diminui meus batimentos, me deixando menos atordoada.

— A leste ficam as duas outras províncias de Poromiel, Braevick e Cygnisen, e as Montanhas Esben formam uma fronteira natural. — Cruzo a linha pintada que marca a metade do caminho. Já passei do ponto mais alto, mas não posso pensar nisso agora. *Não olhe para baixo.* — Além de Krovla, além de nosso inimigo, ficam os Ermos, um deserto…

O trovão retumba e o vento bate contra mim, e eu sacudo os braços.

— Merda!

Meu corpo oscila para a esquerda com o vento, e eu me inclino no Parapeito, me segurando nas beiradas, abaixada para não perder o equilíbrio, ocupando o menor espaço possível enquanto o vento uiva acima de mim e ao meu redor. Com o estômago revirando, sinto os pulmões ameaçando cortar minha respiração, o pânico me domando.

— Dentro de Navarre, Tyrrendor foi a última das províncias fronteiriças a se juntar à aliança e jurar lealdade ao Rei Reginald — grito contra o vento uivante, forçando minha mente a continuar se mexendo mesmo com a ameaça iminente da ansiedade paralisante. — Foi também a única província a fazer uma tentativa separatista, seiscentos e vinte e sete anos depois, o que teria deixado nosso reino sem defesas, caso tivessem obtido sucesso.

Rhiannon ainda está na minha frente, no que acredito serem três quartos do caminho. Que bom. Ela merece conseguir.

— O reino de Poromiel consiste principalmente em planícies de terra arável e pântanos, e é conhecido pela fabricação têxtil excepcional, pelos campos de plantação infinitos e pelas pedras preciosas únicas com capacidade de amplificar magias pequenas. — Olho rapidamente para as nuvens escuras acima de mim antes de dar mais um passo, colocando um pé cuidadosamente na frente do outro. — Em contraste, as regiões montanhosas de Navarre oferecem uma abundância de minerais, madeira das províncias a leste e veados e alces infinitos.

Meu passo seguinte solta alguns pedregulhos, e paro de andar enquanto os braços estremecem até que eu recupere o equilíbrio. Engulo em seco e verifico o peso, ainda abaixada, antes de me mexer mais uma vez.

— O acordo comercial de Resson, assinado há duzentos anos, garante o comércio de carne e madeira de Navarre em troca da agricultura e tecido de Poromiel, quatro vezes ao ano, ocorrendo no entreposto de Athebyne, na fronteira de Krovla com Tyrrendor.

Consigo ver a Divisão dos Cavaleiros daqui. As construções imensas de pedra da cidadela se erguem nas montanhas até a base da estrutura, onde sei que esse caminho acaba, se ao menos eu puder chegar lá. Tirando a chuva do rosto usando a parte da roupa que cobre meu ombro, olho para trás para ver onde Jack está.

Ele parou logo depois da marca de um quarto do caminho, aquele formato troncudo imóvel lá... como se estivesse esperando alguma coisa. As mãos estão pendendo ao lado do corpo. O vento não parece ter efeito em seu equilíbrio, esse sortudo desgraçado. Juro que ele está sorrindo, mas poderia ser só a água em meus olhos.

Não posso ficar aqui. Viver para ver o próximo nascer do sol significa que preciso continuar me mexendo. Contraindo os músculos das pernas para manter o equilíbrio, me solto lentamente das pedras abaixo de mim e fico em pé de novo.

Estique os braços. Ande.

Preciso chegar lá o mais rápido possível antes de o vento soprar mais uma vez.

Olho por cima do ombro e vejo onde Jack está, e então meu sangue gela.

Ele se virou de costas e está de frente para o próximo aspirante, que oscila perigosamente enquanto se aproxima. Jack agarra o garoto magrelo pelas alças da mochila cheia, e eu observo, chocada, enquanto Jack atira o menino do Parapeito como se fosse um saco de grãos.

Um grito chega aos meus ouvidos um instante antes de o garoto desaparecer.

Puta que pariu.

— Você é a próxima, Sorrengail! — grita Jack, e eu afasto o olhar da ravina e vejo que ele aponta para mim, um sorriso sinistro curvando sua boca.

Ele, então, caminha na minha direção, os passos diminuindo a distância entre nós com uma rapidez assustadora.

Mexa-se. Agora.

— Tyrrendor ocupa todo o sudoeste do Continente — recito, meus passos constantes, mas demonstrando o pânico que sinto no caminho estreito e escorregadio, meu pé esquerdo deslizando um pouco no começo de cada passo. — O terreno hostil e montanhoso faz fronteira com o Mar Esmeralda a oeste e o Oceano Árctile ao sul, fazendo de Tyrrendor um lugar quase impenetrável. Apesar de separada geograficamente pelos Penhascos de Dralor, uma barreira natural protetora...

Outro sopro de vento passa por mim, e meu pé escorrega do Parapeito. Meu coração revira. Dou de cara com o Parapeito quando tropeço e caio. Meu joelho bate na pedra, e eu grito ao sentir dor. Minhas mãos buscam apoio enquanto minha perna esquerda fica pendurada nessa ponte infernal. A este ponto, Jack não deve estar muito atrás. Então, cometo o erro terrível de olhar para baixo.

Água escorre por meu queixo e nariz, caindo na pedra antes de se juntar ao rio que desce pelo vale sessenta metros abaixo. Eu engulo em seco, reprimindo o nó na garganta e piscando com força, tentando acalmar meu coração.

Eu não vou morrer hoje.

Segurando as laterais da pedra, apoio o máximo de peso que consigo nas pedras escorregadias para me segurar e depois levanto a perna esquerda. Meu calcanhar encontra a passarela. De agora em diante, não existem fatos suficientes no mundo para acalmar meus pensamentos. Preciso firmar meu pé direito, o que tem mais aderência, mas um movimento em falso e eu vou descobrir quão gelado é o rio abaixo de mim.

Você morreria com o impacto.

— Estou chegando, Sorrengail! — ouço o grito atrás de mim.

Empurro a pedra e rezo para minhas botas terem se apoiado no lugar certo enquanto fico em pé. Se eu caísse sozinha, tudo certo, o erro teria sido meu. Mas eu não vou deixar esse cuzão me matar. *Melhor chegar do outro lado, onde os outros assassinos estão.* Não que todo mundo na Divisão vá tentar me matar, só os aspirantes que talvez pensem que sou um risco para a Asa. Existe um motivo para cultuarem a força entre os cavaleiros. Um esquadrão, setor ou asa é eficiente na mesma medida de seu elo mais fraco, e, se esse elo se romper, todos vão estar em perigo.

Jack pensa que sou esse elo, ou ele é só um cuzão desequilibrado que sente prazer em matar. Provavelmente as duas coisas. De qualquer forma, preciso ir mais rápido.

Erguendo os braços, foco no fim do caminho, o pátio da cidadela, aonde Rhiannon já chegou em segurança, e me apresso mesmo com a chuva. Mantenho o corpo firme, travado em meu centro de gravidade, e, pela primeira vez, eu me sinto grata por ser mais baixinha que a maioria.

— Vai gritar até lá embaixo quando cair? — zomba Jack, ainda berrando, embora a voz esteja mais perto. Ele está diminuindo a distância.

Não existe espaço para o medo, então eu o bloqueio, imaginando uma barreira por onde possa empurrar a emoção e trancar as portas da minha mente. Consigo ver o fim do Parapeito agora, os cavaleiros esperando na entrada da cidadela.

— Não tem a menor chance de alguém que mal consegue carregar uma mochila cheia passar no exame de admissão. Você é um erro, Sorrengail — diz Jack, a voz mais clara, mas não arrisco perder minha velocidade para verificar a distância entre nós. — Melhor eu te tirar do jogo agora, não acha? Mais misericordioso que deixar os dragões te devorarem. Vão começar por essas perninhas finas enquanto você está viva. Vem logo — convida ele. — Vai ser um enorme *prazer* te ajudar.

— Vai se foder — murmuro.

Falta menos de quatro metros para chegar nas enormes muralhas da cidadela. Meu pé esquerdo escorrega e eu vacilo, mas perco só um segundo antes de me mexer novamente. A fortaleza assoma atrás daquelas muralhas grossas, entalhadas na montanha em formato de L com prédios altos de pedra, feitos para sobreviver ao fogo, por motivos óbvios. As paredes que cercam o pátio da cidadela têm três metros de espessura e dois metros e meio de altura, com apenas uma abertura... e eu estou. Quase. Lá.

Reprimo um soluço de alívio quando sinto a pedra me amparando pelos dois lados.

— Você acha que vai estar segura aí? — A voz de Jack é ácida... e está perto demais.

Segura pelas duas paredes da muralha, corro os últimos três metros, meu coração martelando enquanto a adrenalina incentiva meu corpo ao máximo, e os passos dele correm atrás de mim. Ele tenta pegar minha mochila e erra, a mão passando no meu quadril quando chegamos na beirada. Eu pulo para a frente, saltando os últimos centímetros do Parapeito elevado para dentro do pátio, onde dois cavaleiros aguardam.

Jack ruge, frustrado, e o som se acomoda em meu peito como uma prensa.

Em um giro, arranco uma adaga da bainha na minha costela assim que Jack para acima de mim no Parapeito, a respiração entrecortada, o rosto irado. Os olhos azuis gélidos dele soletram sua intenção assassina enquanto ele me encara... e vê o lugar onde minha adaga está marcando o tecido das calças dele: contra suas bolas.

— Acho. Que vou estar segura. Agora — consigo dizer, a respiração ofegante, meus músculos tremendo. Minha mão, porém, fica firme.

— Vai mesmo? — Jack parece vibrar de raiva, as sobrancelhas loiras espessas se abaixando sobre os olhos frios, cada linha daquele corpo monstruoso tentando se inclinar na minha direção, mas ele não dá mais nenhum passo.

— É contra as regras um cavaleiro machucar outro, seja na formatura da Divisão ou na presença supervisória de um cadete de patente maior — recito do Códex, ainda sentindo o coração na garganta. — Já que isso pode diminuir a eficiência da Asa. Considerando a multidão atrás de nós, eu diria que se pode argumentar que se trata de uma formatura. Artigo Terceiro, Seção...

— Não estou nem aí, porra! — Ele se mexe, mas eu continuo firme, e minha adaga rasga a primeira camada do tecido da calça.

— Sugiro que reconsidere. — Ajusto minha posição para o caso de ele não reconsiderar. — Minha mão pode escorregar.

— Nome? — pergunta a cavaleira ao meu lado, como se nós fôssemos a coisa menos interessante que ela já viu hoje.

Olho na direção dela por uma fração de segundo. Ela tira as mechas de cabelo ruivo na altura do queixo do rosto e as empurra, segurando a chamada com a outra mão, atenta para o desenrolar da cena. As três estrelas prateadas de quatro pontas bordadas no ombro de seu casaco me informam que ela está no terceiro ano.

— Você é bem pequena pra uma cavaleira, mas conseguiu — diz ela.

— Violet Sorrengail — respondo, mas volto o foco para Jack. Chuva escorre pela testa dele. — E, antes que pergunte, sim, *aquela* Sorrengail.

— Não fico surpresa, tendo visto a manobra que fez — diz a mulher, segurando uma caneta do jeito que a minha mãe faz.

Esse talvez seja o melhor elogio que já recebi.

— E qual é o seu nome? — pergunta ela de novo. Tenho certeza de que está falando com Jack, mas estou ocupada demais examinando meu oponente para olhar para ela.

— Jack. Barlowe. — Não tem mais sorrisinho sinistro em seus lábios ou provocações sobre como ele vai gostar de me matar agora. Não há nada além de maldade em suas feições, uma promessa de que vai haver vingança.

A apreensão faz os cabelos da minha nuca se levantarem.

— Bom, Jack — diz o cavaleiro à minha direita, coçando lentamente o cavanhaque escuro. Não está usando um manto, e a chuva encharca os brasões costurados em sua jaqueta de couro velha. — A cadete Sorrengail está segurando você pelas bolas, em mais de um sentido. Ela está certa. O regulamento diz que nada além de respeito pode existir entre os cavaleiros em formatura. Se quiser matar ela, vai ter que ser no ringue de luta ou em seu tempo livre. Quer dizer, se ela deixar você sair do Parapeito. Porque, tecnicamente, você ainda não entrou na cidadela, então *você* não é um cadete. *Ela* é.

— E se eu decidir quebrar o pescoço dela no segundo em que descer? — grunhe Jack, e o olhar dele diz que está falando sério.

— Então vai ter a chance de conhecer os dragões mais cedo — responde a ruiva, o tom seco. — A gente não espera um tribunal por aqui. Só fazemos a execução.

— Qual vai ser, Sorrengail? — pergunta o cavaleiro. — Vai deixar Jack começar sua carreira de cavaleiro como eunuco?

Merda. *Qual* vai ser? Não vou conseguir matá-lo, não desse ângulo, e cortar as bolas dele provavelmente só vai fazê-lo me odiar ainda mais.

— Vai seguir as regras? — pergunto a Jack. Minha cabeça está zumbindo, e sinto meus braços pesados, mas mantenho a adaga no alvo.

— Acho que não vou ter escolha. — Ele levanta um canto da boca, desdenhoso, e a postura dele relaxa, enquanto ergue as mãos com as palmas estendidas.

Abaixo a adaga, mas continuo com ela em mãos quando dou um passo para o lado, na direção da ruiva com a chamada.

Jack entra no pátio, batendo o ombro dele com força no meu enquanto passa, parando apenas para sussurrar em meu ouvido:

— Você tá morta, Sorrengail, e sou eu quem vai te matar.

Os dragões azuis descendem da extraordinária linhagem dos Gormfaileas. Conhecidos por seu tamanho formidável, são os mais cruéis, especialmente no caso do raro Rabo-de-adaga--azul, cujos espinhos como facas na ponta do rabo podem destroçar seus inimigos com um único golpe.

— O GUIA DAS ESPÉCIES DE DRAGÕES, POR CORONEL KAORI

CAPÍTULO TRÊS

Se Jack quer me matar, ele precisa entrar na fila. Além disso, tenho a sensação de que Xaden Riorson vai chegar primeiro.

— Hoje, não — respondo, sentindo o cabo da adaga em minhas mãos, e de alguma forma consigo suprimir um arrepio quando Jack se inclina e respira fundo. Está me cheirando como se fosse a porra de um cachorro. Então ele bufa e segue na direção dos cadetes e cavaleiros que comemoram, reunidos ali no pátio considerável da cidadela.

Ainda é cedo, provavelmente por volta das nove horas, mas vejo que o número de cadetes não é o mesmo de aspirantes na minha frente na fila. Com base na presença sufocante de couro, tanto os segundanistas quanto os terceiranistas estão aqui também, avaliando os novos cadetes.

A chuva diminui até virar uma garoa, como se só tivesse aparecido para deixar o teste mais difícil da minha vida ainda mais difícil... mas eu consegui.

Estou viva.

Consegui.

Meu corpo começa a tremer, e uma dor lacerante irrompe pelo meu joelho esquerdo: o que bati no Parapeito. Dou um passo, e ele ameaça ceder sob meu peso. Preciso fazer uma atadura antes que alguém note.

— Acho que fez um inimigo — diz a ruiva, mudando a posição da besta mortal que leva pendurada no ombro. Ela me encara por cima do pergaminho com um olhar cor de mel avaliador, me olhando de cima a baixo. — Eu ficaria de olho quando estivesse perto dele, se fosse você.

Assinto. Vou precisar ficar de olho o tempo todo, isso sim.

O próximo aspirante se aproxima do Parapeito enquanto alguém me pega pelos ombros por trás e me vira.

Minha adaga já está erguida até o meio do caminho entre nós quando percebo que é Rhiannon.

— Conseguimos! — Ela sorri, apertando meus ombros.

— Conseguimos — repito, forçando um sorriso. Minhas coxas estão tremendo, mas consigo guardar a adaga na bainha nas costelas.

Agora que nós duas estamos aqui e somos cadetes, será que posso confiar nela?

— Nem tenho como te agradecer. Eu teria caído pelo menos umas três vezes se você não tivesse me ajudado. Você estava certa, as solas estavam lisas pra caralho. Já viu as pessoas por aqui? Juro que acabei de ver uma segundanista com mechas cor-de-rosa no cabelo e um cara que tatuou escamas de dragão nos bíceps.

— Conformidade só vale para a infantaria — eu digo, e ela passa o braço ao redor do meu e me puxa na direção da multidão. Meu joelho grita de dor, que sobe para o quadril e desce para o pé. Eu manco, meu peso caindo sobre Rhiannon.

Droga.

De onde veio essa náusea? Por que não consigo parar de tremer? Vou desabar a qualquer segundo, não tem a menor chance do meu corpo aguentar ficar ereto com esse terremoto passando pelas minhas pernas ou pelo borrão em que está minha mente.

— Falando nisso — diz ela, olhando para baixo. — Precisamos destrocar nossas botas. Tem um banco...

Uma figura alta usando um uniforme preto impecável se destaca na multidão, caminhando em nossa direção, e, apesar de Rhiannon conseguir desviar, eu cambaleio e bato contra o peito dele.

— Violet? — Mãos fortes me seguram pelo cotovelo para me equilibrar, e encontro um par de olhos castanhos lindos e familiares arregalados de choque.

Sinto um alívio enorme e tento sorrir, mas provavelmente mais parece uma careta distorcida. Ele parece mais alto do que no verão passado, a barba no queixo dele é nova, e ele parece ter crescido de várias formas que me fazem piscar em surpresa... ou talvez seja só minha visão embotando nos cantos. O sorriso lindo e tranquilo que é protagonista de muitas das minhas fantasias está longe de ser a carranca que toma conta da boca dele, e tudo nele parece um pouco mais... duro, mas parece que combina. A linha do queixo e das sobrancelhas e até os músculos nos bíceps são rígidos sob meus dedos enquanto tento recuperar o equilíbrio. Em algum momento do último ano, Dain Aetos foi de atraente e fofo para *gostoso*.

E estou prestes a vomitar nas botas dele.

— O que está fazendo aqui, porra? — ele exige saber, o choque em seus olhos se transformando em algo estranho e mortal. Ele não é mais o menino com quem cresci. É um cavaleiro do segundo ano.

— Dain. Que bom te ver. — Isso é um eufemismo, mas os tremores começam a ser mais violentos, e sinto a bile na garganta, a tontura piorando a náusea. Meus joelhos cedem.

— Que merda, Violet — ele murmura, me erguendo.

Com uma mão nas minhas costas e outra sob meu cotovelo, ele rapidamente me guia para longe da multidão para uma alcova na parede, perto da primeira torre defensiva da cidadela. É um espaço escondido com uma sombra e um banco sólido de madeira. Ele me faz sentar e depois me ajuda a tirar a mochila.

Sinto o cuspe inundar minha boca.

— Vou vomitar.

— Coloque a cabeça entre os joelhos — ordena Dain em um tom áspero que não estou acostumada a ouvir dele, mas faço o que ele diz. Ele esfrega a mão em círculos nas minhas costas enquanto inspiro pelo nariz e expiro pela boca. — É a adrenalina. Espere um minuto que vai passar. — Ouço passos nos pedregulhos. — Quem caralhos é você?

— Meu nome é Rhiannon. Eu sou... uma amiga da Violet.

Encaro o chão com as botas trocadas, torcendo para que o conteúdo escasso do meu estômago continue no lugar.

— Escute, Rhiannon. Violet está bem — diz ele em tom autoritário. — E, se alguém perguntar, pode dizer que eu falei exatamente isso, e é só a adrenalina saindo do sistema dela. Entendido?

— Não é da conta de ninguém o que acontece com Violet — retruca ela, o tom afiado como o dele. — Então não vou falar porra nenhuma. Ainda mais por ela ser o motivo para eu ter conseguido atravessar o Parapeito.

— É melhor que esteja falando a verdade — avisa Dain, a acidez no tom contrastando com os círculos reconfortantes que ele desenha em minhas costas.

— Eu poderia perguntar quem caralhos é *você*.

— Ele é um dos meus amigos mais antigos. — Os tremores diminuem lentamente, e a náusea se esvai, mas não sei se é só temporariamente ou pela posição em que estou. Mantenho a cabeça entre os joelhos enquanto desamarro o cadarço da minha bota esquerda.

— Ah — é a resposta de Rhiannon.

— E um cavaleiro do segundo ano, *cadete* — grunhe ele.

Ouço o som de cascalho amassar como se Rhiannon tivesse dado um passo para trás.

— Não dá pra ver você aqui, Vi, então usa o tempo que precisar — diz Dain baixinho.

— Porque vomitar minhas tripas depois de sobreviver ao Parapeito e ao cuzão que quis me atirar de lá seria considerado fraqueza. — Eu me endireito lentamente.

— Exato — responde ele. — Você se machucou?

O olhar dele me avalia em desespero, como se precisasse ver cada centímetro do meu corpo para garantir.

— Meu joelho está doendo — confesso, sussurrando, porque é o Dain.

Dain, que conheço desde que tinha cinco anos, e ele, seis. Dain, cujo pai é um dos conselheiros de maior confiança da minha mãe. Dain, que me consolou quando Mira foi para a Divisão dos Cavaleiros, e depois de novo quando Brennan morreu.

Ele segura meu queixo com o dedão e o indicador, virando meu rosto de um lado para o outro para inspecioná-lo.

— Só isso? Certeza? — Ele passa as mãos pela lateral do meu corpo e faz uma pausa quando chega em minhas costelas. — Você trouxe *adagas*?

Rhiannon tira minha bota e suspira de alívio, massageando os dedos.

Assinto.

— Três na costela e uma na bota. — Graças aos deuses, ou acho que não estaria sentada aqui neste instante.

— Hm. — Ele abaixa as mãos e me encara como se nunca tivesse me visto antes, como se eu fosse uma estranha completa, mas então pisca e essa expressão desaparece. — Destroquem as botas. Vocês duas parecem ridículas. Vi, você confia nessa aqui?

Ele aponta para Rhiannon com a cabeça. Ela poderia ter me esperado na segurança das muralhas da cidadela e me jogado assim como Jack tentou fazer, mas não fez isso.

Assinto com a cabeça. Confio nela tanto quanto confio em qualquer outro primeiranista.

— Certo. — Ele fica em pé e se vira na direção dela. Também vejo bainhas no uniforme de couro dele, mas estão todas preenchidas por adagas, enquanto algumas das minhas ainda estão vazias. — Sou Dain Aetos, líder do Segundo Esquadrão, Setor Fogo, Segunda Asa.

Líder do esquadrão? Levanto as sobrancelhas. As maiores patentes entre os cadetes em suas divisões são Dirigente de Asa e Líder de Setor.

Os dois cargos pertencem aos cavaleiros de elite do terceiro ano. Pessoas do segundo ano podem até se tornar líderes do esquadrão, mas apenas se forem excepcionais. Os demais simplesmente ficam na posição de cadete antes da Ceifa (momento em que os dragões escolhem a quem vão se unir) e depois se tornam cavaleiros. As pessoas morrem com tanta frequência aqui que não vale a pena entregar patentes prematuramente.

— A parte do Parapeito deve acabar daqui a umas duas horas, dependendo da rapidez com que os aspirantes atravessam ou caem. Encontre a ruiva com a chamada, ela geralmente está carregando uma besta, e diga a ela que Dain Aetos pediu para colocar tanto você quanto Violet Sorrengail no esquadrão dele. Se ela questionar, diga que ela me deve uma por ter salvado a vida dela durante a Ceifa no ano passado. Daqui a pouco levo a Violet de volta ao pátio.

Rhiannon olha para mim e eu assinto com a cabeça.

— Vá antes que alguém nos veja — ordena Dain.

— Já vou — responde ela, empurrando o pé na bota e amarrando rapidamente enquanto faço o mesmo com a minha.

— Você conseguiu atravessar o Parapeito com uma bota de cavalgada grande demais para você? — pergunta Dain, me encarando, incrédulo.

— Ela teria morrido se eu não tivesse trocado a minha. — Fico em pé e estremeço quando meu joelho protesta, tentando ceder.

— E você vai morrer se a gente não der um jeito de tirar você daqui. — Ele oferece o braço. — Segura firme. Precisamos levar você pro meu quarto. Precisa de uma atadura nesse joelho. — Ele levanta as sobrancelhas. — A não ser que tenha encontrado uma cura milagrosa no último ano...

Balanço a cabeça e aceito o braço dele.

— Que merda, Violet. *Inferno*. — Ele esconde meu braço discretamente contra a lateral de seu corpo, pegando minha mochila com a mão livre, e então me leva para um túnel no fim daquela alcova, escondido na muralha externa. Eu nem sequer tinha visto. Luzes mágicas iluminam as arandelas quando caminhamos até elas, e apagam assim que passamos. — Não era para você estar aqui.

— Eu sei. — Manco um pouco, agora que ninguém mais está nos vendo.

— Era para você estar na Divisão dos Escribas — ele rebate, me conduzindo pelo túnel. — O que foi que aconteceu? Me diga que você não se *voluntariou* para a Divisão dos Cavaleiros.

— O que você acha que aconteceu? — pergunto enquanto passamos por um portão de ferro que parece que foi construído para deter um troll… ou um dragão.

Ele pragueja.

— Sua mãe.

— Minha mãe — confirmo. — Você não sabe que todos os Sorrengail são cavaleiros?

Chegamos a um lance de escadas circular, e Dain me faz subir até o terceiro andar, abrindo outro portão que range com o som de metal contra metal.

— Este é o andar do segundo ano — explica ele baixinho. — O que significa...

— Que não era pra eu estar aqui, óbvio. — Fico mais perto dele. — Não se preocupe... Se alguém nos vir, vou falar que fui tomada por luxúria à primeira vista e não dava pra esperar um segundo pra tirar suas calças.

— Sempre a espertinha. — Um sorriso irônico puxa os lábios dele enquanto caminhamos pelo corredor.

— Posso gritar uns *vai, Dain* quando estivermos no seu quarto só para aumentar a credibilidade — ofereço, falando sério.

Ele bufa e joga a minha mochila no chão de madeira, e então revira as mãos no ar na frente da maçaneta. A fechadura faz um clique audível.

— Você ganhou poderes — eu digo.

Não é nenhuma novidade. Ele é um cavaleiro do segundo ano, e todos os cavaleiros podem realizar pequenas magias assim que seus dragões escolhem canalizar o próprio poder... mas é que é o... Dain.

— Não precisa parecer tão surpresa. — Ele revira os olhos e abre a porta, levando minha mochila enquanto me ajuda a entrar.

O quarto dele é simples e contém cama, cômoda, escrivaninha e guarda-roupa. Não tem nada pessoal, a não ser alguns livros na escrivaninha. Percebo com certa satisfação que um deles é um tomo no idioma krovlano que dei de presente no ano passado, antes de ele ir embora. Dain sempre teve um dom para línguas. Até mesmo o cobertor na cama dele é simples, preto como o uniforme dos cavaleiros, como se tivesse como ele se esquecer do motivo para estar dormindo aqui. A janela é em forma de arco, e vou até ela. Consigo ver o resto de Basgiath do outro lado do desfiladeiro através do vidro transparente.

É o mesmo instituto militar, mas, ainda assim, fica a um mundo de distância. Dois outros aspirantes atravessam o Parapeito, mas desvio o olhar antes de ficar envolvida e acabar por vê-los cair. Existe um limite de mortes que alguém consegue aguentar em um único dia, e já estou no meu máximo.

— Tem alguma atadura aqui? — Ele me entrega a mochila.

— Peguei com o major Gillstead — respondo, assentindo e me jogando na beirada da cama arrumada para vasculhar a mochila. Por sorte, Mira é infinitamente melhor arrumando mochilas do que eu, e é fácil encontrar as ataduras.

— Sinta-se em casa. — Ele abre um sorriso, inclinando-se sobre a porta fechada e passando um tornozelo pelo outro. — Por mais que odeie que você esteja aqui, preciso dizer que é muito bom ver você, Vi.

Ergo a cabeça e nossos olhares se encontram. A tensão acumulada em meu peito na última semana (porra, nos últimos seis meses) diminui, e, por um instante, somos só nós dois.

— Senti saudade — eu digo. Talvez isso configure exposição de fraqueza, mas não ligo. Dain sabe tudo sobre a minha vida, de qualquer forma.

— É. Eu também senti — responde baixinho, os olhos suavizando.

Meu peito parece apertar, e existe uma percepção entre nós, uma sensação quase tangível de... ansiedade quando ele olha para mim. Talvez depois de todos esses anos estejamos finalmente em sintonia no quesito um querer o outro. Ou talvez ele só esteja aliviado por ver uma velha amiga.

— Melhor atar essa perna. — Ele se vira para a porta. — Não vou olhar.

— Não é nada que já não tenha visto antes.

Ergo os quadris e abaixo as calças de couro até passarem pelo joelho. Merda. O esquerdo está inchado. Se outra pessoa tivesse tropeçado assim, teria acabado com um hematoma ou arranhão. Mas eu? Eu tenho que dar um jeito de garantir que minha rótula fique no lugar. Não é só que meus músculos são fracos. Os ligamentos que seguram minhas articulações são uma merda também.

— É, bom, a gente não está dando uma escapada para nadar no rio, né? — provoca ele. Crescemos juntos em todos os postos que nossos pais foram servir, e, não importava onde estivéssemos, sempre encontrávamos um lugar para nadar e árvores para subir.

Amarro a atadura em meu joelho e em seguida coloco uma tala para segurar a articulação da mesma forma que sempre fiz desde que era velha o bastante para os médicos me ensinarem. É um movimento ensaiado, que eu poderia fazer de olhos fechados, e a familiaridade que me traz é quase tranquilizadora, se não significasse que eu estava começando meus dias na Divisão já machucada.

Assim que termino de imobilizar meu joelho com uma fivela de metal, fico em pé e levanto a calça por cima da bunda para abotoá-la.

— Estou vestida.

Ele se vira para me encarar.

— Você está... diferente.

— É a roupa de couro. — Dou de ombros. — Por quê? É um diferente ruim?

Preciso de um segundo para fechar a mochila e erguê-la por cima do ombro. Graças aos deuses, é fácil lidar com a dor em meu joelho quando está imobilizado assim.

— É só… — Ele balança a cabeça lentamente, mordendo o lábio inferior. — Diferente.

— Nossa, Dain Aetos. — Eu dou um sorriso e ando na direção dele, segurando a maçaneta ao lado. — Você já me viu com roupa de banho, de camisola e até de vestido de festa. Está me dizendo que me ver usando um uniforme é que chama sua atenção?

Ele bufa, mas vejo que suas bochechas coram quando coloca a mão por cima da minha para abrir a porta.

— Que bom que o ano que passamos longe não diminuiu essa sua língua afiada, Vi.

— Ah — digo por cima do ombro enquanto saímos no corredor. — Consigo fazer várias coisas com a minha língua. Você ficaria impressionado.

Meu sorriso é tão grande que quase chega a doer, e por um segundo quase me esqueço de que estamos na Divisão dos Cavaleiros e que sobrevivi ao Parapeito.

Os olhos dele esquentam. Acho que ele também se esqueceu. Mas até aí, Mira sempre deixou claro que os cavaleiros não são tímidos entre as quatro paredes deste lugar. Não existem muitos motivos para se negar uma experiência quando não se sabe o dia de amanhã.

— Precisamos tirar você daqui — diz ele, balançando a cabeça como se precisasse desanuviar seus pensamentos. Então, repete o gesto que tinha feito com as mãos e ouço a fechadura se trancar. Não tem mais ninguém no corredor, e chegamos rápido nas escadarias.

— Obrigada — digo, quando começamos a descer. — Meu joelho está melhor agora.

— Ainda não consigo acreditar que sua mãe achou que era uma boa ideia você vir para a Divisão dos Cavaleiros.

Praticamente ouço a raiva vibrar nele ao meu lado enquanto descemos a escadaria. Não tem corrimão do lado dele, mas ele não parece se importar, apesar de um único passo poder ser seu fim.

— Eu também não. Ela anunciou o decreto sobre a Divisão em que eu entraria na primavera passada, depois que passei no exame de admissão, e eu imediatamente comecei a trabalhar com o major Gillstead. — Ele vai ficar tão orgulhoso quando ler a chamada amanhã e ver que não estou entre os mortos.

— Tem uma porta no fim da escadaria, abaixo do nível principal, que dá para uma passagem para a Divisão Hospitalar do outro lado da ravina — diz ele quando nos aproximamos da ravina. — Podemos usar a passagem e devolver você para a Divisão dos Escribas.

— Quê? — Paro quando meus pés atingem um patamar de pedra no andar principal, mas ele continua descendo.

Ele já desceu três degraus quando percebe que não o estou seguindo.

— A Divisão dos Escribas — diz ele lentamente, virando-se para me encarar.

Esse ângulo me deixa mais alta do que ele, e eu o encaro.

— Não posso ir pra Divisão dos Escribas, Dain.

— Como assim? — Ele ergue as sobrancelhas.

— Ela não vai aceitar. — Balanço a cabeça.

Ele abre e fecha a boca, depois cerra os punhos na lateral do corpo.

— Este lugar vai te matar, Violet. Você não pode ficar aqui. Todo mundo vai entender. Você não se voluntariou... quer dizer, não de verdade.

Sinto a raiva subir por minha coluna e estreito os olhos para ele. Ignorando quem ou não me voluntariou, eu retruco:

— Em primeiro lugar, eu sei muito bem quais são minhas chances aqui, *Dain*, e, em segundo, uns quinze por cento dos aspirantes não conseguem passar do Parapeito e eu ainda estou de pé, então acho que já superei algumas expectativas.

Ele recua mais um degrau.

— Não estou dizendo que não foi fodona só de chegar até aqui, Vi. Mas precisa ir embora. Vão acabar com você no instante em que subir no ringue de luta, e isso vai ser *antes* de os dragões pressentirem que você é...

Ele balança a cabeça e desvia o olhar, cerrando a mandíbula.

— Que eu sou o *quê*? — Ergo a voz. — Pode falar. Quando eles sentirem que eu sou *menos* do que os outros cadetes? É isso que você está dizendo?

— Droga. — Ele passa a mão pelos cachos castanho-claros cortados curtos. — Pare de colocar palavras na minha boca. Você entendeu o que eu falei. Mesmo se sobreviver à Ceifa, não existe nenhuma garantia de que um dragão vá querer se unir a você. No ano passado, trinta e quatro cadetes ficaram sem dragão e agora estão na reserva, só de bobeira, esperando o ano recomeçar com essa turma e terem outra chance de uma união, e todos eles são perfeitamente saudáveis...

— Não seja cuzão. — Meu estômago revira. Só porque ele pode estar certo não quer dizer que quero ouvir o que está dizendo... ou que quero que achem que não sou *saudável*.

— Estou tentando manter você viva! — ele grita, a voz ecoando pela escadaria de pedra. — Se a gente te levar para a Divisão dos Escribas agora, você ainda assim pode gabaritar o teste e ter uma história incrível para contar quando for sair para beber. Se eu te levar lá agora — ele aponta para a escadaria que leva ao pátio —, não há nada que eu possa fazer. Não posso te proteger aqui. Não de verdade.

— Não estou pedindo que me proteja!

Espera… eu não estava mesmo pedindo que ele me protegesse? Não tinha sido isso que Mira havia sugerido?

— Por que disse para Rhiannon pedir para me colocarem no seu esquadrão e depois tentou me esgueirar pela porta dos fundos?

Sinto a pressão ficar maior no meu peito. Junto com Mira, Dain é a pessoa que mais me conhece nessa porcaria de Continente inteiro, e nem mesmo ele acha que eu vou sobreviver aqui.

— Para fazer ela ir embora e tirar você daqui! — Ele sobe dois degraus, diminuindo a distância entre nós, mas a altura de seus ombros não demonstra que ele desistiu da ideia. Se a determinação tivesse uma forma física, seria incorporada por Dain Aetos nesse instante. — Acha que quero ver minha melhor amiga morrer? Acha que vai ser divertido ver o que vão fazer com você, sabendo que é a filha da general Sorrengail? Vestir um uniforme de couro não te transforma em cavaleira, Vi. Vão te destroçar, e, se não fizerem isso, os dragões vão terminar o trabalho. Na Divisão dos Cavaleiros, ou você se forma, ou morre. Você sabe disso. Deixa eu te salvar. — A postura dele desmorona, e o apelo em seus olhos faz um pouco da minha indignação esvaecer. — Por favor, me deixa te salvar.

— Você não pode — sussurro. — Ela disse que me traria de volta se eu fugisse. Ou saio daqui cavaleira, ou com o nome numa lápide.

— Ela não estava falando sério. — Ele balança a cabeça. — Não podia estar.

— Ela estava. Nem mesmo Mira conseguiu tirar essa ideia da cabeça dela.

Ele avalia meus olhos e fica tenso como se visse a verdade ali.

— Merda.

— É. Merda. — Dou de ombros, como se não estivéssemos falando da minha vida.

— Tudo bem. — Eu o vejo mentalmente considerando outro caminho, ajustando-se àquela nova informação. — Vamos dar outro jeito. Por enquanto, vamos seguir assim. — Ele pega minha mão e me leva para a mesma alcova de antes. — Vá lá fora e encontre com os outros primeiranistas. Eu vou voltar e entrar pela porta da torre. Eles logo vão descobrir que a gente se conhece, mas melhor não dar munição pra ninguém.

Ele aperta minha mão e me solta, virando de costas sem mais uma palavra e desaparecendo pelo túnel.

Seguro as alças da mochila e adentro o pátio iluminado pelo sol. As nuvens já desapareceram, e a garoa diminui enquanto esmago o cascalho sob meus pés a caminho de encontrar os outros cavaleiros e cadetes.

O pátio é enorme e poderia facilmente acomodar mil cavaleiros, assim como foi registrado no mapa dos arquivos. Tem o formato de uma gota, e o lado circular é formado por uma muralha externa de três metros de espessura. Os saguões de pedra ficam ao lado. Eu sei que o prédio de quatro andares entalhado dentro da montanha com a parede curva é para os acadêmicos, e o que fica à direita, acima do penhasco, é composto pelos dormitórios para onde Dain me levou. O prédio circular, o átrio, que conecta as duas outras construções, também serve como porta de entrada para o salão e as áreas comuns, com a biblioteca atrás. Paro de ficar encarando e me viro para o pátio, observando a muralha externa. Vejo uma plataforma de pedra do lado direito do Parapeito, ocupada por dois homens uniformizados que reconheço como sendo o comandante e o subcomandante, os dois trajados com uniforme militar, as medalhas brilhando sob a luz do sol.

Preciso de alguns minutos para encontrar Rhiannon na multidão que só aumenta, falando com outra garota cujo cabelo preto foi cortado tão curto quanto o de Dain.

— Ah, pronto, você chegou! — O sorriso de Rhiannon é genuíno, cheio de alívio. — Fiquei preocupada. Tá tudo…

Ela ergue as sobrancelhas.

— Estou pronta pra ir.

Eu assinto com a cabeça e me viro na direção da outra mulher, e Rhiannon nos apresenta. O nome dela é Tara, e ela é da província de Morraine, ao norte, beirando a costa do Mar Esmeralda. Ela tem o mesmo ar confiante de Mira, e seus olhos brilham de empolgação enquanto ela e Rhiannon conversam sobre como são obcecadas por dragões desde pequenas. Presto atenção, mas apenas o suficiente para me lembrar de detalhes caso a gente precise forjar uma aliança.

Uma hora se passa, e depois outra, de acordo com os sinos de Basgiath, que conseguimos ouvir daqui. Então os últimos cadetes entram no pátio, seguidos pelos três cavaleiros da outra torre.

Xaden está entre eles. Não é apenas a altura que o faz se destacar naquela multidão, mas a forma como todos os outros cavaleiros parecem se mover em volta dele, como um tubarão do qual os peixes evitam passar perto. Por um segundo, não consigo evitar me perguntar qual é o sinete dele, o poder único que recebeu a partir da união com o seu dragão, e se é por isso que até os terceiranistas parecem se afastar do caminho dele quando ele sobe na plataforma com uma graciosidade fatal. Dez pessoas estão lá em cima agora, e pela forma que o comandante Panchek dá um passo em frente para nos encarar…

— Acho que vai começar — digo a Rhiannon e Tara, e as duas se voltam para a plataforma.

Todo mundo replica o movimento.

— Trezentos e um de vocês sobreviveram ao Parapeito para se tornar cadetes hoje — o comandante Panchek começa com um sorriso político, gesticulando para nós. Ele sempre falou usando as mãos. — Bom trabalho. Sessenta e sete dos aspirantes não sobreviveram.

Meu peito se aperta quando meu cérebro rapidamente faz o cálculo. Quase vinte por cento. Será que tinha sido a chuva? O vento? Isso era mais do que a média. *Sessenta e sete* pessoas tinham morrido tentando chegar aqui.

— Ouvi dizer que esse cargo é só um degrau pra ele — sussurra Tara. — Ele quer o trabalho da Sorrengail, e depois o do general Melgren.

O comandante-general de todas as forças de Navarre. Os olhos pequenos de Melgren sempre me fizeram encolher cada vez que nos encontramos durante a carreira da minha mãe.

— Do general Melgren? — cochicha Rhiannon do outro lado.

— Ele nunca vai conseguir — respondo baixinho enquanto o comandante nos dá as boas-vindas à Divisão dos Cavaleiros. — O dragão de Melgren permite, usando a habilidade sinete, que ele preveja o resultado de uma batalha antes que ela aconteça. Não tem como ganhar disso, e não dá pra ser assassinado se você sabe o futuro.

— Como dita o Códex, é agora que começa a verdadeira provação para vocês! — grita Panchek, a voz ecoando acima de cerca de quinhentas pessoas presentes no pátio. — Vocês serão testados por seus superiores, caçados por seus colegas e guiados por seus instintos. Se sobreviverem à Ceifa, e se forem escolhidos, serão cavaleiros. Então, veremos quantos de vocês chegam à graduação.

A estatística dita que um quarto entre nós vai sobreviver até a graduação, variando pouco a cada ano, e, ainda assim, nunca há poucos voluntários para a Divisão dos Cavaleiros. Cada cadete nesse pátio acha que tem o que é preciso para ser alguém de elite, o melhor que Navarre tem a oferecer: um cavaleiro de dragão. Não consigo evitar pensar, por alguns poucos segundos, que talvez eu também consiga. Talvez eu possa fazer mais do que só sobreviver.

— Seus instrutores vão ensiná-los — promete Panchek, a mão indicando a fileira de professores parados nas portas da Ala Acadêmica. — Cabe a vocês aprenderem direito. — Ele aponta um dedo para a multidão. — A disciplina cabe às suas unidades, e seu Dirigente de Asa dá a palavra final. Se eu precisar me envolver… — Um sorriso lento e sinistro se desdobra no rosto dele. — Vocês não vão querer me envolver. Essa é a minha deixa para os seus Dirigentes de Asa. Meu conselho? Não morram.

Ele sai da plataforma, seguido pelo subcomandante, deixando apenas os cavaleiros na plataforma de pedra.

Uma mulher morena, de ombros largos e um sorriso com uma cicatriz, dá um passo em frente, os espinhos prateados no ombro do uniforme brilhando sob a luz.

— Eu sou Nyra, Dirigente de Asa superior da Divisão e cabeça da Primeira Asa. Líderes de setor e esquadrão, assumam suas posições agora.

Sinto um ombro me sacudir quando alguém passa entre mim e Rhiannon. Outros seguem até que cinquenta pessoas estejam na nossa frente, espaçadas em formatura.

— Setores e esquadrões — sussurro para Rhiannon, explicando caso ela não tenha crescido em uma família de militares. — Tem três esquadrões em cada setor, e três setores em cada uma das quatro Asas.

— Obrigada — responde ela.

Dain fica na frente do setor da Segunda Asa, de frente para mim, mas evitando meu olhar.

— Primeiro Esquadrão! Setor Garra! Primeira Asa! — chama Nyra.

Um homem mais perto da plataforma levanta a mão.

— Cadetes, quando seu nome for chamado, façam formatura atrás do líder do esquadrão.

A ruiva com a besta e a chamada dá um passo à frente e começa a chamar os nomes. Um por um, os cadetes se destacam da multidão e seguem para a formatura, e eu registro tudo, fazendo julgamentos rápidos baseados na roupa e arrogância de cada um. Parece que cada esquadrão contém cerca de quinze ou dezesseis pessoas.

Jack é chamado para o Setor Fogo da Primeira Asa.

Tara é chamada para o Setor Cauda, e logo começam a Segunda Asa.

Solto um suspiro agradecido quando o Dirigente de Asa dá um passo à frente e vejo que não é Xaden.

Tanto eu quanto Rhiannon somos chamadas para o Segundo Esquadrão, Setor Fogo, Segunda Asa. Entramos rapidamente em formatura, fazendo uma fila. Um olhar rápido me diz que temos um Líder de Esquadrão, Dain, que não olha na minha direção; uma Sublíder de Esquadrão; quatro cavaleiros que parecem ser do segundo ou terceiro ano; e nove pessoas do primeiro ano. Uma das cavaleiras com duas estrelas no uniforme e um cabelo rosa raspado possui uma relíquia da rebelião que espirala pelo antebraço, desde o pulso até acima do cotovelo, onde desaparece embaixo do uniforme. Desvio o olhar para que ela não me flagre olhando.

Ficamos em silêncio enquanto os outros nomes são chamados. O sol agora brilha implacável, queimando a pele e me esquentando no uniforme de couro. *Eu avisei a ele que não escondesse você naquela biblioteca*, a voz de minha mãe ecoa as palavras daquela manhã, mas não é como se eu pudesse ter me preparado para isso. Tenho exatamente duas tonalidades de pele quando se trata de pegar sol: branca e vermelha.

Quando o sino ressoa, todos nos viramos para a plataforma. Tento manter o olhar fixo na garota com a chamada, mas meus olhos me traem e viram para a direita, e sinto meu batimento cardíaco acelerar.

Xaden me observa com um olhar frio e calculista, como se planejasse minha morte de onde ele está em pé, na posição de Dirigente de Asa da Quarta Asa.

Ergo o queixo.

Ele arqueia a sobrancelha com a cicatriz. Então diz algo para o Dirigente de Asa da Segunda Asa e todos os Dirigentes de Asa se juntam ao que obviamente é uma discussão acalorada.

— Sobre o que é a conversa? — sussurra Rhiannon.

— Silêncio — sibila Dain.

Endireito a coluna. Não posso esperar que ele seja o *meu* Dain aqui, não sob essas circunstâncias, mas o tom de voz dele ainda me surpreende.

Por fim, os Dirigentes de Asa se viram, e a curva leve nos lábios de Xaden imediatamente me deixa nauseada.

— Dain Aetos, você e seu esquadrão vão trocar com o de Aura Beinhaven — ordena Nyra.

Espera. Quê? Quem é Aura Beinhaven?

Dain assente e se vira para nós.

— Sigam-me — diz ele uma única vez e depois passa pela formatura, deixando que nós nos apressemos atrás dele. Passamos outro esquadrão a caminho da… da…

A respiração congela em meus pulmões.

Estamos indo na direção da Quarta Asa. A Asa de Xaden.

Levamos um ou dois minutos para fazer a formatura novamente. Eu me forço a respirar. O sorriso no rosto bonito e arrogante de Xaden é convencido pra caralho.

Agora estou inteiramente à mercê dele, uma subordinada em sua linha de comando. Ele pode me punir da forma que preferir pela menor das infrações, até mesmo se forem imaginárias.

Nyra olha para Xaden enquanto termina de declarar as designações, e ele assente, dando um passo à frente e finalmente rompendo a nossa competição de olhares. Tenho certeza de que ele ganhou, considerando que meu coração está galopando como um cavalo em fuga.

— Agora vocês são todos cadetes. — A voz de Xaden ecoa pelo pátio, mais forte que as outras. — Olhem bem para o seu esquadrão. Essas são as únicas pessoas que o Códex garante que não vão tentar te matar. Mas só porque não podem acabar com a sua vida não quer dizer que os outros não vão tentar fazer isso. Vocês querem um dragão? Então façam por merecer.

A maioria aplaude, mas fico de boca fechada.

Sessenta e sete pessoas caíram ou morreram de alguma outra forma hoje. Sessenta e sete, que, assim como Dylan, tinham pais que retirariam seus corpos ou assistiriam a um enterro no sopé da montanha em uma lápide simples. Não consigo comemorar essas perdas.

Os olhos de Xaden encontram os meus, e meu estômago se revira antes de ele desviar o olhar.

— Aposto que estão se sentindo muito incríveis agora, não é, primeiranistas?

Mais aplausos.

— Estão se sentindo invencíveis depois do Parapeito, certo? — grita Xaden. — Estão achando que são intocáveis! Que estão a caminho de se tornar da elite! Os poucos! Os escolhidos!

Outra rodada de aplausos e gritos irrompe a cada declaração, cada vez mais alto.

Não. Não são só aplausos. É o som de asas batendo no vento, fazendo a natureza se submeter.

— Deuses, eles são lindos — sussurra Rhiannon do meu lado quando eles finalmente aparecem.

Uma revoada de dragões.

Passei a vida inteira perto de dragões, mas sempre a distância. Eles não toleram os humanos que não escolheram para se unir. Mas esses oito? Estão voando direto até nós, velozes.

Quando penso que vão sobrevoar o pátio, eles descem na vertical, chicoteando o ar com as enormes asas quase translúcidas, e então param, as ondas de vento causadas pelas asas tão poderosas que quase cambaleio para trás quando pousam na muralha circular externa. As escamas do peito ondulam a cada movimento, e as garras afiadas seguram a parede de cada lado. Agora entendo o motivo de todas as paredes terem três metros de espessura. Não é uma barreira. A fortaleza é a porcaria de um *poleiro*.

Fico boquiaberta. Em meus cinco anos morando aqui, nunca vi uma coisa dessas, mas, até agora, também nunca me tinha sido permitido observar o que acontece no Dia do Alistamento.

Alguns cadetes gritam.

Acho que todo mundo quer ser um cavaleiro de dragão até estar a cinco metros de um.

O vapor sopra no meu rosto quando o dragão azul-marinho que está diretamente na minha frente exala fumaça pelas narinas enormes. Os chifres azuis se erguem elegantes acima da cabeça, letais, e as asas se abrem momentaneamente antes de serem guardadas, a ponta articulada coroada por uma garra feroz. O rabo é igualmente fatal, mas não consigo ver desse ângulo ou saber qual espécie de dragão é qual sem essa informação.

Todos são letais.

— Vamos precisar chamar os pedreiros de novo — murmura Dain enquanto pedaços de pedra ruem sob as garras dos dragões, e pedras do tamanho do meu torso caem sobre o pátio.

Três dragões têm tons variados de vermelho, e dois, tons de verde, como Teine, o dragão de Mira, outro marrom como o de minha mãe, um laranja e o enorme dragão azul-marinho na minha frente. São gigantescos e projetam sombras sobre a estrutura da cidadela enquanto estreitam os olhos dourados, julgando a todos.

Se não precisassem de nós, humanos fracos, para desenvolver suas habilidades sinetes através da união e tecer as égides de proteção que eles alimentam em toda Navarre, tenho certeza de que prefeririam nos devorar e acabar logo com isso. Os dragões, porém, gostam de proteger o Vale (que fica atrás de Basgiath e que os dragões chamam de lar) de grifos cruéis, e nós gostamos de viver, então forjamos uma aliança improvável.

Meu coração parece querer fugir do peito, e concordo com essa ideia, porque eu também adoraria fugir dali. Só de pensar que estou ali, supostamente, para *cavalgar* uma dessas coisas… é ridículo pra caralho.

Um cadete sai da Terceira Asa gritando enquanto corre até o edifício de pedra atrás de nós. Todos nos viramos para ver enquanto ele corre para a porta arqueada gigante no centro. Quase consigo ver as palavras entalhadas no arco daqui, mas já as conheço de cor: *Um dragão sem seu cavaleiro é uma tragédia. Um cavaleiro sem seu dragão é um homem morto.*

Uma vez que a união é forjada, os cavaleiros não conseguem viver sem seus dragões, mas a maioria dos dragões consegue sobreviver muito bem depois de nós. É por isso que escolhem com cuidado, para não serem humilhados por escolher um covarde. Não que algum dragão vá admitir que comete erros.

O dragão vermelho à esquerda abre sua bocarra, revelando dentes tão grandes quanto eu. Aquela mandíbula me esmagaria se quisesse, feito uma uva. Fogo irrompe de sua língua e então é projetado em uma labareda macabra na direção do cadete que resolveu fugir.

Antes mesmo de chegar à sombra do prédio, ele vira uma pilha de cinzas nos pedregulhos.

Sessenta e oito mortos.

O calor das chamas aquece meu rosto e volto minha atenção para a frente. Se alguém mais correr e for executado, eu não quero ver. Mais gritos ressoam ao meu redor. Travo a mandíbula e faço todo o possível para ficar em silêncio.

Outros dois sopros de chamas, um à esquerda e outro à direita.

Setenta.

O dragão azul parece inclinar a cabeça para mim, como se os olhos dourados estreitos pudessem ver através de mim, farejando o medo em meu estômago e a insegurança traiçoeira que toma meu coração. Aposto que ele consegue ver até a atadura em meu joelho. Já sabe que estou em desvantagem, que sou pequena demais para subir por sua perna e montar nele, frágil demais para cavalgar. Dragões sempre sabem.

Só que eu não vou fugir. Não estaria aqui se desistisse cada vez que encontrasse um obstáculo impossível. *Eu não vou morrer hoje.* As palavras se repetem na minha cabeça assim como antes do Parapeito e durante o percurso.

Endireito os ombros e ergo o queixo.

O dragão pisca, o que pode ser sinal de aprovação ou tédio, e desvia o olhar.

— Mais alguém quer mudar de ideia? — grita Xaden, olhando para as fileiras restantes de cadetes com o mesmo olhar calculista do dragão azul atrás dele. — Não? Excelente. Mais ou menos metade de vocês vai estar morta a essa altura no verão que vem. — A formatura fica em silêncio, exceto por alguns soluços estrangulados à minha esquerda. — Um terço de vocês no ano depois do próximo, e assim sucessivamente até o último ano. Ninguém se importa quem é seu pai ou sua mãe por aqui. Até o segundo filho do Rei Tauri morreu aqui durante a Ceifa. Então me digam: vocês se sentem invencíveis agora que chegaram à Divisão dos Cavaleiros? Intocáveis? Os escolhidos?

Ninguém aplaude.

Outra rajada de calor, dessa vez soprada diretamente sobre meu rosto, e cada um dos músculos no meu corpo se retesa, preparado para a incineração. Porém, não são chamas... é só vapor, e sopra as tranças de Rhiannon enquanto todos os dragões terminam de exalar ao mesmo tempo. As calças de um aluno do primeiro ano na minha frente ficam escuras, a cor se esparramando pelas pernas.

Eles querem que fiquemos assustados. Missão cumprida.

— Porque vocês não são intocáveis ou especiais para eles. — Xaden aponta para o dragão azul e se inclina levemente para a frente, como se estivesse nos contando um segredo. Meu olhar encontra o dele. — Para eles, vocês são só uma presa.

O ringue de luta é onde cavaleiros são exaltados ou executados. Afinal, nenhum dragão respeitável escolheria um cavaleiro que não consegue se defender, e nenhum cadete respeitável permitiria que uma ameaça à Asa continuasse seu treinamento.

— O guia para a Divisão dos Cavaleiros, por major Afendra (edição não autorizada)

CAPÍTULO QUATRO

— Elena Sosa, Brayden Blackburn. — Acompanhado por dois outros escribas na plataforma, o capitão Fitzgibbons lê os nomes da chamada dos mortos, enquanto ficamos em formatura silenciosa no pátio, apertando os olhos diante do sol da manhã.

Agora de manhã, estamos todos uniformizados de preto, e uma única estrela prateada de quatro pontas agracia minha clavícula, a marca de um primeiranista, e uma insígnia da Quarta Asa no meu ombro. Recebemos os uniformes padronizados ontem depois de passar pelo Parapeito: túnicas justas de verão, calças e acessórios, mas ainda sem o uniforme de voo de couro. Não faz muito sentido distribuir os uniformes de combate com maior proteção e mais grossos quando apenas metade de nós vai estar aqui quando a Ceifa chegar em outubro. O corpete encouraçado que Mira fez para mim não atende aos requisitos do regulamento, mas eu me encaixo bem em meio a todas as outras centenas de uniformes modificados ao meu redor.

Depois das últimas vinte e quatro horas e de uma noite no quartel do primeiro ano, começo a perceber que essa Divisão é uma mistura estranha de um hedonismo, baseado no talvez-todo-mundo-morra-amanhã, e de uma eficiência brutal, devida ao mesmo motivo.

— Jace Sutherland — continua o capitão Fitzgibbons, e os escribas ao lado dele se remexem. — Dougal Luperco.

Acho que estamos na casa dos cinquenta, mas perdi a conta quando ele leu o nome de Dylan há pouco. Essa é a única homenagem que esses nomes vão receber, a única vez que vão mencioná-los na cidadela, então tento me concentrar e memorizar cada um, mas são nomes demais.

Minha pele está irritada por usar a armadura durante a noite, como Mira sugeriu, e meu joelho dói, mas resisto ao impulso de me abaixar e amarrar de novo a atadura que consegui fazer na privacidade inexistente da minha cama no quartel do primeiro ano antes do resto acordar.

Somos cento e cinquenta e seis no primeiro andar do dormitório, as camas posicionadas em quatro fileiras no espaço aberto. Mesmo que Jack Barlowe tenha ficado nos dormitórios do terceiro andar, não vou deixar nenhum deles ver minhas fraquezas. Não até saber em quem posso confiar. Quartos particulares obedecem à mesma regra do uniforme de voo: só se recebe um depois que se sobrevive à Ceifa.

— Simone Casteneda. — Capitão Fitzgibbons enrola o pergaminho, fechando-o. — Que suas almas sejam protegidas por Malek.

Malek, o deus da morte.

Pisco, surpresa. Acho que estávamos mais perto do fim do que eu pensava.

Não se formaliza uma conclusão da formatura, ninguém faz um último minuto de silêncio. Os nomes no pergaminho deixam a plataforma com os escribas, e o silêncio é rompido quando os líderes de esquadrão se viram e começam a se dirigir a seus esquadrões.

— É bom que todos tenham tomado café da manhã, porque não vão ter outra chance de comer antes do almoço — diz Dain, os olhos encontrando os meus por um instante antes de desviá-los, fingindo indiferença.

— Ele é bem bom em fingir que não te conhece — sussurra Rhiannon ao meu lado.

— É mesmo — respondo no mesmo tom. Um sorriso aparece no canto dos meus lábios, mas mantenho a expressão vazia enquanto o observo. O sol brilha no cabelo castanho cor de areia, e, quando ele vira a cabeça, vejo uma cicatriz embaixo da barba na linha do queixo, na qual eu não tinha reparado ontem.

— Segundanistas e terceiranistas, presumo que vocês saibam para onde ir — continua Dain, enquanto os escribas caminham pela beirada do pátio à direita, voltando para a própria Divisão.

Ignoro a vozinha dentro de mim que protesta que aquela deveria ser a *minha* Divisão. Ficar pensando no que poderia ter acontecido não vai me ajudar a sobreviver até o nascer do sol de amanhã.

Ouço um murmúrio de concordância dos cadetes mais velhos na nossa frente. Como primeiranistas, estamos nas duas fileiras do quadrado que compõe o Segundo Esquadrão.

— Primeiranistas, pelo menos um de vocês deve ter memorizado o cronograma acadêmico que foi entregue ontem. — A voz de Dain retumba acima de nós, e é difícil reconciliar esse líder sério e severo com o garoto sorridente e divertido que sempre conheci. — Fiquem juntos. Espero que estejam todos vivos quando nos encontrarmos de novo hoje à tarde, no ginásio de lutas.

Porra, quase tinha me esquecido de que vamos lutar hoje. Só temos educação física duas vezes por semana, então, desde que eu consiga passar pela sessão de hoje ilesa, devo ficar bem pelos próximos dias. Ao menos vou ter tempo para me preparar para a Armadilha, o percurso de obstáculo vertical pelo qual nos disseram que precisaremos passar quando as folhas das árvores mudarem de cor, daqui a dois meses.

Se conseguirmos completar a Armadilha final, vamos passar pelo cânion natural acima dela que nos leva ao campo de voo para a Apresentação, onde os dragões dispostos a se unir com cavaleiros vão poder dar uma primeira olhada nos cadetes restantes. Dois dias depois disso, a Ceifa vai ocorrer no vale sob a cidadela.

Olho para os meus novos colegas de esquadrão e não consigo evitar me perguntar quem entre nós, se é que alguém, vai conseguir chegar no campo de voo e depois até o vale.

Não adiante a preocupação de amanhã.

— E se não estivermos? — pergunta um espertinho atrás de mim.

Eu não me dou ao trabalho de olhar, mas Rhiannon olha, revirando os olhos enquanto se vira para a frente.

— Então não vou precisar aprender seu nome, já que vai ser lido na chamada de amanhã — responde Dain, dando de ombros.

Uma segundanista na minha frente dá uma risada, o movimento balançando dois brincos de aro na orelha esquerda, mas a de cabelos rosa fica em silêncio.

— Sawyer? — Dain olha para o primeiranista à minha esquerda.

— Vou garantir que estejam lá. — O cadete alto e esguio de pele clara e coberta por sardas responde, assentindo. A mandíbula sardenta se fecha, e sinto uma onda de simpatia. Ele é um dos repetentes, um dos cadetes que não conseguiu se unir durante a Ceifa e agora precisa fazer o primeiro ano todo de novo.

— Dispensados — comanda Dain, e nosso esquadrão se divide na mesma hora que os outros, transformando o pátio de uma formatura organizada a uma multidão de cadetes tagarelas. Os alunos do segundo e terceiro anos vão em outra direção, incluindo Dain.

— Temos cerca de vinte minutos para chegar na aula — grita Sawyer para os oito primeiranistas que ficaram. — Quarto andar, segunda sala à esquerda na Ala Acadêmica. Levem todas as suas tralhas e não se atrasem.

Ele não se dá ao trabalho de confirmar se ouvimos antes de voltar para o dormitório.

— Deve ser difícil... — diz Rhiannon enquanto seguimos a multidão na direção dos dormitórios. — Ter que ficar pra trás e fazer tudo de novo.

— Melhor do que morrer — diz o espertinho enquanto nos ultrapassa pela direita, o cabelo castanho-escuro caindo sobre a pele marrom da testa a cada passo que o cadete menor dá. O nome dele é Ridoc, se me lembro bem de sua breve apresentação no jantar de ontem.

— Verdade — respondo, e seguimos para a multidão que tenta passar ao mesmo tempo pela porta.

— Ouvi um terceiranista dizer que, quando um primeiranista sobrevive à Ceifa sem uma união, a Divisão deixa que ele repita de ano e tente de novo se quiser — acrescenta Rhiannon, e não consigo evitar me questionar sobre a determinação necessária para sobreviver ao primeiro ano e ainda estar disposto a repetir a experiência só para ter a chance de se tornar um cavaleiro um dia. É tão possível que você morra na segunda vez quanto na primeira.

Um passarinho assobia à esquerda, e eu olho pela multidão, o coração dando um salto porque imediatamente reconheço o tom. *Dain.*

O assobio soa de novo e percebo que vem de algum lugar perto da porta do átrio. Ele está parado no topo de uma escadaria larga, e, no segundo em que nossos olhos se encontram, ele indica a porta com um aceno de cabeça sutil.

— Eu vou… — começo a dizer para Rhiannon, mas ela já seguiu minha linha de visão.

— Eu pego suas coisas e te encontro lá. Estão embaixo da sua cama, né? — pergunta ela.

— Você não liga?

— Sua cama é do lado da minha, Violet. Não é problema nenhum. Vai logo! — Ela me lança um sorriso de cumplicidade e dá uma batidinha no meu ombro.

— Obrigada! — Retribuo o sorriso e então caminho pela multidão até me desvencilhar dela. Por sorte, poucos cadetes seguem para a área comum, o que significa que ninguém me encara quando entro por uma das quatro portas enormes do átrio.

Solto um suspiro longo. O átrio se parece com as reproduções que vi nos Arquivos, mas nenhum desenho ou qualquer outra referência artística poderia capturar o quanto aquele espaço é arrebatador e como cada detalhe é extraordinário. É possível que o átrio seja o projeto arquitetônico mais lindo da cidadela, e talvez de toda Basgiath. O cômodo tem três andares de altura, desde o chão de mármore polido ao domo de vidro que filtra a luz da manhã. À esquerda, duas portas enormes em arco levam à Ala Acadêmica, e outras duas à direita levam aos dormitórios. Subindo meia dúzia de degraus, quatro portas na minha frente se abrem e dão espaço para o Salão Principal.

Igualmente espaçados no átrio redondo, brilhando em cores variadas de vermelho, verde, marrom, laranja, azul e preto, estão seis pilares de mármore entalhados na forma de dragões, como se tivessem descido do teto acima. Há espaço o bastante entre suas bocarras abertas na base de cada pilastra para encaixar ao menos quatro esquadrões no centro, mas agora está tudo vazio.

Passo pelo primeiro dragão, esculpido em mármore vermelho-escuro, e uma mão segura meu cotovelo, puxando meu corpo para trás da pilastra, onde existe um espaço entre uma garra e a parede.

— Sou só eu. — A voz de Dain é um sussurro quando ele me vira para encará-lo. Cada centímetro dele irradia tensão.

— Imaginei, já que aquele assobio era seu. — Abro um sorriso, balançando a cabeça. Usamos o canto de pássaro como sinalização desde que éramos crianças morando perto da fronteira de Krovla enquanto nossos pais estavam servindo à Asa Sul.

Ele franze as sobrancelhas ao me avaliar, sem dúvida procurando novos machucados.

— Só temos alguns minutos antes deste lugar lotar. Como está seu joelho?

— Doendo, mas vou sobreviver. — Já tive machucados piores e nós dois sabemos disso, mas não adianta falar para ele relaxar quando ele obviamente não vai fazer isso.

— Ninguém tentou te foder ontem? — A preocupação enruga a sua testa, e cruzo os braços para me impedir de alisar aquelas linhas com os dedos. Esse sentimento pesa como uma pedra em meu peito.

— Seria tão ruim assim se alguém tivesse tentado? — provoco, alargando o sorriso.

Ele deixa os braços penderem e suspira tão alto que o som ecoa pelo átrio.

— Você sabe que eu não estava falando disso, Violet.

— Ninguém tentou me matar ou me machucar ontem, Dain. — Encosto na parede e alivio o peso do meu joelho. — Acho que estava todo mundo cansado demais e feliz demais por estar vivo para começar o massacre.

O quartel ficou em silêncio bem rapidamente depois que as luzes se apagaram. Tudo graças à exaustão emocional do dia.

— E você comeu direitinho, né? Eu sei que tiram vocês bem rápido dos dormitórios quando o sino toca às seis.

— Comi com o resto dos alunos do primeiro ano, e, antes que você comece a me dar um sermão, refiz a atadura do joelho embaixo do cobertor e trancei o cabelo antes do sino soar. Estou acostumada com os horários dos escribas há *anos*, Dain. Acordam uma hora mais cedo. Quase me faz querer ser voluntária para o posto do café da manhã.

Ele encara a trança firme de pontas prateadas que enrolei em um coque na parte mais escura do meu cabelo.

— Você deveria cortar isso aí.

— Não começa. — Balanço a cabeça.

— Tem um motivo para as mulheres manterem os cabelos curtos aqui, Vi. No segundo que alguém pegar você pelo cabelo no ringue...

— Meu cabelo é o *menor* dos meus problemas no ringue — retruco.

Ele arregala os olhos.

— Só estou tentando te manter segura. Você teve sorte por eu não ter te jogado em cima do capitão Fitzgibbons hoje de manhã e implorado para ele tirar você daqui.

Ignoro essa confissão de ameaça. Estamos perdendo tempo, e preciso de outra informação de Dain.

— Por que seu esquadrão foi trocado da Segunda para a Quarta Asa ontem?

A postura dele fica mais ereta de repente, e ele desvia o olhar.

— Me conta. — Preciso saber se estou exageradamente preocupada por uma situação que nem existe.

— Caralho — ele murmura, passando uma mão pelo cabelo. — Xaden Riorson quer que você morra. Todos os líderes sabem disso depois do que aconteceu ontem.

Tá, então eu não estava exagerando.

— Ele mexeu no esquadrão para ter acesso direto a mim. Para poder fazer o que quiser e ninguém questionar. Sou a vingança dele contra minha mãe — eu digo. Meu coração nem mesmo se sobressalta com a confirmação do que eu já sabia. — Foi o que pensei. Eu só precisava garantir que não era minha imaginação.

— Não vou deixar que nada aconteça com você. — Dain dá um passo para a frente e segura meu rosto, o dedão acariciando minha bochecha, me tranquilizando.

— Você não pode fazer muita coisa. — Eu me afasto da parede, saindo do alcance dele. — Preciso ir pra aula.

Ouço algumas vozes ecoando no átrio quando cadetes passam.

Ele abre e fecha a boca por um instante, e as rugas de preocupação voltam a aparecer entre as sobrancelhas.

— Só seja o mais discreta que conseguir, especialmente quando estivermos em Preparo de Batalha. Não é como se a cor do seu cabelo não te denunciasse, mas essa é a única aula que todo mundo precisa fazer na Divisão. Vou ver se algum aluno do segundo ano…

— Ninguém vai me assassinar durante a aula de história. — Reviro os olhos. — A Ala Acadêmica é o único lugar com que eu não preciso me preocupar. O que o Xaden vai fazer? Me tirar da aula e enfiar uma espada em mim no meio do corredor? Ou você acha mesmo que ele vai me esfaquear no meio da aula de Preparo de Batalha?

— Eu não duvidaria. Ele é *impiedoso* pra cacete, Violet. Por que acha que a dragão dele o escolheu?

— A dragão azul-marinho atrás da plataforma ontem? — Meu estômago se revira. A forma como aqueles olhos dourados me avaliaram…

Dain assente.

— Sgaeyl é uma Rabo-de-adaga-azul e ela é… feroz. — Ele engole em seco. — Não me leve a mal. O meu Cath pode ser bem difícil quando quer, como todos os Rabo-de-espada-vermelhos, mas a maioria dos outros dragões fica longe de Sgaeyl.

Encaro Dain, a cicatriz definindo sua mandíbula e os olhos duros, tão familiares e tão desconhecidos ao mesmo tempo.

— Que foi? — pergunta ele. As vozes ali perto ficam mais altas, e ouvimos mais barulhos de passos de um lado para outro.

— Você se uniu a um dragão. Tem poderes que eu nem conheço. Abre portas usando magia. É Líder de Esquadrão. — Enuncio cada frase lentamente esperando absorvê-las, esperando entender o quanto ele mudou. — É só que é difícil pensar em você como… o mesmo Dain.

— Ainda sou eu. — A postura dele se suaviza, e ele ergue a manga curta da túnica, revelando a relíquia de um dragão vermelho no ombro. — Só que agora eu tenho isso. E quanto aos poderes, Cath canaliza uma quantidade significativa de magia se comparado aos outros dragões, mas ainda não sou adepto a nada disso. Não mudei tanto assim. E sobre magias menores, feitas com o poder da união da minha relíquia, posso fazer coisas normais como abrir portas, ficar mais rápido e enfeitiçar canetas-tinteiro em vez de ficar usando aquelas penas inconvenientes.

— Qual é seu poder sinete?

Todos os cavaleiros podem fazer magias menores assim que o dragão começa a canalizar seu poder através deles, mas o sinete é a habilidade única que se destaca, a habilidade mais forte que resulta de cada união única entre dragão e cavaleiro.

Alguns cavaleiros têm o mesmo sinete. Controlar fogo, gelo ou água são alguns dos poderes sinetes mais comuns, todos úteis em batalha.

Mas existem sinetes que tornam o cavaleiro extraordinário.

Minha mãe tem o poder de criar tempestades.

Melgren pode prever o resultado de batalhas antes de acontecerem.

Não consigo evitar cogitar qual é o sinete de Xaden (e se ele vai usá-lo para me matar quando eu menos esperar).

— Tenho a habilidade de ler as memórias mais recentes de alguém — confessa Dain baixinho. — Não igual a um inntínnsico ou algo do tipo. Preciso colocar minhas mãos na pessoa, então não sou um risco à segurança de ninguém. Mas meu sinete não é do conhecimento de todos. Acho que vão me usar para a inteligência.

Ele aponta para a insígnia de compasso sob a insígnia da Quarta Asa em seu ombro. Usar essa insígnia indica que um sinete é confidencial. Eu só não notei isso ontem.

— Tá brincando? — Dou um sorriso, respirando fundo quando lembro que o uniforme de Xaden não tinha nenhuma insígnia.

Ele balança a cabeça, um sorriso empolgado se abrindo em seu rosto.

— Ainda estou aprendendo, e claro que sou melhor nisso quando estou mais perto de Cath, mas estou falando sério. Só preciso colocar as mãos nas têmporas de alguém para ver o que a pessoa viu. É... incrível.

Esse sinete com certeza fará com que Dain se destaque. Vai torná-lo uma das ferramentas para interrogatórios mais valiosas à nossa disposição.

— E ainda diz que não mudou — provoco.

— Este lugar pode mudar quase tudo em uma pessoa, Vi. Destrói todas as bobagens e cordialidades superficiais, revelando o que você tem de verdade lá dentro. Preferem assim. Querem que você rompa com seus laços antigos para que seja leal apenas à sua Asa. É um dos muitos motivos por que os alunos do primeiro ano não podem se corresponder com a família ou amigos, caso contrário, você deve saber, eu teria te mandado uma carta. Só que um ano não mudou o fato de que eu ainda considero você minha melhor amiga. Ainda sou o mesmo Dain, e no ano que vem, nessa época, você ainda vai ser a mesma Violet. Nós ainda vamos ser nós dois.

— Se eu ainda estiver viva — brinco quando o sino toca. — Preciso ir pra aula.

— Isso, e eu vou me atrasar para o campo de voo. — Ele gesticula para a beira do pilar. — Olha, Riorson ainda é Dirigente de Asa. Ele vai atrás de você, mas vai encontrar um jeito de fazer isso dentro das regras do Códex, pelo menos enquanto alguém estiver olhando. Eu era... — As bochechas dele coram. — Eu era muito amigo da Amber Mavis, a Dirigente da Terceira Asa no ano passado, e posso garantir que o Códex é sagrado para eles. Enfim, vai você primeiro. Te vejo no treino.

Ele dá um sorriso em demonstração de apoio.

— Te vejo no treino. — Sorrio de volta e dou meia-volta, circulando a base do pilar gigantesco no átrio quase lotado. Vejo algumas dúzias de cadetes ali, andando de um prédio a outro, e preciso de um segundo para me recuperar.

Avisto as portas da Ala Acadêmica entre as pilastras laranja e pretas, e começo a andar na direção delas, mesclando-me à multidão.

Sinto os cabelos da nuca arrepiarem e a coluna gelar enquanto atravesso o centro do átrio, e então paro de andar. Os cadetes andam ao meu redor, mas ergo o olhar na direção das escadas que levam ao Salão Principal.

Ah, merda.

Xaden Riorson me observa, os olhos estreitos, as mangas do uniforme enroladas naqueles braços enormes que permanecem cruzados, a relíquia em destaque em seu braço funcionando como um aviso enquanto um aluno do terceiro ano ao lado dele fala algo que ele claramente ignora.

Meu coração se sobressalta, e o sinto na garganta. Pouco mais de seis metros me separam dele. Meus dedos tremulam, prontos para agarrar uma das adagas escondidas em minhas costelas. É aqui que ele vai tentar? No meio do átrio? O chão de mármore é cinza, então não deve ser muito difícil para os funcionários limparem o sangue.

Ele inclina a cabeça, examinando meu corpo com aqueles olhos impossivelmente escuros como se estivesse decidindo onde estão minhas maiores vulnerabilidades.

Eu acho que deveria correr, certo? Mas ao menos posso vê-lo vindo se ficar parada ali.

Ele muda de foco, olhando para a direita, e ergue uma sobrancelha.

Meu estômago se revira quando Dain sai de trás da pilastra.

— O que você... — Dain começa quando me alcança, as sobrancelhas franzidas.

— No topo das escadas, quarta porta — sibilo, interrompendo.

Dain levanta o olhar, enquanto a multidão diminui ao nosso redor, e ele pragueja, dando um passo mais para perto de forma nada sutil. Menos pessoas significa menos testemunhas, mas não sou idiota o bastante para pensar que Xaden não vai me matar na frente de toda a Divisão se ele quiser.

— Eu já sabia que os pais de vocês eram amiguinhos — declara Xaden, um sorriso cruel marcando os lábios. — Mas precisam ser assim tão óbvios?

Alguns cadetes do átrio se viram para olhar para nós.

— Deixa eu adivinhar — continua Xaden, olhando de mim para Dain. — Amigos de infância? Talvez até primeiro amor?

— Ele não pode machucar você sem motivo, né? — sussurro. — Sem um motivo e invocando um quórum de Dirigentes de Asa, porque você é Líder de Esquadrão. Artigo Quarto, Seção Três.

— Correto — responde Dain, sem se dar ao trabalho de abaixar a voz. — Mas você, não.

— Eu esperava que fosse esconder melhor seus afetos, Aetos. — Xaden se move, descendo as escadas.

Merda. Merda. *Merda.*

— Corre, Violet — ordena Dain. — *Agora.*

Eu corro.

Sabendo que estou em discordância direta com as ordens do general Melgren, estou oficialmente contestando o plano debatido na reunião de hoje. Não é da opinião desta general que os filhos dos líderes rebeldes devam ser forçados a testemunhar a execução de seus pais. Nenhuma criança deveria assistir à morte dos próprios pais.

— A rebelião Týrrica, um relato oficial para o Rei Tauri feito pela general Lilith Sorrengail

CAPÍTULO CINCO

— Bem-vindos à primeira aula de Preparo de Batalha — diz a professora Devera do chão recuado do enorme anfiteatro mais tarde naquela manhã, uma insígnia roxa do Setor Fogo no ombro combinando perfeitamente com o tom de seu cabelo.

Essa é a única aula ministrada em um auditório de diversos andares que toma o espaço circular da Ala Acadêmica e que também é um dos dois únicos espaços na cidadela capazes de acomodar todos os cadetes. Cada cadeira bamba de madeira está ocupada, e os alunos mais velhos do terceiro ano estão encostados nas paredes atrás de nós, mas, ainda assim, todos cabem ali.

É bem diferente da nossa aula anterior de história, na qual havia apenas três esquadrões de primeiranistas, mas ao menos os alunos do primeiro ano do nosso esquadrão puderam se sentar todos juntos. Se eu conseguisse me lembrar do nome de todo mundo.

É fácil me lembrar do de Ridoc: ele é o espertinho que ficava fazendo comentários durante a aula de história. Espero que ele tenha a noção de não fazer o mesmo aqui. A professora Devera não parece ser do tipo piadista.

— No passado, cavaleiros raramente eram convocados para servir ao exército antes da graduação — continua a professora, a boca tensa enquanto anda em círculos lentamente na frente de um mapa do

Continente, de seis metros de altura, pendurado na parede dos fundos, cuidadosamente rotulado com nossos entrepostos defensivos e nossas fronteiras. Dezenas de luzes mágicas iluminam aquele espaço, compensando a falta de janelas e refletindo na lâmina do montante que ela mantém pendurado nas costas. — E, se fossem, eram sempre alunos do terceiro ano que já tinham passado certo tempo aprendendo com Asas Dianteiras, mas esperamos que vocês se graduem com o conhecimento completo do que estamos enfrentando. E isso não é só saber onde cada Asa está posicionada.

Ela se demora, fazendo contato visual com cada aluno do primeiro ano que vê. A patente no uniforme indica que é capitã, mas sei que será promovida a major antes de terminar seu período rotativo como professora aqui, considerando todas as medalhas que carrega no peito.

— Vocês precisam entender a política dos nossos inimigos, as estratégias para defender nossos entrepostos dos ataques constantes, e ter um conhecimento completo de batalhas recentes e atuais. Se não conseguirem entender esses tópicos básicos, então não devem montar nas costas de um dragão.

Ela arqueia uma sobrancelha preta alguns tons mais escuros do que sua pele marrom-escura.

— Sem pressão — murmura Rhiannon do meu lado, anotando coisas no caderno em uma velocidade furiosa.

— Vamos ficar bem — prometo, sussurrando. — Alunos do terceiro ano só foram mandados para os entrepostos do interior como reforços, nunca para o fronte.

Eu sabia disso porque era o que vinha observando atentamente nos anos passados com minha mãe.

— Essa é a única aula que vão frequentar todos os dias, porque é a única que vai importar caso sejam convocados mais cedo. — O olhar da professora Devera vai da esquerda para a direita, parando em mim. Os olhos dela se arregalam por um instante, mas ela dá um sorriso aprovador e assente antes de continuar. — Como essa aula é ministrada todos os dias e depende das informações mais atuais possíveis, vocês também aprenderão com o professor Markham, que merece o máximo de respeito.

Ela gesticula para que o escriba se adiante, e ele para ao lado dela, o uniforme bege contrastando com o preto. Markham se inclina quando ela sussurra algo para ele, e suas sobrancelhas espessas se erguem quando ele volta a cabeça na minha direção.

Não existe um sorriso aprovador quando os olhos cansados do coronel encontram os meus, apenas um suspiro que me enche de uma tristeza pesarosa quando o ouço. Era para eu ser a pupila mais dedicada dele na Divisão dos Escribas, o seu maior orgulho antes de ele se aposentar. É muito irônico que agora eu seja a pessoa mais improvável a ser bem-sucedida nesta Divisão.

— É dever dos escribas não apenas estudar e compreender o passado, mas também relatar e registrar o presente — diz ele, esfregando o nariz largo depois de finalmente desviar o olhar decepcionado da minha pessoa. — Sem descrições precisas do nosso fronte, informações confiáveis para tomar decisões estratégicas e, acima de tudo, detalhes verdadeiros para documentar nossa história para o bem das gerações futuras, estaremos fadados ao fracasso, não apenas como reino, mas como sociedade.

É por esse motivo que eu sempre quis ser uma escriba. Não que isso importe agora.

— Primeiro tópico do dia. — A professora Devera anda na direção do mapa e acena com a mão, fazendo com que uma luz mágica brilhe diretamente sobre a fronteira leste com Braevick, uma província de Poromiel. — A Asa Leste sofreu um ataque na noite de ontem perto da vila de Chakir por uma revoada de grifos e cavaleiros braevienses.

Ah, merda. Um murmúrio percorre o salão, e molho a pena no tinteiro da escrivaninha na minha frente para poder anotar. Mal posso esperar para conseguir canalizar magia e usar o tipo de caneta tão desejado que minha mãe mantém em sua mesa. Um sorriso agracia meus lábios. Definitivamente podem existir vantagens em ser uma cavaleira. *Vão* existir.

— Naturalmente, algumas informações foram ocultadas por questões de segurança, mas o que podemos dizer é que as égides fraquejaram no topo das Montanhas Esben. — Ela afasta as mãos e a luz se expande, iluminando as montanhas que compõem nossa fronteira com Braevick. — Isso permitiu que os cavaleiros não apenas entrassem no território navarriano, mas também canalizassem magia perto da meia-noite.

Meu estômago se revira enquanto os cochichos se espalham entre os cadetes, especialmente os alunos do primeiro ano. Dragões não são os únicos animais capazes de canalizar poder através dos cavaleiros. Os grifos de Poromiel também compartilham dessa habilidade, mas os dragões *são* os únicos capazes de alimentar as égides que impedem que todo o resto da magia, exceto a criada pelos dragões, seja executado dentro do nosso território. É por isso que as fronteiras de Navarre se parecem com um círculo: o poder delas irradia do Vale e só se estende até certo ponto, mesmo com esquadrões posicionados em cada entreposto. Sem essas égides, estamos fodidos. Navarre seria um território vulnerável quando os ataques de Poromiel inevitavelmente viessem. Esses babacas gananciosos nunca ficam felizes com os recursos que têm. Sempre querem os nossos também, e, até aprenderem a se contentar com nossos acordos mercantis, não temos nenhuma chance de acabar com o alistamento obrigatório de Navarre. Não temos chance alguma de entender o que é a paz.

Já que não estamos em estado de alerta, porém, devem ter conseguido restaurar as égides, ou ao menos estabilizá-las.

— Trinta e sete civis foram mortos no ataque dentro da uma hora que levou para o esquadrão da Asa Leste chegar, mas os cavaleiros e dragões conseguiram fazer a frota recuar — termina a professora Devera, cruzando os braços. — Com base nessas informações, que perguntas vocês fariam? — Ela ergue um dedo. — Quero só respostas dos alunos do primeiro ano, por enquanto.

Minha pergunta inicial seria por que caralhos as égides fraquejaram, mas não é como se fossem responder a essa pergunta em uma sala cheia de cadetes que não têm nenhuma autorização de segurança para ter acesso à resposta.

Analiso o mapa. A cordilheira das Montanhas Esben é mais alta na fronteira ao leste com Braevick, fazendo dela o lugar menos provável de sofrer um ataque, especialmente considerando que os grifos não se dão muito bem com a altitude como acontece com os dragões, provavelmente por serem metade leões e metade águias e não conseguirem respirar o ar mais rarefeito nas altas altitudes.

Existe um motivo para termos conseguido repelir todos os ataques maiores ao nosso território nos últimos seiscentos anos, e termos defendido nossa terra com sucesso nessa guerra infinita que já dura quatrocentos anos. Nossas habilidades, tanto as menores como a magia sinete, são superiores, porque nossos dragões canalizam mais poder que os grifos. O que me leva à pergunta: por que atacar aquela cordilheira? Por que as égides tinham falhado ali?

— Vamos, primeiranistas, mostrem para mim que vocês têm mais do que só um bom equilíbrio. Mostrem que têm habilidades de raciocínio crítico necessárias para sobreviverem aqui — exige a professora. — É mais importante do que nunca que estejam preparados para o que vão encarar além das nossas fronteiras.

— Essa é a primeira vez que as égides fracassam? — pergunta uma aluna do primeiro ano algumas fileiras na minha frente.

A professora Devera e Markham se entreolham antes de ela se virar para a cadete.

— Não.

Meu coração vai parar na garganta, e a sala recai em um silêncio mortal.

Não é a primeira vez.

A garota pigarreia.

— E com... que frequência estão falhando?

Os olhos astutos do professor Markham se estreitam.

— Isso está além do seu escopo, cadete. — Ele se vira para nosso setor. — Próxima pergunta relevante ao ataque que estamos discutindo?

— Quantas baixas a Asa sofreu? — pergunta um outro aluno uma fileira à direita.

— Um dragão ferido. Um cavaleiro morto.

Outro murmúrio se segue no cômodo. Sobreviver à graduação não significa sobreviver aos anos de serviço. Pelas estatísticas, a maioria dos cavaleiros morre antes de chegar à idade da aposentadoria, especialmente considerando as taxas de mortes de cavaleiros dos últimos dois anos.

— Por que faria essa pergunta, especificamente? — pergunta a professora Devera ao cadete.

— Para saber quantos reforços vão precisar enviar — responde ele.

A professora Devera assente, virando-se para Pryor, o menino mais tímido do nosso esquadrão, que tinha acabado de erguer a mão. Ele a abaixa rapidamente, franzindo as sobrancelhas escuras.

— Você tinha uma pergunta?

— Sim. — Ele assente, as mechas de cabelo preto caindo sobre os olhos, e em seguida balança a cabeça. — Não. Deixa pra lá.

— Que decidido — zomba Luca ao lado dele. É a garota mais malvadinha do esquadrão, e faço *qualquer coisa* para evitá-la. Ela inclina a cabeça e os outros cadetes riem. Um canto da boca dela se levanta em um sorrisinho convencido, e ela joga os cabelos castanhos compridos para trás com um gesto que não é nada casual. Assim como eu, é uma das poucas mulheres da Divisão que não cortaram o cabelo. Invejo a confiança dela de que o cabelo não vai ser usado para atacá-la, mas não essa atitude, e eu a conheço há menos de um dia.

— Ele está no nosso esquadrão — ralha Aurelie, os olhos escuros e sem paciência se estreitando na direção de Luca. Quer dizer, acho que o nome dela é Aurelie. — É melhor demonstrar lealdade.

— Até parece. Nenhum dragão vai se unir a um cara que nem consegue decidir se quer fazer uma pergunta. E você viu no café da manhã hoje? Ele ficou atrasando a fila porque não sabia se queria bacon ou salsicha. — Luca revira os olhos, delineados em preto.

— Se a Quarta Asa já parou de picuinha, podemos continuar? — diz a professora Devera, erguendo uma sobrancelha.

— Pergunta qual era a altitude da vila — sussurro para Rhiannon.

— Quê? — Ela franze a testa.

— Só pergunta — respondo, tentando manter o conselho de Dain em mente. Juro que consigo vê-lo encarando minha nuca sete fileiras atrás de mim, mas não vou me virar para olhar, não quando sei que Xaden também está em algum lugar lá atrás.

— Qual era a altitude da vila? — pergunta Rhiannon.

As sobrancelhas da professora Devera se levantam, e ela se vira para Rhiannon.

— Markham?

— Pouco menos de três mil metros — responde ele. — Por quê?

Rhiannon me olha de soslaio e pigarreia.

— Parece meio alto para um ataque planejado com grifos.

— Boa — sussurro.

— *De fato é* um pouco alto para um ataque planejado — diz Devera. — Por que não me diz o motivo de isso ser um problema em potencial, cadete Sorrengail? E talvez você mesma prefira fazer suas próprias perguntas a partir de agora.

Ela me encara de uma forma que me faz revirar no assento.

Todo mundo no anfiteatro se vira na minha direção. Se alguém tinha alguma dúvida sobre quem eu era, acabou ali. *Que ótimo.*

— Grifos não são tão fortes em uma altitude como essa, nem a habilidade deles de canalizar — digo. — Não tem lógica atacar num lugar assim, a não ser que *soubessem* que as égides fracassariam, especialmente considerando que a vila parece estar a cerca de... só uma hora de voo do entreposto mais próximo? — Olho para o mapa a fim de garantir que não estou fazendo papel de boba. — É Chakir ali, não é?

Viva o treinamento dos escribas.

— É, sim. — O canto da boca da professora Devera se abre em um sorriso. — Continue nessa linha de raciocínio.

Espera aí.

— Você disse que um *esquadrão* de cavaleiros levou uma hora para chegar? — Estreito os olhos.

— Sim — ela confirma, na expectativa.

— Então eles já estavam a caminho — digo, reconhecendo imediatamente que parece bobagem. Minhas bochechas esquentam quando as risadas ressoam ao meu redor.

— Sim, porque isso com certeza faz sentido. — Jack se vira no assento na primeira fileira, rindo abertamente. — O general Melgren sabe o resultado de cada batalha antes de acontecer, mas nem ele sabe *quando* vai acontecer, sua burra.

Ouço as risadas dos meus colegas reverberarem em meus ossos. Quero me esconder embaixo dessa escrivaninha ridícula e desaparecer.

— Vai se foder, Barlowe — retruca Rhiannon.

— Não sou eu que está achando que precognição existe — rebate ele, desdenhoso. — Que os deuses nos ajudem se essa aí for subir num dragão.

Outra rodada de risadas faz meu pescoço flamejar.

— Por que acha isso, Violet... — estremece o professor Markham. — Cadete Sorrengail?

— Porque não tem lógica eles terem chegado lá depois de uma hora do ataque, a não ser que já estivessem a caminho — argumento, lançando um olhar mortal para Jack. Fodam-se ele e as risadas. Posso ser mais fraca do que ele, mas sou bem mais inteligente. — Demoraria pelo menos metade desse tempo para que os bastiões na cordilheira se acendessem e indicassem um pedido de ajuda, e nenhum esquadrão completo fica sentado por aí, só esperando que precisem deles. Mais da metade desses cavaleiros estaria dormindo, o que significa que já estavam a caminho.

— E por que já estariam a caminho? — insiste a professora Devera, e o jeito como seus olhos brilham me diz que estou certa, aumentando minha confiança para levar meu pensamento adiante.

— Porque de alguma forma sabiam que as égides estavam falhando. — Ergo o queixo, esperando simultaneamente que eu esteja certa e rezando para Dunne, deusa da guerra, para estar errada.

— Que coisa mais... — começa Jack.

— Ela está certa — interrompe a professora, e um silêncio recai sobre a sala. — Um dos dragões na Asa sentiu a égide fraquejar, e a Asa partiu. Se não tivessem feito isso, teríamos sofrido ainda mais baixas, e a destruição do vilarejo teria sido bem pior.

Sinto a confiança inflar meu peito, que prontamente se esvai ao encontrar o olhar de Jack, que me dizia que ele não se esqueceu de sua promessa de que vai me matar.

— Segundanistas e terceiranistas, podem começar — ordena a professora Devera. — Vamos ver se conseguem ser um pouco mais respeitosos com seus colegas cadetes.

Ela arqueia a sobrancelha para Jack enquanto as perguntas começam a ser disparadas atrás de nós.

Quantos cavaleiros tinham sido mandados para o lugar?

O que tinha matado o único cavaleiro na batalha?

Quanto tempo tinha demorado para expulsar os grifos do vilarejo?

Alguém tinha saído vivo para ser levado a interrogatório?

Escrevo todas as perguntas e respostas, organizando os fatos em minha mente no tipo de relatório que teria feito se estivesse na Divisão dos

Escribas, analisando quais informações são importantes para incluir e o que é supérfluo.

— Qual era a condição do vilarejo? — uma voz profunda pergunta nos fundos do anfiteatro.

Os cabelos da minha nuca se arrepiam, meu corpo reconhecendo a ameaça atrás de mim.

— Riorson? — prontifica-se Markham, cobrindo os olhos da luz mágica enquanto ele olha na direção do topo do anfiteatro.

— O vilarejo — repete Xaden. — A professora Devera diz que os danos teriam sido piores, mas em qual condição estava? Foi queimado? Destruído? Não teriam demolido se estivessem tentando estabelecer um entreposto, então a condição do vilarejo importa para determinar o motivo do ataque.

A professora Devera sorri, aprovando.

— As construções pelas quais passaram foram queimadas, e o resto estava sendo pilhado quando a Asa chegou.

— Estavam procurando alguma coisa — diz Xaden, convicto. — E não eram riquezas. Não é um distrito de mineração. O que nos leva à pergunta: o que é que eles queriam tanto?

— Precisamente. Essa é a pergunta. — A professora Devera olha ao redor da sala. — E agora vocês veem que é por isso que Riorson é um Dirigente de Asa. É preciso mais do que força e coragem para ser um bom cavaleiro.

— Então qual é a resposta? — inquire um primeiranista à esquerda.

— Não sabemos — responde a professora Devera, dando de ombros. — Esse é apenas mais um pedaço do quebra-cabeça para entender por que nossos pedidos constantes de paz foram rejeitados pelo reino de Poromiel. O que estavam procurando? Por que *esse* vilarejo em questão? Foram eles os responsáveis pelo colapso das égides ou elas já estavam fraquejando? Amanhã, na semana que vem, no mês que vem, vai haver outro ataque, e talvez consigamos mais uma pista. Estudem história se quiserem respostas. Essas guerras já foram examinadas e esmiuçadas. Preparo de Batalha é para situações mais fluidas. Nessa aula, queremos ensinar a vocês quais perguntas devem fazer para *todos* vocês terem chance de voltar vivos para casa.

Algo no tom de voz dela me diz que não são só os alunos do terceiro ano que podem ser convocados para o exército este ano, e sinto um calafrio na espinha.

***

— Você sabia mesmo todas as respostas em história e aparentemente todas as perguntas certas a fazer em Preparo de Batalha — diz Rhiannon, balançando a cabeça enquanto ficamos na lateral do ringue depois do almoço, observando Ridoc e Aurelie andarem em círculos em roupas de combate. São quase do mesmo tamanho. Ridoc é um pouco pequeno, e Aurelie tem o mesmo físico de Mira, o que não me surpreende porque o pai dela foi um cavaleiro. — Você nem vai precisar estudar pras provas, né?

Os outros primeiranistas estão do nosso lado, mas os segundanistas e terceiranistas estão do outro lado. Definitivamente estão em vantagem, considerando que já tiveram pelo menos um ano de treinamento de combate.

— Fui treinada para ser escriba. — Dou de ombros, e o colete que Mira me deu brilha levemente com o movimento. Fora os momentos em que as escamas refletem a luz sob o tecido camuflado, ele se encaixa bem nas outras partes de cima que recebemos ontem. Todas as mulheres estão vestidas de forma quase idêntica, apesar do corte do tecido ser escolhido por cada preferência.

A maioria dos caras está sem camisa porque acham que as camisas dão ao oponente algo no qual se agarrar. Pessoalmente, não vou argumentar contra essa lógica, então só aproveito a vista... de forma respeitosa, é claro, o que significa manter os olhos no ringue do meu esquadrão e não nos outros vinte ringues com tatames que ocupam o espaço enorme do primeiro andar da Ala Acadêmica. Uma parede inteira é feita só de janelas e portas, abertas para deixar a brisa entrar, mesmo assim está abafado. Sinto o suor escorrer pelas costas embaixo do corpete.

Três esquadrões de cada Asa estão aqui para treinar esta tarde, e claro que fui sortuda e a Primeira Asa mandou o terceiro esquadrão, incluindo Jack Barlowe, que está me encarando de um dos ringues próximos desde que entrei.

— Acho que isso significa que você não precisa se preocupar com a parte acadêmica — diz Rhiannon, levantando as sobrancelhas ao olhar para mim. Ela escolheu um corpete de couro também, mas o dela sobe pelas clavículas e se fecha no pescoço, permitindo a mobilidade dos ombros.

— Parem de rondar como se isso fosse uma dança e ataquem! — ordena o professor Emetterio do outro lado do ringue, onde Dain observa a luta de Aurelie e Ridoc com a nossa Sublíder de Esquadrão, Cianna. Graças aos deuses Dain está vestido, porque não preciso de mais uma distração quando for minha vez.

— Estou preocupada com isso — digo a Rhiannon, inclinando o queixo para o ringue.

— Sério? — Ela me lança um olhar cético. Juntou as tranças em um coque pequeno na nuca. — Achei que você seria uma ameaça no combate corpo a corpo, considerando que é uma Sorrengail.

— Não exatamente.

Na minha idade, Mira já treinava combate corporal havia doze anos. Tenho apenas seis meses de treino, o que não teria importado tanto se eu não me quebrasse tão fácil quanto uma xícara de porcelana, mas é o que temos para hoje.

Ridoc se arremessa em cima de Aurelie, mas ela desvia, passando uma rasteira e fazendo-o tropeçar. Ele cambaleia, mas não cai. Vira-se rapidamente com uma adaga em mãos.

— Sem armas hoje! — grita o professor Emetterio ao lado do ringue. Ele é apenas o quarto professor que conheço, mas é definitivamente o que mais me intimida. Ou talvez seja o fato de que a disciplina dele me faz imaginar seu corpo mais parecido com o de um gigante. — Estamos só avaliando!

Ridoc resmunga e guarda a faca a tempo de desviar de um gancho de direita de Aurelie.

— A morena dá um soco e tanto — diz Rhiannon com um sorriso de apreciação antes de olhar para mim.

— E você? — pergunto, enquanto Ridoc consegue dar um soco na costela de Aurelie.

— Merda! — Ele balança a cabeça e dá um passo para trás. — Não quero te machucar.

Aurelie aperta as costelas, erguendo o queixo.

— Quem foi que disse que machucou?

— Maneirar no socos é um desserviço — diz Dain, cruzando os braços. — Os cygnisenses na fronteira nordeste não vão ter misericórdia nenhuma por ela ser mulher se cair do dragão na fronteira inimiga, Ridoc. Vão matá-la do mesmo jeito.

— Anda logo! — grita Aurelie, chamando Ridoc, curvando um dedo. É óbvio que a maioria dos cadetes treinou a maior parte da vida para entrar nessa Divisão, especialmente Aurelie, que desvia de um soco de Ridoc e se vira para dar um tapa certeiro nos rins dele.

Ai.

— Nossa... caramba — murmura Rhiannon, olhando para Aurelie mais uma vez antes de se virar para mim. — Eu sou bem boa no ringue. Minha vila fica na fronteira de Cygnisen, então todo mundo aprendeu a se defender bem jovem. Física e matemática também não são um problema. Mas história? — Ela balança a cabeça. — Essa aula pode significar minha morte.

— Eles não te matam por reprovar em história — respondo enquanto Ridoc avança contra Aurelie, derrubando-a no chão com força o bastante para me fazer estremecer. — Eu provavelmente vou morrer nesses ringues.

Aurelie engancha as pernas ao redor das de Ridoc e de alguma forma o vira para ficar em cima, dando soco atrás de soco na lateral de seu rosto. O sangue se espalha pelo tatame.

— Eu provavelmente poderia oferecer algumas dicas para que sobreviva ao treino — diz Sawyer do outro lado de Rhiannon, passando a mão na barba castanha e por fazer que não cobre bem suas sardas. — Mas história não é o meu forte.

Um dente sai voando, e sinto a bile subir pela garganta.

— Chega! — grita o professor Emetterio.

Aurelie sai de cima de Ridoc e fica em pé, tocando o lábio arrebentado com os dedos e examinando o sangue. Então, ela oferece a mão para ajudá-lo a se levantar.

Ele aceita.

— Cianna, leve Aurelie aos médicos. Não há necessidade de perder um dente durante a avaliação — ordena Emetterio.

— Vamos fazer um acordo — diz Rhiannon, fixando seus olhos castanhos nos meus. — Vamos nos ajudar. A gente te ajuda com combate corporal se você ajudar a gente com história. Parece uma boa, Sawyer?

— Com certeza.

— Combinado. — Engulo em seco quando um aluno do terceiro ano limpa o tatame com uma toalha. — Mas acho que vou ganhar mais com isso que vocês.

— Você não me viu tentando memorizar datas — brinca Rhiannon.

A alguns ringues de distância, alguém grita e todos nos viramos para olhar. Jack Barlowe segura um aluno do primeiro ano em um mata-leão. O outro aluno é menor e mais magro do que Jack, mas ainda assim deve ter uns vinte quilos a mais do que eu.

Jack puxa o braço dele, as mãos envolvendo a cabeça e o pescoço do outro.

— Esse cara é tão babaca… — Rhiannon começa a dizer.

O barulho doentio de ossos se partindo ressoa pelo ginásio, e o aluno do primeiro ano fica imóvel nos braços de Jack.

— Pelo amor de Malek — sussurro enquanto Jack derruba o rapaz no chão.

Estou começando a me perguntar se o deus da morte mora aqui, considerando a frequência com que o nome dele é invocado. Meu almoço ameaça voltar pela garganta, mas respiro pelo nariz e solto pela boca, já que não é possível botar minha cabeça entre os joelhos aqui.

— O que foi que acabei de dizer? — grita o instrutor, subindo no tatame. — Você quebrou a porra do pescoço dele!

— Como eu ia saber que o pescoço dele é tão fraco assim? — argumenta Jack.

Você tá morta, Sorrengail, e sou eu quem vai te matar. A promessa de ontem invade minha memória.

— Olhos para a frente — ordena Emetterio, mas o tom dele é mais gentil do que antes quando todos desviamos o olhar do aluno morto. — Vocês não precisam se acostumar a isso, mas precisam continuar funcionando mesmo quando acontecer. Você e você. — Ele aponta para Rhiannon e outro aluno do primeiro ano do nosso esquadrão, um homem corpulento com os cabelos azuis-escuros e um rosto angular.

Merda, não consigo me lembrar do nome dele. Trevor? Thomas, talvez? Tem pessoas novas demais para eu conseguir me lembrar do nome delas a essa altura.

Olho para Dain, mas ele observa os dois quando sobem no tatame.

Rhiannon rapidamente derruba o outro aluno, me embasbacando cada vez que desvia de um soco e consegue dar um por conta própria. Ela é rápida, e os socos são poderosos, o tipo de combinação letal que vai fazê-la se destacar, assim como Mira.

— Você se rende? — ela pergunta ao cara quando o derruba de costas, a mão dela pairando no meio de um golpe no pescoço.

Tanner? Tenho certeza de que o nome dele começa com T.

— Não! — grita ele, passando as pernas ao redor de Rhiannon e derrubando-a de costas. Mas ela rola rapidamente para o lado e recupera o equilíbrio antes de colocá-lo mais uma vez naquela posição, dessa vez com a bota no pescoço dele.

— Não sei, Tynan, mas talvez você queira se render — diz Dain com um sorriso. — Ela está acabando com você.

Ah, é mesmo. Tynan.

— Vai se foder, Aetos! — retruca Tynan, mas Rhiannon pressiona a bota na garganta dele, fazendo-o se engasgar com a última palavra. Ele começa a ficar vermelho.

É, o Tynan tem mais ego do que bom senso.

— Ele se rende — declara Emetterio, e Rhiannon dá um passo para trás, oferecendo a mão.

Tynan aceita a ajuda.

— Você… — Emetterio aponta para a menina do segundo ano de cabelos rosados e a relíquia da rebelião. — E você.

E aponta para mim.

Ela tem pelo menos uma cabeça de altura a mais do que eu, e, se o resto do corpo for tão musculoso quanto os braços, eu estou fodida.

Não posso deixar que ela encoste em mim.

Meu coração parece querer saltar do peito, mas assinto com a cabeça e entro no ringue.

— Você consegue — diz Rhiannon, dando um tapinha no meu ombro quando passa por mim.

— Sorrengail. — A garota de cabelos cor-de-rosa me encara como se eu fosse uma sujeira em sua bota, estreitando os olhos verde-claros. — Você deveria pintar esse cabelo se não quisesse que todo mundo soubesse quem é a sua mãe. Você é a única aberração de cabelo prateado na Divisão inteira.

— Nunca disse que me importava por todo mundo saber quem é a minha mãe. — Ando em círculos, avaliando a segundanista. — Fico orgulhosa por ela ter prestado um serviço tão bom ao proteger nosso reino. Dos inimigos de fora e também dos de *dentro* dele.

Vendo-a apertar a mandíbula por causa do meu comentário, começo a ter um pouco de esperança. Como ouvi algumas pessoas se referirem hoje de manhã àqueles com relíquias da rebelião no braço, os "Marcados" culpam minha mãe pela execução dos próprios pais. Tudo bem. Que me odiassem. Minha mãe sempre diz que, no minuto em que a emoção entra numa luta, essa pessoa já perdeu. Nunca rezei tanto para que minha mãe, frígida como era, estivesse certa.

— Vadia desgraçada — rosna ela. — Sua mãe *assassinou* minha família.

Ela pula para me atacar e dá um soco desajeitado, e eu rapidamente dou um passo para o lado, desviando com as mãos erguidas. Fazemos essa dança por mais um tempo, e consigo dar alguns golpes, começando a pensar que meu plano talvez possa funcionar.

Ela rosna quando erra de novo, e seu pé voa até minha cabeça. Desvio para baixo com facilidade, mas ela então se abaixa e me chuta com a outra bota, acertando diretamente meu peito e me empurrando para trás. Caio no tatame com um baque, e ela já está em cima de mim, *rápida* pra caralho.

— Não pode usar seus poderes aqui, Imogen! — grita Dain.

Imogen está tentando me matar.

Com os olhos acima dos meus, sinto alguma coisa dura deslizar rapidamente contra minhas costelas, e ela abre um sorriso. Porém, ele desaparece quando nós duas olhamos para baixo, e vejo uma adaga ser embainhada novamente.

A armadura acabou de salvar minha vida. *Obrigada, Mira.*

A confusão marca o rosto de Imogen por apenas mais um segundo, o bastante para eu dar com o punho direto no peito dela e sair de debaixo da linha de ataque dela.

Minha mão lateja com a dor, mesmo com a certeza de que a fechei direito, mas eu descarto a dor enquanto nós duas ficamos em pé.

— Que tipo de armadura é essa? — pergunta ela, encarando minhas costelas enquanto voltamos a andar em círculos.

— A minha. — Eu me abaixo e desvio quando ela ataca de novo, seus movimentos apenas um borrão.

— Imogen! — grita Emetterio. — Se fizer isso de novo, vou...

Desvio para o lado errado dessa vez e ela me pega, me levando à lona. O tatame esmaga meu rosto, e o joelho de Imogen força minhas costas enquanto ela puxa meu braço direito para trás.

— Renda-se! — grita ela.

Não posso. Se me render no primeiro dia, o que vai acontecer no segundo?

— Não!

Agora sou eu que não tenho bom senso, assim como Tynan, só que é muito mais fácil me quebrar.

Ela puxa meu braço com mais força para trás, e a dor consome cada pensamento, borrando minha visão. Dou um grito quando os ligamentos se esticam, rompendo-se, e então estalam.

— Renda-se, Violet! — berra Dain.

— Renda-se! — exige Imogen.

Ofegando para respirar com o peso dela nas costas, viro o rosto para o lado enquanto ela desloca meu ombro, a dor me consumindo.

— Ela se rende — declara Emetterio. — Já chega.

Ouço, mais uma vez, o som macabro de um osso se quebrando. Só que, dessa vez, é o meu.

Do meu ponto de vista, de todos os poderes sinetes dos cavaleiros, o regenerador é o mais precioso, mas não podemos nos permitir complacência na presença de tal sinete. Regeneradores são raros, e os feridos, nem tanto.

— Guia hospitalar moderno, por major Frederick

CAPÍTULO SEIS

As chamas da agonia engolem meu antebraço e torso enquanto Dain me carrega pela passagem coberta para sair da Divisão dos Cavaleiros, atravessando a ravina e chegando na Divisão Hospitalar. É basicamente uma ponte de pedra, coberta e ladeada por mais pedras, o que faz dela um túnel suspenso com algumas janelas, mas não estou pensando com clareza o bastante para entender o cenário enquanto corremos por ele, os passos de Dain cruzando a distância com facilidade.

— Estamos quase lá — ele me acalma, o aperto firme, mas cuidadoso, ao me segurar pelas costelas e embaixo dos joelhos, o braço inútil descansando em meu peito.

— Todo mundo viu você surtar — sussurro, fazendo meu melhor para bloquear a dor como já fiz inúmeras vezes antes. Normalmente é fácil, como construir uma muralha mental em torno do tormento do meu corpo, e então dizendo a mim mesma que a dor só existe naquela caixa e, portanto, não posso senti-la, só que não está funcionando muito bem dessa vez.

— Eu não surtei. — Ele chuta a porta três vezes quando chegamos lá.

— Você gritou e me carregou de lá como se eu significasse alguma coisa para você.

Foco minha atenção na cicatriz na mandíbula dele, a barba por fazer contra a pele bronzeada, qualquer coisa para não sentir a destruição do meu ombro.

— Você significa algo para mim. — Ele chuta de novo a porta.

E agora todo mundo sabe disso.

A porta é escancarada, e Winifred, uma médica que já esteve ao meu lado incontáveis vezes, dá um passo para o lado para que Dain me carregue para dentro.

— Mais um ferimento? Os cavaleiros certamente estão tentando encher nossas macas para… Ah, não, Violet? — Ela arregala os olhos.

— Oi, Winifred — consigo dizer, apesar da dor.

— Por aqui.

Ela nos leva para a enfermaria, um salão comprido cheio de macas, metade com pessoas vestindo o preto dos cavaleiros. Os médicos não têm magia, dependendo de tônicos e treinamento médico tradicional para curarem o melhor que conseguirem, mas os regeneradores, sim. Com sorte, Nolon está por perto esta noite, já que é ele quem tem me curado nos últimos cinco anos.

O sinete de regenerar é excepcionalmente raro entre os cavaleiros. Eles têm o poder de consertar, restaurar ou devolver qualquer coisa ao estado original, desde tecido rasgado a pontes pulverizadas, e isso inclui ossos quebrados. Meu irmão Brennan era regenerador e teria se tornado um dos melhores se estivesse vivo.

Dain me acomoda gentilmente na maca indicada por Winifred e então se inclina na ponta do colchão, perto do quadril. Todas as linhas de seu rosto me transmitem conforto quando apoia a mão enrugada em minha testa.

— Helen, vá buscar Nolon — ordena Winifred para uma médica de quarenta e poucos anos passando por ali.

— Não! — diz Dain, em pânico.

Quê?

A médica de meia-idade olha para Dain e Winifred, claramente dividida.

— Helen, essa é Violet Sorrengail, e se Nolon descobrir que ela esteve aqui e você *não* o chamou… bom, vai ser problema seu — diz Winifred em sua voz calma de tenor.

— Sorrengail? — repete a médica, a voz estridente.

Tento manter o foco em Dain mesmo com a dor pulsante no ombro, mas o cômodo começa a girar. Quero perguntar a ele o motivo de não querer que meu ombro seja curado, mas outra onda de dor ameaça me deixar inconsciente, e tudo que consigo fazer é soltar um gemido.

— Vá buscar Nolon ou ele vai deixar o dragão dele te comer, com esse rosto amargo e tudo, Helen. — Winifred arqueia uma sobrancelha prateada e ignora o pedido de Dain de não chamar o regenerador.

A mulher empalidece e desaparece.

Dain pega uma cadeira de madeira e a puxa para mais perto da minha maca, provocando um rangido horrível quando os pés dela arranham o assoalho.

— Violet, sei que está doendo, mas talvez...

— Talvez o quê, Dain Aetos? Quer ver a menina sofrer? — Winifred começa o sermão. — Eu disse a ela que eles iriam te quebrar — murmura ela quando se inclina em cima de mim, os olhos cinzentos me avaliando, cheios de preocupação. Winifred é a melhor médica de Basgiath, e ela prepara todos os tônicos que receita. Ela já cuidou de mim em incontáveis situações. — Mas ela me escutou? Claro que não. Sua mãe é tão teimosa.

Ela segura meu braço machucado e eu gemo quando o ergue alguns centímetros, cutucando o ombro.

— Bom, está quebrado mesmo. — Winifred faz um barulho de reprovação e levanta as sobrancelhas ao ver o braço. — E parece que vamos precisar de um cirurgião para o ombro. O que houve? — Ela direciona a pergunta a Dain.

— Combate — explico, em uma só palavra.

— Você fica quieta. Guarde sua energia. — Winifred olha para Dain. — Seja útil, garoto, e puxe essas cortinas para nos esconder. Quanto menos gente vir Violet machucada, melhor.

Ele fica em pé em um pulo e obedece rapidamente, puxando o tecido azul ao nosso redor para transformar aquele espaço numa salinha pequena, porém eficiente, separando-nos dos outros cavaleiros que foram trazidos para cá.

Beba isto. — Winifred pega um frasco de líquido âmbar do cinto. — Vai ajudar com a dor enquanto cuidamos de você.

— Não pode pedir para ele regenerar ela — protesta Dain enquanto Winifred destampa o frasco.

— Temos regenerado Violet nesses últimos cinco anos — fala ela, trazendo o frasco para mais perto. — Não comece a me dizer o que posso ou não fazer.

Dain coloca uma mão nas minhas costas, a outra apoiando a cabeça, me ajudando a levantar para engolir o líquido. Desce amargo, como sempre, quando engulo, mas sei que vai funcionar. Ele me acomoda de volta na maca e se vira para Winifred.

— Não quero que ela sinta muita dor, é por isso que viemos. Só que, se ela ficou assim tão machucada, com certeza dá para avaliar se os escribas podem aceitá-la como uma inscrita atrasada. Faz só um dia.

Quando percebo o motivo para ele não querer um regenerador, minha raiva finalmente atravessa a dor o bastante para que eu consiga dizer:

— Não vou me inscrever para os escribas.

Em seguida, suspiro, fechando os olhos enquanto um zumbido agradável toma minhas veias. Logo me distancio da dor a ponto de conseguir pensar com mais clareza e forço os olhos a se abrir.

Ao menos acho que foi rápido, mas claramente não estava prestando atenção em uma conversa que estava acontecendo, então obviamente faz alguns minutos.

A cortina é puxada para o lado e Nolon entra, apoiando-se pesadamente na bengala. Ele sorri para a esposa, os dentes brancos brilhantes contrastando com a pele negra.

— Você me chamou, minha... — O sorriso dele desaparece quando me vê. — Violet?

— Oi, Nolon. — Forço minha boca a se curvar em um sorriso. — Eu acenaria, mas uuum dos meus braços não tááá funcionando e o outro pareeece beeem pesaaado.

Meus deuses, eu estou falando arrastado?

— Sérum de Leigheas — elucida Winifred ao marido, dando um sorriso torto.

— Ela está com você, Dain? — Nolon lança um olhar acusatório para ele, e eu me sinto com quinze anos de novo, sendo carregada até aqui porque quebrei o tornozelo subindo em algum lugar proibido.

— Sou o líder do esquadrão dela — responde Dain, saindo do caminho de Nolon para o regenerador chegar mais perto. — Colocá-la sob meu comando foi a única coisa que consegui pensar em fazer para mantê-la segura.

— Não está fazendo um bom trabalho então, né? — Nolon estreita os olhos.

— Foi dia de avaliação de combate corpo a corpo — explica Dain. — Imogen, do segundo ano, deslocou o ombro de Violet e quebrou o braço dela.

— No dia da avaliação? — rosna Nolon, cortando o tecido da minha camiseta com a adaga. Ele deve ter uns oitenta e quatro anos, chutando baixo, e ainda se veste com o uniforme preto dos cavaleiros completo, com todas as adagas.

— A mãe deeela eraaa... Uma das sepa... sepapa... separatistas do Fennn... Riorson — explico lentamente, tentando pronunciar com clareza e falhando. — E eu souuu Sorrengail, então eu compreendo.

— Eu não — resmunga Nolon. — Nunca concordei com a forma como decidiram alistar os filhos para a Divisão dos Cavaleiros como punição pelos pecados dos pais. Nunca forçamos nenhuma pessoa a se alistar nessa Divisão. Nunca. E por um bom motivo. A maioria dos cadetes não sobrevive... o que suponho que tenha sido o objetivo. Independentemente disso, você certamente não deveria sofrer pela honra de sua mãe. A general Sorrengail salvou Navarre ao capturar o Grande Traidor.

— Então você não vai regenerar ela, certo? — pergunta Dain baixinho para não ser ouvido do outro lado da cortina. — Só estou pedindo que os médicos façam o trabalho deles e deixem que a natureza vá no seu tempo. Sem magia. Ela não tem a menor chance se voltar lá com um gesso ou precisar se defender enquanto o ombro dela se recupera de uma cirurgia de reconstrução. Da última vez, ela precisou de quatro meses. Essa é a nossa chance de demovê-la da Divisão dos Cavaleiros enquanto ainda está respirando.

— Nãooo vou pros esssibaaas. — Já desisti de não arrastar a fala. — Sibaaas — tento de novo. — SIBAS. — Ah, que se foda. — Me regenera.

— Eu vou sempre regenerar você — promete Nolon.

— Só. Essa. Vez. — Eu me concentro em cada palavra. — Se. Os outros. Verem que preciso. Me regenerar. Todas-as-vezes, vão. Pensar. Que sou fraca.

— E é por isso que devíamos aproveitar essa oportunidade para te tirar daqui! — O pânico faz o tom da voz de Dain subir, e meu coração murcha. Ele não pode me proteger de tudo, e ficar assistindo enquanto eu me quebro, e eventualmente morro, uma hora vai acabar o arruinando. — Sair daqui e ir direto para a Divisão dos Escribas é sua melhor chance de sobrevivência.

Encaro Dain e escolho minhas próximas palavras com cuidado.

— Não vou. Sair-dos-cavaleiros. Só pra mamãe. Me-jogaaar-aqui-de-novo. Vou. Ficar. — Viro a cabeça enquanto o cômodo gira, procurando por Nolon. — Me regenera... mas só. Dessa vez.

— Você sabe que vai doer pra caramba e ainda vai ficar dolorido por algumas semanas, certo? — pergunta Nolon, sentando-se na cadeira ao lado da maca e encarando meu ombro.

Assinto. Não é minha primeira vez nesse processo. Quando se nasce tão frágil quanto eu, a dor da regeneração só perde para a dor do ferimento original. Basicamente, um dia como qualquer outro.

— Por favor, Vi — implora Dain, baixinho. — Mude de Divisão. Se não por você, por mim. Eu não fui rápido o bastante. Deveria ter impedido Imogen. Não posso te proteger.

Queria ter compreendido o plano dele antes de aceitar a poção de Winifred para eu poder me explicar melhor. Nada disso é culpa dele, mas vai querer levar a culpa, como sempre faz. Em vez disso, respiro fundo e declaro:

— Já fiz minha escolha.

— Volte para a Divisão, Dain — ordena Nolon sem erguer o olhar. — Se ela fosse qualquer outro primeiranista, você já teria voltado.

O olhar angustiado de Dain encontra o meu, e eu insisto.

— Vai embora. Vou te encontrar-na-formmmmação de manhã.

De qualquer forma, não quero que ele veja isso.

Ele engole em seco e assente, derrotado; depois nos dá as costas e passa pela separação das cortinas sem dizer mais nenhuma palavra. Espero sinceramente que minha escolha hoje não acabe destruindo meu melhor amigo depois.

— Pronta? — pergunta Nolon, a mão pairando acima do meu ombro.

— Morde isso. — Winifred segura uma faixa de couro na frente da minha boca e eu a aperto entre os dentes.

— Aqui vamos nós — murmura Nolon, a mão erguida sobre meu ombro. A testa dele se franze, mostrando concentração, antes de ele fazer um gesto virando a mão.

Uma agonia furiosa irrompe em meu ombro. Meus dentes apertam o couro quando grito, aguentando por um segundo, dois, até desmaiar.

***

O quartel está quase cheio quando volto mais tarde naquela noite, meu braço direito pulsando de dor em uma tala azul-clara que me torna um alvo ainda maior, se é que isso é possível.

Talas gritam *fraqueza*. Talas gritam *frágil*. Gritam *risco à Asa*. Se eu quebro um braço assim tão fácil no tatame, o que vai acontecer quando estiver no dorso de um dragão?

Já faz muito tempo que o sol se pôs, mas o saguão está iluminado pelo brilho suave de luzes mágicas enquanto as outras mulheres do primeiro ano se preparam para dormir. Lanço um pequeno sorriso para uma menina que segura um pano manchado de sangue contra o lábio inchado, e ela devolve o gesto, estremecendo.

Conto três camas vazias seguidas, mas isso não significa que as cadetes morreram, certo? Poderiam estar na Divisão Hospitalar assim como eu, ou talvez estejam nos aposentos de banho.

— Você voltou! — Rhiannon pula da cama, já vestida com short e camiseta de dormir, o alívio estampado em seus olhos e em seu sorriso quando me vê.

— Voltei — digo, tranquilizando-a. — Com uma camiseta a menos, mas estou aqui.

— Você pega outra amanhã. — Ela parece que quer me abraçar, mas olha a tala e dá um passo para trás, sentando-se na beirada da cama. Eu faço o mesmo na minha, ficando de frente para ela. — Foi muito ruim?

— Vai doer nos próximos dias, mas vou ficar bem desde que consiga deixar imobilizado. Vai estar novo quando começarmos os desafios no ringue.

Tenho duas semanas para descobrir como vou impedir que isso se repita.

— Vou te ajudar na preparação — ela promete. — Você é minha única amiga aqui, então prefiro que não morra quando as coisas ficarem sérias.

A boca de Rhiannon se curva em um sorriso irônico.

— Vou fazer o possível. — Sorrio de volta, apesar da dor no ombro e no braço. O efeito do tônico já passou faz tempo, e está começando a doer de verdade. — E eu te ajudo com história.

Apoio meu peso na mão esquerda, e ela escorrega para baixo do travesseiro.

Encontro algo ali.

— Ninguém vai parar a gente — declara Rhiannon, o olhar dela indo na direção de Tara, a garota curvilínea de cabelos escuros de Morraine, quando ela passa ao lado de nossas camas.

Tiro um livro de debaixo do travesseiro (um livro não, uma caderneta) com um bilhete dobrado que diz *Violet* na caligrafia de Mira. Com uma mão só, abro o bilhete.

Violet,

Fiquei tempo o bastante para ler a chamada da manhã e você não estava nela, graças aos deuses. Não posso ficar mais. Precisam de mim na minha Asa, e, mesmo que pudesse ficar, não me deixariam ver você. Subornei um escriba para deixar isso na sua cama. Espero que saiba que tenho muito orgulho de ser sua irmã. Brennan escreveu isso para mim no verão antes de eu entrar na Divisão. Isso me salvou, e pode salvar você também. Acrescentei minhas próprias pitadas de sabedoria adquiridas a duras penas, mas a maior parte é toda dele, e sei que ele gostaria que você ficasse com isso. Ele ia querer que você ficasse viva.

Com amor,
Mira

Engulo o nó na garganta e deixo o bilhete de lado.

— O que é isso? — pergunta Rhiannon.

— Era do meu irmão. — As palavras mal saem dos meus lábios quando abro a capa. Mamãe queimou tudo que era dele depois que ele morreu, como ditava a tradição. Faz eras que não vejo a caligrafia marcada dele, mas ali está ela. Sinto o peito apertar quando sou inundada por uma onda de luto.

— O livro de Brennan — leio em voz alta na primeira página e então viro para a segunda.

Mira,

Você é uma Sorrengail, então vai sobreviver. Talvez não tão espetacularmente quanto eu, mas ninguém se compara a mim, não é mesmo? Brincadeiras à parte, isso é tudo que aprendi. Mantenha o diário em segurança. Mantenha escondido. Você precisa ficar viva porque Violet está assistindo. Não pode deixar ela ver você fracassar.

Brennan

Lágrimas ameaçam cair, mas eu as seguro.

— É só o diário dele — minto, folheando as páginas. Consigo ouvir o tom sarcástico e alegre dele enquanto passo as páginas como se Brennan estivesse parado ali, tratando todos os perigos com a leveza de uma piscadela e de um sorriso torto. Caralho, como sinto saudades dele. — Ele morreu faz cinco anos.

— Ah, isso… — Rhiannon se inclina, os olhos pesarosos por empatia. — A gente também nem sempre queima tudo. Às vezes é bom ter uma coisa ou outra, sabe?

— É — sussurro. Significa *tudo* pra mim ter isso comigo, e ainda assim sei que mamãe vai jogar no fogo se o encontrar.

Rhiannon se senta de novo na cama, abrindo o livro de história, e sou levada de novo pela caligrafia de Brennan, começando pela terceira página.

Você sobreviveu ao Parapeito. Ótimo. Seja vigilante nos próximos dias e não faça nada para chamar atenção. Desenhei um mapa que mostra não só as salas de aula, mas também onde ficam os instrutores. Sei que está nervosa com os desafios, mas não deveria ficar, não com esse seu gancho de direita imbatível. As lutas podem parecer aleatórias, mas não são. O que os instrutores não contam é que decidem os desafios na semana anterior, Mira. Qualquer cadete pode solicitar um desafio, claro, mas os instrutores vão designar os pares baseados em eliminar os mais fracos. Isso significa que, quando o combate corpo a corpo de verdade começa, os instrutores já sabem quem você vai enfrentar naquele dia. Aqui vai um segredo: se souber onde procurar e conseguir entrar sem ser vista, vai saber com quem irá lutar para se preparar.

Prendo a respiração e devoro o restante do registro, sentindo minha esperança florescer. Se souber com quem vou lutar, posso começar a batalha antes mesmo de entrar no ringue. Minha mente rodopia, um plano se formando.

Tenho duas semanas para conseguir tudo de que vou precisar antes dos desafios começarem, e ninguém conhece Basgiath como eu. Está tudo aqui.

Um sorriso lento se espalha por meu rosto. Sei como sobreviver.

A fim de preservar a paz em Navarre, cada esquadrão de qualquer Divisão não deve conter mais do que três cadetes que possuam relíquias da rebelião.

— Código de Conduta do Instituto Militar Basgiath, Adendo 5.2

Em adição às mudanças feitas no último ano, marcados que porventura se reúnam em grupos de três ou mais serão considerados culpados de ato de conspiração insurgente, que, destarte, será considerada transgressão grave.

— Código de Conduta do Instituto Militar Basgiath, Adendo 5.3

CAPÍTULO SETE

— Droga — murmuro quando meus pés batem numa pedra e eu tropeço na grama na altura da cintura que cresce na margem do rio abaixo da cidadela. A lua está cheia e bonita, iluminando meu caminho, mas isso significa que estou suando em bicas no manto para continuar escondida caso mais alguém esteja aqui fora, perambulando após o toque de recolher.

O Rio Iakobos flui com o resto do verão dos picos acima, e a corrente é rápida e mortal nessa época do ano, especialmente considerando a queda abrupta da ravina. Não é à toa que um primeiranista morreu ontem quando caiu no rio durante a hora de folga. Desde o Parapeito, nosso esquadrão é o único na Divisão que ainda não perdeu ninguém, mas sei que isso não vai durar muito tempo, considerando o quanto essa escola é brutal.

Apertando mais a alça da mochila pesada, me aproximo do rio, que corre ao longo da linha de carvalhos antigos onde sei que uma vinha de frutas foníleas vai começar a brotar logo. Quando estão maduras, as frutinhas roxas são tão azedas que mal dá para comer, mas, quando colhidas antes da época e deixadas no sol para secar, tornam-se uma ótima arma para o meu arsenal crescente, criado nessas nove noites ao me esgueirar para fora da cama. É exatamente esse o motivo para eu ter trazido o livro de venenos comigo.

Os desafios começam na semana que vem, e preciso de todas as vantagens possíveis.

Ao ver a pedra que usei como marcação de terreno nos últimos cinco anos, conto as árvores na margem do rio.

— Um, dois, três — sussurro, vendo o carvalho exato de que preciso. Os galhos estão esparramados e altos, e alguns até ousam se esticar na direção do rio. Por sorte, é fácil subir no mais baixo, mais ainda quando a grama foi pisoteada de forma estranha embaixo.

Uma pontada de dor percorre meu ombro quando tiro o braço direito da tala e começo a subida apenas usando a memória e a luz do luar. A dor rapidamente diminui até virar apenas um incômodo, assim como aconteceu todas as noites em que Rhiannon acabou comigo no tatame. Com sorte, amanhã Nolon vai me deixar tirar essa tala irritante de uma vez por todas.

O ramo de fonílea parece enganosamente uma trepadeira, porque circula o tronco, mas já escalei essa árvore específica vezes o bastante para saber que é isso que estou procurando. Eu só nunca precisei subir nada vestindo um manto antes. É um saco. O tecido enrosca em quase todos os galhos enquanto subo, lenta e firme, passando pelo galho largo onde costumava passar horas lendo.

— Merda! — Meu pé escorrega no casco e meu coração acelera por um instante até meu pé encontrar um ponto firme. Seria muito mais fácil durante o dia, mas não posso arriscar ser pega.

O casco da árvore arranha minhas mãos quando subo mais alto. As pontas das folhas de vinha estão brancas na altura a que chego, pouco visíveis na luz do luar manchada que desce entre a folhagem, mas abro um sorriso quando encontro o que quero.

— Aí estão vocês. — As frutinhas são de um tom lindo de roxo. Perfeito. Fincando as unhas no galho acima, consigo me firmar o bastante para pegar um frasco vazio na mochila e destampar com os dentes. Então, pego um punhado de frutinhas na vinha, grande o bastante para encher o frasco, e o tampo. Somando isso aos cogumelos que colhi mais cedo e outros diversos itens que já coletei, devo conseguir passar pelo próximo mês de desafios.

Estou quase terminando de descer a árvore, faltando apenas alguns galhos, quando percebo movimentos lá embaixo e paro de me mexer. Com sorte, vai ser só um cervo.

Só que não é.

Duas figuras usando mantos pretos (aparentemente a tendência no quesito "disfarce" desta noite) andam sob a proteção da árvore. A figura menor se inclina no galho mais baixo, tirando o capuz para revelar uma cabeça meio raspada e um cabelo rosa que conheço bem demais.

Imogen, membro do esquadrão que praticamente arrancou meu braço do corpo há dez dias.

Meu estômago embrulha e depois dá um nó quando o segundo cavaleiro tira o próprio capuz.

Xaden Riorson.

Ah, merda.

Há uns cinco metros entre nós e mais nada, nem ninguém, para impedir que ele me mate. O medo fecha minha garganta enquanto seguro os galhos até os nós dos dedos ficarem brancos, debatendo se devo prender a respiração para ele não me ouvir e assumir o risco de cair da árvore se eu desmaiar por falta de oxigênio.

Eles começam a conversar, mas não consigo ouvir o que estão dizendo, considerando o barulho do rio ao lado. O alívio enche meus pulmões. Se não posso ouvi-los, eles também não podem me ouvir desde que fique parada. Mas tudo o que ele precisa fazer é erguer a cabeça para eu estar frita. No caso, literalmente, se ele decidir usar o seu Rabo-de-adaga-azul. A luz do luar que eu agradecera minutos atrás agora se transforma em minha maior ameaça.

Lenta e cuidadosamente, sem fazer barulho, saio do filete de luz e sigo para o próximo galho, embrenhando-me nas sombras. O que ele estaria fazendo aqui com Imogen? Será que estão ficando? São amigos? Não é da minha conta, e ainda assim não consigo evitar me perguntar se esse é o tipo de mulher de que ele gosta: uma cuja beleza só é superada pela própria crueldade. Eles se merecem pra caralho.

Xaden dá as costas para o rio, como se estivesse procurando por alguém, e logo mais cavaleiros chegam, reunindo-se embaixo da árvore. Estão todos vestindo mantos pretos e apertam suas mãos. Todos têm relíquias da rebelião.

Arregalo os olhos enquanto faço a contagem. Tem quase duas dúzias deles aqui, alguns do terceiro ano e alguns do segundo, mas todo o resto são primeiranistas. Eu conheço as regras. Os marcados não podem se reunir em grupos maiores do que três. Estão cometendo uma transgressão simplesmente por estarem juntos. É óbvio que isso é uma reunião de algum tipo, e eu me sinto um gato me segurando nos galhos dessa árvore enquanto os lobos fazem a ronda lá embaixo.

Esse encontro pode ser completamente inofensivo, certo? Talvez estejam com saudades de casa, como quando os cadetes da província de

Morraine passaram o sábado perto do lago só porque a água os lembrava do oceano de que tanto sentiam falta.

Ou talvez os marcados estejam planejando queimar Basgiath até virar cinzas e terminar o que os pais começaram.

Não posso só ficar sentada ali ignorando, mas a minha complacência, meu medo, pode acabar matando pessoas se eles estiverem planejando alguma coisa ali. Contar a Dain é a coisa certa a fazer, mas nem sequer consigo ouvir o que estão dizendo.

Merda. Merda. Merda. Sinto a náusea revirar meu estômago. Preciso chegar mais perto.

Mantendo meu corpo do lado oposto do tronco e escondida nas sombras que me engolem, desço outro galho lentamente, prendendo a respiração ao testar cada um dos galhos com uma fração do meu peso antes de me abaixar. As vozes ainda estão abafadas por causa do rio, mas consigo ouvir a mais alta dentre elas vinda de um homem alto, cujos ombros ocupam o dobro de espaço que os de qualquer primeiranista, de cabelos escuros e pele pálida e que está de frente para Xaden, suas vestes estampando a patente do terceiro ano.

— Já perdemos Sutherland e Luperco — diz, mas não consigo ouvir a resposta.

Quando desço mais dois galhos, as palavras ficam claras. Meu coração bate como se estivesse tentando escapar por entre as costelas. Estou tão perto que, se algum deles decidir olhar, vai me ver... exceto Xaden, que está de costas para mim.

— Quer vocês queiram ou não, vamos precisar ficar juntos se pensam em sobreviver até a graduação — diz Imogen. Um pulinho para a direita e eu poderia retribuir aquela manobra grosseira que ela fez no meu ombro com um chute em sua cabeça.

No fim, dou mais valor à minha vida do que à vingança nesse momento, então deixo os pés parados.

— E se descobrirem que a gente está fazendo reuniões? — pergunta uma primeiranista de pele marrom-clara, os olhos percorrendo o círculo.

— Fazemos isso há dois anos e ninguém nunca descobriu — responde Xaden, cruzando os braços e recostando-se no tronco à direita. — Não vão descobrir a não ser que um de vocês dedure. E, se dedurarem, vou descobrir quem foi. — A ameaça é óbvia. — Como Garrick disse, já perdemos dois primeiranistas por causa da própria negligência deles. Só temos quarenta e um de nós na Divisão dos Cavaleiros e não queremos perder mais ninguém, mas vamos perder se não se ajudarem. Nossas chances já são pequenas, e confiem em mim quando digo que todos os outros navarrianos na Divisão vão procurar um motivo para chamá-los de traidores ou forçá-los a fracassar.

Ouço um murmúrio de concordância, e prendo a respiração ao ouvir a intensidade na voz dele. Droga, não quero achar nada em Xaden Riorson digno de admiração, mas lá está ele, sendo irritantemente admirável. Babaca.

Preciso admitir que seria legal ver um cavaleiro de alta patente da minha província se preocupar um cacete que fosse se o resto de nós, da província, vai ficar vivo ou vai morrer.

— Quantos de vocês estão levando uma surra no treino corpo a corpo? — pergunta Xaden.

Quatro mãos são levantadas, e nenhuma pertence ao primeiranista loiro de cabelo espetado com os braços cruzados, uma cabeça maior que os outros. Liam Mairi. É do Segundo Esquadrão, Setor Cauda da nossa Asa, e já é o melhor cadete do nosso ano. Ele praticamente correu ao atravessar o Parapeito e destruiu todos os seus oponentes na avaliação.

— Merda — pragueja Xaden, e eu daria qualquer coisa para ver a expressão no rosto dele quando leva a mão ao rosto.

O grandalhão, Garrick, suspira.

— Eu posso dar umas aulas.

Eu o reconheço agora. Ele é o líder do Setor Fogo na Quarta Asa. Meu superior direto acima de Dain.

Xaden balança a cabeça.

— Você é nosso melhor lutador…

— *Você* é nosso melhor lutador — rebate um segundanista perto de Xaden com um sorriso rápido.

Ele é bonito, tem a pele marrom-clara e uma cabeça de cachos negros, além de diversos brasões no uniforme debaixo do manto. As feições dele se parecem tanto com Xaden que eles bem poderiam ser parentes. Talvez primos? Fen Riorson tinha uma irmã, se me lembro bem. Putz, qual era o nome daquele cara? Já faz um ano desde que li os registros, mas acho que começava com B.

— O que luta da forma mais desleal, isso sim — brinca Imogen.

A maioria ri, e até alguns primeiranistas sorriem.

— É, impiedoso pra caralho — acrescenta Garrick.

Todos concordam com a cabeça, incluindo Liam Mairi.

— Garrick é nosso melhor lutador, mas Imogen se equipara a ele e tem bem mais paciência — declara Xaden, o que é absurdo considerando que ela não me pareceu nada paciente quando quebrou meu braço. — Então vocês quatro se dividam entre os dois para treinar. Um grupo de três não vai chamar nenhuma atenção indesejada. Quem mais está tendo problemas?

— Eu não consigo continuar com isso — diz um primeiranista magrelo, encolhendo os ombros e levando os dedos estreitos ao rosto.

— Como assim? — pergunta Xaden, a voz parecendo mais severa.

— Eu não consigo continuar com isso! — O garoto balança a cabeça. — As mortes. As lutas. Nada disso! — A voz dele fica mais estridente a cada declaração. — Um cara quebrou o pescoço de outro bem na minha frente no dia da avaliação! Quero ir pra casa! Você pode ajudar com *isso*?

Todas as cabeças se viram na direção de Xaden.

— Não. — Xaden dá de ombros. — Você não vai conseguir. Melhor aceitar isso já e não desperdiçar meu tempo.

Quase não consigo esconder meu susto de surpresa, e alguns dos outros no grupo nem se importam em tentar. Que escroto.

O garoto parece *devastado* e me sinto um pouco mal por ele.

— Isso foi meio babaca, primo — diz o segundanista que se parece um pouco com Xaden, erguendo os olhos.

— O que você quer que eu diga, Bodhi? — Xaden vira a cabeça para o lado, a voz tranquila. — Não posso salvar todo mundo, especialmente não aqueles que não estão dispostos a trabalhar para serem salvos.

— Caramba, Xaden. — Garrick massageia o nariz. — Que ótimo discurso motivacional.

— Se alguém aqui precisa da porra de um discurso motivacional, então nós dois sabemos que essa pessoa não vai sair da Divisão voando no dia de graduação. Isso é sério. Posso segurar a mão de todo mundo e fazer um monte de promessas vazias de merda dizendo que vai dar tudo certo, se isso for ajudar vocês a dormirem, mas, na minha experiência, a verdade é muito mais valiosa. — Ele vira a cabeça, e presumo que esteja olhando para o primeiranista em pânico. — Na guerra, as pessoas morrem. Não é uma coisa gloriosa que nem os bardos cantam por aí. São quedas de sessenta metros e pescoços quebrados. Não tem nada romântico na terra queimada ou no fedor de enxofre. Isso... — ele gesticula para a cidadela — não é um conto de fadas onde todo mundo fica vivo no final. É a realidade mais dura e fria. Nem todo mundo vai poder voltar para casa... quer dizer, o que quer que reste da nossa casa. E tenham em mente que, cada vez que entramos na Divisão, estamos em guerra. — Ele se inclina para a frente. — Portanto, se você não quer encarar a realidade e lutar para viver, então não. Você não vai conseguir.

Apenas os grilos ousam romper aquele silêncio.

— Agora alguém me dá um problema que eu consiga resolver — ordena Xaden.

— Preparo de Batalha — diz uma primeiranista, baixinho. Eu a reconheço. A cama dela fica só a uma fileira da minha e da de Rhiannon. Merda… qual é o nome dela? Tem mulheres demais no quartel para conhecer todo mundo, mas tenho certeza de que ela é da Terceira Asa. — Não é que eu não consiga entender, mas as informações…

Ela dá de ombros.

— Essa é difícil mesmo — responde Imogen, virando-se para Xaden. Ao luar, quase não reconheço o perfil dela como o mesmo da pessoa que destroçou meu ombro. Aquela Imogen era cruel e feroz. Porém, a forma como ela olha para Xaden faz seus olhos, boca e postura se suavizarem enquanto ela ajeita uma mecha de cabelo rosa atrás da orelha.

— Você aprende o que te ensinam — diz Xaden para a menina, a voz ficando mais rígida de repente. — Não se esqueça do que você já sabe, mas recite o que disserem para você recitar.

Franzo a testa. O que ele quer dizer com *isso*? Preparo de Batalha é uma das aulas ensinadas pelos escribas para atualizar a Divisão sobre todos os movimentos de tropas e linhas de batalha não confidenciais. A única coisa que nos pedem para recitar são eventos e conhecimento geral do que está acontecendo no fronte.

— Mais alguém? — pergunta Xaden. — Melhor perguntar agora. Não temos a noite toda.

Então, percebo uma coisa: para além de estarem reunidos em um grupo de mais de três pessoas, não tem nada de *errado* com o que estão fazendo ali. Não existe maquinação, golpe ou perigo. É só um grupo de cavaleiros mais velhos dando conselhos a primeiranistas da própria província. Porém, se Dain descobrisse, teria a obrigação de…

— Quando vamos poder matar Violet Sorrengail? — pergunta um cara lá atrás.

Sinto o sangue gelar.

O murmúrio de concordância no grupo faz uma onda de pavor descer pela minha coluna.

— É, Xaden — diz Imogen, o tom doce, erguendo os olhos verde-claros para ele. — *Quando* a gente pode finalmente ter a *nossa* vingança?

Ele se vira apenas o bastante para que eu consiga ver seu perfil e a cicatriz iluminados, enquanto estreita os olhos para Imogen.

— Eu já disse que a Sorrengail mais nova é *minha* e vou lidar com ela na hora certa.

Ele vai… lidar comigo? Meus músculos relaxam no calor da indignação. Eu não sou um mero inconveniente para *lidarem* comigo. Minha admiração breve por Xaden acaba ali.

— Não aprendeu essa lição ainda, Imogen? — Bhodi repreende do outro lado do círculo. — Pelo que ouvi, Aetos fez você lavar a louça do mês inteiro por usar seus poderes no tatame.

Imogen se vira para ele.

— A mãe dela é responsável pela execução da minha mãe e da minha irmã. Eu deveria ter feito bem pior do que deslocar o ombro dela.

— A *mãe* dela é responsável por capturar quase *todos* os nossos pais — rebate Garrick, cruzando os braços. — E não a filha. Punir os filhos pelos pecados dos pais é o jeito navarriano de fazer as coisas, e não o týrrico.

— Então a gente é alistado por causa do que os nossos pais fizeram *anos* atrás, para entrarmos em um instituto que é praticamente uma sentença de morte... — começa Imogen.

— Caso não tenha notado, ela também está no mesmo instituto que é uma sentença de morte para todos — retruca Garrick. — Parece que já está sofrendo o mesmo destino que nós.

Eu estou mesmo ouvindo enquanto eles discutem se devo ser punida por ser a filha de Lilith Sorrengail?

— Não se esqueça de que o irmão dela era Brennan Sorrengail — acrescenta Xaden. — Ela tem tanto motivo para nos odiar quanto nós temos para odiá-la. — Ele olha na direção de Imogen e do primeiranista que fez a pergunta. — E não quero ter que repetir. Ela é *minha*. Alguém mais quer discutir?

O silêncio reina ali.

— Ótimo. Então voltem logo pra cama em grupos de três. — Ele gesticula com a cabeça e eles lentamente se dispersam, afastando-se em grupos de três como foi ordenado.

Xaden é o último a ir embora.

Respiro fundo. Puta merda, acho que consegui sobreviver.

Porém, preciso me certificar de que eles se foram. Não mexo nenhum músculo, mesmo quando minhas coxas estão com câimbra, e meus dedos, travados. Conto mentalmente até quinhentos, respirando o mais estável que consigo para suavizar as batidas velozes do meu coração.

Só quando tenho certeza de que estou sozinha, quando os esquilos passaram pelo chão, termino de descer da árvore, pulando o último metro para o chão de grama. Zihnal deve gostar de mim, porque sou a mulher mais sortuda de todo o Continente...

Uma sombra se avoluma atrás de mim e abro a boca para gritar, mas meu suprimento de ar é interrompido por um cotovelo em meu pescoço quando sou puxada contra um peitoral duro.

— Se gritar, você morre — sussurra ele, e meu estômago se revira quando o cotovelo é substituído pelo metal frio de uma adaga em meu pescoço.

Congelo. Eu reconheceria o tom rouco da voz de Xaden em qualquer lugar.

— Tinha que ser a Sorrengail, porra. — A mão dele puxa o meu capuz para trás.

— Como é que você sabia? — Meu tom de voz é indignado, mas tanto faz. Se ele vai me matar, não vou morrer como uma chorona. — Deixa eu adivinhar, você sentiu o cheiro do meu perfume. Não é isso que sempre denuncia a heroína nos livros?

Ele bufa.

— Eu controlo sombras, mas claro que foi o seu *perfume* que te denunciou.

Ele baixa a faca e dá um passo para trás.

Ofego.

— Seu sinete é dominar as sombras? — Não é à toa que ele chegou tão alto em sua patente. Dominadores de sombras são muito raros e muito cobiçados em batalhas, e podem desorientar revoadas inteiras de grifos e até mesmo derrubá-las, dependendo da força.

— Aetos não te avisou para não ser pega sozinha no escuro comigo?

A voz dele soa como veludo em minha pele e eu estremeço, desembainhando minha própria adaga das coxas logo em seguida e me virando na direção dele, pronta para me defender.

— É assim que você planeja *lidar* comigo?

— Nossa, que fofoqueira. — Ele arqueia uma sobrancelha preta e guarda a adaga como se eu não pudesse ser uma ameaça para ele, o que só me deixa com mais raiva ainda. — Agora talvez eu *precise* te matar.

Percebo um pouco de verdade naqueles olhos provocantes.

Isso é só... baboseira.

— Então vai logo e acaba com isso. — Desembainho outra adaga da parte de trás do casaco, que estava embainhada nas costelas, e dou alguns passos para trás para me distanciar a ponto de conseguir atirá-las, se ele não me atacar primeiro.

Ele olha com firmeza para uma adaga e depois para a outra e então suspira, cruzando os braços.

— Essa é a melhor posição de defesa que você tem? Não é à toa que Imogen quase arrancou seu braço.

— Sou mais perigosa do que você pensa — disparo.

— Nossa, tô vendo. Tô até tremendo. — O canto dos lábios dele forma um sorriso de zombaria.

Escroto. Do. Caralho.

Viro as adagas em minha mão, segurando-as pelas pontas, e depois mexo o pulso e as atiro acima da cabeça dele, uma de cada lado. As duas acertam o tronco da árvore atrás dele.

— Você errou. — Ele nem mesmo se mexeu.

— Errei? — Pego as duas outras adagas que carrego comigo. — Por que não anda um pouco para trás e testa essa teoria?

A curiosidade brilha nos olhos dele, mas desaparece em pouco tempo, disfarçada por uma indiferença gélida e desdenhosa.

Cada um dos meus sentidos está em alerta máximo, mas as sombras perto de mim não se movem quando ele anda para trás, os olhos fixos nos meus. As costas dele atingem a árvore, e o cabo das adagas encosta nas orelhas dele.

— Vai, fala de novo que eu errei — ameaço, pegando a adaga na minha mão direita pela ponta.

— Fascinante. Você parece frágil, mas é uma coisinha bem violenta, não é? — Um sorriso de aprovação graceja naqueles lábios perfeitos enquanto as sombras dançam pelo tronco do carvalho, formando dedos. Eles tiram as adagas da árvore e a levam para as mãos de Xaden.

Minha respiração fica curta. Ele tem o tipo de poder que poderia acabar comigo sem nem precisar levantar um dedo: o poder de dominar as sombras. A futilidade de tentar me defender contra ele é risível.

Odeio o quanto ele é lindo, como as suas habilidades o tornam letal quando ele caminha até mim, as sombras curvando-se a cada passo que dá. Ele é como uma das flores venenosas que estudei nas florestas de Cygni, ao leste. O encanto dele é um aviso para que eu não chegue perto demais, e eu *definitivamente* estou perto demais.

Virando as adagas para segurá-las pelo cabo, eu me preparo para o ataque.

— Você deveria mostrar esse truque para Jack Barlowe — diz Xaden, virando as palmas da mão para cima e me oferecendo as adagas.

— Perdão?

Isso é uma armadilha. Só pode ser.

Ele se aproxima, e ergo a lâmina. Meu coração tropeça, a batida irregular fazendo o medo inundar meu sistema.

— O primeiranista que gosta de quebrar pescoços e que declarou em público que ia te matar — esclarece Xaden, quando minha lâmina pressiona o manto dele na altura do abdome.

Ele estica a mão para que passe por debaixo do meu casaco e desliza uma das lâminas de volta para a minha coxa, acertando o meu manto em seguida e fazendo uma pausa. O olhar dele avalia o comprimento da trança no lugar em que cai por cima do meu ombro, e eu poderia jurar que ele para de respirar por um segundo antes de deslizar a lâmina restante na bainha que fica na altura de minhas costelas.

— Ele provavelmente pensaria duas vezes antes de planejar seu assassinato se você atirasse umas adagas na cabeça dele — completa Xaden.

Isso é... é... tão bizarro. Será que é um joguinho para me confundir? Se sim, ele está jogando bem pra caralho.

— Isso porque a honra de me matar pertence a você? — desafio. — Você me queria morta bem antes do seu clubinho escolher se encontrar embaixo da árvore em que eu estava, então imagino que todos vocês já até tenham feito meu enterro imaginário.

Ele olha para a adaga que aponto para o estômago dele.

— Você pensa em contar a alguém sobre o meu *clubinho*? — O olhar dele encontra o meu, e vejo apenas uma morte calculada e fria me aguardando ali.

— Não — respondo com sinceridade, reprimindo um calafrio.

— Por que não? — Ele inclina a cabeça para o lado, examinando meu rosto como se eu fosse uma esquisita. — É ilegal que filhos de separatistas se reúnam em...

— Grupos maiores que três, já sei disso. Moro em Basgiath há mais tempo que você. — Ergo o queixo.

— E não vai correr para contar pra sua mamãezinha ou para o seu precioso Dain que estamos nos *reunindo*? — Ele estreita os olhos.

Meu estômago se revira da mesma forma que revirou antes de eu subir no Parapeito, como se meu corpo soubesse que qualquer decisão que eu tomar a seguir vai determinar o curso da minha vida.

— Você só estava ajudando eles. Não acho que isso deva ser algo passível de punição. — Não seria justo com ele ou com os outros. A reunião era ilegal? Claro. Eles deveriam morrer por isso? *Claro que não.* E é o que vai acontecer se eu abrir a boca. Os primeiranistas vão todos ser executados por pedirem uma ajuda com as aulas, e os cadetes sêniores vão acabar se juntando a eles por terem ajudado. — Não vou contar nada pra ninguém.

Ele olha para mim como se quisesse ver *através* de mim, e sinto meu couro cabeludo congelar.

Minha mão está firme, mas meu nervosismo está à flor da pele com o que pode acontecer nos próximos trinta segundos. Ele pode me matar aqui e jogar meu corpo no rio, e ninguém nunca vai ficar sabendo que morri até me encontrarem em uma margem qualquer, muito longe daqui.

Porém, não vou deixar que ele acabe comigo sem machucá-lo primeiro, isso eu posso garantir.

— Interessante — diz ele, baixinho. — Vamos ver se você vai manter sua palavra, e, se fizer isso, então infelizmente vou ficar te devendo um favor.

Ele dá um passo para trás e se vira, retornando na direção das escadas do penhasco que levam de volta para a cidadela.

Espera. Quê?

— Você não vai *lidar* comigo? — grito, o choque erguendo minhas sobrancelhas.

— Hoje não! — ele responde, sem se virar.

Bufo.

— O que está esperando?

— Não tem graça quando você está preparada — ele responde, dando passos na direção da escuridão. — Agora volte pra cama antes que seu Dirigente de Asa descubra que você saiu depois do toque de recolher.

— Quê? — Fico boquiaberta. — *Você* é meu Dirigente de Asa!

Só que ele já desapareceu em meio às sombras, me deixando lá falando sozinha feito uma idiota.

Ele nem perguntou o que eu tinha na mochila.

Um sorriso lento se espalha em meu rosto enquanto encaixo o braço de volta na tala, suspirando de alívio com o peso que é tirado do meu ombro. *Uma idiota, sim, mas uma idiota com frutas foníleas.*

Existe uma arte no envenenamento que é pouco discutida; no caso, a precisão do tempo. Só um mestre consegue fazer a dosagem e a administração corretas para obter um resultado efetivo. Deve-se sempre considerar o peso do indivíduo, além do meio de administração da substância.

— Usos eficazes das ervas cultivadas e selvagens, por capitão Lawrence Medina

CAPÍTULO OITO

O quartel das mulheres está silencioso quando me visto pela manhã, o sol mal se erguendo acima do horizonte nas janelas distantes. Pego o colete de escamas de dragão que deixei para secar no varal ao pé da cama e o visto em cima da camiseta preta de manga curta. É uma boa coisa que eu tenha aprendido a apertar os laços nas costas sozinha, já que Rhiannon não está na cama dela.

Ao menos uma de nós está conseguindo uns orgasmos bem necessários. Tenho certeza de que uma ou duas pessoas estão aqui com seus parceiros nas camas também. Os líderes de esquadrão falam muito sobre reforçar o toque de recolher, mas ninguém dá a mínima. Bem, exceto por Dain. Ele se importa com todas as regras.

Dain. Sinto o peito apertar e sorrio ao terminar de trançar meu cabelo na cabeça como uma coroa. Ver Dain é a melhor parte do meu dia, mesmo nos momentos em que ele não é nada agradável em público. Até mesmo nos momentos em que ele está completamente absorto em tentar me salvar deste lugar.

Pego minha mochila ao sair, passando por fileiras de camas vazias que pertenciam a uma dúzia de mulheres que não sobreviveram ao mês de agosto, e abro a porta.

E lá está ele.

Os olhos de Dain se iluminam quando ele se afasta da parede do corredor onde obviamente estava esperando por mim.

— Bom dia.

Não consigo evitar o sorriso.

— Você não precisa me escoltar para os lugares todos os dias, sabe?

— É a única hora em que posso te ver quando não sou o líder do seu esquadrão — rebate ele enquanto andamos pelo corredor vazio, passando dos corredores que vão nos levar para nossos quartos se sobrevivermos à Ceifa. — Confia em mim, vale a pena levantar uma hora mais cedo, apesar de não entender por que você escolheu o turno do café da manhã em vez de qualquer outra tarefa.

Dou de ombros.

— Tenho meus motivos. — Motivos muito, muito, *muito* bons, apesar de sentir falta da hora de sono que tinha antes de escolhermos nossas tarefas semana passada.

Uma porta à direita se escancara, e Dain pula na minha frente, arrastando-me para trás dele com o braço e me fazendo bater com tudo em suas costas. Ele cheira a couro, sabonete e...

— Rhiannon? — pergunta.

— Foi mal! — Os olhos de Rhiannon se arregalam.

Saio de trás de Dain e fico ao lado dele para poder vê-la melhor.

— Eu estava mesmo me perguntando onde você estava hoje de manhã. — Abro um sorriso quando vejo Tara aparecer ao lado dela. — Oi, Tara.

— Oi, Violet. — Ela acena para mim, e desce pelo corredor, arrumando a camisa dentro da calça.

— Temos um motivo para termos toque de recolher, cadete — Dain passa sermão, e tento não revirar os olhos. — E você sabe que ninguém deve ficar nos dormitórios particulares antes de passar pela Ceifa.

— Talvez a gente só tenha acordado mais cedo — retruca Rhiannon. — Sabe, igual vocês.

Ela olha de mim para ele, dando um sorrisinho malandro. Dain esfrega o nariz.

— Só... volte para o dormitório e finja que dormiu lá, certo?

— Claro! — Ela aperta minha mão quando passa por mim.

— Parabéns — sussurro rapidamente. Ela tem uma quedinha por Tara desde que chegamos.

— Né? — Ela se afasta ainda sorrindo e então se vira para passar pelas portas do saguão.

— Monitorar a vida sexual dos primeiranistas não era bem o meu objetivo quando me inscrevi para ser Líder de Esquadrão — murmura Dain, e seguimos para a cozinha.

— Até parece. Como se você não tivesse sido um primeiranista ano passado.

Ele ergue as sobrancelhas, pensativo, e por fim dá de ombros.

— Justo. E agora você está no primeiro ano… — Ele olha para mim quando nos aproximamos das portas em arco que levam ao átrio, e os lábios dele se abrem como se fosse continuar, mas ele desvia o olhar antes de abrir a porta para mim.

— Hm, Dain Aetos! Está querendo saber da minha vida sexual? — Passo meus dedos pelos dentes expostos do pilar do dragão verde e reprimo o sorriso.

— Não! — Ele balança a cabeça e depois para. — Quer dizer… ela existe, para eu querer saber dela?

Subimos os degraus que levam ao salão comum, e eu me viro antes de passar pela porta para encará-lo. Ele está dois degraus abaixo de mim, o que significa que nossos olhares estão na mesma altura.

— Desde que cheguei? — Dou um tapinha no queixo com o dedo e abro um sorriso. — Não é da sua conta. Antes de vir pra cá? Também não é da sua conta.

— Justo. — A boca dele se curva em um sorrisinho que me faz desejar que fosse da conta dele.

Eu me viro antes que possa fazer qualquer coisa muito tola, tipo *tornar* minha vida da conta dele. Continuamos andando pelo espaço comum, passando por mesas de estudo vazias e pela entrada da biblioteca. Não é tão magnífica quanto a dos Arquivos dos escribas, mas tem todos os volumes de que preciso para estudar aqui.

— Está pronta para hoje? — pergunta Dain quando nos aproximamos do Salão Principal. — Para os desafios que começam hoje à tarde?

Sinto um nó no estômago.

— Vou ficar bem — garanto, mas ele passa para a minha frente, impedindo que eu continue.

— Sei que tem praticado com Rhiannon, mas… — A testa dele está enrugada de preocupação.

— Eu vou me virar — prometo, olhando nos olhos dele para que saiba que estou falando sério. — Não precisa se preocupar comigo.

Ontem à noite, o nome de Oren Seifert foi afixado ao lado do meu, naquele lugar em que Brennan disse que estaria. Ele é um loiro alto da Primeira Asa com um conhecimento tolerável de facas, mas um soco e tanto.

— Eu sempre me preocupo com você. — Dain cerra os punhos.

— Pois não precisa. — Balanço a cabeça. — Eu sei me virar.

— Eu só não quero te ver machucada de novo.

Sinto como se uma prensa esmagasse o meu coração.

— É só não assistir. — Seguro a mão dele na minha, sentindo os calos. — Não pode me salvar disso, Dain. Vou receber um desafio por semana, assim como todos os cadetes. E não vai acabar aí. Você não pode me proteger da Ceifa, ou da Armadilha, ou de Jack Barlowe…

— Precisa tomar cuidado com esse aí. — Dain faz uma careta. — Evite esse babaca sempre que puder, Vi. Não dê uma desculpa para ele vir atrás de você. Ele já é responsável por nomes demais na chamada da morte.

— Então os dragões vão amar ele. — Eles sempre preferem os mais cruéis.

Dain aperta minha mão com cuidado.

— Só fique longe dele.

Pisco, confusa. O conselho é tão diferente do que Xaden sugeriu, de arremessar adagas na cabeça dele.

Xaden. O nó de culpa que está alojado no meu estômago desde semana passada aperta um pouco mais. Segundo o Códex, eu deveria contar a Dain que vi os marcados se encontrando embaixo do carvalho, mas não vou fazer isso. Não porque disse a Xaden que não faria, mas porque guardar esse segredo parece ser a coisa certa a fazer.

Nunca escondi nada de Dain em toda minha vida.

— Violet? Está me ouvindo? — pergunta Dain, erguendo a mão para segurar meu rosto.

Virando me para ele, assinto e repito:

— Vou ficar longe de Barlowe.

Ele abaixa a mão e a enfia no bolso.

— Com sorte, ele logo vai se esquecer dessa vingancinha contra você.

— É comum que homens se esqueçam de quando uma mulher segura uma faca nas bolas deles? — Ergo uma sobrancelha para ele.

— Não. — Ele suspira. — Sabe, ainda não é tarde demais para te esgueirar de volta para os Escribas. O Fitzgibbons vai aceitar você em…

O sino toca, marcando que se passaram quinze minutos das cinco e me poupando de mais uma sessão de Dain implorando para eu fugir para a Divisão dos Escribas.

— Vou ficar bem. Te vejo na formatura. — Aperto a mão dele e me afasto, seguindo para a cozinha. Sempre sou a primeira a chegar, e hoje não é exceção.

Pego o frasco de pó de frutinhas foníleas secas da mochila e começo o trabalho antes que os outros cheguem, resmungando e ainda meio ensonada. O pó é quase branco e praticamente invisível quando tomo meu lugar na fileira para servir a comida uma hora depois, e completamente indetectável quando o jogo em cima dos ovos mexidos de Oren Seifert quando ele se aproxima.

***

— Lembrem-se do temperamento de cada espécie em particular quando decidirem de quais dragões vão se aproximar e de quais devem fugir durante a Ceifa — diz o professor Kaori, o rosto sério e os olhos escuros baixos enquanto ele examina os novos recrutas por um instante; depois muda a projeção que invocou de um Rabo-de-adaga-verde para a de um Rabo-de-escorpião-vermelho. Ele é um ilusionista e o único professor da Divisão com o sinete de projetar o que vê em sua mente, o que faz da aula dele uma das minhas favoritas. Ele também é o motivo de eu saber exatamente a aparência de Oren Seifert.

Se me sinto mal por ter mentido descaradamente para um professor sobre o motivo pelo qual precisava encontrar outro cadete? Não. Se acho que isso é trapaça? Também não. Fiz exatamente o que Mira sugeriu e usei a cabeça.

O Rabo-de-escorpião-vermelho projetado no centro das nossas mesas organizadas em círculo tem apenas uma fração do tamanho de verdade, no máximo um metro e oitenta, mas é uma réplica exata do monstro soprador de fogo que espera por nós no Vale da Ceifa.

— Rabos-de-escorpião-vermelho, como é o caso de Ghrian aqui, são os mais ariscos — continua o professor Kaori, seu bigode perfeitamente penteado curvando-se quando sorri para a ilusão como se aquele fosse seu próprio dragão. Todos fazemos anotações. — Então, se o ofenderem, vocês…

— Viramos almoço — diz Ridoc à minha esquerda, e a sala ri. Até mesmo Jack Barlowe, que não parou de me encarar desde que o esquadrão dele se sentou no canto da sala há meia hora, bufa.

— Precisamente — responde o professor. — Então qual é a melhor forma de se aproximar de um Rabo-de-escorpião-vermelho?

Ele olha em volta.

Eu sei a resposta, mas não ergo a mão, seguindo o conselho de Dain de não chamar atenção.

— Melhor não se aproximar — murmura Rhiannon ao meu lado, e eu dou uma risada baixa.

— Eles preferem que você se aproxime pela esquerda e pela frente, se possível — uma garota de um dos outros esquadrões responde.

— Excelente. — O professor Kaori assente. — Na Ceifa deste ano, teremos três Rabos-de-escorpião-vermelho dispostos a se unir a um cavaleiro.

A imagem muda na nossa frente, mostrando um dragão diferente.

— Quantos dragões no total? — pergunta Rhiannon.

— Cem neste ano — fala o professor, mudando a imagem outra vez. — Porém, alguns mudam de ideia durante a Apresentação daqui a dois meses, dependendo do que estiverem vendo.

Sinto o estômago repuxar.

— São trinta e sete a menos do que no ano passado.

Talvez ainda menos, se não gostarem da nossa cara depois que desfilarmos na frente deles dois dias antes da Ceifa. Mas, até aí, geralmente sobram menos cadetes depois desse evento específico, de qualquer forma.

As sobrancelhas escuras do professor Kaori se erguem.

— Isso mesmo, cadete Sorrengail, e vinte e seis a menos do que no ano retrasado.

Menos dragões estão escolhendo se unir, mas o número de cavaleiros que entram na Divisão permanece firme. Minha mente revira aquela informação. Os ataques na fronteira leste estão aumentando, de acordo com a aula de Preparo de Batalha, e ainda assim *menos* dragões estão dispostos a se unir a pessoas para defender Navarre.

— Eles contam por que não querem mais se unir? — pergunta outro primeiranista.

— Não, otário — bufa Jack, o olhar azul gélido estreitando na direção do cadete. Os dragões só falam com os cavaleiros que se uniram a eles, assim como só dão seu nome completo ao cavaleiro unido. Você já deveria saber disso.

O professor Kaori lança um olhar para Jack que o faz calar a boca, mas não o impede de sorrir com desdém.

— Eles não compartilham seus motivos — diz o nosso instrutor. — E qualquer um que respeite a própria vida não vai fazer perguntas que eles não estejam dispostos a responder.

— Os números afetam as égides? — pergunta Aurelie atrás de mim, batendo a pena contra a ponta da mesa. Ela nunca para quieta.

A mandíbula do professor Kaori abre e fecha.

— Não temos certeza. O número de dragões unidos nunca afetou a integridade das égides de Navarre antes, mas não vou mentir para vocês e dizer que não estamos vendo os pontos de fraqueza aumentarem quando vocês já sabem que isso está acontecendo, por conta do Preparo de Batalha.

As égides estão fraquejando em uma velocidade que faz meu estômago revirar cada vez que a professora Devera começa nossa aula diária de Preparo de Batalha. Ou estamos enfraquecendo, ou nossos inimigos estão mais fortes. As duas possibilidades significam que precisam dos cadetes aqui nesta sala mais do que nunca.

Até mesmo de mim.

A imagem muda para Sgaeyl, a dragão azul-escura unida a Xaden.

Meu estômago dá um nó quando me lembro da forma como ela me encarou naquele primeiro dia.

— Não vão precisar se preocupar em se aproximar de dragões azuis, já que nenhum deles está disposto a se unir na Ceifa deste ano, mas talvez seja bom que reconheçam Sgaeyl se a virem — diz o professor.

— Para fugir correndo pra caralho na direção contrária — fala Ridoc.

Eu assinto com a cabeça enquanto o resto da turma ri.

— Ela é um Rabo-de-adaga-azul, o mais raro entre as espécies azuis, então, sim, se a virem sem seu cavaleiro unido, vocês deveriam... definitivamente encontrar outro lugar para existir. *Impiedosa* não é o bastante para descrevê-la, e ela não cumpre o que presumimos serem as leis dos dragões. Ela escolheu se unir a um parente de um de seus cavaleiros antigos, o que todos sabem que normalmente é proibido, mas Sgaeyl faz o que quer, quando quer. Na verdade, se encontrarem qualquer um dos dragões azuis, não se aproximem. Só...

— Fujam — repete Ridoc, passando a mão pelos cabelos castanhos.

— Fujam — concorda o professor Kaori com um sorriso, o bigode tremendo de leve. — Existem alguns outros dragões azuis em serviço ativo, mas todos podem ser encontrados ao longo das Montanhas Esben ao leste, onde as lutas são mais intensas. São todos intimidantes, mas Sgaeyl é a mais poderosa entre todos eles.

Prendo a respiração. Não é à toa que Xaden domina sombras, sombras que podem arrancar adagas de árvores, sombras que provavelmente são capazes de atirar essas mesmas adagas. Ainda assim... ele me deixou ficar viva. Afasto aquela sensação quente que o pensamento me traz para um lugar bem longe.

Provavelmente só para ferrar com a sua cabeça, um monstro brincando com a presa antes de dar o bote.

— E o dragão preto? — pergunta o primeiranista ao lado de Jack. — Tem um este ano, certo?

O rosto de Jack se ilumina.

— É esse que eu quero.

— Não que isso vá importar. — O professor Kaori move o pulso e Sgaeyl desaparece, e um dragão preto gigantesco toma o lugar dela. Até mesmo a ilusão é maior, me fazendo esticar o pescoço para ver a cabeça. — Mas só para saciar a curiosidade de vocês, já que é a única vez que vão vê-lo, aqui está o único outro dragão preto além do que se uniu ao general Melgren.

— Ele é enorme — comenta Rhiannon. — É um Rabo-de-clava?

— Não. É um Rabo-de-chicote. Tem o mesmo tipo de poder destrutivo de um Rabo-de-clava, mas esses espinhos podem eviscerar alguém tão bem quanto um Rabo-de-adaga.

— O melhor dos mundos — diz Jack. — Parece uma máquina projetada para matar.

— E é — concorda o professor Kaori. — Sinceramente, faz uns cinco anos que eu não o vejo, então a imagem está um pouco desatualizada. Mas já que estamos com ele aqui, o que podem me dizer sobre os dragões pretos?

— São os mais espertos e mais exigentes — arrisca Aurelie.

— E os mais raros — acrescento. — Não nasce nenhum desses há mais de... um século.

— Correto. — O professor Kaori gira a ilusão novamente, e encontro um par de olhos amarelos. — Também são os mais astutos. Não é possível ser mais esperto do que um dragão preto. Esse aqui tem pouco mais de cem anos, o que quer dizer que está na meia-idade. Ele é reverenciado como dragão de batalha entre os seus, e, se não fosse por ele, provavelmente teríamos perdido a rebelião Týrrica. Além disso, como é um Rabo-de-chicote, isso o torna um dos dragões mais mortais em toda Navarre.

— Aposto que o poder dele é um sinete e tanto. Como é que a gente faz pra se aproximar dele? — pergunta Jack, inclinando-se em seu assento. Vejo a ganância nos olhos dele refletida nos do amigo ao lado.

Essa é a última coisa de que este reino precisa: alguém cruel como Jack unido a um dragão preto. Não, muito obrigada.

— Você não se aproxima — responde o professor. — Ele nunca mais concordou com uma união desde que seu último cavaleiro, seu único, foi morto durante o levante, e a única forma de estar perto dele é se estiver no vale, onde você não vai estar, porque seria incinerado antes mesmo de passar pela ravina.

A ruiva do outro lado do círculo se remexe no assento e puxa as mangas para cobrir sua relíquia da rebelião.

— Alguém deveria perguntar de novo — comenta Jack.

— Não funciona dessa forma, Barlowe. Bom, existe um outro único dragão preto, que está a serviço do...

— General Melgren — diz Sawyer. Ele fechou o livro que está à sua frente, mas não posso culpá-lo. Eu dificilmente estaria anotando qualquer coisa se estivesse fazendo essa disciplina pela segunda vez. — Codagh, certo?

— Certo. — O professor assente. — O mais velho do covil, um Rabo-de-adaga.

— Mas apenas por curiosidade... — O olhar azul gelado de Jack não desvia da ilusão do dragão preto e sem união que ainda está sendo projetada. — Qual seria a habilidade sinete que esse aí daria ao seu cavaleiro?

O professor Kaori fecha o punho e a ilusão desaparece.

— É impossível saber. Os sinetes são resultado da união única entre cavaleiro e dragão, e geralmente dizem mais sobre o cavaleiro do que sobre o dragão. Quanto mais poderosa a união e mais poderoso o dragão, mais poderoso será o sinete.

— Tudo bem. Qual era o poder do cavaleiro antigo? — pergunta Jack.

— O sinete de Naolin era o sifão. — Professor Kaori relaxa os ombros. — Ele conseguia absorver poder de várias fontes, outros dragões e cavaleiros, e então usá-los ou redistribuí-los.

— Irado. — O tom de Ridoc é de pura admiração.

— Era mesmo — concorda o professor.

— O que mata alguém com esse tipo de sinete? — pergunta Jack, cruzando os braços.

O professor Kaori lança um olhar para mim antes de desviar.

— Ele tentou usar o poder para reviver um cavaleiro caído, o que não funcionou, porque não existe um sinete capaz de ressureição, e então se esgotou no processo. Para usar uma frase que vocês se acostumarão a ouvir depois da Ceifa: ele chamuscou. Depois morreu ao lado do cavaleiro.

Algo no meu peito se transforma, um sentimento que não consigo explicar ou afastar.

O sino toca, comunicando o fim da aula, e todos começamos a pegar nossas coisas. Os esquadrões começam a sair no corredor, esvaziando a sala, e eu me levanto da cadeira, pegando a mochila enquanto Rhiannon espera por mim ao lado da porta com uma expressão confusa no rosto.

— Foi o Brennan, não foi? — pergunto ao professor.

A tristeza preenche os olhos dele quando se vira para me encarar.

— Sim. Ele morreu tentando salvar seu irmão, mas Brennan já tinha partido.

— Por que ele faria isso? — Ajusto o peso da mochila. — A ressureição não é possível. Por que ele basicamente se mataria sabendo que Brennan já tinha partido?

O luto parece atropelar meu peito, roubando minha respiração. Brennan não iria querer que ninguém morresse por ele. Não era da natureza dele.

O professor Kaori se recosta na escrivaninha, repuxando os pelos curtos do bigode.

— Ser uma Sorrengail não ajuda muito aqui, não é?

Balanço a cabeça.

— Tem alguns cadetes que adorariam me derrubar junto com meu sobrenome.

Ele assente.

— Não vai ser a mesma coisa quando sair daqui. Depois da graduação, você vai ver que ser a filha da general Sorrengail significa que os outros vão fazer qualquer coisa para manter você viva, até mesmo feliz. Não por amarem sua mãe, mas porque têm medo dela ou precisam de favores.

— Qual dos dois era Naolin?

— Um pouco dos dois. E às vezes é difícil para um cavaleiro com um sinete tão poderoso aceitar seus limites. Afinal, se unir a um dragão transforma alguém em um cavaleiro, mas ressuscitar os mortos? Isso te torna um deus. Eu acho, de verdade, que Malek não gosta muito quando mortais tentam atravessar seu território.

— Obrigada pela resposta. — Eu me viro, andando na direção da porta.

— Violet — o professor Kaori me chama, e eu me viro mais uma vez. — Fui professor dos seus dois irmãos. Um sinete como o meu é útil demais em uma sala de aula para me deixarem voar com uma Asa por muito tempo. Brennan foi um cavaleiro espetacular, e um bom homem. Mira é perspicaz e tem um dom natural no que se trata de cavalgar.

Assinto.

— Mas você é mais inteligente do que eles dois juntos.

Pisco, surpresa. Não é sempre que me comparam aos meus irmãos e eu saio ganhando.

— E, considerando que vi você ajudando sua amiga a estudar todas as noites na área comum, também parece ter mais compaixão do que eles. Não se esqueça disso.

— Obrigada, mas ser inteligente e compassiva não vai me ajudar na Ceifa. — Solto uma risada autodepreciativa. — Você sabe mais sobre os dragões do que qualquer um nessa Divisão, talvez mais do que todo mundo no Continente. Eles escolhem a força e a astúcia.

— Eles escolhem por motivos que decidem não compartilhar conosco. — Ele se afasta da mesa. — E nem toda força é física, Violet.

Assinto, porque não consigo encontrar palavras apropriadas para receber aquele elogio com boas intenções, e vou encontrar Rhiannon na porta. A única coisa que sei agora é que a compaixão não vai me ajudar no tatame depois do almoço.

***

Fico tão nervosa que poderia vomitar enquanto estou parada ao lado do tatame preto largo, observando Rhiannon estraçalhar seu oponente. É um cara da Segunda Asa, e ela precisa de pouco tempo para dar um mata-leão nele, interrompendo a passagem de ar. Foi um movimento que ela tentou muito me ensinar nas últimas semanas.

— Ela faz isso parecer tão fácil... — digo para Dain, parado ao meu lado, o cotovelo roçando no meu.

— Ele vai tentar te matar.

— Quê? — Ergo os olhos, seguindo o olhar dele dois tatames adiante.

Dain está encarando Xaden mortalmente do outro lado do ringue, que acompanha a luta com uma expressão de puro tédio enquanto Rhiannon aperta mais o pescoço do primeiranista da Segunda Asa.

— Seu oponente — diz Dain baixinho. — Ouvi ele e alguns *amigos* conversando. Acham que você é um risco para a Asa graças àquele idiota do Barlowe. — O olhar dele segue Oren, que está me encarando como se eu fosse um brinquedinho que ele quisesse quebrar.

Porém, vejo o tom de verde em seu rosto. Isso me faz sorrir.

— Vou ficar bem — repito, porque essa é a porra do meu mantra. Estou usando o colete de escamas de dragão, que já está virando quase minha segunda pele, e as calças de lutar. Todas as minhas quatro adagas estão embainhadas, e, se meu plano der certo, logo vou poder acrescentar mais uma para a minha coleção.

O primeiranista da Segunda Asa desmaia, e Rhiannon levanta o punho vitoriosa. Então ela se abaixa até o oponente e retira a adaga dele.

— Parece que isso agora é meu. Aproveite o cochilo. — Ela dá um tapinha na cabeça dele, o que me faz rir.

— Não sei por que está rindo, Sorrengail — uma voz desdenhosa grita atrás de mim.

Eu me viro e vejo que Jack está parado contra a parede de madeira a três metros de distância, exibindo um sorriso que só pode ser descrito como maligno.

— Vai se foder, Barlowe. — Mostro o dedo médio para ele.

— Eu espero mesmo que você vença o desafio hoje. — Os olhos dele brilham, sádicos, e isso me dá náuseas. — Seria uma pena alguém te matar antes de eu ter essa chance. Mas eu nem ficaria surpreso. Violetas são coisinhas delicadas... frágeis, sabe?

Delicada meu cu.

Ele provavelmente pensaria duas vezes em planejar seu assassinato se você atirasse umas adagas na cabeça dele.

Desembainho duas adagas e as atiro na direção dele em um único movimento fluido. Elas acertam exatamente onde eu queria, uma quase arrancando um pedaço da orelha dele, e a outra, um centímetro abaixo das bolas.

O medo estampa seus olhos.

Dou um sorriso convencido e aceno com a mão.

— Violet — sibila Dain.

Jack manobra para escapar das lâminas, afastando-se da parede.

— Você vai pagar por isso. — Jack aponta para mim antes de ir embora, mas os ombros dele se levantam e se abaixam de uma forma meio tensa.

Eu o observo ir embora e depois pego as adagas de volta, embainhando as lâminas novamente antes de voltar para ficar ao lado de Dain.

— Que porra foi essa? — ele pergunta. — Eu já disse para ficar de cabeça baixa quando se trata dele e aí você... — Ele balança a cabeça. — Decide irritar ele ainda mais?

— Não chamar atenção não estava resolvendo as coisas — digo, dando de ombros enquanto o oponente de Rhiannon é carregado para fora do ringue. — Ele precisa saber que eu sei me defender.

E que vai ser mais difícil me matar do que ele pensa.

Não consigo ignorar a sensação de estar sendo observada, então decido olhar para Xaden.

Meu coração dá aquele pulinho de novo, como se tivesse ido parar embaixo das costelas e elas apertassem o órgão. Xaden ergue uma sobrancelha com cicatriz, e posso jurar que vejo um sorriso nos lábios dele enquanto vai embora, virando-se para observar os cadetes da Quarta Asa no outro tatame.

— Maneiro — diz Rhiannon enquanto passa do meu lado. — Achei que Jack ia cagar nas calças.

Reprimo um sorriso.

— Pare de encorajar — ralha Dain.

— Sorrengail. — O professor Emetterio olha para a caderneta e ergue uma sobrancelha preta antes de continuar. — Seifert.

Engolindo o pânico que ameaça subir pela minha garganta, dou um passo para ficar no tatame em frente a Oren, que definitivamente está com uma aparência esverdeada agora.

Bem na hora.

Eu tinha me preparado da melhor forma possível, enrolando bandagens nos os tornozelos e joelhos caso ele decidisse atacar minhas pernas.

— Não leva para o pessoal — ele diz enquanto circulamos o tatame, de mãos erguidas. — Mas você só vai ser um perigo para sua Asa.

Ele me ataca, mas os pés estão lentos e eu rodopio para longe, conseguindo dar um soco em seus rins antes de me apoiar nos calcanhares e pegar uma adaga.

— Não mais do que você — acuso.

O peito dele infla para respirar e o suor cobre sua testa, mas ele se balança, piscando rapidamente enquanto pega a própria faca.

— Minha irmã é médica. Ouvi dizer que seus ossos quebram igual galhos.

— Por que não vem descobrir? — Forço um sorriso e espero ele atacar de novo, porque é isso que ele faz. Pude observar três vezes as sessões dele de outro tatame. Ele é como um touro, só força e nenhuma elegância.

O corpo inteiro dele se move como se fosse vomitar, e ele cobre a boca com a mão vazia, respirando fundo antes de se endireitar. Eu deveria atacar, mas resolvo esperar. Então, ele se lança sobre mim, a lâmina erguida em posição de ataque.

Meu coração bate forte enquanto espero os segundos agonizantes para ele chegar até mim, meu cérebro de alguma forma convencendo meu corpo a ficar parado até o último segundo. Ele abaixa a faca e eu desvio para a esquerda, acertando-o com minha lâmina, e então me viro, chutando as costas dele, que cai.

Agora.

Oren cai no tatame e aproveito a vantagem imediata para fincar um joelho em sua coluna assim como Imogen havia feito comigo, posicionando a minha lâmina no pescoço dele.

— Renda-se.

Quem é que precisa de força quando se tem agilidade e metal?

— Não — ele grita, mas o corpo dele ondula sob o meu e ele vomita, jorrando tudo que comeu desde o café da manhã e banhando o tatame do nosso lado.

Nojento pra caralho.

— Meus deuses — fala Rhiannon, a voz cheia de nojo.

— Renda-se — eu falo mais uma vez, mas agora ele está tentando respirar com mais força, e eu preciso afastar a faca para não acabar cortando o pescoço dele por acidente.

— Ele se rende — declara o professor Emetterio, o rosto contorcendo-se em repulsa.

Guardo a lâmina e saio de cima dele, desviando das poças de vômito. Então, pego a adaga que Oren derrubou há pouco enquanto ele continua colocando as tripas para fora. A adaga é mais pesada e mais comprida que as que eu tenho, mas agora é minha, e eu a mereci. Eu a embainho no lugar vazio na coxa esquerda.

— Você ganhou! — exclama Rhiannon, me abraçando enquanto saio do tatame.

— Ele estava doente — eu digo, dando de ombros.

— Eu trocaria ser boa todo dia por ter sorte em um piscar de olhos — retruca Rhiannon.

— Preciso achar alguém para limpar isso — diz Dain, também nauseado.

Eu ganhei.

***

A precisão do tempo é a coisa mais difícil para que meu plano funcione. Na semana seguinte, ganho de uma menina troncuda da Primeira Asa que não consegue se concentrar o bastante para acertar um soco decente, graças a alguns cogumelos leighorrel alucinógenos que de alguma forma foram parar em seu almoço. Ela acerta um chute bom no meu joelho, mas nada que alguns dias e uma atadura não curem.

Na outra semana, ganho quando um cara alto da Terceira Asa tropeça porque seus pés grandes ficaram temporariamente entorpecidos, um oferecimento da raiz de zhina que cresce perto da ravina. Entretanto, eu erro um pouco a precisão do tempo, e ele consegue acertar uns socos no meu rosto, me deixando com um lábio arrebentado e um hematoma colorido na bochecha pelos onze dias seguintes, mas ao menos não quebrou minha mandíbula.

E, na semana posterior, ganho de novo quando uma cadete corpulenta sente vertigem no meio da luta, devido às folhas de tarsilla que de alguma forma foram parar em seu chá. Ela é rápida e me joga no tatame, me dando chutes incrivelmente dolorosos no abdome que me deixam com contusões coloridas e uma marca de bota distinta nas costelas. Quase cedi e fui ver Nolon depois de apanhar tanto, mas cerrei os dentes e amarrei ataduras nas costelas, determinada a não dar razão a mais ninguém para quererem o que Jack ou os marcados queriam: minha morte.

Ganho minha quinta adaga no último desafio de agosto, uma arma bonita e com um rubi. Ela vem de um cara que suava muito, os dentes da frente separados por um espaço. O casco de árvore de carmina que vai parar no cantil de água dele o deixa lento e doente. Os efeitos são um pouco parecidos demais com os das frutinhas foníleas, e é uma pena que o Terceiro Esquadrão, Setor Garra da Terceira Asa, esteja tendo os mesmos sintomas estomacais. Deve ser alguma virose, ao menos é o que dizem quando ele finalmente se rende no meu mata-leão, depois de deslocar meu dedão e quase quebrar meu nariz.

No começo de setembro, me sinto até animada para entrar no ringue. Já derrubei cinco oponentes sem precisar matar ninguém, algo que um quarto das pessoas do nosso ano não pode dizer, depois que mais de vinte nomes foram adicionados à chamada no último mês, contendo só alunos do primeiro ano.

Levanto os ombros doloridos, esperando minha oponente.

Porém, não é Rayma Corrie, da Terceira Asa, que dá um passo adiante naquela semana, como deveria.

— Desculpe, Violet — diz o professor Emetterio, coçando a barba curta. — Era para você desafiar Rayma, mas ela foi levada para a Divisão Hospitalar, porque parece que nem conseguia andar em linha reta.

Casca de fruta walwyn pode causar esse sintoma quando ingerida pura... no caso, quando é misturada à cobertura do pão que se come de manhã.

— Nossa... — *Merda.* — Que pena! — Estremeço. *Você deu o veneno cedo demais.* — Será que eu... — começo, já saindo do tatame.

— Fico feliz de entrar no lugar dela. — Aquela voz. Aquele tom. Aquela sensação gelada na nuca...

Ah, não. Não mesmo. Não. Não. *Não.*

— Certeza? — o professor Emetterio pergunta, olhando por cima do ombro.

— Absoluta.

Meu estômago dá um nó.

Xaden dá um passo para a frente e entra no ringue.

Eu não vou morrer hoje.

— Adendo pessoal de Violet Sorrengail ao Livro de Brennan

CAPÍTULO NOVE

Eu estou tão ferrada.

Xaden dá um passo à frente, em toda sua imponência de um metro e oitenta e poucos, vestido no uniforme de luta preto bem escuro e uma camiseta apertada de manga curta que parece só deixar as relíquias escuras e cintilantes da rebelião como um sinal ainda maior de aviso. Soa ridículo, mas é verdade.

Meu coração acelera, como se meu corpo soubesse a verdade que minha mente ainda não aceitou. Estou prestes a levar uma surra… ou coisa pior.

Vocês estão prestes a ter uma aula — diz o professor Emetterio, unindo as mãos. — Xaden é um dos nossos melhores lutadores. Observem e aprendam.

— Claro que ele é... — murmuro, meu estômago revirando como se fosse eu que tivesse engolido a casca de fruta walwyn.

Um canto da boca de Xaden se levanta em um sorrisinho, e as faíscas douradas em seus olhos parecem dançar. Esse sádico idiota está curtindo a situação.

Meus joelhos, tornozelos e pulsos estão bem amarrados, o tecido branco protegendo meu dedão em um contraste impressionante com o uniforme preto.

— Um pouco demais para ela, não acha? — argumenta Dain do outro lado do ringue, a tensão pingando de cada palavra.

— Relaxa, Aetos. — Xaden olha por cima do meu ombro, o olhar endurecendo onde sei que Dain está parado, onde sempre fica quando estou no ringue. O olhar que Xaden lança me faz perceber que ele está pegando leve comigo quando se trata de seus olhares mortais. — Ela vai estar inteira quando eu terminar de *ensinar* umas coisas para ela.

— Acho que não é muito justo… — Dain ergue a voz.

— Ninguém liga para o que você acha, *Líder de Esquadrão* — rebate Xaden enquanto passa para o lado, descartando todas as armas que leva no corpo e entregando para Imogen. É uma quantidade razoável.

O gosto amargo e sem lógica do ciúme invade minha boca, mas não tenho tempo de esmiuçar essa ideia, não quando estou apenas a segundos de estar de frente para ele de novo.

— Não acha que vai precisar disso? — pergunto, segurando minhas próprias adagas. O peitoral dele é gigantesco, com ombros largos e braços cheios de músculos. Deve ser fácil acertar um alvo desse tamanho.

— Não. Você já trouxe o bastante para nós dois. — Um sorriso malicioso agracia a boca dele enquanto estica a mão e curva um dedo para mim, me chamando. — Vamos logo.

Meu coração bate mais rápido do que as asas de um beija-flor quando assumo a posição de luta e espero o ataque. Esse ringue é um quadrado de doze metros, mas ainda assim meu mundo inteiro agora cabe aqui dentro, com todo o perigo que ele traz.

Ele não é do meu esquadrão. Pode me matar sem receber punição.

Atiro uma adaga diretamente naquele peitoral ridiculamente esculpido.

Ele a *pega* no ar e estala a língua.

— Já vi essa manobra.

Puta merda, ele é rápido.

Preciso ser mais rápida. É a única vantagem que tenho. Esse é meu único pensamento quando vou para a frente e faço o combo de golpe de adaga e chute que Rhiannon me fez treinar nessas últimas semanas. Ele desvia facilmente da lâmina e segura minha perna. O mundo gira e eu caio de costas, o impacto repentino arrancando o ar dos meus pulmões.

Porém, ele não tenta me matar. Em vez disso, solta a adaga que pegou e a chuta para longe do tatame, e um segundo depois, quando recupero o ar, tento atacar com a outra lâmina, procurando acertar sua coxa.

Ele bloqueia o golpe com o antebraço e depois segura meu pulso com a mão oposta, tirando a adaga de mim e inclinando-se para que seu rosto fique a apenas centímetros do meu.

— Quer tirar sangue meu hoje, não é, Violência? — ele sussurra. O metal tilinta no tatame de novo e ele chuta a adaga para longe da minha cabeça, longe do meu alcance.

Ele não está pegando as adagas para usá-las contra mim; está me desarmando só para provar que consegue. Meu sangue ferve.

— Meu nome é *Violet* — rujo.

— Acho que minha versão combina mais com você. — Ele solta meu pulso e fica em pé, oferecendo uma mão. — Ainda não acabamos.

Meu peito arfa para se recuperar, ainda se restabelecendo do instante em que ele havia feito todo o ar se esvair, e eu aceito a oferta. Ele me puxa para ficar em pé, e então vira meu braço atrás das minhas costas, puxando meu corpo contra o seu peito, prendendo nossas mãos unidas antes de eu ter a chance de recuperar o equilíbrio.

— Droga! — praguejo.

Sinto um puxão na coxa e outra adaga é pressionada em meu pescoço, o peito dele firme contra a minha nuca. O antebraço dele prende minhas costelas, e ele poderia muito bem ser uma estátua, já que nenhuma parte de seu corpo cede. Não adianta tentar dar uma cabeçada para trás: ele é tão alto que eu só acabaria por irritá-lo.

— Não confie em ninguém que te enfrente nesse ringue — avisa, sibilando, a respiração quente contra o meu ouvido, e, apesar de estarmos rodeados por pessoas, percebo que está falando baixo por um motivo. Essa lição é só para mim.

— Nem mesmo alguém que te deve um favor? — rebato, minha voz no mesmo tom. Meus ombros começam a protestar por causa do ângulo nada natural no qual estão forçados, mas não me mexo. Não vou dar a ele essa satisfação.

Ele larga a terceira adaga que tirou de mim e a chuta para a frente, onde Dain está parado, com as outras duas em mãos. Vejo o ódio nos olhos dele enquanto encara Xaden.

— Sou eu quem decide quando conceder esse favor. Não você. — Xaden solta minha mão e dá um passo para trás.

Eu me viro, tentando acertar sua garganta com um soco, mas ele afasta minha mão com facilidade.

— Ótimo — diz, com um sorriso, desviando do meu próximo golpe sem a menor sombra de alteração em sua respiração. — Tentar acertar o pescoço é sempre a melhor opção, desde que ele esteja exposto.

A raiva me faz chutá-lo novamente naquele mesmo padrão, a memória muscular assumindo o controle do meu corpo, e ele segura minha perna mais uma vez, mas agora pega a adaga embainhada ali e a joga no chão antes de me soltar, levantando uma sobrancelha decepcionada.

— Achei que você teria aprendido com seus erros. — Ele a chuta para longe.

Só tenho mais cinco, todas embainhadas em minhas costelas.

Segurando uma adaga e erguendo as mãos em posição defensiva, começo a andar ao redor de Xaden, que, para minha profunda irritação, nem se dá ao trabalho de me acompanhar. Fica só ali, parado no centro do ringue, as botas plantadas no chão e os braços pendendo enquanto me mexo ao redor dele.

— Vai ficar dando voltas ou vai lutar?

Ele que se foda.

Dou um golpe para a frente, mas ele se abaixa e minha adaga passa por cima de seu ombro, errando por quinze centímetros. Meu estômago se revira quando ele segura meu braço, puxando meu corpo para a frente e me jogando para o lado. Fico no ar por um segundo antes de desabar no tatame, minhas costelas sofrendo o maior impacto.

Ele segura meu braço com força, mantendo-o em um ângulo de submissão, e a dor invade meu corpo. Dou um grito, derrubando a adaga, mas ele não acabou. Não, o joelho dele acerta minhas costelas, e, apesar de segurar meu braço com uma das mãos, a outra tira uma adaga da bainha e a atira aos pés de Dain antes de desembainhar mais uma, segurando-a no espaço macio onde minha mandíbula encontra o pescoço.

E só então ele se inclina para mais perto.

— Eliminar seu inimigo antes da batalha é uma coisa muito esperta a se fazer, isso eu preciso admitir — ele sussurra, a respiração quente lambendo meu ouvido.

Meus deuses. Ele sabe o que eu fiz. A dor no braço não é nada se comparada à náusea que revira meu estômago quando penso no que Xaden pode fazer com essa informação.

— O problema é que se não se desafiar aqui... — Ele arrasta a adaga pelo meu pescoço, mas não sinto o gotejar quente do sangue, então sei que ele não me cortou. — Nunca vai melhorar.

— Sem dúvida você prefere que eu morra — retruco, a lateral do rosto pressionada no chão. Não é só doloroso, também é humilhante.

— Pra me tirarem o prazer da sua companhia? — ele zomba.

— Odeio você pra caralho. — As palavras saem dos meus lábios antes que eu consiga fechar a boca.

— Você não é mais especial por isso.

Sinto a pressão no peito e no braço afrouxar quando ele fica em pé, chutando as outras duas adagas para Dain.

Mais duas. Só me sobraram duas, e agora minha raiva e indignação falam mais alto do que meu medo.

Ignorando a mão esticada de Xaden, fico em pé, e a boca dele forma um sorriso de aprovação.

— Ela pode ser ensinada.

— Ela aprende rápido — rebato.

— Isso é o que vamos ver. — Ele dá dois passos para trás, aumentando o espaço entre nós antes de dobrar os dedos mais uma vez no mesmo gesto de provocação.

— Você já deixou bastante claro — digo, alto o suficiente para ouvir Imogen arfar em resposta.

— Confie em mim, eu mal comecei. — Ele cruza os braços e se inclina para trás nos calcanhares, claramente esperando eu me mexer.

Não penso. Apenas reajo, me abaixando e chutando a parte de trás dos joelhos dele.

Ele cai como uma árvore cortada, o som mais do que satisfatório. Pulo em cima dele, tentando prendê-lo em um mata-leão. Não importa quão grandalhão alguém seja: sempre vai precisar de ar para respirar. Segurando a garganta dele na dobra do cotovelo, aperto meu braço.

Em vez de tentar pegar meus braços, ele se vira, agarrando a parte de trás das minhas coxas para que eu perca meu apoio. Nossos corpos rolam no tatame, e ele fica em cima de mim.

Claro.

Seu antebraço prende minha garganta, sem impedir o fluxo de ar, mas definitivamente capaz disso, e seu quadril imobiliza o meu, minhas pernas inúteis ao lado das dele, enquanto ele faz força para baixo entre minhas coxas. Ele não vai se mexer.

Tudo desaparece ao nosso redor quando meu mundo todo se resume ao brilho arrogante de seus olhos. Ele é tudo que vejo, tudo que sinto.

E não posso deixá-lo ganhar.

Pego a última das minhas adagas e tento atacar seu ombro.

Ele segura meu pulso e o prende acima da minha cabeça.

Merda. Merda. MERDA.

Sinto um calor subindo por meu pescoço e chamas inundando minhas bochechas, e ele abaixa a cabeça para que nossos lábios fiquem a apenas centímetros de distância. Consigo ver cada floco de ouro naqueles olhos de ônix, cada pedacinho repuxado de sua cicatriz.

Lindo. Escroto. Do. Caralho.

Sinto a respiração fraquejar e o corpo aquecer, aquele desgraçado traiçoeiro. *Você não sente atração por homens tóxicos*, lembro a mim mesma, e, ainda assim, aqui estou eu, definitivamente me sentindo atraída. Desde o segundo que eu o tinha visto, se for honesta comigo mesma.

Ele empurra os dedos em meu punho, forçando minha mão a se abrir, e então joga a adaga longe do tatame antes de soltar meu pulso.

— Pegue a adaga — ele ordena.

— Quê? — Arregalo os olhos. Ele me deixou sem defesa alguma e numa posição em que pode me matar, se quiser.

— Pegue. A. Adaga — repete Xaden, segurando minha mão e retendo a última lâmina que tenho. Os dedos dele se curvam sobre os meus, segurando o cabo.

Sinto o fogo arder por toda a minha pele com a sensação dos dedos dele entrelaçados aos meus.

Tóxico. Perigoso. E quer te matar. Não, nada disso importa. Meu coração ainda está batendo como se eu fosse uma adolescente.

— Você é pequenininha — ele diz, como se fosse uma ofensa.

— Sei disso. — Estreito os olhos.

— Então pare de tentar dar golpes grandes que te deixam exposta. — Ele arrasta a ponta da adaga pela lateral do próprio corpo. — Um golpe em minhas costelas teria dado certo. — Então, ele guia nossas mãos até as costas dele, fazendo-se vulnerável. — Os rins são um bom alvo desse ângulo também.

Engulo em seco, me recusando a pensar em outras coisas que também dariam certo nesse ângulo.

Ele leva nossas mãos até a própria cintura, sem desviar os olhos dos meus.

— Se o seu oponente estiver de armadura, existe uma chance de que ela seja mais fraca aqui, neste ponto. São os três lugares mais fáceis que você pode acertar antes de o seu oponente ter tempo para te impedir.

Também são lugares que causariam um ferimento fatal, e evitei fazer isso a todo custo.

— Está me ouvindo?

Assinto.

— Ótimo. Porque não vai poder envenenar todos os inimigos que cruzarem seu caminho — ele sussurra, e eu empalideço. — Não vai ter tempo de oferecer uma xícara de chá para um cavaleiro de grifo braeviense quando vierem te atacar.

— Como você descobriu? — eu pergunto, por fim. Meus músculos ficam tensos, incluindo minhas coxas, que ainda estão envolvendo os quadris dele.

Os olhos de Xaden ficam mais escuros.

— Ah, Violência, você é boa, mas conheci mestres que dominavam venenos de maneira ainda melhor. O truque é não deixar tudo tão óbvio.

Abro a boca e reprimo uma resposta para dizer que tomei cuidado para *não* ser óbvia.

— Acho que ela já aprendeu o bastante por hoje — fala Dain, subitamente me fazendo lembrar de que não estamos sozinhos. Não, na verdade somos parte de um espetáculo.

— Ele é sempre protetor desse jeito? — resmunga Xaden, erguendo-se um pouco mais do tatame.

— Ele se importa comigo. — Eu o encaro com raiva.

— Ele está reprimindo seu potencial. Não se preocupe. Seu segredinho venenoso está seguro comigo. — Xaden arqueia uma sobrancelha como se para me lembrar de que eu também estou guardando um segredo *dele*.

Então, guia nossas mãos de volta para minhas costelas e conduz a lâmina com o cabo de rubi de volta para a bainha na qual estava.

O gesto é inquietante... e sexy.

— Não vai me desarmar? — desafio, quando ele me solta daquele aperto e se levanta um pouco, retirando o peso dele de cima do meu corpo. Minhas costelas finalmente têm espaço para respirar de verdade.

— Não. Meu tipo não é mulheres indefesas. Acabamos por hoje.

Ele fica em pé e então vai embora sem dizer mais nenhuma palavra, pegando suas armas de volta com Imogen enquanto rolo para ficar de joelhos. Meu corpo inteiro dói, mas consigo me levantar.

Vejo o alívio puro nos olhos de Dain quando fico ao lado dele para buscar as adagas que Xaden tirou de mim.

— Tudo bem com você?

Faço que sim, os dedos trêmulos enquanto volto a me armar. Ele teve todas as chances e todos os motivos para me matar, mas agora é a *segunda* vez que me deixa escapar. Que tipo de joguinho ele está armando?

Aetos diz Xaden do outro lado do ringue.

Dain ergue a cabeça, a mandíbula apertada.

— Seria melhor mais instrução e menos proteção. — Xaden encara Dain até ele assentir.

O professor Emetterio anuncia o próximo desafio.

***

— Só estou surpreso que ele tenha deixado você sair viva — diz Dain mais tarde naquela noite no quarto dele, enquanto seus dedos massageiam o músculo entre meu pescoço e meu ombro.

É uma dor deliciosa, que faz valer todo o sofrimento provocado ao me esgueirar escondida até aqui.

— Duvido que ele ganharia qualquer respeito se quebrasse meu pescoço no tatame. — Sinto os cobertores macios de Dain em minha barriga e no torso enquanto estou deitada em sua cama, despida da cintura para cima exceto pela faixa de contenção ao redor dos peitos e das costelas. — Além disso, não é do feitio dele.

As mãos de Dain param de massagear minha pele.

— Ah, sim, porque você conhece o que seria do feitio dele?

A culpa por guardar o segredo de Xaden faz meu estômago dar um nó.

— Ele me disse que não via motivos para me matar porque sabia que o Parapeito faria isso — respondo, com honestidade. — E vamos encarar os fatos: ele já teve várias chances de me matar se quisesse.

— Hm — concorda Dain daquela forma pensativa, continuando a trabalhar nos meus músculos duros e doloridos, inclinado do outro lado da cama. Rhiannon me treinou por duas horas depois do jantar, e eu mal conseguia me mexer no fim da sessão.

Acho que não fui a única que ficou assustada com Xaden nesta tarde.

— Você acha que ele poderia estar arquitetando planos contra Navarre e ainda assim ter se unido a Sgaeyl? — pergunto, minha bochecha apoiada no cobertor.

— Eu achava isso no começo. — As mãos dele descem pelas minhas costas, pressionando os nós que quase não permitiram que eu levantasse os braços na última meia hora de treino. — Mas aí eu me uni a Cath e percebi que os dragões fariam qualquer coisa para proteger o Vale e o terreno sagrado dos ninhos. Não existe nenhuma chance de que um dragão tivesse se unido a Riorson ou qualquer um dos separatistas se eles não estivessem sendo honestos sobre proteger Navarre.

— Mas um dragão saberia se estivessem mentindo? — Viro o rosto para analisar o dele.

— Sim. — Ele abre um sorriso. — Cath saberia, porque vive na minha cabeça. É impossível esconder algo desse tipo do seu dragão.

— Ele está sempre na sua cabeça?

Sei que é contra as regras perguntar; é proibido discutir quase qualquer coisa sobre as uniões, considerando que dragões gostam de segredos, mas é só o Dain.

— Sim — ele responde, o sorriso se suavizando. — Posso bloqueá-lo, se precisar, e vão ensinar você a fazer isso depois da Ceifa…

A expressão dele desmorona.

— Que foi? — Eu me sento, pegando um dos travesseiros para abraçar contra o peito e me apoiando na cabeceira.

— Falei com o coronel Markham hoje. — Ele se afasta, puxando a cadeira da mesa, e se senta, em seguida descansando a cabeça nas mãos.

— Alguma coisa aconteceu? — Sinto o medo congelar minha coluna. — Foi com a Asa da Mira?

— Não! — Dain ergue a cabeça, e a infelicidade dele é tão grande que coloco os pés para fora da cama. — Não é nada disso. Eu disse... disse que acho que Riorson quer te matar.

Pisco, endireitando minha postura na cama.

— Bom, isso não é nenhuma novidade, né? Todo mundo que já leu a história da rebelião sabe somar dois e dois, Dain.

— Bom, sim, mas também falei sobre Barlowe e Seifert. — Ele esfrega a mão no cabelo. — Não pense que não notei a forma como Seifert te empurrou contra a parede antes da formatura hoje de manhã.

Ele ergue as sobrancelhas para mim.

— Ele só está puto porque peguei a adaga dele no primeiro desafio. — Aperto o travesseiro com mais força.

— E Rhiannon me contou que você encontrou flores esmagadas na sua cama semana passada. — Ele me encara.

Dou de ombros.

— Eram só umas flores mortas.

— Eram *violetas* despedaçadas. — Ele aperta os lábios e vou até ele, descansando minhas mãos em sua cabeça.

— Não é como se tivessem vindo com um bilhetinho me ameaçando de morte — provoco, alisando o cabelo castanho macio.

Ele ergue o olhar, a luz mágica fazendo seus olhos parecerem mais iluminados acima da barba bem aparada.

— São ameaças.

Dou de ombros.

— Todos os cadetes recebem ameaças.

— Nem todo cadete precisa amarrar os joelhos todo dia — ele retruca.

— Os que se machucam precisam. — Franzo o cenho, sentindo uma irritação crescente. — Mas por que você contaria isso para o Markham? Ele é um escriba e não tem nada pra fazer nesse sentido, mesmo se pudesse.

— Ele disse que ainda te aceitaria — confessa Dain, as mãos apoiadas nos meus quadris, me segurando no lugar enquanto tento me afastar. — Eu perguntei se ele permitiria que você se juntasse à Divisão dos Escribas para sua própria segurança, e ele disse sim. Colocariam você com os primeiranistas. Não é como se precisasse esperar o próximo Dia do Alistamento nem nada.

— Você o *quê*? — Eu me desvencilho, me afastando do meu melhor amigo.

— Encontrei um jeito de te tirar do perigo e aproveitei. — Ele fica em pé.

— Você fez isso pelas minhas costas porque acha que não consigo sobreviver.

A verdade das palavras esmaga meu peito feito uma prensa, me impedindo de respirar em vez de me ajudar, me deixando fraca e sem ar. Dain me conhece melhor do que *ninguém*, e se ele *ainda* acha que não consigo apesar de ter feito tudo isso…

Meus olhos se enchem de lágrimas, mas me recuso a deixá-las rolarem. Em vez disso, aperto a mandíbula e pego o colete de escama de dragão, vestindo-o, e então puxo as amarras nas costas com força.

Dain suspira.

— Eu nunca disse que você não conseguiria sobreviver, Violet.

— Você diz isso todos os dias! — retruco. — Quando me acompanha da formatura até a aula, o que sei que te atrasa para o seu voo. Quando grita com o seu Dirigente de Asa quando ele me enfrenta no ringue…

— Ele não tinha o direito de…

— Ele é meu *Dirigente de Asa*! — Visto a túnica por cima da cabeça. — Ele tem o direito de fazer o que *bem entender*, incluindo me executar.

— E é por isso que você precisa sair daqui! — Dain entrelaça os dedos na nuca e começa a andar em círculos. — Eu tenho observado ele, Vi. Está só brincando com você, como um gato brinca com um rato antes de matá-lo.

— Eu tenho conseguido até agora. — Minha mochila está pesada por causa dos livros, e a acomodo nos ombros. — Ganhei todos os desafios…

— Tirando hoje, quando ele acabou com você todas as vezes. — Ele me segura pelos ombros. — Ou não viu que ele tirou todas as suas armas só para você ver como era fácil te derrotar?

Ergo o queixo, encarando-o.

— Eu estava lá e sobrevivi quase dois meses neste lugar, o que é mais do que posso dizer de um quarto de todos os alunos que entraram comigo!

— Você sabe o que acontece depois da Ceifa? — pergunta ele, o tom sarcástico.

— Está me chamando de ignorante? — Sinto o ódio ferver nas veias.

— Não é só a união — ele continua. — Eles jogam todos os primeiranistas nos campos de treinamento, aqueles para os quais você *nunca* foi, e os segundanistas e terceiranistas ficam assistindo enquanto vocês decidem de quais dragões se aproximam e de quais vão fugir.

— Eu sei como funciona.

Aperto ainda mais a mandíbula.

— Bom, então, enquanto os outros cavaleiros estão assistindo, os primeiranistas aproveitam para resolver suas inimizades e eliminar quaisquer… riscos para a Asa.

— Eu não sou uma porcaria de risco. — Sinto o peito apertar porque sei, lá no fundo, que em algum nível físico sou, sim.

— Não para mim — ele sussurra, uma mão segurando minha bochecha. — Mas eles não te conhecem do jeito que eu conheço, Vi. E, enquanto os outros alunos do primeiro ano como Barlowe e Seifert estiverem te caçando, nós vamos ter que ficar *assistindo*. Eu vou precisar *assistir*, Violet. — A forma como a voz dele fraqueja faz toda minha raiva sumir. — Nós não temos *permissão* para ajudar. Para salvar ninguém.

— Dain...

— E, quando reunirem os corpos para a chamada, ninguém vai documentar *como* o cadete morreu. Você pode tanto morrer pela garra de um dragão quanto por uma facada de Barlowe.

Deixo a onda de medo passar por mim.

— Markham disse que vai colocar você no primeiro ano sem contar para a sua mãe. Quando ela descobrir, você já vai ter sido admitida como escriba. Ela não vai poder fazer nada depois disso. — Ele ergue a outra mão para segurar meu rosto entre as duas, inclinando-me na direção dele. — Por favor. Se não vai fazer isso por você, faça por mim.

Meu coração fica baqueado e eu oscilo, o raciocínio dele me levando exatamente até onde está sugerindo que eu vá. *Mas você sobreviveu até agora*, uma parte de mim sussurra.

— Não posso te perder, Violet — ele sussurra, descansando a testa na minha. — Eu... não consigo.

Fecho os olhos. Ele está me mostrando uma saída, mas, ainda assim, não quero aceitar.

— Só me promete que vai pensar no assunto — implora Dain. — Ainda temos quatro semanas até a Ceifa. Só... pense nisso.

A esperança no tom de voz e a forma como ele me segura estilhaçam todas as minhas defesas.

— Vou pensar no assunto.

Não subestime o desafio da Armadilha, Mira.
Foi projetado para testar seu equilíbrio, força e agilidade.
O tempo não importa em nada, desde que você chegue
até o topo. Pegue nas cordas sempre que precisar.
Chegar por último é melhor do que chegar morto.

— Página 46, o Livro de Brennan

CAPÍTULO DEZ

Ergo o olhar, e ergo mais e *mais*, o medo se enroscando em meu estômago feito uma cobra pronta para dar o bote.

— Bom, isso é… — Rhiannon engole em seco, a cabeça inclinada para trás tanto quanto a minha, enquanto encaramos o percurso de obstáculo ameaçador que foi entalhado no cume de uma montanha tão íngreme que poderia muito bem ser um penhasco. Aquela armadilha mortal em zigue-zague se ergue diante de nós em cinco trilhas diferentes, em curvas de cento e oitenta graus, cada uma aumentando a dificuldade a caminho do topo da falésia que divide a cidadela do campo de voo e o resto do Vale.

— Incrível — suspira Aurelie.

Rhiannon e eu nos viramos, encarando-a como se ela tivesse batido a cabeça.

— Você acha que esse inferno parece *incrível*? — Rhiannon exige saber.

— Eu espero por isso há *anos*! — Aurelie abre um sorriso, os olhos pretos normalmente sérios iluminados na luz matinal. Ela esfrega as mãos, mudando o peso de uma perna para a outra, demonstrando animação. — Meu pai era um cavaleiro até ano passado. Ele costumava montar corridas de obstáculos tipo essa o tempo todo para nós praticarmos, e Chase, meu irmão, disse que é a melhor parte do instituto antes da Ceifa. É uma dose de adrenalina pura.

— Ele está com a Asa Sul, certo? — pergunto, mantendo meu foco na corrida de obstáculos que sobe pela *lateral de uma porra de um penhasco.*

Parece mais uma armadilha mortal do que uma dose de adrenalina para mim, mas, claro, podemos considerar essa interpretação. Melhor pensar positivo!

— Uhum. Ele basicamente ficou com a papelada durante toda essa ação perto da fronteira krovlana. — Ela dá de ombros e aponta para um pedaço a dois terços da pista. — Ele me avisou para ter cuidado com aqueles postes gigantes na lateral do penhasco. Os postes giram, e você pode ser esmagado entre eles se não correr rápido o bastante.

— Ah, que bom, eu estava mesmo pensando quando as coisas iam ficar mais difíceis — murmura Rhiannon.

— Obrigada, Aurelie. — Localizo a série de pedaços de madeira de quase um metro de diâmetro, quase tocando uns nos outros, que sobressaem do terreno pedregoso como uma série de degraus redondos, erguendo-se do chão do cume acima, e assinto. Ali eu preciso acelerar. Entendido. *Você poderia ter incluído esse pedaço, Brennan.*

A pista de obstáculos é a encarnação do meu pior pesadelo. Pela primeira vez desde que Dain implorou para que eu fosse embora semana passada, considero de verdade a oferta de Markham. A Divisão dos Escribas com certeza não tem nenhuma prova de percurso fatal.

Mas você já chegou até aqui. Ah, pronto, aí está: a vozinha que levo comigo ultimamente ousando me dar esperanças de que eu vá conseguir sobreviver até a Apresentação.

— Ainda não sei por que chamam isso de Armadilha — diz Ridoc, à minha direita, soprando nas mãos para afastar o frio matinal. O sol ainda não chegou a tocar no pedaço em que estamos, mas já brilha em cima de um quarto do percurso.

— Para garantir que os dragões continuem vindo à Ceifa ao eliminar os mais fracos — diz Tynan, desdenhoso, ao lado de Ridoc, cruzando os braços sobre o peito e lançando um olhar significativo para mim.

Eu o encaro de volta e depois decido deixar esse problema de lado. Ele está fazendo birra desde o dia em que Rhiannon deu uma surra nele na avaliação.

— Para com isso, porra — retruca Ridoc, chamando a atenção de todo o esquadrão.

Ergo as sobrancelhas. Nunca vi Ridoc perder a paciência ou usar qualquer coisa que não seja humor para lidar com uma situação.

— Qual o seu problema? — Tynan tira uma mecha de cabelo escuro dos olhos e se vira como se fosse intimidar Ridoc com o olhar, o que não funciona, já que Ridoc é quinze centímetros mais alto e tem o dobro da sua largura.

— Meu problema? Acha que só porque virou amiguinho do Barlowe e do Siefert você tem direito de ser um cuzão com a sua própria colega de esquadrão? — pergunta Ridoc.

— Exato. *Colega de esquadrão.* — Tynan gesticula para a pista de obstáculos. — Nosso tempo não é contado só individualmente, Ridoc. Somos avaliados enquanto esquadrão, também, e é assim que decidem nossa ordem no dia da Apresentação. Você acha que algum dragão vai querer se unir a um cadete que entra depois de todos os outros esquadrões no desfile?

Tudo bem, ele tem razão. É podre, mas é verdade.

— Não vão registrar nosso tempo para a Apresentação hoje, babaca. — Ridoc dá um passo adiante.

— Parem. — Sawyer se enfia entre os dois, empurrando o peito de Tynan com força o suficiente para fazê-lo cambalear contra a garota atrás dele. — Aqui vai um conselho de alguém que passou pela Apresentação ano passado: o tempo não significa nada. O último cadete a entrar ano passado se uniu a um dragão tranquilamente, e alguns dos cadetes no Primeiro Esquadrão no campo foram ignorados.

— Tá meio ressentido com isso ainda, né? — Tynan dá um sorrisinho.

Sawyer ignora a alfinetada.

— Além do mais, isso aqui não é chamado de Armadilha por eliminar os cadetes.

— Chama-se Armadilha porque esse é o penhasco que protege o Vale de intrusos — diz o professor Emetterio, aparecendo atrás do nosso esquadrão, a cabeça raspada brilhando sob a luz do sol, que agora chegou até nós. — Além do mais, como todas as boas armadilhas, as cordilheiras são traiçoeiras e imprevisíveis, e o nome pegou e permaneceu pelos últimos vinte anos.

Então ele ergue uma sobrancelha para Tynan e Sawyer.

— Vocês dois terminaram de discutir? Porque todos os nove precisam chegar no topo em exatamente uma hora, antes que seja a vez de outro esquadrão praticar, e, do que vi da agilidade de vocês no tatame, vão precisar de cada segundo.

Ouvimos um resmungo de concordância do grupo.

— Como bem sabem, os desafios corpo a corpo terão uma pausa durante as próximas duas semanas e meia antes da Apresentação para poderem ter foco na Armadilha. — O professor Emetterio vira uma página no caderninho. — Sawyer, você pode mostrar como fazer, já que conhece o terreno. Depois a ordem é Pryor, Trina, Tynan, Rhiannon, Ridoc, Violet, Aurelie e Luca.

Ele solta um sorriso enquanto termina de chamar os nomes do nosso esquadrão, e fazemos fila.

— Vocês são o único esquadrão a continuar intacto desde o Parapeito. Isso é incrível. O Líder de vocês deve estar muito orgulhoso. Esperem aqui um segundo.

Ele passa por nós, acenando para alguém no penhasco.

Sem dúvida uma pessoa de posse de um relógio.

— Aetos tem orgulho especial da Sorrengail. — Tynan lança um sorrisinho zombeteiro para mim assim que nosso instrutor sai do alcance da audição.

Sinto a raiva subir.

— Olha, se quer falar merda pra mim, tudo bem, mas deixa o Dain fora disso.

— Tynan — avisa Sawyer, balançando a cabeça.

— Não te incomoda que o líder do nosso esquadrão esteja comendo um de nós? — Tynan ergue as mãos.

— Eu não... — começo a falar, a indignação vencendo antes de eu conseguir respirar fundo. — Sinceramente, não é da porra da conta de ninguém aqui com quem eu estou transando, Tynan.

Mas, já que estou sendo acusada, eu poderia, no mínimo, estar recebendo algumas vantagens. Se bem conheço Dain, ele deve estar implicado com a mesma coisa do fraternização-é-desencorajada-dentro-da-mesma-cadeia-hierárquica igual a esse babaca. No entanto, Dain teria já deixado claro se quisesse alguma coisa, certo?

— Se isso significa que você tem tratamento preferencial, é sim! — acrescenta Luca.

— Puta que pariu — resmunga Rhiannon, esfregando a ponte do nariz. — Calem a boca, vocês dois. Eles não estão transando. São amigos de infância, ou vocês não conhecem seus próprios líderes para saberem que o pai dele é adjunto da mãe dela?

Tynan arregala os olhos, como se estivesse surpreso de verdade.

— Sério?

— Sério. — Balanço a cabeça, examinando o percurso.

— Merda. Foi... mal. Barlowe falou que...

— E esse foi seu primeiro erro — interrompe Ridoc. — Escutar aquele sádico imbecil vai acabar te matando. E você tá com sorte que o Aetos não tá por aqui.

Verdade. Dain com certeza se revoltaria com as insinuações de Tynan e provavelmente designaria ele para o time de limpeza durante um mês. Que bom que ele está no campo de voo a essa hora.

Xaden só daria uma surra nele.

Pisco com força, afastando aquela comparação e qualquer pensamento sobre Xaden Riorson para longe da minha cabeça.

— Lá vamos nós! — Professor Emetterio vai na frente. — Vão descobrir o tempo de vocês quando chegarem lá no topo do percurso, se conseguirem completá-lo, mas lembrem-se de que ainda têm nove sessões para praticar antes de receberem as classificações para a Apresentação daqui a duas semanas e meia, classificações essas que vão determinar se os dragões os julgarão dignos ou não durante a Ceifa.

— Não faria mais sentido os primeiranistas começarem a praticar isso logo depois do Parapeito? — pergunta Rhiannon. — Sabe, para dar mais tempo para não morrermos?

— Não — responde o professor. — Acertar o tempo é parte do desafio. Algum conselho, Sawyer?

Sawyer solta o ar vagarosamente, seu olhar acompanhando o percurso traiçoeiro.

— Existem cordas que descem do topo do penhasco até o final — ele diz. — Então, se começarem a cair, estiquem a mão e agarrem as cordas. Fazer isso vai custar trinta segundos do tempo de vocês, mas morrer custaria mais caro.

Ótimo.

— Quer dizer, tem um conjunto de escadaria perfeitamente funcional ali. — Ridoc aponta para os degraus entalhados no penhasco antes dos cumes largos que compõem a Armadilha.

— As escadas são para chegar ao campo de voo no topo da crista das montanhas *depois* da Apresentação — diz o professor, erguendo então uma mão na direção do percurso e virando o punho, a fim de apontar para diversos obstáculos.

O pedaço de pau de cinco metros do começo da subida começa a girar. Os pilares da terceira subida tremem. A roda gigante no primeiro cume começa uma rotação no sentido anti-horário, e aqueles postes que Aurelie mencionou? Todos giram em direções opostas.

— Cada uma das cinco subidas do percurso foi feita para imitar os desafios que vocês vão precisar encarar em batalha. — O professor Emetterio se vira para nós, o rosto tão sério quanto em nossa aula de combate. — Desde o equilíbrio para ficar no dorso de um dragão até a força que vão precisar usar para se segurar nos assentos durante as manobras e… — Ele gesticula para cima, para o último obstáculo, que parece uma rampa de noventa graus desse ângulo. — A energia de que vão precisar para lutar no chão, e ainda assim conseguir montar no seu dragão em pouco tempo.

Os postes arrancam um pedaço de granito e a pedra desce pelo percurso, batendo em todos os obstáculos no caminho até parar a uns seis metros de nós. Se algum dia existiu uma metáfora que já descreveu tão bem minha vida, bom… é essa.

— Uau — sussurra Trina, os olhos castanhos arregalados enquanto encara a pedra pulverizada.

Sou a menor do nosso esquadrão, mas Trina é a mais quietinha e mais reservada. Consigo contar nos dedos das duas mãos o número de vezes que falou comigo desde o Parapeito. Se ela não tivesse amigos na Primeira Asa, eu ficaria preocupada, mas ela não precisa ficar confraternizando com a gente para sobreviver à Divisão.

— Tudo bem? — pergunto a ela, sussurrando.

Ela engole em seco e assente, um dos cachos ruivos cobrindo a testa.

— E se não conseguirmos subir? — pergunta Luca à minha direita, prendendo os cabelos compridos em uma trança solta, a soberba um pouco mais contida. — Qual é a rota alternativa?

— Não existe alternativa. Se não conseguirem, não podem ir à Apresentação, certo? Em posição, Sawyer — ordena o professor Emetterio, e Sawyer vai para o começo da pista. — Depois que ele conseguir passar do obstáculo final, o resto de vocês pode começar, um a cada sessenta segundos. Assim vocês aprendem com o cadete que vai completar o percurso. E… vai!

Sawyer dispara. Ele rapidamente corre os cinco metros do único tronco que roda em paralelo com a fachada da falésia, e então segue até os pilares erguidos, mas precisa de três rotações dentro da roda antes de pular na abertura única, e, tirando isso, não vejo um único erro na primeira subida. Nenhunzinho.

Ele corre na direção de uma série de bolas pendentes, gigantescas, que compõem o segundo pedaço da subida, pulando e se prendendo em cada uma delas. Com os pés de volta no chão, ele se vira e segue para a terceira subida, que é dividida em duas seções. A primeira tem bastões de metal enormes pendurados paralelamente à fachada do penhasco, e ele facilmente estica um braço depois de outro, usando o peso do próprio corpo e o impulso para levar cada barra para a frente e chegar na próxima, quinze centímetros acima da última, enquanto sobe pelo penhasco. Da última barra, ele pula direto para uma série de pilares que tremem e que compõem a segunda parte dessa subida, antes de finalmente voltar para o caminho de cascalho.

Quando ele chega na quarta subida, aquela que contém os pilares sobre os quais o irmão de Aurelie avisou, Sawyer faz os obstáculos parecerem brincadeira de criança, e começo a sentir uma esperança de que talvez esse percurso não seja tão difícil quanto parece daqui do chão.

Mas é então que ele encara a formação gigantesca parecendo uma chaminé que se ergue diante dele em um ângulo de vinte graus e para.

— Você consegue! — grita Rhiannon do meu lado.

Como se tivesse ouvido, ele corre na direção da chaminé e se impele para cima, agarrando-se às laterais e fazendo um X com o corpo. Então, começa a dar pulinhos para subir até chegar no fim, até cair de frente para o obstáculo final, uma rampa monstruosa que chega ao topo do penhasco e é quase uma subida vertical.

Prendo a respiração enquanto Sawyer corre pela rampa, usando a velocidade e o impulso para percorrer dois terços do caminho. Logo antes de começar a cair, ele estica um braço e se segura na beirada, erguendo-se em seguida para cima da outra beirada.

Rhiannon e eu damos gritos de comemoração. Ele conseguiu. Praticamente sem falhas.

— Técnica perfeita! — declara o professor Emetterio. — Isso aí é exatamente o que vocês todos devem fazer.

— Perfeito, e mesmo assim não deram bola para ele durante a Ceifa — zomba Luca. — Acho que os dragões têm bom gosto.

— Deixa ele em paz, Luca — diz Rhi.

Como é que alguém tão esperto e atlético quanto Sawyer não conseguiu uma união? E se *ele* não conseguiu, então que tipo de esperança o resto de nós poderia ter?

— Sou baixa demais para a rampa — sussurro para minha amiga.

Ela olha para mim, depois para o obstáculo.

— Mas você é muito rápida. Se acelerar, aposto que consegue chegar no topo.

Pryor, o cadete tímido da região da fronteira krovlana, demora-se nos bastões de ferro pendentes na terceira subida, devido a uma hesitação previsível da parte dele, mas consegue passar assim que Trina praticamente cai nos pilares que sacodem, pendurando-se em uma corda. Só consigo distinguir um vislumbre vermelho do cabelo quando ela começa a subir pelos degraus giratórios, mas ouço seu grito gelar até meus dedões dos pés quando aquela corda balança perto do chão.

— Você consegue! — grita Sawyer lá do topo.

— Eles balançam em direções opostas! — fala Aurelie.

— Tynan, comece — ordena o professor Emetterio, com os olhos em seu relógio de bolso, e não no percurso.

Meu coração parece ecoar nos ouvidos quando Trina consegue passar pelos degraus e não cessa quando Rhiannon é chamada para o início. Ela passa a primeira subida com a graciosidade que espero dela antes de parar.

Tynan está pendurado na segunda das cinco bolas pendentes na segunda subida, bem onde o chão cede. Se ele cair, tem uma chance minúscula de bater no único tronco giratório da primeira subida e chances gigantes de cair dez metros abaixo no chão.

— Precisa continuar se mexendo, Tynan! — grito, apesar de duvidar que ele consiga me ouvir daqui. Ele pode ser um maria vai com as outras, mas ainda assim é membro do meu esquadrão.

Ele grita, os braços enrolados em volta da bola pendurada. É impossível que ele consiga se segurar com força ali: é por isso que o objeto é em forma de bola, e ele está escorregando.

— Ele vai ferrar o tempo dela — diz Aurelie, suspirando, entediada.

— Que bom que é só treino, então — comenta Ridoc, depois grita com Tynan. — Qual o problema, Tynan? Tem medinho de altura? Quem é o risco agora?

— Para com isso. — Acotovelo Ridoc. Ele não está mais tão magrelo, ganhou músculo nessas sete semanas. — Só porque ele é um babaca, você não precisa ser também.

— Mas ele dá tanta brecha — responde Ridoc, o canto de sua boca levantado em um sorrisinho enquanto se afasta, seguindo para a posição inicial.

— Balance em direção ao próximo!— sugere Trina, tendo já chegado ao topo.

— Não consigo! — O grito de Tynan poderia estilhaçar vidros enquanto ecoa pela montanha, fazendo meu peito se apertar.

— Ridoc, comece! — ordena o professor Emetterio.

Ridoc avança sobre o tronco.

— Rhi! — grito para cima. — A corda fica entre a primeira e a segunda!

Ela assente na minha direção e depois pula por cima da primeira bola, segurando-a perto do topo, perto de onde as correntes a seguram à barra de ferro acima, e então joga o peso do próprio corpo para o lado.

É uma abordagem inspiradora, e pode funcionar para mim.

Esmago o cascalho sob as botas enquanto me movo para a posição de início. Ah, nossa, é *sim* possível que meu coração bata mais rápido. Essa porcaria está praticamente saindo pela boca enquanto limpo as palmas úmidas nas calças de couro.

Rhiannon leva a corda até a mão de Tynan, mas, em vez de usá-la para passar para a próxima bola, ele a usa para... *descer*.

Minha mandíbula praticamente se desloca enquanto ele faz a descida. Eu definitivamente não imaginei que *isso* fosse acontecer.

— Violet, comece! — ordena Emetterio.

Fique comigo, Zihnal. Não que eu tenha passado tanto tempo assim no templo do deus da sorte para que ele se importe com o que acontece comigo, mas toda ajuda vale.

Corro pela primeira parte da subida, chegando ao tronco giratório em segundos. Meu estômago parece que está sendo revirado por esse poste de equilíbrio infernal.

— É só equilíbrio. Você sabe fazer isso — murmuro, começando a travessia. — Passos rápidos, passos rápidos, passos rápidos — repito até cruzar tudo, pulando ao final para cair na primeira entre quatro colunas de granito, cada uma mais alta que a outra.

Há um espaço de um metro entre elas, mas consigo pular de um pilar para o próximo sem raspar nas beiradas. *E essa é* só *a parte fácil.* Sinto um nó de medo se embolar em minha garganta.

Pulo na roda giratória e corro, saltando pela única abertura quando ela passa pela primeira vez e depois observando quando ela retorna para uma segunda volta. É uma questão de precisão de tempo. Só isso.

A oportunidade aparece e eu aproveito, correndo para a abertura e voltando para o caminho de cascalho rumo à segunda subida. As bolas penduradas estão logo ali na frente, mas vou cair se não me acalmar e fizer as palmas da minha mão pararem de suar.

Os dragões Rabo-de-pena são a espécie que menos conhecemos, recito em minha cabeça, precisando de toda a capacidade do meu pulmão enquanto pulo da beirada do caminho em cima da primeira bola, segurando o topo assim como fez Rhiannon. A tensão imediata em meus ombros me faz retesar cada músculo para impedir que as juntas se desloquem.

Fique calma. Fique calma.

Jogando o peso do meu corpo, forço a bola a girar, conduzindo a rotação na direção da próxima. *Isso porque, supostamente, os dragões Rabo-de-pena abominam a violência e não são compatíveis com a união.*

Repito o gesto, agarrando-me sempre à bola seguinte, mantendo os olhos nas correntes e nada além.

Apesar disso, este estudioso não pode afirmar nada com certeza, já que nenhum Rabo-de-pena saiu do Vale durante toda a minha vida. Continuo recitando o trecho de cor ao chegar na quinta e última bola. Com um último impulso, jogo-me de lado, soltando a bola e caindo no caminho de cascalho sem nem virar o tornozelo.

Preciso de impulso para a próxima parte da subida.

— Os dragões verdes são conhecidos por seu intelecto afiado — murmuro baixinho — e descendem da honrável linhagem de Uaineloidsig, sendo os mais racionais de sua espécie, o que os torna armas de cerco perfeitas, especialmente se forem Rabos-de-clava.

Termino de dizer isso enquanto alinho meu corpo com a primeira barra de metal, preparada para correr.

— Você tá... *estudando*? — grita Aurelie de onde pula na primeira bola lá embaixo.

— Isso me acalma — explico rapidamente. Não tenho tempo de ficar envergonhada. Depois faço isso.

Estou vendo três bastões de ferro alinhados na minha frente, cada um como um aríete alinhado com o próximo.

— A Divisão dos Escribas nunca pareceu tão boa — resmungo baixinho, e então me lanço na direção do primeiro.

Ao menos a textura me dá algo no qual me segurar, uma mão por vez. A dor nos ombros fica mais forte e uma dor lacerante me ataca quando chego ao final do primeiro bastão, atirando os pés para cima para conseguir o impulso para o próximo.

A primeira batida dos ferros faz meus dedos escorregarem, e eu arfo, aterrorizada, enquanto sinto o estômago apertar. *Os dragões alaranjados, que têm tons variados entre pêssego e cenoura, são os mais...* me atiro no próximo bastão... *os mais imprevisíveis entre os dragões e são, portanto, sempre um risco.* Eu atravesso o bastão com o mesmo movimento de uma mão depois da outra, ignorando o protesto de meus ombros. *Descendentes da linhagem Fhaicorain...*

Minha mão direita escorrega e meu peso me vira de frente para o rochedo da montanha, minha bochecha batendo contra a pedra. Sinto o ouvido ecoar com um apito afiado, e minha visão fica borrada.

— Violet! — grita Rhiannon lá do topo.

— Do seu lado! A corda tá do seu lado! — grita Aurelie.

Sinto o ferro nos dedos escorregar quando minha mão esquerda cede, mas vejo a corda e a agarro, apoiando os pés no nó abaixo de mim e segurando firme até o zumbido em meu ouvido sumir. Preciso me içar de volta ou descer.

Sobrevivi sete semanas nessa droga dessa Divisão, e não é esse percurso que vai me derrubar hoje.

Empurrando-me contra o rochedo, tomo impulso usando a corda na direção do bastão e consigo alcançá-lo, começando imediatamente aquele movimento usando uma mão depois da outra para chegar ao próximo, até finalmente me soltar do último, caindo de pé no primeiro pilar de ferro que sacode. Meu cérebro também treme enquanto aquela coisa balança violentamente, e pulo para o próximo, mal conseguindo me apoiar antes de pular no caminho de cascalho ao final da subida.

Aurelie está ao meu lado, caindo de pé com um sorriso.

— Isso é irado!

— Você claramente precisa ir ao médico. Deve ter batido com a cabeça se acha *isso* divertido. — Minha respiração sai ofegante, mas não consigo evitar um sorriso ao ver a alegria incontida dela.

— É só subir essa daqui correndo — diz ela, quando chegamos à escadaria cheia de voltas que sobressaem diretamente da fachada do rochedo.

Cada tronco tem um metro de diâmetro e gira na base em uma das seções mais íngremes do percurso. Calculo rapidamente que, se alguém cair de um dos troncos, provavelmente desabaria de cem ou cento e vinte metros no terreno rochoso lá embaixo. Engulo o pavor que teima em subir pela minha garganta e mantenho o foco na possibilidade de que minha agilidade e minha leveza vão me dar vantagem nesse obstáculo em particular.

— Confia em mim — ela continua. — Se você parar em algum momento, vai rolar para fora.

Eu assinto e mudo o peso na bola dos pés, reunindo a coragem que me resta. Então, saio correndo. Meus pés são rápidos, fazendo contato com cada tronco apenas tempo o bastante para que eu consiga dar impulso para o próximo. Depois de alguns segundos, estou do outro lado.

— Isso! — grito, erguendo o punho para comemorar enquanto saio do caminho para Aurelie passar.

— Vai, Violet! — ela berra de volta. — Tô chegando!

Os pés dela são mais ágeis do que os meus enquanto ela vai de um tronco giratório para o outro.

Um rugido ressoa acima, e ergo o olhar a tempo de ver a barriga de um Rabo-de-adaga-verde sobrevoar acima de nós, voltando para o Vale.

Nunca vou me acostumar com isso.

Aurelie grita, e viro a cabeça bem a tempo de vê-la tropeçar e cair no quinto tronco. O ar congela em meus pulmões enquanto ela se joga para a frente, a barriga acertando o penúltimo tronco como se o tempo desacelerasse.

— Aurelie! — grito, me jogando na direção dela, meus dedos roçando o sétimo tronco.

Nossos olhos se encontram, o choque e o terror preenchendo seus olhos negros enquanto o tronco a gira para longe de mim e ela cai. Da metade do penhasco.

***

O sol faz meus olhos arderem enquanto nos colocamos na formatura matinal.

— Calvin Atwater — o capitão Fitzgibbons lê em sua voz solene de sempre.

Primeiro Esquadrão, Setor Garra, Quarta Asa. Ele se senta duas fileiras atrás de mim em Preparo de Batalha. *Se sentava.*

Não tem nada de especial naquela manhã. Nossa primeira tentativa na Armadilha fez a chamada ser maior, porém é só mais uma lista em mais outro dia... mas não para mim. A crueldade excepcional desse ritual nunca me atingiu com tanta força quanto antes. Não é mais como em nosso primeiro dia. Reconheço mais da metade dos nomes sendo lidos. Minha visão fica borrada.

— Newland Jahvon — ele continua.

Segundo Esquadrão, Setor Fogo, Quarta Asa. Ele trabalhava no turno do café da manhã comigo.

A este ponto, já devem ter passado de vinte nomes. Como é que pode tudo isso? Dizemos o nome dessas pessoas apenas uma vez e depois seguimos a vida como se nunca tivessem existido?

Rhiannon muda o peso de uma perna para a outra ao meu lado, fungando abruptamente, o gesto fazendo seus ombros sacudirem.

— Aurelie Donans.

Uma única lágrima desce do meu olho e eu a limpo, arrancando uma das casquinhas da ferida da minha bochecha. Uma gota de sangue escorre quando o próximo nome é chamado, mas deixo que essa manche meu rosto.

***

— Tem certeza? — pergunta Dain na noite seguinte, duas linhas de preocupação marcadas na testa enquanto ele segura meus ombros.

— Se os pais dela não vêm enterrar o corpo, então sou eu quem deveria cuidar das coisas dela. Fui a última pessoa a vê-la com vida — explico, encolhendo os ombros para me ajustar ao peso da mochila de Aurelie.

Todos os pais dos cadetes em Basgiath têm a mesma opção quando o filho deles é morto. Podem retirar o corpo e os pertences para enterrar ou cremar ou deixar esse trabalho para a escola, que colocará o corpo sob uma pedra e queimará os pertences da pessoa. Os pais de Aurelie escolheram a segunda opção.

— E não quer que eu vá com você? — pergunta ele, com a mão no pescoço.

Balanço a cabeça.

— Sei onde fica a fossa da cremação.

Ele pragueja baixinho.

— Eu deveria ter estado lá.

— Você não poderia ter feito nada, Dain — digo baixinho, cobrindo a mão dele com a minha, nossos dedos levemente entrelaçados. — Ninguém poderia. Ela não teve nem tempo de pegar a corda.

Repasso aquele instante de novo e de novo em minha cabeça, chegando sempre à mesma conclusão.

— Eu não tive a chance de perguntar a você se conseguiu subir até o topo — ele diz.

Nego com a cabeça.

— Fiquei presa na formação da chaminé e precisei usar a corda para descer. Sou pequena demais para alcançar, mas não vou pensar nisso hoje. Vou descobrir um jeito de alcançá-la antes do dia oficial da cronometragem da Armadilha para a Apresentação.

Eu preciso conseguir. Não é permitido que os cadetes desçam de lá no dia. Ou completam a Armadilha, ou morrem na queda.

— Certo. Me avisa se precisar de mim. — Ele me solta.

Assinto e dou uma desculpa para sair do corredor dos dormitórios. O peso da mochila de Aurelie é impressionante. Ela foi forte o bastante para carregar um monte de coisas pelo Parapeito e ainda assim caiu.

E, de alguma forma, eu continuo em pé.

Não consigo deixar de pensar que a estou carregando comigo quando subo as escadas da torre acadêmica, passando pela sala de Preparo de Batalha e seguindo até o telhado de pedra, cruzando com outros cadetes que descem as escadarias. A fossa de cremação é só um tonel de ferro largo cujo único propósito é incinerar, e as chamas estão ardentes naquela noite quando saio no telhado, meus pulmões com dificuldade de captar oxigênio.

Meses atrás, eu não teria conseguido carregar uma mochila tão pesada.

Não tem mais ninguém ali em cima quando tiro o peso dos ombros.

— Eu sinto muito — sussurro, meus dedos segurando a alça pesada enquanto a atiro pela borda de metal do tonel.

As chamas abraçam a mochila e ardem mais fortes com o combustível. Só mais um tributo para Malek, deus da morte.

Em vez de voltar pelas escadas, sigo para a beirada da torre. A noite está nublada, mas consigo ver a sombra de três dragões que se aproximam a oeste, e até mesmo vejo a cumeeira onde fica a Armadilha, esperando para reivindicar sua próxima vítima.

Não serei eu.

Mas por quê? Por que eu seria capaz de vencer aquele desafio? Ou será que eu finalmente deveria acatar o pedido de Dain e me esconder na Divisão dos Escribas? Toda a minha existência protesta diante daquela segunda opção, que me faz questionar tudo enquanto estou parada ali, deixando os minutos passarem antes de o sino soar com o toque de recolher. Volto pelas escadas sem uma resposta.

Passo pelo pátio, que está vazio exceto por um casal que não consegue decidir se prefere se beijar ou andar perto da plataforma, e desvio o olhar, seguindo para a alcova onde Dain e eu nos sentamos pela primeira vez depois que passei pelo Parapeito.

Já faz quase dois meses e ainda estou aqui. Ainda acordando a cada nascer do sol. Isso não significa alguma coisa? Não existe uma chance, por menor que seja, de eu ser boa o bastante para conseguir passar pela Ceifa? De que talvez eu pertença a este lugar?

A porta que leva ao túnel que usamos para atravessar até a Armadilha naquela manhã se abre na parede do pátio, à esquerda do prédio acadêmico, e franzo o cenho. Quem estaria voltando de lá tão tarde?

Sentada contra a parede, deixo a escuridão me esconder quando vejo Xaden, Garrick e Bodhi – o primo de Xaden – passarem sob uma luz mágica, vindo na minha direção.

Três dragões. Eles estavam fora... fazendo o quê? Até onde eu sabia, não havia nenhuma operação acontecendo naquela noite, não que eu soubesse de tudo da vida dos terceiranistas.

— Precisa ter outra coisa que a gente possa fazer — argumenta Bodhi, olhando para Xaden, a voz baixa enquanto passam por mim, as botas esmagando o cascalho.

— Estamos fazendo tudo o que é possível — sibila Garrick.

Sinto um formigamento na nuca e Xaden para a três metros de mim em meio a um passo, os ombros rígidos.

Merda.

Ele sabe que estou aqui.

Em vez da reação de medo normal que sinto em sua presença, é só raiva que sobe pelo meu peito. Se ele quiser me matar, tudo bem. Já estou cansada de ficar esperando isso acontecer. Cansada de andar pelos corredores temendo por minha vida.

— Que foi? — pergunta Garrick, imediatamente olhando por cima do ombro na direção oposta, encarando o casal que definitivamente decidiu que dar uns pegas é mais importante do que chegar no dormitório antes do toque de recolher.

— Podem ir. Encontro vocês lá dentro — diz Xaden.

— Certeza? — Bodhi franze a testa, o olhar vasculhando o pátio.

— Podem ir — ordena Xaden, parando por completo enquanto os outros dois caminham até o quartel, virando à esquerda na direção da escada que dá para os andares do segundo e terceiro anos. Só quando eles se afastam o bastante Xaden se vira e encara o lugar onde estou sentada.

— Sei que você sabe que estou aqui. — Eu me forço a ficar em pé e andar até ele para que não pense que estou me escondendo, ou pior, que tenho medo dele. — E, por favor, não comece a tagarelar sobre como você é dono da escuridão. Hoje eu não estou a fim.

— Não vai perguntar onde eu estava? — Ele cruza os braços e me examina sob o luar. A cicatriz dele parece ainda mais ameaçadora sob essa luz, mas não consigo reunir energia para ficar assustada.

— Sinceramente, não estou nem aí. — Dou de ombros, o movimento tornando a dor em meus ombros ainda mais forte. *Ótimo, bem a tempo do treino na Armadilha amanhã.*

Ele inclina a cabeça.

— Realmente parece que não.

— Pois é. Não é como se eu não estivesse zanzando depois do toque de recolher. — Um suspiro escapa dos meus lábios.

— O *que* você está fazendo aqui fora depois do toque de recolher, primeiranista?

— Pensando se consigo fugir — respondo. — E você? A fim de compartilhar? — a pergunta sai em tom de zombaria, sabendo que ele não vai me responder.

— Pensando o mesmo.

Babaca sarcástico.

— Olha, você vai me matar ou não? Essa demora toda está começando a me irritar pra caralho. — Levo uma mão ao ombro para revirá-lo, pressionando os músculos doloridos, mas nada alivia o incômodo.

— Ainda não decidi — responde ele, como se eu tivesse acabado de perguntar o cardápio preferido dele para o jantar, mas estreita os olhos ao olhar para a minha bochecha.

— Dá pra resolver logo? — murmuro. — Definitivamente ajudaria nos meus planos para o resto da semana.

Markham ou Emetterio. Escriba ou cavaleira.

— Estou atrapalhando sua agenda, Violência? — Ele abre um sorriso torto.

— Só preciso saber quais são as minhas chances. — Fecho minhas mãos em punhos.

Aquele cuzão ainda ousa sorrir.

— Esse é o jeito mais estranho que já deram em cima de mim…

— Não as minhas chances com *você*, seu convencido!

Foda-se. Foda-se *tudo isso*. Passo por ele, mas ele me retém pelo pulso com um aperto gentil, mas que me segura firme.

Aqueles dedos em meu pulso fazem meu coração bater mais rápido.

— Quais são as suas chances em quê? — ele pergunta, me puxando perto o bastante para que meu ombro roce contra seu bíceps.

— Nada.

Ele não entenderia. Ele é a porcaria de um *Dirigente de Asa*, o que significa que se destacou em tudo na Divisão, de alguma forma conseguindo até superar o obstáculo que era seu próprio sobrenome.

— As suas chances em *quê*? — ele repete. — Não me faça perguntar três vezes.

O tom sombrio dele contrasta com aquele aperto gentil, e, *merda*, por que ele precisa ter um cheiro tão bom? Menta, couro e alguma outra coisa que não consigo identificar, algo entre cítrico e floral.

— Em conseguir sobreviver a tudo isso! Não vou conseguir subir na Armadilha. — Puxo meu pulso sem muita convicção, mas ele não solta.

— Entendo. — A calma dele me enfurece, e não consigo controlar nem sequer *uma* das minhas emoções.

— Não entende, não. Você provavelmente está comemorando que vou cair e morrer e aí não vai precisar se dar ao trabalho de me matar.

— Te matar não seria nenhum trabalho, Violência. É deixar você viva que parece ser a causa da maioria dos meus problemas.

Meu olhar encontra o dele, mas a expressão de Xaden é indecifrável, coberta por sombras. Quem diria, não é?

— Desculpa ser um incômodo — digo, sarcástica. — Sabe qual é o problema deste lugar? — Puxo meu braço de novo, mas ele continua segurando. — Fora você tocar em coisas que não te pertencem?

Eu o encaro com olhos semicerrados.

— Tenho certeza de que você vai me dizer.

Meu estômago estremece quando o dedão dele roça a parte interna do meu pulso, e ele me solta por fim.

— A esperança — respondo, antes que consiga me conter.

— A esperança? — Ele inclina a cabeça para mais perto de mim, como se não tivesse me ouvido.

— A esperança — assinto. — Alguém como você nunca entenderia isso, mas eu sabia que vir pra cá seria uma sentença de morte. Não importa que eu tenha passado a vida toda treinando para entrar na Divisão dos Escribas; quando a general Sorrengail te dá uma ordem, você não pode ignorar.

Deuses, por que eu estou tagarelando tanto com esse homem? *O que é o pior que ele vai fazer? Te matar?*

— Claro que pode. — Ele dá de ombros. — Talvez você só não goste das consequências dessa escolha.

Reviro os olhos, e, para minha vergonha profunda, em vez de me afastar agora que estou livre, prefiro me inclinar só um pouco, como se para sugar um pouco da força dele. Ele certamente tem de sobra.

— Eu sabia quais eram as minhas chances e vim assim mesmo, tendo foco naquela porcentagem ínfima que dizia que eu sobreviveria. E aí consegui sobreviver por quase dois meses e fiquei... — Balanço a cabeça, cerrando a mandíbula. — Esperançosa.

O gosto da palavra é amargo.

— Ah. Então você perde um membro do seu esquadrão, não consegue subir na chaminé e desiste. Estou começando a entender. Não vai ser lá muito bonito, mas, se quiser fugir para a Divisão dos Escribas...

Eu ofego, o medo cavando um buraco em meu estômago.

— Como é que você sabe disso?

Se ele sabe... se ele contar a alguém, Dain vai estar em perigo.

Um sorriso maldoso curva os lábios perfeitos de Xaden.

— Eu sei tudo o que acontece por aqui. — A escuridão nos rodeia. — As sombras, lembra? Escutam tudo, veem tudo, *escondem* tudo.

O resto do mundo desaparece. Ele poderia fazer qualquer coisa comigo aqui, e ninguém ficaria sabendo.

— Minha mãe definitivamente te ofereceria uma recompensa se contasse a ela sobre o plano de Dain — digo baixinho.

— Ela definitivamente ofereceria uma recompensa a *você* por contar sobre o meu... como é que você chamou mesmo? *Clubinho.*

— Não vou falar nada disso pra ela. — As palavras saem na defensiva.

— Eu sei. É por isso que você ainda está viva. — Nossos olhares se encontram. — Aí é que está, Sorrengail. A esperança é uma coisa perigosa e caprichosa. Ela rouba seu foco e te faz pensar em possibilidades em vez de te manter onde deve: nas probabilidades.

— Então o que eu devo fazer? Não ter nenhuma esperança de sobreviver? Planejar minha morte?

— Você deveria ter foco nas coisas que podem te matar para encontrar jeitos de *não* morrer. — Ele balança a cabeça. — Mal consigo contar o número de pessoas aqui na Divisão que querem você morta, ou como vingança pelo que sua mãe fez ou porque você é muito boa em irritar as pessoas. Mas você ainda está aqui, desafiando todas as expectativas. — As sombras me abraçam, e eu juro que posso sentir uma carícia do lado ferido da minha bochecha. — Na verdade tem sido bastante surpreendente assistir a isso tudo.

— Que bom que sirvo de entretenimento. Vou pra cama. — Dando as costas para ele, volto na direção da entrada do quartel, mas Xaden me segue de perto, perto o bastante para que, se ele não fosse tão rápido em segurá-la, a porta fecharia em sua cara.

— Talvez se parasse de ficar sentindo pena de si mesma, você veria que tem *tudo* de que precisa para escalar a Armadilha — ele diz atrás de mim, sua voz ecoando pelo corredor.

— Sentindo o *quê*? — Eu me viro, boquiaberta.

— As pessoas morrem — diz ele lentamente, apertando a mandíbula antes de respirar fundo. — Vai acontecer de novo e de novo. Está na natureza do que acontece aqui. O que te torna uma cavaleira é o que você faz *depois* que as pessoas morrem. Quer saber por que ainda está viva? Porque você é a balança na qual eu me peso todas as noites. Todos os dias em que te deixo viver, convenço a mim mesmo de que ainda existe uma parte de mim que é uma pessoa decente. Então, se quiser desistir, por favor, me poupe da tentação e só *desista*. Mas, se quiser fazer alguma coisa, então faça logo.

— Eu sou baixa demais para conseguir alcançar a chaminé! — sibilo, sem me importar que qualquer um possa nos ouvir.

— O caminho certo não é o único caminho. Encontre uma solução. — Então ele se vira e vai embora.

Sério, ele que se foda.

É uma ofensa grave contra Malek guardar os pertences de um ente querido que se foi. As coisas pertencem ao além, com o deus da morte e os mortos. Na ausência de um templo apropriado, qualquer fogo servirá. Aquele que não queima por Malek será queimado *por* Malek.

— O GUIA PARA AGRADAR AOS DEUSES, POR MAJOR RORILEE, SEGUNDA EDIÇÃO

CAPÍTULO ONZE

Na sessão seguinte de treino na Armadilha, não tenho mais sucesso do que tive na primeira, mas ao menos não perdemos outro membro de nosso esquadrão. Tynan parou de implicar, já que ele também não consegue subir até o topo.

As bolas pendentes são o ponto fraco dele.

A chaminé é o meu.

Na nona (e penúltima) sessão de treino, estou pronta para atear fogo em toda aquela pista de obstáculos. O pedaço do percurso que é meu problema serve para simular a força e a agilidade necessárias para montar um dragão, e fica cada vez mais claro que meu tamanho é o que vai me ferrar.

— Talvez você possa subir no meu ombro e aí... — Rhiannon balança a cabeça enquanto estudamos a fissura que se tornou minha arqui-inimiga.

— Aí fico presa na metade do caminho — respondo, limpando o suor da testa.

— Mas isso nem importa. Porque ninguém pode tocar em outro cadete durante a rota. — Sawyer cruza os braços ao meu lado, a ponta do nariz vermelha por causa do sol.

— Está aqui só para destruir os sonhos e as esperanças alheias ou tem alguma sugestão? — retruca Rhiannon. — Porque a Apresentação é amanhã, então, se você tiver alguma ideia boa, a hora é agora.

Se eu ainda pretendo fugir para a Divisão dos Escribas, então essa noite é minha chance. Meu coração se aperta ao pensar naquilo. É a decisão mais lógica. Mais segura.

Só duas coisas me impedem.

Primeiro: não existe garantia nenhuma de que minha mãe não vá descobrir. Só porque Markham não contaria não quer dizer que os outros instrutores fariam o mesmo.

E segundo, e mais importante: se eu escolher ir embora e me esconder… nunca vou saber se sou boa o suficiente para sobreviver aqui. E, por mais que eu possa morrer se ficar, não sei se posso viver comigo mesma se desistir.

***

— Doria Merrill — capitão Fitzgibbons diz da plataforma. Cada uma de suas feições está clara, não só porque o sol está escondido nas nuvens, mas porque estou mais perto. Nossa formatura se estreita mais cada vez que um cadete se vai.

De acordo com Brennan e as estatísticas, hoje é um dos dias mais letais para os primeiranistas.

É o Dia da Apresentação, e, para conseguirmos chegar ao campo de voo, precisamos subir pela Armadilha primeiro. Tudo na Divisão dos Cavaleiros é feito para erradicar os fracos, e hoje não é exceção.

— Kamryn Dyre — o capitão continua lendo a chamada.

Eu estremeço. Ele se sentava na minha frente durante as aulas de Biologia Dracônica.

— Arvel Pelipa.

Imogen e Quinn – as duas do segundo ano – prendem a respiração na minha frente. Os alunos do primeiro ano não são os únicos que correm riscos, a probabilidade de morrermos só é maior.

— Michel Iverem. — Fitzgibbons fecha o pergaminho da chamada. — Que suas almas sejam protegidas por Malek.

E, com essa última palavra, a formatura acaba.

— Alunos do segundo e do terceiro ano, a não ser que estejam na função da Armadilha hoje, vão para suas aulas. Primeiranistas, é hora de mostrar do que são capazes. — Dain força um sorriso e passa por mim enquanto olha para nosso esquadrão.

— Boa sorte hoje. — Imogen afasta uma mecha de cabelo rosa atrás da orelha e lança um sorriso envenenado para mim. — Com sorte, essa tarefa vai ser… pequena para você.

— Te vejo depois — respondo, erguendo o queixo.

Ela me encara com um ódio escancarado por um segundo e depois se afasta, acompanhada por Quinn e Cianna, nossa subcomandante, os cabelos loiros cacheados balançando nos ombros.

— Boa sorte. — Heaton, do nosso esquadrão e alune do terceiro ano cujo cabelo é pintado como chamas vermelhas, dá um tapinha no coração em cima de dois brasões e oferece um sorriso genuíno de lábios espremidos antes de voltar para a aula.

Enquanto encaro Heaton se afastando, eu me pergunto o que significa aquele brasão circular no braço direito, com as esferas flutuantes e as águas. Eu conheço o brasão triangular à esquerda, com o montante, que significa que elu é páreo duro no ringue. Desde que Dain me contou sobre o brasão dele, que representa seu sinete secreto, tenho prestado mais atenção nos brasões que os cadetes costuraram em seus uniformes. A maioria os usa como medalhas de honra, mas eu sei reconhecer exatamente o que são: informações que posso usar caso um dia precise derrotá-los.

— Nem sabia que Heaton sabia falar. — Duas linhas aparecem entre as sobrancelhas de Ridoc.

— Talvez elu ache que deveria ao menos cumprimentar a gente antes de virarmos churrasquinho hoje — diz Rhiannon.

— Voltem para a formatura — ordena Dain.

— Você vai com a gente? — pergunto.

Ele assente, ainda sem me encarar.

Nosso esquadrão de oito pessoas forma duas filas de quatro, assim como os outros esquadrões ao nosso lado.

— Ai — sussurra Rhiannon ao meu lado. — Ele parece meio bravo com você.

Eu olho por cima dos ombros estreitos de Trina enquanto a brisa chicoteia os cabelos que trancei em volta da cabeça dela. Está tirando alguns cachos do lugar.

— Ele quer uma coisa que eu não posso dar para ele.

Rhiannon ergue as sobrancelhas, e eu reviro os olhos.

— Nada desse... tipo.

— Eu não ia ligar se *fosse* desse tipo — responde ela, baixinho. — Ele é gato. Ele tem essa cara de vizinho fofo que ainda assim poderia dar uma surra em alguém.

Reprimo um sorriso, porque ela está certa. Ele tem essa cara mesmo.

— Nós somos o maior esquadrão — nota Ridoc atrás de nós enquanto os esquadrões mais à esquerda, da Primeira Asa, passam pelo portão oeste do pátio.

— Quantos somos? — pergunta Tynan. — Uns cento e oitenta?

— Cento e setenta e um — responde Dain.

Os esquadrões da Segunda Asa começam a seguir caminho, liderados por seu Dirigente de Asa, o que significa que Xaden deve estar em algum lugar lá na frente.

Meu nervosismo está todo guardado para o percurso de obstáculos, mas não consigo evitar me perguntar para que lado a balança dele vai pender hoje.

— Para cem dragões? Mas o que a gente... — pergunta Trina, o nervosismo fazendo-a tropeçar nas palavras.

— Não deixe o medo transparecer na sua voz — ralha Luca atrás de Rhiannon. — Se os dragões pensarem que você é uma covarde, amanhã seu nome vai ser só mais um na lista.

— Diz ela, só deixando todo mundo com mais medo — narra Ridoc, irônico.

— Cala a boca — retruca Luca. — Você sabe que é verdade.

— Só demonstre confiança e você vai ficar bem. — Eu me inclino para a frente para que os membros do esquadrão atrás de nós não ouçam enquanto a Terceira Asa começa a marchar na direção do portão.

— Obrigada — sussurra Trina em resposta.

O olhar estreito de Dain finalmente encontra o meu, mas ao menos ele não me chama de mentirosa. Entretanto, existe acusação o bastante nos olhos dele para garantir que eu me sinta julgada e condenada.

— Nervosa, Rhi? — pergunto, sabendo que somos as próximas.

— Por você? — ela pergunta. — Nem um pouco. Vai ser fácil.

— Ah. Estava falando da prova de história amanhã — provoco. — Não tem nada rolando hoje que me faça entrar em pânico.

— Agora que você mencionou isso, aquela coisa toda do Tratado de Arif vai acabar me matando. — Ela abre um sorriso.

— Ahh, o acordo entre Navarre e Krovla para garantir o espaço aéreo compartilhado para dragões e grifos em uma faixa estreita das Montanhas Esben, entre Sumerton e Draithus — eu me recordo, assentindo.

— Sua memória é assustadora. — Ela lança um sorriso na minha direção.

Porém, minha memória não vai me ajudar a subir pela Armadilha.

— Quarta Asa! — Xaden diz de algum lugar lá na frente. Eu nem preciso olhar para saber que é ele que dá a ordem, e não a subcomandante. — Avançar!

Nós seguimos em frente. Primeiro Setor Fogo, depois Garra, por fim, Cauda.

Há um certo engarrafamento no portão, mas, depois que passamos, entramos no túnel iluminado por luzes mágicas que usamos todas as manhãs para chegar à Armadilha. As sombras escondem as arestas do chão pedregoso em nosso caminho.

Quais são os limites do poder de Xaden? Será que ele poderia usar as sombras para esganar todos os esquadrões ali? Precisaria descansar ou se recuperar depois de fazer isso? Um poder tão vasto como esse teria algum revés?

Dain fica para trás para andar entre mim e Rhiannon.

— Mude de ideia. — A voz dele é pouco mais alta que um sussurro.

— Não. — Faço minha voz soar mais confiante do que me sinto.

— Mude. De. Ideia. — A mão dele encontra a minha, escondida por nossa marcha apertada enquanto descemos pela passagem. — Por favor.

— Eu não posso. — Balanço a cabeça. — Você abandonaria Cath e fugiria para os escribas?

— É diferente. — A mão dele aperta a minha, e sinto a tensão percorrer todo seu braço através de seus dedos. — Eu sou um cavaleiro.

— Bom, talvez eu também seja — sussurro, a luz aparecendo adiante.

Eu não acreditava nisso antes, não quando não tinha a possibilidade de ir embora porque minha mãe não permitiria, mas agora eu tenho escolha. E minha escolha é ficar.

— Não seja uma… — Ele para de falar e solta minha mão. — Não quero enterrar você, Vi.

— É inevitável que um de nós dois vá precisar enterrar o outro.

Isso não é nada macabro, é apenas um fato.

— Você me entendeu.

A luz aumenta no arco de três metros de altura, conduzindo-nos à base da Armadilha.

— Por favor, não faça isso — implora Dain, sem se dar ao trabalho de abaixar a voz dessa vez, enquanto surgimos na luz do sol.

A visão é tão espetacular quanto antes. Ainda estamos no alto das montanhas, milhares de metros acima do vale, e o verde parece se esticar infinitamente ao sul, com punhados de árvores baixas entre os pedaços de flores selvagens. Meu olhar se volta para a Armadilha entalhada na fachada do penhasco, e não consigo evitar seguir cada obstáculo mais alto e mais alto, até encarar o topo da cumeeira que, de acordo com os mapas que estudei, leva a um cânion quadrado: o campo de voo. Mordo o lábio enquanto encaro aquele rompimento nas árvores.

Normalmente, só os cavaleiros podem entrar no campo de voo; exceto no dia da Apresentação.

— Não sei se vou aguentar te assistir — diz Dain, atraindo minha atenção novamente para seu rosto tenso. A barba perfeitamente aparada emoldura os lábios pressionados, o rosto franzido.

— Então feche os olhos.

Tenho um plano. Um plano ruim, mas vai valer a tentativa.

— O que mudou desde o Parapeito? — pergunta Dain, uma profusão de emoções tão grande dançando em seus olhos que eu não consigo interpretar. Bem, exceto pelo medo. Esse não precisa de nenhuma interpretação.

— Eu mudei.

***

Uma hora depois, meus pés voam por cima dos troncos giratórios da escadaria, e chego em segurança no caminho de cascalho. Completei a terceira subida. Ainda restam duas. E não toquei em uma única corda.

Juro que consigo sentir Dain encarando nos fundos do percurso, onde Tynan e Luca ainda não começaram a subida, mas não olho para baixo. Não tenho tempo para o que ele vai considerar ser uma última olhada e não posso arcar com os custos do atraso de reconfortá-lo, sabendo que ainda tenho dois obstáculos pela frente.

O que significa que tem um que eu ainda não tive chance de praticar: a rampa praticamente vertical no fim.

— Você consegue! — grita Rhiannon lá do topo quando chego na estrutura de chaminé.

— Ou pode fazer um favor para todo mundo e cair de uma vez! — grita outra voz. Jack, provavelmente. Pudemos praticar só com os nossos esquadrões, mas agora todos os alunos do primeiro ano podem assistir, ou do início do percurso ou do penhasco acima.

Olho para a coluna vazia que devo subir e então volto alguns metros no caminho.

— O que está fazendo? — grita Rhiannon enquanto agarro uma das cordas e a arrasto horizontalmente pela superfície do penhasco, fazendo diversas pedrinhas caírem.

É pesada pra caramba e protesta quando eu a estico, mas consigo arrastá-la até a parte dos fundos da estrutura de chaminé. Segurando a corda retesada, coloco um pé na lateral da estrutura e testo o peso da corda. Então, faço uma prece rápida a Zihnal para que funcione.

— Ela *pode* fazer isso? — alguém grita.

Bom, vou fazer mesmo assim.

Então, levanto o outro pé e começo a subir pela chaminé usando apenas o lado direito, andando pela pedra e apoiando meu peso com a corda, uma mão depois da outra. Ela escorrega na metade do caminho quando a corda raspa em uma pedra grande, mas eu rapidamente pego a sobra e continuo a subida. Meu coração bate forte em meus ouvidos, mas são minhas mãos que estão acabando comigo. Sinto as chamas consumirem as palmas da mão, mas cerro os dentes e não grito.

Lá está. O topo.

A corda mal chega ao canto da estrutura agora, e eu uso o que resta da minha força na parte de cima do corpo para me erguer, chegando ao caminho engatinhando.

— Aí, porra! — grita Ridoc, uivando lá do topo. — Essa é a nossa garota!

— Levanta! — berra Rhiannon. — Mais um!

Meu peito infla e meus pulmões ardem, mas consigo ficar em pé. Estou na última subida, o último caminho para chegar ao campo de voo, e na minha frente está a rampa feita de madeira que sobressai a três metros do rochedo e depois faz uma curva para cima como a parte interna de uma tigela. O ponto mais alto é no cume três metros acima dali.

O obstáculo serve para testar a habilidade de um cadete em escalar a perna dianteira de um dragão para chegar à sela. E eu sou baixa demais.

Porém, as palavras de Xaden ficaram se repetindo em minha cabeça durante toda a noite. O caminho certo não é o único. Quando o sol se ergueu no horizonte, afastando a escuridão, eu tinha um plano.

Só espero que consiga realizá-lo.

Eu desembainho a maior das minhas adagas e limpo o suor da testa com as costas das mãos sujas. Então, esqueço a agonia que sinto nas mãos, a ardência dos ombros e o incômodo do joelho de ter caído errado depois de passar pelos pilares. Afasto toda a dor, tranco-a atrás de uma muralha como fiz durante toda minha vida e me concentro na rampa como se minha vida dependesse de conseguir subir nela.

Não tem nenhuma corda ali. Só existe uma forma de conseguir passar por isso.

Sendo teimosa pra caralho.

Então corro, usando minha velocidade como vantagem.

Ouço o barulho como de tambores enquanto meus pés ressoam na rampa e a inclinação aumenta. Só porque não tive oportunidade de ultrapassar esse obstáculo não quer dizer que não tenha visto todos os membros do meu esquadrão o enfrentando vezes e mais vezes. Projeto o meu corpo para a frente e o impulso me leva para cima, me fazendo correr pela rampa.

Espero até sentir aquela mudança preciosa, o momento no qual a gravidade volta a ser exercida sobre meu corpo a sessenta centímetros do topo. Então, jogo meu braço para cima e finco a adaga na madeira escorregadia e macia da rampa – e então a uso para me impulsionar para cima e subir os últimos trinta centímetros restantes.

Um grito animalesco rasga minha garganta quando meu ombro protesta, meus dedos encontrando a beirada da rampa. Jogo meu cotovelo por cima para ter mais apoio para conseguir me levantar, usando o cabo da adaga como um degrau final para subir antes de chegar ao topo do penhasco.

Ainda não acabei.

De bruços, eu me viro para encarar a rampa e depois estico o braço pela lateral e liberto a adaga, embainhando-a nas costelas antes de ficar em pé, cambaleando. Consegui. O alívio suga toda a adrenalina do meu corpo.

Rhiannon passa os braços ao meu redor, segurando meu peso enquanto ofego. Ridoc abraça minhas costas, apertando-me como se eu fosse o recheio de um sanduíche enquanto ele grita, alegre. Eu faria mais protestos, mas os dois são a única coisa que me mantém em pé.

— Ela não pode fazer isso! — grita alguém.

— Bom, ela acabou de fazer! — fala Ridoc por cima do ombro, afrouxando o aperto.

Meus joelhos tremem, mas me seguram firme enquanto respiro fundo, de novo e de novo.

— Você conseguiu! — Rhiannon segura meu rosto nas mãos, os olhos castanhos cheios de lágrimas. — Você conseguiu!

— Foi sorte. — Respiro fundo e imploro a meu coração galopante que desacelere. — E adrenalina.

— Foi trapaça!

Eu me viro na direção da voz dos protestos. É Amber Mavis, a loira Dirigente da Terceira Asa, que era *amiga próxima* de Dain no ano passado. Há fúria estampada em seu rosto enquanto ela avança na direção de Xaden, que só está a alguns metros de distância com a chamada, registrando o tempo com um cronômetro e parecendo muito entediado.

— Vai com calma, Mavis — ameaça Garrick, o sol refletindo nas duas espadas que o líder do setor cacheado mantém nas costas enquanto se coloca entre Amber e Xaden.

— Essa trapaceira usou materiais alheios à prova não só uma vez, mas *duas* — berra Amber. — Não podemos tolerar isso! Vivemos pelas regras ou morremos por elas!

Não é à toa que ela e Dain eram tão próximos: os dois nutrem uma paixonite pelo Códex.

— Não vejo com bons olhos alguém acusando meu setor de trapaça — avisa Garrick, os ombros enormes bloqueando a visão dela enquanto ele se vira. — E meu *Dirigente de Asa* vai lidar com as pessoas que quebram regras dentro da sua própria Asa.

Ele dá um passo para o lado, e os olhos azuis irados de Amber me encontram.

— Sorrengail? — chama Xaden, arqueando uma sobrancelha em um desafio evidente, uma caneta em cima do livro. Noto pela primeira vez que, fora os brasões da Quarta Asa e de Dirigente de Asa, ele não veste mais nenhum outro que os outros cadetes gostam tanto de exibir por aí.

— Eu espero uma penalidade de trinta segundos por usar a corda — respondo, minha respiração voltando ao normal.

— E a faca? — Amber estreita os olhos. — Ela está desqualificada. — Quando Xaden não responde, ela se vira na direção dele. — Ela com certeza está desqualificada! Não pode tolerar essa desordem dentro da sua própria Asa, Riorson!

Porém, o olhar de Xaden nunca se desvia do meu enquanto aguarda em silêncio pela minha resposta.

— Um cavaleiro pode trazer para a Divisão todos os itens que conseguir carregar… — começo.

— Está citando o Códex para *mim*? — berra Amber.

— … e não deve ser separado desses itens, não importa quais sejam — continuo. — Pois, assim que foram carregados pelo Parapeito, são considerados parte dele enquanto pessoa. Artigo Terceiro, Seção Seis, Adendo B.

Os olhos azuis de Amber se arregalam quando olho na direção dela.

— Esse adendo só foi escrito para tornar o roubo uma ofensa digna de execução.

— Correto. — Assinto, olhando dela para os olhos de ônix que parecem me atravessar. — Mas, ao fazer isso, os itens carregados pelo Parapeito são considerados parte do cavaleiro. — Desembainho a adaga gasta, ignorando a dor repentina na palma da mão. — Esta não é uma lâmina que consegui durante um desafio. Foi uma que eu trouxe do outro lado e, portanto, é considerada parte de mim.

Os olhos de Xaden se abrem de leve, e não deixo de notar a sombra de um sorriso torto naquela boca deliciosa. Deveria ser contra o Códex parecer *tão* lindo e ainda ser tão impiedoso.

— O caminho certo não é o único caminho. — Uso as próprias palavras de Xaden contra ele.

Ele sustenta meu olhar.

— Ela te pegou, Amber.

— É só uma tecnicidade!

— Ainda assim, ela te pegou. — Ele se vira para ela e a encara de uma forma que eu jamais quero vê-lo me encarando.

— Você pensa como uma escriba — vocifera ela.

É para ser uma ofensa, mas eu só assinto com a cabeça.

— Eu sei.

Ela marcha para longe, e embainho a adaga outra vez, deixando minhas mãos penderem pela lateral do corpo. Fecho os olhos quando o alívio tira todo o peso dos meus ombros. Consegui. Passei em outro teste.

— Sorrengail — diz Xaden, e abro os olhos. — Você está vazando.

O olhar dele desce para minhas mãos.

Sangue escorre pela ponta dos meus dedos.

Sinto a dor repentina se forçar feito um rio furioso contra a barragem mental que construí para ela ao ver a bagunça em que estão as palmas das minhas mãos. Eu as destrocei.

— Faça algo a respeito — ele ordena.

Assinto com a cabeça e me afasto, me juntando ao resto do esquadrão. Rhiannon me ajuda a cortar as mangas da camiseta para atar minhas mãos, e eu comemoro enquanto os dois últimos membros do esquadrão conseguem chegar ao topo do penhasco.

Todos nós conseguimos.

O dia da Apresentação é diferente de todos os outros. O ar está repleto de possibilidades e possivelmente também do fedor de enxofre de um dragão que se sentiu ofendido. Nunca olhe um vermelho nos olhos. Nunca se afaste de um verde. Se mostrar hesitação a um marrom... bem, melhor não fazer isso.

— O guia das espécies de dragões, por coronel Kaori

CAPÍTULO DOZE

Restam cento e sessenta e nove de nós quando a manhã termina, e, mesmo sendo penalizados pelo meu uso da corda, nós chegamos em décimo primeiro entre os trinta e seis outros esquadrões para a Apresentação, o desfile apavorante de cadetes diante dos dragões dispostos a criar um elo naquele ano.

A ansiedade toma conta da minha perna só de pensar em andar tão próxima de dragões determinados a eliminar os fracos antes da Ceifa, e, de repente, desejo que tivéssemos ficado por último.

A pessoa mais rápida a subir a Armadilha foi Liam Mairi, é claro, e ele recebe um brasão por isso. Tenho certeza de que o cara não sabe como é ficar em segundo lugar, mas eu não fui a mais lenta, então isso já é bom o bastante para mim.

O campo de treinamento, que fica dentro de um cânion quadrado, proporciona uma vista espetacular sob o sol da tarde, com quilômetros de campinas na cor de outono e montanhas se erguendo em três direções enquanto esperamos na parte mais estreita, que é a entrada para o vale. Ao final, consigo distinguir uma cascata que pode ser só um riacho agora, mas vai ser um rio encorpado na época das cheias.

As folhas das árvores estão ficando douradas, como se alguém tivesse trazido um pincel com apenas uma cor e decidido pintar toda a paisagem.

E, então, os dragões.

Na média de sete metros de altura, eles fazem uma espécie de formatura, alinhados a certa distância do caminho, mas perto o bastante para nos julgarem quando passarmos na frente deles.

— Vamos lá, Segundo Esquadrão, vocês são os próximos — fala Garrick, nos chamando com um aceno que faz a relíquia da rebelião em seu antebraço brilhar.

Dain e os outros líderes de esquadrão ficaram para trás. Não sei se ele vai ficar feliz por eu ter conseguido subir a Armadilha ou decepcionado por eu ter driblado as regras. Porém, *eu* nunca fiquei tão feliz.

— Formatura — ordena Garrick, o tom sério, o que não me surpreende considerando que seu estilo de liderar é pensar na missão primeiro e na boa educação por último. É evidente o motivo de ser tão próximo de Xaden. Diferente de Xaden, porém, a lateral direita do uniforme exibe uma fileira de brasões que o declaram líder do Setor Fogo, além de outros cinco brasões que declaram sua habilidade com diversos tipos de armas.

Nós obedecemos, e Rhiannon e eu acabamos nos fundos dessa vez.

Ouço o som de uma lufada de ar a distância que acaba tão rápido quanto começa, e sei que outra pessoa foi considerada indigna.

Os olhos cor de mel de Garrick nos analisam.

— Com sorte Aetos fez o trabalho dele, então sabem que é só andar reto até a campina. Eu recomendaria ficar a pelo menos dois metros de distância uns dos outros...

— Caso resolvam fazer um churrasquinho de algum de nós — murmura Ridoc lá na frente.

— Correto, Ridoc. Podem se amontoar se quiserem, mas saibam que, se um dragão encontrar algum desvio em um de vocês, é provável que queimem todos para eliminar uma única pessoa — avisa Garrick, sustentando nossos olhares. — Além disso, lembrem-se de que não estão aqui para se aproximar deles, e, se fizerem isso, não vão voltar para o dormitório de vocês hoje à noite.

— Posso fazer uma pergunta? — questiona Luca da primeira fileira.

Garrick assente, mas a mandíbula cerrada evidencia que ele está irritado. Não posso culpá-lo. Luca também me irrita horrores. É a necessidade constante de derrubar todo mundo que faz a maioria de nós ficar longe dela.

— O terceiro esquadrão, Setor Cauda da Quarta Asa, já passou pelos dragões, e falei com alguns dos cadetes...

— Isso não é uma pergunta. — Ele ergue as sobrancelhas.

É, ele está bem irritado.

— Certo. Eles disseram que tinha um Rabo-de-pena? — A voz dela fica estridente ao final da pergunta.

— Um R-Rabo-de-pena? — balbucia Tynan na minha frente. — Quem caralhos iria querer se unir a um Rabo-de-pena?

Reviro os olhos, e Rhiannon balança a cabeça.

— O professor Kaori não disse que haveria um Rabo-de-pena — diz Sawyer. — Sei disso porque memorizei cada um dos dragões que ele mostrou. Todos os cem.

— Bom, acho que agora temos cento e um — responde Garrick, olhando para nós como se fôssemos crianças de quem ele gostaria de se livrar, antes de olhar por cima do ombro para a entrada do vale. — Relaxem. Os Rabos-de-pena não se unem a ninguém. Eu nem consigo me lembrar da última vez que um foi avistado fora do Vale. Provavelmente só está curioso. É a vez de vocês. Não saiam do caminho. Andem até lá, esperem o resto do esquadrão, e aí desçam. Não fica mais fácil do que isso a partir de agora, criançada, então, se não souberem seguir essas instruções simples, vão merecer o que quer que aconteça por lá.

Ele vira a cabeça na direção do caminho diante da parede do cânion onde os dragões estão empoleirados.

Prosseguimos, saindo da multidão dos primeiranistas. A brisa bate em meus ombros nus, de onde arranquei as mangas para usar como atadura, mas ao menos minhas mãos pararam de sangrar.

— São todos seus — diz Garrick para a Dirigente de Asa Sênior da Divisão, uma mulher que já vi algumas vezes em Preparo de Batalha murmurando coisas para Xaden.

O uniforme dela ainda tem os espinhos de metal que ela sempre usa nos ombros, mas dessa vez são dourados e parecem mais afiados, como se ela quisesse ficar ainda mais fodona hoje.

Ela assente e o dispensa.

— Fila única.

Nós todos formamos a fila. Rhiannon está atrás de mim e Tynan está na minha frente, o que significa que vou ter que ouvi-lo fazer comentários o tempo todo, sem dúvida. Que ótimo.

— Conversem — diz a Dirigente de Asa, cruzando os braços.

— Que lindo dia para uma Apresentação — brinca Ridoc.

— Não comigo. — A Dirigente de Asa estreita os olhos para Ridoc e então gesticula para a fileira de cadetes diante dela. — Conversem com os membros do esquadrão perto de vocês enquanto estiverem no caminho, já que isso vai ajudar os dragões a terem uma ideia de quem são e se vocês se dão bem uns com os outros. Existe uma correlação entre cadetes que se uniram e o nível de conversa.

Agora quero trocar de lugar.

— Sintam-se livres para olhar para os dragões, principalmente se estiverem exibindo as caudas, mas eu evitaria contato visual se valorizam a própria vida. Se virem uma mancha de queimadura, certifiquem-se de que nada está pegando fogo naquele momento antes de continuar andando. — Ela para o bastante para absorvermos aquele conselho e depois acrescenta: — Vejo vocês depois do passeio.

Com um gesto largo das mãos, a Dirigente de Asa Sênior dá um passo para o lado, revelando o caminho de terra batida que passa pelo meio do vale, e adiante, sentados tão perfeitamente imóveis que poderiam ser gárgulas, estão os cento e um dragões que decidiram se unir a cavaleiros neste ano.

A fila começa a andar e abrimos o espaço sugerido de dois metros entre nós antes de prosseguirmos.

Estou consciente de cada passo que dou enquanto percorro o caminho. A trilha é áspera sob minhas botas, e o cheiro de enxofre definitivamente paira no ar.

Passamos por um trio de dragões vermelhos primeiro. As garras deles têm quase metade do meu tamanho.

— Eu nem consigo ver o rabo de nenhum! — grita Tynan da minha frente. — Como é que vamos saber de qual raça são?

Mantenho os olhos fixos na altura dos ombros gigantescos e musculosos dos dragões enquanto passamos por eles.

— Não é para a gente saber a raça agora — respondo.

— Foda-se — ele diz por cima do ombro. — Preciso descobrir de qual vou me aproximar durante a Ceifa.

— Eu tenho bastante certeza de que essa caminhada serve para *eles* decidirem — retruco.

— Com sorte um deles vai decidir que você não vai chegar à Ceifa — responde Rhiannon, a voz tão baixa que mal chega a mim.

Eu dou uma risada enquanto nos aproximamos de uma dupla de dragões, os dois um pouco menores do que Aismir, o dragão de minha mãe, mas por pouca coisa.

— São um pouco maiores do que achei que seriam — fala Rhiannon, erguendo a voz. — Não que eu não tenha visto aqueles dragões no dia do Parapeito, mas...

Olho por cima do ombro e vejo o olhar arregalado dela, que vai do caminho para os dragões. Ela está nervosa.

— Então, você já sabe se vai ter uma sobrinha ou um sobrinho? — pergunto, continuando a caminhar para a frente, passando por um grupo de dragões laranja.

— Quê?

— Ouvi dizer que alguns médicos conseguem dar um bom palpite quando a gravidez já está avançada.

— Ah, não — ela responde. — Nem ideia. Mas espero que seja menina. Acho que vou descobrir assim que terminarmos o ano e pudermos escrever para nossas famílias.

— Essa regra é idiota — digo por cima do ombro, abaixando o olhar imediatamente quando acidentalmente faço contato visual com um dragão laranja. *Respire normalmente. Engula o medo.* O medo e a fraqueza vão acabar me matando, e, considerando que já estou sangrando, as chances não parecem muito promissoras para mim.

— Você não acha que isso encoraja a lealdade à Asa? — questiona Rhiannon.

— Acho que eu vou continuar sendo leal à minha irmã, recebendo uma carta dela ou não — rebato. — Existem elos que não podem ser quebrados.

— Eu também seria leal à sua irmã — diz Tynan, virando-se por completo e abrindo um sorriso enquanto caminha de costas. — Ela é uma puta cavaleira, e nossa, aquela *bunda*. Eu vi ela antes do Parapeito, e caramba, Violet, ela é *gostosa*.

Passamos por outro grupo de vermelhos, depois um único dragão marrom e um par de verdes.

— Vire pra frente. — Faço um gesto circular com o dedo. — Mira ia te engolir num piscar de olhos, Tynan.

— Eu só fico me perguntando como foi que uma de vocês ficou com todas as coisas boas e a outra parece feita dos restos. — O olhar dele percorre meu corpo.

Sinto um calafrio de corpo inteiro.

— Você é um escroto. — Mostro o dedo do meio para ele.

— Só tô falando que talvez eu escreva uma carta eu mesmo quando a gente puder ter esse privilégio.

Ele se vira e continua andando.

— Um sobrinho ia ser bom — fala Rhiannon, como se a conversa nunca tivesse sido interrompida. — Meninos não são tão ruins.

— Meu irmão era o máximo, mas ele e Dain são a única referência que tenho de garotos pequenos. — Passamos por mais dragões, e minha respiração volta ao ritmo normal. O cheiro de enxofre desaparece, ou talvez eu só tenha me acostumado mais a ele. Estão perto o bastante para nos queimarem, e meia dúzia de marcas no chão mostram isso, mas não consigo ouvir nem sentir a respiração deles. — Embora eu ache que Dain obedecia bem mais às regras do que a maioria das crianças. Ele gosta de ordem e detesta qualquer coisa que não caiba direito nos planos dele. Ele provavelmente vai me passar o maior sermão pelo jeito como subi na Armadilha, exatamente igual a Amber Mavis.

Passamos a marca da metade do caminho e seguimos em frente.

A forma com a qual os dragões nos encaram é assustadora, claro, mas eles querem estar aqui tanto quanto a gente. Então ao menos espero que usem os poderes de fogo deles com parcimônia.

— Por que não me contou do plano da corda? Ou sobre a adaga? — pergunta Rhiannon, e eu sinto a mágoa ali. — Você pode confiar em mim, sabe?

— Eu só pensei nisso ontem — respondo, olhando por cima do ombro para poder ver seu rosto. — E, se não funcionasse, não queria que você acabasse sendo minha cúmplice. Você tem um futuro de verdade aqui, e eu me recuso a te arrastar para baixo comigo se eu não tiver.

— Não preciso que você me proteja.

— Eu sei. Mas é o que os amigos fazem, Rhi. — Dou de ombros enquanto passamos por um trio de marrons, o barulho suave das nossas botas esmagando o cascalho escuro sendo o único som que ressoa durante alguns minutos.

Em certa altura, Rhiannon pergunta:

— Está guardando mais algum segredo por aí?

A culpa se assenta em meu estômago quando penso em Xaden e em sua reunião com os outros marcados.

— Acho que é impossível saber tudo sobre uma pessoa. — Eu me sinto uma merda falando isso, mas ao menos não é mentira.

Ela dá uma risada.

— Como se isso não fosse evitar a pergunta. Tá, então vou mudar o jeito de falar. Promete pra mim que, se precisar de ajuda, você vai me deixar te ajudar?

Um sorriso se abre em meu rosto, apesar de estarmos passando por um grupo de verdes aterrorizantes.

— Tá, então vou mudar o jeito de falar — eu digo por cima do ombro. — Prometo que, se precisar de uma ajuda que você puder me dar, eu vou pedir, mas só… — ergo o dedo — se você me prometer o mesmo.

— Combinado. — Ela devolve o sorriso.

— Vocês duas acabaram de ficar de conversinha aí atrás? — desdenha Tynan. — Porque estamos quase no fim, se não notaram. — Ele para no meio do caminho, o olhar virado para a direita. — E eu ainda não sei qual vou escolher.

— Com essa arrogância, tenho certeza de que qualquer dragão se sentiria sortudo em dividir a mente com você pelo resto da vida.

Eu sinto é pena do dragão que vai escolher Tynan, se é que algum vai.

O resto do esquadrão está reunido na nossa frente, todos virados na nossa direção no início da fila, mas todo o foco deles recai sobre o lado direito do caminho.

Passamos pelo último dragão marrom, e eu respiro fundo.

— Mas que caralhos? — encara Tynan.

— Continue andando — ordeno, mas meu olhar está encantado.

Parado no fim da linha está um pequeno dragão *dourado*. A luz do sol reflete nas escamas e chifres enquanto se endireita até ficar totalmente ereto, balançando o rabo cheio de penas na lateral do corpo. *O Rabo-de-pena.*

Fico boquiaberta enquanto analiso os dentes afiados e os movimentos rápidos de sua cabeça enquanto nos examina. Quando sua postura está perfeita desse jeito, ele provavelmente é só alguns centímetros mais alto do que eu, como se fosse uma miniatura perfeita do dragão marrom ao seu lado.

Continuo andando e bato nas costas de Tynan, levando um susto. Chegamos no fim do caminho, onde o resto do esquadrão nos espera.

— Sai de cima de mim, Sorrengail — sibila Tynan, e me empurra. — Quem é que se uniria a uma coisa dessas?

Sinto o peito apertar.

— Eles conseguem te ouvir — faço o lembrete.

— Ele é *amarelo*, porra. — Luca aponta diretamente para o dragão, o nojo curvando seu lábio. — Além de ser pequeno demais para carregar um cavaleiro em batalha, nem é poderoso o suficiente pra ser de uma cor de verdade.

— Talvez seja um erro — diz Sawyer baixinho. — Talvez seja um filhote de laranja.

— Ele é adulto — argumenta Rhiannon. — Os outros dragões jamais permitiriam que um filhote se unisse a alguém. Nenhum humano vivo nunca nem *viu* um filhote.

— É um erro, sim. — Tynan olha para o dragão dourado e bufa. — Você deveria se unir a ele, Sorrengail. Vocês dois são fracotes. É um par perfeito.

— Parece poderoso o bastante para te queimar vivo — rebato, sentindo o calor nas bochechas.

Ele me chamou de *fracote*, e não só na frente do esquadrão, mas na frente *dos dragões*.

Sawyer se coloca entre nós, agarrando o colarinho de Tynan.

— Nunca mais diga isso sobre um membro do esquadrão, especialmente na frente de dragões que ainda não se uniram.

— Solta ele — murmura Luca. — Ele só disse o que todo mundo está pensando.

Eu me viro lentamente para encará-la, boquiaberta. É isso que acontece no segundo em que saímos do alcance de audição de um cadete em posição superior? Nos viramos uns contra os outros?

— Que foi? — Ela gesticula na direção do meu cabelo. — Metade do seu cabelo é prateado e você é... miudinha — ela termina com um sorriso falso. — Dourado e... pequeno. Vocês combinam.

Trina coloca a mão no braço de Sawyer.

— Não cometa um erro na frente deles. Não sabemos o que podem fazer — sussurra ela.

Agora estamos todos reunidos em um grupo.

Dou um passo para trás quando Sawyer solta o colarinho de Tynan.

— Alguém deveria matar essa coisa antes que se una a alguém — balbucia Tynan, e, pela primeira vez na vida, quero chutar alguém que já caiu... e continuar chutando para garantir que fique no chão. — Vai só acabar matando o cavaleiro, e não é como se tivéssemos escolha se essa coisa quiser se unir com a gente.

— Só sacou isso agora, é? — Ridoc balança a cabeça.

— A gente devia voltar — fala Pryor, o olhar percorrendo o grupo. — Quer dizer... se acham que a gente deve. Não precisamos, claro.

— Uma vez na sua vida, toma uma porra de uma decisão, Pryor — diz Tynan, empurrando Pryor para a posição de início para a retirada.

Seguimos atrás dele, um por um, deixando o espaço sugerido entre nós. Rhiannon vai na minha frente dessa vez, e Ridoc segue atrás, Luca por último.

— São bem incríveis, né? — diz Ridoc, e o encanto na voz dele me faz sorrir.

— São mesmo — concordo.

— Na verdade, são todos meio decepcionantes depois de ver aquele azul do Parapeito. — A voz de Luca chega até Rhiannon, que se vira com um olhar incrédulo.

— Acha que isso aqui já não é estressante o bastante sem você ofendendo todos os dragões? — pergunta Rhi.

Preciso apaziguar a situação rapidamente.

— Quer dizer, poderia ser pior. Poderíamos estar passando por uma fileira de wyvern, né?

— Ah, por favor, Violet, nos agracie com uma das suas maravilhosas histórias tagarelas porque você está nervosa — diz Luca, sarcástica. — Deixa eu adivinhar. Wyvern são um esquadrão de elite de grifos criados por causa de algo que fizemos em alguma batalha da qual só você consegue se lembrar com esse seu cérebro de escriba.

— Você não sabe o que é um wyvern? — pergunta Rhi, e então volta a andar para a frente. — Seus pais não te contaram nenhuma história de ninar, Luca?

— Conta pra mim, então — fala Luca.

Reviro os olhos, seguindo o caminho.

— É uma lenda do folclore — digo por cima do ombro. — São parecidos com dragões, só que maiores. Andam sobre duas patas em vez de quatro e têm uma crina de penas afiadas descendo pelo pescoço, além de gostarem de comer humanos. Diferente dos dragões, que acham que somos borrachudos demais.

— Minha mãe adorava dizer para mim e para a minha irmã Raegan que os wyvern viriam nos pegar na varanda se uma de nós desse uma resposta malcriada, e os cavaleiros venin esquisitos nos levariam para a prisão se pegássemos doces que não eram para a gente comer — completa Rhi, lançando um sorriso enorme na minha direção, e noto o quanto os passos dela estão mais leves.

Os meus também estão. Percebo a presença de cada dragão ali conforme andamos, mas o ritmo do meu coração segue mais estável.

— Meu pai costumava ler essas fábulas todas as noites para mim — digo. — E eu perguntei uma vez, a sério, se minha mãe ia se transformar em um venin porque ela conseguia canalizar.

Rhiannon dá uma risada enquanto passamos por um par de vermelhos que nos encaram ferozes.

— Ele contou que as pessoas supostamente só se transformam em venin se canalizarem diretamente da fonte?

— Ele falou, mas isso aconteceu depois que minha mãe teve uma noite bem longa quando estávamos na fronteira leste, e os olhos dela estavam inchados e vermelhos. Eu surtei e comecei a berrar. — Não consigo evitar um sorriso ao me recordar. — Depois ela me proibiu de ler o livro por um mês *inteiro*, porque todos os guardas no entreposto vieram correndo, e eu me escondi atrás do meu irmão, que não conseguia parar de rir... Bom, foi a maior confusão.

Mantenho os olhos em frente, centrados, enquanto um dragão laranja grande fareja o ar enquanto eu passo.

Os ombros de Rhiannon se sacodem de tanto rir.

— Queria que a gente tivesse um livro assim. Tenho certeza de que minha mãe mudou as histórias só pra assustar nós duas quando a gente se comportava mal.

— Parece uma caipirice de algum vilarejo de fronteira — bufa Luca. — Venin? Wyvern? Qualquer pessoa com o mínimo de educação sabe que as égides impedem qualquer magia que não seja canalizada diretamente pelos dragões.

— São só *histórias*, Luca — diz Rhi por cima do ombro, e não deixo de notar a distância que já atravessamos. — Pryor, você pode andar até mais rápido, se quiser.

— Talvez a gente devesse desacelerar e ir no nosso tempo? — sugere Pryor na frente de Rhiannon, esfregando as palmas das mãos na lateral do uniforme. — Ou acho que podemos ir mais rápido se quisermos sair logo daqui.

Um dragão vermelho sai da formação, adiantando uma garra na nossa direção, e meu estômago embrulha com o peso do pavor que sinto no corpo.

— Não, não, não — sussurro, congelando em meu lugar, mas é tarde demais.

O dragão vermelho abre a boca, expondo dentes afiados e brilhantes, e o fogo ruge pela lateral de sua língua, soprando pelo ar e no caminho diretamente na frente de Rhiannon.

Ela grita de choque.

Sinto o calor em meu rosto.

Então, acabou.

O cheiro de enxofre e grama queimada e... *alguma coisa* queimada enche meus pulmões, e vejo o caminho carbonizado no chão na frente de Rhiannon onde não estava antes.

— Tudo bem com você, Rhi? — Eu chamo.

Ela assente, mas o movimento é apressado e súbito.

— Pryor... ele...

Pryor morreu. A minha boca se enche de saliva como se eu fosse vomitar, mas respiro pelo nariz e solto o ar pela boca até aquela sensação passar.

— Continuem andando! — grita Sawyer lá da frente.

— Está tudo bem, Rhi. Você só precisa... — Ela só precisa o *quê?* Andar por cima do cadáver dele?

Será que sobrou algum cadáver?

— O fogo apagou — responde Rhiannon por cima do ombro.

Assinto com a cabeça, porque não há nada que eu possa dizer para reconfortá-la.

Puta merda, como somos insignificantes.

Ela continua andando e eu a sigo, dando a volta para não pisar na pilha de cinzas que costumava ser Pryor.

— Meus deuses, o *fedor* — reclama Luca.

— Será que você poderia ter o mínimo de decência? — Eu rebato, me virando para encará-la com raiva, mas o rosto de Ridoc me faz pausar.

Os olhos dele estão arregalados como pires, e a boca está escancarada.

— Violet.

É só um sussurro, e eu me pergunto brevemente se ouvi direito ou só vi a palavra se formando em seus lábios.

— Vi...

Sinto um sopro quente de fumaça em minha nuca. Meu coração acelera, o ritmo aumentando erraticamente enquanto aproveito para inspirar o que pode ser minha última respiração, e finalmente me viro para a fileira de dragões.

Os olhos dourados de não apenas um como dois dragões verdes encontram os meus, invadindo meu campo de visão.

Caralho.

Para se aproximar de um dragão verde, abaixe os olhos em súplica e aguarde pela aprovação dele. Foi isso o que eu li, certo?

Abaixo o olhar enquanto outro deles sopra mais uma lufada de fumaça perto de mim. É quente e molhada de um jeito nojento, mas ainda não morri, então estou em vantagem.

O dragão à direita emite um som do fundo da garganta. Espera, é esse o som de aprovação que estou esperando? Merda, queria ter perguntado isso para Mira.

Mira. Ela vai ficar devastada quando ler meu nome na chamada.

Ergo a cabeça e respiro fundo. Estão ainda mais perto. O dragão da esquerda cutuca minha mão com o focinho gigantesco, mas de alguma forma permaneço em pé, apoiando o peso nos calcanhares para não cair.

Os verdes são os mais sensatos.

— Cortei a mão subindo a pista de obstáculos. — Ergo as palmas da mão, como se pudessem ver através do tecido preto que ata minhas feridas.

O dragão da direita enfia o focinho bem entre meus peitos e sopra de novo.

Mas. Que. Porra.

O dragão inspira, reproduzindo aquele mesmo ruído de antes na garganta, e o outro enfia o focinho nas minhas costelas, me fazendo erguer os braços só para o caso de eles quererem dar uma mordiscada.

— Violet! — exclama Rhiannon em um sussurro.

— Eu estou bem! — respondo, e então estremeço, torcendo para não ter acabado de selar meu destino ao gritar nos ouvidos dos dragões.

Outro sopro. Outro ruído, como se falassem entre si enquanto me farejam.

O dragão embaixo do meu braço move as narinas até as minhas costas e funga mais uma vez.

Percebo o que está acontecendo e solto uma risada estrangulada e surreal.

— Você está sentindo o cheiro de Teine, não é? — pergunto baixinho.

Os dois dragões se afastam, só o bastante para eu poder olhá-los nos olhos dourados, mas mantêm a boca fechada, transmitindo coragem para que eu continue falando.

— Sou irmã da Mira. Meu nome é Violet. — Abaixo os braços lentamente, passando as mãos pelo colete coberto de ranho e pela armadura cuidadosamente costurada ali. — Ela juntou as escamas de Teine depois que ele descamou ano passado, e então as encolheu para poder costurar nesse colete e ajudar a me proteger.

O dragão à direita pisca.

O da esquerda enfia o focinho de novo, fungando alto.

— As escamas me salvaram algumas vezes — sussurro. — Mas ninguém mais sabe que elas estão aí. Só Mira e Teine.

Os dois piscam, e eu abaixo o olhar, fazendo uma reverência com a cabeça, porque parece ser a coisa certa a fazer. O professor Kaori nos ensinou todas as formas de se aproximar de um dragão, e absolutamente nenhuma forma de se afastar de um.

Pé ante pé, eles se afastam, e fico curvada até conseguir ver um deles assumir seu posto, usando minha visão periférica.

Respirando fundo diversas vezes, tento travar os músculos para não estremecer.

— Violet. — Rhiannon está só a alguns centímetros de distância, com um olhar aterrorizado estampado no rosto. Acho que ela ficou bem atrás das cabeças dos dragões.

— Eu estou bem. — Forço um sorriso, assentindo. — Estou usando uma armadura de escama de dragão embaixo do colete — sussurro. — Sentiram o cheiro do dragão da minha irmã. — Se ela queria que eu demonstrasse confiança, era isso que eu estava fazendo. — Não conte isso pra ninguém, por favor.

— Não vou — ela murmura. — Você está bem?

— Parece que só perdi uns anos de vida. — Dou uma risada. Minha voz está trêmula e soa histérica.

— Vamos sair logo daqui. — Ela engole em seco, olhando para a fileira de dragões.

— Boa ideia.

Ela se vira e volta para assumir seu posto, e, assim que o espaço entre nós alcança quatro metros, eu sigo.

— Acho que caguei nas calças — diz Ridoc, e minha risada sai ainda mais estridente enquanto seguimos em frente pelo campo.

— Sério, achei que iam te devorar — comenta Luca.

— Eu também — confesso.

— Eu não culparia os dragões — ela continua.

— Você é insuportável — fala Ridoc.

Eu me concentro no caminho adiante e continuo andando.

— Que foi? Ela obviamente é o elo mais fraco depois de Pryor, e não culpo os dragões por terem pegado ele — argumenta Luca. — Ele nunca conseguia tomar nenhuma decisão, e ninguém quer alguém desse tipo como cavaleiro…

Um sopro de ar quente passa pelas minhas costas, e eu paro de andar.

Que não seja Ridoc. Que não…

— Acho que os dragões também achavam ela insuportável — murmura Ridoc.

Ao final, nosso esquadrão foi reduzido a seis primeiranistas.

Não existe nada que inspire tanta humildade ou espanto quanto testemunhar uma Ceifa... para aqueles que conseguem sobreviver ao rito.

— O GUIA DAS ESPÉCIES DE DRAGÕES, POR CORONEL KAORI

CAPÍTULO TREZE

O primeiro dia de outubro é sempre o da Ceifa.

Seja segunda, quarta ou domingo, não importa em qual dia da semana caia em qualquer ano. No dia primeiro de outubro, os cadetes primeiranistas da Divisão dos Cavaleiros entram no vale da floresta em formato de tigela ao sudoeste da cidadela e rezam para sair de lá vivos.

Eu não vou morrer hoje.

Não me dei ao trabalho de comer hoje de manhã, e fico com dó de Ridoc, que neste momento esvazia o conteúdo de seu estômago apoiado em uma árvore à minha direita.

Uma espada está amarrada nas costas de Rhiannon, o cabo sacudindo contra sua coluna enquanto ela dá pulinhos, esticando os braços de um lado do peito ao outro, um de cada vez.

— Lembrem-se de escutar sempre isso aqui — diz o professor Kaori na frente dos cento e quarenta e sete de nós presentes ali, indicando o peito com a mão. — Se um dragão já selecionou você, ele vai te chamar. — Ele bate no peito outra vez. — Então, prestem atenção não só nos arredores, mas também em seus sentimentos, sigam o que o coração diz. — Ele faz uma careta. — Agora, se os seus sentimentos avisarem para correr para o outro lado... escutem isso também.

— Qual deles você vai querer? — pergunta Rhiannon baixinho.

— Não sei. — Balanço a cabeça, mas não consigo ignorar a sensação de fracasso absoluto em meu peito. A essa altura, Mira já sabia que queria ir atrás de Teine.

— Você memorizou as cartas, certo? — pergunta ela, erguendo as sobrancelhas. — Para saber o que vai encontrar por lá?

— Sim. Só não senti uma *conexão* com nenhum deles. — O que é melhor do que se sentir conectada a um dragão que algum outro cavaleiro está cobiçando. Não estou com vontade de lutar até a morte hoje. — Dain tentou me convencer a escolher um marrom.

— Dain perdeu o direito ao voto quando tentou convencê-la a *ir embora* — rebate Rhi.

Isso é bem verdade. Falei com ele apenas uma única vez nesses dois últimos dias depois da Apresentação, e ele tentou me convencer a fugir nos primeiros cinco minutos. Só vimos os professores hoje de manhã, mas sei que os cavaleiros do segundo e terceiro anos estão espalhados por todo o vale para observar.

— E você? — pergunto.

— Estou pensando naquele verde. — Ela abre um sorriso. — O que estava mais perto de mim quando eles resolveram conversar com você.

— Bom, ele não te comeu, então me parece promissor. — Sorrio, apesar do medo que percorre minhas veias.

— Também acho.

Ela passa o braço pelo meu, e volto a prestar atenção no que o professor Kaori está nos dizendo.

— Se estiverem em grupos, é mais provável que sejam incinerados do que conseguirem uma união — argumenta o professor com alguém ao centro do vale. — Os escribas repassaram todas as estatísticas. Vão ficar melhor se estiverem sozinhos.

— E se não formos escolhidos até a hora do jantar? — pergunta um homem com a barba aparada à minha esquerda.

Olhando para além dele, vejo Jack Barlowe passando um dedo no pescoço como recado para mim. Quanta originalidade. Então, Oren e Tynan se emparelham ao lado dele.

E lá se vai a lealdade de esquadrão. Hoje é cada um por si.

— Se não forem escolhidos até o cair da noite, então temos um problema — responde o professor Kaori, a ponta dos bigodes curvada para baixo. — Vocês serão buscados por um professor ou alguém de posição mais alta, então não desistam e pensem que nos esquecemos de vocês. — Ele verifica o relógio de bolso. — Lembrem-se de se espalharem e usarem cada pedaço deste vale como vantagem. São nove da manhã, o que significa que a revoada deve começar a qualquer minuto. Só o que tenho a acrescentar é: boa sorte.

Ele assente, passando o olhar pela multidão com tanta intensidade que sei que vai conseguir recriar esse instante em uma projeção.

Então, vai embora, marchando morro acima à nossa direita e desaparecendo entre as árvores.

Minha mente está a mil. Chegou a hora. Ou eu saio dessa floresta como cavaleira... ou provavelmente nunca sairei daqui.

— Tome cuidado. — Rhiannon me abraça, as tranças passando por cima do meu ombro enquanto ela me aperta.

— Você também. — Abraço-a de volta e então sou imediatamente apertada por outro par de braços.

— Não morra — exige Ridoc.

Esse é nosso único objetivo enquanto o restante do nosso esquadrão se separa, cada um seguindo para uma direção como se tivéssemos sido jogados em movimento centrífugo, à mercê de uma roda de fiar.

***

A julgar pela posição do sol, já faz pelo menos duas horas desde a revoada dos dragões, que pousaram no vale em uma sequência que soou como trovões, fazendo a terra inteira sacudir.

Já passei por dois verdes, um marrom, quatro cor de laranja e...

Meu coração bate errático e meus pés congelam no chão da floresta quando um dragão vermelho se coloca em meu campo de visão, a cabeça abaixada entre a copa das árvores.

Esse não é o meu dragão. Não sei como sei disso, mas sei.

Seguro a respiração, tentando não fazer som nenhum enquanto a cabeça do dragão vira para a direita, depois para a esquerda, e então baixo o olhar em direção ao chão, inclinando a cabeça.

Durante a última hora, vi dragões se lançarem ao ar com um cadete – agora cavaleiro – nas costas, mas também vi mais fiapos de fumaça, e não tenho desejo nenhum de que este seja meu fim.

O dragão solta uma lufada de ar e depois continua a seguir seu caminho, seu rabo em formato de clava balançando para cima e acertando um dos galhos mais baixos. O galho cai com um estrondo monstruoso, e só depois que os passos se afastam eu finalmente decido erguer a cabeça.

Agora já encontrei todas as cores de dragão, e nenhum deles falou comigo ou me deu a sensação de conexão que supostamente devemos sentir.

Meu estômago fica embrulhado. E se eu for um dos cadetes que estão destinados a nunca se tornar um cavaleiro? Um que repete de novo e de novo o primeiro ano até que alguma coisa o coloque na lista dos mortos? Isso tudo foi à toa?

Aquele pensamento é pesado demais para eu aguentar.

Talvez, se eu pudesse ver o vale, teria a sensação que o professor Kaori mencionou.

Encontro uma árvore fácil de subir e começo o trabalho, escalando galho após galho. A minha mão arde com a dor, mas não deixo aquilo me distrair. O tronco enrosca nas ataduras que ainda cobrem as palmas da minha mão... o que me irrita a ponto de me fazer parar a cada poucos metros para livrar a atadura do tronco.

Tenho certeza de que os galhos mais altos não vão aguentar meu peso, então paro quando já subi três quartos da distância até o topo e examino os arredores.

Alguns verdes estão à vista à minha esquerda, destacando-se por entre a folhagem de outono. De uma forma estranha, essa é a única época do ano em que os laranja, marrons e vermelhos possuem uma chance maior de se misturar ao cenário. Observo as árvores à procura de movimentações e vejo mais dois dragões ao sul, mas não sinto um puxão, nenhuma necessidade de andar naquela direção, o que provavelmente significa que aqueles também não são meus.

O alívio me atinge de uma forma vergonhosa quando conto ao menos meia dúzia de primeiranistas andando a esmo. Eu não deveria ficar tão feliz por eles também não terem encontrado seus dragões ainda, mas ao menos não sou só eu. Isso me transmite esperança.

Vejo uma clareira ao norte e estreito os olhos quando um clarão como o de um espelho reflete a luz do sol.

Ou como o de um dragão dourado.

Acho que o pequeno Rabo-de-pena ainda está por aí, matando a curiosidade. Porém, aparentemente não vou encontrar meu dragão subindo em uma árvore, então desço com o máximo de cuidado e silêncio possível. Meus pés se apoiam no chão um instante antes de ouvir vozes, e eu me escondo contra um tronco de árvore.

Não deveríamos andar em grupos.

— Estou falando que vi ele subir por aqui. — É uma voz confiante. Imediatamente reconheço como pertencendo a Tynan.

— É melhor você estar certo, porque, se a gente andou pra porra até aqui pra não encontrar nada, eu vou te destroçar.

Meu estômago se revira. É Jack. A voz de mais ninguém tem esse efeito físico sobre mim, nem mesmo a de Xaden.

— Tem certeza de que não deveríamos passar o tempo procurando os nossos dragões em vez de caçar a aberração? — Penso reconhecer a voz e me inclino para fora do meu esconderijo só para verificar. É Oren mesmo.

Volto a me esconder na árvore enquanto o trio passa por mim, cada um carregando uma espada mortal. Tenho nove adagas escondidas no meu corpo em diversos lugares, então não é como se eu estivesse desarmada, mas me sinto em uma desvantagem trágica por minha falta de habilidade de usar uma espada corretamente. São pesadas pra caralho.

Espera... o que eles disseram que estavam fazendo? Caçando?

— Não é como se os nossos dragões fossem se unir a outros cavaleiros — retruca Jack. — Vão esperar por nós. Isso precisa ser feito. Aquele magricela vai acabar matando alguém. Precisamos eliminá-lo já.

A náusea embrulha meu estômago, e enfio as unhas nas palmas das mãos. Vão tentar matar o pequeno dragão dourado.

— Se a gente for pego, fodeu — comenta Oren.

Isso é um eufemismo. Não consigo imaginar que os dragões fossem aceitar assim tão bem que alguém mate um dos seus, embora pareçam estar focados demais em eliminar os seres humanos mais fracos, então talvez não vejam problema em ver isso acontecendo com a própria espécie deles.

— Então é melhor você calar a boca pra ninguém ouvir — diz Tynan, a voz tão estridente naquele tom de zombaria que me faz querer dar um soco na cara dele.

— É o que precisa ser feito — argumenta Jack, abaixando a voz. — Não dá para ninguém cavalgar nele. É uma aberração, e você sabe que os Rabos-de-pena são inúteis na hora do combate. Eles se recusam a lutar.

A voz dele começa a sumir enquanto se afastam, seguindo para o norte.

Na direção da clareira.

— Merda — murmuro baixinho, apesar de que agora os babacas não podem me ouvir. Ninguém sabe nada sobre os Rabos-de-pena, então não sei de onde Jack tirou essa informação, mas não tenho tempo de me concentrar nas suposições dele agora.

Não tenho como contatar o professor Kaori, e não vi nem um fio de cabelo dos cavaleiros mais velhos que estão nos assistindo, então também não posso contar com eles para impedir essa loucura. O dragão dourado provavelmente cospe fogo... mas e se ele não conseguir?

Existe uma chance de que eles não o encontrem, mas... merda, nem eu consigo me convencer disso. Estão indo na direção certa, e o dragão é quase um farol iluminado. Vão encontrá-lo.

Afrouxo os ombros e olho para o céu, soltando um suspiro frustrado.

Não posso só ficar parada aqui sem fazer nada.

Chegue lá primeiro e avise o dragão.

É um plano bom, e muito melhor do que a segunda opção, na qual eu seria forçada a enfrentar três homens armados com uns cem quilos a mais do que eu, somando os três.

Mantenho meu andar silencioso e corro pelo chão da floresta em um ângulo levemente diferente do que faz o grupinho de Jack, grata por ter crescido brincando de esconde-esconde com Dain na floresta. Essa é uma coisa na qual eu definitivamente sou especialista.

Eles têm vantagem de terreno e a clareira estava mais perto do que eu imaginava, então acelero o passo, o olhar percorrendo o caminho coberto de folhas que escolhi e onde eu acho que – esquece, onde eu *sei* que eles estão, à esquerda. Consigo ver a silhueta deles ao longe.

Ouço um *pop!*, e então o chão parece sumir debaixo dos meus pés, indo de encontro a minha cara. Estico as mãos para me segurar um segundo antes de cair com força no chão. Mordo o lábio inferior para não gritar enquanto meu tornozelo lateja. Esse som não é bom. Nunca é.

Olhando para trás, amaldiçoo o galho caído, escondido pela folhagem de outono, que acabou de arruinar meu tornozelo. Que merda.

Bloqueie a dor. Bloqueie. Porém, não existe nenhum truque mental que impeça aquela dor agonizante de revirar meu estômago enquanto fico de joelhos, depois me levanto com cuidado, mantendo o peso do meu corpo sobre o tornozelo esquerdo.

Não posso fazer nada a não ser mancar os últimos metros até a clareira, cerrando os dentes. A sensação de satisfação por ter chegado antes de Jack é quase o bastante para me fazer sorrir.

A clareira é grande o bastante para que dez dragões a ocupem, rodeada por diversas árvores imensas, mas o dragão dourado está sozinho no centro, como se estivesse tomando um banho de sol. É tão lindo quanto eu me lembrava, mas, a não ser que consiga cuspir fogo, é um alvo fácil.

— Você precisa sair daqui! — sibilo da cobertura das árvores, sabendo que ele deve me escutar. — Vão te matar se você não for embora!

A cabeça do dragão vira na minha direção, inclinada em um ângulo estranho que faz meu próprio pescoço doer.

— Você mesmo! — sussurro, mais alto. — Você! Douradinho!

O dragão pisca os olhos dourados e abana o rabo.

Você só pode estar de brincadeira.

— Vai! Foge! Voa! — Faço um gesto com a mão para espantá-lo, e aí me lembro que estou falando com a porra de um dragão, capaz de me destroçar apenas com as garras, e abaixo as mãos.

Isso não está dando certo. Não está dando *nada* certo.

As árvores farfalham ao sul, e Jack entra na clareira, a espada balançando na mão direita. Um passo depois, ele é ladeado por Oren e Tynan, os dois armados.

— Merda — murmuro, sentindo o peito apertar.

A situação acabou de ficar oficialmente *terrível.*

A cabeça do dragão dourado se vira na direção deles, um rosnado baixo retumbando em seu peito.

— Não vai doer nada — promete Jack, como se isso tornasse o assassinato aceitável.

— Fogo neles — sussurro, quase gritando, o coração batendo forte enquanto eles se aproximam.

Só que o dragão não faz isso, e de alguma forma, dentro de mim, tenho certeza de que ele não consegue. Fora os dentes, ele está completamente indefeso contra esses três guerreiros treinados.

Vai morrer só porque é menor e mais fraco do que os outros dragões... exatamente como eu. Minha garganta forma um nó.

O dragão recua, o rosnado ficando mais alto quando arreganha os dentes.

Com o estômago revirando, tenho a mesma sensação que tive no Parapeito: seja lá o movimento que eu fizer a seguir, tem grandes chances de acabar com a minha vida.

Ainda assim, vou fazer, porque o que estão fazendo é *errado.*

— Vocês não podem fazer isso! — Dou meu primeiro passo na clareira com a grama na altura das canelas, e Jack direciona sua atenção para mim.

Meu tornozelo parece pulsar por conta própria, e a agonia sobe pela minha coluna, fazendo os dentes baterem enquanto forço meu peso contra a articulação arruinada para que não me vejam mancando. Não podem saber que estou ferida, ou vão só atacar mais rápido.

Se enfrentar um de cada vez, tenho chance de conseguir segurá-los por tempo o bastante para o dragão escapar, mas juntos...

Não pense nisso.

— Ah, olha só! — Jack sorri, apontando a espada para mim. — Podemos eliminar os dois elos mais fracos de uma vez só!

Ele olha para os amigos e ri, fazendo uma pausa no caminhar.

Cada passo que dou é pior que o último, mas chego ao centro da clareira, me posicionando entre o grupo de Jack e o dragão dourado.

— Estou esperando há muito tempo por isso, Sorrengail. — Ele caminha lentamente para a frente.

— Se você consegue voar, agora seria uma ótima hora — grito por cima do ombro para o dragãozinho, tirando duas adagas da bainha nas costelas.

O dragão bufa. Grande ajuda.

— Vocês não podem matar um dragão — tento argumentar, balançando a cabeça para o trio, o medo enchendo minhas veias de adrenalina.

— Claro que podemos. — Jack dá de ombros, mas Oren parece incerto, então eu me viro na direção dele enquanto cada um deles se espalha a três metros um do outro, fazendo uma formação perfeita para um ataque.

— Não podem — eu digo, diretamente para Oren. — Vai contra tudo em que nós acreditamos!

Ele estremece. Jack, não.

— Deixar viver uma coisa tão *fraca* e tão incapaz de lutar que vai contra nossas crenças! — grita Jack, e eu sei que ele não está falando só do dragão.

— Então vocês vão ter que passar por cima de mim.

Meu coração bate forte contra minhas costelas e levanto as adagas, virando uma para segurar pela ponta a fim de atirá-la e me certificando de estar a vinte metros dos meus agressores.

— Eu não acho que isso seja um problema — rosna Jack.

Os três levantam as espadas e eu respiro fundo, me preparando para uma briga. Não estamos no ringue. Não há instrutores aqui. Não existe a opção de me render. Nada que os impeça de me matar… de *nos* matar.

— Eu recomendaria muito que repensassem as ações de vocês — uma voz, a voz *dele*, ordena do outro lado do campo, à direita.

Sinto a nuca formigar enquanto todos nos viramos naquela direção.

Xaden está encostado em uma árvore, os braços cruzados, e atrás dele, nos observando com os olhos dourados estreitos, os dentes expostos, está Sgaeyl, sua aterrorizante Rabo-de-adaga-azul-marinho.

Nos seis séculos de história registrados entre dragões e cavaleiros, houve centenas de casos conhecidos em que um dragão simplesmente não pôde se recuperar emocionalmente da perda do cavaleiro com quem tinha se unido. Isso acontece quando a união é particularmente forte, e em três casos documentados causou até mesmo a morte prematura do dragão.

— Navarre, uma história completa, por coronel Lewis Markham

CAPÍTULO CATORZE

Xaden. Pela primeira vez, a visão dele faz meu peito encher de esperança. Ele não vai deixar que isso aconteça. Ele pode me odiar, mas é um Dirigente de Asa. Não vai ficar só assistindo enquanto matam um dragão.

Porém, eu conheço as regras provavelmente melhor do que qualquer outra pessoa na Divisão.

Ele precisa ficar assistindo. Bile sobe por minha garganta e ergo o queixo para não sentir a queimação. O que Xaden quer não importa aqui, mesmo que suas vontades sejam questionáveis. Ele só pode observar, sem interferir.

Vou ter público para minha morte. Maravilha.

Lá se vai a esperança.

— E se a gente não quiser *repensar nossas ações*? — grita Jack.

Xaden olha na minha direção, e juro que consigo ver a mandíbula dele cerrar, mesmo daquela distância.

A esperança é uma coisa perigosa e caprichosa. Ela rouba seu foco e te faz pensar em possibilidades, em vez de te manter onde deve: nas probabilidades. As palavras de Xaden me atingem naquele momento com uma clareza alarmante, e desvio o olhar dele e me concentro nas três *probabilidades* na minha frente.

— Você não pode fazer nada, né? *Dirigente de Asa?* — berra Jack.

Acho que ele também conhece as regras.

— Não é comigo que deveriam se preocupar hoje — responde Xaden, e Sgaeyl inclina a cabeça, os olhos ameaçadores.

— Vai mesmo fazer isso? — pergunto a Tynan. — Atacar um membro do seu esquadrão?

— O esquadrão não significa merda nenhuma hoje — ele rosna, a ameaça curvando seus lábios em um sorriso sinistro.

— Então acho que você não consegue voar, certo? — Digo por cima do ombro outra vez, e o dragão dourado bufa baixinho. — Ótimo. Bom, se puder me dar uma ajuda com essas suas garras, seria legal.

O dragão bufa duas vezes, e olho para as garras dele.

Ou deveria dizer... para as patas.

— Ah, *puta merda*. Você não tem nem garras?

Eu me viro novamente para os três homens no momento exato em que Jack solta um rugido de ataque e corre na minha direção. Não hesito. Arremesso a adaga na distância que diminui rapidamente entre nós, e a adaga encontra seu alvo no ombro do braço que carrega a espada. A espada cai no chão e ele cai de joelhos, dessa vez urrando de dor.

Ótimo.

Oren e Tynan, porém, atacam ao mesmo tempo e já estão quase em cima de mim. Arremesso a segunda adaga em Tynan e o acerto na coxa, fazendo com que diminua o passo, mas não pare de andar por completo.

Oren tenta um golpe em meu pescoço e eu me abaixo, desembainhando outra lâmina e fazendo um corte em suas costelas, exatamente como fiz quando o enfrentei antes. Meu tornozelo não me permite chutar, nem mesmo acertar um soco decente, então dependo das minhas armas.

Ele se recupera rapidamente e se vira com a espada, me golpeando no estômago com um corte preciso que teria aberto minhas entranhas, não fosse pela armadura de Mira. Em vez disso, a lâmina bate nas escamas e desliza para longe de mim.

— Que porra é essa? — Oren arregala os olhos.

— Ela destruiu meu ombro! — choraminga Jack, ficando em pé cambaleando e distraindo os outros. — Não consigo mexer meu braço!

Ele segura a articulação, e eu abro um sorriso.

— Essa é a vantagem de ter articulações fracas — digo, pegando outra lâmina. — Você sabe *exatamente* onde acertar.

— Matem ela! — ordena Jack, ainda segurando o próprio ombro enquanto cambaleia para trás, e então se vira e corre na direção oposta, desaparecendo entre as árvores em pouco tempo.

Covarde do caralho.

Tynan golpeia com a espada e eu rodopio para longe, uma dor estralando e borrando minha visão um segundo antes de eu virar para trás e enfiar a adaga na lateral do corpo dele, e então girando de lado e enfiando o cotovelo no queixo de Oren quando ele ataca, fazendo sua cabeça sacudir.

— *Vadia* do caralho! — grita Tynan, pressionando a mão contra a ferida ensanguentada.

— Que xingamento original! — declaro, aproveitando a vantagem da expressão aturdida de Oren para abrir um corte em seu quadril.

Esse movimento exige bastante de mim, e um grito escapa da minha garganta quando a espada de Tynan corta meu braço direito, seguindo a direção do osso.

A armadura impede que penetre minhas costelas, mas sei que vou ficar com um hematoma feio amanhã quando me desvencilho, o sangue fluindo livre enquanto me afasto da espada.

— Atrás de você! — grita Xaden.

Eu viro para trás e vejo Oren com a espada erguida, pronto para me decapitar, mas o dragão dourado estala a mandíbula e Oren cambaleia para o lado, os olhos aterrorizados, como se tivesse acabado de perceber que o dragão tem dentes.

Dou um passo para o lado e desfiro um golpe com o cabo da adaga na base de seu crânio.

Ele desmorona, inconsciente, e não espero para vê-lo cair antes de me virar de novo na direção de Tynan, que empunha a espada ensanguentada.

— Você não pode interferir! — grita Tynan para Xaden, mas não ouso desviar o olhar do meu oponente por tempo o bastante para observar a reação do Dirigente de Asa.

— Não, mas posso narrar — retruca Xaden.

Ele obviamente está do meu lado aqui, o que me deixa muito confusa, já que tenho certeza de que me quer morta acima de qualquer outra coisa. Porém, talvez não seja a minha vida que ele está protegendo, mas a do dragão dourado.

Corro o risco e olho rapidamente. É, Sgaeyl parece enfurecida. A cabeça dela ondula em um movimento ofídico – um sinal claro de agitação – e aqueles olhos dourados estreitos estão focados em Tynan, que agora anda em círculos ao meu redor como se estivéssemos no ringue, mas eu não vou deixar que ele passe por cima de mim para chegar ao dragãozinho dourado.

— Seu braço já era, Sorrengail — sibila Tynan, o rosto pálido e suado.

— Estou acostumada a continuar mesmo com dor, babaca. Mas e você? — Ergo a adaga na mão direita só para provar que consigo, apesar do sangue que escorre pelo meu braço e pinga pela ponta da lâmina, enchendo a atadura da minha mão. Meu olhar encontra a ferida dele. — Sei exatamente onde te cortei. Se não for atendido por um médico rápido, vai ter uma hemorragia interna.

A fúria contorce as feições dele, que se prepara para atacar.

Tento jogar minha adaga nele, mas ela escorrega na mão ensanguentada e cai com um baque na grama a alguns metros de distância.

Sei que, agora, minha atitude corajosa não vai ser suficiente para me salvar.

Meu braço está ferido. A perna também. Só que pelo menos botei Jack Barlowe para correr antes que ele me matasse.

Não chega a ser um último pensamento antes de morrer tão ruim assim.

Assim que Tynan ergue a espada com as duas mãos, preparando-a para um golpe fatal, vejo um vislumbre de movimento à direita. É Xaden. Danem-se as regras, ele dá um passo em frente como se fosse impedir Tynan de me matar.

Mal tenho tempo de registrar minha surpresa ao saber que Xaden estaria tentando me salvar por *algum* motivo quando um sopro de vento atinge minhas costas, e eu tropeço para a frente em meu tornozelo destruído, abrindo os braços para manter o equilíbrio e cerrando os dentes ao sentir a dor repentina.

Tynan está boquiaberto, cambaleando para trás, a cabeça inclinada tão para trás que está quase na perpendicular do pescoço. Sombras encobrem nós dois enquanto ele continua a se afastar.

Com o peito arfando, meus pulmões desesperados em busca de ar, arrisco olhar por cima do ombro para ver o motivo de Tynan estar recuando.

Então, meu coração parece entalar na garganta.

Parado ali, com o dragão dourado escondido embaixo de uma enorme asa preta cheia de cicatrizes, está o maior dragão que já vi em toda a minha vida. O dragão preto sem união que o professor Kaori nos mostrou na aula. Não chego perto sequer de alcançar o *tornozelo* dele.

Um rosnado ecoa por seu peito, fazendo o chão ao meu redor vibrar enquanto ele abaixa a cabeça e arreganha os dentes enormes.

Medo ondula por cada parte do meu corpo quando sinto a respiração quente ao meu lado.

— *Afaste-se, Prateada* — ordena uma voz rouca, áspera e definitivamente masculina.

Pisco, confusa. Espera. *Quê*? Ele acabou de falar comigo?

— *Sim. Você. Mexa-se.* — Não existe espaço para argumentar no tom dele, e eu manco para o lado, quase tropeçando no corpo inconsciente de Oren enquanto Tynan começa a correr e gritar, fugindo para as árvores.

O dragão preto estreita os olhos, encarando Tynan, e então escancara a boca um segundo antes de uma lufada de fogo soprar pelo campo, lançando calor ao lado do meu rosto e incinerando tudo em seu caminho... incluindo Tynan.

As chamas estalam na beirada do caminho carbonizado, e me viro lentamente para encarar o dragão, pensando se serei a próxima.

Os olhos dourados gigantes dele me examinam, mas eu aguento firme, inclinando o queixo para cima.

— *Você deveria terminar de eliminar o inimigo caído aos seus pés.*

Levanto as sobrancelhas. A boca dele não se mexeu. Ele falou comigo, mas... a boca dele não se mexeu. Ah, merda. Porque ele está na minha cabeça.

— Não posso matar uma pessoa inconsciente. — Balanço a cabeça, seja por protesto diante daquela sugestão, seja como resultado da minha confusão atual, eu nem sei mais.

— *Ele mataria você se tivesse a mesma chance.*

Olho para Oren, ainda inconsciente na grama aos meus pés. Não é como se eu pudesse discordar daquela observação inteligente.

— Bom, mas isso diz mais sobre o caráter dele do que sobre o meu.

O dragão se limita a piscar em resposta, e não sei dizer se isso é uma coisa boa ou não.

Vejo um vislumbre azul pelo canto do olho e então ouço um sopro de ar enquanto Xaden e Sgaeyl levantam voo, me deixando ali com o dragão preto gigantesco e o dragão dourado pequeno. Acho que a preocupação momentânea de Xaden com a minha vida acaba ali.

As narinas do dragão gigante se alargam.

— *Você está sangrando. Estanque.*

Meu braço.

— Não é assim tão simples quando enfiaram uma espa... — Balanço a cabeça de novo. Estou mesmo discutindo com um dragão? Isso é surreal pra cacete. — Quer saber? É uma ótima ideia. — Consigo cortar o restante da minha manga e a amarro ao redor do ferimento, segurando uma ponta com os dentes enquanto eu aumento a pressão e desacelero o fluxo do sangramento. — Pronto. Melhor?

— *É o bastante.* — Ele inclina a cabeça para mim. — *Suas mãos também estão atadas. Você sangra assim com frequência?*

— Olha, eu tento não sangrar.

Ele bufa.

— *Vamos, Violet Sorrengail.*

O dragão preto ergue a cabeça, e o dragão dourado espia por debaixo da asa enorme.

— Como sabe o meu nome? — pergunto, encarando-o.

— *E pensar que quase tinha me esquecido do quanto humanos são eloquentes.* — Ele suspira, o sopro de sua respiração sacudindo as árvores. — *Suba nas minhas costas.*

Ah. Merda. Ele... *me escolheu.*

— Subir nas suas costas? — repito, igual à porra de um papagaio. — Você já viu seu tamanho? Tem alguma noção do quanto é enorme?

Eu precisaria da porcaria de uma escada para conseguir subir.

O dragão me lança um olhar que só pode ser descrito como irritado.

— *Eu não teria vivido um século sem ter consciência do espaço que ocupo. Agora, suba.*

O dragão dourado sai de debaixo da proteção da asa do maior. É pequeno se comparado à monstruosidade à minha frente, e aparentemente completamente indefeso, com exceção dos dentes, feito um filhote brincalhão.

— Não posso só deixar ele aqui — digo. — E se Oren acordar ou Jack voltar?

O dragão preto bufa.

O dourado se abaixa, flexionando as pernas, e então se lança pelo céu, as asas douradas refletindo o sol enquanto ele voa, passando pelo topo das árvores.

Então ele *consegue* voar. Seria bom saber disso vinte minutos atrás.

— *Suba* — rosna o dragão preto, sacudindo o chão e as árvores na orla da clareira.

— Você não me quer — discordo. — Eu...

— *Não irei me repetir.*

Entendido.

O medo entala na minha garganta feito um punho fechado, e manco até a perna dele. Não é igual a subir em uma árvore. Não existem lugares para se segurar, um caminho fácil, apenas uma série de escamas duras como pedra que não me oferecem apoio. Meu tornozelo e meu braço também não me ajudam muito. Como é que vou fazer pra ir até lá em cima? Ergo o braço esquerdo e prendo a respiração antes de pousar a mão na perna dianteira dele.

As escamas são maiores e mais grossas do que minha mão, e surpreendentemente quentes ao toque. Encaixam-se umas nas outras em um padrão complexo que não deixa espaço onde me segurar.

— *Você é uma cavaleira, não é?*

— Isso parece estar meio em xeque neste momento. — Meu coração bate forte.

Ele vai me fritar só por eu ser devagar demais?

Um rosnado baixo e frustrado retumba em seu peito, e então ele me choca por completo, esticando-se para a frente, a pata dianteira formando uma rampa. Os dragões nunca se curvam para *ninguém*, e, ainda assim, ali está ele, curvando-se para facilitar a minha subida. É íngreme, mas eu consigo.

Não hesito, engatinhando pela pata da frente para equilibrar meu peso e poupar meu tornozelo, mas o esforço do meu braço me faz ofegar quando finalmente subo por cima do ombro e chego em suas costas, desviando dos espinhos pontiagudos que descem pela maior parte de seu pescoço como uma crina.

Puta merda. Estou nas costas de um dragão.

— *Sente-se.*

Vejo o lugar para eu me sentar – um rebaixamento liso e cheio de escamas em frente às asas – e me sento, dobrando os joelhos da forma que o professor Kaori nos ensinou. Então, eu me seguro nas cristas grossas de escamas que chamamos de punho, onde o pescoço encontra os ombros. Tudo nele é maior do que qualquer outro modelo em que praticamos. Meu corpo não foi feito para ficar em cima de *nenhum* dragão, muito menos em cima de um desse tamanho. Não tem como eu conseguir ficar sentada. Esse vai ser o primeiro e último voo da minha vida ao mesmo tempo.

— *Meu nome é Tairneanach, filho de Murtcuideam e Fiaclanfuil, descendente da linha astuciosa de Dubhmadinn.* — Ele se ergue até ficar do tamanho correto, me elevando ao nível do topo das árvores da clareira, e aperto as coxas com mais força. — *Mas não vou presumir que vá se lembrar disso quando chegarmos ao campo, então Tairn bastará até eu inevitavelmente precisar relembrá-la do meu nome.*

Respiro rapidamente, mas não tenho tempo de processar o nome dele (nem sua história) antes de ele se dobrar um pouco e se lançar ao céu.

Eu me sinto como imagino que aconteça com uma pedra ao ser lançada de uma catapulta, só que eu preciso de toda a minha força para me segurar a essa pedra em particular.

— Puta merda! — O chão desaparece enquanto voamos, as enormes asas de Tairn golpeando o ar em submissão e nos levando para cima.

Meu corpo se desprende do dorso dele, e tento me segurar com as mãos, fazendo o possível para me manter firme, mas, com o vento e o ângulo, tudo fica demais, e acabo afrouxando.

Minhas mãos escorregam.

— Porra! — Tentando me segurar, minhas mãos descem pelas costas de Tairn enquanto eu passo pelas asas dele, rapidamente me aproximando das escamas afiadas do seu rabo em formato de chicote. — Não, não, NÃO!

Ele vira para a esquerda, e qualquer esperança que eu tinha de conseguir me segurar é derrubada comigo.

Estou em queda livre.

Só porque você sobreviveu à Ceifa não significa que vá sobreviver à jornada até o campo de voo. Ser escolhido não é o único teste e, se você não conseguir se segurar, vai voar direto em direção ao chão.

— Página 50, o Livro de Brennan

CAPÍTULO QUINZE

Terror fecha minha garganta e chacoalha meu coração. O ar passa por mim enquanto caio na direção do terreno montanhoso lá embaixo, e o sol reflete as escamas do dragão dourado muito abaixo de mim.

Eu vou morrer. Esse é o único resultado possível.

Alguma coisa se fecha nas minhas costelas e acima dos ombros, impedindo minha descida, e meu corpo ricocheteia enquanto sou levada para cima novamente.

— *Está nos fazendo passar vergonha. Pare com isso.*

Estou nas garras de Tairn. Ele me... pegou em vez de me declarar indigna e me deixar cair para a morte.

— Não é fácil conseguir me segurar nas suas costas enquanto você faz acrobacias! — grito para cima.

Ele olha para baixo, e juro que a lacuna acima dos olhos dele fica arqueada.

— *Um voo simples não pode ser considerado acrobacia.*

— Não tem *nada* de simples em você! — Abraço os nós dos dedos de sua pata, notando que as garras afiadas estão drapeadas pelas laterais do meu corpo sem me ferir. Ele é gigantesco, mas também é cuidadoso enquanto nos leva pela montanha.

Ele é um dos dragões mais letais de Navarre. Essa havia sido a lição do professor Kaori. O que mais ele dissera? O único dragão preto não tinha se disponibilizado a união alguma neste ano. Sequer tinha sido visto nos últimos cinco anos. O cavaleiro anterior dele tinha morrido na rebelião Týrrica.

Tairn me leva para cima e depois me solta, me lançando ao ar acima dele, e eu me debato no ar. Meu estômago se revira com a altura daquele arremesso, e então caio por dois segundos antes de Tairn subir, me pegando em seu dorso entre as asas.

— *Agora sente-se aí e segure firme dessa vez, ou ninguém vai acreditar que escolhi você* — ele grunhe.

— Nem *eu* estou acreditando que você me escolheu! — Penso muito em talvez dizer a ele que voltar para o assento não é tão fácil quanto ele deixa implícito, mas ele consegue se estabilizar e as asas ficam firmes no ar, planando gentilmente e cortando a resistência do vento.

Centímetro a centímetro, subo de volta no dorso dele até chegar ao assento e me acomodo outra vez. Seguro com tanta força ali que minhas mãos começam a ter câimbra.

— *Você vai precisar colocar mais força nas pernas. Não praticou?*

A indignação me faz endireitar as costas.

— Claro que pratiquei!

— *Não precisa gritar, eu consigo ouvir. A montanha inteira consegue, eu diria.*

Será que o dragão de todo mundo é rabugento assim ou só o meu?

Arregalo os olhos. Eu tenho… um dragão. E não é qualquer dragão. É Tairneanach.

— *Segure os joelhos com mais força. Eu mal consigo te sentir aí atrás.*

— Estou tentando. — Empurro os joelhos, e os músculos das coxas estremecem enquanto ele se inclina para a esquerda, virando com mais suavidade do que da última vez, o ângulo não tão íngreme enquanto mudamos de rumo em um arco comprido, levando-nos de volta a Basgiath. — Eu só… não sou tão forte quanto os outros cavaleiros.

— *Eu sei exatamente quem e o que você é, Violet Sorrengail.*

Minhas pernas estremecem até se firmarem, os músculos congelando ali como se ataduras estivessem amarradas ao redor deles, mas não sinto dor. Olho por cima do ombro e vejo a cauda com chicote como se estivesse a quilômetros atrás de nós.

É ele quem está fazendo isso. Me segurando no lugar.

A culpa se assenta em meu estômago. Eu deveria ter me concentrado mais no treino de perna. Deveria ter passado mais tempo me preparando para isso. Ele não deveria ter que gastar energia mantendo o cavaleiro dele no assento.

— Eu sinto muito. Só não achei que chegaria tão longe.

Um suspiro alto ressoa pela minha cabeça.

— *Também não achei que conseguiria, então temos isso em comum.*

Eu me endireito mais no assento e examino a paisagem, o vento arrancando lágrimas dos cantos dos meus olhos. Não é à toa que a maioria dos cavaleiros escolhe usar óculos. Ao menos uma dúzia de dragões voa no ar, cada um testando seu cavaleiro ao virar e rodopiar. Vermelhos, laranja, verdes e marrons: o céu está sarapintado de cores.

Meu coração se aperta quando vejo um cavaleiro cair das costas de um Rabo-de-espada-vermelho, e, diferente de Tairn, o dragão não se abaixa para pegar o primeiranista. Desvio o olhar antes de o corpo bater no chão.

Não é ninguém que você conheça. É isso que digo a mim mesma. Rhiannon, Ridoc, Trina, Sawyer... Eles provavelmente já fizeram sua união e estão a salvo, aguardando no campo.

— *Vamos precisar fazer um teatro.*

— Ótimo. — A ideia não me apetece nem um pouco.

— *Você não vai cair. Não permitirei que isso aconteça.* — A atadura ao redor das minhas pernas parece se estender para minha mão, sentindo um pulsar de energia invisível. — *Vai confiar em mim.*

Não era uma pergunta, mas uma ordem.

— Vamos acabar logo com isso. — Não consigo mexer as pernas, os dedos e as mãos, então não há nada que eu possa fazer a não ser me acomodar e torcer para gostar de seja lá qual for o inferno pelo qual vamos passar.

As asas dele batem com força, e subimos no que me pareceu um ângulo de noventa graus, deixando meu estômago em uma altitude mais baixa. Ele alcança o topo dos picos cobertos de neve e ficamos por lá um segundo antes de ele se virar, mergulhando de volta naquele mesmo ângulo aterrorizante.

É o momento mais pavoroso e, ainda assim, mais magnífico da minha vida.

Até que ele se vira outra vez, descendo em espiral.

Meu corpo é jogado de um lado para o outro enquanto ele rodopia de novo e de novo, tirando-nos do mergulho até parar de súbito, até eu poder jurar que a terra se tornou o céu. Então, ele repete e repete, até eu estar sorrindo.

Não existe *nada* parecido com essa sensação.

— *Acredito que cumprimos nossa tarefa.* — Ele nos estabiliza de novo, dando uma guinada para a direita e seguindo para o vale que leva ao cânion em formato de caixa que compõe os campos de treinamento. O sol está quase se pondo atrás dos picos, mas ainda há luz o bastante para ver o dragão dourado lá na frente, pairando no ar como se estivesse esperando.

Talvez não tenha escolhido um cavaleiro, mas ficou vivo para decidir se vai querer se unir no ano que vem, e isso é tudo que importa.

Ou talvez veja que nós, humanos, não somos uma coisa tão boa assim.

— Por que você me escolheu? — Preciso saber, porque, assim que pousarmos, vão me fazer perguntas.

— *Porque você a salvou.* — A cabeça de Tairn se inclina na direção da dragão dourada enquanto nos aproximamos, e ela nos segue. Nossa velocidade diminui.

— Mas... — Balanço a cabeça. — Os dragões valorizam força, astúcia e... brutalidade em seus cavaleiros.

Nada disso me define.

— *Por favor, então, continue me dizendo o que eu deveria valorizar.* — O tom é sarcástico enquanto sobrevoamos a Armadilha e passamos por cima da entrada estreita dos campos de treinamento.

Eu prendo a respiração ao ver tantos dragões. Centenas estão reunidos nos picos pedregosos das montanhas atrás das arquibancadas que foram erguidas durante a noite. Os espectadores. E no fim do vale, no mesmo campo pelo qual eu passara dias atrás, estão duas fileiras de dragões se encarando.

— *Estão divididos entre aqueles da Divisão que escolheram nos anos passados e os que escolheram hoje* — Tairn me informa. — *Somos a septuagésima primeira união a entrar nos campos.*

Mamãe deve estar aqui, na plataforma em frente às arquibancadas, e talvez eu receba mais do que um olhar rápido, mas a atenção dela vai estar toda nos outros setenta e talvez mais pares recém-unidos.

Um rugido feroz de celebração ressoa entre os dragões quando voamos por cima, todas as cabeças voltadas para nós, e sei que é em deferência a Tairn. Da mesma forma, todos eles abrem espaço no centro do campo, deixando um lugar para Tairn pousar. Ele solta os aros que me prendem ao assento e depois paira sobre a grama por algumas batidas de asas. Então, vejo a dragão dourada voando furiosa para nos alcançar.

Que irônico. Tairn é o dragão mais celebrado no Vale, e eu sou a cavaleira menos provável da Divisão.

— *Você é a mais inteligente do seu ano. A mais astuciosa.*

Engulo em seco ao ouvir o elogio, dispensando-o. Fui treinada como escriba, e não cavaleira.

— *Você defendeu um dragão menor com ferocidade. E a força que advém da coragem é mais importante do que a força física. Já que aparentemente precisa saber o motivo antes de pousarmos.*

Minha garganta se fecha ao ouvir as palavras dele, uma emoção formando um nó que preciso engolir.

Ah, merda. Eu não tinha falado aquelas palavras. Eu só tinha pensado. Ele consegue ler meus pensamentos.

— *Está vendo? A mais inteligente do seu ano.*

E lá se vai a minha privacidade.

— *Você nunca mais ficará sozinha.*

— *Isso parece mais uma ameaça do que um conforto* — falo em pensamento. É claro que eu sabia que os dragões têm uma união mental com seus cavaleiros, mas a extensão disso é intimidadora.

Tairn bufa em resposta.

A dragão dourada nos alcança, as asas batendo duas vezes mais rápido que Tairn, e nós pousamos no centro do campo. O impacto me desestabiliza de leve, mas eu me endireito no assento e até mesmo solto os pomos.

— *Está vendo, consigo me segurar quando você não se mexe.*

Tairn dobra as asas e olha por cima do ombro com uma expressão que deve ser o mais perto de um dragão revirar os olhos que já vi.

— *Precisa desmontar antes que eu repense minha escolha e então diga à pessoa que estiver com a chamada que...*

— Eu já sei o que fazer. — Respiro, trêmula. — Só não pensei que estaria viva para fazer isso.

Analisando as duas opções para desmontar, vou para a direita para proteger meu tornozelo o máximo que conseguir. Nenhum médico é permitido no campo de voo, apenas cavaleiros, mas talvez alguém tenha trazido um kit médico, porque vou precisar de pontos e de uma tala.

Desço pelas escamas do ombro de Tairn, e, antes que possa lamentar a distância que vou ter que pular e arruinar o outro tornozelo, ele se mexe de leve, criando um ângulo com a perna dianteira.

Ouço um som nos arredores que lembra murmúrios... se é que dragões fazem isso.

— *Eles fazem e, sim, estão fazendo isso. Ignore-os.* — Mais uma vez, não há espaço para discussão.

— Obrigada — sussurro, e então deslizo de bunda como se ele fosse um equipamento letal de parquinho, sentindo a maior parte do impacto com a perna esquerda quando chego no chão.

— *Esse é um dos jeitos de descer.*

Não consigo evitar o sorriso no rosto ou a alegria que faz meus olhos arderem ao ver os outros primeiranistas parados na frente de seus dragões. Eu estou viva, e não sou mais um cadete. *Sou uma cavaleira.*

Os primeiros passos doem que só o inferno, mas eu me viro na direção da dragão dourada, que está ao lado de Tairn, me analisando com olhos iluminados enquanto balança seu rabo cheio de penas.

— Fico feliz que tenha conseguido. — "Feliz" nem é a palavra certa. Aliviada, grata, radiante. — Mas talvez da próxima vez seja melhor voar para longe quando alguém sugerir que você deva correr para se salvar, né?

Ela pisca.

— *Talvez eu é que estivesse salvando você.* — A voz dela é mais fina e doce em minha mente.

Meus lábios se abrem, e os músculos no meu rosto relaxam com o choque.

— Ninguém te falou que você não deve falar com humanos que não são seus cavaleiros? Não se meta em mais encrenca, Douradinha — sussurro. — Pelo que ouvi falar, os dragões são bem rígidos com a quebra dessa regra.

Ela simplesmente se senta, guardando as asas, e inclina a cabeça naquele ângulo que deveria ser impossível, quase me fazendo rir.

— Puta merda! — o cavaleiro do dragão vermelho à minha direita exclama, e eu me viro na direção dele. É um primeiranista do Setor Garra, Quarta Asa, mas não me lembro do nome dele. — Isso aí é o... — Ele encara Tairn abertamente, com medo.

— É — eu digo, sorrindo mais. — É, sim.

Meu tornozelo dói e lateja, e no geral parece que vai se destroçar a qualquer instante enquanto manco até o outro lado do campo largo, andando na direção da pequena fila diretamente à minha frente. Atrás de mim, o vento sopra esporadicamente enquanto mais dragões pousam e seus cavaleiros desmontam para registrar seus nomes, mas fica cada vez mais suave enquanto a fileira segue mais ao fundo do campo.

A noite cai, e uma série de luzes mágicas ilumina a multidão nas arquibancadas e na plataforma. No centro, acima de onde a ruiva do Parapeito está registrando a chamada, minha mãe está sentada, vestindo sua farda militar, cheia de medalhas, caso alguém tenha se esquecido de quem ela é. Apesar de uma série de generais estar ali na plataforma, cada um representando sua Asa, somente uma pessoa é mais condecorada do que Lilith Sorrengail.

E Melgren, o comandante-general de todas as forças navarrianas, encara Tairn com seus olhos miúdos, avaliando-o. O foco dele volta para mim, e reprimo um calafrio. Só vejo um frio calculista naqueles olhos.

Mamãe fica em pé quando me aproximo da ruiva que faz a chamada na base da plataforma; a moça registra os pares individualmente antes de chamar o próximo cavaleiro, para manter o segredo do nome completo de um dragão.

O professor Kaori pula da plataforma de dois metros à minha esquerda e encara Tairn boquiaberto, o olhar avaliando o enorme dragão preto, memorizando cada detalhe.

— É mesmo o... — o comandante Panchek começa a dizer, inclinando-se na beirada da plataforma com mais uma dúzia de oficiais de patentes altas e uniformizados, todos encarando.

— Não diga em voz alta — sibila mamãe, os olhos fixos em Tairn, e não em mim. — Não até ela falar.

Porque somente um cavaleiro e a pessoa que registra a chamada sabem o nome completo de um dragão, e ela não tem certeza de que eu pertenço a ele. Isso é *exatamente* o que ela está deixando implícito. *Como se eu pudesse enganar Tairn.* Raiva borbulha em minhas veias, substituindo a dor que circula em meu corpo enquanto dou um passo adiante na fila, e só tem mais um cavaleiro na minha frente.

Foi minha mãe que me forçou a entrar para a Divisão dos Cavaleiros. Ela não se importava se eu iria viver ou morrer quando atravessasse o Parapeito. A única coisa com a qual ela se importa é como minhas falhas podem manchar sua reputação impecável, ou como a minha união pode beneficiá-la.

Agora, ela está encarando meu dragão sem nem se importar em olhar para mim e ver se estou bem.

Foda-se. Foda-se ela.

Tudo acontece exatamente da forma como eu esperava, e ainda assim é uma decepçao.

O cavaleiro na minha frente termina, saindo do caminho, e a garota com a chamada ergue o olhar, encarando Tairn antes de baixar os olhos chocados até mim e me chamar adiante.

— Violet Sorrengail — ela diz, escrevendo no Livro dos Cavaleiros. — Que bom que conseguiu chegar até aqui. — Ela me dispensa um sorriso rápido e trêmulo. — Para o registro, por favor me diga o nome do dragão que a escolheu.

Ergo o queixo.

— Tairneanach.

— *A pronúncia poderia ser melhor.* — A voz de Tairn ecoa na minha cabeça.

— *Ao menos eu me lembrei.* — Penso, enviando o pensamento para o que creio ser o lugar onde o dragão está, me perguntando se ele vai escutar lá do campo.

— *Ao menos não deixei você cair e morrer.* — Ele parece completamente entediado, mas definitivamente me ouviu.

A mulher sorri, balançando a cabeça e escrevendo o nome do meu dragão.

— Não acredito que ele resolveu se unir. Violet, ele é uma lenda.

Abro a boca para concordar e…

— *Andarnaurram.* — A voz fina e doce da dragão dourada preenche minha cabeça. — *Andarna, para encurtar.*

Sinto o rosto empalidecer e a visão ficar borrada enquanto me viro para trás apoiada no tornozelo bom, encarando o outro lado do campo, onde a dragão dourada, Andarna, agora está entre as pernas dianteiras de Tairn.

— Quê?

— Violet, está tudo bem? — pergunta a ruiva, e todos ao meu redor e acima se inclinam para olhar para mim.

— *Diga a ela* — insiste a dourada.

— *Tairn. O que é para eu…* — penso na direção dele.

— *Diga o nome dela para o registro* — confirma Tairn.

— Violet? — repete a mulher. — Você precisa de um regenerador?

Eu me viro de novo e pigarreio.

— E Andarnaurram — sussurro.

Os olhos dela ficam arregalados.

— *Os dois?* — guincha ela.

Eu assinto.

E então o caos reina.

Apesar de este oficial se considerar um especialista em todos os tipos de dragões, há muito que ainda não sabemos sobre a forma como os dragões se organizam. Existe uma hierarquia clara entre os mais poderosos, e eles prestam respeito aos mais velhos, mas ainda não consegui discernir como criam suas leis, ou quando foi que os dragões definiram que deveriam se unir a apenas um cavaleiro, em vez de terem chances melhores ao escolher dois, por exemplo.

— O guia das espécies de dragões, por coronel Kaori

CAPÍTULO DEZESSEIS

— De jeito nenhum! — uma general grita alto o bastante para que eu consiga ouvir lá da pequena estação médica que foi estabelecida ao fim das arquibancadas dos cavaleiros.

É só uma fileira de uma dúzia de mesas e alguns suprimentos que foram trazidos para cá até podermos ir para a Divisão Hospitalar, mas ao menos os medicamentos para dor estão fazendo efeito.

Dois dragões. Eu tenho... *dois* dragões.

Os generais estão gritando uns com os outros faz meia hora, tempo o bastante para um vento frio começar a soprar no ar e um instrutor que nunca vi antes costurar os dois lados do meu braço.

Por sorte, Tynan só tinha cortado os músculos, sem lacerar nenhum deles.

Por azar, Jack está sendo examinado por causa do ombro a pouco mais de três metros de mim. Ele desceu do dorso de um Rabo-de--escorpião-laranja para registrar sua união com a garota da chamada, que continuou fazendo seu trabalho apesar dos generais estarem batendo boca na plataforma atrás dela.

Jack ainda não parou de encarar Tairn do outro lado do campo.

— Como está se sentindo? — pergunta o professor Kaori baixinho, apertando mais a tala ao redor do meu tornozelo machucado. Mais um milhão de outras perguntas dançam naqueles olhos escuros, mas ele as guarda para si.

— Dói pra caramba. — O inchaço fez com que ficasse quase impossível calçar a bota sem desatar todos os cadarços ao máximo, mas ao menos não precisei me rastejar pelo campo como a garota da Segunda Asa que quebrou a perna na hora de desmontar. Ela está a sete mesas de distância, chorando baixinho enquanto os médicos tentam colocar sua perna no lugar.

— Você vai precisar se concentrar em fortalecer suas uniões e em voar nos dragões nos próximos meses, então, desde que não tenha problemas com montar e desmontar… — Ele inclina a cabeça enquanto amarra a última faixa da tala. — Depois do que vi, acho que você não vai mesmo, essa torção deve estar curada antes da próxima rodada de desafios. — Duas linhas aparecem em sua testa. — Ou eu posso chamar Nolon…

— Não. — Balanço a cabeça. — Vou me curar.

— Tem certeza? — Ele obviamente não tem.

— Todo mundo neste vale está de olho em mim e no meu dragão… *nos meus dragões* — corrijo. — Não posso parecer fraca.

Ele franze a testa, mas assente.

— Você sabe quem conseguiu voltar do meu esquadrão? — pergunto, o medo formando um nó em minha garganta. *Por favor, que Rhiannon esteja viva. E Trina. E Ridoc. E Sawyer. Todos eles.*

— Ainda não vi nem Trina nem Tynan — responde o professor Kaori devagar, como se estivesse tentando suavizar um golpe. Não ajuda.

— Tynan não vai vir — sussurro, a culpa corroendo meu estômago.

— *Essa morte não é sua para levar o crédito* — rosna Tairn mentalmente.

— Entendo — murmura o professor.

— Como assim, você acha que vai precisar de cirurgia? — grita Jack à minha esquerda.

— O que estou tentando dizer é que a arma rompeu alguns ligamentos, mas vamos precisar levar você aos médicos para ter certeza — responde o instrutor, a voz infinitamente paciente enquanto ata a tala de Jack no lugar.

Olho diretamente para aqueles olhos malignos de Jack e sorrio. Já chega de ficar assustada por causa dele. Ele *fugiu* naquela hora na campina.

A raiva cora as bochechas dele, iluminadas pela luz mágica, e ele gira os pés por cima da mesa, vindo na minha direção.

— Você!

— Eu o quê? — Saio de cima da minha mesa, deixando minhas mãos afrouxadas perto das bainhas na coxa.

As sobrancelhas do professor Kaori levantam enquanto ele olha de mim para Jack.

— Você? — murmura o professor.

— Eu — respondo, mantendo o foco em Jack.

O professor Kaori, entretanto, posiciona-se entre nós dois erguendo a palma de uma das mãos para ficar no caminho de Jack.

— Eu não chegaria mais perto dela.

— Se escondendo atrás dos instrutores, é, Sorrengail? — Jack fecha o punho que não está machucado.

— Eu não me escondi quando estávamos no vale, e não vou me esconder aqui. — Ergo o queixo. — Não fui eu que fugi.

— Ela não precisa se esconder atrás de mim quando se uniu ao dragão mais poderoso do ano de vocês — avisa o professor Kaori, e Jack estreita os olhos. — Sua laranja é uma boa escolha, Barlowe. Se estou certo, o nome é Baide, é isso? Ela teve quatro outros cavaleiros antes de você.

Jack assente.

O professor olha por cima do ombro para a fileira de dragões.

— Por mais que Baide possa ser agressiva, pela forma como Tairn está te encarando, provavelmente não vai ter problemas em queimar todos os seus ossos até virarem pó se você der mais um passo na direção da cavaleira dele.

Jack me encara, incrédulo.

— Você?

— Eu. — A dor pulsante em meu calcanhar agora fica mais tranquila de aguentar, uma dor entorpecida, até mesmo se eu me apoio sobre ele.

Jack balança a cabeça, e a forma como os olhos dele se transformam vai de choque a inveja e, por fim, a medo, enquanto ele se vira na direção do professor.

— Não sei se ela falou sobre o que aconteceu no vale…

— Nada. — O instrutor cruza os braços. — Tem alguma coisa que eu deveria saber?

Jack empalidece, ficando branco como um lençol sob a luz mágica enquanto outro primeiranista machucado manca até uma mesa, o sangue escorrendo de sua coxa e de seu peito.

— Todo mundo que precisava saber já sabe. — Encaro Jack nos olhos.

— Então acho que acabamos por aqui — diz Kaori, enquanto uma fileira de dragões voa, visíveis apenas em forma de silhueta naquela escuridão. — Os cavaleiros mais velhos já voltaram. Vocês dois deveriam voltar para seus dragões.

Jack bufa e marcha pelo campo.

Olho para os generais ainda reunidos em uma discussão calorosa na plataforma.

— Professor Kaori, já existiu alguém que se uniu a dois dragões? — Se alguém sabe dessa resposta, deve ser o professor de Biologia Dracônica.

Ele se vira para mim e depois para os líderes que ainda debatem.

— Você é a primeira. Mas não entendi por que ainda estão brigando por isso. A decisão não cabe a eles.

— Não? — O vento sopra mais forte enquanto dezenas de dragões pousam do outro lado dos primeiranistas, as fileiras de luzes mágicas pairando entre eles.

— Nada do que os dragões escolhem cabe aos humanos vetar — Kaori me garante. — Gostamos apenas de manter a ilusão de que estamos no controle. Algo me diz que eles estavam só esperando os outros voltarem antes de se encontrarem.

— Os líderes? — Franzo a testa.

Kaori balança a cabeça.

— Os dragões.

Os dragões vão se encontrar?

— Obrigada por me ajudar com o tornozelo. É melhor eu voltar pra lá.

Solto um sorriso tímido e atravesso o campo mal iluminado até onde Tairn e Andarna estão, sentindo o peso de cada olhar naquele vale enquanto paro e fico entre os dois dragões.

— Vocês dois estão causando a maior confusão, sabe. — Olho para Andarna e então ergo o olhar para Tairn antes de me voltar para encarar o campo como os outros alunos do primeiro ano. — Não vão deixar a gente fazer isso.

Ah, merda, e se me fizerem escolher? Sinto o estômago revirar.

— *Essa escolha cabe ao Empyriano* — diz Tairn, mas a voz dele tem certa tensão. — *Não saia do campo. Isso pode demorar.*

— *O que…* — Minha pergunta morre na ponta da língua quando o maior dragão que já vi, ainda maior que Tairn, anda até nós vindo da abertura do vale. Cada dragão pelo qual passa andando no centro do campo o segue logo em seguida, juntando dezenas naquele caminhar. — Aquele é o…

— *Codagh* — responde Tairn.

O dragão do general Melgren.

Vejo buracos nas asas cheias de cicatrizes de batalhas quando ele se aproxima, o olhar dourado focado em Tairn de uma forma que me deixa enjoada. Ele grunhe, um som baixo na garganta, virando aqueles olhos sinistros na minha direção.

Tairn responde com outro grunhido, dando um passo em frente para que eu fique entre aquelas garras gigantes.

Não tenho a menor dúvida de que sou o assunto entre esses rosnados insatisfeitos.

— *Aham! Estamos falando de você!* — diz Andarna enquanto a fileira prossegue, e ela se junta a eles.

— *Fique perto do Dirigente de Asa até voltarmos* — ordena Tairn.

Certamente ele quis dizer *Líder de Esquadrão.*

— *Você ouviu o que eu disse.*

Ou... não.

Olho em volta e encontro Xaden parado do outro lado do campo, os braços cruzados e as pernas abertas enquanto encara Tairn.

Os cavaleiros estão sinistramente silenciosos enquanto os dragões esvaziam a campina, voando em um fluxo contínuo perto do fim do vale, pousando na metade do caminho do pico mais ao sul, agrupando-se de uma forma que mal consigo definir sob a luz do luar.

No segundo em que o último dos dragões voa para longe, o caos irrompe. Primeiranistas correm até o centro do campo, onde eu estou, gritando exuberantes e procurando por seus amigos. Vasculho a multidão, tentando ter um vislumbre de...

— Rhi! — grito, encontrando Rhiannon naquela confusão e mancando até ela.

— Violet! — Ela me aperta em um abraço, afastando-se quando sinto uma dor no ferimento recente do meu braço. — O que aconteceu?

— A espada do Tynan. — Mal consigo dar essa resposta antes de ser erguida no ar por Ridoc, que me ergue e rodopia, meus pés no ar.

— Olha só quem chegou montada no dragão mais fodão de todos!

— Solta ela! — ralha Rhiannon. — Ela tá sangrando!

— Ah, merda, foi mal — responde Ridoc, e meus pés voltam ao chão.

— Tudo bem. — Vejo sangue fresco na atadura, mas não acho que rompi os pontos. Os analgésicos que tomei para dor são excelentes. — Está tudo bem? Com quem vocês se uniram?

— A Rabo-de-adaga-verde! — Rhiannon abre um sorriso. — Feirge. E foi só... fácil. — Ela suspira. — Quando eu a vi, já sabia.

— Aotrom — diz Ridoc, orgulhoso. — Rabo-de-espada-marrom.

— Sliseag! — Sawyer joga os braços ao redor dos ombros de Rhiannon e de Ridoc. — Rabo-de-espada-vermelho!

Todos comemoramos, e então sou erguida em outro abraço. Entre todos nós, estou mais feliz por ele, por tudo que precisou aguentar para chegar até aqui.

— Trina? — pergunto, quando ele me solta.

Um por um, eles sacodem a cabeça, procurando a resposta nos outros. Um peso impossível se acomoda em meu coração, e procuro outro motivo.

— Quer dizer... então existe uma possibilidade de que ela só não tenha se unido, certo?

Sawyer balança a cabeça, a tristeza pesando sobre os ombros.

— Vi quando ela caiu das costas de um Rabo-de-clava-laranja.

Meu coração fica apertado.

— Tynan? — pergunta Ridoc, o olhar indo de um para o outro.

— Tairn matou ele — digo baixinho. — Em defesa dele, Tynan já tinha me acertado uma vez. — Indico o ferimento no braço. — E ele estava tentando...

— Ele estava tentando o *quê*?

Alguém me vira pelos ombros, e sou puxada contra um peitoral. *Dain*. Meus braços passam pelas costas dele e seguram com firmeza enquanto eu respiro fundo.

— Caralho, Violet. Só... caralho. — Ele me aperta com força e então me afasta. — Você se machucou.

— Eu tô bem — garanto, mas isso não apaga a preocupação que vejo em seu olhar. Não sei se isso algum dia vai acabar. — Mas acho que nós somos tudo o que restou do nosso esquadrão de primeiranistas.

O olhar de Dain encara os outros, e ele assente.

— Quatro de nove. Isso... — a mandíbula dele se fecha uma vez antes de prosseguir — é o esperado. Os dragões estão fazendo uma reunião do Empyriano, um conclave entre seus líderes. Fiquem aqui até que voltem — ele diz para os outros antes de se voltar para mim. — Você vem comigo.

É provavelmente minha mãe que está me chamando por intermédio dele. Ela vai querer me ver, considerando tudo o que aconteceu. Percorro o campo com o olhar, mas não encontro mamãe me encarando, e sim Xaden, com uma expressão indecifrável.

Quando Dain pega minha mão e me puxa, dou as costas para Xaden e sigo Dain até o lado oposto do campo, onde ficamos escondidos nas sombras. *Acho que no fim não era minha mãe*.

— Que porra aconteceu lá? Porque Cath veio me falar que não foi só o Tairn que te escolheu, mas o pequeno também... Adarn?

Os dedos dele se entrelaçam aos meus, pânico evidente em seus olhos castanhos.

— Andarna — corrijo, um sorriso brincando em meus lábios ao pensar na dragão dourada.

— Vão fazer você escolher. — A expressão dele endurece, e a certeza ali me faz recuar.

— Não vou escolher. — Balanço a cabeça, separando nossas mãos. — Nenhum humano nunca *escolheu*, e eu é que não vou ser a primeira.

E quem ele pensa que é, me falando uma coisa dessas?

— Você vai. — Ele passa a mão pelos cabelos, perdendo a compostura. — Precisa confiar em mim. Você confia, né?

— Claro que sim...

— Então precisa escolher Andarna. — Ele assente, como se a declaração dele ali fosse equivalente a eu ter tomado minha decisão. — A dourada é a escolha mais segura entre os dois.

Por quê? Porque Tairn é... Tairn? Será que Dain acha que eu sou fraca demais para um dragão tão forte quanto Tairn?

Abro a boca e então fecho feito um peixe fora d'água enquanto procuro por uma resposta que não seja *vai se foder*. Não existe nenhum motivo no mundo que me faça rejeitar Tairn, mas meu coração também não me permite rejeitar Andarna.

— *Vão me fazer escolher?* — penso na direção deles.

Não obtenho resposta, e onde antes senti uma... extensão da minha mente e de quem sou, esticando minhas barreiras mentais desde que Tairn falara comigo pela primeira vez no campo, agora não sinto nada.

Estou sendo ignorada. *Não entre em pânico.*

— Eu não vou escolher — repito, mais baixo dessa vez.

E se eu não puder ter nenhum deles? E se eles tiverem quebrado alguma regra sagrada e agora todos vamos ser punidos?

— Ah, mas você vai. E precisa ser Andarna. — Ele segura meus ombros e se inclina, o tom mais urgente. — Eu sei que ela é pequena demais para aguentar um cavaleiro...

— Ainda não testamos isso — digo na defensiva, apesar de saber que é verdade. É fisicamente impossível.

— E não importa. Significa que você não vai poder voar com uma Asa, mas provavelmente vão te transformar em uma instrutora permanente, igual ao Kaori.

— Isso é só porque o poder sinete dele faz com que ele seja indispensável como professor, e não porque o dragão dele não consegue voar — argumento. — E até ele fez os quatro anos obrigatórios em uma Asa de combate antes de ser mandado para trás de uma escrivaninha.

Dain desvia o olhar, e quase consigo ver as engrenagens virando na mente dele enquanto calcula… o quê? O risco que represento? Minha escolha? Minha liberdade?

— Mesmo se levar Andarna para o combate, existe só uma *chance* de você ser morta. Se levar Tairn, Xaden *vai* te matar. Você acha que o Melgren é assustador? Estou aqui um ano a mais do que você, Vi. Ao menos você sabe sua posição no que se trata de Melgren. Xaden é duas vezes mais impiedoso, e é imprevisível e perigoso.

Eu pisco.

— Espera. O que isso tem a ver?

— Eles são um par consorte. Tairn e Sgaeyl. O par consorte mais forte em séculos.

Minha mente gira. Os pares consortes não podem ficar separados por muito tempo ou a saúde deles se deteriora, então sempre são enviados juntos para os lugares. *Sempre.* O que significa… Ah, deuses.

— Só… me conte o que aconteceu. — Ele deve ter percebido meu choque, porque suaviza o tom de voz que usa comigo.

Então eu conto. Conto sobre Jack e seus amiguinhos assassinos caçando Andarna. Conto sobre cair e sobre o campo, e sobre Xaden observando tudo, aquele Xaden… estranhamente protetor ao me avisar que Oren estava atrás de mim. Tinha tido a oportunidade perfeita de acabar comigo ali sem nem estremecer a balança moral dele, mas escolheu ajudar. Que caralhos eu deveria deduzir disso tudo?

— Xaden estava lá — diz Dain baixinho, mas a gentileza desaparece da voz dele.

— Sim. — Assinto. — Mas ele foi embora depois que Tairn apareceu.

— Xaden estava lá quando você defendeu Andarna, e então Tairn só… apareceu? — ele pergunta lentamente.

— Sim. Foi o que eu disse. — Qual parte desses acontecimentos está confundindo Dain? — O que você está querendo dizer com isso?

— Não acha isso coincidência demais? O que Xaden fez? — Ele aperta mais meu ombro. Graças aos deuses pela minha armadura de escamas de dragão, ou talvez eu ficaria com hematomas amanhã.

— Por favor, me diga o que acha que eu fiz. — Uma figura surge das sombras, e sinto meu pulso acelerar quando Xaden dá um passo em nossa direção e entra no perímetro de luz do luar, a escuridão deslizando para além dele como um véu descartado.

Sinto o calor pulsar por cada veia e acordar todos os meus nervos. Odeio a reação que meu corpo tem ao vê-lo, mas não posso fingir que não sinto tudo. O tesão que sinto por ele é inconveniente pra caralho.

— Você manipulou a Ceifa. — Dain tira a mão dos meus ombros e se vira para encarar nosso Dirigente de Asa, os ombros rígidos enquanto se posiciona entre nós.

Ah, merda, essa é uma acusação e tanto para se jogar por aí.

— Dain, isso é…

Paranoia. Saio de trás de Dain. Se Xaden fosse me matar, não teria esperado tanto tempo. Teve diversas oportunidades, e ainda estou aqui. Unida a um dragão. Ao consorte da dragão *dele.*

Xaden não vai me matar. Perceber aquilo faz meu peito se comprimir, me faz reexaminar todas as coisas que aconteceram naquele campo, como se a gravidade estivesse mudando debaixo dos meus pés.

— Isso é uma acusação oficial? — Xaden olha para Dain como se fosse um estorvo, uma irritação.

— Você interferiu? — Dain exige saber.

— Eu fiz o quê? — Xaden arqueia uma sobrancelha escura e encara Dain com um olhar que faria uma pessoa mais fraca murchar. — Se vi que ela estava em menor número e já ferida? Se achei que a coragem dela pareceu tão admirável quanto *imprudente* pra porra? — Ele vira aquele olhar para mim, e sinto o impacto dele até nos dedos dos pés.

— E eu faria de novo. — Ergo o queixo.

— Sei muito bem disso, cacete — ruge Xaden, perdendo a paciência pela primeira vez desde que o conheci no Parapeito.

Inspiro rapidamente, e Xaden faz a mesma coisa, como se estivesse tão chocado por aquela explosão quanto eu.

— Se eu a vi lutar contra *três* cadetes maiores? — Ele se vira para Dain. — Porque a resposta para todas essas perguntas é sim. Mas você está fazendo as perguntas erradas, Aetos. O que você deveria estar se perguntando é se *Sgaeyl* viu isso também.

Dain engole em seco e desvia o olhar, obviamente repensando o que havia dito até ali.

— A consorte contou pra ele — sussurro. Foi Sgaeyl quem chamou Tairn.

— Ela nunca foi fã de valentões — fala Xaden para mim. — Mas não pense que isso foi um ato de gentileza por você. Ela gosta da dragãozinha. Infelizmente, Tairn escolheu você sozinho.

— Porra — murmura Dain.

— Eu acho exatamente a mesma coisa. — Xaden sacode a cabeça para Dain. — Sorrengail é a última pessoa no Continente que eu desejaria que estivesse ligada a mim. Não fui eu que fiz isso.

Ai. Preciso de todo o meu esforço para não apalpar meu peito e garantir que ele não arrancou meu coração entre as costelas, o que não faz nenhum sentido, já que sinto o mesmo sobre ele. Ele é o filho do Grande Traidor. O pai dele foi diretamente responsável pela morte de Brennan.

— E mesmo se eu tivesse feito isso… — Xaden caminha na direção de Dain, avolumando-se sobre ele. — Você continuaria fazendo essa acusação, mesmo sabendo que o que fiz salvou a vida dessa garota que você chama de melhor amiga?

Olho para Dain, e um silêncio condenado perdura ali. É uma pergunta simples, e ainda assim eu prendo a respiração, aguardando uma resposta. O que eu significo para ele?

— Existem… regras. — Dain inclina o queixo e encara Xaden nos olhos.

— E, só por curiosidade, você teria, sei lá, de repente, *distorcido* um pouco essas regras para salvar a sua preciosa Violetinha naquele campo? — A voz dele fica gelada enquanto examina a expressão de Dain, fascinado.

Xaden tinha dado um passo. Logo antes de Tairn pousar, ele tinha… se movido na *minha* direção.

Dain flexiona a mandíbula, e vejo a guerra travada naquele olhar.

— Essa é uma pergunta injusta. — Fico ao lado de Dain enquanto o som de asas chicoteando interrompe o ar.

Os dragões estão voltando. Tomaram uma decisão.

— Estou ordenando que me responda, *Líder de Esquadrão*. — Xaden nem sequer olha para mim.

Dain engole em seco, fechando os olhos.

— Não, eu não teria.

Meu coração parece que vai ao chão. Sempre soube que Dain valorizava mais a ordem e as regras do que relacionamentos, do que eu, mas ter isso exibido de uma forma tão cruel me corta mais fundo que a espada de Tynan.

Xaden bufa.

Dain imediatamente vira a cabeça na minha direção.

— Teria acabado comigo assistir a uma coisa dessas acontecer com você, Vi, mas as regras…

— Está tudo bem — eu me forço a dizer, tocando o ombro dele, só que não está.

— Os dragões estão voltando — diz Xaden quando o primeiro pousa no campo iluminado. — Volte para a formatura, Líder de Esquadrão.

Dain desvia o olhar do meu e vai embora, misturando-se aos cavaleiros apressados e seus dragões.

— Por que você foi fazer uma coisa dessas com ele? — digo para Xaden e depois balanço a cabeça. Eu não me importo. — Esquece

— murmuro, e então vou para longe, marchando de volta até o lugar onde Tairn me disse para esperar.

— Porque você confia demais nele — responde Xaden mesmo assim, me alcançando sem nem precisar apertar o passo. — E saber em quem confiar é a única coisa que vai te manter viva aqui. Vai *nos* manter vivos aqui. Não só na Divisão, mas depois da graduação.

— Esse *nós* não existe — respondo, desviando de uma cavaleira enquanto ela corre para longe. Dragões pousam por todos os lados, o chão tremendo com a força daquela bagunça. Nunca vi tantos dragões voando ao mesmo tempo.

— Ah, acho que vai ver que esse não é mais o caso — murmura Xaden perto de mim, segurando meu cotovelo e me puxando para fora do caminho de outro cavaleiro que corre na direção contrária.

Ontem, ele teria me deixado trombar com ele com tudo.

Inferno, talvez ele tivesse até me empurrado na direção dele.

— A união de Tairn é poderosa, tanto como consorte quanto com o cavaleiro, porque *ele* é poderoso. Perder o último cavaleiro quase o matou, o que, no caso, quase matou Sgaeyl. As vidas dos pares consortes são...

— Dependentes entre si, eu sei disso.

Continuamos andando até chegarmos ao centro da linha de cavaleiros. Se eu não estivesse tão incomodada com a atitude grosseira que Xaden tivera com Dain, teria aproveitado para admirar o espetáculo que é assistir a centenas de dragões pousarem ao nosso redor. Ou talvez questionasse como o homem ao meu lado consegue consumir todo o ar naquele campo gigante.

— Cada vez que um dragão escolhe um cavaleiro, a união é mais forte do que a última, o que significa que, se você morrer, Violência, vai deslanchar uma série de eventos que potencialmente resultarão na *minha* morte. — A expressão dele é pétrea como mármore, mas a raiva em seus olhos me deixa sem fôlego. É uma... fúria completa. — Então, sim, infelizmente para todos os envolvidos, agora um *nós* existe, se o Empyriano aceitar a escolha de Tairn.

Meus. Deuses.

Estou presa a Xaden Riorson.

— E agora que Tairn está envolvido, que outros cadetes sabem que ele está disposto a se unir... — Ele suspira, a irritação passando por suas feições, a mandíbula cerrada quando ele desvia o olhar.

— Foi por isso que Tairn me disse para ficar perto de você — sussurro, enquanto as consequências das ações de hoje se acomodam no meu estômago, que continua a revirar. — Por causa dos que não se uniram.

Há ao menos três dezenas de cadetes que não se uniram a dragões parados do outro lado do campo, observando a todos nós com ganância nos olhos, incluindo Oren Seifert.

— Os que não se uniram vão tentar matar você na esperança de fazer Tairn se unir a *eles*. — Xaden balança a cabeça quando Garrick se aproxima, e o líder do setor olha de mim para ele, a boca retesada em uma linha firme antes de recuar para o outro lado do campo. — Tairn é um dos dragões mais fortes do Continente, e o poder vasto que ele canaliza está prestes a ser seu. Durante os próximos meses, os que não se uniram vão tentar matar um cavaleiro recém-unido enquanto a união ainda for fraca, enquanto ainda existir uma chance de o dragão mudar de ideia e escolher outro cavaleiro e eles não precisarem repetir um ano inteiro. E por Tairn? Eles vão fazer qualquer coisa. — Ele suspira como se tivesse recebido um emprego em tempo integral. — Temos quarenta e um cavaleiros que não conseguiram se unir a nenhum dragão, e você agora é o alvo número um deles.

Ele ergue apenas um dedo.

— E Tairn acha que você vai fazer o papel de guarda-costas — bufo. — Ele nem imagina o quanto você me detesta.

— Ele sabe exatamente o quanto eu valorizo minha *própria* vida — retruca Xaden, percorrendo meu corpo com o olhar. — Você está surpreendentemente calma para alguém que acabou de ser informada de que vai virar presa.

— É só mais um dia como qualquer outro. — Dou de ombros, ignorando a forma como o olhar dele faz minha pele ferver. — E, sinceramente, ser caçada por quarenta e uma pessoas me intimida menos do que ter que constantemente tomar cuidado com qualquer sombra por causa de *você*.

Uma brisa sopra em minhas costas quando Andarna pousa atrás de mim, seguida de uma lufada de vento e de uma sacudida no chão quando é a vez de Tairn.

Sem mais nenhuma palavra, Xaden tira os olhos de mim e vai embora, fazendo um caminho levemente diagonal até Sgaeyl, que é muito maior do que todos os dragões dos outros Dirigentes de Asa.

— *Me diga que vai ficar tudo bem* — murmuro em pensamento para os dragões.

— *Será como deve ser* — responde Tairn, a voz rouca e entediada ao mesmo tempo.

— *Você não me respondeu.* — Tá, agora parece que eu o estou acusando de alguma coisa mesmo.

— *Humanos não podem saber o que é dito no Empyriano* — responde Andarna. — *Isso é regra.*

Portanto, todos os cavaleiros estavam sendo ignorados, e não só eu. Aquele pensamento me conforta de um jeito estranho. Além disso, a coisa toda de *Empyriano* é nova para mim hoje. Kaori deve estar se sentindo nos céus com toda a política de dragões que está acontecendo aqui. O que foi decidido?

Encaro minha mãe, mas ela está olhando em todas as direções *exceto* na minha.

O general Melgren vai até a frente da plataforma, o uniforme condecorado com diversas medalhas. Dain tem um pouco de razão em uma coisa: o general mais importante do nosso reino é *assustador*. Ele nunca viu problemas em mandar abater uma infantaria, e sua crueldade quando se trata de interrogatórios (e execuções) de prisioneiros é bem conhecida, ao menos na mesa de jantar da minha família. Seu enorme dragão, quase um pesadelo por si só, toma todo o espaço atrás da plataforma, e o silêncio recai sobre a multidão enquanto Melgren leva as mãos até a lateral do rosto.

— Codagh repassou o que os dragões decidiram com relação à garota Sorrengail. — Uma magia menor permite que a voz dele fique magicamente amplificada pelo campo para todos ouvirem.

Mulher, corrijo mentalmente, meu estômago dando um nó.

— Por mais que a tradição demonstre que só existe um cavaleiro para cada dragão, nunca existiu um caso em que dois dragões tenham selecionado o mesmo cavaleiro, o que, portanto, nos leva a concluir que não existe uma lei dracônica que impeça isso — ele declara. — Enquanto nós, cavaleiros, podemos pensar que isso não é... igualitário — o tom dele deixa claro que compartilha da opinião dessas pessoas —, dragões fazem suas próprias leis. Tanto Tairn quanto... — Ele olha por cima do ombro e um auxiliar vai sussurrar um nome em seu ouvido. — ... Andarna escolheram Violet Sorrengail, e, portanto, a escolha deles permanece.

Um burburinho se espalha pela multidão, mas meus ombros relaxam, aliviados. Não vou precisar fazer uma escolha impossível.

— *Como deve ser* — resmunga Tairn. — *Humanos não podem opinar sobre as leis de dragões.*

Mamãe dá um passo à frente e faz o mesmo gesto com as mãos para projetar a voz, mas não consigo me concentrar no que ela diz enquanto encerra a parte formal da cerimônia da Ceifa, prometendo que os cavaleiros sem união terão mais uma chance no ano seguinte. *Isso se não conseguirem matar um de nós enquanto as uniões estão fracas nos próximos meses e tentarem se unir por conta própria.*

Eu pertenço a Tairn e Andarna... E, de um jeito muito errado... a Xaden.

Sinto a nuca esquentar e olho para ele do outro lado do campo.

Como se pressentisse meu olhar, ele me encara e ergue um único dedo. *Alvo número um.*

— Bem-vindos a uma família que não conhece fronteiras, limites ou fim — termina minha mãe, e aplausos irrompem pelo campo. — Cavaleiros, avante.

Olho para a direita e a esquerda, confusa, mas todos os cavaleiros fazem o mesmo.

— *Cinco passos adiante* — instrui Tairn.

Faço o que ele diz.

— Dragões, as honras são suas, como sempre — declara mamãe. — Agora é hora de comemorar!

Sinto um calor nas costas, e sibilo, dolorida, enquanto os cavaleiros ao meu lado dão gritos. Minhas costas parecem que estão pegando *fogo*, e ainda assim todo mundo do outro lado do campo está aplaudindo alegre, alguns deles correndo na nossa direção.

Outros cavaleiros são abraçados.

— *Você vai gostar* — promete Tairn. — *Vai ser uma coisa única.*

A dor vira um incômodo, e olho por cima do ombro. Tem alguma... *coisa* preta saindo por cima do meu colete.

— *Eu vou gostar do quê?*

— Violet! — Dain chega até mim, o sorriso largo enquanto segura meu rosto. — Você ficou com os *dois*!

— Pois é. — Curvo os lábios. É tudo tão... surreal, tem coisas demais acontecendo em um único dia.

— Cadê a sua... — Ele me solta e dá uma volta. — Posso desamarrar isso? Só a parte de cima? — ele pergunta, puxando a gola do colete em minhas costas.

Assinto. Alguns puxões depois, o ar frio de outubro sopra na minha nuca.

— Puta merda. Você precisa ver isso.

— *Diga ao garoto para sair daí* — ordena Tairn.

— Tairn disse para você sair daí.

Dain dá um passo para o lado.

De repente, minha visão não é mais minha. Estou olhando para minhas próprias costas através dos... olhos de Andarna. Minhas costas mostram uma relíquia preta brilhante de um dragão voando, de um ombro ao outro, e, bem no centro, a silhueta de um dourado cintilante.

— É linda — sussurro. Fui marcada pela magia deles agora como cavaleira, como cavaleira *deles.*

— *Sabemos* — responde Andarna.

Pisco, e minha visão volta a ser minha, e as mãos de Dain atam meu corpete rapidamente. Depois, ele segura meu rosto, me virando para ele.

— Preciso que saiba que eu faria qualquer coisa para te salvar, Violet, pra te proteger — confessa ele, os olhos em pânico. — O que Riorson disse...

Ele balança a cabeça.

— Eu sei — falo, para fazê-lo ter certeza, mesmo que algo se parta em meu coração ao dizer isso. — Você está sempre zelando pela minha segurança.

Ele faria qualquer coisa. *Exceto quebrar as regras.*

— Você precisa saber como me sinto em relação a você. — O dedão dele acaricia minha bochecha, os olhos buscando algo, e então, por fim, a boca dele encontra a minha.

Os lábios são macios, mas o beijo é firme, e sinto a alegria percorrer minha coluna. Depois de todos esses anos, Dain *finalmente* me beijou.

A alegria se esvai em menos de um segundo. Não sinto nenhum calor. Nenhuma energia. Nenhuma pontada de tesão. A decepção amarga aquele momento, mas não para Dain. Ele sorri abertamente quando se afasta.

Acabou em um segundo.

Foi tudo que eu sempre quis... só que...

Merda. Não é mais o que eu quero.

É natural, portanto, que, quanto mais poderoso for o dragão, mais poderoso será o sinete que seu cavaleiro manifestará. Deve-se ter sempre cuidado com um cavaleiro forte que se uniu a um dragão menor, mas é necessária ainda mais cautela com um cadete que não se uniu a nenhum dragão e que fará de tudo para ter a chance de conseguir uma união.

— O guia para a Divisão dos Cavaleiros, por major Afendra (edição não autorizada)

CAPÍTULO DEZESSETE

Depois de dormir no quartel lotado pelos últimos dois meses, é um luxo estranho ter meu próprio quarto. Nunca mais vou tomar a privacidade como algo garantido.

Fecho a porta atrás de mim enquanto manco até o corredor.

O quarto de Rhiannon fica do outro lado do corredor pequeno, e, quando a porta se abre, vejo Sawyer sair de lá. Ele passa os dedos pelo cabelo, e, quando me vê, ergue as sobrancelhas e congela, as bochechas quase tão vermelhas quanto suas sardas.

— Bom dia — falo, sorrindo.

— Violet. — Ele força um sorriso constrangido e vai embora, dirigindo-se ao corredor principal do dormitório do primeiro ano.

Um casal da Segunda Asa sai de mãos dadas do quarto ao lado de Rhiannon, e lanço um sorriso para as pessoas, inclinada na minha própria porta enquanto espero um pouco e testo o tornozelo ao virá-lo de um lado a outro. Está dolorido, como todas as vezes que acabei torcendo, mas a tala e a bota o seguram no lugar a ponto de eu conseguir me apoiar nele. Se eu estivesse em qualquer outro lugar, teria pedido muletas, mas isso só pintaria outro alvo em minhas costas. De acordo com Xaden, já estou andando por aí com um bem grande, sem precisar de mais nada.

Rhiannon sai do quarto e abre um sorriso assim que me vê.

— Acabou o dever do café?

— Me disseram ontem à noite que os deveres *menos aprazíveis* iam ser entregues aos que não se uniram para que a gente redirecione nossa energia para as aulas de voo.

O que significa que vou precisar encontrar outro jeito de enfraquecer meus oponentes antes dos desafios. Xaden está certo. Não posso me apoiar sempre na ideia de eliminar todos os meus inimigos com veneno, mas não vou ignorar a única vantagem que tenho aqui.

— Mais um motivo para eles nos odiarem — murmura Rhiannon.

— Então, o Sawyer, hein, Rhi? — Começamos a andar pelo corredor, passando outros quartos antes de virarmos no corredor principal que nos leva ao átrio. Preciso dizer que os quartos dos alunos do primeiro ano não são tão espaçosos quanto os do segundanistas, mas ao menos nós duas temos janelas.

Um sorrisinho curva os lábios dela.

— Achei que eu merecia comemorar. — Ela dá um sorriso, me olhando de soslaio. — E por que foi que não ouvi *você* comemorando?

Nós nos misturamos à multidão que se dirige ao Salão Principal.

— Não encontrei ninguém com quem eu quisesse comemorar.

— Sério? Porque ouvi boatos de que você e um certo Líder de Esquadrão tiveram um lance ontem à noite.

Eu me viro para ela e praticamente tropeço.

— Qual é, Vi. A Divisão inteira estava lá, acha que ninguém viu? — Ela revira os olhos. — Eu é que não vou te dar sermão. Quem se importa se não é pra você se relacionar com um oficial superior? Não existe um regulamento que proíba, e não é como se todo mundo tivesse garantia de sobreviver até o fim do dia.

— Justo — confesso. — Mas é… — Balanço a cabeça, procurando as palavras certas. — As coisas não são assim entre a gente. Sempre torci para que isso acontecesse, mas aí, quando ele me beijou… não senti nada. Tipo, *nada*.

É impossível esconder a decepção em minha voz.

— Que bosta. — Ela passa um braço pelo meu. — Sinto muito.

— Eu também — suspiro.

Uma porta se abre no corredor, e Liam Mairi sai com o braço em volta da cintura de outro aluno do primeiro ano que se uniu a um Rabo-de-clava-marrom. Parece que todo mundo resolveu *comemorar* ontem à noite, menos eu.

— Bom dia, meninas. — Ridoc força caminho pela multidão atrás de nós e joga um braço ao redor de cada ombro quando entramos no átrio. — Ou deveria dizer *cavaleiras*?

— Eu gosto de *cavaleiras* — responde Rhiannon, abrindo um sorriso.

— É sonoro, né? — concorda Ridoc.

— Parece uma palavra melhor do que *mortas*. Cadê a sua relíquia? — pergunto a Ridoc quando passamos pelas colunas de dragões entalhados e subimos as escadas para o espaço comum.

— Aqui. — Ele tira o braço do meu ombro e arregaça a manga da túnica, revelando uma marca marrom de uma silhueta de dragão no antebraço. — E a sua?

— Não dá pra ver. É nas costas.

— É mais seguro, mesmo, se um dia você acabar se separando daquele seu dragão gigantesco. — Os olhos dele se iluminam. — Juro, achei que ia cagar nas calças quando vi ele no campo. E a sua, Rhi?

— Em um lugar que você nunca vai ver — responde ela.

— Ai, assim você me magoa. — Ele leva uma mão ao coração.

— Duvido muito — retruca ela, ainda sorrindo.

Passamos pelo espaço comum e entramos no Salão Principal, e então nos juntamos à fila para pegar o café da manhã.

É estranho estar deste lado do balcão, e eu me espanto ao ver quem está ali atrás.

Oren.

Ele me encara com um ódio que faz um calafrio percorrer minha espinha. Passo direto pelo balcão dele e sigo na direção das frutas frescas, sabendo que é a opção mais segura, só para o caso de ele decidir escolher resolver seus conflitos usando o mesmo método que eu, tentando me envenenar.

— Babaca — murmura Ridoc atrás de mim. — Ainda não dá pra acreditar que tentaram te matar.

— Pois eu acredito. — Dou de ombros, arriscando pegar um copo de suco de maçã. — Eu sou o elo mais fraco, certo? Infelizmente pra mim, isso significa que mais pessoas vão tentar me matar pelo bem da Asa.

Andamos na direção da parte da Quarta Asa e encontramos uma mesa com três assentos vazios.

— Se importa se… — começa Ridoc.

— À vontade! Todo seu! — Alguns caras do Setor Cauda saem do banco.

— Desculpa, Sorrengail! — diz o outro por cima do ombro enquanto seguem para outra mesa, deixando aquela vazia.

Que porra é essa?

— Bom, isso foi estranho pra caralho. — Rhiannon se senta do outro lado da mesa e eu acompanho, de costas para a parede enquanto passamos por cima do banco para nos sentar, depositando as bandejas na nossa frente.

Fico um pouco tentada a cheirar meu sovaco para ver se estou fedendo.

— Quer ver uma coisa mais estranha ainda? — comenta Ridoc, gesticulando para o outro lado do salão, na direção da Primeira Asa.

Acompanho o olhar dele, erguendo as sobrancelhas. Jack Barlowe está sendo empurrado da mesa. Ele é forçado a ficar em pé enquanto outras pessoas tomam o assento dele.

— Que porra tá acontecendo? — Rhiannon morde uma pera.

Jack vai para outra mesa, cujos ocupantes não dão espaço para ele, mas encontra um assento vazio duas mesas adiante.

— Quanto mais alto se sobe, maior é a queda — comenta Ridoc, observando a mesma coisa que eu, mas não sinto nenhuma satisfação ao ver Jack tendo dificuldades. Cães ferozes mordem com mais afinco quando se sentem encurralados.

— Ei, Sorrengail — diz a garota corpulenta da Primeira Asa que venci no meu segundo desafio, espremendo um sorriso enquanto passa por nossa mesa.

— Oi. — Aceno constrangida, e ela vai embora; então me viro para sussurrar com Ridoc e Rhiannon. — Ela não fala comigo desde que peguei uma das adagas dela no desafio.

— É porque você se uniu a Tairn. — Imogen sopra o cabelo rosa do rosto e joga a perna por cima do banco na nossa frente para se sentar, arregaçando as mangas da túnica e revelando a relíquia da rebelião. — A manhã depois da Ceifa é sempre uma zona. O equilíbrio de poder muda, e você, Sorrengail, está prestes a ser a cavaleira mais poderosa da Divisão. Qualquer um com bom senso vai ter medo de você.

Pisco, sentindo o coração acelerar. É isso o que está acontecendo? Olho em volta e observo tudo. Grupos sociais se romperam, e alguns cadetes que antes eu teria considerado ameaças não estão mais sentados nos mesmos lugares.

— É por isso que *você* agora está sentada com a gente? — Rhiannon arqueia uma sobrancelha para a segundanista. — Porque consigo contar numa mão a quantidade de coisas legais que você já disse pra gente.

Ela ergue o punho fechado sem nenhum dedo levantado.

Quinn – a segundanista alta do nosso esquadrão que não se deu ao trabalho de olhar na nossa direção desde o Parapeito – está ao lado de Imogen, e então Sawyer chega, sentando-se do outro lado de

Rhiannon. Quinn coloca os cachos loiros atrás da orelha e tira a franja do olho, as bochechas redondas levantando quando ela sorri para algo que Imogen disse. Preciso admitir que a linha de brincos de aros que completam suas duas orelhas é bem legal, e, entre a meia dúzia de insígnias, a que exibe duas silhuetas em um campo verde-escuro, da mesma cor dos olhos dela, é a mais intrigante. Eu deveria ter estudado mais sobre o que cada insígnia significa, mas, de acordo com o que ouvi, elas mudam todos os anos.

Pessoalmente, sou fã das primeiras que recebemos. Precisei costurar a insígnia em formato de chama e o emblema da Quarta Asa e o número dois vermelho ao centro com grande cuidado, tendo certeza de que estava costurando apenas o tecido da armadura, já que nenhuma agulha perfuraria as escamas embaixo.

Minha insígnia favorita, porém, é a que fica ao lado do Setor Chama. Somos o esquadrão que teve mais membros que sobreviveram desde o Parapeito, o Esquadrão de Ferro deste ano.

— Antes vocês não eram tão interessantes — responde Imogen, mordendo um muffin.

— Eu normalmente me sento com a minha namorada no Setor Garra. Além do mais, não adianta conhecer vocês sabendo que a maioria vai morrer daqui a pouco — acrescenta Quinn, afastando os cabelos de novo, e os cachos saltam para fora das orelhas. — Sem querer ofender.

— Não me ofendi — respondo, começando a comer uma maçã.

Quase cuspo quando Heaton e Emery, terceiranistas do nosso esquadrão, sentam-se ao lado de Imogen e Quinn no banco na nossa frente.

Agora só faltam Dain e Cianna, que estão comendo com os outros líderes, como sempre.

— Achei que Seifert ia conseguir se unir a algum dragão — diz Heaton para Emery do outro lado da mesa, como se tivéssemos chegado no meio de uma discussão que já estavam tendo. As chamas do cabelo delu, normalmente vermelhas, estão pintadas de verde. — Fora perder para Sorrengail, ele venceu todos os desafios.

— Ele tentou matar Andarna.

Merda. Talvez eu devesse ter guardado essa informação para mim.

Todos na mesa se voltam para mim.

— Imagino que Tairn tenha contado isso aos outros — falo, dando de ombros.

— E por que Barlowe teria conseguido, então? — questiona Ridoc. — Se bem que, pelo que ouvi falar, o Rabo-de-escorpião-laranja dele é dos pequenos.

— Ela é mesmo — confirma Quinn. — É por isso que ele está tendo dificuldade hoje.

— Não se preocupem. Ele com certeza vai compensar a falta de posição social de outra forma — murmura Rhiannon, estreitando os olhos para a própria bandeja. — Você precisa comer proteína, Vi. Não vai sobreviver só de frutas.

— É a única comida em que eu posso garantir que não mexeram, especialmente com Oren do outro lado do balcão. — Começo a descascar uma laranja.

— Puta que pariu. — Imogen pega três salsichas e joga no meu prato. — Ela tem razão. Você vai precisar de toda a sua força para voar, especialmente em um dragão grande como Tairn.

Encaro as salsichas. Imogen me odeia tanto quanto Oren. Inferno, ela quebrou meu braço e deslocou meu ombro no dia da avaliação.

— *Pode confiar nela* — diz Tairn, e eu me assusto, derrubando a laranja.

— *Ela me odeia.*

— *Pare de discutir comigo e coma.* — O tom de voz com que fala comigo deixa claro que ele não quer debater o assunto.

Ergo o olhar e encontro o de Imogen, e ela inclina a cabeça, me encarando de volta em desafio.

Uso o garfo para cortar, e então coloco um pedaço na boca e mastigo, voltando a me concentrar na conversa da mesa.

— Qual o seu sinete? — pergunta Rhiannon a Emery.

Um vento passa pela mesa, sacudindo os copos. Manipulação do ar. Entendido.

— Épico. — Ridoc arregala os olhos. — Quanto ar você consegue mexer?

— Não é da sua conta. — O outro mal o encara.

— Sorrengail, depois da aula de hoje, você vem comigo — diz Imogen.

Engulo a comida da boca.

— Quê?

Os olhos verde-claros dela encontram os meus.

— Me encontra no ginásio de treino.

— Eu já estou treinando ela para lutar… — começa Rhiannon.

— Que bom. Não dá para ela perder nenhum desafio — retruca Imogen. — Mas vou te treinar com peso. Vamos precisar fortalecer os músculos das suas articulações antes de os desafios voltarem. É o único jeito de te ajudar a sobreviver.

Sinto os pelos da nuca arrepiarem.

— E desde quando você se importa com a minha sobrevivência?

Isso não é uma coisa de esquadrão. Não pode ser. Não quando ela não dava a mínima antes.

— Desde agora — ela responde, segurando o garfo no punho, mas é o olhar rápido na direção do canto do salão que a entrega. A preocupação que demonstra não é assim tão legítima. Algo me diz que foi uma ordem. — Os esquadrões vão ser condensados na formatura agora de manhã. Vamos ficar com dois em cada setor. Aetos manteve o maior número de alunos do primeiro ano vivos, e por isso ganhamos a insígnia, então ele vai poder ficar com o esquadrão, mas provavelmente vamos ganhar uns membros quando desmantelarem os esquadrões que não tiveram tanto sucesso.

Da forma mais discreta que consigo, olho para a direita, para além das outras mesas da Quarta Asa e para a plataforma onde Xaden está sentado com seu subdirigente e os líderes de setor, incluindo Garrick, cujos ombros parecem que deveriam ocupar pelo menos duas cadeiras. É Garrick que me olha primeiro, a testa franzindo em… o que seria aquilo? Preocupação? Em seguida, ele desvia o olhar.

A única razão possível para ele estar remotamente preocupado… é que *ele sabe*. Sabe que meu destino está atrelado ao de Xaden.

Encaro Xaden, sentindo um aperto no peito. Como. Ele. É. Lindo. Aparentemente, meu corpo não se importa que ele seja a pessoa mais perigosa na Divisão, porque sinto um calor pulsando nas veias, corando minha pele.

Ele está usando uma adaga para descascar uma maçã, cortando de forma a deixar toda a casca numa única tira longa, e continua manejando a lâmina enquanto ergue os olhos, sustentando o meu olhar.

Minha cabeça inteira formiga.

Deuses, será que existe alguma parte do meu corpo que não sofre uma reação física ao vê-lo?

Ele olha na direção de Imogen e depois na minha, e é assim que tenho certeza. Foi ele quem a mandou me ajudar a treinar. Xaden Riorson agora está determinado a manter viva sua inimiga mortal.

***

Algumas horas depois, quando os esquadrões são reorganizados e a chamada com os mortos é lida, todos os cavaleiros do primeiro ano da Quarta Asa estão vestindo seus uniformes de voo, esperando pelos dragões no campo. O uniforme é mais grosso do que o normal, com uma jaqueta que eu abotoei por cima da armadura de escamas de dragão.

Diferente dos uniformes regulares, seja lá qual tenhamos escolhido, o uniforme de voo não contém nenhum brasão além da nossa patente no ombro e uma designação de líder. Não tem nome. Nem insígnia. Nada que possa nos delatar se formos separados dos nossos dragões em território inimigo. Só muitas bainhas para armas.

Tento não pensar na possibilidade de lutar na guerra um dia e em vez disso me concentro no caos organizado que se desdobra no campo de voo naquela manhã. Não posso deixar de notar a forma como os outros cadetes olham para Tairn, ou como os outros dragões abrem espaço para ele. Sinceramente, se eu visse aqueles dentes arreganhados para mim, teria feito o mesmo.

— *Não teria, porque você não o fez. Ficou e defendeu Andarna.* — A voz dele preenche minha cabeça, e dá para notar, pelo tom que está usando, que ele preferiria estar em qualquer outro lugar.

— *Só porque tinha muita coisa acontecendo naquela hora* — respondo. — *Andarna não vem hoje?*

— *Ela não precisa passar por lições de voo, porque não aguenta te carregar.*

— *Justo.* — Apesar disso, seria bom vê-la. Ela é mais silenciosa na minha cabeça também, não tão fuxiqueira quanto Tairn.

— *Eu ouvi o que você pensou. Agora, preste atenção.*

Reviro os olhos e me concentro no que Kaori está dizendo no centro do campo. Ele está com a mão erguida e usa uma magia menor para projetar sua voz para que todos possam ouvir.

Que os deuses nos ajudem quando Ridoc descobrir como fazer isso. Reprimo um sorriso, sabendo que ele vai dar um jeito de irritar todos os cavaleiros na Divisão, e não só do seu esquadrão.

— ... e com apenas noventa e dois cavaleiros, são a nossa menor turma até agora.

Abaixo os ombros.

— *Achei que cento e um estivessem dispostos a se unir, além de você.*

— *Dispostos a se unir não quer dizer que encontraram cavaleiros dignos* — responde Tairn.

— *E, ainda assim, dois de vocês me escolheram?* — Com quarenta e uma pessoas sem união? Isso é quase uma ofensa.

— *Você é digna. Ao menos penso que é, mas aparentemente você não presta atenção nas aulas.*

Ele bufa, um sopro de fumaça aquecendo minha nuca.

— Existem quarenta e um cadetes sem união que fariam qualquer coisa para estarem onde vocês estão — continua Kaori. — E os dragões de vocês sabem que a união está fraca agora, então, se caírem, se fracassarem, existe uma boa chance de que o dragão unido a vocês pense que algum outro cadete disponível possa ser uma escolha melhor.

— Que reconfortante — murmuro.

Tairn faz um ruído que me parece desdém.

— Agora, vamos começar a montar, e depois seguiremos uma série de manobras específicas que seus dragões já conhecem. Suas ordens são simples hoje. Fiquem no assento — termina Kaori. Então ele se vira e começa a correr na direção da perna dianteira de seu dragão, fazendo a subida vertical para montar.

Bem parecido com o último obstáculo na Armadilha.

Engulo em seco, desejando não ter comido tanto no café da manhã, e me viro para encarar Tairn. À esquerda e à direita, os cavaleiros estão fazendo a mesma manobra para montar. Não vou conseguir fazer isso normalmente, muito menos com o tornozelo ainda se recuperando.

Tairn abaixa o ombro e sua perna simula uma rampa.

A derrota praticamente me engole. Eu me uni ao maior (e certamente o mais rabugento) dragão da Divisão, e, ainda assim, ele precisa se adaptar a mim.

— *São adaptações que me beneficiam. Eu já vi suas memórias, não quero que finque nenhuma adaga na minha perna para subir. Vamos logo.*

Solto uma risada, mas subo, sacudindo a cabeça enquanto passo pelos espinhos e encontro o assento. Minhas coxas ardem pelo voo de ontem, e eu estremeço quando me posiciono, segurando o pomo das escamas.

O dragão de Kaori decola.

— *Segure firme.*

Sinto os mesmos anéis de energia cercarem minhas pernas, e Tairn se agacha um segundo antes de deslanchar na direção do céu.

O vento sopra em meu rosto, meu estômago parece estar lá no chão, e arrisco me segurar com uma só mão para baixar os óculos de voo aos olhos. Sinto um alívio imediato.

— *Precisava mesmo ser o segundo a decolar?* — pergunto a Tairn enquanto voamos em direção ao cânion e seguimos mais alto para as montanhas. Agora entendi por que não via os dragões treinando com tanta frequência, mesmo que eu praticamente tenha crescido em Basgiath. As únicas pessoas à nossa volta são outros cavaleiros. — *Todo mundo vai ver eu cair.*

— *Só concordei em ficar logo atrás de Smachd porque o cavaleiro dele é seu instrutor.*

— *Tá, então você é desses que sempre querem ficar na frente. Bom saber. Me lembre de dar uma passadinha no templo para fazer uns apelos a*

Dunne. — Mantenho o foco em Kaori, prestando atenção para perceber a hora que as manobras vão começar.

— *A deusa da força e da guerra?* — Tairn claramente desdenha dessa vez.

— *Que foi, os dragões não acham que precisamos dos deuses do nosso lado?*

Merda, como está frio aqui em cima. Aperto as mãos enluvadas no pomo com mais força.

— *Dragões não se importam com deuses inferiores.*

Kaori vira à direita, e Tairn segue, nos levando em um mergulho íngreme, seguindo a fachada de uma das montanhas. Me seguro com as coxas, mas sei bem que é Tairn que está me mantendo ali.

Ele me segura no lugar durante mais uma subida e um rodopio quase espiral, e não deixo de notar que ele está pegando tudo que Kaori faz e então deixando ainda mais complexo.

— *Você não vai poder me segurar aqui o tempo todo, sabe?*

— *Ah, você não me conhece. A não ser que prefira ser retirada da geleira lá embaixo com uma espátula, igual ao cavaleiro de Gleann lá atrás.*

Viro a cabeça para olhar, mas tudo que vejo é a cauda de Tairn balançando, os espinhos gigantescos bloqueando a vista.

— *Não olhe.*

— *Já perdemos um cavaleiro?* — Sinto um nó na garganta.

— *Gleann fez uma má escolha. A união dele nunca é das mais fortes.*

Meus. Deuses.

— *Se continuar me segurando assim, sua energia vai estar concentrada em me manter no assento em vez de canalizar quando precisarmos do poder para a batalha* — argumento.

— *Manter você aí usa só uma quantidade minúscula do meu poder.*

E como vou ser cavaleira se não conseguir sequer me manter na porra do assento do meu dragão sozinha?

— *Como preferir.*

Os anéis somem.

— *Obrigadaaaaaaaaaaah merda!*

Ele vira para a esquerda e minhas coxas escorregam. Minhas mãos deslizam. Caio pela lateral do corpo dele, meus dedos procurando firmeza e não encontrando nada.

O ar sopra em meus ouvidos enquanto caio na direção da geleira, medo puro segurando meu coração e o apertando no peito. O formato de um corpo lá embaixo fica mais e mais perto.

Sou puxada para cima quando as garras de Tairn me pegam, me levando da mesma forma que fez durante a Ceifa. Ele sobe mais alto e então me joga para cima, mas ao menos estou preparada para o impacto dessa vez quando ele ergue o dorso para me pegar.

Ouço um rugido enojado de algo que não compreendo na minha cabeça.

— *Que porra você acabou de dizer?* — Eu me agarro ao assento e subo na posição quando ele endireita o voo.

— *A tradução mais perto para humanos seria algo do tipo "puta que pariu". Agora. Vai ficar no assento dessa vez?* — Ele volta para a formatura, e eu consigo me manter no assento.

— *Preciso conseguir fazer isso sozinha. Nós dois precisamos que eu faça isso* — argumento.

— *Humana prateada teimosa* — murmura Tairn, seguindo Kaori em um mergulho.

E eu caio mais uma vez.

E de novo.

E de novo.

***

Mais tarde, naquela noite, depois do jantar, sigo para o ginásio de treinamento. Tudo dói por causa das diversas vezes que caí das costas de Tairn, e tenho certeza de que acabei com hematomas debaixo dos braços por todas as vezes que ele me agarrou no ar.

Passo pelo átrio e atravesso a Ala Acadêmica, e bem nessa hora ouço Dain chamando meu nome, correndo para me alcançar.

Espero aquele arroubo de felicidade familiar de quando temos um minuto sozinhos, mas ele não aparece. Em vez disso, é só um mar de constrangimento com o qual não sei lidar.

O que tem de errado comigo? Dain é lindo e gentil e um homem muito, *muito* bom. Ele é honrado e é meu melhor amigo do mundo inteiro. Então por que não temos química nenhuma?

— Rhiannon disse que você estava vindo por aqui — ele diz quando me alcança, a preocupação franzindo sua testa.

— Vou me exercitar. — Forço um sorriso quando viramos em um corredor onde fica o ginásio logo na nossa frente, as grandes portas em arco escancaradas.

— Não foi exercício o bastante o treino de voo hoje? — Ele toca meu ombro e para de andar, então eu também paro, virando-me na direção dele para encará-lo no corredor vazio.

— Eu definitivamente caí diversas vezes hoje. — Verifico a atadura no braço. Pelo menos não arrebentei os pontos.

Ele cerra a mandíbula.

— Eu honestamente pensei que ficaria bem depois que Tairn escolheu você.

— Eu vou ficar — garanto, erguendo a voz. — Só preciso fortalecer os músculos para continuar sentada durante as manobras, e Tairn insiste em deixar tudo mais difícil do que Kaori faz.

— *É para o seu próprio bem.*

— *Vai ficar sempre aí?* — retruco mentalmente.

— *Sim. É melhor ir se acostumando.*

Resisto ao impulso de rosnar diante daquele dragão intrusivo, invasivo...

— *Ainda estou ouvindo.*

— Violet? — pergunta Dain.

— Desculpa, não estou acostumada a Tairn interrompendo meus pensamentos.

— Isso é um bom sinal. Quer dizer que sua união está ficando mais forte. E, sinceramente, não sei por que ele está dificultando as manobras. Não é como se houvesse alguma ameaça aérea além de grifos, e todos sabemos que só precisamos de uma lufada para acabar com aqueles passarinhos. Diga para ele pegar leve com você.

— *Diga para ele cuidar da própria vida.*

— Eu... hum, vou fazer isso. — Reprimo uma risada. — *Pega leve com ele. Ele é meu melhor amigo.*

Tairn bufa.

Dain deixa um suspiro escapar dos lábios e segura meu rosto com cuidado, o olhar descendo para meus lábios um segundo antes de dar um passo para trás.

— Olha só. Sobre o que aconteceu ontem à noite...

— A parte que você me disse que Xaden ia me matar se eu me unisse a Tairn? Ou a parte que você me beijou? — Cruzo os braços, tomando cuidado com o direito.

— O beijo — ele confessa, abaixando a voz. — Aquilo... nunca deveria ter acontecido.

Sinto um alívio imenso.

— Né? — Abro um sorriso. Graças aos deuses ele sente o mesmo. — E não significa que não somos amigos.

— Melhores amigos — ele concorda, mas seus olhos carregam um peso que não compreendo. — E não é que eu não te queira...

— Quê? — Ergo as sobrancelhas. — Do que você está falando?

Será que estamos tendo a mesma conversa?

— Estou dizendo o mesmo que você. — Duas linhas aparecem entre as sobrancelhas. — É muito malvisto começar um relacionamento físico com alguém da mesma cadeia hierárquica que você.

— Ah.

Tá, definitivamente *não é* o que eu estou dizendo.

— E você sabe o quanto dei duro para virar Líder de Esquadrão. Estou determinado a virar um Dirigente de Asa no ano que vem, e por mais que você signifique muito para mim… — Ele balança a cabeça.

Ah. Pra ele, é só uma questão política.

— Claro. — Assinto lentamente. — Entendi.

Não deveria importar que a posição hierárquica é o único motivo para ele não querer um relacionamento comigo, e sinceramente não importa. Porém, isso me faz perder um pouco de respeito por ele, porque não era algo que eu imaginava que pudesse acontecer.

— E talvez ano que vem, se você estiver em uma Asa diferente, ou mesmo depois da graduação… — ele começa, a esperança iluminando seus olhos.

— Sorrengail, vamos logo. Não vou ficar aqui sentada a noite toda — Imogen chama da porta, de braços cruzados. — Quer dizer, se o nosso *Líder de Esquadrão* já tiver terminado de conversar com você.

Dain se afasta, olhando de Imogen para mim.

— Ela vai te treinar?

— Ela ofereceu. — Dou de ombros.

— Essa coisa toda de lealdade de esquadrão e tal. Blá, blá, blá. — Imogen lança um sorriso dissimulado para ele. — Não se preocupe. Vou cuidar bem dela. Tchau, Aetos.

Dou um sorriso rápido para Dain e me afasto, me recusando a olhar por cima do ombro para ver se ele ainda está ali. Ela me segue rapidamente e depois me leva para um canto onde uma parede de vidro separa a pedra, abrindo uma porta que nunca me dei ao trabalho de notar antes.

A sala está lotada de luzes mágicas e de uma variedade de maquinário de madeira com prateleiras, cordas e polias, bancos com pesos e barras presas a uma parede.

Do outro lado, fazendo flexões em um tatame, está uma das garotas do primeiro ano que vi na floresta naquela noite. Garrick está agachado ao lado dela, incentivando.

— Não se preocupe, Sorrengail — diz Imogen em um tom adocicado. — Só três de nós estão aqui. Você está perfeitamente segura.

Garrick se vira, o olhar encontrando o meu enquanto continua contando números para a menina. Ele assente uma vez e volta a cuidar da sua tarefa.

— Você é a única que me deixa preocupada — digo enquanto ela me leva para uma máquina com um assento de madeira polida e duas almofadas quadradas na frente, como se fosse um peso de joelhos.

Ela ri, e acho que é o primeiro som genuíno que ouço dela.

— Justo. Já que não dá para trabalhar com o seu tornozelo ou com seus braços até que eles sarem, vamos começar com os músculos mais importantes para se manter em cima de um dragão. — Ela percorre meu corpo com o olhar, suspirando de desgosto. — Essas suas coxas de frango.

— Você só está fazendo isso porque Xaden está te obrigando, né? — pergunto, me sentando na cadeira da máquina com a madeira acolchoada entre os joelhos enquanto ela faz os ajustes.

Ela estreita os olhos.

— Regra número um. O nome dele é Riorson pra você, *primeiranista*, e nunca deve me questionar sobre ele. Nunca.

— Eu contei duas regras. — Começo a pensar que meu primeiro chute sobre o relacionamento deles estava certo. Com esse tipo de lealdade, devem ser amantes.

Eu não estou com ciúmes. Nem um pouquinho. Esse sentimento ruim se espalhando pelo meu peito não é ciúmes. Não pode ser.

Ela bufa e puxa uma alavanca que faz a madeira tensionar imediatamente, e as almofadas se afastam, separando minhas coxas.

— Agora, hora de começar. Empurre as pernas para juntar. Trinta repetições.

Não há nada mais sagrado do que os Arquivos.
Até mesmo templos podem ser reconstruídos,
mas livros não podem ser reescritos.

— O guia para se destacar na Divisão dos Escribas, por coronel Daxton

CAPÍTULO DEZOITO

O carrinho de madeira da biblioteca guincha quando eu o empurro na ponte que conecta a Divisão dos Cavaleiros à Hospitalar, passando pelas portas da clínica em direção ao coração de Basgiath.

Luzes mágicas iluminam meu caminho pelos túneis enquanto percorro esse trajeto, tão familiar que poderia fazê-lo de olhos fechados. O aroma de terra e pedra preenche meus pulmões quanto mais eu desço, e sinto uma saudade que tem me atingido quase todos os dias no último mês desde que fui designada ao dever dos Arquivos, que não está tão forte quanto ontem, que por sua vez já não estivera tão forte quanto no dia anterior.

Aceno para o escriba do primeiro ano na entrada dos Arquivos e ele pula do assento, apressando-se em direção à porta que lembra a de um cofre.

— Bom dia, cadete Sorrengail — diz, abrindo a porta de entrada para eu passar. — Não te vi ontem.

— Bom dia, cadete Pierson. — Lanço um sorriso e empurro o carrinho. No quesito de tarefas da Divisão, acabei de encontrar a minha favorita. — Não estava me sentindo bem ontem.

Eu tinha tido ataques de tontura o dia todo ontem, sem dúvida por ficar muito tempo sem beber água, mas ao menos consegui descansar.

Os Arquivos cheiram a pergaminho, cola de livros e tinta. Tem o cheiro de casa.

Fileiras de estantes de seis metros percorrem a estrutura cavernosa, e eu admiro a vista enquanto espero na mesa mais perto da entrada, o lugar onde passei a maioria das minhas horas nos últimos cinco anos. Só os escribas podem seguir pelo resto do caminho, e eu sou uma cavaleira.

Aquele pensamento me faz sorrir enquanto uma mulher se aproxima trajando uma túnica com capuz cor de creme, um único retângulo dourado costurado no ombro. Uma primeiranista. Quando ela puxa o capuz, mostrando cabelos castanhos compridos e me encara, eu abro um sorriso.

— Jesinia! — eu sinalizo com as mãos.

— Cadete Sorrengail — ela sinaliza de volta. Seus olhos iluminados cintilam, mas ela reprime outro sorriso.

Por um segundo, eu abomino os rituais e costumes dos escribas. Não seria errado puxar minha amiga para um abraço, mas ela receberia uma reprimenda por perder a compostura. Afinal, como poderíamos saber se os escribas são ávidos e dedicados ao próprio trabalho se abrissem um sorriso?

— É muito bom te ver — eu sinalizo, e não paro de sorrir. — Sabia que você ia passar no teste.

— Só passei porque estudei com você no último ano — ela gesticula de volta, pressionando os lábios com força para não se curvarem. Então, o rosto dela fica sério. — Fiquei horrorizada ao descobrir que você foi forçada a ir para a Divisão dos Cavaleiros. Você está bem?

— Sim — garanto, então paro para vasculhar minha memória até me lembrar do sinal correto para se referir à união com um dragão. — Eu me uni a um dragão e… — Meus sentimentos são complicados, mas penso na sensação de voar nas costas de Tairn, os encorajamentos gentis de Andarna para continuar quando achei que meus músculos iam ceder durante as sessões de treinamento com Imogen, meu relacionamento com meus amigos... e percebo que não posso negar a verdade. — Estou feliz.

Ela arregala os olhos.

— Você não fica preocupada constantemente se vai… — Ela olha em volta, mas ninguém está perto o bastante para nos ver. — Sabe… morrer?

— Claro. — Assinto. — Mas, de um jeito estranho, você se acostuma.

— Se você diz. — Ela parece cética. — Vou cuidar disso aqui pra você. São todos para devolução?

Eu assinto com a cabeça, pego um pequeno pergaminho no bolso da calça e entrego para ela antes de sinalizar:

— E alguns pedidos da professora Devera.

A cavaleira que toma conta da nossa pequena biblioteca manda uma lista de pedidos e devoluções todas as noites, e eu procuro e levo para ela tudo antes do café da manhã. Provavelmente é por isso que meu estômago está roncando.

Estou queimando todas as calorias extras em uma combinação de lições de voo, lições de luta com Rhiannon e sessões de tortura com Imogen, então ganhei uma nova capacidade para comer.

— Mais alguma coisa? — ela pergunta depois de guardar o pergaminho em um bolso escondido no manto.

Talvez seja só por estar nos Arquivos, mas uma pontada de saudade intensa quase me faz cair de joelhos.

— Alguma chance de vocês terem uma cópia de *Fábulas dos Ermos*? — Mira estava certa, eu não precisava trazer o livro de fábulas comigo, mas seria bom passar uma noite aconchegada com histórias familiares.

Jesinia franze a testa.

— Não conheço esse texto.

Pisco, confusa.

— Não é pra acadêmicos nem nada, é só uma coleção de histórias folclóricas que meu pai compartilhou comigo. Meio sombrias, pra falar a verdade, mas eu amava. — Penso por um instante. Não existe nenhum sinal para wyvern ou venin, então faço com os lábios com cuidado, letra por letra. — Wyvern, venin, magia, batalha entre o bem e o mal... Sabe, só coisa boa.

Abro um sorrisinho. Se alguém entende meu amor por livros, essa pessoa é Jesinia.

— Nunca ouvi falar, mas vou procurar enquanto pego esses aqui.

— Obrigada. Vou ficar muito feliz se encontrar.

Agora que vou ser eu a canalizar magia, queria aproveitar para ler alguns contos e saber o que acontece com os humanos que profanam o poder, se canalizado em benefício próprio. Sem dúvida foram escritos como parábolas para nos avisar dos perigos de se unir a um dragão, mas, em seiscentos anos de unificação da história de Navarre, nunca ouvi falar de um único cavaleiro perdendo a alma por causa de seus poderes. Os dragões impedem que isso aconteça.

Jesinia assente e empurra o carrinho, desaparecendo por entre as estantes.

Geralmente, demora uns quinze minutos para reunir todos os pedidos de livros que vêm dos professores e dos cadetes da minha Divisão, mas fico feliz em esperar. Escribas entram e saem, alguns em grupos enquanto são treinados para se tornar os historiadores do nosso reino, e eu encaro todas as figuras encapuzadas à procura de um rosto que sei que não vou achar ali... procurando por meu pai.

— Violet?

Eu me viro e vejo o professor Markham guiando um esquadrão de escribas do primeiro ano.

— Bom dia, professor. — Manter o rosto sem emoção perto dele é mais fácil porque sei que ele está esperando por isso.

— Não sabia que tinha pegado a tarefa da biblioteca. — Ele olha em volta para o lugar em que Jesinia desapareceu. — Alguém já te atendeu?

— Jesinia… — Estremeço. — Quer dizer, a cadete Neilwart me atendeu.

— Sabe — ele diz, virando-se para o esquadrão de cinco pessoas enquanto dão a volta por mim —, a cadete Sorrengail era minha estudante mais promissora até a Divisão dos Cavaleiros roubá-la. — Ele encontra meu olhar debaixo do capuz. — Tinha esperanças de que ela voltaria, mas no fim ela se uniu não só a um dragão, como dois.

Uma garota à direita arfa e então cobre a boca e murmura um pedido de desculpas.

— Não se preocupe, eu fiquei do mesmo jeito — digo para ela.

— Talvez possa explicar algo para o cadete Nasya, que estava reclamando que há pouco ar fresco por aqui. — O professor Markham se vira para um garoto à esquerda. — Esse grupo está começando a ronda pelos Arquivos.

Nasya fica da cor de uma beterraba debaixo do capuz bege.

— É parte do sistema de combate ao fogo — eu digo a ele. — Quanto menos ar, menos risco de nossa história arder em chamas.

— E o capuz abafado? — Nasya ergue a sobrancelha.

— Faz com que seja mais difícil de você se destacar entre os tomos — explico. — O símbolo de que nada, nem ninguém, é mais importante do que os documentos e os livros que estão nessa sala.

Percorro o olhar pelo recinto e uma nova pontada de saudades me invade.

— Precisamente. — O professor encara Nasya. — Agora se nos der licença, cadete Sorrengail, precisamos trabalhar. Vejo você amanhã no Preparo de Batalha.

— Sim, senhor. — Dou um passo para trás, deixando o esquadrão passar.

— *Você está triste?* — pergunta Andarna, a voz baixa.

— *Só estou visitando os Arquivos. Não precisa se preocupar.*

— *É muito difícil amar uma segunda casa tanto quanto a primeira.*

Engulo em seco.

— *É fácil quando a segunda casa é a casa certa* — respondo.

E é isto que a Divisão dos Cavaleiros se tornou para mim: a casa certa. O meu anseio por um pouco de paz e solidão que eu tinha aqui não se compara à euforia que sinto ao voar.

Jesinia reaparece com o carrinho lotado pelos livros solicitados e as cartas para os professores da minha Divisão. Ela sinaliza:

— Desculpa, mas não consegui encontrar o livro que você pediu. Até procurei no catálogo por wyvern, acho que foi isso que você disse, mas não encontrei nada.

Encaro-a por um segundo. Nossos Arquivos retêm ou uma cópia, ou um volume original de praticamente todos os livros em Navarre. Só livros muito raros ou proibidos são excluídos. Quando foi que histórias folclóricas se tornaram perigosas ou raras? Apesar de que, pensando bem, nunca encontrei nada parecido com *Fábulas dos Ermos* na prateleira quando estava estudando para me tornar uma escriba. Quimeras? Sim. Krakens? Claro. Porém wyvern ou os venin que os criaram? Nadinha. Bizarro.

— Tudo bem. Obrigada por procurar — eu sinalizo.

— Você parece diferente — ela sinaliza, empurrando o carrinho para mim.

Arregalo os olhos.

— Não de um jeito ruim, só... diferente. O seu rosto está mais magro, e até sua postura... — Ela balança a cabeça.

— Eu estou treinando. — Paro, com as mãos penduradas ao lado do corpo enquanto penso na resposta que quero dar a ela. — É difícil, mas é bom. Estou ficando mais rápida no tatame.

— Tatame? — Ela franze a testa.

— De luta.

— Certo. Esqueci que vocês também brigam entre si. — Os olhos dela estão cheios de empatia.

— Eu estou bem mesmo — prometo, deixando de lado todas as vezes que vi Oren segurando uma adaga na minha presença, ou a forma como Jack rosna na minha direção. — E você? Isso aqui é tudo o que você queria?

— Tudo e ainda mais. Tão mais. A responsabilidade que temos não só de registrar a história, mas de mandar informações para o fronte, é mais do que eu poderia imaginar, e é muito gratificante. — Ela pressiona os lábios de novo.

— Que bom. Fico feliz por você. — E falo muito sério.

— Mas eu me preocupo com você. — Ela prende o fôlego. — O aumento dos ataques na fronteira...

A preocupação que demonstra franze as linhas de sua testa.

— Eu sei. Ouvi falar disso em Preparo de Batalha.

É sempre a mesma coisa, as égides falhando, vilarejos sendo pilhados nas montanhas e mais cavaleiros mortos. Meu coração se parte cada vez que recebemos um relatório, e uma parte de mim se fecha a cada ataque que preciso analisar.

— E o Dain? — ela pergunta enquanto caminhamos até a porta. — Você o encontrou?

Meu sorriso desaparece.

— Isso é história pra outro dia.

Ela suspira.

— Vou tentar cobrir esse horário sempre para poder te ver de novo.

— Vai ser ótimo. — Eu me impeço de puxá-la para um abraço e atravesso a porta que ela abre.

Quando finalmente devolvo o carrinho para a biblioteca e passo pela fila do refeitório, o horário da refeição quase terminou, o que significa que corro para enfiar comida na boca o mais rápido que consigo enquanto os membros de nosso esquadrão original conversam entre si. Os novatos, dois alunos do primeiro ano e dois do segundo ano que recebemos quando o terceiro esquadrão foi dissolvido, estão em outra mesa. Eles se recusam a se sentar com qualquer pessoa que tenha uma relíquia da rebelião.

Enfim, fodam-se eles.

— Foi a coisa mais legal do *mundo* — fala Ridoc. — Num piscar de olhos ele estava lutando contra aquele terceiranista da espada, e aí Sawyer...

— Você poderia deixar *ele* contar a história — comenta Rhiannon, revirando os olhos.

— Não, obrigado — rebate Sawyer, balançando a cabeça e encarando o garfo com uma dose saudável de medo.

Ridoc sorri, contando a história em toda a sua glória.

— E aí de repente a espada virou na mão de Sawyer e curvou na direção do terceiranista mesmo quando Sawyer já tinha errado *muito* o alvo. — Ele dá um sorriso amarelo para o outro. — Desculpa, cara, você errou mesmo. Se a sua espada não tivesse resolvido entortar direto no braço daquele cara...

— Você é metalúrgico? — Quinn ergue as sobrancelhas. — Sério?

Caramba, Sawyer consegue manipular metal. Eu me forço a engolir um pouco mais de peru e o encaro abertamente. Que eu saiba, ele é o primeiro entre nós a exibir algum poder, e ainda por cima um sinete.

Sawyer assente.

— Foi isso que Carr me disse. Aetos me arrastou direto para o professor quando viu isso acontecer.

— Que inveja! — Ridoc põe uma mão no peito. — Quero que meu poder sinete se manifeste!

— Você não ficaria tão empolgado se isso significasse que talvez seu garfo fosse se enfiar no céu da sua boca porque você ainda não consegue controlar nada. — Sawyer empurra a bandeja.

— Justo. — Ridoc olha para a própria bandeja.

— Você vai manifestar quando seu dragão estiver pronto para confiar todo esse poder a você — fala Quinn, e então termina de beber a água. — Só torçam para os dragões confiarem em vocês antes de seis meses e…

Ela simula o som de uma explosão, imitando o movimento com as mãos.

— Pare de assustar as crianças — fala Imogen. — Isso não acontece há… — Ela para e pensa. — Faz umas décadas. — Quando nós a encaramos, ela revira os olhos. — Olha, a relíquia que os dragões transferiram na Ceifa conduz toda a magia pelo corpo de vocês. Se não manifestarem um sinete e liberarem o poder, depois de uns meses coisas ruins começam a acontecer.

Ficamos todos boquiabertos.

— A magia consome você por dentro — acrescenta Quinn, fazendo o barulho de explosão mais uma vez.

— Relaxa, não é como se tivesse um prazo ou coisa assim. É só uma estimativa. — Imogen dá de ombros.

— Porra, *sempre* tem uma pegadinha, né? — murmura Ridoc.

— Agora me sinto mais sortudo — diz Sawyer, encarando o próprio garfo.

— Vamos te arrumar uns utensílios de madeira — eu falo para Sawyer. — E você provavelmente deveria evitar o arsenal ou lutar com… qualquer arma.

Sawyer bufa.

— É verdade. Pelo menos vou estar seguro durante o voo esta tarde.

Acrescentar as aulas de voo ao nosso horário é essencial desde a Ceifa. As asas revezam para ter acesso ao campo de voo, e hoje é um dos nossos dias de sorte durante a semana.

Sinto um formigamento na nuca e sei que, se eu me virar, Xaden vai estar nos observando, mas não dou essa satisfação de olhar para ele. O cara não fala comigo desde a Ceifa. Isso não significa que estou sozinha… Ah, eu nunca estou sozinha. Sempre tem alguém mais velho meio perto de mim quando estou andando pelos corredores ou indo para o ginásio à noite.

E todos têm relíquias da rebelião.

— Prefiro quando as aulas são de manhã — diz Rhiannon, o rosto azedando. — É bem pior depois de comer o café da manhã *e* o almoço.

— Concordo — digo, mastigando.

— Termina logo de comer esse peru — ordena Imogen. — Vejo você de noite.

Ela e Quinn levam as bandejas para longe, depositando-as na abertura da cozinha.

— Ela é *um pouco* mais legal quando está te treinando? — pergunta Rhiannon.

— Não, mas ela é eficiente. — Termino de comer o peru enquanto o salão começa a esvaziar, e então caminhamos para a abertura da cozinha. — E como é o professor Carr? — pergunto a Sawyer, deixando a bandeja na pilha.

O professor de poderes é um dos únicos que ainda não conheci, já que não manifestei um sinete.

— Assustador pra caralho — responde Sawyer. — Mal posso esperar pra todo mundo ter aulas de poderes e aí aproveitarem o jeitinho com o qual ele dá aulas.

Andamos até os salões comunais e o átrio e depois nos dirigimos ao pátio, fechando os casacos. Novembro chegou com um clima de ventos fortes e grama coberta por geada pelas manhãs, e logo deve chegar a primeira neve.

— Eu sabia que ia funcionar! — Jack Barlowe diz na nossa frente, arrastando alguém debaixo do braço, dando batidinhas carinhosas na cabeça da pessoa.

— Aquela ali não é a Caroline Ashton? — pergunta Rhiannon, boquiaberta, enquanto Caroline vai na direção da Ala Acadêmica com Jack.

— É, sim. — Ridoc fica tenso. — Ela se uniu a Gleann hoje de manhã.

— Esse dragão já não tinha uma união? — Rhiannon os observa até desaparecerem.

— O cavaleiro dele morreu na nossa primeira aula de voo. — Eu me concentro no portão à nossa frente que leva ao campo de voo.

— Então acho que o pessoal sem união ainda pode ter a chance que tanto quer — murmura Rhiannon.

— Aham — assente Sawyer, parecendo tenso. — Ainda pode, sim.

***

— *Você só caiu uma dúzia de vezes dessa vez* — comenta Tairn quando pousamos no campo de voo.

— *Não sei dizer se isso é um elogio ou não.* — Respiro fundo e tento acalmar meu coração.

— *Você que sabe.*

Reviro os olhos mentalmente e saio do assento enquanto ele abaixa o ombro para eu poder deslizar por sua perna. Aquele movimento já está tão treinado que mal noto que os outros cavaleiros são capazes de pular para o chão ou descer do jeito *certo.*

— *Além disso, você poderia facilitar.*

— *Ah, mas eu sei.*

— *Não sou eu que faço espirais com mergulhos profundos quando Kaori está ensinando mergulhos simples.* — Caio em pé no chão do campo, arqueando uma sobrancelha para Tairn.

— *Estou treinando você para a batalha. Ele está ensinando truques simples.* — Ele pisca um olho dourado e então desvia o olhar.

— *Acha que conseguimos convencer Andarna a vir semana que vem? Mesmo que seja só para acompanhar o voo?* — Faço todas as análises que Kaori nos ensinou a fazer, procurando destroços que poderiam ter se alojado entre os dedos compridos das garras traseiras de Tairn ou entre as escamas duras da barriga.

— *Não sou assim tão tolo a ponto de não saber se tenho algo preso no meu corpo. E eu, se fosse você, não pediria a Andarna para vir, a não ser que ela pedisse primeiro. Ela não consegue manter o ritmo de voo, e só chamaria atenção de forma desnecessária.*

— *Eu nunca a vejo* — reclamo abertamente. — *Estou sempre só com você, seu rabugento.*

— *Eu estou sempre aqui* — responde Andarna, mas não vejo nenhum brilho dourado. Ela provavelmente está no Vale, como sempre, mas ao menos lá ela está protegida.

— *Esse que você chama de rabugento te salvou uma dúzia de vezes, Prateada.*

— *Uma hora você podia começar a me chamar de Violet, né?* — Perco um pouco de tempo examinando as fileiras de escamas. Um dos maiores perigos para os dragões são as coisas pequenas que eles não conseguem retirar e acabam penetrando entre as escamas, causando uma infecção.

— *Sei disso* — ele repete. — *Ou poderia te chamar de Violência, igual ao Dirigente de Asa.*

— *Nem ouse.* — Estreito os olhos e ando para a frente, verificando o peito. — *Você sabe o quanto aquele babaca me irrita.*

— *Irrita?* — Tairn dá uma risada, e mais parece um gato bufando. — *É assim que chama quando seu coração acelera…*

— *Não começa.*

Um rosnado ecoa pelo peito de Tairn em cima de mim, fazendo meus ossos vibrarem. Eu me viro, a mão pairando sobre as adagas embainhadas, e vejo Dain se aproximando.

— *É só o Dain.* — Eu saio de debaixo das pernas de Tairn quando Dain para a três metros de distância.

— *A raiva não lhe cai bem* — ele rosna outra vez, um sopro de fumaça atingindo minha nuca.

— *Relaxa* — respondo, olhando por cima do ombro e levantando as sobrancelhas.

Os olhos dourados de Tairn se estreitam para encarar Dain, e os dentes estão arreganhados, saliva escorrendo quando outro rosnado ressoa.

— *Você é um horror. Para com isso.*

— *Diga a ele que, se te machucar, vou mandar uma rajada de fogo mirando no lugar em que ele estiver pisando.*

— *Puta que pariu, Tairn.* — Reviro os olhos e ando até Dain, que está com a mandíbula cerrada, mas os olhos arregalados em apreensão.

— *Avise a ele, ou vou avisar a Cath.*

— Tairn disse que, se você me machucar, ele vai te queimar — digo enquanto os dragões ao meu redor decolam sem seus cavaleiros, voltando para o Vale. Porém, Tairn não faz isso. Não, ele ainda está parado atrás de mim feito um pai superprotetor.

— Eu não vou te machucar! — reclama Dain.

— *Palavra por palavra, Prateada.*

Sopro uma respiração lenta.

— Desculpa, ele na verdade disse que, se você me machucar, ele vai mandar uma rajada de fogo mirando no lugar em que você estiver pisando. — Eu me viro para olhar para o dragão. — Pronto, satisfeito?

Tairn pisca.

Dain mantém os olhos em mim, mas vejo ali a raiva sobre a qual Tairn me avisou.

— É mais fácil eu morrer do que te machucar, e você sabe disso.

— *Feliz agora?* — pergunto a Tairn.

— *Estou faminto. Irei me deliciar com um rebanho de ovelhas.* — Ele ascende aos céus com um grande bater de asas.

— Preciso falar com você — Dain abaixa a voz, estreitando os olhos.

— Tudo bem. Me acompanha na caminhada de volta. — Faço um sinal para que Rhiannon siga sozinha, e ela vai na frente com os outros. Eu e Dain seguimos na retaguarda.

Ficamos para trás no limite do campo de voo.

— Por que não me disse que não consegue ficar na porra do assento? — ele grita comigo, me agarrando pelo cotovelo.

— Oi? — Eu puxo o braço de volta.

Tairn rosna na minha mente.

— *Pode deixar, eu me viro* — eu digo mentalmente.

— Esse tempo todo deixei Kaori te ensinar, pensando que estava tudo sob controle. Afinal, se a cavaleira do dragão mais forte na Divisão não consegue ficar no assento, todo mundo saberia disso. — Ele passa a mão pelo cabelo. — *Eu* saberia se minha melhor amiga estivesse caindo todos os dias em que ela voa!

— Não é segredo nenhum! — Sinto a raiva borbulhar nas veias. — Todo mundo na nossa Asa já sabe! Desculpe se você não está prestando atenção no seu esquadrão, mas pode confiar em mim, Dain. Todo mundo já sabe. E não vou ficar aqui parada enquanto você me passa um sermão como se eu fosse uma criança.

Eu me afasto, meus passos se apressando para alcançar os outros membros da minha Asa.

— *Você* não me contou — ele diz, a raiva na voz se transformando em mágoa quando ele me alcança, facilmente acompanhando meu ritmo.

— Isso não é um problema. — Eu balanço a cabeça. — Tairn pode me manter magicamente no assento se precisar. Sou eu que estou pedindo para ele liberar a contenção. E eu pensaria duas vezes antes de questionar o dragão. Ele é mais do tipo que lança fogo primeiro e pergunta depois.

— É um problema enorme, porque ele não pode canalizar...

— Todos os poderes dele? — pergunto enquanto saímos do campo, andando na direção dos degraus que descem ao lado da Armadilha. — Eu sei disso. Por que acha que estou pedindo para ele me soltar?

A frustração é um sentimento vivo dentro de mim, consumindo todo o pensamento racional que eu talvez tivesse.

— Já faz um mês que você está voando e ainda cai. — A voz dele me segue pelas escadas.

— Metade da Asa também, Dain!

— Mas não tantas vezes — rebate ele. Ele segue em meus calcanhares enquanto me apresso na direção do caminho que leva de volta para a cidadela, esmagando o cascalho sob as botas. — Eu só quero ajudar, Vi. Como posso ajudar?

Suspiro ao ouvir o tom de súplica. Sempre esqueço que ele é o meu melhor amigo e fica assistindo enquanto arrisco minha vida todos os dias. Não sei como me sentiria se estivéssemos em posições trocadas. Provavelmente tão preocupada quanto ele. Então tento acalmar os ânimos, dizendo:

— Você devia ter me visto mês passado quando eram trinta vezes.

— *Trinta?* — A voz dele sobe um tom.

Paro no túnel, lançando um sorriso na direção de Dain.

— Fica pior quando a gente diz em voz alta, Dain. Juro.

— Você pode ao menos me dizer qual parte do voo te deixa com problemas? Por favor, deixa eu te ajudar.

— Você quer uma lista dos meus defeitos? — Reviro os olhos. — Minhas coxas são fracas, mas estou ganhando músculo. Minhas mãos não conseguem se segurar no pomo, mas estão ficando mais fortes. Precisei de semanas para o bíceps sarar, então também estou treinando isso. Não precisa se preocupar com isso, Dain. Imogen está me treinando.

— Porque Riorson pediu — palpita ele, cruzando os braços.

— Provavelmente. E isso importa?

— Importa porque ele não está interessado no seu bem-estar. — Ele balança a cabeça, parecendo mais do que nunca um estranho. — Primeiro ele fez vista grossa quando você quebrou as regras ao subir pela Armadilha, e é claro que Amber ficou *uma hora* insistindo sobre como você agiu de forma desonrosa.

Desonrosa? Foda-se.

— E você aceitou o que ela tinha pra dizer? Sem nem me perguntar o que aconteceu?

— Ela é uma Dirigente de Asa, Vi. Não vou questionar a integridade dela!

— Eu me defendi usando o Códex e Riorson aceitou. Ele também é um Dirigente de Asa.

— Tá, você conseguiu subir. Não me leve a mal, eu não suportaria se algo acontecesse com você, caso fizesse o teste do jeito certo ou errado. Daí achei que você ficaria bem se sobrevivesse à Ceifa, mas mesmo conseguindo uma união com o mais forte deles… — Ele balança a cabeça.

— Vai em frente. Pode falar. — Fecho as mãos em punhos, as unhas fincando na palma da mão.

— Fico apavorado que não vá conseguir se formar, Vi. — Os ombros dele caem. — Você sabe como eu me sinto sobre você, mesmo que não tenha nada que eu possa fazer nessa situação, e estou *apavorado*.

É a última frase que me pega. A risada escapa pela minha garganta. Ele arregala os olhos.

— Este lugar pode mudar quase tudo em uma pessoa. Destrói todas as bobagens e cordialidades superficiais, revelando o que você tem de verdade lá dentro — repito as palavras que ele me disse quando cheguei. — Não foi isso que você falou pra mim? Então você é assim, lá dentro? Alguém que ama tanto as regras que não sabe quando quebrá-las ou desviar delas por alguém importante para você? Alguém que se concentra tanto em minhas falhas que nem consegue acreditar que posso fazer muito mais que isso?

O calor desaparece dos seus olhos castanhos.

— Vamos deixar uma coisa clara, Dain. — Dou um passo para a frente, mas a distância entre nós só parece aumentar. — O motivo para nós dois *nunca* sermos mais que amigos não é por causa das suas regras. É porque você não acredita em mim. Mesmo agora, quando sobrevivi a todo tipo de coisa e me uni não só a um dragão, mas a *dois*, você ainda assim acha que não vou sobreviver. Então me perdoa, mas você vai se tornar uma dessas *bobagens* que este lugar vai destruir para *mim.*

Eu me movo para o lado e passo por ele para entrar no túnel, forçando o ar pelos meus pulmões.

Tirando o ano passado, quando ele entrou para a Divisão dos Cavaleiros, eu não me lembro de uma época em que não tinha Dain na minha vida.

Porém, não vou tolerar mais esse pessimismo constante que ele tem sobre o meu futuro.

A luz do sol me pega de surpresa por um segundo enquanto ando até o pátio. Não temos aula à tarde, e vejo Xaden e Garrick inclinados nas paredes do prédio acadêmico como deuses analisando seu domínio.

Xaden arqueia uma sobrancelha escura quando passo por ele.

Ofereço o dedo do meio.

Também não vou tolerar o comportamento dele hoje.

— Tá tudo bem? — pergunta Rhiannon quando alcanço o grupo.

— Dain é um babaca…

— Faz parar! — alguém grita, descendo pelas escadas do átrio e segurando a própria cabeça. É um primeiranista da Terceira Asa que senta duas fileiras atrás de mim em Preparo de Batalha e constantemente derruba a pena enquanto escreve. — Pelo amor dos deuses, faz parar! — ele grita, cambaleando no pátio.

Minha mão segura o cabo das lâminas.

Uma sombra se move à minha esquerda, e um mero olhar me diz que Xaden se mexeu, casualmente posicionando-se à minha frente.

A multidão o engole, formando um círculo ao redor do cadete enquanto ele grita, segurando a própria cabeça.

— Jeremiah! — outra pessoa grita, abrindo caminho.

— Você! — Jeremiah se vira, apontando o dedo para o terceiranista. — Acha que eu tô louco! — Ele inclina a cabeça, os olhos arregalados. — Como ele sabe? Ele não deveria saber! — O tom dele muda, como se as palavras não fossem suas.

Sinto um calafrio na espinha que congela meus órgãos.

— E você! — Ele se vira de novo, apontando para um segundanista da Primeira Asa. — Que porra tem de errado com ele? Por que ele está gritando? — Ele se vira mais uma vez e olha na direção de Dain. — Violet vai me odiar para sempre? Por que ela não consegue ver que só quero proteger ela? Como ele está...? Ele está lendo meus pensamentos!

A imitação é sinistra, vergonhosa e apavorante.

— Meus deuses — sussurro, o coração batendo tão forte que acho que consigo ouvir o sangue fluindo em meus ouvidos. Esqueça a vergonha. Quem se importa se as pessoas souberem que Dain está pensando em mim? O *poder sinete* de Jeremiah está se manifestando. Ele consegue ler mentes: é um inntínnsico. O poder dele é uma sentença de morte.

Ridoc cambaleia para trás à minha esquerda, sofrendo um empurrão, e não preciso olhar para saber de quem é o braço musculoso em meu ombro. O aroma de menta de alguma forma ajuda a acalmar meu coração.

Jeremiah desembainha a espada.

— Faz parar! Vocês não estão vendo? Esses pensamentos não param! — O pânico dele é palpável, e forma um nó em minha garganta.

— Faça alguma coisa — imploro a Xaden, olhando para ele.

O foco letal e determinado está preso em Jeremiah, mas seu corpo tensiona ao me ouvir, pronto para atacar.

— Comece a recitar qualquer merda que tenha decorado dos livros.

— Quê? — sibilo para ele.

— Se você valoriza seus segredos, limpe seus pensamentos, *agora* — Xaden ordena.

Merda.

Nada vem à mente, e estamos claramente em perigo. Hum... *Muitos entrepostos de defesa navarrianos existem para além da proteção das nossas égides. Esses entrepostos são considerados locais de perigo iminente e devem ser operados apenas por cargos militares, e nunca civis que normalmente os acompanham.*

— E você! — Jeremiah se vira, o olhar concentrando-se em Garrick. — Mas que inferno. Ele vai descobrir sobre...

As sombras ao redor dos pés de Jeremiah sobem por suas pernas em um segundo, esgueirando-se pelo peito até cobrir a sua boca com feixes de sombras.

Engulo o nó que entala minha garganta.

Um professor abre caminho pela multidão, o cabelo branco balançando a cada passo apressado que dá.

— Ele é um inntínnsico! — alguém grita, e parece ser o suficiente.

O professor segura a cabeça de Jeremiah com as duas mãos, e um *crac* ressoa pelas paredes do pátio silencioso. As sombras de Xaden se desfazem e Jeremiah cai no chão, a cabeça virada em um ângulo macabro e pouco natural. O pescoço dele foi quebrado.

O professor se abaixa e ergue o corpo de Jeremiah com uma força surpreendente, levando-o para o átrio.

Xaden respira fundo ao meu lado, e então se afasta com Garrick, indo na direção da Ala Acadêmica. *Bom te ver também.*

— Talvez eu não queira um poder sinete, afinal — murmura Ridoc.

— Essa morte foi misericordiosa comparada ao que acontece se não manifestar um poder — retruca Dain, e juro que consigo sentir minhas relíquias queimando em minhas costas, mesmo sabendo que meus dragões ainda não começaram a canalizar.

— E aquele — diz Sawyer ao lado de Rhiannon — era o professor Carr.

***

— Você deve sempre verificar as fontes do que estiver pesquisando — meu pai me fala, bagunçando meu cabelo ao lado de uma mesa nos Arquivos. — Lembre-se de que os relatos em primeira mão sempre são mais precisos, mas você precisa procurar mais fundo, Violet. Precisa ver *quem* está contando a história.

— Mas e se eu quiser ser uma cavaleira? — pergunto com uma voz muito mais jovem. — Igual ao Brennan e à mamãe?

— *Acorde.* — Uma voz familiar retumba pelos Arquivos. Uma voz que não pertence a este lugar.

— Você não é igual a eles, Violet. Esse caminho não é pra você. — Papai me lança um sorriso de desculpas, o sorriso que reserva para quando diz que compreende, mas não pode fazer nada, do tipo que oferece quando mamãe faz uma escolha com a qual ele não concorda. — E assim é melhor. Sua mãe nunca entendeu que, por mais que os cavaleiros sejam as armas do nosso reino, são os escribas que têm o poder verdadeiro deste mundo.

— *Acorde antes que você morra!* — As prateleiras nos Arquivos estremecem, e meu coração sacode. — *Agora!*

Abro os olhos e arfo quando o sonho se desintegra. Não estou nos Arquivos. Estou no meu quarto na Divisão dos…

— *Mexa-se!* — berra Tairn.

— Porra! Ela acordou! — O luar reflete uma espada que corta o ar acima de mim.

Puta merda. Rolo para o outro lado da cama, mas não rápido o bastante, e a lâmina esmaga a lateral das minhas costas com tamanha força que nem os meus pesados cobertores de inverno podem diminuir.

A adrenalina esconde a dor enquanto a espada voa para trás, sem conseguir rachar as escamas de dragão.

Caio de joelhos no chão e enfio as mãos embaixo do travesseiro, pegando duas adagas enquanto me desfaço das cobertas e fico em pé. Como caralhos esses merdas conseguiram destrancar minha porta?

Tirando meu cabelo solto do rosto, encontro os olhos chocados de um primeiranista que não se uniu a nenhum dragão, mas ele não é o único. Sete outros cadetes estão no meu quarto. Quatro são homens que não se uniram. Três são garotas que não se uniram (e fico chocada ao reconhecer uma delas), mas então sobram duas quando *ela* corre até a porta e a fecha ao sair.

Ela abriu a porta. Essa deve ser a explicação.

Todos os outros estão armados. Todos determinados a me matar. Todos estão parados entre mim e minha porta destrancada. Minhas mãos se fecham no cabo das adagas e meu coração acelera.

— Acho que não vai adiantar muito eu pedir para vocês irem embora, né?

Vou precisar lutar para sair daqui.

— *Não fique perto da parede ou vão te encurralar!*

É um bom conselho, mas não tenho muito lugar para ir nesse quarto minúsculo.

— Droga! Eu avisei que a armadura dela é impenetrável! — sibila Oren do outro lado do quarto, bloqueando minha saída. Escroto do caralho.

— Eu deveria ter te matado na Ceifa — digo. Minha porta está fechada, mas certamente alguém vai ouvir se eu grit...

Uma mulher avança sobre mim ao atacar, subindo por cima da minha cama, e desvio, deslizando pelo painel gelado da janela. *A janela!*

— *Alto demais. Vai cair na ravina, e não consigo chegar aí assim tão rápido!*

Nada de janela. Entendi. Outra mulher atira uma faca, fincando a manga da minha camisola ao armário, mas não acerta a carne. Eu me viro, rasgando a manga e deixando-a para trás, e jogo uma adaga enquanto contorno a cama. Acerta o ombro dela, meu alvo favorito, e ela cai com um grito, segurando a ferida.

O resto das minhas armas está guardado perto da porta. Merda. Merda. *Merda.*

— *Não jogue mais nada! Fique com as armas nas mãos!*

Para alguém que não pode ajudar, Tairn parece não ver problema em dar palpite.

— Precisam acertar a garganta dela! — grita Oren. — Eu mesmo faço isso.

Passo a lâmina para a mão direita e bloqueio um ataque vindo da esquerda, que corta o antebraço da mulher que me ataca, e então outro ataque vindo da direita, esfaqueando a coxa de outro homem. Chuto com o calcanhar e acerto o estômago de outro quando ele ataca, jogando-o em minha cama, a espada caindo atrás dele.

Agora, porém, estou presa entre a escrivaninha e o armário.

Eles são muitos.

E todos me atacam ao mesmo tempo.

Alguém chuta minha adaga para longe da minha mão com uma facilidade estonteante, e meu coração estremece quando Oren me segura pelo pescoço, puxando-me na direção dele. Chuto seus joelhos, mas meus pés descalços não causam nenhum impacto quando ele me levanta do chão, interrompendo o fluxo de ar que entra em meus pulmões, e eu chuto o ar, tentando me segurar.

Não. Não. Não.

Finco as mãos no braço dele, as unhas rompendo a pele enquanto eu me debato, arrancando sangue. Isso vai deixar cicatrizes, mas ele não me solta enquanto esmaga minha garganta.

Ar. Estou sem ar.

— *Ele está quase chegando!* — promete Tairn, parecendo em pânico.

Ele quem? Não consigo respirar nem pensar.

— Acabe com ela! — grita um dos homens. — Só vai nos respeitar se acabarmos com ela!

Eles querem Tairn.

O rugido furioso de Tairn preenche minha cabeça quando Oren abaixa meu corpo, virando-me para que minhas costas fiquem na direção de seu peito. Ao menos meus pés estão no chão, mas minha visão está turva, e meus pulmões imploram por um oxigênio que não vem.

Os olhos gananciosos de uma primeiranista ensanguentada me encaram.

— Vai logo!

— Seu dragão é meu — sibila Oren na minha orelha, e tira a mão, substituindo-a por uma adaga.

O ar entra em meus pulmões enquanto o metal frio acaricia meu pescoço, o oxigênio fluindo em meu sangue e clareando meus pensamentos a ponto de me fazer perceber que chegou a hora. Vou morrer. Um segundo antes do que penso que será meu último suspiro, uma tristeza imensa preenche meu peito, e não consigo não ficar pensando se eu teria conseguido. Teria sido forte o bastante para me graduar? Teria me mostrado digna de Tairn e Andarna? Teria deixado minha mãe orgulhosa?

A ponta da faca toca minha pele.

A porta do quarto é escancarada, a madeira rachando quando bate na parede de pedra, mas não tenho chance de me virar e ver quem está lá antes de um grito invadir minha visão.

— *Minha!* — grita Andarna.

Uma energia que causa arrepios desce pela minha espinha, e então vai para a ponta dos meus dedos, e minha próxima respiração acontece em um silêncio total e completo.

— *Vai!* — ordena Andarna.

Pisco e percebo que a primeiranista na minha frente não esboça qualquer reação. Não está respirando ou se mexendo.

Ninguém está.

Todo mundo no quarto está congelado... exceto por mim.

Em resposta à Grande Guerra, os dragões se instalaram nas terras a oeste e os grifos nos territórios centrais, abandonando os Ermos e a memória do general Daramor, que quase destruiu o Continente com seu exército. Nossos aliados voltaram para casa e iniciamos um período de paz e prosperidade quando as províncias de Navarre se juntaram pela primeira vez atrás da segurança de nossas égides, sob a proteção dos primeiros cavaleiros unidos a dragões.

— Navarre, uma história completa, por coronel Lewis Markham

CAPÍTULO DEZENOVE

Que. porra. Está. Acontecendo.

É como se todo mundo no meu quarto tivesse se transformado em pedra, mas sei que isso não pode ser verdade. O corpo de Oren está quente atrás do meu, a pele maleável sob meus dedos enquanto mudo de posição e empurro seu braço ensanguentado, forçando a lâmina para longe do meu pescoço.

Uma única gota de sangue pinga da ponta afiada, manchando o assoalho, e sinto algo quente escorrer por meu pescoço.

— *Rápido! Não aguento tanto tempo assim!* — pede Andarna, a voz aflita.

É ela que está fazendo isso? Engulo diversas vezes o ar pela traqueia arruinada e me abaixo sob o braço de Oren, libertando-me. Então, dou um passo para o lado naquele silêncio.

Um silêncio completo e sobrenatural.

Os ponteiros do relógio em minha escrivaninha não se mexem quando passo pelo espaço entre o cotovelo de Oren e o cara gigantesco que costumava ser da Segunda Asa. Ninguém respira. Os olhares deles estão congelados. À esquerda, a mulher que cortei está encolhida, segurando o próprio braço, e o homem que esfaqueei está apoiado na parede à direita, encarando horrorizado a própria coxa.

Calculo o tempo que estou levando para fazer tudo isso a partir das batidas fortes do meu coração, enquanto cambaleio em direção ao único espaço vazio do quarto, mas o caminho da porta escancarada não está livre.

Xaden está na soleira, parado como se fosse um tipo de anjo vingador sombrio, o mensageiro da rainha dos deuses. Está completamente vestido, o rosto distorcido em fúria enquanto as sombras se curvam pelas paredes ao seu lado, paradas no ar.

Pela primeira vez desde que atravessei o Parapeito, estou tão aliviada em vê-lo que poderia chorar.

Andarna ofega em minha mente… e, então, o caos volta a reinar.

Sinto a náusea revirar meu estômago.

— *Já não era sem tempo* — retumba Tairn.

O olhar de Xaden me encontra, os olhos cor de ônix arregalando-se em choque por apenas um milissegundo antes de seguir em frente, as sombras esticando-se ao seu redor enquanto ele para ao meu lado. Ele estala os dedos e o quarto se ilumina, luzes mágicas pairando acima de nós.

— Vocês todos estão *mortos* pra caralho. — A voz dele é estranhamente calma, e isso deixa tudo mais assustador.

Cada cabeça de cada pessoa dentro do quarto se vira na direção dele.

— Riorson! — A adaga de Oren cai no chão.

— Acham que se vocês se renderem vão se salvar? — O tom de voz suave e letal de Xaden faz calafrios percorrerem meus braços. — Vai contra o nosso código atacar outro cavaleiro enquanto ele dorme.

— Mas você sabe que ele nunca deveria ter se unido a ela! — Oren ergue a palma das mãos, nos encarando. — Você, mais do que ninguém, tem motivos para querer essa fracote morta. Estamos só corrigindo um erro.

— Dragões não cometem erros. — As sombras de Xaden agarram todos os agressores pelo pescoço, exceto por Oren, e então apertam firme.

Todos se debatem, mas não importa. Os rostos ficam roxos, as sombras segurando firme enquanto eles caem de joelhos, juntando-se todos no chão em um círculo ao meu redor como se fossem marionetes sem vida.

Não consigo sentir nenhuma pena deles.

Xaden dá um passo adiante como se tivesse todo o tempo do mundo e ergue a palma da mão, outro fio de escuridão levantando minha adaga descartada do chão.

— Deixa eu explicar… — Oren encara a adaga, e seus dedos tremem.

— Já ouvi tudo que precisava ouvir. — Os dedos de Xaden se fecham ao redor da empunhadura. — Ela deveria ter te matado no vale, mas teve misericórdia. Desse defeito eu não padeço.

Riorson projeta a adaga tão rapidamente que mal o vejo se mexer, e então a garganta de Oren se abre em uma linha horizontal, o sangue escorrendo pelo pescoço e o peito em uma torrente.

Ele tenta segurar a própria garganta, mas não adianta. Sangra até morrer em segundos, caindo no chão. Uma poça escarlate continua crescendo ao redor dele.

— Que merda, Xaden. — Garrick entra no quarto, embainhando a espada enquanto o olhar percorre o quarto. — Não deu nem tempo para um interrogatório? — O olhar dele me encara como se estivesse catalogando ferimentos, analisando meu pescoço.

— Nem precisava — rebate Xaden quando Bodhi entra, analisando tudo com a mesma rapidez de Garrick.

A semelhança entre os primos ainda me surpreende. Bodhi tem a mesma pele de bronze e a mesma testa marcante, mas as feições dele não são tão angulosas quanto as de Xaden, e seus olhos são de um castanho mais claro. Ele parece uma versão mais suavizada e mais simpática do seu primo mais velho, mas meu corpo não se esquenta ao vê-lo, não da mesma forma que faz quando estou perto de Xaden. Ou talvez Oren só tenha me estrangulado demais e agora não tenho mais um pingo de bom senso no corpo.

Uma risada ilógica escapa dos meus lábios, e os três homens me encaram como se eu tivesse batido a cabeça.

— Deixa eu adivinhar — diz Bodhi, esfregando a nuca. — Temos que limpar tudo?

— Chamem mais gente se precisarem de ajuda com os corpos — responde Xaden, assentindo.

Corpos.

Estou viva. Viva. Viva. Repito aquele mantra na cabeça enquanto Xaden limpa o sangue da minha adaga nas costas da túnica de Oren.

— Sim, você está viva. — Xaden passa por cima do corpo de Oren e de duas outras pessoas, pegando minha adaga do ombro da mulher antes de chegar ao meu armário. Eu nem a reconheço, e mesmo assim ela tentou me matar.

Garrick e Bodhi levam os primeiros corpos para fora do quarto.

— Eu nem percebi que tinha falado em voz alta. — A tremedeira começa em meus joelhos e logo a náusea toma conta de mim. Porra, achei que tinha superado essa reação à adrenalina, mas aqui estou eu, tremendo igual vara verde enquanto Xaden vasculha meu guarda-roupa como se não tivesse acabado de matar meia dúzia de pessoas.

Como se esse tipo de massacre fosse comum.

— É o choque — diz ele, pegando um casaco do cabide e agarrando um par de botas. — Você se machucou?

As palavras dele rompem qualquer bloqueio temporário que eu tinha à dor. Tudo parece voltar em uma onda centrada nas minhas costas. E lá se vai a adrenalina.

Parece que estou engolindo cacos de vidro a cada vez que puxo o ar, então tento manter minha respiração curta e superficial. Por mais que consiga ficar em pé, recuo até sentir a parede de pedra do lado que não está machucado, apoiando meu peso sobre ela.

— Fala comigo, Violência. — As palavras suaves entram em contradição com o tom tenso enquanto ele dobra o casaco sobre os braços e pega minhas botas, passando por cima dos outros corpos que deixou no chão. — Se recompõe e me diz onde você se machucou.

Ele matou seis pessoas sem nem ficar com uma mancha de sangue na roupa de couro preta. As botas caem no chão ao lado dos meus pés, e meu casaco é depositado na poltrona do canto.

Eu mal consigo respirar, mas será que posso admitir minha fraqueza atual para ele?

Xaden segura meu rosto pelo queixo, inclinando minha cabeça para nossos olhos se encontrarem. Espera... é um pouco de pânico que vejo ali?

— Você está respirando mal pra caralho, então imagino que seja...

— Minhas costelas — termino, antes que possa adivinhar. Esconder a dor não vai adiantar. — O cara perto da cama me acertou nas costelas com a espada, mas acho que é só uma contusão.

Não ouvi o som clássico de ossos sendo quebrados.

— A espada devia estar cega. — Ele arqueia uma sobrancelha. — Ou por acaso você dorme com o seu colete de couro?

— *Confie nele* — exige Tairn.

— *Não é assim tão fácil.*

— *Agora precisa ser.*

— É feito de escama de dragão. — Ergo o braço direito e me viro de lado para que ele veja o buraco enorme na camisola. — Mira mandou fazer para mim. É por isso que consegui me manter viva por tanto tempo.

Ele olha por entre os corpos, tensionando a boca antes de assentir.

— É genial, mas eu diria que existem vários outros motivos além desse para você ter conseguido ficar viva até agora. — Antes que eu consiga argumentar, ele olha para meu pescoço e analisa o que deve ser a marca roxa de dedos ali. — Eu deveria ter matado ele mais lentamente.

— Eu estou bem.

Não estou nada bem.

Ele volta a se concentrar em meus olhos.

— Não minta nunca para mim. — Ele diz isso com tanta ferocidade, entredentes, que só posso assentir, prometendo.

— Está doendo — confesso.

— Deixa eu ver.

Eu abro e fecho a boca duas vezes.

— Isso foi um pedido ou uma exigência?

— Pode escolher, desde que eu possa ver se aquele filho da puta quebrou suas costelas. — Ele fecha as mãos em punhos.

Dois outros homens entram pela porta aberta, Garrick e Bodhi seguindo-os de perto. Estão todos... vestidos. Completamente vestidos, e olho para o relógio: duas da manhã.

— Peguem aqueles dois, e nós pegamos os últimos — ordena Garrick, e os outros começam a trabalhar, levando os últimos corpos pela porta. Não deixo de notar que todos têm relíquias da rebelião brilhando nos braços, mas guardo essa observação para mim.

— Obrigado — diz Xaden, e então gesticula com a mão e bate a porta com um *clique* baixo. — Agora deixa eu ver suas costelas. Estamos perdendo tempo.

Eu engulo em seco, assentindo. Melhor saber se estão mesmo quebradas. Eu me viro de costas para ele, mas consigo ver seu rosto no espelho comprido enquanto tiro os braços das mangas compridas da camisola, segurando o tecido acima dos peitos enquanto ele cai pelas costas.

— Você vai precisar...

— Eu sei como tirar um corpete. — Ele cerra a mandíbula e algo que me lembra uma fome avassaladora passa por sua expressão antes de ele se conter e passar meu cabelo por cima dos ombros com uma gentileza surpreendente.

Os dedos dele roçam minha pele nua e eu reprimo um calafrio, travando meus músculos para não se renderem ao seu toque.

Que porra tem de errado comigo? Tem sangue fresco no chão do meu quarto e ainda assim estou ofegando por um motivo *completamente errado* enquanto ele trabalha rapidamente para desamarrar meu corpete, começando por baixo. Ele não estava mentindo. Sabe mesmo tirar um corpete.

— Como você faz para entrar nessa coisa todos os dias de manhã? — ele pergunta, pigarreando enquanto centímetros e mais centímetros das minhas costas são expostas.

— Eu sou muito flexível. Faz parte da coisa toda das minhas articulações se romperem e dos meus ossos se quebrarem com facilidade — respondo por cima do ombro.

Encontro o olhar dele e sinto um calor aquecer meu âmago. O momento vai embora tão rapidamente quanto começou, e ele abre minha armadura, inspecionando meu lado direito. Dedos gentis apalpam minhas costelas feridas e depois as cutucam com cuidado.

— Você está com um hematoma enorme, mas acho que não quebrou nada.

— Foi o que pensei. Obrigada por dar uma olhada. — Essa experiência deveria estar sendo constrangedora, mas de alguma forma não é, mesmo quando ele volta a amarrar o corpete, dando um laço no fim.

— Você vai sobreviver. Agora, vira de costas.

Eu faço isso, puxando a camisola de volta por cima dos ombros, e ele se ajoelha na minha frente.

Arregalo os olhos. Xaden Riorson está ajoelhado na minha frente, os cabelos pretos na altura perfeita para eu passar os dedos por toda a extensão dos fios grossos. Provavelmente é a única coisa macia nele. Quantas mulheres já sentiram aquelas mechas por entre os dedos?

E por que caralhos eu me importo com isso?

— Você vai ter que aguentar um pouco a dor, e precisamos fazer isso rápido. — Ele pega uma bota e então dá um tapinha no meu pé. — Consegue erguer?

Eu aceno que sim, e ergo o pé. Então ele rouba todo meu pensamento lógico ao calçar minhas botas e amarrá-las uma de cada vez.

Esse é o mesmo homem que não tinha problema nenhum em me ver morta alguns meses atrás, e meu cérebro não consegue compreender esse seu lado diferente.

— Vamos. — Ele passa o casaco por cima do meu ombro e depois abotoa em meu pescoço, como se eu fosse algo precioso.

Eu sei que estou em choque, porque posso ser qualquer coisa, menos *preciosa* para Xaden Riorson. O olhar dele desce pelo meu cabelo e ele pisca uma vez antes de puxar meu capuz para cima, cobrindo aquela massa de cabelo escura que fica prata nas pontas. Então, ele puxa minha mão e me leva pelo corredor. Os dedos dele parecem fortes ao segurar os meus, o aperto firme, mas não apertado demais.

Todas as outras portas estão fechadas. O ataque nem foi alto o bastante para fazer meus vizinhos acordarem. Eu estaria morta se Xaden não tivesse aparecido, mesmo que tivesse conseguido me livrar das mãos de Oren. Aliás, *como* foi que isso aconteceu?

— Para onde estamos indo? — pergunto. Os corredores estão iluminados com luzes mágicas fracas, do tipo que sinaliza que ainda é noite para aqueles que não têm janelas.

— Continue falando alto assim para todo mundo ouvir e alguém nos deter antes de conseguirmos chegar a algum lugar.

— Não dá pra você esconder a gente na sombra ou algo do tipo?

— Claro, porque uma nuvem preta gigante se movendo pelo corredor vai parecer menos suspeita do que um casal se esgueirando. — Ele me lança um olhar que me impede de argumentar.

Entendido.

Não que sejamos um casal.

Não que eu não fosse subir em cima dele como se ele fosse uma árvore se a oportunidade certa surgisse. Estremeço enquanto andamos pelo corredor principal do dormitório. *Nunca* vai haver oportunidade certa quando estivermos falando de Xaden, muito menos depois que ele executou meia dúzia de pessoas.

Em minha defesa, porém, de um jeito distorcido e estranho, o resgate dele foi muito atraente, mesmo que ele esteja me arrastando agora pelo corredor em uma velocidade impossível. Mesmo que só tenha feito isso porque agora nossas vidas estão entrelaçadas. Meu peito parece implorar por uma pausa para descansar, mas ele nem cogita, seguindo pelas escadas em espiral que levam aos dormitórios do segundo e do terceiro ano, e depois em direção ao átrio.

Vou precisar de semanas para as minhas costelas se recuperarem por completo.

Nossas botas ecoando pelo chão de mármore são o único som enquanto passamos para a Ala Acadêmica. Em vez de virar para a esquerda, na direção do ginásio de lutas, ele vira para a direita, descendo um lance de escadas que sei que leva ao estoque.

Na metade dos degraus, ele para, e eu quase vou de encontro à espada que ele carrega nas costas. Então, ele gesticula com a mão direita, ainda segurando a minha com a esquerda.

Clique. Xaden empurra as pedras e uma porta escondida se abre.

— Puta merda — suspiro ao ver o túnel imenso revelado adiante.

— Espero que não tenha medo do escuro. — Ele me puxa para dentro, e a escuridão sufocante nos abraça quando a porta se fecha.

Está tudo bem. Está tudo ótimo.

— Mas caso você tenha... — fala Xaden, a voz no volume normal enquanto estala os dedos. Uma luz mágica aparece acima das nossas cabeças, iluminando os arredores.

— Obrigada.

O túnel é sustentado por arcos de pedra, e o chão é reto, como se mais pessoas tivessem passado por ele do que a entrada deixa transparecer. Tem cheiro de terra molhada, mas não mofo, e parece seguir por uma eternidade.

Ele solta minha mão e começa a andar.

— Anda logo.

— Você poderia... — Estremeço. Porra, o meu peito está doendo. — Ser um pouco mais atencioso.

Eu vou atrás dele, abaixando o capuz.

— Não vou te tratar feito um bebê igual o Aetos faz — ele diz sem se virar. — Isso só vai acabar matando você quando sairmos de Basgiath.

— Ele não me trata igual um bebê.

— Trata, sim, e você sabe disso. Você também odeia, se eu entendi direito. — Ele atrasa um pouco o passo e começa a andar do meu lado. — Ou interpretei errado?

— Ele acha que aqui é um lugar perigoso demais para alguém... como eu, e, depois do que aconteceu, acho que não posso discordar dele. — Eu estava *dormindo*. Esse é o único momento em que temos alguma garantia de segurança por aqui. — Acho que não vou mais me dar ao trabalho de dormir. — Eu o encaro de soslaio, analisando aquele perfil lindo e irritante. — E se você *pensar* em sugerir dormir comigo por segurança a partir de agora...

Ele bufa.

— Não vou. Não transo com primeiranistas, nem quando eu *era* um, e muito menos... com você.

— Quem disse alguma coisa sobre transar? — eu rebato, me amaldiçoando quando a dor nas costelas aumenta. — Eu precisaria ser masoquista pra transar com você, e posso te garantir que não sou.

Fantasiar com isso não conta.

— Masoquista, é? — Um canto da boca dele se levanta em um sorriso torto.

— Você não tem cara de que faz carinho na manhã seguinte. — Eu mesma abro um sorriso. — A não ser que *você* esteja preocupado que *eu* te mate enquanto a gente dorme.

Viramos uma esquina, e o túnel prossegue.

— Não tenho nenhuma preocupação quanto a *isso*. Por mais violenta que seja, e habilidosa com as adagas, acho que você não mataria nem uma mosca. Não vai achando que eu não notei que você conseguiu machucar três deles, mas nem tentou um golpe fatal.

Ele me lança um olhar reprovador.

— Eu nunca matei ninguém — sussurro, como se fosse um segredo.

— Vai precisar superar isso. Depois da graduação, nós viramos apenas armas, e é melhor estarmos afiados antes de sair pelos portões.

— É para lá que nós vamos? Vamos sair pelos portões? — Perdi qualquer senso de direção aqui.

— Vamos perguntar a Tairn o que é que acabou de acontecer. — Xaden cerra a mandíbula. — E não estou falando do ataque. Como é que eles conseguiram abrir a fechadura, porra?

Dou de ombros, mas não me dou ao trabalho de explicar. Ele nunca vai acreditar em mim. Eu mal acredito.

— É melhor que a gente descubra, pra não acontecer de novo. Eu me recuso a dormir no chão do seu quarto como se fosse a porra de um cão de guarda.

— Espera. Esse aqui é um caminho alternativo para o campo de voo? — Dou o meu melhor para bloquear a dor na garganta e nas costelas dentro da minha mente. — *Ele está me levando até você* — digo a Tairn.

— *Sei disso.*

— *Vai me dizer o que acabou de acontecer lá?*

— *Eu diria se soubesse.*

— Sim — responde Xaden, e o caminho faz outra curva. — Não é de conhecimento geral. E vou pedir para você arquivar esse túnel nos segredos que guarda para mim.

— Deixa eu adivinhar, você vai saber se eu contar pra alguém?

— Sim. — Outro sorriso torto aparece, e eu desvio o olhar antes que ele perceba que estou encarando.

— Vai ficar me devendo outro favor?

O caminho começa a ficar elevado, e a subida não é nada gentil. Cada respiração me faz lembrar do que acabou de acontecer.

— Eu estar te devendo um favor já é mais do que suficiente, e já chegamos a um patamar de destruição mútua garantida, Sorrengail. Agora, você vai aguentar ou precisa que eu te carregue?

— Parece mais uma ofensa do que uma oferta.

— Você está andando num ritmo bom. — Porém, ele diminui o passo para me acompanhar.

O chão balança sob meus pés como se estivesse oscilando, mas sei que é só coisa da minha cabeça, resultado da dor e do estresse. Meus pés vacilam.

Xaden passa um braço pela minha cintura, me firmando. Eu odeio como o toque dele eleva meu batimento cardíaco enquanto continuamos a subir, mas não protesto. Não quero ser grata por nada quando se trata dele, mas o seu perfume de menta é delicioso.

— O que você estava fazendo agora à noite?

— Por que a pergunta? — O tom dele claramente insinua que eu não deveria ter perguntado isso.

Tarde demais.

— Você chegou no meu quarto muito rápido, e isso aí não me parece pijama.

Ele está com uma espada nas costas, sabe.

— Talvez eu também durma de armadura.

— Então você deveria escolher uns companheiros de cama mais confiáveis.

Ele bufa, um sorriso aparecendo por um instante. Um sorriso de verdade. Não aquele desdenhoso e falso que estou acostumada a ver ou o sorrisinho metido e convencido. Um sorriso sincero que faz meu coração parar de bater e ao qual não sou imune. No entanto, desaparece tão rápido quanto apareceu.

— Então, não vai me contar? — Eu ficaria frustrada se meu corpo não estivesse doendo tanto. E eu não vou nem imaginar o motivo de ele precisar me trazer até Tairn quando posso só conversar com ele quando eu bem entender.

A não ser que *ele* queira conversar com Tairn, o que seria... muito valente da parte dele.

— Não. Assunto do terceiro ano. — Ele me solta quando chegamos ao fim do túnel. Vejo-o fazer alguns gestos com a mão e outro *clique* ressoa antes de ele abrir a porta.

Nós dois somos cumprimentados pelo ar gelado e fresco de novembro.

— Caramba — sussurro. A porta foi construída em meio a uma pilha de pedras do lado leste do campo.

— É camuflada. — Xaden acena com a mão e a porta se fecha, misturando-se à pedra como se fizesse parte dela.

Um som que agora reconheço como bater de asas ecoa acima, e ergo o olhar para ver três dragões bloqueando as estrelas enquanto pousam. O chão estremece quando eles aterrissam na nossa frente.

— *Imagino que o Dirigente de Asa queira conversar?* — Tairn dá um passo à frente e Sgaeyl o segue, as asas guardadas, os olhos dourados e estreitos virados para mim.

Andarna sai do esconderijo entre as patas de Sgaeyl, galopando até nós dois. Ela derrapa nos últimos três metros, as patas enterradas no chão para parar bem na minha frente, levando o focinho às minhas costelas e enchendo minha cabeça de uma sensação ansiosa, me preenchendo de sentimentos que sei que não são meus.

— Não quebrei nenhum osso — garanto, passando a mão pelas escamas irregulares de sua cabeça. — Só estou machucada.

— *Certeza?* — ela pergunta, os olhos arregalados de preocupação.

— O máximo de certeza que posso ter. — Forço um sorriso. Vir até aqui no meio da noite já vale a pena só pelo alívio na ansiedade.

— Sim, eu quero conversar. Que porra de poderes estava canalizando nela? — Xaden exige saber, encarando Tairn como se não fosse… Tairn.

Aham. Valente. Todos os músculos do meu corpo se retesam com a certeza de que Tairn está prestes a queimar Xaden por essa audácia.

— *Não é da sua conta o que eu escolho ou não canalizar em minha cavaleira* — responde Tairn com um rosnado.

Que conversa agradável.

— Ele disse… — começo.

— Eu ouvi — responde Xaden, sem olhar para mim.

— Você o quê? — Ergo as sobrancelhas até tocarem o couro cabeludo, e Andarna volta a ficar perto dos outros dragões. Dragões só falam com seus cavaleiros. Isso é o que sempre foi ensinado.

— É da minha conta, sim, quando você espera que eu a proteja — retruca Xaden, aumentando a voz.

— *Eu entendi a mensagem, humano.* — A cabeça de Tairn reproduz aquele movimento ofídico que me faz ficar em alerta. Ele não está só agitado.

— E eu *mal* consegui chegar. — As palavras saem ásperas, entredentes. — Ela estaria morta se eu tivesse chegado trinta segundos mais tarde.

— *Parece que você recebeu trinta segundos de presente.* — O peito de Tairn retumba com um rosnado.

— E eu queria saber que porra foi que aconteceu dentro daquele quarto!

Eu respiro fundo.

— *Não machuque ele* — peço a Tairn. — *Ele me salvou.*

Nunca vi alguém ousar *falar* com o dragão de outro cavaleiro, e muito menos gritar com um, especialmente um tão poderoso quanto Tairn.

Ele resmunga em resposta.

— Precisamos saber o que aconteceu no quarto. — O olhar de Xaden corta por mim como se fosse uma faca, um milissegundo antes de se virar para Tairn.

— *Não tente ler meus pensamentos, humano, ou se arrependerá disso.* — A boca de Tairn se abre, curvando-se em um movimento que conheço bem.

Eu me posiciono entre os dois, virando a cabeça na direção de Tairn.

— Ele só está assustado. Não vá queimar ele.

— *Ao menos concordamos em alguma coisa* — uma voz feminina ressoa na minha cabeça.

Sgaeyl.

Espantada, eu encaro a Rabo-de-adaga-azul-marinho enquanto Xaden fica ao meu lado.

— Ela falou comigo.

— Eu sei. Eu ouvi. — Ele cruza os braços. — É porque eles são consortes. É por isso que estou preso a você.

— Você faz isso soar tão agradável.

— Não é. — Ele se vira na minha direção. — Mas você e eu estamos nessa agora, Violência. Acorrentados um no outro. Enlaçados. Se você morrer, eu morro, então eu mereço saber como foi que você conseguiu se livrar da faca de Seifert em um segundo e estar do outro lado do quarto no outro. Esse é o poder sinete que você manifestou com Tairn? É hora de me falar a verdade. Agora.

Ele encara meus olhos.

— Não sei o que aconteceu — respondo, sincera.

— *A natureza gosta de tudo balanceado* — diz Andarna, como se estivesse recitando fatos, assim como eu faço quando estou nervosa. — *É a primeira coisa que aprendemos.*

Eu me viro para encarar a dragão dourada, repetindo o que ela disse a Xaden.

— O que isso quer dizer? — ele pergunta para mim, e não para ela.

Acho que isso significa que ele consegue ouvir Tairn, mas não Andarna.

— *Bem, não exatamente a primeira coisa que aprendemos.* — Andarna se senta, passando o rabo por cima da grama coberta de geada. — *A primeira coisa é que não deveríamos nos unir até sermos adultos.* — Ela vira a cabeça para o lado. — *Ou talvez a primeira coisa que aprendemos seja onde as ovelhas se escondem? Mas eu prefiro bodes.*

— *É por isso que Rabos-de-pena não se unem a humanos.* — Tairn suspira com uma certa dose de exasperação.

— *Deixe ela explicar* — interfere Sgaeyl, batendo as garras como se fossem unhas no chão.

— *Rabos-de-pena não deveriam se unir porque podem conceder acidentalmente seus poderes aos humanos* — continua Andarna. — *Dragões não podem canalizar, não de verdade, até sermos adultos, mas todos nós nascemos com algo especial.*

Repasso a mensagem.

— É tipo um sinete? — pergunto em voz alta para que Xaden possa ouvir.

— *Não* — responde Sgaeyl. — *Um sinete é uma combinação de nosso poder com sua própria habilidade de canalizar. Reflete quem você é no seu âmago.*

Andarna se endireita e inclina a cabeça, orgulhosa.

— *Mas eu concedi meu dom diretamente a você. Porque ainda sou um Rabo-de-pena.*

Eu repito tudo o que ela disse, encarando a pequena dragão. Pouco se sabe sobre os Rabos-de-pena, porque nunca são vistos fora do Vale. São todos protegidos. São… engulo em seco. *Espere.* O que foi que ela disse?

— Você *ainda* é uma Rabo-de-pena?

— *Sim! Por mais alguns anos, provavelmente.* — Ela pisca lentamente e então boceja, a cauda forquilhada enrodilhando-se.

Meus. Deuses.

— Você… é um filhote — sussurro.

— *Não sou não!* — Andarna sopra uma lufada de ar. — *Já tenho dois anos! Filhotes não conseguem nem voar!*

— Ela é o quê? — O olhar de Xaden vai de Andarna para mim.

Eu encaro Tairn.

— Você permitiu que um dragão *jovem* se unisse a um humano? Que um *jovem* treinasse para a guerra?

— *Nós amadurecemos muito mais rápido do que humanos* — ele argumenta, tendo a audácia de parecer indignado. — *E não tenho certeza se alguém é capaz de permitir que Andarna faça qualquer coisa.*

— Mais rápido quanto? — eu falo. — Ela tem só dois anos!

— *Vai ser completamente adulta em um ano ou dois, mas alguns são mais lentos que outros* — responde Sgaeyl. — *E, se eu soubesse que ela se uniria a um humano de verdade, teria objetado com mais força a seu Direito de Benefício.*

Ela sopra o ar na direção de Andarna, obviamente um sinal de reprovação.

— Espera aí. Andarna é *sua*? — Xaden anda até Sgaeyl, e o tom é um que nunca ouvi em sua voz. Ele está… magoado. — Você vem escondendo um filhote de mim pelos últimos dois anos?

— *Não seja ridículo.* — Sgaeyl sopra o ar e bagunça o cabelo de Xaden. — *Acha mesmo que eu permitiria que minha ninhada contraísse união ainda com penas?*

— *Os pais dela faleceram antes de ela ser chocada* — responde Tairn.

Sinto o coração apertar.

— Ah, eu sinto muito, Andarna.

— *Tenho muitos anciões* — responde ela, como se isso compensasse, mas depois de ter perdido meu pai... sei que não é assim tão fácil.

— *Não o bastante para te impedir de ir para o campo da Ceifa* — resmunga Tairn. — *Os Rabos-de-pena não se unem a humanos porque seus poderes são imprevisíveis. Instáveis.*

— Imprevisíveis? — questiona Xaden.

— *Da mesma forma que não entregaria seu sinete a uma criança, não é, Dirigente de Asa?* — resmunga Tairn quando Andarna se apoia na perna dele.

— Deuses, não. Eu mal conseguia controlar o poder no primeiro ano. — Xaden balança a cabeça.

É estranho imaginar Xaden *sem* controle. Na verdade, pagaria um bom dinheiro para ver ele perder um pouco de controle. Comigo. *Não.* Imediatamente descarto esse pensamento.

— *Precisamente. Unir-se jovem demais a um humano permite que eles concedam o poder diretamente, e um cavaleiro poderia facilmente esgotá-los e acabar matando-os.*

— Eu nunca faria isso! — Balanço a cabeça.

— *Foi por isso que te escolhi.* — A cabeça de Andarna encosta na perna de Tairn.

Como é que não percebi isso antes? Os olhos redondos, as patas...

— *Você não saberia. Rabos-de-pena não devem ser vistos* — diz Tairn, olhando de soslaio para sua consorte.

Ela nem sequer revira os olhos.

— Se os líderes soubessem que poderiam pegar os dons dela para si, em vez de depender dos próprios sinetes... — diz Xaden, olhando para Andarna enquanto a pequena dragão pisca mais e mais lentamente.

— Ela seria caçada — termino baixinho.

— É por isso que não podem contar a ninguém o que ela é — declara Sgaeyl. — *Com sorte, ela amadurecerá quando você sair da Divisão, e os anciões já estão aplicando... proteções mais rigorosas aos Rabos-de-pena.*

— Eu não vou contar — prometo. — Andarna, obrigada. O que quer que você tenha feito, salvou minha vida.

— *Fiz o tempo parar.* — Ela boceja abrindo completamente a boca outra vez. — *Mas só um pouquinho.*

Espera. Quê? Meu estômago vai ao chão quando encaro os olhos dourados de Andarna e me esqueço da dor, da terra sólida sob meus pés e até mesmo da necessidade de respirar enquanto o choque percorre meu corpo, levando consigo todo o pensamento lógico.

Ninguém pode parar o tempo. *Nada* pode parar. Ninguém... nunca fez isso.

— O que foi que ela disse? — pergunta Xaden, segurando meus ombros para me manter no lugar.

Tairn rosna e um sopro de fumaça nos atinge.

— *Eu tiraria as mãos da cavaleira* — avisa Sgaeyl.

Xaden afrouxa o aperto, mas continua a me segurar pelos ombros.

— Me conte o que ela disse. Por favor. — A boca dele se aperta, e eu sei que acrescentar as palavrinhas mágicas foi difícil.

— Ela consegue parar o tempo — eu me forço a dizer, tropeçando nas palavras. — Brevemente.

Xaden fica inerte, e pela primeira vez não parece mais o Dirigente de Asa letal e vigoroso que conheci no Parapeito. Ele está tão chocado quanto eu e vira-se para Andarna.

— Você consegue parar o tempo?

— *E agora* nós duas *conseguimos parar o tempo.* — Ela pisca lentamente, e sinto a exaustão dela. Canalizar todo aquele poder para mim agora à noite custou caro. Ela mal consegue ficar de olhos abertos.

— Em pequenas doses — sussurro.

— Em pequenas doses — ecoa Xaden lentamente, como se estivesse absorvendo a informação.

— E, se eu usar demais, posso te matar — digo baixinho para Andarna.

— *Matar* nós duas. — Ela fica em pé nas quatro patas. — *Mas sei que você não vai fazer isso.*

— *Vou fazer meu melhor para ser digna disso.*

As consequências desse dom, desse poder excepcional, me atingem como um golpe mortal, e meu estômago parece se esvaziar.

— O professor Carr também vai me matar?

Todos os olhos se voltam para mim, e Xaden aperta mais meus ombros, os dedões circulando em um gesto que transmite tranquilidade sobre minha pele.

— Por que você pensaria isso?

— Ele matou Jeremiah. — Afasto o pânico e me concentro naqueles minúsculos vislumbres dourados nos olhos de ônix de Xaden. — Você viu como Carr quebrou o pescoço de Jeremiah como se fosse um galho na frente de todo mundo.

— Jeremiah era um inntínnsico. — Xaden abaixa a voz. — Ser um leitor de mentes é um crime grave. Você sabe disso.

— E o que vão fazer quando descobrirem que eu posso parar o tempo? — O terror congela o sangue em minhas veias.

— Eles não vão descobrir — promete Xaden. — Ninguém vai contar. Nem você, nem eu, nem eles. — Ele gesticula na direção do trio dos nossos dragões com as mãos. — Entendeu?

— *Ele está certo* — diz Tairn. — *Ninguém vai descobrir. E não temos como saber por quanto tempo ainda você possuirá essa habilidade. A maioria dos dons dos Rabos-de-pena desaparecem com a maturidade, quando começam a canalizar.*

Andarna dá outro bocejo, parecendo estar quase caindo em pé.

— *Vá dormir* — eu digo a ela. — *Obrigada por me ajudar hoje.*

— *Vamos, Dourada* — fala Tairn, e todos se curvam levemente e depois levantam voo, o vento atingindo meu rosto.

Andarna está com dificuldade, as asas batendo duas vezes mais do que os outros, e Tairn voa embaixo dela, segurando seu peso e então seguindo para o vale.

— Me prometa que não vai contar a ninguém sobre isso de parar o tempo — diz Xaden enquanto voltamos para o túnel, mas parece mais como uma ordem. — Não só pela sua segurança. Habilidades raras, quando mantidas em segredo, são a moeda de troca mais valiosa que nós temos.

Franzo o cenho enquanto analiso as linhas escuras da relíquia da rebelião que sobem por seu pescoço, marcando-o como filho de um traidor, avisando a todos que não se deve confiar nele. Talvez Xaden esteja me dizendo para ficar quieta para sair ganhando, para poder me usar depois.

Ao menos isso significa que ele quer que eu esteja viva no futuro.

— Precisamos descobrir como os cadetes entraram no seu quarto ele diz.

— Tinha uma cavaleira lá — eu revelo. — Alguém que saiu correndo antes de você chegar. Ela deve ter destrancado a porta pelo lado de fora.

— Quem? — Ele para de andar, segurando meu cotovelo com cuidado e me virando na direção dele.

Eu balanço a cabeça. Ele não vai acreditar em mim. Eu mesma mal consigo acreditar.

— Uma hora dessas você e eu vamos ter que começar a confiar um no outro, Sorrengail. O resto das nossas vidas depende disso. — A raiva transparece nos olhos de Xaden. — Agora me conta *quem foi*.

Acusar um Dirigente de Asa de uma transgressão é a acusação mais perigosa de todas. Se estiver correto, então fracassamos como uma Divisão em selecionar os melhores Dirigentes de Asa. Se estiver errado, então você está morto.

— Meus tempos de cadete: uma autobiografia, por general Augustine Melgren

CAPÍTULO VINTE

— Oren Seifert. — O capitão Fitzgibbons termina de ler a chamada dos mortos e fecha o pergaminho enquanto estamos em formatura na manhã seguinte, a respiração produzindo fumaça no ar gelado. — Que suas almas sejam protegidas por Malek.

Não há espaço para tristeza no meu coração para seis dos oitos nomes, não quando estou alternando o peso do meu corpo em cada perna para diminuir a dor pontiaguda nas costelas, ignorando a forma como os outros cavaleiros encaram os diversos hematomas em meu pescoço.

Os outros dois nomes da lista são alunos do terceiro ano da Segunda Asa, mortos em um treinamento perto da fronteira de Braevick, de acordo com as fofocas do café da manhã, e não posso deixar de me perguntar se era onde Xaden estava antes de vir ao meu resgate.

— Não dá pra acreditar que tentaram te matar enquanto você dormia. — Rhiannon ainda está brava com isso no café da manhã, depois que contei para a nossa mesa o que aconteceu.

Talvez Xaden esteja se esforçando para manter os eventos da noite de ontem em segredo, esconder que sou um risco para ele, porque ninguém mais da liderança sabe. Ele não falou uma única palavra depois que contei quem abriu a porta, então não faço ideia se acredita em mim ou não.

— Pior, acho que estou acostumada com isso.

Ou eu tenho habilidades incríveis de compartimentalização, ou realmente estou me acostumando a ser um alvo.

O capitão Fitzgibbons faz alguns anúncios curtos, e eu paro de prestar atenção quando alguém vem até nós, atravessando o espaço entre os Setores Fogo e Cauda da nossa Asa.

Como sempre, meu coração idiota e hormonal parece saltar ao ver Xaden. Até mesmo os venenos mais eficientes são bonitos, e Xaden é exatamente isto: tão lindo quanto letal. Parece calmo quando se aproxima, mas consigo sentir a tensão dele como se fosse minha, como uma pantera sorrateira atrás da sua presa. O vento bagunça seu cabelo, e eu suspiro ao ver a vantagem completamente injusta que ele tem sobre todos os outros homens do pátio. Ele nem precisa *tentar* ficar sexy… ele só é.

Ah, merda. Essa sensação, a forma como minha respiração muda e meu corpo retesa quando ele se aproxima, é o motivo de eu não ter levado ninguém para a cama ou *comemorado* como o resto de todos os meus amigos perfeitamente normais. Essa sensação é o motivo de eu não querer ninguém… mais ninguém.

Porque eu quero *ele*.

Ainda não inventaram um palavrão para o que estou sentindo.

Ele encontra meu olhar só tempo o bastante para fazer meu coração acelerar antes de se virar para Dain, ignorando os anúncios de Fitzgibbons atrás dele.

— Tem uma mudança na formação do seu esquadrão.

— Sério, Dirigente de Asa? — questiona Dain, endireitando as costas. — Acabamos de absorver quatro da dissolução do terceiro esquadrão.

— Sim. — Xaden olha para a direita, onde o Segundo Esquadrão, Setor Cauda, está parado em posição de sentido. — Belden, estamos fazendo uma mudança.

— Sim, senhor — responde o Líder de Esquadrão.

— Aetos, Vaugh Penley vai sair do seu comando, e em vez disso você vai ficar com Liam Mairi do Setor Cauda.

Dain fecha a boca e então assente.

Todos observamos enquanto os dois cavaleiros do primeiro ano trocam de lugar. Penley só está nos acompanhando desde a Ceifa, então não acontece nenhum adeus emotivo do nosso esquadrão original, mas os outros três resmungam.

Liam assente para Xaden e sinto meu estômago revirar. Sei exatamente o motivo de ele agora estar sob o comando de Dain. O cara é gigante, tão alto quanto Sawyer e musculoso quanto Dain, com cabelos loiro-claros, um nariz proeminente, olhos azuis e uma relíquia da rebelião extensa que começa no pulso e desaparece embaixo da túnica. Isso é o que indica o propósito de sua missão.

— Eu *não* preciso de um guarda-costas — digo para Xaden.

Se estou desrespeitando a hierarquia falando com um Dirigente de Asa nesse tom? Com certeza. Se me importo? Nem um pouco.

Ele me ignora, virando-se para Dain.

— Estatisticamente, Liam é o primeiranista mais forte da Divisão. O recorde de rapidez na Armadilha é dele, além de não ter perdido nenhum combate e se unido a um Rabo-de-adaga-vermelho excepcionalmente forte. Qualquer esquadrão teria sorte de ficar com ele, e agora ele é todo seu, Aetos. Pode me agradecer quando ganhar a Batalha de Esquadrões na primavera.

Liam entra na formatura atrás de mim, substituindo Penley.

— Eu. Não. Preciso. De. Um. Guarda-costas — repito, um pouco mais alto. Não estou nem aí para quem me ouvir.

Um dos primeiranistas atrás de mim arqueja, provavelmente horrorizado com minha audácia.

Imogen bufa.

— Boa sorte com esse showzinho.

Xaden passa por Dain e fica diretamente na minha frente, invadindo meu espaço.

— Você precisa, sim, e nós dois descobrimos isso ontem à noite. Não posso estar onde você está o tempo todo. Mas Liam — ele aponta para o garoto loiro de Tyrrendor — é um aluno do primeiro ano, então ele pode estar em *todas* as aulas, *todos* os desafios, e fiz ele até se inscrever no dever da biblioteca, então é melhor você se acostumar com ele, Sorrengail.

— Você está exagerando. — Finco as unhas na palma da mão.

— Você nem *começou* a ver o tamanho do exagero — ele avisa, o tom baixo enviando um calafrio direto por minha coluna. — Qualquer ameaça contra você é uma ameaça contra mim, e, como ficou estabelecido, eu tenho coisas mais importantes a fazer do que dormir no chão do seu quarto.

Sinto o calor subir pelo pescoço e corar minhas bochechas.

— Ele *não* vai dormir no meu quarto.

— Claro que não. — Ele dá um *sorrisinho*, e meu estômago traidor se aperta. — Fiz ele se mudar para o quarto ao lado do seu. Não queria *exagerar*.

Ele me dá as costas e vai embora, voltando para seu lugar na frente da formatura.

— Dragões consortes do inferno — resmunga Dain, mantendo os olhos em frente.

Fitzgibbons termina os anúncios e vai para os fundos da plataforma, o que normalmente indica o fim da formatura, mas o comandante

Panchek sobe ao pódio. Evitar a formatura matinal é um hábito para ele, o que significa que alguma coisa aconteceu.

— O que rolou com o Panchek? — questiona Rhiannon ao meu lado.

— Sei lá. — Respiro fundo, sentindo dor nas costelas.

— Precisa ser importante para ele estar revirando um Códex lá em cima — comenta Rhiannon.

— Silêncio — ordena Dain, olhando por cima do ombro para nós pela primeira vez hoje. Ele se sobressalta, os olhos arregalados ao ver meu pescoço. — Vi?

Ele não fala comigo desde nossa briga ontem. Deuses, como é que pode fazer menos de vinte e quatro horas, se hoje me sinto outra pessoa, completamente diferente?

— Eu estou bem — garanto, mas ele ainda está encarando meu pescoço, em choque. — Líder de Esquadrão Aetos, as pessoas estão encarando. — Nós estamos chamando um pouco de atenção enquanto o comandante Panchek começa a falar no pódio, dizendo que existe uma situação para resolver naquela manhã, mas Dain não desvia o olhar. — Dain!

Ele pisca, voltando os olhos para mim, e o pedido de desculpas naqueles olhos castanhos faz minha garganta formar um nó.

— Foi isso que Riorson quis dizer com *ontem à noite*?

Eu assinto com a cabeça.

— Eu não sabia. Por que você não me contou?

Porque você não teria acreditado em mim mesmo se eu tivesse contado.

— Eu estou bem — repito, indicando a plataforma com a cabeça. — A gente se fala depois.

Ele se vira, o movimento relutante.

— Como comandante de vocês, me foi informado que uma violação do Códex ocorreu — anuncia Panchek para o pátio. — Como bem sabem, violações às nossas leis mais sagradas não serão toleradas. Acusador, um passo à frente.

— Alguém está encrencado — sussurra Rhiannon. — Acha que Ridoc finalmente foi pego na cama do Tyvon Varen?

— Isso não é contra o Códex — Ridoc se defende atrás de nós.

— Ele é o Subdirigente da Segunda Asa. — Eu o encaro por cima do ombro.

— E daí? — Ridoc dá de ombros, sorrindo sem nenhum remorso. — *Fraternizar* com comandantes é malvisto, mas não é contra a lei.

Eu suspiro, voltando a olhar para a frente.

— Eu sinto falta de transar.

Sinto mesmo, e não só pela parte da satisfação física. Existe um sentimento de conexão nesses momentos que eu anseio, uma expulsão momentânea da solidão.

O primeiro é algo que Xaden seria muito capaz de providenciar, *se* algum dia pensasse em mim dessa forma, mas e quanto ao segundo? Ele é a última pessoa do mundo que eu deveria querer, mas o tesão e a lógica nunca andam juntos.

— Se você quer se divertir um pouco, ficaria mais do que feliz em... — começa Ridoc, jogando o cabelo castanho para trás da testa com uma piscadela.

— Eu sinto falta de transar *gostoso* — esclareço, reprimindo um sorriso enquanto alguém sai da formatura e anda na direção da plataforma, indistinguível entre as fileiras de esquadrões à nossa frente. — Além do mais, me parece que você já tem dono.

Eu odeio admitir, mas é bom provocar um amigo por algo tão trivial. É um pedacinho de normalidade neste ambiente macabro.

— Não é nada exclusivo — comenta Ridoc. — É tipo a Rhiannon e a fulaninha...

— Tara — responde Rhiannon.

— Dá para vocês calarem a porra da boca? — rosna Dain naquela voz de oficial-superior.

Nós todos nos calamos.

Minha mandíbula, porém, cai de choque quando percebo que é Xaden que sobe as escadas até a plataforma. Meu estômago revira quando prendo a respiração.

— É sobre o que aconteceu comigo — sussurro.

Dain olha para trás, me encarando, a confusão marcando sua testa antes de se voltar para a plataforma. Xaden agora está no pódio, de alguma forma parecendo ocupar todo aquele palco com sua presença.

Do que eu me lembro de ter lido sobre o assunto, o pai dele tinha esse mesmo tipo de presença, a habilidade de cativar uma multidão sem precisar usar nada além de palavras... palavras que no fim levaram à morte de Brennan.

— Mais cedo, pela manhã — ele começa, a voz profunda se estendendo pela formatura —, uma cavaleira da minha Asa foi atacada brutalmente, e de forma ilegal, enquanto dormia, com a intenção de assassinato por um grupo composto principalmente por cadetes que não se uniram a dragões.

Uma série de murmúrios e suspiros surpresos preenche o ar, e os ombros de Dain ficam rígidos.

— Como sabemos, isso é uma violação do Artigo Terceiro, Seção Dois do Códex dos Cavaleiros de Dragão. Além de ser um ato desonroso, também é crime.

Sinto o peso de uma dúzia de olhares, mas é o de Xaden que mais me atinge.

As mãos dele seguram as laterais do pódio.

— Ao ter sido alertado do que ocorria pela minha dragão, impedi o ataque junto com outros dois cavaleiros da Quarta Asa. — Ele indica a nossa Asa, e dois cavaleiros, Garrick e Bodhi, saem da formatura e sobem nos degraus de pedra atrás de Xaden, as mãos na lateral do corpo. — Como era uma questão de vida ou morte, eu pessoalmente executei seis desses futuros assassinos, como foi testemunhado pelo líder do Setor Fogo, Garrick Tavis, e o sublíder do Setor Cauda, Bodhi Durran.

— E os dois são týrricos. Que conveniente — murmura Nadine, uma das nossas novas adições ao esquadrão, atrás de Ridoc e Liam.

Eu olho por cima do ombro e lanço um olhar ameaçador para ela.

Liam mantém seus olhos voltados para a frente.

— Porém, esse ataque foi orquestrado por uma cavaleira que fugiu antes que eu chegasse — continua Xaden, a voz ficando mais alta. — Uma cavaleira que tinha acesso ao mapa de todos os quartos dos alunos dos primeiros anos, cavaleira essa que deve ser trazida perante a justiça imediatamente.

Merda. A coisa vai ficar feia.

— Convoco-a para que responda por seu crime contra a cadete Sorrengail. — O foco de Xaden se vira para o centro da formatura. — Dirigente de Asa Amber Mavis.

A Divisão inteira parece prender a respiração antes de um rugido irromper pela multidão.

— Que porra é essa? — exclama Dain.

Meu peito se aperta. Deuses, como eu odeio quando Dain prova que meu julgamento estava certo.

Rhiannon estica a mão para segurar a minha, apertando para me apoiar enquanto a atenção de todos os cavaleiros no pátio se divide entre Xaden, Amber… e eu.

— Ela também é de Tyrrendor, Nadine — Ridoc diz por cima do ombro. — Ou você só tem birra com os marcados?

A família de Amber permaneceu leal a Navarre, então ela não foi forçada a ficar olhando enquanto seus pais eram executados, e não foi marcada por uma relíquia da rebelião.

— Amber jamais faria isso. — Dain balança a cabeça. — Uma Dirigente de Asa *nunca* faria isso. — Ele se vira completamente para me encarar. — Suba lá e diga a todo mundo que ele está mentindo, Vi.

— Mas ele não está — digo, com o tom de voz mais gentil que consigo.

— Impossível. — As bochechas dele estão coradas, um vermelho apagado.

— Eu estava lá, Dain. — A realidade da sua falta de crença dói muito mais do que eu esperava, atingindo-me como mais um golpe em minhas costelas já machucadas.

— Os Dirigentes de Asa devem ser irrepreensíveis...

— Então por que você chamou o seu próprio Dirigente de Asa de mentiroso? — Ergo as sobrancelhas, desafiando-o a dizer o que ele se policia tanto para manter em silêncio.

Lá na frente, Amber dá um passo à frente e se destaca da formatura.

— Não cometi crime nenhum!

— Está vendo? — Dain estica o braço, apontando para a ruiva. — Acabe *agora* com isso, Violet.

— Ela estava com eles no meu quarto — digo simplesmente. Gritar não vai ajudar a convencê-lo. Nada vai.

— Impossível. — Ele ergue as mãos, como se estivesse preparado para segurar meu rosto. — Deixa eu ver.

Cambaleio para trás em choque quando percebo o que ele tem intenção de fazer. Como fui me esquecer que seu sinete permite que ele veja as memórias de outras pessoas?

Porém, se eu deixar que ele veja minha memória de Amber participando do ataque, também vou mostrar a ele que parei o tempo, e não posso deixar isso acontecer. Balanço a cabeça e dou um passo para trás.

— Mostre pra mim — ele ordena.

A indignação me faz erguer o queixo.

— Se você tocar em mim sem permissão, vai passar o resto da vida se arrependendo disso.

A expressão dele é de completa surpresa.

— Dirigentes de Asa — Xaden projeta sua voz acima do caos. — Precisamos de um quórum.

Tanto Nyra quanto Septon Izar (os Dirigentes da Primeira e da Segunda Asa) sobem as escadas para a plataforma, passando por Amber enquanto ela fica completamente exposta no pátio.

Um caos familiar preenche o ar, e todos nós nos voltamos em direção à cumeeira, onde seis dragões contornam a montanha, voando diretamente na nossa direção. O maior deles é Tairn.

Dentro de segundos, chegam à cidadela e pairam acima das paredes do pátio. O vento das batidas fortes das asas invade o ambiente, e então, um por um, pousam no poleiro, Tairn ao meio.

Todos os contornos do seu corpo irradiam uma ameaça, as garras esmagando a alvenaria sob seu aperto, e os olhos estreitos e raivosos focalizam Amber.

Sgaeyl esta à sua direita, posicionando-se atrás de Xaden. Está tão assustadora quanto naquele primeiro dia, mas naquela época eu nem imaginava que poderia me unir a um dragão ainda mais assustador... para todo mundo, exceto por mim. O Rabo-de-escorpião-vermelho de Nyra está atrás dela, e o Rabo-de-adaga-marrom de Septon reflete a mesma posição à esquerda. Nas pontas, soprando fiapos de fumaça, estão o Rabo-de--clava-verde do comandante Panchek e a Rabo-de-adaga-laranja de Amber.

— Agora a porra vai ficar séria — diz Sawyer, saindo da formatura para ficar ao meu lado, e sinto Ridoc atrás de mim.

— Você pode encerrar isso tudo agora mesmo se quiser, Violet. Precisa fazer isso — implora Dain. — Não sei o que viu ontem, mas não foi Amber. Ela se importa demais com as regras para quebrá-las.

E ela acha que eu as quebrei ao usar minha adaga para o último trecho da subida da Armadilha.

— Você só está usando isso para se vingar da minha família! — grita Amber para Xaden. — Por não apoiar a rebelião do seu pai!

Golpe baixo do caralho.

Xaden finge nem ter ouvido isso enquanto se vira para os outros Dirigentes de Asa.

Ele não exigiu provas como Dain fez. Acreditou em mim e está pronto para executar uma Dirigente de Asa só por confiança na minha palavra. E como se fossem uma estrutura física, sinto minhas defesas partirem em nome de Xaden.

— *Você pode ver minhas memórias?* — pergunto a Tairn. — *Compartilhar elas de alguma forma?*

— *Sim.* — A cabeça dele serpenteia para os lados muito levemente. — *Uma memória nunca foi compartilhada fora de um elo de consorte. Isso é considerado uma violação.*

— *Xaden está lá lutando porque eu disse que ela é culpada. Ajude ele.* — E, deuses, eu o admiro por isso. Respiro fundo. — *Só o que eles precisarem ver.*

Sentir desejo *e* admirar? Putz, eu estou muito ferrada.

Tairn bufa, e todos os dragões além de Sgaeyl se enrijecem na parede, até mesmo o de Amber. Os cavaleiros acompanham rapidamente, o silêncio preenchendo o pátio, e agora sei que sabem.

— Covarde filha da puta — esbraveja Rhiannon, a mão aperta a minha mão com ainda mais força.

Dain fica pálido.

— *Agora* você acredita? — Eu declaro como se fosse uma acusação, porque é. — Você deveria ser meu amigo mais antigo, Dain. Meu *melhor* amigo. Existe um motivo para eu não ter contado isso pra você.

Ele cambaleia para trás.

— Os Dirigentes de Asa formaram um quórum e chegaram a um acordo unânime — anuncia Xaden, acompanhado de Nyra e Septon enquanto o comandante fica para trás. — Você foi declarada culpada, Amber Mavis.

— Não! — grita ela. — Não é crime livrar a Divisão do cavaleiro mais fraco! Fiz isso para proteger a integridade das Asas!

Ela anda em círculos em pânico, procurando por uma pessoa... qualquer pessoa que a ajude.

Como um todo, a formatura dá um passo para trás.

— E, como dita nossa lei, sua sentença virá pelo fogo — declara Nyra.

— Não! — Amber olha para o seu dragão. — Claidh!

A Rabo-de-adaga-laranja rosna para os outros dragões, erguendo uma garra.

Tairn vira sua enorme cabeça na direção de Claidh, seu rugido estremecendo o chão sob meus pés. Ele, então, fecha os dentes com força, e a dragão menor se encolhe, a cabeça baixa enquanto ela volta a se segurar na parede.

Aquilo parte meu coração. Não por Amber, e sim por Claidh.

— *Precisa mesmo?* — pergunto a Tairn.

— *É a lei.*

— Por favor, não faz isso — eu imploro, me esquecendo de pensar nas palavras. Uma coisa é punir Amber, mas Claidh também vai sofrer.

Talvez eu pudesse conversar com Amber. Talvez ainda pudéssemos conversar sobre os problemas, encontrar um ponto em comum, transformar a raiva em uma amizade, ou ao menos uma indiferença casual. Balanço a cabeça, meu coração acelerado na garganta. Eu fui a responsável por isso. Eu me concentrei tanto no fato de que talvez não acreditassem em mim que nem parei para pensar no que aconteceria se *acreditassem*.

Eu me viro para Xaden e imploro de novo, minha voz fraquejando.

— Dê uma chance para ela.

Ele sustenta meu olhar, mas não demonstra nenhuma emoção.

— *Já permiti que uma pessoa continuasse vivendo e ele quase te matou ontem à noite, Prateada* — diz Tairn. Então, como se, no fim, isso fosse tudo o que importasse: — *A justiça nem sempre é misericordiosa.*

— Claidh — choraminga Amber, o pátio tão silencioso que o som de sua voz reverbera.

A formatura se rompe ao meio.

Tairn se abaixa, estendendo a cabeça e o pescoço para além da plataforma, ficando onde Amber está parada. Então ele escancara a boca, curva a língua e a incinera com um sopro de fogo tão quente que consigo sentir de onde estou. Tudo termina num piscar de olhos.

Um grito brutal corta o ar, estilhaçando as janelas da Ala Acadêmica, e todos os cavaleiros protegem os ouvidos quando Claidh urra seu luto.

Não precisa surtar se você não conseguir canalizar imediatamente os poderes do seu dragão, Mira. É, eu sei que você precisa ser a melhor em tudo, mas isso não dá pra controlar. Eles só vão canalizar quando sentirem que você está pronta. E, assim que isso acontecer, é melhor estar pronta para manifestar um sinete. Até lá, você não está pronta. Não força a barra.

— Página 61, o Livro de Brennan

CAPÍTULO VINTE E UM

— Isso é tão desnecessário.

Olho de soslaio para Liam quando atravessamos a porta dos Arquivos. O carrinho nem sequer geme agora. Ele consertou isso no primeiro dia.

— Você me falou isso todos os dias desta semana. — Ele me dá um sorriso, revelando uma covinha.

— E você continua aqui. Todos os dias. O dia todo.

Não é que eu não goste dele. Para minha profunda irritação, ele na verdade... é legal. Educado, engraçado e ridiculamente prestativo. É muito difícil detestar a presença dele, mesmo que deixe pilhas de lascas de madeira aonde quer que vá (e que agora acontece de ser todo lugar a que *eu* vá também). O cara está sempre entalhando alguma coisa com uma faquinha. Ontem, ele terminou a estatueta de um urso.

— Até me mandarem parar — ele fala.

Balanço a cabeça na direção dele, e Pierson se endireita nas portas dos Arquivos, espanando a túnica cor de creme.

— Bom dia, cadete Pierson.

— Para você também, cadete Sorrengail. — Ele me lança um sorriso educado, que desaparece assim que vê Liam. — Cadete Mairi.

— Cadete Pierson — responde Liam, como se o tom do escriba não tivesse mudado por completo.

Meus ombros ficam tensos enquanto Pierson se apressa para abrir a porta. Talvez seja só o fato de que eu nunca fiquei muito perto de nenhum marcado antes de Basgiath, mas a hostilidade descarada que é direcionada a eles está se tornando desconfortavelmente evidente para mim.

Nós entramos e esperamos ao lado da mesa, como fazemos todas as manhãs.

— Como você faz isso? — eu pergunto para Liam, sussurrando. — Você nem reage quando as pessoas são grossas com você.

— Você é grossa comigo o tempo todo — ele provoca, tamborilando os dedos no carrinho.

— Só porque você é minha babá, não porque... — Eu nem consigo terminar a frase.

— Porque eu sou o filho da desonrada coronel Mairi? — Ele aperta a mandíbula, franzindo a sobrancelha por um instante, e depois desvia o olhar.

Assinto, o estômago apertado enquanto penso no que aconteceu nos últimos meses.

— Mas acho que não sou tão melhor assim que essas pessoas que são grossas com vocês. Odiei Xaden à primeira vista e nem sabia nada da vida dele.

Não que agora eu saiba. Ele é muito bom em ser completamente inacessível, o que me deixa furiosa.

Liam bufa, e recebemos um olhar feio de um escriba nos fundos.

— Ele tem esse efeito nas pessoas, especialmente nas mulheres. Ou detestam ele pelo que o pai fez, ou querem transar com ele pelo mesmo motivo. Só depende do lugar em que estivermos.

— Você de fato *conhece* ele, né? — Estico o pescoço para olhar para ele. — Ele não te escolheu para me seguir só porque você é o melhor do nosso ano.

— Sacou isso só agora? — Ele exibe um sorriso. — Eu teria te contado no primeiro dia se você não estivesse tão ocupada reclamando feito criancinha sobre ter o prazer da minha companhia.

Reviro os olhos e então vejo Jesinia se aproximando, o capuz escondendo o cabelo.

— Oi, Jesinia — digo com as mãos, usando a língua de sinais.

— Bom dia — ela gesticula, a boca se curvando em um sorriso tímido quando olha para Liam.

— Bom dia. — Ele sinaliza com um sorriso, claramente flertando.

No primeiro dia que ele se comunicou em língua de sinais, fiquei completamente passada. Mas, honestamente, eu só estava julgando Liam daquele jeito porque não queria uma sombra me seguindo.

— Só esses hoje? — pergunta ela, inspecionando o carrinho.

— E esses. — Pego a lista de requisições entre as encaradas óbvias que eles lançam um para o outro e entrego para ela.

— Perfeito. — As bochechas dela coram e ela examina a lista antes de enfiá-la no bolso. — Ah, e o professor Markham foi embora antes do relatório diário que ele recebe para usar em aula. Se importa de levar para ele?

— Sem problemas. — Eu espero até ela empurrar o carrinho para longe para dar um tapa no peito de Liam. — Para com isso — sussurro, agora usando a voz.

— Parar com o quê? — Ele fica olhando até Jesinia virar uma esquina na primeira fileira de estantes.

— Para de flertar com a Jesinia. Ela é uma mulher que gosta de relacionamentos longos, então, a não ser que você esteja procurando a mesma coisa… só… não faz mais isso.

Ele ergue as sobrancelhas até encostarem quase na linha do cabelo.

— *Como* alguém pensa em relacionamentos longos por aqui?

— Nem todo mundo está em uma Divisão onde a morte é menos uma chance e mais uma conclusão previamente aceita. — Eu respiro o aroma dos Arquivos, tentando absorver um pouco da paz que me eles me trazem.

— Então você tá me dizendo que algumas pessoas ainda tentam fazer coisas fofas, tipo planejar o futuro.

— Exatamente, e essas *algumas pessoas* incluem Jesinia. Confia em mim, eu conheço ela há anos.

— Entendi. Porque você queria ser uma escriba quando virasse adulta. — Ele examina os Arquivos com uma intensidade que quase me faz rir. Como se tivesse qualquer chance de que alguém fosse pular de detrás de uma estante para me matar.

— Como é que você sabia disso? — Abaixo a voz quando um grupo de segundanistas passa, todos com expressões sérias enquanto discutem os méritos de dois historiadores diferentes.

— Pesquisei um pouco da sua vida depois que fui… sabe… designado. — Ele balança a cabeça. — Vi você treinando com aquelas suas adagas esta semana, Sorrengail. Riorson estava certo. Seria um desperdício você se tornar uma escriba.

Sinto o peito inflar com um pouco de orgulho.

— Isso é o que vamos ver.

Pelo menos os desafios ainda não voltaram. Acho que já tem gente o bastante morrendo durante as aulas de voo para garantir um descanso na coisa da matança em combate corpo a corpo.

— O que você queria ser quando crescesse? — pergunto, só para continuar a conversa.

— Eu queria estar vivo. — Ele dá de ombros.

Bom, isso certamente é… uma coisa.

— E como é que você conheceu o Xaden? — Não sou tola o bastante para pensar que todo mundo na província de Tyrrendor se conhece.

— Riorson e eu ficamos sob a tutela da mesma casa depois da apostasia — ele diz, usando o termo týrrico para a rebelião, que eu não ouço há *anos*.

— Vocês ficaram sob tutela de alguém? — Fico boquiaberta. "Adotar" os filhos de aristocratas era um costume que foi se acabando depois da unificação de Navarre, há seiscentos anos.

— Ué, sim. — Ele dá de ombros outra vez. — Pra onde você acha que mandaram os filhos dos traidores… — e aqui ele estremece ao dizer a palavra — depois que executaram nossos pais?

Olho para as fileiras imensas de textos, me perguntando se algum deles teria a resposta para essa pergunta.

— Nunca pensei muito nisso. — Sinto um nó na garganta.

— A maioria das nossas mansões foi dada aos nobres que permaneceram leais. — Ele pigarreia. — Como deveria ser.

Eu não me dou ao trabalho de concordar com o que obviamente foi uma resposta condicionada a nós. A reação do rei Tauri após a rebelião foi rápida, até mesmo cruel, mas eu era uma garota de quinze anos, perdida demais no próprio luto para pensar em ser piedosa com as pessoas que tinham causado a morte do meu irmão. Mesmo assim, o incêndio de Aretia, que fora a capital de Tyrrendor, nunca me desceu. Liam tinha a mesma idade que eu. Não era culpa dele que a mãe tinha traído o voto que fizera a Navarre.

— Mas você não foi com seu pai para o novo lar dele?

Ele se vira para mim, franzindo a testa.

— Meio difícil viver com um homem que foi executado no mesmo dia que minha mãe.

Meu estômago se aperta.

— Não. Não, isso não tá certo. Seu pai era Isaac Mairi, certo? Eu estudei todas as casas nobres de todas as províncias, incluindo Tyrrendor.

Será que eu tinha entendido alguma coisa errada?

— Sim, Isaac era meu pai. — Ele inclina a cabeça, olhando para o lugar onde Jesinia desaparecera, e fico com a impressão de que ele já não aguenta mais essa conversa.

— Mas ele não era parte da rebelião. — Balanço a cabeça, tentando entender. — Ele não estava na lista de mortos nas execuções de Calldyr.

— Você leu a lista das execuções de Calldyr? — Ele arregala os olhos.

Preciso de toda a minha coragem, mas eu o encaro de volta.

— Eu precisava ter certeza de que alguém estava nela.

Ele se afasta um pouco.

— Fen Riorson.

Eu aceno que sim.

— Ele matou meu irmão na batalha de Aretia. — Minha mente está a mil, tentando conciliar o que li com o que ele está me relatando. — Mas seu pai não estava nessa lista. — Mas Liam estava. No caso, como testemunha. De repente, fico paralisada de vergonha. Meus deuses, que porra eu estava dizendo? — Sinto muito. Eu não deveria ter perguntado.

— Ele foi executado na casa da nossa família. — Ele fica sério. — Antes de ser dada a outro nobre, claro. E, sim, eu fiquei olhando quando fizeram isso também. Eu já tinha a relíquia da rebelião, mas a dor foi a mesma. — Ele desvia o olhar, engolindo em seco. — Depois fui mandado para Tirvainne sob a tutela do duque Lindell, igual ao Riorson. Minha irmãzinha foi mandada para outro lugar.

— Eles separaram vocês dois? — Fico tão espantada que minha boca se abre até quase a mandíbula se deslocar. Nunca li menção nenhuma sobre separar irmãos ou sobre tutela nos textos sobre a rebelião, e olha que li muitos deles.

Ele assente.

— Ela era só um ano mais nova que eu, então vai poder conhecê-la quando ela entrar na Divisão ano que vem. Ela é forte, rápida e tem um equilíbrio bom. Vai sobreviver. — A pontada de pânico no tom dele me lembra de Mira.

— Ela tem sempre a opção de escolher outra Divisão — digo baixinho, esperando que isso o tranquilize.

Ele pisca, confuso.

— Precisamos ser cavaleiros.

— Quê?

— Nós precisamos ser cavaleiros. Foi parte do acordo. Podemos viver, podemos ter uma chance de provar nossa lealdade, mas só se conseguirmos sobreviver à Divisão dos Cavaleiros. — Ele me encara, perplexo. — Você não sabia disso?

— Quer dizer… — Balanço a cabeça. — Eu sei que os filhos dos líderes e oficiais foram todos obrigados a se alistar, mas só isso. Muitos dos adendos ao tratado são confidenciais.

— Pessoalmente, acho que essa Divisão específica foi escolhida para nos dar uma chance melhor de subir de posição, mas outras pessoas…

— Ele faz uma careta. — Muitas pessoas acham que é porque a taxa de mortes dos cavaleiros é muito maior, então estavam com esperança de nos matar sem precisar fazer isso com as próprias mãos. Já ouvi Imogen dizer que no começo eles achavam que, como dragões têm uma honra inquestionável, eles nunca se uniriam a um marcado por princípio. Mas agora eles já não sabem mais o que fazer com a gente.

— Em quantos vocês são?

Penso na minha mãe e não consigo deixar de me perguntar o quanto ela sabe de tudo isso, no quanto ela concordou quando se tornou a comandante-general de Basgiath depois da morte de Brennan.

— Xaden nunca...? — Ele faz uma pausa. — Sessenta e oito dos oficiais tinham filhos com menos de vinte anos. Somos em cento e sete, todos com relíquias da rebelião.

— E o mais velho é Xaden — murmuro.

Ele assente.

— E a mais nova tem quase seis anos. O nome dela é Julianne.

Sinto ânsia.

— Ela foi marcada?

— Ela nasceu com uma relíquia.

Eu sei que foi feita por um dragão, mas porra, como assim?

— E tudo bem você perguntar. Alguém precisa saber. Alguém precisa lembrar. — Ele ergue os ombros, respirando fundo. — Enfim, é difícil pra você ficar aqui? Ou você se sente confortável no meio dos livros?

Rápida mudança de assunto.

Analiso as fileiras de mesas lentamente sendo preenchidas por escribas se preparando para o trabalho, e imagino meu pai entre eles.

— É tipo voltar para casa, mas não é bem isso. E não é como se tivesse mudado... esse lugar nunca muda. Porra, acho que a mudança é a inimiga mortal dos escribas. Mas estou começando a perceber que *eu* mudei. Não me encaixo aqui. Não mais.

— Sim. Eu entendo. — Algo na voz dele me diz que ele realmente compreende.

A pergunta sobre como os últimos cinco anos foram para ele está na ponta da minha língua, mas Jesinia reaparece, o carrinho cheio dos volumes que foram requisitados.

— Está tudo aqui — ela sinaliza, e então gesticula para o pergaminho no topo. — E esse é para o professor Markham.

— Vamos garantir que ele receba a tempo — eu prometo, me inclinando para a frente para assumir o controle do carrinho. Meu colarinho muda de lugar e Jesinia ofega, levando a mão à boca.

— Meus deuses, Violet. Seu pescoço! — Os movimentos da mão dela são rápidos, e a empatia em seus olhos faz meu peito apertar. "Empatia" é uma palavra inexistente na nossa Divisão. Existe raiva, ódio e indignação… mas zero empatia.

— Não é nada. — Eu ajeito a roupa, cobrindo o anel de hematomas amarelados, e Liam pega o carrinho. — Vejo você amanhã.

Ela assente com a cabeça e contorce as mãos enquanto nos viramos para a porta. Pierson a fecha depois que voltamos para o corredor.

— Riorson me ensinou a lutar durante os anos que ele passou em Tirvainne. — Aprecio a mudança de assunto de Liam, que sem dúvida foi intencional. — Nunca vi movimentos iguais aos dele. Riorson é o único motivo de eu ter conseguido passar pela primeira rodada de desafios. Ele pode não demonstrar, mas cuida dos seus.

— Está tentando me convencer de que ele tem qualidades?

Nós começamos a subir, e noto com satisfação que minhas pernas parecem mais fortes hoje. Adoro os dias em que meu corpo decide cooperar.

— Você está meio presa a ele pra… — Ele faz uma careta. — Sei lá, pra sempre.

— Ou até um de nós morrer — faço graça, mas não é engraçado. Viramos a esquina num corredor e seguimos reto na Divisão Hospitalar. — Enfim, como você consegue fazer isso? Proteger alguém cuja mãe comandava a Asa que capturou a sua?

Quis fazer essa pergunta a semana inteira.

— Está ponderando se pode confiar em mim? — Ele me dá outro sorriso fácil.

— Sim. — A resposta vem simples.

Ele ri, o som ecoando pelo túnel e as janelas de vidro da enfermaria.

— Boa resposta. Tudo o que posso dizer é que sua sobrevivência é essencial para a de Riorson, e eu devo tudo a ele. *Tudo*. — Ele me encara fundo quando pronuncia a última palavra, mesmo enquanto o carrinho bate na pedra alta no corredor pavimentado.

O pergaminho no topo cai no chão, e estremeço com a dor leve nas costelas quando me apresso a recuperá-lo, mas ele se desdobra na inclinação da passagem.

— Peguei. — O pergaminho grosso está meio resistente e é difícil enrolá-lo de novo, então vejo uma frase que me faz hesitar.

As condições em Sumerton são de uma preocupação particular. Um vilarejo foi saqueado e um comboio de suprimentos foi roubado ontem à noite…

— O que diz aí? — pergunta Liam.

— Sumerton foi atacada. — Viro o pergaminho para ver se está marcado como confidencial, mas não está.

— Na fronteira sul? — Ele parece tão confuso quanto eu.

— Uhum. — Eu assinto com a cabeça. — É outro ataque em altitude alta, se minha geografia não falha. Diz aqui que um comboio de suprimentos foi roubado. — Leio adiante. — E o estoque da comunidade nas cavernas próximas foi saqueado. Mas isso não faz o menor sentido. Temos um acordo de comércio com Poromiel.

— Então foi um grupo de saqueadores.

Dou de ombros.

— Sei lá. Acho que vamos saber mais na aula de Preparo de Batalha de hoje.

Os ataques na fronteira sul estão aumentando, e todos possuem a mesma descrição. Vilarejos montanhosos sendo destroçados sempre que as égides enfraquecem.

A fome imensurável e arrebatadora aparece, meu estômago se revirando no vazio, exigindo ser apaziguado com o sangue de...

— Sorrengail? — Liam olha para mim, franzindo as sobrancelhas, preocupado.

— Tairn acordou — consigo dizer, segurando minha barriga como se quisesse devorar um rebanho de ovelhas ou cabras. Ou seja lá o que ele decidir comer agora de manhã. — *Deuses do céu, vai comer alguma coisa.*

— *Eu poderia sugerir o mesmo* ele rosna.

— *Você ama acordar cedo, né?* — A fome dissipa, e eu sei que é porque ele está abafando a união naquele momento porque eu não consigo. As emoções dele só fluem até mim quando ultrapassam seu controle. — *Obrigada. E como está Andarna?*

— *Ainda está dormindo. Vai continuar por mais uns dias depois de usar tanto os próprios poderes.*

— Vai ficando mais fácil? — eu pergunto a Liam. — Ser atacado pelo que eles estão sentindo?

Ele estremece.

— Boa pergunta. Deigh tem um controle bom sobre si, mas quando está bravo... — Liam balança a cabeça. — Supostamente ajuda quando começam a canalizar e a gente recebe o poder de criar escudos, mas você sabe que Carr não vai se dar ao trabalho de nos ensinar nada até isso acontecer.

Eu já presumira que Liam ainda não tinha suas habilidades, considerando que ele está comigo em todas as aulas, mas é reconfortante saber que está na mesma situação dos cavaleiros sem poder como eu, que diminuem mais a cada dia. Por mais que Andarna tenha me concedido o dom de parar o tempo, tenho certeza de que não vou poder usá-lo com tanta regularidade, especialmente se ela precisar de dias para se recuperar toda vez.

— Então Tairn ainda não canalizou, certo? — pergunta Liam, uma expressão de incerteza e vulnerabilidade no rosto.

Balanço a cabeça.

— Acho que ele tem problemas pra se comprometer — sussurro.

— *Eu ouvi isso.*

— *Então fica fora da minha cabeça.* — Outra onda de fome paralisante me atinge, e eu quase esmago o pergaminho de Markham na mão. — *Para de ser babaca.*

Juro que posso ouvi-lo dando uma risadinha em resposta.

— É melhor a gente se apressar, ou vamos perder o café — diz Liam.

— Certo. — Eu enrolo o resto do pergaminho e o devolvo para o carrinho.

***

— Eu quero ser que nem o pessoal maneiro — resmunga Rhiannon enquanto um grupo de primeiranistas da Segunda e Terceira Asas desce a escada da torre que leva à sala de aula do professor Carr naquela tarde, entupindo o corredor ainda mais a caminho da nossa aula de Preparo de Batalha.

— Nós vamos ser — eu prometo, enganchando nossos braços. Preciso admitir que sinto uma pontada de inveja no peito.

— Vocês podem ser maneiras, mas nunca vão ser como eu! — Ridoc se desvia de Liam e joga o braço por cima do meu ombro.

— Ela está falando de todo mundo que já canalizou — eu explico, ajeitando os livros no braço para não derrubar nenhum. — Mas pelo menos, se não estamos canalizando, não precisamos ficar estressados para manifestar um sinete antes que a magia mate todos nós.

A relíquia nas minhas costas começa a formigar, e não consigo evitar me perguntar se o dom de Andarna começou a contagem do relógio para mim.

— Ah, achei que a gente estava falando sobre como eu *arrasei* naquela prova de física. — Ele abre um sorriso. — É definitivamente a nota mais alta da sala.

Rhiannon revira os olhos.

— Até parece. Eu tirei cinco pontos a mais que você.

— Paramos de levar em conta as *suas* notas meses atrás. — Ele se inclina para a frente. — Sua nota nessa aula é injusta com todo mundo. — Ele olha por cima dos nossos ombros. — Espera. Quanto você tirou, Mairi?

— Me deixem fora disso — responde Liam.

Eu dou uma risada e nós nos separamos, entrando no engarrafamento de cadetes tentando entrar na sala de aula.

— Desculpa, Sorrengail — alguém diz saindo do caminho, puxando um amigo enquanto entramos na sala de aula.

— Não precisa se desculpar! — eu digo, mas já se afastaram. — Nunca vou me acostumar com isso.

— Definitivamente facilita algumas coisas — provoca Rhiannon enquanto descemos os degraus que se curvam ao longo da torre.

— *Estão apenas demonstrando um nível apropriado de deferência* — resmunga Tairn.

— *Por causa de quem acham que eu vou ser, e não de quem eu sou.* — Nós encontramos nossa fileira e chegamos aos assentos, nos sentando como esquadrão no meio dos alunos do primeiro ano.

— *Isso demonstra uma capacidade de previsão do futuro excelente.*

O barulho de conversa da sala demonstra que está elétrica enquanto os cavaleiros entram, e não deixo de notar que ninguém mais precisa ficar em pé. O número de alunos diminuiu exponencialmente nos últimos quatro meses. O número de cadeiras vazias me faz ficar pensativa. Perdemos outro primeiranista ontem quando ele ficou perto demais do Rabo-de-escorpião-vermelho de outro cavaleiro no campo de voo. Em um segundo ele estava ali e, no outro, era apenas um chamuscado no chão. Eu me aproximei o máximo possível de Tairn durante o resto da sessão.

Sinto a nuca formigar, mas resisto ao impulso de me virar.

— Riorson acabou de chegar — Liam diz à minha direita, desviando o olhar da estatueta de dragão que está entalhando, erguendo o olhar para a fileira de terceiranistas.

— Imaginei. — Ergo o dedo do meio e mantenho os olhos fixos em frente. Não que eu não goste de Liam, mas ainda estou puta por Xaden ter resolvido botar um guarda-costas atrás de mim.

Liam bufa e ri, mostrando a covinha do sorriso.

— E agora ele está encarando. Me conta, você acha divertido irritar o cavaleiro mais poderoso da Divisão?

— Tenta você, e aí você me diz — sugiro, abrindo o caderno na próxima página vazia. Não posso me virar. Não vou.

Tudo bem eu me sentir atraída por Xaden. Tudo bem mesmo. Agora, me deixar levar por esses impulsos? Isso é idiotice.

— Melhor eu não arriscar — comenta Liam.

Perco a batalha de autocontrole e olho por cima do ombro. Como eu imaginava, Xaden está sentado na fileira mais alta ao lado de Garrick, sendo um mestre na arte de parecer entediado. Ele assente para Liam, que devolve o gesto.

Reviro os olhos e me viro para a frente outra vez.

Liam se concentra no entalhe que está fazendo, que se parece muito com seu Rabo-de-adaga-vermelho, Deigh.

— Juro, era de se pensar que tentativas de assassinato estivessem ocorrendo em todas as aulas do jeito que ele obriga você a me seguir. — Balanço a cabeça, falando com Liam.

— Em defesa dele, as pessoas gostam mesmo de tentar te matar — diz Rhiannon, pegando o material.

— Uma vez! Aconteceu só uma vez, Rhi! — Ajusto minha postura para não apoiar meu peso sobre as costelas doloridas. Elas estão bem amarradas, mas me inclinar nas costas da cadeira não é uma boa opção.

— Tá, e o que você diria que foi aquela coisa com Tynan? — devolve Rhiannon.

— Só a Ceifa. — Dou de ombros.

— E as ameaças constantes de Barlowe? — Ela arqueia uma sobrancelha.

— Ela tem razão — opina Sawyer, inclinando-se para a frente ao lado da cadeira de Rhiannon.

— São só ameaças. A única vez que eu de fato sofri um ataque foi durante a noite, e não é como se Liam dormisse no meu quarto.

— Sabe, eu não me oponho… — ele começa, a faca a um centímetro da madeira.

— Nem começa. — Eu me viro para ele, dando uma risada. — Você é um *sem-vergonha*.

— Muito obrigado. — Ele sorri e volta para sua estatueta.

— Isso não foi um elogio.

— Não liga pra ela, só está sexualmente frustrada. Isso deixa qualquer mulher mal-humorada. — Rhiannon escreve a data da aula no cabeçalho da página vazia e eu a sigo, molhando a pena no tinteiro portátil. As canetas fáceis e que não fazem bagunça que outras pessoas já podem usar é outro motivo para eu mal poder esperar para canalizar.

Chega de penas. Chega de tinteiros.

— Isso não tem *nada* a ver.

Deuses, ela poderia ter dito isso mais baixo.

— Ainda assim não ouvi você negando nada. — Ela me dá um sorriso fofo.

— Sinto muito por não caber nos critérios desejados — provoca Liam. — Mas tenho certeza que Riorson me deixaria avaliar alguns candidatos, especialmente se isso fosse impedir você de mostrar o dedo do meio pra ele na frente da Asa toda.

— E como é que você *avaliaria* os candidatos? Quais seriam os critérios? — pergunta Rhiannon, uma sobrancelha erguida, exibindo um sorriso imenso. — Isso é o que eu quero saber.

Consigo manter o rosto impassível por dois segundos antes de desatar a rir da expressão horrorizada de Liam.

— Obrigada pela oferta. Vou fazer questão de passar os nomes em potencial para você, se precisar.

— Quer dizer, você poderia ficar vendo — continua Rhiannon, piscando inocentemente para Liam. — Só pra saber se os candidatos preenchem *todo* o... requisito. Sabe, garantir que ninguém leve nada que não seja apropriado lá pra dentro, tipo... um gravetinho.

— Agora a gente pode fazer piada de pinto? — pergunta Ridoc do outro lado de Liam. — Eu esperei a vida inteira por esse momento.

Até Sawyer começa a rir.

— Quer saber, foda-se — murmura Liam baixinho. — Só estou falando que agora suas noites estão garantidas...

Todos começamos a rir, e ele respira fundo.

— Espera aí. — Paro de rir. — Como assim, minhas noites estão garantidas? Por que você está no quarto ao lado? — Meu sorriso desaparece. — Por favor, me diz que ele não está obrigando você a dormir no corredor ou alguma coisa ridícula do tipo.

— Não, claro que não. Ele colocou uma égide na sua porta na manhã seguinte ao ataque. — A expressão dele claramente diz que eu deveria saber disso. — Imagino que ele não tenha te contado.

— Ele fez o *quê*?

— Botou uma égide na sua porta — diz Liam, mais baixinho. — Assim só você pode abrir.

Merda. Eu não sei como me sentir sobre isso. É definitivamente controlador, completamente fora de questão, mas também... fofo.

— Mas, se foi ele que colocou a égide, então ele também pode entrar, né?

— Ué, sim. — Liam dá de ombros, e naquele momento os professores descem as escadas, seguindo para a frente da sala. — Mas não é como se o Riorson fosse te matar.

— Entendi. Sabe, ainda estou me acostumando com essa mudança.

Eu me atrapalho com a pena e ela cai no chão, mas, antes que eu possa me abaixar, as sombras embaixo do braço da carteira erguem o instrumento como se fosse uma oferenda. Eu a tiro das sombras e olho para Xaden.

Ele está ocupado conversando com Garrick, não prestando atenção em mim.

Mas aparentemente ele está, sim.

— Podemos começar? — anuncia Markham, e todos ficamos em silêncio enquanto ele abre o pergaminho que eu e Liam entregamos para ele antes do café, ajeitando-o no pódio. — Excelente.

Eu escrevo *Sumerton* no topo da página e Liam troca a faquinha por uma pena.

— Primeiro, tenho um anúncio a fazer — diz Devera, dando um passo à frente. — Decidimos que, para além de os vencedores da Batalha de Esquadrões deste ano receberem o direito de se gabar desse feito... — Ela abre um sorriso como se fôssemos receber um prêmio. — Também vão ganhar uma viagem para o fronte para acompanhar uma Asa ativa.

Aplausos irrompem ao nosso redor.

— Então, se a gente ganhar, tem chance de morrer mais cedo? — sussurra Rhiannon.

— Talvez seja um esquema de psicologia reversa. — Eu olho para os outros, que claramente estão animados. Fico preocupada com a sanidade deles. Mas, até aí, a maioria dessas pessoas consegue ficar montada no próprio dragão.

— *Você também consegue.*

— *Você não tem nada melhor para fazer com o seu dia do que ficar escutando minhas reclamações internas?*

— *Nada mesmo. Agora, preste atenção.*

— *Se você parar de interromper, talvez eu consiga* — rebato.

Tairn bufa. Talvez um dia eu consiga traduzir esse som, mas esse dia não é hoje.

— Eu sei que a Batalha de Esquadrões começa só na primavera — continua Devera —, mas imaginei que essa notícia daria motivação real para vocês se dedicarem a todas as áreas que vão levar aos desafios.

Mais aplausos.

— E agora que temos a atenção de vocês. — Markham ergue a mão e a sala fica em silêncio. — O fronte está relativamente quieto hoje, então vamos aproveitar essa oportunidade para dissecar a batalha de Gianfar.

Minha pena paira acima do caderno. Será que estou escutando direito?

As luzes mágicas brilham sobre os Penhascos de Dralor que separaram Tyrrendor, erguendo a província inteira em uma altitude muito mais alta que o resto do Continente, antes de brilharem com mais força sobre a fortaleza antiga ao longo da fronteira sul.

— Essa batalha foi crucial para a unificação de Navarre, e, apesar de ter acontecido há seis séculos, existem lições importantes que ainda causam um impacto grande nas nossas formações de voo atuais.

— Ele está falando sério? — sussurro para Liam.

— Uhum. — Liam segura a pena com tanta força que ela dobra. — Acho que sim.

— O que fez dessa batalha tão única? — pergunta Devera, de sobrancelhas erguidas. — Bryant?

— A fortaleza estava não só preparada para um cerco — diz o segundanista acima de nós — como também equipada com o primeiro arpão existente, que se provou letal contra os dragões.

— Sim. E o que mais?

— Foi uma das batalhas finais em que os grifos e dragões trabalharam juntos para aniquilar o exército dos Ermos — continua o mesmo aluno.

Eu olho para a esquerda e para a direita, observando os outros cavaleiros fazerem anotações. Surreal. Isso tudo é... surreal. Até mesmo Rhiannon está escrevendo, atenta.

Nenhum deles sabe o que nós sabemos: que um vilarejo inteiro de navarrianos foi atacado na noite de ontem perto da fronteira e que suprimentos foram roubados. Ainda assim, estamos discutindo uma batalha que aconteceu antes da água encanada ter sido inventada.

— Agora prestem atenção — leciona Markham. — Porque terão que entregar um relatório detalhado daqui a três dias elencando pontos de contato entre batalhas dos últimos vinte anos.

— O pergaminho estava marcado como confidencial? — murmura Liam.

— Não — respondo no mesmo tom. — Talvez eu só não tenha visto?

O mapa de batalha nem sequer marca atividades perto da cordilheira de montanhas.

— Pode ser que tenha sido isso. — Ele assente, a pena roçando o papel enquanto começa as anotações. — Deve ter sido isso. Você não viu.

Eu pisco, forçando minha mão a escrever sobre uma batalha que analisei dezenas de vezes junto do meu pai. Liam está certo. Essa é a única explicação possível. Não recebemos as informações porque nossa posição não permite, ou talvez não tenham terminado de juntar todas as informações para um relatório mais preciso.

Devia estar marcado como confidencial. E eu só não vi.

O primeiro arroubo de poder é inconfundível. A primeira vez que assoma para você, te rodeando com o que parece ser um suprimento infinito de energia, você fica viciado com aquela sensação, as possibilidades de tudo que pode fazer com aquilo, o controle que está na palma da sua mão. Aí é que está: esse poder rapidamente pode se revoltar e acabar controlando *você.*

— Página 64, o Livro de Brennan

CAPÍTULO VINTE E DOIS

O restante de novembro se desenrola sem nenhuma menção ao que aconteceu em Sumerton, e, quando os ventos uivantes trazem a primeira neve em dezembro, já desisti de esperar que os comandantes nos repassem aquelas informações. Não é como se Liam ou eu pudéssemos simplesmente perguntar aos professores sem acabar nos incriminando por ler o que era obviamente um relatório confidencial (mesmo que não estivesse marcado como confidencial).

Isso me faz ficar pensativa sobre as outras coisas que não são relatadas em Preparo de Batalha, mas guardo isso para mim. Entre esse acontecimento e minha frustração cada vez maior por não ter conseguido canalizar, diferente dos outros três quartos dos cadetes do meu ano, estou guardando muita coisa só para mim.

— *Não exatamente* — grunhe Tairn.

— *Não quero ouvir o que você tem pra dizer hoje, não depois de você quase ter me deixado bater em uma rocha na montanha.* — Meu estômago se revira só de pensar no quanto ele me deixou cair.

A primeiranista da Terceira Asa não teve tanta sorte. Perdeu o equilíbrio durante uma nova manobra e acabou na chamada de mortes naquela manhã.

Rhiannon gira sua vara, e eu jogo meu peso para trás, arqueando as costas, por pouco escapando do golpe. Para minha surpresa, consigo manter o equilíbrio no tatame.

— *Então tente continuar sentada da próxima vez.*

— *Se você começar a canalizar, talvez eu consiga.*

— Você está distraída hoje — diz Rhiannon, afastando-se, e eu me recupero, tendo a paciência comigo mesma que nenhum oponente mostraria durante um desafio. O olhar dela vai para o outro lado do tatame, onde Liam está sentado em um banquinho, entalhando outro dragão, e se volta para mim, transmitindo só com o olhar que vai falar disso mais tarde, assim que eu for liberada da minha sombra constante pela noite. — Mas está mais rápida do que era antes. Seja lá o que Imogen está fazendo, está funcionando.

— *Você ainda não está pronta para canalizar, Prateada.*

— Como se você tivesse dúvida — Imogen fala alto do tatame ao lado, onde está casualmente segurando Ridoc em um mata-leão, esperando que ele peça para soltar.

À esquerda, Sawyer e Quinn estão dando voltas um no outro, preparando-se para mais uma rodada, e, atrás de Rhiannon, Emery e Heaton estão fazendo seu melhor para ensinar os outros primeiranistas que ganhamos depois da Ceifa enquanto Dain supervisiona, cuidadosamente evitando qualquer coisa que tenha a ver comigo.

De acordo com suas ordens mais recentes, as noites de terça-feira são dedicadas ao treino de combate corpo a corpo com o resto do esquadrão, porque, devido a toda a parte acadêmica junto das lições de voo e agora instruções sobre usar seus poderes para alguns de nós, temos pouco tempo para a prática no tatame. Alguns dos tatames mais ao longe foram ocupados por outros cavaleiros com a mesma ideia. Um desses é Jack Barlowe.

É por isso que Liam se recusou a lutar quando Ridoc pediu para praticar com ele.

— Você está pegando leve comigo — eu digo a Rhiannon. O suor escorre pelas minhas costas, molhando a túnica apertada que escolhi, e meu colete de escamas de dragão está secando no banco ao lado de Liam.

Não é como se Liam precisasse praticar. Já enfrentou todo mundo menos Dain no tatame, e parte de mim acha que isso só aconteceu porque Dain se recusa a perder para um cavaleiro mais jovem.

— Já estamos praticando faz uma hora. — Rhiannon rodopia a vara pelo ar. — Você está cansada, e eu não quero te machucar.

— Os desafios voltam depois do solstício — eu a lembro. — Não estará me ajudando se pegar leve.

— Ela não está errada — pronuncia uma voz rouca atrás de mim.

Usando a visão periférica, vejo Liam ficar em pé, e eu praguejo baixinho.

— Sei disso — digo por cima do ombro enquanto Xaden passa pelo nosso tatame, acompanhado de Garrick, como sempre. Porém, é impossível desviar meus olhos dele até que passe. Deuses, eu estou encrencada. — Vê se some se não tiver algo útil pra dizer.

— Mexa-se mais rápido. É mais improvável que morra assim. Achou esse conselho útil? — ele diz, posicionando-se em um tatame mais perto do centro de treinamento.

Rhiannon arregala os olhos, e Liam balança a cabeça.

— Que foi? — pergunto.

— O jeito que você fala com ele… — murmura Rhiannon.

— E o que ele vai fazer? Me matar? — Eu dou um golpe, mirando a vara nas pernas dela.

Ela pula por cima do ataque e rodopia, batendo a vara dela na minha com um estalo.

— Vocês provavelmente vão acabar se matando — opina Liam, voltando a se sentar. — Mal posso esperar pra ver como vocês dois vão se virar depois da graduação.

Depois da graduação.

— Nem me permiti pensar no que vai acontecer depois desta semana, muito menos depois da graduação.

Não quando existem tantas perguntas difíceis que não estou pronta para fazer.

— Olha, eu sei que você está… frustrada pelo tanto de tempo que Tairn está demorando para canalizar — fala Rhiannon, dando uma volta no tatame. — Só estou dizendo que descontar sua raiva aqui no tatame comigo é bem mais seguro do que com o Dirigente de Asa gigante que domina sombras.

— Não quero descontar minha raiva em você. Você é minha amiga. — Gesticulo vagamente para Xaden. — Foi ele quem fez uma sombra colar em mim porque acha que sou uma *fraqueza* e de responsabilidade dele. Mas ele por acaso ajuda? — Golpeio com a vara, e ela rebate. — Não. Ele me treina? — Outro golpe, e nossas varas colidem. — Não. Ele é muito bom em aparecer quando eu tô prestes a morrer e eliminar ameaças, mas só isso.

Ele com certeza não tem um problema igual o meu, que é o fato de que não consigo parar de olhar para ele.

— Então definitivamente tem um pouco de raiva aí — comenta Rhiannon enquanto rodopia para longe com facilidade.

— Você ficaria furiosa se alguém te tirasse toda a sua liberdade. Se Liam estivesse na sua porta desde de manhã até a noite, por mais que ele seja ótimo. — Eu desvio de um dos ataques dela.

— Obrigado pelo elogio — opina Liam, provando meu ponto.

— É — ela concorda. — Eu ficaria mesmo. E eu estou com raiva por você também. Agora vamos usar essa raiva toda do jeito certo.

Rhiannon deslancha mais uma série de movimentos para cima de mim e eu acompanho, mas só porque ela está fazendo exatamente o que eu a acusei de fazer: pegando leve comigo.

Então, cometo o erro de olhar por cima do ombro dela na direção do centro do ginásio.

Puta. Que. Pariu.

Xaden e Garrick tiraram as camisas e estão lutando como se a vida deles dependesse disso, um borrão de chutes, socos e músculos. Nunca vi ninguém se mexer assim tão rápido. É uma dança hipnótica e linda com uma coreografia letal, e me faz prender a respiração sempre que Garrick tenta um golpe fatal e Xaden desvia.

Já vi inúmeros cavaleiros treinarem sem camisa nesses últimos meses. Isso não é novidade nenhuma. Eu deveria ser absolutamente imune à forma masculina, mas nunca vi *Xaden* sem camisa.

Cada uma das linhas de seu corpo parece aprimorada como uma arma, com linhas afiadas e um poder incontido. A relíquia da rebelião se retorce sobre seu peitoral e fica demarcada contra o tom de bronze da sua pele, acentuando cada soco que ele dá, e seu tanquinho... Sabe, quantos músculos *existem* num tanquinho? O dele é tão definido que eu provavelmente poderia contar se o resto do seu corpo não me distraísse tanto. E ele tem a maior relíquia de dragão que já vi na vida. A minha fica entre as escápulas, mas a marca de Sgaeyl ocupa as costas dele inteiras.

E eu sei exatamente a sensação daquele peso sobre o meu corpo, o quanto de poder...

Sinto uma dor no quadril que me tira do transe e me sobressalto.

— *Foi merecido* — repreende Tairn.

— Presta atenção! — grita Rhiannon, puxando a vara de volta. — Eu poderia ter... ah.

Claramente, ela vê o que eu vejo, o que quase todas as outras mulheres (e diversos homens) estão observando com prazer.

Como é possível não fazer isso quando os dois são tão hipnotizantes?

Garrick é mais largo, com mais músculos do que Xaden, a relíquia da rebelião se estendendo até o ombro, a segunda maior que já vi. Só a de Xaden chega até a linha da mandíbula.

— Isso é… — murmura Rhiannon do meu lado.

— É, sim — concordo.

— Parem de objetificar nosso Dirigente de Asa — provoca Liam.

— É isso o que estamos fazendo? — pergunta Rhiannon, sem se dar ao trabalho de desviar o olho.

Sinto água na boca ao ver os músculos nas costas dele e a bunda esculpida.

— É, acho que é isso que estamos fazendo.

Liam bufa.

— A gente poderia estar só observando para apreciar a técnica.

— Claro. É isso mesmo.

Só que eu não estou. Estou imaginando sem vergonha nenhuma qual seria a sensação da pele dele sob meu toque, como meu corpo reagiria ao ver todo aquele foco intenso voltado para *mim*. Sinto um calor pulsar pelas veias, corando minhas bochechas.

Um som repetitivo de algo batendo me chama atenção à direita, onde Ridoc implora para ser solto. Imogen o larga de repente, e ele ofega no tatame. Uma ponta ilógica e terrível de ciúme me atinge no peito quando vejo que ela não consegue esconder sua expressão de puro desejo enquanto assiste Xaden e Garrick.

— Se vocês ficam distraídas assim tão facilmente, estamos fodidos na Batalha de Esquadrões — fala Dain, mordaz. — Podem dizer adeus a qualquer ideia de visitar o fronte.

Todos nós saímos do transe, e eu balanço a cabeça como se isso afastasse a necessidade atordoante que exige que eu faça mais do que só olhar para Xaden, o que é… ridículo. Ele só tolera minha existência porque nossos dragões são consortes, e aqui estou eu salivando por causa do seu corpo seminu.

Mas é um corpo seminu *tão* bonito.

— Voltem ao trabalho. Ainda temos mais meia hora — ordena Dain, e sinto como se ele estivesse falando diretamente comigo, o que então significaria que é a primeira coisa que ele me diz desde que minha memória causou a morte de Amber.

— *Ela causou a própria morte ao desobedecer ao Códex* — rosna Tairn.

Dito e feito, quando olho para ele, os olhos de Dain se estreitam na minha direção, mas devo estar entendendo errado a sua expressão. Certamente não é traição que estampa suas emoções.

— Vamos? — pergunta Rhiannon, erguendo a vara.

— Sim, vamos. — Reviro os ombros e recomeçamos.

Eu acompanho todos os movimentos dela, usando os padrões que ela me ensinou, mas Rhi muda a posição do próximo ataque.

— *Pare de defender e entre na ofensiva!* — ordena Tairn, a raiva fluindo para o meu sistema e me fazendo errar o passo.

Rhiannon dá um golpe baixo e me faz cair de costas. Perco o fôlego quando caio com tudo no chão.

Luto para recuperar o ar que simplesmente não está mais ali.

— Merda. Desculpa, Vi. — Rhiannon se abaixa ao meu lado. — Relaxa e espera um segundo que passa.

— E ainda assim *essa* é a cavaleira que Tairn escolheu — zomba Jack, falando com alguém do seu esquadrão enquanto lança um sorriso maligno na beirada de seu tatame. — Estou começando a pensar que ele escolheu errado, mas, considerando que não vi você usar nenhum poder, aposto que está pensando o mesmo, não é, Sorrengail? Você não deveria ter duas vezes mais habilidade para canalizar com dois dragões?

Não funciona dessa forma com Andarna, mas nenhum deles sabe disso.

Liam fica em pé, posicionando-se entre mim e Jack enquanto sinto o ar finalmente começar a entrar de novo em meus pulmões.

— Baixa a bola, Mairi. Não vou atacar a sua protegidinha. Não quando posso só desafiar ela em algumas semanas e acidentalmente quebrar esse pescocinho frágil na frente de uma plateia. — Jack cruza os braços e me observa enquanto me esforço. — Agora me conta, ainda não cansou de ficar de babá? — O amigo de Jack da Primeira Asa oferece uma coisa para ele, um gomo da laranja que está comendo, e Jack empurra a mão dele pelo punho. — Tira essa porra de perto de mim. Quer que eu acabe na enfermaria?

— Vai embora, Barlowe — avisa Liam, com uma adaga em mãos.

Eu consigo respirar uma vez, depois duas, enquanto o olhar de Jack se desvia de mim para alguém parado atrás de onde estou. Aquele olhar no seu rosto, metade medo e metade inveja, significa que essa pessoa é Xaden.

— Ela só está viva por sua causa — cospe Jack, mas ele agora está pálido.

— Sim, porque fui eu mesmo quem enfiou uma adaga no seu ombro durante a Ceifa.

Por fim, consigo respirar normalmente e volto a ficar em pé, segurando a vara de treino com as duas mãos.

— A gente poderia resolver isso agora mesmo — fala Jack, dando um passo para o lado para desviar de Liam e me encarar nos olhos. — Se já estiver cansada de ficar se escondendo atrás de homens grandalhões.

Sinto o estômago apertar, porque ele está certo. Só não aceito o desafio dele porque não tenho certeza se vou ganhar, e o único motivo para ele não me atacar agora é porque estou com Liam e Xaden. Se eu atacar Jack agora, os dois vão matá-lo. Garrick aparece à esquerda, e, com relutância, eu o adiciono à minha lista de protetores. Inferno, até Imogen chegou mais perto, mas não por minha causa.

Por causa *dele*.

— Foi o que eu pensei — diz Jack, soprando um beijo na minha direção.

— *Você* fugiu — rosno, desejando poder pular em cima dele e bater nele até não poder mais, mas forçando meus pés a ficar onde estão. — Aquele dia no vale, você fugiu quando eram só três contra um. Nós dois sabemos que, na hora do vamos ver, você vai fugir de novo. É o que os covardes fazem.

Jack enrubesce, os olhos quase saltando das órbitas.

— Ah, puta merda, Violet — murmura Dain.

— Ela não está errada — comenta Xaden.

Garrick dá risada, e Liam empurra Jack do tatame quando ele dá um pulo para chegar até mim. As botas de Jack guincham no chão de madeira enquanto ele tenta se segurar, sem sucesso, e Liam o arrasta para longe do ginásio.

Com um aceno de mão, Xaden fecha as portas enormes com seu poder, trancando Jack para fora.

— O que é que você estava pensando, provocando ele dessa forma? — Dain marcha na minha direção, a incredulidade vincando suas sobrancelhas.

— Ah, *agora* você resolveu falar comigo? — Ergo o queixo, mas é Xaden que preenche toda minha visão quando ele se posiciona entre nós dois. A fúria em seu olhar é palpável, mas eu não recuo.

— Nos dê um segundo. — O olhar dele está fixo no meu, mas nós dois sabemos que ele não está falando comigo.

Sinto o meu batimento cardíaco acelerar.

Rhiannon dá um passo para trás.

— Quer me contar o motivo para não estar usando aquilo ali, cacete? — O tom dele é baixo, porém mortal. Ele aponta para o banco onde está minha armadura.

— Bom, uma hora eu ia ter que tirar pra lavar.

— E achou que seria uma boa ideia tirar pra lavar durante as *lutas*? — O peito dele sobe e desce, como se estivesse lutando para manter o controle.

Estou tentando *não* notar o peitoral dele ou o calor que ele emana como se fosse um forno.

— Eu lavei *antes* de lutar, sabendo que iria secar enquanto seu cão de guarda observa tudo, em vez de dormir sem ele, já que nós dois sabemos o que acontece atrás de portas trancadas por aqui.

— Não atrás da sua, não mais. — Ele aperta a mandíbula. — Isso eu garanto.

— Porque agora é pra eu *confiar* em você?

— Sim. — Uma veia no pescoço dele fica saltada.

— Realmente, você está facilitando *muito* as coisas. — A minha voz respinga sarcasmo.

— Você sabe que eu não posso te matar. Porra, Sorrengail, a *Divisão inteira* sabe que eu não posso te matar. — Ele se aproxima mais, parecendo ocultar o resto da sala.

— Isso não significa que você não pode me machucar.

Ele pisca e dá um passo para trás, recompondo-se em menos de um segundo enquanto meu coração continua acelerado.

— Para de treinar com a vara. É fácil demais tirar a arma da sua mão. Continue com as adagas.

Para minha surpresa, ele não rouba minha arma só para provar que consegue.

— Estava tudo bem até Tairn resolver aparecer na minha cabeça e me distrair com a raiva dele — argumento, percebendo de repente que fiquei totalmente na defensiva.

— Então aprenda a bloqueá-lo.

Ele diz isso como se fosse muito simples.

— Com o quê, todo esse poder que eu tenho? — Levanto as sobrancelhas. — Ou você ainda não sabe que eu não consegui canalizar?

Quero estrangulá-lo, ou sacudi-lo até um pouco de bom senso entrar nessa linda cabecinha.

Ele se inclina até ficarmos praticamente com os narizes encostados.

— Estou profundamente ciente de *tudo* o que você faz.

Graças a Liam.

Cada centímetro do meu corpo parece vibrar com raiva, irritação e... seja lá qual for essa tensão eletrizante entre nós enquanto estamos parados ali, nossos olhos travando um embate.

— Dirigente de Asa Riorson — começa Dain. — Ela ainda não se acostumou com a união. Vai acabar aprendendo a bloquear o dragão.

As palavras de Dain ardem como um golpe. Respiro fundo e me afasto de Xaden. Deuses, nós estamos encenando a porra de um *teatro*. O que Xaden tem que me faz esquecer do resto do mundo?

— Você escolhe as horas mais estranhas para defendê-la, Aetos. — Xaden praticamente revira os olhos só de olhar para Dain. — E as horas mais convenientes para *não* fazer isso.

Dain aperta a mandíbula, cerrando os punhos.

Ele está falando de Amber. Eu sei disso. Dain sabe disso. Todo mundo que está aqui nessa sala, nessa torta de climão, sabe. Nosso esquadrão inteiro estava presente quando Dain exigiu que eu chamasse Xaden de mentiroso.

Xaden vira aqueles olhos inescrutáveis de volta para mim.

— Faça um favor pra nós dois. Vista a porra da armadura — ele completa.

Antes que eu possa rebater, ele se vira e se afasta do tatame, encontrando-se com Garrick do outro lado.

As costas dele.

Não consigo controlar minha respiração surpresa, e Xaden tensiona um segundo antes de pegar a camiseta da mão esticada de Garrick e passá-la por cima da cabeça, cobrindo a relíquia azul-escura de um dragão que nasce em sua cintura e sobe pelos dois ombros, com uma textura de linhas prateadas que eu não vira antes do outro lado do ginásio.

Linhas prateadas que eu imediatamente reconheço como sendo cicatrizes.

— *Você conseguiu se impor e controlou seu temperamento* — declara Tairn, um arroubo de orgulho inflando meu peito.

— *Ela está pronta* — acrescenta Andarna com uma guinada de alegria que me faz imediatamente ficar zonza.

— *Ela está pronta* — ele concorda.

***

Algumas horas depois, passo a escova pelos cabelos na privacidade do meu quarto, ainda completamente vestida de botas *e* armadura. Ainda não consigo acreditar que fiz papel de idiota na frente do meu esquadrão inteiro só porque Xaden decidiu treinar sem camisa.

Eu realmente preciso transar.

Paro no meio de uma mecha quando uma onda de energia percorre minha coluna, dissipando-se em um piscar de olhos.

Isso foi… estranho.

Talvez seja… *não*. Não pode ser. Foi uma sensação completamente diferente quando Andarna parou o tempo através de mim. Foi uma intensidade que atingiu meu corpo inteiro, expandindo-se a partir dos dedos das minhas mãos e dos pés e que… sumiu logo depois.

Outra onda me atinge, mais forte dessa vez, e solto a escova, me segurando na beirada da cômoda para não cair quando meus joelhos ameaçam ceder. A energia não vai embora tão rápido dessa vez;

permanece ali, zumbindo embaixo da minha pele, estalando meus ouvidos, sobrecarregando todos os meus sentidos.

Algo dentro de mim se expande, até de certa forma ficar grande demais para o meu próprio corpo, vasto demais para ser contido, e a dor chamusca todos os meus nervos. É como se eu fosse rachar, o som reverberando pelo meu crânio como ossos estilhaçando. Como se eu tivesse sido rompida ao meio no meu âmago.

Meus joelhos batem no chão e levo as mãos às têmporas, tentando empurrar tudo de volta para o crânio, forçando a mim mesma a encolher.

A energia se derrama sobre mim, um dilúvio de poder infinito e cru, e desgasta tudo que já fui, forjando algo completamente novo enquanto preenche todos os poros, todos os órgãos, todos os ossos. Minha cabeça explode, parecendo que Tairn voou alto demais e rápido demais, e meus ouvidos não estalam. Tudo que posso fazer é ficar deitada ali no chão, rezando para que a pressão ceda.

Encaro a escova, o chão de madeira apoiando meu rosto, e respiro fundo.

Inspiro. Expiro.

Inspiro... Expiro... Rendendo-me ao massacre.

Finalmente, a dor diminui, mas a energia, todo aquele poder, não vai embora. Está simplesmente ali... espreitando pelas minhas veias, saturando cada célula do corpo. É tudo que sou e tudo que posso me tornar, tudo de uma vez só.

Eu me sento lentamente e viro as mãos para examinar as palmas que formigam. Deveriam parecer diferentes ou mudadas, mas estão iguais. Ainda são meus dedos, meu pulso fino, mas de certa forma são muito mais do que isso agora. São fortes o bastante para moldar a torrente dentro de mim, criar o que eu bem entender.

— *Esse poder é seu, não é?* — pergunto a Tairn, mas ele não responde. — *Andarna?*

Só recebo silêncio em resposta.

Vai entender. Sempre estão por perto e invadindo a minha cabeça quando eu quero distância, mas, quando eu preciso deles, não os encontro em lugar nenhum. Ouvi quando disseram que eu estava pronta mais cedo, mas imaginei que precisaria de um dia ou dois para que minha mente se abrisse para aquele caminho quando Tairn começasse a canalizar. Acho que não foi o caso.

Rhiannon. Preciso contar a Rhiannon. Ela vai surtar por saber que finalmente posso ir para a aula do professor Carr com ela. E Liam vai finalmente poder parar de fingir que não consegue canalizar só para não ser forçado a me abandonar durante uma hora por dia.

Sinto um calor me percorrer, fazendo a pele coçar e centrando-se no fundo do estômago.

Estranho, mas sei lá. Provavelmente é um efeito colateral do poder. Destranco a porta e a escancaro.

Minha visão fica borrada e uma urgência me invade, me roubando de todos os pensamentos lógicos além de saciar uma vontade arrebatadora...

— Violet? — A forma borrada de um homem está no corredor. Pisco, e Liam entra em foco. — Tá tudo bem?

— Você tá dormindo no corredor? — Seguro o batente com força quando uma imagem em queda preenche minha mente, e sinto a ardência de flocos quando fazem contato com minha pele aquecida. Aquilo desaparece na hora, mas um desejo arrebatador permanece.

Ah, merda. O que estou sentindo é... tesão.

— Não. — Liam balança a cabeça. — Só estou por aqui antes de ir dormir.

Eu o encaro naquela hora. Realmente *olho* para ele. Ele é muito bonito, com feições fortes e olhos azuis da cor do céu, impressionantes e lindos.

— Por que você tá me olhando assim? — Ele abaixa a faca e a estatueta de dragão que está entalhando.

— Assim como? — Afundo os dentes no lábio inferior e considero se deveria me esfregar nele enquanto exijo que satisfaça essa ânsia inimaginável.

Só que não é ele quem você realmente quer.

Ele não é Xaden.

— Tipo... — Ele inclina a cabeça. — Como se alguma coisa estivesse acontecendo. Parece que você... sabe... é outra pessoa.

Puta merda.

Porque eu sou outra pessoa. Tudo isso, essa necessidade, essa luxúria, essa necessidade de estar com a pessoa que preciso estar... Tudo isso vem de Tairn.

As emoções de Tairn não estão só me sobrecarregando; elas estão me controlando.

— Eu tô ótima! Vai dormir! — Volto para o quarto e fecho a porta enquanto ainda tenho a capacidade mental de fazer isso.

Então começo a andar em círculos, mas fazer isso não ajuda a impedir a próxima onda de calor ou a compulsão de...

Preciso sair daqui antes que eu cometa um erro terrível e desconte os sentimentos de Tairn em Liam.

Agarrando meu manto de pelos em uma das mãos e amarrando meu cabelo com a outra, jogo o manto sobre os ombros e abotoo a proteção embaixo da garganta. Um segundo depois, espio pela porta, e, quando me certifico que a barra está limpa, eu *fujo correndo*.

Consigo chegar à entrada da escadaria em espiral, que leva ao rio, antes de precisar me recostar em uma parede de pedra e respirar para atravessar a névoa das emoções de Tairn.

Assim que a onda passa, desço as escadas, mantendo uma mão na parede caso eu seja levada de novo.

As luzes mágicas acendem e apagam em turnos enquanto passo correndo por elas, como se aquele poder recente já estivesse trabalhando, esticando-se na direção do mundo.

Ir para longe. Preciso ir para longe de todo mundo até Tairn terminar... seja lá o que ele e Sgaeyl estejam fazendo.

Cambaleio pelas escadas e apareço nas paredes da cidadela. A neve enche o céu, e inclino a cabeça para trás, aproveitando o breve beijo dos flocos na pele que está aquecida por todas as razões erradas.

O ar farfalhante é gelado e...

Abro os olhos quando sinto o cheiro no ar e me viro, meu manto esvoaçando atrás de mim quando encontro a fonte daquela fumaça doce e facilmente reconhecível.

Xaden está inclinado contra a parede, um pé apoiado na pedra, fumando e me observando como se não tivesse nenhuma preocupação no mundo.

— Isso é... churam?

Ele sopra uma lufada de fumaça.

— Quer um pouco? A não ser que esteja aqui para continuar a discussão. Nesse caso, não vou dar nada pra você.

Praticamente desloco a mandíbula quando meu queixo cai.

— Não! A gente não pode fumar isso!

— Bom, as pessoas que fizeram essa regra obviamente não se uniram a Sgaeyl e Tairn, não é? — Um sorriso torto marca o canto da boca dele.

Deuses, eu poderia encarar aqueles lábios para todo o sempre. O formato é perfeito, e ainda assim frouxo demais se comparado à linha marcante de seu queixo.

— Ajuda a... distrair. — Ele me oferece um cigarro enrolado de churam e ergue a sobrancelha. A que tem a cicatriz. — Além do que os escudos normais fazem, claro.

Nego com a cabeça, atravesso o tapete de neve recém-caída, me escoro na parede ao lado dele e deixo a cabeça pender sobre a pedra.

— O que for melhor pra você — ele diz, tragando profundamente, e então apaga a ponta na parede.

— Parece que eu estou pegando *fogo*.

E isso é um eufemismo.

— É. Acontece. — A risada dele tem um quê malicioso, e eu cometo o erro imperdoável de me virar para observar seu sorriso.

Xaden, por mais que seja soturno e mandão, perigoso e letal, é uma visão que faz meu batimento cardíaco acelerar. Só que Xaden rindo, a cabeça jogada para trás e um sorriso curvando sua boca é simplesmente lindo de morrer. Meu coração idiota e tolo parece que está sendo esmagado por um punho que aperta forte.

Não há nada que eu não sacrificaria ou daria para ter um único momento livre de amarras com esse homem com quem estou amarrada pelo resto das nossas vidas.

Isso deve ser Tairn… precisa ser.

Ainda assim, sei que não é só isso. Por mais que tenha admirado Liam no andar de cima, eu sou completa e impiedosamente *obcecada* por Xaden.

Os olhos dele encontram os meus sob a luz da lua.

— Ah, Violência, você vai precisar aprender a se proteger contra Tairn, ou as escapulidas dele com Sgaeyl vão deixar você louca, ou te fazer cair na cama com alguém.

Aperto os olhos com força só para fugir daquele rosto lindo quando uma onda de calor queima dentro de mim, incendiando toda a minha pele. Estico a mão para me apoiar melhor na parede.

— Ah, eu sei. Estou horrorizada só de pensar que vou precisar olhar pra cara do Liam de novo.

— Liam? Por quê? — Ele se vira na minha direção, inclinando-se contra o próprio ombro. — Aliás, caralho, *onde* está seu guarda-costas?

— Eu sou minha própria guarda-costas — rebato, descansando a bochecha na pele gelada. — E ele está na cama.

— Na *sua*? — A voz dele soa como um relâmpago.

Abro os olhos para encará-lo. A neve faz com que tudo fique mais iluminado, delineando suas sobrancelhas franzidas, a boca apertada.

— Não. Não que isso seja da sua conta.

Será que ele está com ciúmes? Esse pensamento é… estranhamente reconfortante.

Ele solta a respiração, os ombros abaixando.

— *Não* é da minha conta desde que vocês dois estejam consentindo, e, confia em mim, você não está em condições de consentir nada.

— Você não tem ideia do que eu sou capaz de consentir…

Uma urgência inegável e insaciável praticamente me faz cair de joelhos.

Xaden passa o braço pela minha cintura, me segurando no lugar.

— Por que não está criando um escudo, porra?

— Nem todo mundo recebeu aulas! Ele começou a canalizar logo antes... disso aqui e, caso você tenha se esquecido, só podemos aparecer na aula do professor Carr se já tivermos poderes.

— Sempre achei essa regra ridícula. — Ele suspira. — Tudo bem. Aula rápida. Mas só porque eu já estive no seu lugar e acordei com alguns arrependimentos.

— Você vai me ajudar de verdade?

— Eu estou ajudando você há *meses*. — Ele flexiona os dedos contra minha cintura, e juro que posso sentir o toque quente dele mesmo através do casaco e do uniforme.

— Não, você mandou Liam ajudar. *Ele* está me ajudando há meses. — Franzo o cenho. — Semanas. Quase meses. Enfim.

Ele tem a audácia de parecer ofendido.

— Fui eu que passei pela sua porta e matei todo mundo que tinha te atacado, e *ainda por cima* removi a outra ameaça à sua vida com uma exibição muito pública e discutível de vingança. Liam não fez isso. Fui eu.

— Ninguém discutiu nada. Todo mundo estava gostando. Eu estava lá.

— *Você* ficou dividida. Na verdade, implorou a Tairn para não matar Amber, mesmo sabendo que ela iria atrás de você de novo.

Aquilo, sim, era discutível.

— Tudo bem. Mas não vamos fingir que você não fez isso tudo por você. Seria inconveniente pra você se eu morresse. — Dou de ombros, cutucando-o para me ajudar a ignorar a onda de tesão que parece me corroer por dentro.

Ele me encara, incrédulo.

— Quer saber do que mais? É melhor a gente não brigar hoje. Não se você quiser aprender a fazer um escudo.

— Tudo bem. É melhor a gente não brigar. Me ensina. — Inclino o queixo. Deuses, eu mal chego na clavícula dele.

— Me peça com educação. — Ele se aproxima mais.

— Você *sempre* foi assim tão alto? — eu digo a primeira coisa que vem em mente.

— Não. Eu já fui criança.

Reviro os olhos.

— Me peça com educação, Violência — ele sussurra —, ou eu vou embora.

Consigo sentir Tairn na beirada da minha mente, as emoções indo e voltando, e sei que a próxima onda vai me atingir com força. Quanto tempo os dragões demoram para resolver isso?

— Com qual frequência eles fazem isso?

— Com frequência o bastante para você ter que aprender a fazer um escudo direito. Você nunca vai conseguir bloquear tudo por completo, e às vezes *eles* se esquecem de bloquear *nós dois*, como está acontecendo hoje. É por isso que o churam ajuda, mas a coisa fica mais tipo passar do lado de um bordel em vez de ativamente participar das atividades.

Bom… que merda.

— Tá. Beleza. Você me ensina a fazer um escudo?

Um sorriso marca a boca dele, e eu abaixo o olhar para seus lábios.

— Peça por favor.

— Você sempre se faz de difícil assim?

— Só quando eu sei que tenho algo que você precisa. O que eu posso dizer? Gosto de ver você se contorcendo. É um gostinho doce de vingança pelo que você me fez passar nesses últimos meses. — Ele afasta a neve do meu cabelo.

— O que *eu* fiz *você* passar?

Inacreditável.

— Você me assustou pra caralho uma ou duas vezes, então acho que um *por favor* faz parte das regras da brincadeira.

Como se alguma vez ele brincasse de acordo com as regras. Respiro fundo e afasto um floco de neve que pousa em meu nariz.

— Como preferir. Xaden? — Eu abro um sorriso doce e me aproximo mais dele. — Você pode, por favor, por favorzinho, me ensinar a fazer um escudo antes que eu suba em cima de você como se você fosse uma árvore, e aí *nós dois* vamos acordar arrependidos?

— Ah, eu estou plenamente no controle das minhas faculdades mentais. — Ele sorri de novo, e é como receber uma carícia.

Perigoso. Isso é perigoso pra caramba. Sinto o calor incendiar minha pele, tão quente que debato internamente se seria viável jogar meu manto no chão só para me aliviar. Percebo que Xaden não está vestindo um.

— Já que você pediu com tanta educação. — Ele ajusta a postura e leva as duas mãos às minhas bochechas, segurando meu rosto antes de deslizar mais para trás e segurar minha cabeça. — Feche os olhos.

— Precisa me tocar? — Fecho os olhos, com a sensação da pele dele contra a minha.

— Não. É só uma das vantagens de não estar pensando direito. Você tem uma pele muito macia.

O elogio me faz prender a respiração. Isso porque ele disse que está se controlando.

— Você precisa imaginar outro lugar. Qualquer lugar. Prefiro o topo do meu morro favorito perto do que restou de Aretia. Seja lá onde for, precisa te transmitir a sensação de estar em casa.

O único lugar que consigo pensar é nos Arquivos.

— Sinta seus pés no chão e firme-os ainda mais.

Eu imagino minhas botas no chão de mármore polido dos Arquivos, e então as mexo de leve.

— Beleza.

— Isso se chama aterramento. É manter seu eu mental em algum lugar firme para não ser varrida pelo poder. Agora invoque seu poder. Abra seus sentidos.

Minhas palmas começam a formigar e um fluxo de energia me rodeia, tão arrebatador quanto foi no meu quarto, só que sem a dor. Está em *todo lugar*, preenchendo os Arquivos e empurrando as paredes, fazendo tudo ficar distorcido, ameaçando quebrar tudo ali.

— É demais.

— Concentre-se em seus pés. Continue firme. Consegue ver de onde flui o poder? Se não, é só escolher um lugar.

Eu me viro na minha mente. A torrente de poder está fluindo pela porta.

— Consigo ver.

— Perfeito. Você tem um dom. A maioria das pessoas precisa de uma semana só para aprender como se firmar. Agora faça o que for preciso para se afastar mentalmente dessa corrente. Tairn é a fonte. Se você bloquear o poder, vai recuperar um pouco do seu controle.

A porta. Só preciso fechar a porta e virar aquela enorme maçaneta circular que fecha os Arquivos e impede o fogo.

O desejo faz meu coração bater forte, e eu me seguro nos braços de Xaden, agarrando-me à realidade.

— Você consegue. — A voz dele parece ter certa dificuldade. — Seja lá o que criar na sua mente, é real para você. Feche a válvula. Construa uma parede. Faça o que fizer mais sentido.

— É uma porta. — Meus dedos se fecham no tecido macio da túnica dele, e eu preciso mentalmente me jogar contra a porta, me forçando a fechá-la um centímetro por vez.

— Pronto. Continue.

Meu corpo físico estremece com o esforço que é necessário para empurrar mentalmente a porta até fechar, mas consigo.

— Fechei a porta.

— Ótimo. Agora tranque.

Eu me imagino virando a maçaneta gigante, ouvindo as fechaduras estalarem para voltar ao lugar. O alívio é imediato, o sopro frio de neve contra minha pele febril. O poder pulsa, e a porta fica transparente.

— Mudou. Agora consigo ver através da porta.

— Sim. Você nunca vai conseguir bloquear nada por completo. Você trancou?

Eu aceno que sim.

— Abra os olhos, mas faça o possível para manter a porta trancada. Isso significa manter um pé lá. Não se surpreenda se você escorregar. A gente começa tudo de novo.

Abro os olhos, mantendo fechada a imagem mental da porta dos Arquivos, e, enquanto meu corpo ainda está aquecido e corado por causa do calor, aquela necessidade urgente e inescapável felizmente está... mais silenciosa.

— Ele... — Eu não consigo encontrar as palavras certas.

Xaden me examina com uma intensidade que me faz oscilar na direção dele.

— Você é impressionante. — Ele balança a cabeça. — Só consegui fazer isso depois de *semanas.*

— Acho que eu tenho um professor melhor.

A emoção que passa por mim vai além da alegria. É uma euforia que me faz sorrir feito boba. Eu finalmente não só sou boa em uma coisa, mas *impressionante.*

Os dedos dele acariciam a pele macia embaixo da minha orelha, e o olhar dele desce para minha boca, esquentando. Com as mãos flexionadas, ele me puxa para mais perto antes de finalmente me soltar e recuar.

— Droga. Tocar em você foi má ideia.

— A pior ideia — eu concordo, mas minha boca umedece o lábio inferior.

Ele *geme* e eu me sinto derreter com aquele som.

— Te beijar seria um erro colossal.

— Calamitoso.

O que é preciso fazer para ouvir aquele gemido de novo?

Os centímetros entre nós parecem lenha, prontos para queimarem à mera sugestão de calor, e eu sou uma chama viva. Eu deveria fugir de tudo isso, e, ainda assim, negar aquela atração profunda parece completamente impossível.

— Nós dois vamos nos arrepender. — Ele balança a cabeça, mas existe algo mais do que faminto nos olhos dele quando encara meus lábios.

— Óbvio — sussurro.

Só que saber que vou me arrepender não me impede de querer isso. Querer Xaden. O arrependimento é um problema para a Violet do futuro.

— Foda-se.

Em um segundo, ele está longe. No instante seguinte, a boca dele está colada na minha, quente e insistente.

Deuses, *isso*. É exatamente disso que eu preciso.

Estou encurralada entre a parede imóvel de pedra e as linhas endurecidas do corpo de Xaden, e não existe nenhum outro lugar no mundo em que eu preferia estar agora. Aquele pensamento deveria me impedir, mas tudo que eu faço é me inclinar para pedir *mais*.

Ele passa a mão pelo meu cabelo, segurando minha nuca, me virando em um ângulo para aprofundar o beijo. Meus lábios se abrem com avidez. Ele aproveita o convite, deslizando a língua ao longo da minha com um toque provocante e experiente, o que me faz segurá-lo mais perto, enrolando as mãos no tecido da camiseta para puxá-lo para mais perto enquanto o desejo me percorre.

Ele tem gosto de churam e menta, como tudo que eu não devo querer, e ainda assim não consigo evitar minha necessidade. Eu o beijo de volta com tudo que tenho, chupando o lábio inferior e raspando meus dentes na boca dele.

— Violência — ele geme, e o som do meu apelido nos lábios dele me deixa faminta.

Mais perto. Eu preciso que ele fique *mais perto*.

Como se pudesse ouvir meus pensamentos, ele me beija com mais força, reivindicando cada linha e curva da minha boca com um ímpeto imprudente que faz meu corpo ressoar. Ele tem tanta urgência quanto eu, e, quando desce a mão para segurar minha bunda e me levantar, eu enrolo minhas pernas na cintura dele e me seguro ali como se minha vida dependesse desse beijo nunca acabar.

A parede aperta minhas costas, mas eu não me importo. Minhas mãos finalmente se enterram no cabelo dele, e é tão macio quanto eu imaginava. Ele me beija até eu me sentir devidamente devorada e explorada, e então ele chupa minha língua para dentro da boca dele para que eu possa fazer o mesmo.

Isso é uma loucura total e completa, e ainda assim não consigo parar. Sempre quero mais. Poderia viver eternamente nesse pedacinho de insanidade se isso significasse que a boca dele fosse continuar na minha, resumindo meu mundo inteiro ao calor do corpo dele, do beijo experiente que sua língua me proporciona.

O quadril dele se afunda no meu, e eu ofego ao sentir aquela fricção deliciosa. Ele interrompe o beijo, deslizando a boca pelo meu queixo, pescoço, e eu sei que faria qualquer coisa para mantê-lo ali comigo. Quero sentir a boca dele por *tudo*.

Somos apenas um emaranhado de línguas e dentes, lábios e mãos enquanto a neve cai ao nosso redor, e o beijo me consome da mesma forma que o poder fez antes, tão inteiramente que eu consigo senti-lo em todas as células do meu corpo. O desejo pulsa entre minhas coxas, e eu me sobressalto ao perceber simplesmente que não tem nada que ele possa fazer que eu não receberia de bom grado. Eu quero Xaden.

Só ele. Aqui. Agora. Em qualquer lugar. Em qualquer hora.

Nunca estive tão fora de controle só com um único beijo. Nunca desejei ninguém tanto quanto desejo Xaden. É alucinante e assustador ao mesmo tempo, porque sei que, nesse momento, ele tem o poder de me quebrar.

E eu deixaria que ele fizesse isso.

Eu me rendo por inteira, me derretendo contra ele, meu corpo cedendo e perdendo aquele firmamento que ele me ensinou. Uma luz queima atrás dos meus olhos fechados, seguida de um trovão. Uma tempestade de relâmpagos com neve não é incomum por aqui, mas é exatamente como eu me sinto agora, selvagem e descontrolada.

Porém, ele interrompe o beijo, ofegando de repente, franzindo o cenho com algo parecido com pânico antes de fechar os olhos.

Eu ainda estou com dificuldade de respirar quando ele abruptamente se afasta da parede e segura a parte inferior das minhas coxas, me colocando em pé outra vez. Ele se certifica de que estou equilibrada e então se afasta alguns metros, como se a distância pudesse salvar a vida dele.

— Você precisa ir embora. — As palavras dele são contidas e contrastam com o calor exibido em seus olhos e sua respiração ofegante.

— Por quê? — O frio choca meu sistema agora que o calor do corpo dele se afastou.

— Porque eu não posso. — Ele passa as mãos pelo cabelo, deixando-as no topo da cabeça. — E eu me recuso a agir sobre um desejo que não é o seu. Então, você precisa subir aquelas escadas ali e ir embora. Agora.

Balanço a cabeça.

— Mas eu quero…

Tudo.

— Esse desejo não é *seu*. — Ele levanta a cabeça para o céu. — Esse é o problema, caralho. E não posso deixar você sozinha aqui, então tenha piedade de mim e só *vai embora*.

O silêncio assoma entre nós e eu volto a mim. Ele está dizendo *não*.

E a pior parte não é só a frieza de uma rejeição cavalheiresca. É que ele está *certo*. Isso começou porque eu não estava conseguindo distinguir as emoções de Tairn das minhas, mas aquelas emoções se foram, não é? Minha porta agora está escancarada, mas não sinto nada vindo de Tairn.

Consigo assentir, e então fujo pela segunda vez naquela noite, subindo os degraus o mais rápido possível para voltar para a cidadela. Minhas proteções estão escancaradas, mas não me dou ao trabalho de fechar aquela porta mental, já que Tairn não está projetando nada através dela.

O bom senso vence quando chego ao patamar da escada, minhas coxas ardendo por causa do exercício. Xaden nos impediu de cometer um erro terrível.

Só que eu, não.

O que tem de errado comigo, porra? O que eu estava fazendo, prestes a arrancar todas as minhas roupas só para ficar perto de alguém de quem eu nem gosto, e, pior ainda, alguém em quem eu não posso confiar por inteiro?

Seguir na direção do meu dormitório é mais difícil do que deveria, quando tudo o que quero fazer é descer de novo a porcaria das escadas.

Amanhã vai ser um dia péssimo.

A visão mais preocupante para qualquer instrutor é definitivamente quando os poderes saem pela culatra. Perdemos nove cadetes no primeiro ano para sinetes que não podiam ser controlados em sua primeira manifestação. É uma pena.

— O guia para a Divisão dos Cavaleiros, por major Afendra (edição não autorizada)

CAPÍTULO VINTE E TRÊS

— Eu nem *sei* no que estava pensando — digo para Rhiannon, sentada de pernas cruzadas na cama dela, observando enquanto ela arruma a mochila com os livros de que vai precisar à tarde.

A relíquia nas minhas costas arde como se para me lembrar que posso canalizar agora, e reviro os ombros para tentar aliviar a sensação, mas é impossível. Meu relógio começou a fazer a contagem regressiva.

— Não dá pra acreditar que você conseguiu segurar esse tempo todo para me contar. — Ela ergue a alça por cima da cabeça e se vira, inclinando-se na escrivaninha. — E não estou julgando, longe disso. Sou muito a favor de você explorar... seja lá o que quiser explorar.

— Liam ficou na minha cola hoje desde o segundo em que botei o pé pra fora da porta, e ontem à noite eu estava confusa demais para escolher as palavras certas para descrever isso tudo. — O nó entre os ombros me faz rolar o pescoço, procurando qualquer alívio. Com as lições de voo e Imogen usando halteres para fortalecer os músculos das minhas articulações, na esperança de que eu não sofra subluxações frequentes, o que pode ser que dê certo ou não, eu virei um grande bolo de dores e músculos tensos. — Entre Tairn finalmente canalizar e todo o resto, foi uma noite daquelas.

— Você tem razão. — Ela abre um sorriso, os olhos castanhos faiscando. — E foi bom? Me diz que foi bom. Ele tem cara de quem sabe exatamente o que faz.

— Foi só um beijo. — Sinto as bochechas esquentarem com aquela mentira deslavada. — Mas sim. Ele sabe *exatamente* o que faz.

Franzo o cenho, minha imaginação percorrendo as inúmeras consequências diferentes que podem decorrer dos acontecimentos de ontem à noite, assim como fiquei fazendo de manhã.

— Está repensando tudo? — Ela inclina a cabeça, me examinando. — Parece até mesmo estar re-repensando.

— Não. — Balanço a cabeça. — Bom, talvez? Mas só se as coisas entre nós ficarem esquisitas.

— É. Porque você está presa a ele pelo resto da sua carreira. E da sua vida. Vocês conversaram sobre o que vai acontecer depois que ele se graduar? — Ela ergue as sobrancelhas. — Ah, aposto que você vai poder escolher o seu posto. Os Dirigentes de Asa sempre podem escolher.

— Ele vai escolher — resmungo, puxando um fio solto da mochila. — E vou precisar segui-lo. Tairn e Sgaeyl não se separam há *anos*. O último cavaleiro dela morreu há uns cinquenta anos, e, que eu saiba, ela sempre voava quando queria para ficar perto de Tairn quando ele estava com Naolin, o último cavaleiro dele, no caso, que morreu em Tyrrendor. É um voo de dois dias até essa parte da fronteira dependendo de onde se estiver no posto, então como a gente vai fazer no próximo ano e no seguinte?

Ela espreme os lábios.

— Não sei. Feirge disse que não vamos poder nos separar por mais do que uns dias, então isso significa que um de vocês sempre precisa seguir o outro?

— Eu sei lá. Acho que é por isso que a maior parte dos consortes faz uma união no mesmo ano, aí ninguém precisa ter esse problema. Como vou fazer para acompanhar as aulas ano que vem se precisar voar constantemente até o fronte com Tairn? Como é que Xaden vai mostrar eficiência se precisar ficar se deslocando pra cá o tempo todo? — Faço uma careta. — Ele é o cavaleiro mais poderoso da nossa geração. Vão precisar dele no fronte, não aqui.

— Por enquanto. — Rhiannon me encara diretamente, erguendo as sobrancelhas. — Ele é o cavaleiro mais poderoso da nossa geração *por enquanto*.

— O que…

Três batidas na porta nos fazem olhar na direção dela.

— Rhi? — pergunta Liam, o pânico evidente em sua voz. — Sorrengail está aí com você? Porque…

Rhiannon abre a porta e Liam cambaleia para dentro, recuperando o equilíbrio antes de avaliar o quarto e me ver.

— Ufa, achei você! Fui ao banheiro e você sumiu!

— Ninguém vai tentar assassinar ela no meu quarto, Mairi. — Rhiannon revira os olhos. — Você não precisa ficar com ela todos os segundos do dia, caralho. Agora espere uns cinco minutos e a gente vai começar a andar até a aula.

Ela empurra o peito dele e ele se retira, a boca abrindo e fechando como se tentasse pensar em um argumento, mas ele não consegue fazer nada antes de ela empurrá-lo de vez e fechar a porta na cara dele.

— Ele é… — Suspiro. — Bem dedicado.

— É, dedicado é um dos jeitos de chamar isso — murmura ela. — Do jeito que ele fica grudado igual cola em você, é de se imaginar que ele deva a vida ao Riorson ou algo do tipo.

Ele praticamente me confirmou isso, mas mantenho aquele segredo para mim. Entre os encontros do grupo de Xaden, parar o tempo e a idade de Andarna, estou começando a guardar segredos demais.

— Ah! — Os olhos dela se iluminam, e ela se senta na beirada da cama ao meu lado. — Aconteceu uma coisa comigo ontem à noite também.

— Ah, é? — Eu me viro para ela. — O que foi?

— Certo. — Ela respira fundo. — Só fiz umas três vezes. Duas ontem à noite e uma hoje de manhã, então tenha paciência.

— Claro.

— Fica olhando o livro na minha mesa.

— Pode deixar.

Eu fixo o olhar no livro de história do lado esquerdo da escrivaninha. Um minuto inteiro se passa, mas eu não desvio o olhar.

E então o livro *desaparece*.

— Caramba, Rhi! — Eu fico em pé e me viro para ela. — O que foi…

Fico boquiaberta.

Ela está segurando o livro, olhando para mim com um sorriso triunfante.

— É o mesmo livro? — pergunto, me inclinando para ver. É o mesmo, sim.

— Acho que consigo invocar coisas. — Ela abre ainda mais o sorriso.

— Puta merda! — Eu seguro os ombros dela, empolgada. — Isso é incrível! Isso é… extraordinário! Eu nem sei que palavra usar para isso!

Mover objetos e trancar portas são magias pequenas, o básico que vem com a manipulação de poderes devido à conexão constante dos nossos dragões através das relíquias quando eles começam a canalizar.

Mas conjurar um objeto, fazendo-o desaparecer e levando-o até você? Não encontrei registros desse sinete em mais de um século de leituras. É um sinete e tanto.

— Né? — Ela segura o livro contra o peito. — Eu só consigo conjurar coisas a poucos metros de distância, e ainda não consigo atravessar paredes nem nada.

— Ainda — eu corrijo, a alegria me invadindo. — Você *ainda* não consegue atravessar as paredes, Rhi. Esse é o tipo de sinete raro que vai deslanchar sua carreira!

— Espero que sim. — Ela fica em pé e devolve o livro para a escrivaninha. — Só preciso desenvolvê-lo mais.

— Você vai — eu declaro aquilo com a mesma segurança que sinto.

Rhiannon, eu e Liam andamos na direção da Ala Acadêmica alguns minutos depois, e Sawyer e Ridoc se juntam a nós quando saem da área comum da biblioteca.

— Terminei isso pra você — diz Liam, me entregando uma estatueta enquanto subimos pela escadaria em espiral larga até o terceiro andar. É Tairn. Ele até conseguiu capturar o rosnado feroz.

— Isso é... incrível. Obrigada.

— Obrigado. — Liam me mostra um sorriso, exibindo a covinha. — Queria entalhar Andarna primeiro, mas eu não a vejo muito por aí, sabe?

— Ela gosta de ser reservada. — Nós nos separamos da multidão que segue para o quarto andar, e guardo o dragão na bolsa, abraçando Liam logo em seguida. — Sério, eu amei. Muito obrigada.

O corredor está lotado, mas parece ficar mais tranquilo conforme nos aproximamos mais da sala de aula do professor Carr.

— De nada. — Ele se vira para Rhiannon. — Vou fazer Feirge depois.

Rhiannon faz uma brincadeira dizendo que espera que Liam saiba capturar quão fodona é sua dragão, mas paro de prestar atenção na conversa quando olho na direção da janela que vai do chão ao teto antes da entrada da torre da aula de Preparo de Batalha... e perco o fôlego.

Xaden está parado ao lado dos outros Dirigentes de Asa, parecendo metido em uma discussão tensa, com os braços cruzados. O comandante só precisou de cinco minutos para designar Lamani Zohar como Dirigente da Terceira Asa depois da execução de Amber, e, já que ela era a Subdirigente, isso fazia sentido.

Nunca vou compreender a rapidez com que as pessoas aceitam as coisas por aqui, como simplesmente passam por cima e pisoteiam a morte minutos depois de acontecer.

Deuses, Xaden está muito lindo hoje. As sobrancelhas franzem enquanto ele escuta algo que Lamani diz, e depois assente. É difícil acreditar que aquela boca estava encostada na minha ontem, e que aqueles braços me prendiam. Eu não estava repensando nada daquilo. Só queria mais.

Como se me sentisse o encarando, Xaden ergue a cabeça, o olhar encontrando o meu através daquele espaço e tendo o mesmo efeito que seu toque teria sobre mim. Abro a boca e meu coração acelera.

— A gente vai se atrasar — Rhi me lembra, olhando por cima do ombro.

Xaden olha atrás de mim, a boca tensa.

— Vi, a gente pode conversar? — pergunta Dain, um pouco sem fôlego, como se estivesse correndo para me alcançar.

— Agora? — Eu desvio o olhar de Xaden e me viro para encarar a pessoa que eu *achava* que era meu melhor amigo.

Dain faz uma careta, esfregando a nuca. Ele assente.

— Tentei te alcançar depois da formatura, mas você desapareceu bem rápido. Depois do que aconteceu ontem à noite, achei que era melhor agora do que deixar para depois.

— Pode ser conveniente pra você falar comigo depois de passar três semanas me ignorando, mas tenho aula agora. — Seguro a alça da mochila com força.

— Ainda temos alguns minutos. — O pedido no olhar dele é tão intenso que sinto um pesar no peito. — Por favor.

Eu olho na direção de Rhiannon, que encara Dain mortalmente sem esconder seus sentimentos, em vez da deferência que ele merece como Líder de Esquadrão.

— Eu já vou.

Ela me encara e depois assente, entrando na sala de aula de Carr com o resto do nosso esquadrão.

Sigo Dain pela porta até um lugar perto da parede que não vai atrapalhar o fluxo das pessoas.

— Você deixou Tairn compartilhar sua memória com *todo mundo* em vez de só mostrar ela para mim — ele diz, as mãos pendendo na lateral do corpo.

— Oi?

De que porra ele estava falando?

— Quando aconteceu aquilo tudo com Amber, pedi para você me mostrar o que ela tinha feito e você se recusou. — Ele troca o peso de uma perna para a outra, que é um movimento clássico de nervosismo, e aquilo me faz perder um pouco da raiva.

No fim das contas, ele é meu amigo mais antigo, mesmo que esteja sendo um babaca.

— Eu não acreditei em você, e isso é culpa minha. — Ele leva uma mão ao coração. — Eu deveria ter acreditado em você, mas não conseguia conciliar a mulher que eu conhecia com o que você estava relatando, e você também não foi me encontrar depois do ataque. — A mágoa fica evidente na voz dele. — Fiquei sabendo junto com todo mundo, na formatura, Vi. Não importa que tivéssemos brigado no campo de voo, você ainda é... *você* para mim. E minha melhor amiga sofreu um ataque terrível, praticamente morreu, e não me contou nada.

— Você nem perguntou — respondo baixinho. — Você tentou tocar na minha cabeça como se tivesse direito à minha memória depois de dizer claramente que não acreditava em mim, e exigiu que eu te mostrasse provas.

Preciso de todas as minhas forças para manter a voz firme. Duas linhas aparecem na testa dele.

— Eu não perguntei?

— Você não perguntou. — Balanço a cabeça. — Depois de ter me dito inúmeras vezes que não sou dura o bastante pra esse lugar e nem forte o bastante... Bom, o que aconteceu entre nós dois no campo de voo era inevitável. A pior parte é que eu sabia que você não ia acreditar em mim. Foi por isso que quase não contei a Xaden quem foi, porque eu também tinha certeza que ele não ia acreditar em mim.

— Mas ele acreditou. — A voz de Dain fica baixa, e ele trava a mandíbula. — E foi ele que matou todo mundo no seu quarto.

— Porque Tairn avisou Sgaeyl. — Cruzo os braços. — Não porque ele já estava lá nem nada, e sei que você odeia ele...

— Você também tem *todos* os motivos para odiá-lo — ele me relembra, tentando alcançar minha mão antes de pensar duas vezes e puxá-la de volta.

— Eu *sei* — rebato. — O pai dele enfiou uma flecha no peito de Brennan de acordo com os relatórios do campo de batalha. Preciso viver todos os dias sabendo disso. Mas você não acha que ele me vê e lembra que foi a minha mãe que executou o pai dele? É... — É difícil encontrar as palavras certas. — As coisas entre nós são complicadas.

As imagens de ontem à noite invadem minha mente, desde o primeiro sorriso de Xaden ao último roçar de seus lábios, e eu tento afastá-las.

Dain estremece visivelmente.

— Você confia nele mais do que em mim. — Não é uma acusação, mas machuca mesmo assim.

— Não é isso. — Meu estômago se revira. Espera. Talvez seja verdade? — Eu só… preciso confiar nele, Dain. Não cegamente, claro. — Merda, estou só andando em círculos. — A gente não pode fazer nada sobre Sgaeyl e Tairn serem um par consorte, e, pode acreditar, nenhum de nós dois gosta dessa situação, mas precisamos descobrir um jeito de passar por isso. Não temos escolha.

Dain pragueja baixinho, mas não discorda do que eu disse.

— Eu sei que você só quer me manter segura, Dain — sussurro. — Mas me manter segura também me impede de crescer. — Ele pisca, surpreso, e algo muda entre nós. Como se talvez, só talvez, ele finalmente estivesse pronto para me ouvir. — Quando você me contou que esse lugar tira tudo de você e revela o que temos de verdade lá dentro, eu fiquei com medo. E se embaixo dos ossos frágeis e ligamentos quebradiços eu só tivesse ainda mais fraqueza? Só que dessa vez eu nem poderia culpar meu corpo.

— Você nunca foi fraca pra mim, Vi… — Dain começa a dizer, mas eu balanço a cabeça.

— Você ainda não entendeu? — interrompo. — Não me importa o que você pensa. Só importa o que *eu* penso. E você estava certo. Só que a Divisão dos Cavaleiros me tirou todo o medo e até mesmo a raiva de ter vindo parar aqui, revelando quem eu sou de verdade. E lá dentro, Dain, eu sou uma cavaleira. Tairn sabia disso. Andarna sabia disso. Foi por isso que me escolheram. E, até você parar de procurar formas de me manter em uma gaiola de vidro, a gente não vai conseguir superar isso, não importa quantos anos de amizade a gente tenha.

Ele olha por cima do meu ombro.

— Mas e aí? O Riorson tem passe livre para expor todo o lado controlador dele? Porque, pelo que eu me lembre, Liam foi transferido para o nosso esquadrão especificamente para ser seu guarda-costas.

É uma questão excelente.

— Liam está aqui porque até mesmo o cavaleiro *mais forte* não conseguiria enfrentar sozinho a ameaça de mais de trinta cadetes que não se uniram a um dragão. E, se eu morrer, Xaden morre. Qual é a sua desculpa?

Dain fica retesado como uma estátua, o músculo na mandíbula disparando antes de finalmente se inclinar e sussurrar:

— Olha, você não sabe de tudo sobre o Xaden, Vi. Tenho uma autorização de segurança melhor do que a sua por causa do meu sinete, e você precisa tomar cuidado. Xaden tem segredos e motivos para nunca perdoar a sua mãe, e eu não quero que ele use você para se vingar.

Fico irritada. Existe uma verdade no que ele está dizendo, mas não tenho tempo para focar na confusão na minha cabeça que é Xaden. Só tenho espaço para um relacionamento zoado por vez.

Estreito os olhos para Dain. Ele troca o peso de pé, e sinto uma suspeita crescendo em meu peito.

— Espera, você continuou implorando para eu ir embora de Basgiath porque não achou que eu sobreviveria por aqui ou porque estava tentando me levar para longe de Xaden? — Balanço a cabeça antes que ele possa responder. — Quer saber? Não importa. — Estou sendo sincera. — Você só quer me manter segura. Agradeço a preocupação, mas isso acaba agora, Dain. Xaden está preso a mim por causa de Sgaeyl, e é só. Eu não preciso de proteção, e se eu precisar... tenho *dois* dragões fodões que cuidam de mim. Você consegue respeitar isso?

Ele estica a mão para segurar meu rosto, e eu o encaro, determinada a fazê-lo entender que ou ele começa a respeitar minhas escolhas, ou nunca vamos conseguir consertar nossa amizade.

— Tudo bem, Vi. — Os olhos dele criam rugas quando sua boca forma um sorriso torto. — Como eu poderia argumentar com alguém que tem *dois dragões fodões*?

Um peso no meu peito se desloca, e de repente volto a respirar normalmente. Abro um sorriso ousado.

— Exatamente.

— Desculpe por não ter pedido pela memória. — Ele abaixa a mão para o meu ombro. — É melhor você voltar para a aula.

Então, ele aperta meu ombro antes de se afastar.

Eu solto uma respiração trêmula e me viro de novo para a aula de Carr. O corredor está vazio.

Sigo para a sala do professor Carr, um salão comprido com paredes acolchoadas e nenhuma janela. A distância é iluminada por candelabros de luzes mágicas brilhantes o bastante para imitar a luz do dia, e três dúzias de estudantes da Terceira e da Quarta Asa se sentam em fileiras no chão, em intervalos grandes para deixar espaço uns para os outros.

Rhiannon e Liam se encontram na porta comigo, e o professor Carr levanta suas sobrancelhas grossas e grisalhas quando nos aproximamos de onde ele está posicionado na frente da sala, dominando o espaço apenas com sua presença. O homem não é só imponente, ele é intimidante pra caralho.

Eu engulo em seco, me lembrando de como ele quebrara o pescoço de Jeremiah.

— Finalmente pronta para nos acompanhar, cadete Sorrengail? — Os olhos dele não demonstram gentileza e fazem apenas uma observação clínica e astuciosa de mim.

— Sim, senhor.

Ele me examina como um dos insetos presos na parede na sala de biologia.

— Poder sinete?

— Ainda não manifestei nenhum. — Balanço a cabeça, mantendo a coisa toda de parar o tempo em segredo como Xaden sugeriu.

Você confia nele mais do que confia em mim. Dain estava certo sobre isso, e a culpa se contorce em meu estômago.

— Entendido. — Ele estala a língua, me encarando. — Você sabe que seus dois irmãos receberam poderes sinetes extraordinários. A habilidade de Mira de manifestar um escudo ao redor de si própria e do esquadrão é um trunfo absoluto para a Asa dela, e Mira foi altamente condecorada por sua coragem batalhando nos campos de inimigos.

— Sim. Mira é uma inspiração. — Eu me forço a sorrir, sabendo muito bem das façanhas da minha irmã em batalha.

— E Brennan... — Ele desvia o olhar. — Regeneradores são muito raros, e perder alguém assim tão jovem foi algo trágico.

— Acho que perder Brennan foi a verdadeira tragédia. — Ergo a mochila mais acima do ombro. — Mas a perda do sinete foi um golpe para as Asas.

— Hum. — Ele pisca duas vezes, voltando seu olhar gélido para mim. — Bem, aparentemente a linhagem Sorrengail é abençoada, mesmo com uma cavaleira tão... delicada quanto você. Se Tairn te escolheu, devemos esperar um sinete formidável. Sente-se. Ao menos pode começar a treinar com magias menores usando sua relíquia.

Ele me dispensa com um gesto.

— Sem pressão — murmuro enquanto andamos até os lugares obviamente vazios na fila com o resto do nosso esquadrão.

— Sem estresse — comenta Rhiannon, e nos sentamos no piso acolchoado. — Era isso que eu estava tentando te dizer antes. Você é a cavaleira de Tairn.

— Como assim? — Deixo a mochila ao meu lado.

— Você tá aí toda preocupada com a integridade da Asa porque Riorson talvez precise te visitar pra deixar a dragão dele feliz, mas ele não é o cavaleiro mais poderoso da nossa geração, Violet. *Você* é.

Ela sustenta meu olhar por tempo o bastante para que eu saiba que ela está falando sério.

Meu coração parece palpitar na garganta.

— Agora vamos começar! — declara Carr.

***

Dezembro logo se transforma em janeiro.

Firme. Faça um escudo. Imagine-se fechando a porta. Construa paredes. Sinta quem e o que tem acesso a você. Trace a união com seu dragão. *Dragões*, no meu caso. Construa uma segunda entrada, uma janela, no arquivo do meu poder para armazenar a energia dourada de Andarna. Bloqueie essas uniões o máximo que conseguir.

Visualize.

Imagine um nó de poder (nada complexo demais; ninguém está pronto para isso ainda) na sua frente e então desamarre-o. Destranque a porta.

Visualize.

Mantenha um pé preso ao chão o tempo todo. Você será inútil se não estiver conectada ao próprio poder, mas será perigosa se não conseguir contê-lo. Em algum lugar nesse meio-termo existe espaço para ser uma grande cavaleira de dragão.

Imagine seu poder como uma das mãos, segurando um lápis e trazendo-o até você. Pegue-o. Não, assim não. Tente de novo. De novo.

VISUALIZE.

Eu estudo para as provas. Eu me preparo para as lutas. Puxo ferro com Imogen. Fico me perguntando quanto tempo Xaden vai me obrigar a passar no tatame com Rhiannon. Venço o primeiro desafio, recebendo uma adaga de uma garota da Segunda Asa. Porém, a tarefa mais exaustiva é passar horas infinitas nos Arquivos da minha mente, aprendendo qual porta é de Tairn e qual porta pertence a Andarna, e então trabalhando diligentemente para separar as duas.

No fim, por mais que meus poderes fluam a partir de meus dragões, a habilidade para controlá-lo vem do meu próprio esforço, e algumas noites eu só caio na cama e durmo antes mesmo de tirar as botas.

Ao fim da segunda semana de janeiro, não só estou irritada por Xaden não ter se dado sequer ao trabalho de falar comigo sobre o beijo, mas além de tudo *exausta*, e isso tudo sem ter um poder sinete manifestado e drenando minha energia para controlá-lo.

Ridoc pode manipular gelo, que pode até ser um sinete mais comum, mas ainda assim é impressionante.

O poder de metalurgia de Sawyer cresce a cada dia.

Liam consegue ver cada árvore num raio de *quilômetros* de distância.

Eu até posso parar o tempo, mas não estou disposta a drenar Andarna só para tentar de novo, não quando ela precisou de mais de uma semana dormindo para se recuperar. Sem um sinete, só consigo fazer magias menores. Finalmente posso usar uma caneta-tinteiro, trancar e abrir uma porta. Truques de animadores de festa.

Ao fim da terceira semana de janeiro, recebo outra adaga ao vencer um desafio de um cara da Terceira Asa, meu segundo sem enfraquecer um oponente com veneno antes. Saio com um pulso machucado, mas as articulações intactas.

E na quarta semana, durante o tempo mais frio que já vi aqui em Basgiath, eu me esgueiro no meio da noite para ver o quadro de desafios.

Jack finalmente recebeu a chance de acabar comigo no ringue amanhã.

— *Ele vai me matar.* — É tudo que consigo pensar enquanto me visto naquela amanhã, embainhando todas as adagas nos lugares mais vantajosos.

— *Ele certamente vai tentar.* — Tairn acordou cedo.

— *Algum conselho?* — Sei que Liam está esperando para seguirmos para a biblioteca antes do café.

— *Não permita que ele faça isso.*

Bufo. Ele fala como se fosse fácil.

Já estamos no caminho de volta da biblioteca quando finalmente tomo a coragem de falar com Liam sobre o assunto.

— Se eu te contar uma coisa, você vai relatar pro Xaden?

Ele se vira na minha direção, empurrando o carrinho pela ponte que une as divisões.

— Por que você acharia…

— Ah, qual é. — Reviro os olhos. — Nós dois sabemos que você relata tudo que eu faço. Não sou idiota.

A neve que cai contra a janela produz um barulho abafado e tilintante.

— Ele fica preocupado. Eu alivio as preocupações dele. — Ele me encara de novo antes de olhar para a frente. — Sei que não é justo. Sei que isso é uma invasão da sua privacidade. Mas não é nada comparado ao que eu devo a ele.

— Uhum, eu já entendi. — Eu me apresso e abro a porta pesada e grossa que leva à cidadela para passarmos por ela. — Talvez eu devesse reformular a pergunta. Se eu te contasse uma coisa e *pedisse* especificamente para manter isso entre nós dois, você concordaria? Somos amigos ou sou só sua missão?

Ele para enquanto eu fecho a porta, e sei que está considerando enquanto tamborila os dedos no puxador do carrinho.

— Se eu guardar segredo sobre o que você tem pra me contar, vou arriscar sua segurança de alguma forma?

— Não. — Eu o alcanço e começamos a andar pela inclinação que uma hora se divide em dois túneis: um que vai para os dormitórios e o outro para a área comum. — Não tem nada que você possa fazer. Esse é o problema.

— Então somos amigos. Me conte. — Ele faz uma careta. — E eu não vou contar pra ninguém.

— Jack Barlowe tem permissão para me desafiar hoje.

Ele para de andar, e então eu também paro.

— Como é que você sabe disso?

— E é *por isso* que estou pedindo para você guardar esse segredo! — Eu estremeço. — Só... confie em mim, eu sei disso.

— Os instrutores não podem deixar isso acontecer. — Ele balança a cabeça, o pânico demonstrado nos olhos.

— Eles vão. — Dou de ombros, me forçando a sorrir. — Ele está pedindo desde o primeiro dia, então não é como se a gente já não soubesse disso. Enfim, Jack vai me desafiar hoje, e, quando ele fizer isso, você não vai poder impedir de jeito nenhum.

Ele arregala os olhos azuis.

— Vi, se falarmos com Riorson, ele pode impedir isso agora.

— Não. — Eu seguro a mão dele. — Ele não pode. — Meu estômago revira, mas ao menos não estou vomitando, que foi o que fiz quando descobri. — Existe um limite para o que Xaden pode ou não fazer pra me proteger, tanto aqui quanto no fronte. Você e eu sabemos que, se ele impedir que isso aconteça, todo mundo na Divisão vai ficar ultrajado depois do que aconteceu com Amber.

— E você quer que eu só fique parado lá assistindo de camarote o que quer que aconteça? — ele pergunta, incrédulo.

— Igual você fez nos últimos dois desafios. — Forço outro sorriso. — Não se preocupe. Eu vou usar tudo que tenho para ganhar vantagem.

E tudo que tenho, no caso, é um frasco escondido em um bolsinho na minha cintura.

— Eu não gosto disso. — Ele balança a cabeça.

— Então somos dois.

Não temos aula no campo de voo hoje; os dragões determinaram que estava frio demais para voar na semana passada, o que significa que todos seguimos para o ginásio de luta depois da formatura. Eu não me dou ao trabalho de tomar café, mas presto atenção em tudo o que está na bandeja de Jack quando passo por ele, conferindo o que está lá... e o que não está.

Meu coração fica acelerado em um ritmo caótico e nauseante quando finalmente os oitenta e um cadetes sobreviventes do primeiro ano entram no ginásio.

O professor Emetterio anuncia os desafios um por um, designando cada um a um ringue. Ao menos vamos lutar todos ao mesmo tempo, o que significa que nem todos os cavaleiros vão estar assistindo.

Ao menos Xaden não está aqui, o que significa que Liam manteve sua palavra.

— Tatame dezessete, Jack Barlowe da Primeira Asa contra… — Ele levanta as sobrancelhas e respira fundo. — Violet Sorrengail.

Graças aos deuses Rhiannon já está do outro lado da sala, pronta para desafiar uma mulher da Terceira Asa, então não vai precisar ver a forma como o sangue se esvai do rosto de Liam. Ela não deveria ver nada disso. Sawyer também já está no tatame nove.

— Nem fodendo — murmura Ridoc, balançando a cabeça.

— Finalmente! — Jack estende as mãos para o ar como se já tivesse saído vitorioso.

— Vamos logo com isso. — Reviro os ombros e vou até o tatame. Nem Liam nem Ridoc são chamados ao tatame hoje, então eles caminham comigo.

— Me diz que eu posso quebrar a promessa — implora Liam, e o olhar que ele lança na minha direção me diz que eu o coloquei numa posição terrível.

— Os terceiranistas estão fazendo coisas de terceiro ano — eu digo para ele quando meus dedos dos pés tocam o tatame. — Ele não vai chegar a tempo, mas eu sei que manter a sua palavra é importante, especialmente com ele. Pode ir.

Liam olha para Ridoc.

— Proteja ela como se fosse eu.

— Como se eu fosse quinze centímetros mais alto e tivesse o tamanho de um touro? — Ridoc faz sinal de joinha. — Claro. Vou dar o meu melhor. Enquanto isso, é melhor você *correr*.

Liam volta o olhar para mim.

— Não morra.

— Estou trabalhando nisso, e não só por mim. — Solto um sorriso na direção dele. — Obrigada por ser uma ótima sombra.

Os olhos dele se arregalam por meio segundo antes de disparar para fora do ginásio.

— Barlowe e Sorrengail — declara Emetterio do outro lado do tatame. — Armas?

Jack está dando pulinhos como se tivesse acabado de receber um presente.

— Qualquer coisa que ela puder segurar nessas mãozinhas fracas. — A expressão em seu olhar me dá calafrios.

Entro no tatame e Jack faz o mesmo, caminhando até estarmos no centro, nos encarando.

— É proibido o uso de poderes — lembra Emetterio. — A vitória é por nocaute ou rendição.

Tenho certeza de que todo mundo que se reuniu aqui sabe que Jack não vai acatar nenhuma dessas duas opções. Se ele conseguir colocar as mãos ao redor do meu pescoço, eu estou morta.

— *Essa coisa toda de se eu morrer, Xaden morre junto, é só uma hipótese, né?* — eu pergunto, desembainhando as adagas que são mais difíceis de alcançar durante uma luta, aquelas que ficam nas minhas botas.

— *Eu não testaria isso se fosse você* — rosna Tairn.

Fico em pé, segurando o cabo das adagas, e Jack me encara com uma única faca.

— Você tá brincando, né? Vai usar só uma?

— Só preciso de uma. — Ele exibe um sorriso de empolgação doentio.

— *Acerte o esôfago* — sugere Tairn.

— *Não tenho energia para te bloquear agora, então vou precisar que fique em silêncio uns minutinhos.*

Um rosnado em resposta é tudo que recebo.

— Não quero ninguém trapaceando — avisa Emetterio. — Já.

Meu coração bate tão alto que consigo ouvi-lo em meus ouvidos enquanto nós dois damos voltas ao redor do ringue.

— *Ataque. Agora. Acerte primeiro* — rosna Tairn.

— *Você não está ajudando!*

Jack ataca primeiro, tentando acertar uma faca, e eu deslizo a adaga nas costas da mão dele, arrancando sangue.

— Merda! — Ele pula para trás, as bochechas corando.

É isso que eu quero. É disto que preciso para vencer essa luta: que ele fique tão bravo que aja sem pensar e cometa um erro.

Ele dança para a frente e então chuta, tentando acertar meu torso, e eu cambaleio para trás, evitando o golpe.

— Aposto que você queria poder atirar essa faca, né? — ele provoca, sabendo que não vou quebrar uma regra quando posso acabar machucando alguém nas lutas que estão acontecendo ao nosso redor.

— Aposto que você queria não saber qual é a sensação de arrancar uma das minhas facas do próprio corpo, né? — retruco.

Ele pressiona os lábios em uma linha antes de desferir uma série de socos e golpes com a adaga. Não posso rebater. Ele é forte demais para mim, como evidenciado pela adaga que chuta facilmente para longe da minha mão, então uso minha velocidade, abaixando e mergulhando, conseguindo produzir outro arranhão, dessa vez em seu antebraço.

— Droga! — ele se irrita, virando-se para seguir quando estou de costas para ele. Ele me pega de surpresa, segurando meu braço e me atirando por cima das costas dele no tatame.

Eu caio em cima do ombro e estremeço, mas não ouço o ruído de nada se rompendo. Agradecer Imogen vai ser a primeira coisa que vou fazer se conseguir sair viva daqui.

Mantendo meu braço travado, Jack tenta me golpear com a faca direto no peito, mas é impedido pelo meu colete, que faz a lâmina desviar para minhas costelas e se fincar no chão.

— Ele está usando golpes mortais! — acusa Ridoc. — É contra as regras!

— Controle-se, Barlowe! — berra Emetterio.

— O que você acha, Sorrengail? — sussurra Jack no meu ouvido, me mantendo imóvel, com meu braço preso atrás das minhas costas. — Admita. Você e eu sabíamos que as coisas entre a gente iam se resolver assim. Rápido. Fácil até demais. Fatal. E seu Dirigente de Asa precioso não está aqui pra te salvar.

Não, mas Xaden vai sofrer... Quer dizer, se o pior não acontecer, se Jack conseguir o que quer. Aquele pensamento me faz agir. Ignorando a dor, projeto todo o peso do meu corpo para rolar, deslocando meu ombro no processo, mas me libertando do aperto dele quando Jack acaba se enroscando em minhas pernas.

Então, eu o chuto bem no saco.

Ele fica de joelhos e eu fico em pé. Ele aperta o próprio saco, a boca escancarada em um grito silencioso.

— Renda-se — eu ordeno, pegando a adaga que tinha derrubado. — Posso te cortar a qualquer segundo. Eu e você sabemos que, se isso aqui fosse a vida real, você já era.

— Se fosse a vida real, eu teria te matado no segundo que entrasse no ringue — ele sibila entredentes.

— Renda-se.

— Vai se foder! — Ele atira a adaga que está segurando.

Ergo as mãos para bloquear, mas a adaga se enfia na porra do meu antebraço esquerdo. O sangue flui e a dor dilacerante irrompe sobre os nervos do meu braço, mas eu sei que não posso tirar a adaga dali. Nesse instante, é a única coisa que está selando a ferida.

— Sem atirar armas! — Emetterio grita ao lado, mas Jack já está se mexendo, vindo na minha direção e deslanchando uma série de chutes e socos para os quais eu não estava preparada. O punho dele acerta minha bochecha e sinto a pele se romper.

O joelho dele arranca o ar do meu corpo com o impacto contra o meu estômago.

Porém, continuo em pé até a mão dele segurar meu rosto. A agonia preenche todas as células do meu corpo enquanto uma energia violenta e vibrante passa por mim com uma intensidade que me faz sentir como se ele estivesse esfolando os ligamentos dos ossos, os músculos do tendão.

Solto um grito e sou sacudida por uma força incompreensível, como se ele estivesse forçando seu poder para dentro do meu corpo, me dando um choque com milhares de pontadas de energia vibrante.

Agora. Se eu não fizer isso agora, ele vai me matar. Minha visão já está ficando borrada.

Estico a mão para alcançar o bolso do uniforme e abro a tampa do frasco com o dedão.

Tudo que consigo ver é seu sorriso sádico e o contorno vermelho dos seus olhos enquanto ele força mais do seu poder para dentro do meu corpo, mas as mãos dele estão ocupadas, e ele está obcecado demais pela vitória para notar que eu parei de gritar e estou me mexendo.

— Ele está usando os poderes! — ruge Ridoc, e, do canto da minha visão cada vez mais borrada, vejo movimentos vindos dos dois lados.

Enfio o frasco no sorriso de Jack com tanta força que sinto um de seus dentes quebrar.

Duas mãos nos seguram, e ouço Ridoc e Emetterio soltarem um grito, afastando as mãos assim que fazem contato. Seja lá o que Jack esteja fazendo, quando eles me tocam o poder se transfere para eles também.

Sinto os dentes sacudirem e a dor me consumir, meu corpo lutando para desmaiar, escapar dessa tortura insuportável, mas me recuso a sucumbir à escuridão até ouvir Jack ofegar.

Os olhos dele se arregalam e ele abaixa as mãos, segurando o próprio pescoço enquanto sente a traqueia fechar.

Meus joelhos cedem, meu corpo estremecendo quando vou ao chão. Porém, Jack faz o mesmo, ofegando e arranhando o pescoço enquanto o rosto dele fica cada vez mais roxo.

O rosto de Ridoc aparece ao lado do meu dentro de segundos.

— Respira, Sorrengail. Respira.

— O que tem de errado com ele? — alguém pergunta enquanto Jack se contorce no chão.

— Laranja — eu sussurro para Ridoc quando meu corpo finalmente desiste de se sustentar. — Ele é alérgico a laranja.

Então, eu desmaio.

Quando acordo, não estou mais no tatame e posso ver pelas janelas da enfermaria da Divisão Hospitalar que a noite já caiu. Estou apagada há horas.

E não é Ridoc que está sentado na cadeira ao lado da minha cama, me encarando como se ele mesmo quisesse me matar.

É Xaden. O cabelo dele está bagunçado, como se tivesse sido repuxado, e ele revira uma adaga nas mãos, pegando-a pela ponta sem sequer olhar antes de embainhá-la na costela.

— Laranja?

Eu sei que você não quer ouvir isso, mas às vezes vai ser necessário saber o momento de desferir um golpe mortal, Mira. É por isso que você precisa se certificar de que Violet entre para a Divisão dos Escribas. Ela nunca vai conseguir matar ninguém.

— Página 70, o Livro de Brennan

CAPÍTULO VINTE E QUATRO

Eu me mexo mais para a beirada da cama para tentar me sentar, mas a dor no meu braço me lembra de que havia uma adaga alojada ali algumas horas atrás. Agora, está com uma atadura.

— Quantos pontos?

— Onze de um lado e dezenove do outro. — Ele arqueia a sobrancelha e se inclina para a frente, apoiando os cotovelos nos joelhos. — Você transformou *laranjas* em arma, Violência?

Eu me endireito mais para me sentar e dou de ombros.

— Trabalhei com o que eu tinha.

— Considerando que isso manteve você, no caso *nós dois*, vivos, não vou argumentar. E também não vou perguntar como é que você sempre sabe quem vai desafiar. — A raiva está definitivamente presente em seu olhar, mas também vejo um pouco de alívio. — Comunicar a alergia dele para Ridoc permitiu que Emetterio o trouxesse para cá a tempo. Infelizmente, ele está se recuperando a cinco camas daqui e vai sobreviver, diferente do segundanista da outra fileira. Você poderia ter matado ele e poupado muito drama.

— Eu não queria matar Jack. — Rolo o ombro, testando-o. Está dolorido, mas não deslocado. Meu rosto também parece doer. — Só que ele parasse de querer *me* matar.

— Você deveria ter me contado. — A acusação sai como um rosnado.

— E você não poderia ter feito *nada*, a não ser ter me feito parecer mais fraca. — Estreito os olhos. — E você também sumiu e eu não consegui falar com você sobre *nada* nessas últimas semanas. Se eu não te conhecesse, diria que aquele beijo te assustou.

Merda. Eu não queria ter dito isso.

— Não vamos falar disso. — Algo aparece nos olhos dele, rapidamente substituído por uma máscara de indiferença.

— Sério mesmo? — Eu já deveria saber, considerando que ele evitou falar sobre o que aconteceu esse tempo todo.

— Foi um erro. Eu e você vamos acabar no mesmo posto pelo resto de nossas vidas e nunca vamos conseguir escapar disso. Se a gente se envolver, mesmo somente em um nível físico, vai ser uma estupidez imensa. Não adianta falar sobre o assunto.

Eu mal consigo me conter ao tentar segurar meu peito para ver se todos os meus órgãos continuam onde devem estar, já que parece que ele acabou de arrancar minhas entranhas só com quatro frases. Ele parecia ter gostado tanto quanto eu do que a gente tinha feito. Eu estava lá, e não havia como confundir esse tipo de... entusiasmo. *Talvez fosse só o churam*.

— E se eu quiser falar sobre isso?

— Então sinta-se livre, mas não significa que eu precise ser parte dessa conversa. Nós dois temos o direito de impor limites, e esse é um dos meus. — A conclusão no tom dele faz meu estômago revirar. — Concordo que manter distância não funcionou muito bem, e se essa sua artimanha de hoje foi para chamar minha atenção, então parabéns. Sou todo seu.

— Eu não sei do que você está falando. — Viro os pés para o lado da cama. Preciso das minhas botas para sair correndo daqui antes que eu faça um papel de trouxa ainda maior.

— Aparentemente, não posso confiar em Liam para relatar situações perigosas ou em Rhiannon para te treinar no tatame, considerando a facilidade com que Barlowe imobilizou você. A partir de agora, eu vou assumir.

— Assumir o quê? — Estreito os olhos.

— Tudo que tem a ver com você.

***

No dia seguinte, durante o que deveriam ser as horas de treino de voo, não fosse pelos ventos uivantes e gélidos do lado de fora, Xaden me leva para o tatame. Felizmente, ele está vestido, então não me distraio pelo que sei que está embaixo de sua roupa. Ele não só está usando uniforme de luta e botas como também está armado com uma dúzia de adagas diferentes, em uma dúzia de bainhas diferentes.

É uma coisa muito tóxica eu sentir atração por essa aparência? Provavelmente. Mas só de olhar já senti minha temperatura aumentar.

— Deixe as adagas no tatame — ele instrui, e quase uma dúzia de cavaleiros olha na nossa direção dos outros tatames.

Pelo menos Liam agora tem tempo para treinar, e logo contra Dain na primeira vez. A maioria dos esquadrões está por aqui, aproveitando o tempo livre inesperado, então por sorte está todo mundo treinando em vez de nos observar.

— Você está armado. — Gesticulo com a cabeça para as bainhas.

— Ou você confia em mim, ou não confia.

Ele inclina a cabeça para o lado, expondo mais da relíquia da rebelião que sobe por seu pescoço. A mesma relíquia que acariciei com os dedos enquanto ele me segurava contra a parede no mês passado.

Não. Eu não vou pensar nisso.

Porém, meu corpo parece muito feliz em se lembrar.

Sopro uma respiração longa e dou um passo para entrar no tatame, desembainhando todas as adagas que são minhas e aquelas que ganhei, e então as deixo no chão.

— Estou desarmada. Feliz? — Eu me viro para encará-lo, esticando os braços. A manga comprida cobre a atadura no braço, mas a dor é insistente. — Poderíamos ter esperado mais uns dias para o braço sarar antes de fazer isso.

Os pontos incomodam, mas já sofri coisa pior.

— Não. — Ele balança a cabeça, desembainhando uma das suas adagas e dando passos para a frente. — O inimigo não está nem aí se você está machucada. Vai usar isso como vantagem. Se você não souber lutar mesmo com dor, então vai acabar matando nós dois.

— Ótimo. — Alterno o peso do corpo de uma perna para a outra, irritada. Mal sabe ele que eu quase *sempre* estou sentindo dor. A dor é basicamente minha zona de conforto. — Você tem razão, então vou deixar essa passar.

— Obrigado por ser tão compreensiva. — Ele dá um sorriso torto, e ignoro o calor imediato que parece queimar na parte baixa da minha barriga. Ele ergue a mão, me mostrando uma adaga com uma lâmina estranhamente curta. — O problema não é necessariamente seu estilo de luta. Você é rápida e ficou ainda mais incrível desde agosto. O problema é que está usando adagas que são fáceis demais de tirar da sua mão. Você precisa de um conjunto de armas projetado para o seu tipo de corpo.

Ao menos ele não disse que meu corpo é uma *fraqueza*.

Examino a lâmina na mão dele. É linda, com um cabo inteiro preto entalhado com nós týrricos, runas antigas e míticas compostas de redemoinhos complexos que se entrelaçam. A lâmina em si claramente foi afiada até chegar a uma perfeição letal.

— É espetacular.

— É sua.

Ergo a cabeça, mas não vejo mentira em seus olhos cor de ônix.

— Mandei fazer para você. — Os lábios dele se curvam levemente.

— Quê? — Abro a boca e sinto um aperto no peito.

Ele se deu ao trabalho de mandar fazer isso? Merda. Sentimentos que não quero ter me invadem. Sentimentos fofos e confusos.

— Você me ouviu. Pega logo.

Engolindo o nó sem sentido na garganta, pego a lâmina da mão dele. Parece sólida na palma da minha mão, mas infinitamente mais leve que minhas outras adagas. Ela não limita os movimentos do meu pulso, e meus dedos se enrolam confortavelmente sobre seu cabo, deixando o aperto mais firme que o das outras facas que deixei no chão.

— Quem forjou isso?

— Eu tenho meus contatos.

— Na Divisão? — Ergo as sobrancelhas.

— Você ficaria surpresa em descobrir como a gente acaba conhecendo pessoas por aqui depois de três anos. — Um sorriso torto continua repuxando o canto de sua boca, e eu encaro sem pudor até me lembrar de onde estamos.

— É incrível. — Balanço a cabeça e devolvo para ele. — Mas você sabe que não posso aceitar. As únicas armas que podemos ter aqui são as que ganhamos em disputas.

Só desafios ou qualificações de armas são aceitáveis. Estou de olho em uma besta, mas ainda não sou boa o bastante para isso.

— Precisamente.

Ele sorri por um segundo antes de se mexer numa velocidade que nunca sonhei ser possível. Ele é até mais rápido que Imogen quando me dá uma rasteira com um único golpe, me levando à lona em um único movimento.

A facilidade com que ele me faz cair de costas é simultaneamente vergonhosa e… ridiculamente atraente, especialmente quando ele acomoda o peso de seus quadris entre minhas coxas. Preciso de toda a minha força de vontade para não esticar a mão e afastar a mecha do cabelo dele da testa. *Isso foi um erro*.

Qualquer tesão vai imediatamente embora.

— E o que você está tentando provar com esse movimento? — pergunto, sabendo muito bem que ele fez tudo isso sem me tirar o fôlego.

— Tem uma dúzia de adagas dessas no meu corpo, então comece a me desarmar. — Ele ergue uma sobrancelha, irônico. — A não ser que você não saiba lidar com um oponente em cima de você. Se for o caso, o problema é outro.

— Eu sei como lidar com *você* em cima de mim — eu o desafio baixinho.

Ele abaixa a boca até meu ouvido.

— Você não vai gostar do que vai ver se me provocar.

— Ou talvez eu goste, sim. — Eu me viro só o suficiente para meus lábios roçarem em seu ouvido.

Ele se afasta de repente, e o calor no olhar dele me faz pensar em todos os lugares pelos quais nossos corpos estão conectados.

— Me desarme antes que eu teste essa teoria na frente de todo mundo que está neste ginásio.

— Interessante. Não achei que você curtisse um lance meio exibicionista.

— Se continuar provocando, acho que vamos descobrir. — Ele abaixa o olhar para minha boca.

— Achei que tivesse dito que me beijar foi um erro.

Não estou nem aí se a Divisão inteira estiver assistindo, desde que ele me beije de novo.

E foi. Ele abre um sorriso. — Só estou tentando te ensinar que lâminas não são o único jeito de desarmar um oponente. Agora me diz, Violência, você foi desarmada?

Babaca arrogante.

Bufo e começo a tirar as facas das bainhas, atirando-as do outro lado do tatame enquanto ele me observa com um divertimento impaciente. Então, travo as pernas ao redor do quadril dele e o forço a rolar para a esquerda, e então Xaden está de costas, embaixo de mim. Por vontade própria, claro (não existe um mundo em que eu estaria ajoelhada em cima dele se ele não me quisesse assim), mas coloco meu braço contra a clavícula dele sob o pretexto de segurá-lo ali e continuo roubando as outras adagas que ele embainhou na lateral do corpo.

— E por último — digo com um sorriso, me inclinando para a frente, nossos corpos quentes praticamente corados quando eu tiro a adaga da mão dele. — Obrigada.

Com a última lâmina em segurança, Xaden coloca as mãos no tatame e se empurra com uma força sobrenatural, arqueando nossos corpos de volta para a posição inicial até minha coluna estar contra o chão.

— Isso é... — Prendo a respiração, o movimento me chocando até os dedinhos dos pés e alojando-o firmemente entre minhas coxas. Preciso de todo o meu controle para não arquear meu corpo contra ele e fazê-lo reconsiderar a história do beijo ter sido um erro. — Não é justo você usar seus poderes no tatame.

É mágico. Sexy. Sei lá. Injusto pra caramba.

— Essa é a outra lição. — Ele fica em pé e me oferece uma mão. Eu aceito, minha cabeça a mil quando fico em pé. *Agora não. Não é hora de ter vertigem.* — Emetterio não permite usar os poderes para igualar as forças nos desafios. Mas lá fora? O campo de batalha nunca iguala forças, e você precisa aprender a usar o que tiver à mão.

— Eu não consigo fazer muito mais do que me firmar, fazer um escudo e mexer um pedaço de pergaminho. — Eu guardo minha adaga nova, então pego as outras e faço o mesmo.

As adagas novas são todas lindas, marcadas com runas diferentes. É uma pena que tantas partes da cultura týrrica tenham se perdido séculos atrás durante a unificação, incluindo a maior parte das runas. Não sei o que significam as que estão gravadas ali.

— Bom, parece que vamos precisar trabalhar com isso também. — Ele suspira e assume uma posição de luta. — Agora é hora de você fazer por merecer seu apelido e tentar me matar.

***

Fevereiro passa em um borrão de exaustão. Xaden aproveita cada um dos momentos livres do meu dia, e Dain range os dentes sempre que o Dirigente de Asa me tira do treino de esquadrão porque tem algo infinitamente mais importante para eu fazer.

O que normalmente significa apanhar diversas vezes no tatame.

Preciso dizer, porém, que ele não me trata como um bebê igual a Dain e não pega leve como Rhiannon. Ele me força até eu chegar no meu limite em todas as sessões e nunca exagera, geralmente me fazendo virar uma pilha fraca e ofegante de suor no chão do ginásio.

É normalmente nessa hora que Imogen me lembra que eu ainda preciso passar na academia.

Odeio os dois.

Mais ou menos.

É difícil argumentar com os resultados quando estou aprendendo a derrubar o lutador mais forte da Divisão. Ainda não ganhei dele, mas tudo bem por mim. Significa que ele não está me deixando ganhar.

Ele também não me beija de novo, mesmo que eu o *provoque*.

Março chega trazendo metros e metros de neve que precisam ser retirados com pá antes da formatura da manhã todos os dias. Há momentos em que a relíquia queima nas minhas costas e eu sinto como se fosse explodir dentro da minha própria pele se o poder dentro de mim não for liberado; isso me lembra que eu ainda não tenho um sinete. Já faz quase três meses.

Todos os dias acordo pensando se hoje vai ser o dia em que eu espontaneamente vou entrar em combustão.

— Sharla Gunter — o capitão Fitzgibbons lê da chamada, as mãos enluvadas escorregando no pergaminho congelado. Essa semana está mais quente, mas por muito pouco. — E Mushin Vedie. Que suas almas sejam protegidas por Malek.

— Vedie? — pergunto para Rhiannon, as sobrancelhas erguidas quando a formatura acaba. Eu não o conhecia muito bem, já que ele estava na Segunda Asa, mas ouvir aquele nome ainda é um choque, considerando que havia rumores de que era um dos melhores entre nós.

— Você não ficou sabendo? — Ela aperta mais o casaco forrado de pelo no pescoço. — O sinete dele se manifestou ontem no meio da aula do Carr, e ele irrompeu em chamas.

— Ele... queimou até morrer?

Ela assente.

— Tara disse que Carr acha que era para ele supostamente controlar o fogo, mas acabou sendo pego de surpresa no primeiro momento e...

— Ele queimou igual uma tocha — acrescenta Ridoc. — Meio que deixa você feliz por seu sinete ainda estar se escondendo, né?

— Dizer que meu sinete está se *escondendo* é um jeito de encarar isso.

Fora a habilidade que nem posso sequer sussurrar, estou provando ser a coisa que minha mãe mais odeia: sou completamente mediana. E não é como se eu pudesse pedir ajuda a Tairn ou Andarna. O sinete tem a ver *comigo*, e aparentemente eu é que não estou entregando o necessário, e a relíquia ardendo nas minhas costas é um lembrete constante disso. Existe uma parte minúscula e secreta de mim que torce para que meu sinete não tenha se manifestado ainda porque é diferente dos outros, não apenas útil, mas... significativo, como o de Brennan.

— Isso definitivamente me faz querer matar aula hoje — murmura Rhiannon, soprando as mãos para mantê-las aquecidas.

— Sem matar aula — ralha Dain, nos encarando. — Estamos apenas a semanas da Batalha de Esquadrões e precisamos que deem o melhor de vocês para podermos ganhar.

Imogen bufa.

— Qual é, Aetos, acho que todo mundo sabe que a Segunda Asa tem aquele esquadrão incrível no Setor Cauda que vai arrasar com todos nós. Você viu eles correndo pela Armadilha? Tenho certeza de que estão treinando lá mesmo com tudo coberto de gelo.

— Nós vamos ganhar — declara Cianna, nossa Sublíder, com um gesto decisivo de cabeça. — Sorrengail pode nos atrasar na Armadilha... — ela franze o nariz grande —, e provavelmente com seus poderes também, considerando o pouco avanço que está tendo...

— Nossa, valeu mesmo. — Cruzo os braços. Aposto que consigo fazer escudos melhor do que todos eles juntos.

— Mas as habilidades de Rhiannon compensam demais pelas de Sorrengail — continua Cianna. — E todos sabemos que Liam e Heaton vão detonar no tatame na competição de desafios. Isso deixa apenas manobras de voo e sei lá qual outra tarefa que os Dirigentes de Asa vão inventar de julgar nesse ano.

— Ah, só isso? Cara, achei que ia ser difícil. — O sarcasmo na voz de Ridoc é pesado o bastante para que receba um olhar de aviso de Dain.

— Estamos com só dez de vocês — fala Dain, olhando para o grupo. — Doze de nós no total, o que significa que estamos meio em desvantagem contra outros esquadrões, mas acho que vamos conseguir.

Perdemos duas das nossas novas adições na semana passada, quando o sinete da menor manifestou em Preparo de Batalha e as duas congelaram até a morte em poucos segundos, praticamente levando Ridoc junto por causa da exposição. Ele recebeu tratamentos para as queimaduras deixadas pelo gelo, mas não ficou com nenhum dano permanente. Agora sobraram só Liam e Nadine daqueles que adquirimos depois da Ceifa.

— Só que, para conseguir, preciso que vocês todos compareçam às aulas. — Ele ergue as sobrancelhas. — Especialmente você. Um sinete seria ótimo, sabe? Se você conseguir produzir um sinete.

É como se ele não soubesse como me tratar ultimamente, se como uma primeiranista enfrentando dificuldades, mas ainda na luta, ou como sua amiga de infância.

Eu odeio a sensação desse desequilíbrio entre nós, essa coisa estranha e errada, como colocar roupas antes de se secar depois de um banho. Ainda assim, estamos falando de Dain. Pelo menos ele finalmente está me apoiando.

— Ela vai perder a aula de Carr hoje — interrompe Xaden, aparecendo atrás de Sawyer, que rapidamente sai do caminho.

— Não vou, não. — Balanço a cabeça e ignoro a forma como meu coração acelera ao vê-lo.

— Ela precisa ir pra aula — argumenta Dain, rangendo os dentes. — Quer dizer, a não ser que a Asa tenha prioridades mais urgentes para a cadete Sorrengail, o tempo dela é melhor gasto desenvolvendo as próprias habilidades de poderes.

— Acho que nós dois sabemos que ela não vai manifestar um sinete naquela sala. Se essa fosse a solução, ela já teria manifestado. — Eu não gostaria de ver nem meu pior inimigo receber o olhar que Dain leva de Xaden. Não é raiva ou indignação. Ele parece mais... irritado, como se as reclamações de Dain estivessem abaixo dele, e, de acordo com nossa cadeia de comando, de fato estão. — E sim, a Asa tem prioridades mais urgentes para ela.

— Senhor, eu não estou confortável com o fato de ela ficar um dia sem praticar seus poderes, e como Líder de Esquadrão...

Ele não sabe que Xaden está me dando lições extras enquanto lutamos.

— Pelo amor de Dunne — suspira Xaden, invocando a deusa da guerra. Ele pega algo em seu casaco e tira o relógio do bolso, segurando-o na palma da mão esticada. — Vai logo, Sorrengail.

Meu olhar passa por entre aqueles dois homens e desejo que eles só resolvam qualquer porra que esteja acontecendo entre eles, mas tem perto de zero chances de isso acontecer.

Para acelerar as coisas, já forço os meus pés mentalmente no chão dos Arquivos. Um poder gigante flui ao meu redor, arrepiando minha pele e erguendo os cabelos da minha nuca.

Erguendo minha mão direita, imagino aquele poder se entrelaçando entre meus dedos, e pequenos choques parecem florescer em minha pele enquanto moldo aquela energia para que tome forma, fazendo como se fosse uma mão invisível, pedindo que se estique entre os centímetros que separam Xaden de mim.

Uma pausa repentina acontece, como se os meus feixes de magia pura atingissem uma parede, mas então eles cedem e eu continuo, mantendo o controle daquela mão. Ouço um estalo na mão, como as brasas do fim do fogo, enquanto meu poder roça a mão de Xaden, mas fecho o meu punho mental ao redor do relógio de bolso e, por fim, o puxo.

É *pesado* pra caralho.

— Você consegue — incentiva Rhiannon.

— Deixa ela se concentrar — fala Sawyer.

O relógio cai na direção do chão, mas uso a mão novamente, puxando-o com meu poder como se fosse uma corda, e então o relógio voa na minha direção. Eu o pego com a mão esquerda antes que possa bater na minha cara.

Rhiannon e Ridoc aplaudem.

Xaden dá um passo em frente e tira o relógio dos meus dedos, devolvendo-o ao próprio bolso.

— Pronto. Ela praticou. Agora temos coisas mais importantes a fazer. — Ele coloca a mão nas minhas costas e me leva para longe da multidão.

— Aonde vamos? — Odeio a forma como meu corpo exige que eu me incline contra o toque dele, e então sinto falta no instante que o toque desaparece.

— Presumo que não esteja vestindo uniforme de voo embaixo desse casaco.

Ele abre a porta do dormitório para mim e eu entro. O movimento é tão fácil que sei que não foi algo praticado e é mais instintivo, o que vai contra... bem, tudo que sei sobre ele.

Eu paro, olhando para ele como se estivéssemos nos conhecendo pela primeira vez.

— Que foi? — ele pergunta, fechando a porta e impedindo que o frio entre.

— Você abriu a porta pra mim.

— É difícil superar velhos hábitos. — Ele dá de ombros. — Meu pai me ensinou que...

A voz dele cessa de repente e ele desvia o olhar, todos os músculos em seu corpo retesando como se estivesse se preparando para um ataque.

Meu coração se aperta ao ver o olhar no rosto dele, reconhecendo-o de prontidão. É luto.

— Não acha que está frio demais para voar? — pergunto, mudando de assunto para tentar ajudar.

A dor no olhar dele é do tipo que nunca vai embora, do tipo que cresce como uma maré imprevisível, alagando as margens sem demonstrar misericórdia.

Ele pisca, e aquela expressão desaparece.

— Vou esperar aqui.

Assinto e me apresso para me trocar e vestir o uniforme forrado com pelos que recebemos para os voos de inverno. Quando eu volto, Xaden está com aquela expressão indecifrável, e sei que ele não vai mais abrir portas para mim hoje.

Atravessamos o pátio que vai se esvaziando enquanto os outros cadetes se apressam na direção das próprias aulas.

— Você não me respondeu.

— O quê? — Ele mantém o olhar fixo no portão do caminho para o campo de voo, e eu praticamente preciso correr para acompanhar seus passos.

— Se está frio demais para voar.

— Os terceiranistas têm aulas de voo hoje à tarde. Kaori e os outros professores só estão pegando leve com vocês porque que a Batalha de Esquadrões vai acontecer logo e sabem que precisam praticar mais seus poderes.

Ele abre o portão e eu me apresso para entrar atrás dele.

— E eu não preciso? — Minha voz ecoa pelo túnel.

— Vencer a Batalha de Esquadrões não significa nada no plano que temos para manter você viva. Vai estar no fronte antes do resto deles no ano que vem.

Luzes mágicas iluminam os ângulos duros do seu rosto, lançando sombras sinistras conforme andamos.

— É isso que vai acontecer ano que vem? — pergunto quando saímos do outro lado, a neve ofuscando minha visão por um instante. Está empilhada dos dois lados do caminho, o resultado de um inverno opressivo. — Eu vou pro fronte?

— É inevitável. Não dá para saber o quanto Sgaeyl e Tairn vão tolerar ficar separados. Meu melhor palpite é que nós dois vamos precisar nos sacrificar para manter os dois felizes.

Ele claramente não está feliz com isso, mas não posso culpá-lo. Depois de três anos na Divisão, eu provavelmente também ia querer vazar o mais rápido possível. Meu estômago se aperta quando percebo que vou estar no lugar dele quando eu também me formar, sem nenhum controle sobre meus postos futuros, considerando que o elo entre nossos dragões dita todo o nosso futuro.

Assinto com a cabeça, sem saber mais o que dizer, e andamos até a Armadilha em um silêncio confortável.

— Segunda Asa — noto, observando o esquadrão do Setor Cauda dando o seu melhor ao passar pela Armadilha. — Certeza que você não quer seus próprios esquadrões praticando aqui?

Ele ergue um canto da boca, e a fachada nada humana desaparece.

— Quando eu estava no primeiro ano, também achava que ganhar era o ápice. Mas quando você chega no terceiro ano, e começa a ver as coisas de forma diferente… — Ele flexiona a mandíbula. — Vamos dizer que existem jogos mais letais.

Seguimos na direção das escadas que levam ao campo de voo, mas um grupo já está descendo por elas, então eu me mexo para deixar que passem primeiro.

Meu coração parece bater na garganta enquanto se aproximam, e fico em posição de atenção, minha coluna enrijecendo. É o comandante Panchek e o coronel Aetos.

Chegando ao chão primeiro, o pai de Dain me oferece um sorriso.

— Descansar. Você parece bem, Violet. Está com marquinhas de voo — ele diz, gesticulando para as próprias bochechas marcadas pelos óculos. — Deve estar passando bastante tempo no céu.

— Obrigada, senhor. Estou, sim. — Relaxo a postura e não posso evitar devolver o favor, mas meus lábios estão espremidos. — Dain também está indo bem. Ele é o meu Líder de Esquadrão esse ano.

— Ele me contou. — Ele abre um sorriso, os olhos castanhos tão calorosos quanto os de Dain. — Mira perguntou de você enquanto estávamos passando pela Asa Sul mês passado. Não se preocupe, vai receber o privilégio de enviar cartas no próximo ano, e então vocês podem se comunicar com mais frequência. Imagino que sente saudades dela.

— Todos os dias. — Assinto com a cabeça, tentando afastar o arroubo de emoção que aquela confissão traz. É tão mais fácil fingir que não existe nada além dessas paredes em vez de ficar remoendo o quanto eu sinto falta da minha irmã.

Xaden enrijece ao meu lado, e mamãe aparece na escadaria. *Ah, merda.*

— Mãe — digo sem pensar, e a cabeça dela se vira, os olhos encontrando os meus. Já faz mais de cinco meses desde que eu a vi pela última vez, e, mesmo que eu queira parecer tão serena e controlada quanto ela, simplesmente não consigo. Eu não sou como ela ou como Mira. Sou a filha do meu pai.

O olhar avaliador dela me examina com a familiaridade de um comandante-general medindo um cadete em Basgiath, e não existe nenhum calor em suas feições quando ela termina.

— Ouvi dizer que está tendo problemas com controlar seus poderes.

Pisco e dou um passo para trás, como se a distância física pudesse me proteger daquela bronca gélida.

— Produzo os melhores escudos do meu ano. — Pela primeira vez, fico feliz por não ter manifestado um sinete ainda, para não dar a ela algo do qual se gabar.

— Com um dragão como Tairn, era de se esperar. — Ela levanta uma sobrancelha. — Ou todo aquele poder incrível e invejável teria sido... — O suspiro dela sopra uma fumaça de ar. — Desperdiçado.

Dou o meu melhor para engolir o nó que se forma em minha garganta.

— Sim, general.

— Mas as pessoas estão comentando sobre você. — O olhar dela passa por cima da minha cabeça, e sei que ela está procurando pela ponta prateada da trança que acredita me marcar como amaldiçoada, o cabelo que ela me disse que era melhor cortar.

— É mesmo?

Será que ela fala mesmo de mim?

— Estamos todos nos perguntando quais poderes está recebendo da dragão dourada. Se é que há algum. — Os lábios dela formam um sorriso que, tenho certeza, ela acha que é suave, mas eu a conheço bem demais para cair nessa.

— *Não.* — Aquela única palavra de Tairn faz todo o meu corpo vibrar. — *Não fale desse assunto.*

— Ainda não recebi nenhum. — Passo a língua pelo meu lábio inferior rachado. O inverno assola demais a pele durante o voo. — Andarna me disse que os Rabos-de-pena são conhecidos por não conseguirem canalizar poderes através dos cavaleiros. — Eles concedem apenas dons diretos, mas não vou falar isso. — É por isso que não se unem a humanos com tanta frequência.

— Ou nunca, no caso — opina o pai de Dain. — Estávamos com esperança de que a sua dragão nos permitisse estudá-la. Para fins acadêmicos apenas, é claro.

Sinto uma amargura no estômago. Aquele grupo ali cutucaria e reviraria Andarna sabe deuses por quanto tempo para saciar a própria curiosidade acadêmica, e poderiam acabar tropeçando nos poderes irrestritos dos dragões infantes. Não, muito obrigada.

— Infelizmente, não acho que ela estaria confortável nessa situação. É bastante reservada, mesmo comigo.

— Que pena — responde o coronel Aetos. — Pedimos aos escribas para avaliarem isso desde a Ceifa, e a única referência que acharam nos Arquivos sobre o poder dos Rabos-de-pena tem centenas de anos, o que é engraçado, porque lembro que seu pai pesquisou um pouco esse assunto durante o segundo levante krovlano e chegou a mencionar algo sobre os Rabos-de-pena. Mas agora parece que não encontramos mais esse volume. — Ele coça a testa.

Mamãe me encara na expectativa, como se para me perguntar sem precisar dizer nada em voz alta.

— Não acho que ele tenha terminado a pesquisa desse evento histórico em particular antes de morrer, coronel Aetos. Nem poderia dizer onde estão as anotações da pesquisa.

As palavras carregam o máximo de verdade que consigo evidenciar. Sei exatamente onde as anotações dele estão: no lugar em que ele passava a maior parte do seu tempo livre. Porém, algo no aviso de Tairn faz com que seja impossível para mim contar algo a eles.

— É uma pena. — Mamãe força outro sorriso. — Fico feliz em ver que continua viva, cadete Sorrengail. — O olhar dela segue para o lado, endurecendo de repente. — Mesmo que a companhia que você seja forçada a manter seja muito questionável.

Merda. Merda. Merda.

Não posso entrar na frente de Xaden e arriscar fazê-lo parecer fraco. Nem posso olhar para ele sem revelar para minha mãe onde minha lealdade está... sem revelar isso *a mim mesma*.

— Sempre senti que tínhamos resolvido essas *questões* anos atrás — diz Xaden, a voz baixa, mas ele está retesado como a corda de um arco ao meu lado.

— Hum. — Mamãe se vira na direção da cidadela, claramente nos dispensando. — Veja se consegue manifestar algum tipo de sinete, cadete Sorrengail. Você tem um legado a seguir.

— Sim, general.

As palavras informais me custam mais do que estou preparada a admitir, arrancando toda a confiança que levei quase oito meses para reunir com uma precisão tão afiada quanto as garras de um dragão.

— Bom te ver, Violet. — O pai de Dain me oferece um sorriso simpático, e Panchek simplesmente nos ignora, correndo para alcançar minha mãe.

Não digo nada para Xaden antes de subir as escadas, cada passo me deixando com mais raiva até eu só ser uma bola de ódio quando finalmente chegamos ao topo do penhasco.

— Você não contou a ela como conseguiu escapar do ataque no seu quarto — ele fala. É uma declaração, e não uma pergunta. — E não estou falando de como eu apareci lá.

Sei exatamente do que ele está falando.

— Eu nunca a vejo. E você me disse para não contar pra ninguém.

— Não achei que as coisas fossem assim entre vocês — comenta Xaden, o tom surpreendentemente gentil enquanto começamos a descer pelo cânion na direção do campo de voo.

— Ah, você nem viu nada — digo, deixando minha voz intencionalmente o mais irreverente possível. — Ela passou quase um ano todo me ignorando quando meu pai morreu. — Uma risada autodepreciativa escapa dos meus lábios. — O que foi quase tão bom quanto os anos que ela passou mal tolerando minha existência porque eu não era perfeita igual a Brennan ou uma guerreira igual a Mira.

Eu não deveria estar falando essas coisas em voz alta. São o tipo de pensamento que famílias guardam para si, em seu íntimo, para poderem vestir aquela reputação perfeita e polida como uma armadura em público.

— Então ela não te conhece muito bem — diz Xaden, acompanhando meus passos furiosos.

Bufo.

— Ou ela vê exatamente quem eu sou. O problema é que eu nunca sei qual dos dois é o caso. Estou ocupada demais tentando alcançar esse modelo impossível que ela determinou pra mim até para me perguntar se é um modelo com o qual eu me importo. — Eu me viro para ele, estreitando os olhos. — E o que foi aquilo, hein? Dizer pra ela que você resolveu essas questões anos atrás?

— Só quis relembrar a ela que paguei o preço pela minha lealdade. — Ele franze o cenho, encarando o que está na nossa frente.

— Que preço? — A pergunta escapa antes que eu possa impedir minha língua idiota. Não posso evitar lembrar que Dain disse que Xaden tem seus motivos para nunca perdoar minha mãe.

— Limites, Violência. — Ele abaixa a cabeça por um segundo, e, quando a ergue de novo, está com aquela expressão blasé que fica tão bem nele.

Por sorte, a tensão daquele momento é interrompida quando Tairn e Sgaeyl aterrissam no campo à nossa frente, acompanhados de um dragão menor brilhante que imediatamente me faz sorrir.

— Vamos todos voar hoje? — pergunto, seguindo-o enquanto ele anda na direção do trio.

— Vamos todos aprender hoje. Você precisa aprender a ficar montada, e eu preciso aprender o motivo de isso ser tão difícil para você — ele responde. — Andarna precisa aprender a acompanhar. Tairn precisa aprender como dividir espaço em uma formação mais apertada de voo, e todos os outros dragões, menos Sgaeyl, têm medo demais dele para voar perto.

Tairn bufa, concordando, quando nos aproximamos.

— E o que Sgaeyl vai aprender? — questiono, encarando a enorme dragão azul.

Xaden abre um sorriso.

— Faz quase três anos que ela está na liderança. Ela vai precisar aprender a seguir. Ou ao menos praticar.

Tairn bufa de novo, e o som é muito parecido com uma risada. Sgaeyl fecha a mandíbula na direção dele, arreganhando os dentes e chegando a centímetros de seu pescoço.

— Não dá pra entender nada da relação entre dragões — murmuro.

— Ah, é? Deveria tentar entender relacionamentos humanos uma hora. São tão brutais quanto, só que com menos fogo. — Ele monta Sgaeyl com uma facilidade invejável. — Vamos logo.

A Batalha de Esquadrões é mais importante do que os Dirigentes de Asa deixam transparecer. Eles gostam de brincar dizendo que é só um jogo, que é só um jeito de se gabar para o esquadrão e seus líderes, mas não é só isso. Estão todos assistindo. O comandante, os professores e os líderes: estão todos assistindo para ver quem vai chegar ao topo. Estão com água na boca para ver quem vai cair.

— PÁGINA 77, O LIVRO DE BRENNAN

CAPÍTULO VINTE E CINCO

— Renda-se! — grita Rhiannon enquanto um cavaleiro da Segunda Asa luta para se arrastar no tatame, as mãos espalmadas, as unhas se fincando enquanto Liam o segura, prendendo-o pela perna, forçando as costas dele a arquear de uma forma que deveria ser impossível.

Meu coração fica acelerado com a empolgação quando os desafios de hoje chegam ao clímax.

Estamos no último desafio dessa etapa da Batalha de Esquadrões, e a multidão parece empurrar nossas costas, me obrigando a fazer um esforço para não cair dentro do ringue. Depois de dois eventos, estamos na sétima posição de vinte e quatro no ranking de líderes, mas, se Liam ganhar, subimos para o terceiro lugar.

Meu tempo de voo na corrida dos céus foi o mais lento do esquadrão, mas foi porque precisei ficar forçando Tairn a me liberar de seu enlace mágico (e aí perdíamos segundos preciosos quando ele precisava se abaixar para me pegar e em seguida me jogar de volta na sela). De novo e de novo e de novo. Juro, os hematomas na minha bunda por ter caído no assento duro doeram menos do que Tairn bufando, dizendo que eu havia humilhado toda a sua linhagem quando cruzamos a linha de chegada por último.

Mikael solta um grito de dor, um som agudo e de estourar os tímpanos, chamando minha atenção mais uma vez para a luta que se desdobra à minha frente. Liam continua firme, pressionando-o por ter a vantagem.

— Porra, isso parece estar doendo — murmuro, enquanto os primeiranistas comemoram atrás.

— É, ele vai ficar sem andar por um tempo — concorda Ridoc, estremecendo quando as costas de Mikael arqueiam como se fossem quebrar a qualquer instante.

Com outro grito, Mikael bate a palma da mão no tatame três vezes, e a multidão ruge.

— Isso! Vai, Liam! — grita Sawyer atrás de mim, e Liam joga Mikael no tatame, onde ele se deixa cair, exausto.

— A gente ganhou! — Liam corre até nós, e sou levada por um emaranhado de braços e gritos de alegria dos nossos colegas de esquadrão.

Tenho certeza de que vejo até Imogen entrar nesse pequeno abraço coletivo.

Só não vejo Dain. Onde caralhos ele está? Nunca perderia isso.

— O vencedor! — grita o professor Emetterio, a voz ecoando pelo ginásio e acalmando a euforia de todos enquanto Liam é tirado do nosso abraço. — Liam Mairi, do Segundo Esquadrão, Setor Fogo, Quarta Asa!

Liam ergue as duas mãos, vitorioso, virando-se em um círculo, e o som dos aplausos faz meus ouvidos doerem de um jeito bom.

O comandante Panchek adentra o tatame, e Liam se junta ao restante do nosso esquadrão, o suor pingando de sua pele.

— Sei que todos estão esperando que a última parte da Batalha de Esquadrões aconteça amanhã, mas eu e a equipe temos uma surpresa.

Com essas palavras, ele atrai a atenção de todos os cavaleiros.

— Em vez de contar a vocês qual seria a última e desconhecida tarefa e deixar que planejem tudo durante a noite, a última tarefa de vocês começa agora! — Ele sorri, abrindo os braços da mesma forma que Liam.

— Agora à noite? — sussurra Ridoc.

Meu estômago revira.

— Dain não está aqui, nem Cianna.

— Ah, puta merda — murmura Imogen, percorrendo a multidão com o olhar.

— Como vocês devem ter notado, seus líderes e sublíderes de esquadrão foram… vamos dizer, sequestrados junto com seus líderes de setor e dirigentes de asa. E não, antes que alguém pergunte, a tarefa de vocês não é encontrá-los. — Ele continua a andar em um círculo pequeno, chegando a todos os quatro lados do ringue. — Vocês devem se separar em esquadrões e cumprir uma missão única esta noite, sem a instrução e o apoio dos seus líderes de esquadrão.

— Isso não é meio o contrário do propósito de ter líderes de esquadrão? — alguém pergunta do outro lado do tatame.

— O propósito de um líder de esquadrão é formar uma unidade integrada que consiga cumprir uma missão mesmo depois de seu perecimento. Considerem que os líderes de vocês... pereceram. — Panchek dá de ombros, exibindo um sorriso alegre. — Agora é com vocês, cavaleiros. A missão é bastante simples: encontrem e adquiram, por quaisquer meios necessários, a coisa mais vantajosa para nossos inimigos na guerra. Os líderes servirão de juízes imparciais, e o esquadrão vencedor receberá sessenta pontos.

— Talvez a gente consiga chegar em primeiro lugar! — sussurra Rhiannon, passando o braço pelo meu. — Podemos ganhar a glória de ir pro fronte!

— Quais são os limites? — alguém à direita questiona.

— Qualquer coisa dentro das muralhas de Basgiath. — responde Panchek. — E não quero ver ninguém sequer ousar tentar arrastar um dragão para cá. Vão incinerar vocês de pura irritação.

O esquadrão à nossa esquerda murmura um resmungo de decepção.

— Vocês têm... — Panchek pega o relógio de bolso — três horas, e depois disso vamos esperar que se apresentem com seus tesouros roubados na sala de Preparo de Batalha.

Nós todos o encaramos em silêncio. De tudo que imaginei que seria a terceira e última tarefa... bem, isso não estava nem perto de entrar na lista.

— O que estão esperando? — Panchek nos espanta com as mãos. — Vão!

O pandemônio se instaura.

É isso o que acontece quando se retira a liderança. Somos só... uma bagunça.

— Segundo Esquadrão! — grita Imogen, erguendo as mãos. — Me sigam!

Sawyer e Heaton se certificam de que todos a seguimos como patinhos, acompanhando Imogen enquanto ela nos faz atravessar o ginásio na direção da academia.

— Você foi ótimo — falo para Liam enquanto ele anda ao meu lado, ainda tentando recuperar o fôlego.

— Foi do caralho. — Ridoc entrega um frasco de água para Liam, que ele prontamente esvazia.

— Vamos, vamos — encoraja Imogen, nos fazendo passar pela porta aberta. Ela conta rapidamente, para se certificar de que estamos todos ali, e depois fecha a porta, virando a fechadura.

Encontro um assento em um dos bancos, acompanhada de Rhiannon e Liam.

— Primeiro. Quem quer ficar no comando? — pergunta Imogen, olhando para nós.

Ridoc levanta a mão.

Rhiannon se vira e o força a abaixá-la.

— Não. — Ela sacode a cabeça. — Se for você, essa tarefa vai virar uma pegadinha que eu sei.

— Justo. — Ele dá de ombros.

— Liam? — pergunta Quinn, erguendo as sobrancelhas.

— Não. — Ele balança a cabeça, mas o olhar dele segue na minha direção, entregando seu raciocínio.

— Ninguém vai tentar me matar enquanto estivermos fora hoje à noite — eu argumento.

Ele se vira de volta para Imogen e balança a cabeça outra vez.

É claro que ela assente. Os dois são do Time Xaden.

— Você fica no comando — sugere Rhiannon, olhando para Imogen. — A gente já chegou até aqui com você.

Um murmúrio de concordância ecoa pela sala.

— Emery? Heaton? — pergunta Imogen. — Como terceiranistas, é direito de vocês.

— Não, valeu. — Heaton se inclina na parede.

— Nem. Tem um motivo para a gente não querer a liderança — acrescenta Emery, parando ao lado de Nadine. — Vai ser um problema para você seguir as ordens de Imogen por algumas horas, Nadine?

Todo mundo se vira para encarar a primeiranista, que nunca foi nem um pouco sutil ao demonstrar o ódio que sente dos marcados. Sabendo agora que ela veio de um vilarejo nortenho na fronteira das províncias de Deaconshire e Tyrrendor, consigo entender seus motivos. Eu só não concordo, e por isso não sou muito amigável com ela.

Ela visivelmente engole em seco, o olhar nervoso passando por todos ao seu redor.

— Por mim tudo bem.

— Ótimo. — Imogen cruza os braços, o pulso com a relíquia da rebelião aparecendo embaixo da túnica. — A gente tem pouco menos de três horas. Alguém tem alguma ideia?

— Que tal uma arma? — sugere Ridoc. — Um arpão seria mortal para qualquer um dos nossos dragões nas mãos do inimigo.

— Grande demais — rebate Quinn, decisiva. — Só tem um no museu, e, sinceramente, não é nem o arpão em si que é mortal, e sim o mecanismo usado para lançá-lo.

— Que mais? — Imogen nos encara.

— A gente pode roubar a cueca do Panch... — começa Ridoc antes de Rhiannon tapar a boca dele com a mão.

— É por isso que você não pode ficar na liderança. — Ela arqueia uma sobrancelha.

— Qual é, povo? Pensem! Qual é a coisa mais útil para o nosso inimigo? — Imogen franze as sobrancelhas acima dos olhos verde-claros.

— Informação — responde Liam. Ele se vira na minha direção. — Violet, e se a gente roubasse os relatórios novos dos Arquivos? Aqueles que vêm do fronte?

Balanço a cabeça.

— Já passou das sete. Os Arquivos ficam trancados, e é o tipo de cofre que nem mesmo nossos poderes conseguem tocar. A sala inteira fica selada a vácuo para prevenir incêndios.

— Droga — suspira Imogen. — Era uma ideia boa.

Todo mundo ali na sala começa a vocalizar as próprias ideias e a conversar, cada voz mais alta que a outra enquanto berram sugestões.

Informação. Meu estômago revira enquanto uma ideia se forma. Seria uma coisa incrível, e ninguém poderia se comparar a isso. Mas... balanço a cabeça. Arriscado demais.

— No que está pensando, Sorrengail? — pergunta Imogen, e a sala fica em silêncio. — Dá pra ver as engrenagenzinhas virando na sua cabeça.

— Provavelmente uma coisa absurda. — Olho para os membros do meu esquadrão.

Mas será que é absurda mesmo?

— Vem até aqui e dá um jeito de botar isso pra fora — ordena Imogen.

— Sério, é loucura. Tipo, impossível. A gente iria direto pro calabouço se fosse pego. — Fecho a boca antes de falar mais alguma coisa.

Só que é tarde demais. Os olhos de Imogen brilham, interessados.

— Vem. Aqui. E. Bota. Pra. Fora — ordena ela, certificando-se de que eu saiba que não é uma sugestão.

— Podemos usar nossos poderes, certo? — Fico em pé, deixando minhas mãos penderem na lateral do corpo, passando-as pelos cabos das seis adagas embainhadas ali.

— Se necessário, claro — responde Heaton, assentindo.

— Beleza. — Eu me apoio nos calcanhares, deixando minha mente trabalhar em um plano. — Sei que Ridoc consegue manipular gelo,

Rhiannon consegue invocar coisas, Sawyer manipula metais, Imogen consegue apagar memórias recentes...

— E sou rápida — acrescenta ela.

Algo que ela tem em comum com Xaden.

— Heaton, e você?

— Consigo respirar debaixo d'água — responde elu.

Pisco, surpresa.

— Legal, mas acho que isso não vai ajudar muito se a gente fizer o que estou pensando. Emery?

— Posso controlar o vento — ele fala, sorrindo. — *Bastante* vento.

Tudo bem, isso pode ser útil para a defesa, mas não é bem o que eu quero.

Minhas botas rangem no chão e depois eu me viro na direção de Quinn.

— Quinn?

— Consigo fazer projeção astral. Deixar meu corpo em um lugar e então andar por outro.

Fico boquiaberta, assim como quase todo o esquadrão.

— Eu sei, é muito irado. — Ela pisca, amarrando os cachos em um coque.

— Muito. *Isso* a gente pode usar. — Balanço a cabeça enquanto tento encontrar a maneira mais fácil de realizar minha ideia.

— O que está pensando em fazer, Sorrengail? — pergunta Imogen, tirando a mecha de cabelo comprido do rosto e puxando-a para trás com o resto do cabelo raspado.

— Vocês vão achar que eu enlouqueci, mas, se a gente conseguir, com certeza vamos ganhar.

Posso não ser igual à minha mãe o bastante para receber a aprovação dela, mas sei onde ela mantém suas informações mais valiosas.

— E?

— A gente vai arrombar o escritório da minha mãe.

***

— Você é esquisita pra caralho — geme Ridoc duas horas depois, afastando-se de Quinn, ou melhor, da forma astral de Quinn. No momento, o corpo dela está sendo guardado por Heaton na academia.

O resto do esquadrão está se esgueirando pelos corredores, passando pela Divisão Hospitalar. Já nos encontramos com um esquadrão da Segunda Asa e outro da Terceira, mas nenhum de nós tem tempo para questionar ou deter os outros.

Vamos ou ganhar ou perder por mérito próprio com esse plano, e desperdiçamos as duas últimas horas esperando a noite cair para que o plano fosse possível.

— Nunca fui mais longe do que isso — diz Emery quando passamos pela porta da clínica.

— Você nunca foi até os Arquivos? — pergunta Imogen.

— Evito essa tarefa ao máximo — responde Emery. — Os escribas me assustam. São uns sabe-tudo quietinhos, agindo como se pudessem destruir você só de escrever uma frasezinha.

Eu abro um sorriso. Ele tem mais razão do que pode imaginar.

— A infantaria ainda está lá fora, acampando — aponta Rhiannon através da janela para as dezenas de fogueiras que iluminam o campo abaixo.

— Deve ser legal ter uma folga — comenta Nadine, mas essa fala não vem carregada do tom superior que eu costumo ouvir, só da mesma exaustão que todos nós sentimos. — Os escribas voltam para casa no verão. Os médicos podem passar fins de semana naqueles retiros de saúde corporal e mental, e a infantaria até pode ficar praticando montar e desmontar acampamentos na neve no inverno, mas pelo menos eles passam esses meses perto de uma fogueira.

— Todo mundo vai poder ir pra casa uma hora — diz Imogen.

— Depois da graduação — responde Rhiannon. — E pelo quê? Uns pares de dias?

Chegamos a uma encruzilhada, de onde podemos seguir para o túnel na direção dos Arquivos ou subir para a fortaleza do instituto militar.

— Não temos como voltar atrás depois deste ponto — aviso ao grupo, erguendo o olhar para a escada em espiral cujos degraus eu já conheço de cor, de tantas vezes que já subi.

— Vai que vai! — ordena Quinn, e todos nós damos um pulo de quase um metro no ar.

— Shiu! — sibila Imogen. — Alguns de nós podem ser pegos, sabe?

— Pois é. Foi mal — estremece Quinn.

— Lembrem-se do plano — eu sussurro. — Ninguém pode desviar dele. *Ninguém.*

Todos assentem, e começamos a subida silenciosa pelas escadarias escuras, e então seguimos pelas sombras enquanto cruzamos o pátio de pedra de Basgiath.

— *Seria ótimo ter Xaden por perto.*

— *Você está indo bem* — Andarna me encoraja em um tom alegre. Juro, nada pode incomodá-la. É a criança mais destemida que já conheci, e olha que cresci com Mira.

— São seis lances de escada — sussurro quando chegamos na escadaria seguinte.

Então, continuamos a subida o mais rápido que conseguimos sem fazer barulho nenhum. A ansiedade aumenta, e meus poderes parecem responder a isso, a relíquia nas costas esquentando até começar a queimar de forma desconfortável. Está fazendo isso bastante ultimamente, ardendo sob a pele, um lembrete de que fazer magias menores não vai ser o suficiente para escoar todo o poder se eu não manifestar um sinete em breve.

Por fim, chegamos no topo dos degraus, e Liam se inclina só o bastante para ver o que sempre me pareceu o maior corredor do mundo.

— Luzes mágicas nas arandelas — sussurra ele. — E você estava certa. — Ele volta para a segurança da escadaria. — Só tem um guarda na porta.

— Tem luz saindo por baixo da porta? — pergunto baixinho. Meu coração parece que bate alto o bastante para o instituto inteiro ouvir, até mesmo os cadetes da infantaria que dormem centenas de metros abaixo de nós.

— Não. — Ele se vira para Quinn. — O guarda tem mais ou menos um metro e oitenta de altura, mas parece bem atlético. A outra escada é pelo corredor à esquerda, o que significa que você vai precisar chamar a atenção dele e depois sair correndo.

Quinn assente.

— Sem problemas.

— Todo mundo sabe o que precisa fazer? — pergunto.

Oito cabeças assentem.

— Então vamos lá. Quinn, sua vez. Todo o resto, voltem um pouco para ele não nos encontrar se vier olhar por aqui.

Não acredito que estamos prestes a executar meu plano. Se ela nos pegar, não vai haver perdão. Não é do feitio dela.

Batemos em retirada e Quinn sobe as escadas correndo. A voz dela fica abafada pelas paredes de pedra, mas ouvimos os passos altos do guarda muito claramente enquanto ele passa correndo pelas escadas.

— Volte aqui! Você não pode entrar nesse lugar!

— Agora! — ordena Imogen.

Nós começamos a correr, deixando Rhiannon e Emery nas escadarias enquanto seguimos para o corredor. Sawyer nos leva na direção da escadaria oposta, fechando a porta e virando as dobradiças de metal com seu poder enquanto seguimos acelerando pelo corredor.

Nunca corri tão rápido assim na vida, e Nadine já está na porta, tentando desfazer sejam lá quais égides minha mãe usou para se proteger.

Liam fica no mesmo lugar onde o guarda estava minutos antes e ergue o queixo no ar, imitando a mesma postura.

— Tudo bem?

— Sim — respondo, meu peito ofegando enquanto Imogen se adianta para ajudar Nadine.

O sinete de Nadine é desfazer égides, e eu nunca achei que esse poder pudesse ser tão útil. Os cavaleiros sempre estão por aí construindo égides, mantendo os escudos erguidos ao redor de Navarre. Só que, até aí, não são muitos os cavaleiros que tentam arrombar o escritório da comandante-general.

— Eu vou ficar bem lá dentro — garanto a ele, sorrindo. — O que é engraçado, já que não achava isso da última vez que estive lá.

— Consegui! — sussurra Nadine, abrindo a porta.

— Se me ouvirem assobiar… — começa Liam, a preocupação enrugando sua testa.

— A gente sai pela janela ou algo do tipo — respondo, enquanto Ridoc e Sawyer correm para passar pela porta. — Relaxa.

Deixando Liam de guarda, eu acompanho os outros e entro no escritório da minha mãe.

— Não toque nas luzes mágicas, ou ela vai saber que estamos aqui — aviso. — Precisamos fazer as nossas próprias luzes.

Giro o pulso, virando meu poder para criar uma luz azul-clara e deixando-a pairar acima de mim. É uma das poucas coisas na qual sou boa de verdade.

— Isso é que é vida. — Ridoc se joga no sofá vermelho.

— Não temos tempo pra você ser… você mesmo — Sawyer esbraveja, dirigindo-se para a estante. — Me ajude a encontrar alguma coisa útil.

— A gente fica com a mesa. — Imogen e Nadine começam a repassar os papéis da mesa de conferência de seis lugares.

— E eu fico com a escrivaninha — murmuro, andando até aquele pedaço intimidante da mobília, rezando para não engatilhar nenhuma das proteções que ela deve ter colocado ali.

Vejo três relatórios dobrados ao meio e pego o primeiro, revelando uma adaga afiada com um cabo de metal e o que parece ser uma runa týrrica, que ela deve usar como abridor de cartas ou algo do tipo. Desdobro a carta com o máximo de cuidado.

General Sorrengail,

Os ataques nos arredores de Athebyne distanciaram demais as forças da Asa. Ter um posto além da segurança das égides vem acompanhado de riscos consideráveis, e, apesar de detestar precisar pedir por reforços, faz-se necessário. Se não reforçarmos o entreposto, talvez sejamos forçados a abandoná-lo. Estamos protegendo os cidadãos de Navarre com nossas vidas, nossos braços e nossas asas, mas não consigo sequer relatar adequadamente a gravidade da situação por aqui. Sei que recebe relatos diários dos nossos escribas, mas eu estaria sendo negligente com meus deveres como Sublíder da Asa Sul se não escrevesse pessoalmente à senhora. Estou aqui para implorar por reforços.

Atenciosamente,
Major Kallista Neema

Respiro fundo, ignorando a dor que irrompe no meu peito ao ver o tom de súplica da carta. Discutimos os ataques quase diários em Preparo de Batalha, mas nada nessa escala.

Talvez eles não queiram nos assustar.

Porém, se as coisas estão tão assustadoras assim fora do instituto, temos todo o direito de saber... provavelmente seremos chamados para atuar antes de nos formarmos. Talvez até mesmo ainda este ano.

— São todos... números — relata Imogen, repassando os papéis da mesa de conferência.

— Estamos em abril — digo, pegando a próxima carta. — Ela deve estar trabalhando no orçamento do ano que vem.

Todo mundo para e me encara, as expressões de incredulidade evidentes.

— Que foi? — Dou de ombros. — Vocês acham que a escola se administra sozinha?

— Continuem procurando — ordena Imogen.

Desdobro a carta seguinte.

General Sorrengail,

Os protestos referentes às leis de alistamento estão aumentando nas províncias de Tyrrendor. Sabendo que devido ao tamanho de Tyrrendor a província é responsável pela maioria de recrutas que irão repor nossas linhas de frente, não podemos arcar com as consequências de perder o apoio do povo mais uma vez. Talvez um investimento de gastos defensivos nos entrepostos da região não apenas incentivasse a economia da província e relembrasse aos týrricos o quanto precisamos deles na defesa de nosso reino, mas também mitigasse o descontentamento geral. Rogo que considere essa solução como uma alternativa em vez de suprimir o descontentamento com o uso da força bruta.

Atenciosamente,
Tenente-coronel Alyssa Travonte

Que porra é essa? Fecho a carta e a devolvo para a escrivaninha de mamãe, e então me viro para o mapa gigantesco pendurado na parede diretamente acima de mim.

A agitação não é nenhuma novidade em Tyrrendor, tampouco o descontentamento com os alistamentos, mas certamente não ouvimos falar de nenhuma conturbação política em Preparo de Batalha. Fora tentar diminuir os protestos, não faria nenhum sentido aumentar os gastos de defesa na região, especialmente porque tem o menor número de entrepostos lá, considerando a barreira natural providenciada pelos Penhascos de Dralor, que não podem ser escalados por grifos. Tyrrendor já deveria ser uma das províncias mais seguras do Continente. Quer dizer, tirando Aretia. Onde a capital da província deveria estar restaram apenas cinzas, e com a cidade queimada, também queimaram os mapas.

Encaro o mapa por segundos preciosos, notando os marcadores de batalhões ao longo do país. Logicamente, existem entrepostos nas nossas fronteiras mais ativas e, de acordo com o mapa, mais tropas nessas localizações.

O mapa mostra toda Navarre, Krovla ao sul, Braevick e Cygnisen ao sudeste, e até mesmo a barreira dos Ermos, as terras desertas arruinadas na ponta mais ao sul do Continente. Mostra cada um dos entrepostos e cada rota de suprimentos dentro de Navarre.

Abro um sorriso.

— Ei, Segundo Esquadrão. Sei o que precisamos roubar.

Precisamos só de minutos para pegar o mapa e cortá-lo da moldura, e depois enrolá-lo, prendendo com alças de couro que Imogen tira da sua mochila.

Liam assobia, e meu coração praticamente pula do peito.

— Merda! — Ridoc corre até a porta e a abre, e todos nos preparamos para fugir. — O que rolou?

— Ele está batendo na porta do corredor! Vai ceder a qualquer minuto. Precisamos ir *agora* — sussurra Liam, quase gritando, segurando a porta aberta enquanto corremos para o corredor. O mapa é grande demais para uma única pessoa carregar, e Sawyer e Imogen conseguem passar pela porta enquanto o guarda chuta a outra porta do outro lado do corredor.

Meu estômago parece que vai ao chão, e o pânico ameaça dispersar qualquer pensamento lógico.

— Agora a gente se fodeu — anuncia Nadine.

— O que vocês acham que estão fazendo? — grita o guarda, vindo na nossa direção.

— A gente tá morto se ele pegar o mapa. — Ridoc fica remexendo os pés, como se estivesse se preparando para uma briga.

Em qualquer outro dia, eu argumentaria que cavaleiros são os melhores lutadores (afinal, precisamos ser), mas esse guarda de Basgiath possivelmente é páreo para nós.

— Não podemos machucá-lo — protesto.

O guarda passa pela primeira escadaria e Rhiannon aparece no meio do corredor, os braços esticados.

— Funciona, funciona, funciona — cantarola Imogen.

O mapa desaparece das mãos dela e reaparece nas mãos de Rhiannon.

Eu mal tenho tempo de registrar que funcionou enquanto o guarda tropeça, mas continua correndo. Se chegar mais perto, vai ver meu rosto.

— Isso não era parte do plano. — Liam aparece ao meu lado.

— Hora de improvisar! Emery! — sibila Imogen, e o terceiranista aparece na frente da nossa turma de ladrões.

— Foi mal, cara. — Ele ergue a mão e depois empurra. Uma torrente de ar passa pelo corredor, arrancando tapeçarias das paredes e batendo no guarda, e ele voa até bater em uma parede de pedra. — Agora, corram!

Nós disparamos pelo corredor na direção do guarda inerte.

— Bota ele ali dentro — sibilo, forçando uma porta ao lado para abri-la, uma que pertence a um dos secretários da minha mãe.

Liam e Ridoc jogam o guarda lá dentro, e eu coloco os dedos no pescoço dele.

— O batimento segue firme. Só desmaiou. Abre a boca dele. — Eu pego o frasco escondido no meu uniforme, destampo e deixo o tônico fluir para dentro da boca do guarda. — Ele vai passar o resto da noite apagado.

Liam arregala os olhos.

— Você é meio bizarra.

— Muito obrigada. — Abro um sorriso e saímos de lá, correndo o mais rápido possível.

Quinze minutos depois, ofegantes, entramos na sala de Preparo de Batalha, pouco antes de o tempo se esgotar.

Somos os últimos a chegar, e a forma como a mandíbula de Dain está cerrada onde ele está sentado na fileira no topo com os outros líderes significa que vamos levar sermão por causa disso.

Afasto meu olhar dele e encontramos nossos lugares enquanto a apresentação começa por ordem de esquadrão, permitindo que tenhamos tempo o bastante para recuperar o fôlego depois de toda a correria antes de subir ao pódio.

Um esquadrão na Primeira Asa roubou o manual escrito à mão de Kaori relatando hábitos pessoais e todos os defeitos dos dragões em ativa. Impressionante.

Um esquadrão da Segunda Asa recebe um murmúrio de aceitação quando revela o uniforme de um dos professores da infantaria, completamente intacto e com algo que os cavaleiros nunca recebem – um identificador com seu nome. Isso daria a qualquer inimigo acesso a nossos entrepostos, considerando a patente do ombro.

A melhor oferta da Terceira Asa é um escriba aturdido de olhos arregalados, roubado direto da cama, e, considerando a forma como a boca dele não está se mexendo… pois é, como eu imaginava, o sinete de algum deles é emudecer as pessoas. Esse pobre coitado vai ficar traumatizado quando finalmente o deixarem ir embora.

Quando chega a nossa vez de subir ao pódio, Sawyer e Liam, os dois mais altos do nosso esquadrão, seguram os cantos mais altos do mapa para que fique visível para todo mundo quando ele é desenrolado.

Fico ao lado de Imogen, procurando nas fileiras da liderança por um par de olhos cor de ônix. *Ali está.*

Xaden está inclinado contra a parede junto dos outros dirigentes de asa, olhando para mim com um misto de curiosidade e expectativa que faz meu coração acelerar.

— A ideia foi sua — sussurra Imogen, me cutucando para me empurrar lá para a frente. — Apresente-a.

Os olhos de Markham ficam arregalados igual a um pires quando ele se força a se levantar, seguido rapidamente por Devera, cuja boca está tão aberta que a cena fica quase cômica.

Eu pigarreio e aponto para o mapa.

— Nós trouxemos a melhor arma para nossos inimigos. Um mapa atualizado de todos os entrepostos e localizações das Asas de Navarre, incluindo o número de tropas e exércitos da infantaria. — Aponto para os fortes ao longo da fronteira cygnisense. — E também as localizações de todos os conflitos dos últimos trinta dias, incluindo o de ontem à noite.

Um murmúrio irrompe pela Divisão.

— E como sabemos que esse mapa está de fato atualizado? — pergunta Kaori, segurando seu diário recuperado embaixo do braço.

Não consigo impedir o sorriso que se espalha pelo meu rosto.

— Porque nós roubamos o mapa da sala da general Sorrengail.

O caos absoluto irrompe na sala, alguns dos cavaleiros correndo até o palco enquanto os professores batalham para chegar até nós, mas eu ignoro tudo isso quando Xaden inclina um canto daquela boca linda e tira um chapéu imaginário para mim, abaixando a cabeça por um segundo antes de levantar o olhar para encontrar o meu. A satisfação preenche cada centímetro do meu ser quando sorrio para ele.

Para mim, não importa o que os líderes vão decidir no voto.

Eu já ganhei.

Não existe união maior do que aquela entre dois dragões consortes. Vai além das profundezas do amor ou da adoração humanos, funciona mais como um requisito primordial e inegável de proximidade. Um não pode sobreviver sem o outro.

— O GUIA DAS ESPÉCIES DE DRAGÕES, POR CORONEL KAORI

CAPÍTULO VINTE E SEIS

Voar por distâncias curtas é algo que consigo fazer.

Manobras de voo (os mergulhos e inclinações que são requeridos em formações de combate) me mandam voando pelos ares a não ser que Tairn me segure com os arcos de seu próprio poder.

Porém, voar durante seis horas seguidas para receber nosso prêmio, uma estadia de uma semana em um entreposto no fronte, vai acabar me matando.

— Acho que vou morrer. — Nadine se inclina, apoiando as mãos nos joelhos.

— Sei como é. — Todas as vértebras da minha coluna protestam quando eu me estico, e as mãos que estavam congelando minutos atrás começam a suar dentro das luvas de couro.

Naturalmente, Dain não é afetado em nada por isso, a postura só levemente rígida enquanto ele e a professora Devera cumprimentam um homem alto vestido de preto como todos os cavaleiros, que eu presumo ser o comandante do entreposto.

— Bem-vindos, cadetes — diz o comandante com um sorriso profissional, cruzando os braços sobre o couro leve de seu uniforme. O cabelo grisalho dificulta que saibamos sua idade exata, e ele tem as feições esqueléticas e cansadas de todos os cavaleiros que ficam tempo demais na fronteira. — Imagino que vocês todos queiram se acomodar e vestir algo mais apropriado para o clima. Depois, faremos um tour por Montserrat.

Rhiannon prende a respiração, o olhar seguindo as montanhas.

— Tá tudo bem aí? — pergunto.

Ela assente.

— Depois a gente conversa.

Esse *depois* acontece exatos doze minutos cheios de suor mais tarde, quando finalmente nos levam para os dormitórios de dois ocupantes. São preenchidos de forma esparsa, apenas com duas camas, dois guarda-roupas e uma única escrivaninha embaixo da janela.

Rhiannon fica em silêncio o caminho todo até a sala de banhos para nos limparmos da sujeira adquirida durante a viagem, e silenciosa de uma forma preocupante enquanto vestimos o uniforme de verão. Por mais que ainda seja só abril aqui em Montserrat, a sensação é a mesma de Basgiath em junho.

— Vai me contar o que aconteceu? — pergunto, guardando a mochila embaixo da cama antes de me certificar de que todas as minhas adagas estão no lugar. Os cabos ficam meio visíveis nas bainhas da coxa, mas duvido que as pessoas que ficam tão a leste em Navarre fossem reconhecer os símbolos týrricos.

As mãos de Rhiannon tremem, uma energia nervosa a tomando enquanto prende a espada às costas.

— Você sabe onde a gente está?

Mentalmente, imagino o mapa.

— A uns trezentos e vinte quilômetros da costa…

— Meu vilarejo fica a menos de uma hora a pé. — Os olhos dela encontram os meus em um pedido silencioso, tanta emoção naquelas profundezas marrom-escuras que sinto minha garganta se fechar, esganando as palavras que pronunciaria.

Seguro as mãos dela, apertando-as entre as minhas e assentindo. Sei exatamente o que ela está me pedindo, e exatamente o que vai nos custar se formos pegas.

— Não conte a ninguém — sussurro, apesar de estarmos só nós duas ali naquele quarto minúsculo. — A gente tem seis dias para bolar um plano, e vamos fazer isso.

É uma promessa, nós duas sabemos disso.

Alguém bate na porta.

— Vamos, Segundo Esquadrão!

Dain. Nove meses atrás, eu teria adorado passar esse tempo com ele. Agora, eu me vejo evitando suas expectativas constantes… Ou só o evitando, mesmo, no geral. É engraçado ver como isso mudou em tão pouco tempo.

Nós nos juntamos aos outros, e o major Quade nos leva para conhecer o entreposto. Meu estômago reclama, mas eu ignoro, admirando a energia frenética da base.

A fortaleza é composta por quatro muralhas gigantes, divididas em quartéis, diversas câmaras com torres em cada canto e uma entrada grande e arqueada que possui um portão com estacas perfurantes, pronto para ser fechado a qualquer segundo. Em um dos lados do pátio ficam um estábulo, um ferreiro e uma armaria para o batalhão de infantaria, e, do outro lado, o refeitório.

— Como podem ver — o major Quade nos informa enquanto ficamos parados no meio do pátio lamacento —, estamos prontos para um cerco. Caso um ataque aconteça, podemos alimentar e proteger a todos por um tempo adequado.

Adequado?, Ridoc gesticula com a boca ao meu lado, erguendo as sobrancelhas.

Pressiono os lábios para não rir, e Dain, ao meu lado, lança um olhar para ele que promete uma represália. Meu sorriso desaparece.

— Como um dos entrepostos a leste, temos doze cavaleiros graduados a postos aqui. Três deles estão patrulhando, três aguardando, caso se façam necessários, e os outros seis estão descansando de formas diferentes — continua Quade.

— Qual foi a desse olhar? — sussurra Dain.

— Que olhar? — pergunto, enquanto o rugido distinto de um dragão ecoa pelas paredes de pedra.

— Essa deve ser uma das nossas patrulhas retornando — diz Quade, sorrindo como se quisesse ser sincero, mas não conseguisse encontrar energia para tanto.

— Como se alguém tivesse acabado de te tirar toda a alegria do mundo — responde Dain, inclinando a cabeça de leve e mantendo a voz baixa para que só eu ouvisse.

Eu poderia mentir para ele, mas isso deixaria a nossa semitrégua ainda mais estranha.

— Eu só estava lembrando do cara com quem eu costumava subir em árvores. Só isso.

Ele reage como se eu tivesse acabado de dar um tapa nele.

— Então vamos alimentar vocês primeiro e aí podem descansar, e então vamos ver quem vai seguir quem enquanto vocês estão aqui — declara Quade.

— Vamos poder participar de algum cenário na ativa? — pergunta Heaton, praticamente vibrando de empolgação.

— De jeito nenhum! — retruca Devera.

— Se acabarem em combate, significará que eu fracassei em garantir que este seja o lugar mais seguro da fronteira para receber vocês —

responde Quade. — Mas vou te dar uns pontos pelo entusiasmo. Deixa eu adivinhar. Está no terceiro ano?

Heaton assente.

Quade se vira e sorri para três figuras indistinguíveis usando o uniforme preto enquanto cruzam o portão.

— Pronto, ali estão eles. Por que vocês três não vêm conhecer...

— Violet?

Eu me viro para o portão, e meu coração explode em uma série de batidas erráticas que me fazem segurar o peito, recebendo um choque bom. *Não pode ser.* Não pode ser. Cambaleio na direção do portão, me esquecendo da postura estoica, de que não posso demonstrar emoções, e ela começa a correr, de braços abertos, antes de colidirmos.

Ela me ergue no ar, me puxando contra o peito e apertando com força. Ela tem cheiro de terra, dragão e um pouco de sangue, mas eu não me importo. Eu a abraço de volta com a mesma força.

— Mira. — Enterro meu rosto no ombro dela, meus olhos ardendo enquanto ela descansa a mão no topo da trança que ela mesma me ensinou a fazer. É como se o peso de tudo que aconteceu nos últimos nove meses desabasse, me pegando com a força de um arpão.

O vento no Parapeito.

O olhar de Xaden quando percebeu que eu era uma Sorrengail.

O som de Jack jurando que iria me matar.

O cheiro de carne queimada naquele primeiro dia.

O olhar no rosto de Aurelie quando ela caiu da Armadilha.

Pryor e Luca e Trina e... Tynan. Oren e Amber Mavis.

Tairn e Andarna me escolhendo.

Xaden me beijando.

Nossa mãe me ignorando.

Mira me afasta só o suficiente para olhar para mim, como se procurando algum machucado.

— Você tá bem. — Ela assente, os dentes fincando-se no lábio inferior. — Tá tudo bem com você, né?

Eu assinto, mas ela começa a ficar borrada em minha visão porque eu posso até estar viva, desabrochando, mas não sou a mesma pessoa que ela deixou na base da torre, e, pelo peso dos olhos dela, sei que ela também sabe disso.

— Sim — ela sussurra, me apertando de novo. — Você tá bem, Violet. Você tá bem.

Se ela repetir isso o bastante, talvez eu consiga acreditar nela.

— E *você*? — Eu me afasto para examiná-la. Ela tem uma cicatriz nova que vai do lóbulo da orelha até a clavícula. — Deuses, Mira.

— Eu tô ótima — ela promete, abrindo um sorriso. — Olha só pra você! Você não morreu!

Uma risada irracional e alegre escapa da minha boca.

— Não morri! Você não é filha única!

Nós duas começamos a rir, e lágrimas descem pela minha bochecha.

— É todo mundo esquisito nessa família Sorrengail — ouço Imogen declarar.

— Você nem faz ideia — responde Dain, mas, quando eu me viro para olhar, os lábios dele estão curvados no primeiro sorriso genuíno que estampa o rosto dele há meses.

— Cala a boca, Aetos — grita Mira, atirando o braço por cima do meu ombro. — Você precisa me atualizar de tudo, Violet.

Podemos estar a milhares de quilômetros de Basgiath, mas eu nunca me senti mais em casa.

***

Dois dias se passaram quando, depois do jantar, Rhiannon e eu subimos por uma janela do primeiro andar e pulamos para o chão. Mira está patrulhando, e, por mais que tenha sido maravilhoso tê-la por perto, essa é nossa única chance.

— *Estamos indo.*

— *Não sejam pegas* — avisa Tairn.

— *Vou tentar.*

Rhiannon e eu nos esgueiramos pela muralha externa, virando o canto na direção do campo quando…

Eu trombo tão forte com Mira que quase caio para trás.

— Merda! — exclama Rhiannon quando me pega.

— Vocês não aprenderam a olhar os cantos? — ralha Mira, cruzando os braços e me encarando de uma forma que talvez seja meio merecida.

Tá, eu definitivamente mereço.

— Em minha defesa, não achei que você estaria aí — digo lentamente. — Porque você deveria estar patrulhando.

— Você tava superestranha no jantar. — Ela inclina a cabeça para o lado e me examina como se fôssemos crianças de novo, vendo tudo. — Então eu pedi pra trocar o turno. Quer me contar o que você está fazendo do lado de fora da muralha?

Olho para Rhiannon, e ela desvia o olhar.

— Nenhuma das duas vai falar? Sério mesmo? — Ela suspira, esfregando a ponta do nariz. — Vocês duas precisam se esgueirar de uma posição fortalecida de defesa porque…?

Ergo o olhar para Rhiannon.

— Ela vai acabar descobrindo de qualquer jeito. Ela é meio que um cão de caça com esse tipo de coisa. Confia em mim. — Sinto o estômago apertar.

Rhiannon inclina o queixo.

— Vamos voar até a casa da minha família.

Mira fica pálida.

— Vocês acham que vão fazer *o quê*?

— Vamos voar até o vilarejo dela. É tipo um voo de cinco minutos de acordo com Tairn, e… — começo a dizer.

— De jeito nenhum. — Mira sacode a cabeça. — Nem ferrando. Vocês não podem sair voando como se estivessem de férias. E se alguma coisa acontecer com vocês?

— Na casa dos pais dela? — pergunto lentamente. — Porque teria uma armadilha gigantesca planejada caso a gente por acaso decidisse aparecer por lá?

Mira estreita os olhos.

Merda. Isso não vai dar certo, e, considerando a forma como Rhiannon aperta meu braço, ela também não acredita em mim.

— É menos perigoso ir visitar os pais dela do que viver em Basgiath — eu tento argumentar.

Mira espreme os lábios.

— Justo.

— Vem com a gente — digo. — Sério. Vem com a gente, Mira. Ela só quer visitar a irmã dela.

Mira abaixa os ombros. Ela está suavizando, e eu, sem dó nem piedade, aplico o golpe final.

— Raegan estava grávida quando Rhiannon foi embora. Dá pra imaginar não ficar comigo se eu tivesse um filho? Você não faria qualquer coisa, incluindo escapar de uma posição fortalecida de defesa, se isso significasse poder segurar um sobrinho por um tempinho? — Eu franzo o nariz, preparada para a resposta dela. — Além do mais, com a heroína de Strythmore com a gente, o que poderia dar errado?

— Nem começa. — Ela olha para mim, depois para Rhiannon, e então de novo para mim antes de grunhir. — Tá *bom*, caralho. — Ela aponta o dedo para nós duas quando começamos a sorrir. — Mas, se você sequer ventilar a ideia de contar isso pra alguém, vou fazer você se arrepender pelo resto da vida.

— Ela está falando sério — sussurro.

— Eu acredito — responde Rhiannon.

— Você fica dois dias aqui e já está quebrando as regras — murmura Mira. — Vem, é mais rápido cortar caminho por aqui.

Uma hora depois, Mira e eu estamos esticadas nos bancos almofadados que ficam dos dois lados da mesa de jantar na casa de Raegan, observando enquanto Rhiannon nina o sobrinho perto da lareira, perdida na conversa que estava tendo com a irmã, enquanto os pais e o cunhado observam tudo de um sofá ali perto.

Observar essa reunião não tem preço.

— Obrigada por ajudar — digo, olhando para Mira do outro lado da mesa.

— Você teria feito isso com ou sem mim. — O sorriso dela é suave enquanto observa a família, segurando a caneca de vinho que a mãe de Rhiannon foi gentil o bastante para nos trazer mais cedo. — Achei que assim, pelo menos, eu saberia que você está segura. Que outras regras você quebrou, irmã?

Ela beberica o vinho, me encarando.

Dou um sorriso torto, erguendo um ombro.

— Talvez umas aqui e ali. Fiquei muito boa em envenenar os meus oponentes antes dos desafios.

Mira praticamente cospe o vinho, tapando a boca com a mão.

Eu dou uma risada, cruzando os tornozelos.

— Não era o que você estava esperando?

O respeito é evidente nos olhos dela.

— Eu sinceramente não sei o que eu estava esperando. Só queria muito, desesperadamente, que você ficasse viva. E aí você foi lá e não só se uniu a um dos dragões mais poderosos do mundo, mas a um Rabo-de-pena também... — Ela balança a cabeça. — Minha irmãzinha é foda.

— Não sei se a mamãe concordaria com isso. — Passo o dedo pela alça da caneca. — Ainda não consegui manifestar um sinete. Sou muito boa em aterramento, então consigo fazer um escudo muito bom, mas... — Não posso contar a ela o resto, o dom que Andarna deu para mim. Pelo menos não por enquanto. — Se eu não manifestar um sinete logo...

Nós duas sabemos o que vai acontecer.

Ela me examina daquele jeito que sempre faz, e então fala:

— Olha, é o seguinte. Se você quer que seu sinete se manifeste, então pare de bloqueá-lo pensando que isso tem a ver com a mamãe. O poder que você tem é só seu, Vi.

Eu me remexo sob o escrutínio de Mira, mudando de assunto e encarando o pescoço dela.

— Como isso aí aconteceu?

— Ataque de grifo — ela responde. — Perto do vilarejo de Cranston, há uns sete meses. O bicho veio do nada no meio de um ataque. As égides tinham sumido, e normalmente meu sinete me dá certa imunidade aos inimigos, mas não à porra do pássaro deles. Os médicos precisaram de horas pra me costurar. Mas deixou uma cicatriz bem legal. — Ela inclina o queixo, exibida.

— Cranston? — Eu repasso todas as aulas de Preparo de Batalha. — A gente não aprendeu sobre essa. Eu...

O bom senso me diz para calar a boca.

— Você o quê? — Ela toma outro gole.

— Acho que tem bem mais coisa acontecendo nas fronteiras do que contam para a gente — confesso baixinho.

Mira ergue as sobrancelhas.

— Bom, claro que tem. Você não espera que Preparo de Batalha vá repassar todas as informações confidenciais, né? Você sabe disso. E, sinceramente, considerando o número de ataques nas fronteiras, eles precisariam dedicar um dia todo de aula só para dissecar cada um deles.

— Isso faz sentido. Vocês recebem todas as informações?

— Só o necessário. Tipo, eu poderia jurar que vi uma legião de dragões na fronteira durante esse ataque. — Ela dá de ombros. — Mas não sou paga para perguntar sobre operações secretas. Pensa o seguinte: se você fosse uma médica, precisaria mesmo saber os detalhes de todos os outros pacientes que não os seus?

Balanço a cabeça.

— Não.

— Então é isso. Agora me conta, que porra que aconteceu entre você e o Dain? Já vi menos tensão em uma besta, e não tô falando do tipo bom. — Ela me lança um olhar que não abre espaço para desculpas.

— Eu precisava mudar para conseguir sobreviver. E ele não permitia isso. — Era a explicação mais simples para o que ocorrera nos últimos nove meses. — Amber, uma amiga dele, acabou morrendo por minha causa. Ela era Dirigente de Asa. E enfim, a coisa toda com Xaden só nos afastou ainda mais, e não consigo consertar nossa amizade. Pelo menos não para voltar ao que era antes.

— Todo mundo ficou sabendo da execução dessa Dirigente de Asa. Não foi culpa sua. Ela morreu porque resolveu quebrar as regras do Códex. — Mira continua a me encarar. — Verdade que foi o Riorson que te salvou naquela noite?

Eu confirmo com a cabeça.

— O Xaden é um assunto meio complicado.

Tão complicado que não consigo identificar meus próprios sentimentos. Pensar nele confunde todas as minhas emoções. Sinto atração por Xaden, mas não posso confiar nele, não da forma como eu gostaria. Por outro lado, ele é a pessoa em quem eu mais confio.

— Espero que saiba o que está fazendo. — Ela aperta ainda mais a caneca. — Porque eu me lembro de avisar você justamente pra ficar longe do filho do traidor.

Meu estômago revira ao ouvir Mira descrevendo Xaden daquela forma.

— Tairn claramente não escutou o aviso.

Ela bufa.

— Mas, sério, se Xaden não tivesse aparecido, ou se eu não estivesse dormindo com a armadura… — Eu paro, me inclinando para tocar na mão dela. — Não tem nem como começar a te dizer quantas vezes você salvou minha vida sem nem estar presente.

Mira abre um sorriso.

— Que bom que funcionou. Juro que precisei de uma temporada inteira de descamação para conseguir juntar todas as escamas.

— Você pensou em contar isso pra mamãe? Sugerir que seja feita para todos os cavaleiros?

— Contei para a minha liderança. — Ela se inclina para trás e toma outro gole. — Disseram que vão estudar a possibilidade.

Nós observamos Rhiannon beijar as bochechas redondas do sobrinho.

— Nunca vi uma família assim tão feliz — confesso. — Mesmo quando Brennan e papai estavam vivos, a gente… não era assim.

— Não mesmo. — Um sorriso triste se apodera da boca de Mira quando me encara. — Mas lembro de muitas noites que passamos enroscadas perto da lareira com o papai e aquele livro que você ama.

— Ah, sim, o livro que você me obrigou a deixar no meu antigo quarto. — Arqueio uma sobrancelha.

— O livro que eu guardei para o caso de mamãe ter uns cinco minutos e decidir que ia jogar todas as suas coisas fora enquanto você está na Divisão? — O sorriso dela fica ainda mais aberto, cheio de dentes. — Está comigo em Montserrat. Achei que você ficaria puta se se formasse e ele tivesse desaparecido. Sabe, o que você faria se acabasse se esquecendo de um detalhe minúsculo sobre como os nobres cavaleiros derrubaram um exército de wyvern e sobre como os venin sugaram toda a magia da terra?

Pisco.

— Caramba. Eu não me lembro. Mas acho que vou poder ler de novo logo! — Sinto uma felicidade imensa no peito. — Você é a melhor do mundo.

— Eu te dou quando a gente voltar para o entreposto. — Ela se inclina para trás e me avalia, pensativa. — Sei que são só umas histórias, mas nunca entendi o motivo para os vilões decidirem corromper suas almas e virar venin, e agora… — Ela franze as sobrancelhas.

— Agora você sente empatia pelos vilões? — provoco.

— Não. — Ela balança a cabeça. — Mas a gente tem o tipo de poder que outras pessoas matariam pra ter, Violet. Dragões e grifos são os guardiões desse poder, e tenho certeza de que, pra alguém que fosse invejoso e ambicioso o bastante, arriscar a alma seria um preço justo para conseguir a habilidade de possuir poderes próprios. — Ela dá de ombros. — O que me consola é que nossos dragões sabem avaliar muito bem e que nossas égides mantêm os cavaleiros de grifo longe. Quem é que sabe que tipo de pessoa aquelas criaturas peludas escolhem?

Ficamos mais uma hora, até sabermos que estaríamos nos arriscando demais se ficássemos mais um minuto ali. Mira e eu damos privacidade para Rhiannon se despedir da própria família e saímos da casa, adentrando a noite úmida. Tairn esteve estranhamente quieto durante essas últimas horas.

— Você já esteve em algum batalhão com cavaleiros que se uniram a dragões consortes? — pergunto a Mira quando a porta se fecha atrás de nós.

— Uma vez — ela responde, os olhos se estreitando para o caminho escuro da frente da casa. — Por quê?

Fiquei me perguntando quanto tempo eles conseguem ficar separados.

— Três dias é o máximo, pelo que parece — diz Xaden, saindo das sombras.

Pela bravura demonstrada para muito além do dever durante a batalha de Strythmore, onde sua coragem não apenas resultou na destruição de uma bateria atrás das linhas inimigas, mas também salvou a vida de uma companhia inteira da infantaria, recomendo que Mira Sorrengail receba uma Estrela de Navarra. Se o critério não for observado, porém, o que asseguro não ser o caso, rebaixar a honraria para uma Ordem da Garra seria uma pena, porém satisfaria o requerido.

— Recomendação para uma honraria do major Potsdam para a general Sorrengail

CAPÍTULO VINTE E SETE

— Então a gente só fica esperando alguma coisa acontecer? — pergunta Ridoc na tarde seguinte, inclinando-se na cadeira e apoiando as botas na mesa de madeira que ocupa toda a sala de instruções.

— Isso — diz Mira da cabeceira da mesa, virando o punho e fazendo Ridoc voar para trás. — E não coloque os pés na mesa.

Um dos cavaleiros de Montserrat ri, mudando os marcadores do mapa grande que cobre a única parede de pedra naquela sala curvada e com janelas. É a torre mais alta do entreposto, e oferece uma vista incomparável das Montanhas Esben ao nosso redor.

Fomos divididos em dois grupos para as atividades do dia. Rhiannon, Sawyer, Cianna, Nadine, Imogen e Heaton passaram a manhã com Devera nesta sala, estudando as batalhas já enfrentadas pelo entreposto, e agora estão patrulhando.

Dain, Ridoc, Liam, Emery, Quinn e eu passamos a manhã em um voo de duas horas sobrevoando a área ao nosso redor, com uma pessoa vindo de brinde: Xaden. Ele se tornou o pior tipo de distração desde que chegou, ontem à noite.

Dain não para de encará-lo e fazer comentários afiados.

Mira fica de olho nele o tempo todo também, mantendo um silêncio de desconfiança desde ontem à noite.

E eu? Não consigo parar de olhar para ele. Existe uma energia palpável em cada sala em que ele entra, que parece acariciar minha pele todas as vezes que nossos olhos se encontram. Mesmo agora, estou ciente de cada respiração dele enquanto está sentado ao meu lado no meio da mesa.

— Considerem que isso aqui é o Preparo de Batalha de vocês — continua Mira, olhando para Ridoc de soslaio enquanto ele se apressa para se sentar na cadeira. — Hoje de manhã a gente percorreu mais ou menos um quarto da patrulha que fazemos regularmente, então normalmente estaríamos voltando agora e relatando o que encontramos ao comandante. Porém, para matar um tempo, já que a gente está aqui enquanto os outros voam durante a tarde, vamos fingir que acabamos de encontrar um posto inimigo fortificado atravessando nossa fronteira... — Ela se vira para o mapa e enfia um alfinete com uma bandeira vermelha pequena em um dos picos a cerca de três quilômetros da fronteira de Cygnisen — por aqui.

— A gente precisa fingir que apareceu assim no meio da noite? — pergunta Emery, com ceticismo evidente.

— É só uma simulação, terceiranista. — Mira estreita os olhos para ele, e ele se endireita na cadeira.

— Eu gosto desse jogo — um dos outros cavaleiros de Montserrat diz da cabeceira da mesa, entrelaçando os dedos atrás do pescoço.

— Qual seria nosso objetivo? — Mira olha para o resto da mesa, notavelmente pulando Xaden. Ontem à noite, ela olhou uma única vez para a relíquia da rebelião no pescoço dele e foi embora sem dizer uma palavra. — Aetos?

Dain se atrapalha do outro lado da mesa, de onde estava carrancudo e encarando Xaden, e se vira para o mapa.

— Que tipo de fortificação? Estamos falando de uma estrutura de madeira frágil? Ou algo mais substancial?

— Pra eles terem tido tempo de construir uma fortaleza durante a noite — murmura Ridoc. — Certamente seria de madeira, né?

— Vocês estão sendo literais demais, caralho. — Mira suspira e esfrega o dedão na testa. — Tá, vamos dizer que eles invadiram um lugar previamente fortificado. De pedra.

— Mas os civis não chamaram por ajuda? — pergunta Quinn, esfregando o queixo pontudo. — O protocolo pede um sinal de perigo nessa área montanhosa. Deveriam ter acendido os faróis de socorro, alertando cavaleiros em patrulha, e então os dragões da patrulha teriam comunicado isso aos outros dragões disponíveis na área. Os cavaleiros desta sala teriam montado primeiro como força reativa, e os outros teriam sido acordados do descanso, permitindo que os cavaleiros impedissem a perda da fortaleza pra começo de conversa.

Mira bufa e apoia as mãos na mesa, encarando cada um de nós.

— Tudo que vocês aprenderam em Basgiath até agora é pura teoria. Vocês analisam ataques passados e aprendem essas... manobras de combate extremamente teóricas. Só que as coisas por aqui nem sempre acontecem dessa forma certinha. Então, por que a gente não conversa sobre como as coisas podem dar errado, pra vocês saberem o que precisam fazer quando isso acontecer, em vez de ficarmos discutindo se essa fortaleza não deveria ter caído em mãos inimigas?

Quinn se revira no assento, desconfortável.

— Quantos de vocês foram chamados no terceiro ano? — Mira se endireita, cruzando os braços acima do uniforme preto e da alça que prende sua espada às costas.

Emery e Xaden erguem as mãos, apesar que a de Xaden mal se mexe.

Dain parece que está prestes a explodir.

— Isso não é o correto. Não deveríamos ser chamados para servir até a graduação.

Xaden pressiona os lábios em uma linha firme e assente, fazendo um sinal de joinha sarcástico.

— Ah, tá. — Emery ri. — Espera só até o ano que vem. Já perdi as contas das vezes que a gente ficou sentado em uma dessas salas nos fortes do interior só porque os cavaleiros foram chamados para o fronte em uma emergência.

O rosto de Dain empalidece.

— Agora que já resolvemos isso... — Mira pega uma coisa embaixo da mesa, tirando de lá um conjunto de modelos, montando um forte de pedra de quinze centímetros no meio da mesa. — Peguem isto.

Um por um, ela joga bonequinhos de madeira de dragões para nós e guarda um para si.

— Finjam que Messina e Exal não existem, e nós somos o único esquadrão disponível para recuperar essa fortaleza. Pensem em todo o poder que temos nesta sala. Pensem no que cada cavaleiro traz consigo individualmente para a situação e em como usariam esses poderes em concordância para conseguirem cumprir o objetivo.

— Mas eles não ensinam ninguém a fazer isso no primeiro ano — diz Liam lentamente do meu outro lado.

Mira olha para os redemoinhos de mágica no pulso dele, mas Liam nem sequer tenta abaixar a manga para esconder. Às vezes é difícil lembrar que esses terceiranistas são os primeiros cavaleiros a servir no exército junto dos filhos dos líderes da rebelião Týrrica, uma rebelião que poderia ter deixado nossa fronteira indefesa e em que pessoas inocentes de Navarre poderiam ter morrido por causa da guerra. Todo mundo nesta sala já se acostumou com Liam, Imogen… até mesmo com Xaden. Aqueles que estão em serviço ativo, entretanto, nunca voaram com alguém que foi marcado por uma relíquia da rebelião.

Os cavaleiros týrricos que permaneceram leais a Navarre durante a rebelião foram promovidos, e não punidos, e os cavaleiros que se voltaram contra o rei e o país foram mortos ou executados. E, assim como meu luto pela perda de Brennan foi direcionado contra Xaden aquele dia no Parapeito, muitos outros cavaleiros direcionaram a própria raiva erroneamente contra os cavaleiros marcados.

Pigarreio.

Mira encontra meu olhar, e ergo uma sobrancelha, um aviso claro.

Não mexe com os meus amigos.

Ela arregala os olhos de leve e depois volta sua atenção para Liam.

— Talvez eles não ensinem esse tipo de estratégia de batalha no primeiro ano porque vocês estão todos ocupados demais tentando ficar em cima dos dragões de vocês. Já tiveram um gostinho de estratégia durante a Batalha de Esquadrões, e estamos quase em maio, o que significa que os Jogos de Guerra devem começar logo, né?

— Daqui a duas semanas — responde Dain.

— Então acertamos bem o momento. Nem todo mundo vai sobreviver aos jogos se não estiver preparado. — Ela sustenta meu olhar por um instante. — Pensar desse jeito vai dar uma vantagem para o esquadrão e a Asa de vocês, já que eu garanto que seu Dirigente de Asa já está avaliando cada cavaleiro pelas habilidades que vocês possuem.

Xaden revira a estatueta de dragão nos dedos, mas não responde. Ele não falou nem uma palavra para Mira desde que chegou.

— Então vamos nessa. — Mira dá um passo para trás. — Quem está no comando? — Ela olha para Quinn. — E vamos fingir que eu não sou três anos mais velha do que o cavaleiro com a patente mais alta de vocês.

— Então eu fico no comando. — Dain se endireita, erguendo o queixo.

— Nosso *Dirigente de Asa* está presente — argumenta Liam, apontando para Xaden. — Eu diria que ele deve ficar no comando.

— Podemos fingir que não estou aqui, pelo bem do exercício. — Xaden deixa o dragão na mesa e se inclina para trás na cadeira, colocando um braço nas costas da minha. Esse movimento faz Dain cerrar os dentes. — Vamos deixar Aetos na posição que ele tanto quer.

— Não seja babaca — sussurro.

— *Você nem me viu começar a ser babaca.*

Viro a cabeça tão rápido que fico tonta, e abro a boca enquanto encaro o rosto de Xaden. Era a voz dele… na *minha cabeça*, porra.

Ele se vira, os pontos dourados dos olhos dele dançando na luz, e juro que consigo ouvir a risada dele na minha cabeça, apesar de seus lábios permanecerem fechados, inclinados naquele sorriso torto que me faz ficar com o coração acelerado.

— *Você está me encarando. Vai ficar esquisito daqui a trinta segundos se não parar.*

— Como? — eu sibilo.

— *Da mesma forma que você fala com Sgaeyl. Estamos todos gloriosa e irritantemente conectados. Essa é só uma das vantagens. Apesar de eu começar a achar que deveria ter tentado isso antes. A sua expressão está impagável.*

Ele dá uma piscadela e se volta para a mesa.

Ele. Deu. Uma. *Piscadela.* Cacete. E aquilo era um sorriso?

— Você. É. O. Dirigente. De. Asa. — Cada palavra que Dain fala sai por entre os dentes cerrados.

— Nem era para eu estar aqui. — Xaden dá de ombros. — Mas, se você quer se sentir melhor, nos Jogos de Guerra vocês, vão receber ordens do Líder de Setor, Garrick Tavis, que ele vai receber de mim. Vão fazer as manobras como um esquadrão pelo bem da Asa. Só finja que sou um membro do seu esquadrão e use isso da forma como preferir, Aetos. — Xaden cruza os braços apertados na frente do peito.

Olho para Mira, que observa aquela cena de sobrancelhas levantadas.

— O que está fazendo aqui, aliás? — desafia Dain. — Sem ofensas, *senhor*, mas não estávamos esperando uma liderança assim tão avançada nessa viagem.

— Você sabe muito bem que Sgaeyl e Tairn são consortes.

— Três dias? — dispara Dain, inclinando-se. — Você não conseguiu aguentar três dias?

— Isso não tem nada a ver com ele — interrompo, depositando a estatueta do meu dragão na mesa com mais força do que o necessário. — Foi uma decisão de Tairn e Sgaeyl.

— *Você nunca chegou a considerar que talvez o motivo seja que eu não consigo ficar longe de você?*

Dobro o braço direito e dou uma cotovelada no bíceps de Xaden. Ele não está falando sério. Não quando ainda continua determinado a achar que me beijar foi um erro. E, se for verdade… não quero nem pensar nisso.

— *Olha, você não vai conseguir manter essa nossa comunicação secreta se continuar assim tão… violenta.* — Ele mal reprime um sorriso, obviamente adorando ter a última palavra.

Preciso descobrir como ele está fazendo isso para poder discutir com ele mentalmente.

— É claro que você vai defender ele. — Dain lança um olhar magoado para mim. — Apesar de que não faço ideia de como você foi capaz de esquecer que esse cara queria te matar seis meses atrás.

Eu pisco, aturdida.

— Não acredito que você falou isso.

— Muito profissional da sua parte, Aetos. — Xaden coça a relíquia no pescoço, ainda que eu tenha certeza de que não coça nada e seja só provocação. — É bom você mostrar essas qualidades de liderança e como tirar vantagem delas.

Um dos cavaleiros na outra ponta dá um assobio.

— Querem só tirar o pau pra fora logo de uma vez e já ver qual é o maior, pra decidir quem ganha essa disputinha? Vai ser mais rápido.

Liam esconde uma risada, mas os ombros dele tremem de leve.

— Já chega! — Mira bate as mãos na mesa.

— Ah, qual é, Sorrengail — reclama o cavaleiro com um sorriso largo.

Tanto Mira quanto eu olhamos para ele.

— Er, eu estou falando com a Sorrengail mais velha. Esse é o nosso maior entretenimento em meses.

Balanço a cabeça e olho ao redor, observando cada um na mesa.

— Mira tem a habilidade de estender um escudo se as égides forem derrubadas, então a primeira coisa que eu faria é mandá-la examinar a área com Teine. Precisamos saber se estamos lidando com a infantaria ou com cavaleiros de grifo.

— Muito bem. — Mira deixa o seu dragão perto do castelo. — Vamos presumir que são grifos.

— Agora quer fazer o favor de fazer seu trabalho? — pergunto para Dain, abrindo um sorriso fofo. — Sei lá como você foi se esquecer de que você é Líder de Esquadrão.

Ele aperta a mão no próprio dragão, tirando os olhos dos meus.

— Quinn, você consegue fazer uma projeção astral nas costas do seu dragão?

— Sim — ela responde.

— Então eu faria você se projetar dentro da fortaleza e verificar quais são as fraquezas deles — ordena Dain. — E aí voltaria com o relatório. Faríamos o mesmo com Liam. Usaríamos a visão longínqua dele para tentar localizar os cavaleiros de grifo e outras armadilhas.

— Boa. As fraquezas são o portão de madeira — diz Mira, enquanto Quinn e Liam posicionam seus dragões — e os cidadãos navarrianos que foram capturados nas masmorras.

— Então não dá pra explodir tudo — comenta Ridoc.

— Você manipula ar, certo? — pergunta Dain para Emery. — Então consegue moldar as chamas dos dragões, conduzi-las pelas partes ocupadas da fortaleza sem matar os civis.

— Sim — responde Emery. — Mas eu precisaria estar na fortaleza.

— Então é só ir até lá — fala Mira, dando de ombros.

Emery arregala os olhos.

— Você quer que eu largue meu dragão e vá a pé?

— Pra que vocês acham que serve todo esse treinamento de combate corpo a corpo que vocês fazem? Ou preferem deixar um bando de pessoas inocentes morrerem? — Mira dá um peteleco e o dragão de Emery voa da mão dele para a dela. Ela o posiciona no centro da fortaleza. — A pergunta aqui é: como a gente faz você chegar até lá sem morrer? — Ela olha em volta. — Já que imagino que os outros vão estar ocupados lutando contra os grifos que vão começar a batalha assim que o circo pegar fogo.

— Qual seu sinete, Aetos? — pergunta Quinn.

— É confidencial — responde Dain, olhando pela mesa e passando por Xaden, e então olhando de novo. Por fim, suspira. — Alguma ideia?

Será que o esquadrão está realmente forçando Dain a manter sua leitura de memórias em segredo? Ele querer ver a memória na minha cabeça no dia que Amber foi queimada foi um lapso em seu autocontrole? Como chegou assim tão longe sem contar a *ninguém* qual era o seu sinete? Balanço a cabeça.

— Eu tenho uma. — Pego o dragão de Xaden e o empurro na direção do castelo, plantando um pé mentalmente nos Arquivos onde guardo meu poder, usando-o para erguer a estatueta do dragão e fazê-la pairar acima da estrutura. — Você pode parar de ignorar o fato de que tem um dominador das sombras incrivelmente poderoso a seu dispor e pedir a ele que escureça a área para que ninguém veja você pousar.

— Ela não está errada — concorda Mira, as palavras tensas.

— Você consegue fazer isso? — Relutante, Dain se volta para Xaden.

— Está perguntando isso a sério? — retruca Xaden.

— Eu só não sabia que você conseguia cobrir uma área que…

Xaden ergue uma mão alguns centímetros acima da mesa e as sombras saem de debaixo dos nossos assentos, preenchendo a sala e deixando tudo escuro como uma noite sem luar em um piscar de olhos. Meu coração acelera quando minha visão fica completamente escura.

— *Relaxa. Sou só eu.* — Um toque leve passa pela minha bochecha.

Só ele é levemente... assustador. Empurro esse pensamento na direção dele. Talvez essa comunicação funcione de um lado só por aqui, porque eu não acho que consiga falar com ele da mesma forma que ele fala comigo.

O que foi que Sgaeyl disse sobre sinetes mesmo? *Refletem quem você é no seu âmago.* Isso faz sentido. Mira é superprotetora. Dain precisa saber de tudo. E Xaden... tem seus segredos.

— Puta que pariu — alguém diz.

— Consigo cercar o entreposto inteiro, mas acho que isso perturbaria algumas pessoas — declara Xaden, e as sombras desaparecem, voltando a se esconder debaixo da mesa.

Eu respiro fundo, notando que todo mundo na mesa além de Emery (que sem dúvida já viu Xaden fazer isso antes) parece levemente nauseado.

Até mesmo Mira, que encara Xaden como se ele fosse uma ameaça a ser neutralizada.

Meu estômago revira.

— *Espero que não tenha tido nenhuma ideia enquanto estávamos no escuro* — provoca Xaden, e, em um instante, a empatia que eu tinha por esse otário desaparece. Não me dou nem ao trabalho de me virar para ele, só ergo o dedo do meio.

Ele dá uma risada, e eu cerro os dentes.

— *Tira ele da minha cabeça* — digo para Tairn.

— *Você vai se acostumar* — responde Tairn.

— *Isso é normal com todos os pares consortes e seus cavaleiros?*

— *Para alguns. É uma grande vantagem em batalhas.*

— *Bom, agora está me incomodando pra porra.* — Estou com saudades de Andarna. Estamos tão longe que mal consigo senti-la.

— *Então faça um escudo e se proteja dele da mesma forma que faz comigo. Ou comece a responder* — resmunga Tairn. — *Você também tem o potencial de ser um incômodo. Acredite em mim.*

— *E como é que eu faço para responder?* — Olho Xaden de soslaio, mas ele está concentrado na batalha contínua que estamos travando contra uma fortaleza imaginária.

— *Descubra qual caminho da sua mente leva até a dele.*

Ah, caramba. Que moleza. Vai ser muito fácil.

Encerramos a operação hipotética, todos usando seus poderes da melhor forma... exceto por mim. Porém, quando é hora de lidar com os grifos no ar, Tairn dá de mil a zero em qualquer outro dragão na sala.

— Bom trabalho — diz Mira, encarando seu relógio de bolso. — Aetos, Riorson e Sorrengail, quero dar uma palavrinha com vocês três no corredor. O resto está dispensado.

Não é como se tivéssemos outra opção, então seguimos Mira pela escadaria em espiral.

Ela fecha a porta atrás de nós e dispara uma linha de energia azul que cobre toda a entrada.

— Escudo de som — diz Dain com um sorriso. — Legal.

— Cala essa boca. — Mira se vira no degrau mais alto, erguendo um dedo contra Dain. — Não sei que merda tá entalada no seu cu, Dain Aetos, mas você se esqueceu de que é Líder de Esquadrão? Que tem uma chance bem real de se tornar um Dirigente de Asa no ano que vem?

Ah, merda, ela está puta mesmo, e eu não quero fazer parte disso. Recuo mais um passo, mas Xaden está atrás de mim nas escadas, então não tenho como fugir.

— Mira… — começa Dain.

— Tenente Sorrengail — rebate Mira. — Você tá acabando com as próprias chances, Dain. Sei o quanto quer esse trabalho no ano que vem. — Ela aponta para Xaden. — Não esquece que a gente cresceu colado um no outro. E você tá *ferrando* tudo, e por quê? Tá com raiva por Violet ter se unido ao consorte da dragão dele?

Sinto as bochechas ruborizarem. Ela nunca foi muito de medir palavras, mas… caramba.

— Ele é a pior coisa do mundo para ela! — retruca Dain.

— Ah, não sou eu que vou discordar disso. — Ela chega bem perto dele. — Mas ninguém pode fazer nada sobre as escolhas dos dragões. Eles não estão nem aí para as opiniões de meros humanos, né? Mas seja lá o que estiver acontecendo entre vocês dois… — o dedo dela alterna entre mim e Dain — está destruindo o esquadrão de vocês. Se eu consigo enxergar isso por ter passado só quatro dias com vocês, então todo mundo consegue enxergar também. E, se eu soubesse que você ia ser um escroto com zero flexibilidade pras coisas que ela não consegue controlar, nunca teria dito pra ela ir te encontrar depois de atravessar o Parapeito. — Ela olha para mim, depois para ele. — Vocês dois são melhores amigos desde que tinham cinco anos. Resolvam suas merdas. Se virem.

Dain fica tão tenso que parece que vai se quebrar em dois, mas olha para mim e assente.

Faço o mesmo.

— Ótimo, agora pode voltar lá pra dentro. — Ela gesticula para a porta com a cabeça e Dain vai embora, passando pelo escudo. —

E você… — Ela desce dois degraus e encara Xaden. — É isso que ela pode esperar ano que vem?

— Aetos sendo um cuzão? — pergunta Xaden, deixando as mãos soltas do lado do corpo. — Provavelmente.

Mira estreita os olhos.

— Dragões consortes tipicamente se unem a cavaleiros do mesmo ano por um motivo. Você não pode esperar que a sua Asa ou os instrutores dela deixem vocês dois voarem para onde bem entenderem a cada três dias.

— A escolha não foi minha. — Ele dá de ombros.

— O que é que a gente pode fazer? Dizer aos enormes dragões que cospem fogo como vamos lidar com isso? — pergunto para a minha irmã.

— Isso! — Ela exclama, virando-se na minha direção. — Porque não dá pra viver desse jeito, Violet. Você vai acabar perdendo um treinamento necessário porque ele é o mais poderoso entre vocês dois agora. Só que, se você não se concentrar no seu treinamento, então as coisas vão ser sempre assim. Você nunca vai se tornar quem Tairn pode fazer você se tornar. É isso que você quer, Riorson?

— Mira — sussurro, balançando a cabeça. — Você está errada sobre ele.

— Me escuta. — Ela agarra meus ombros. — Pode ser até que ele domine as sombras, Violet, mas se deixar ele fazer o que quer, é você que vai se tornar uma sombra para ele.

— Isso não vai acontecer — eu prometo.

— Vai sim, se ele puder escolher. — Ela me encara. — Matar não é o único jeito de destruir alguém. Impedir que esse alguém alcance seu potencial pleno me parece uma ótima forma de conseguir a vingança que ele jurou contra a nossa mãe. Pensa bem. Você conhece mesmo ele? De verdade?

Prendo a respiração. Confio em Xaden. Ao menos acho que confio. Mas Mira está certa; existe uma infinidade de formas de destruir a vida de alguém sem precisar matar a pessoa.

— Foi o que pensei. — A expressão no olhar dela é pior que raiva. É uma expressão de pena. — Você sabe ao menos por que ele odeia tanto nossa mãe? Por que as crianças como ele são levadas ao parap…

— Eu estou bem aqui — interrompe Xaden, subindo um degrau para ficar do meu lado. — Caso não tenha notado.

— É meio difícil não notar — ela retruca.

— Você não entendeu o que eu quis dizer. — Ele abaixa a voz. — Eu. Estou. Bem. Aqui. Tairn não arrastou ela de volta para Basgiath. Não rompeu os escudos dela e jorrou emoções pra cima da mente dela. Não exigiu voar pela porra do reino até aqui. Sua irmã ainda está bem aqui. Fui eu que deixei o *meu* posto, a *minha* posição e o *meu* Subdirigente tomando conta da *minha* Asa. Ela não está perdendo *porra nenhuma*.

— E ano que vem? Quando você for um tenente novinho? Que *porra* ela vai perder, neste caso? — pergunta Mira.

— A gente vai dar um jeito. — Eu estico a mão para pegar a dela e a aperto. — Mira, ele gastou todo o tempo livre que tinha para me treinar para os desafios ou me levar para voar torcendo para eu finalmente conseguir me manter sentada sem Tairn me segurar no assento. Ele...

Ela estremece.

— Você não consegue ficar sentada?

— Não. — É pouco mais de um sussurro, e sinto a vergonha queimar minha pele.

— Como assim, *não*? — Ela fica boquiaberta.

— Porque eu não sou você! — berro.

Ela se retrai como se eu tivesse lhe dado um tapa, nossas mãos se separando.

— Mas você... você parece tão mais forte agora.

— Minhas articulações e músculos estão mais fortes porque Imogen me faz levantar um monte horrível de peso, mas isso não... conserta quem eu sou.

Mira empalidece.

— Não, eu não estava querendo dizer isso, Vi. Você não precisa de conserto. Eu só não sabia que você não conseguia ficar sentada. Por que não me contou?

— Porque não dá pra você fazer nada sobre isso. — Forço um sorriso. — *Ninguém* pode fazer nada sobre o fato de que eu nasci desse jeito aqui.

Um silêncio longo e desconfortável se acomoda entre nós. Por mais que sejamos próximas, ainda tem muita coisa que evitamos compartilhar.

— Ela está melhorando — oferece Xaden, a voz calma e controlada. — As primeiras semanas foram... desastrosas.

— Ei, ele me pegou antes de eu bater no chão — argumento.

— Por pouco — resmunga Xaden, antes de se virar para Mira. — Você não precisa confiar em mim...

— Que bom, porque não confio — responde ela. — Todo esse poder nas mãos de alguém com o seu histórico já é ruim, mas saber que os dragões de vocês estão tão entrelaçados que você não consegue passar mais de três dias longe de Violet é inaceitável de todas as formas que eu consigo...

De repente, ela fica imóvel, os olhos desfocados.

— *Uma revoada de grifos está a caminho daqui!* — grita Tairn.

— Porra! As égides foram derrubadas — murmura Mira, aparentemente recebendo o mesmo aviso de Teine. Ela segura meu ombro e me puxa para um abraço. — Você precisa ir embora.

— A gente pode ajudar! — argumento, mas ela me segura com tanta força que não consigo me mexer.

— Não pode. E, se Tairn está usando o poder dele pra te manter sentada, então também está se diminuindo. Precisa ir embora daqui *agora*. Sai daqui. Se você me ama, Violet, vai embora pra eu não precisar me preocupar com você. — Ela me solta, olhando para Xaden enquanto nosso esquadrão sai da porta acima, marchando enquanto descem as escadas. — Tira ela daqui.

— Vamos embora! — grita Dain. — Agora!

— Mesmo se não confiar em mim, sou a melhor arma que você tem — rosna Xaden para Mira.

— Se o que você está dizendo for verdade, então você é a melhor arma que *ela* tem. A outra metade do esquadrão vai chegar daqui a pouco, e Teine acha que temos vinte minutos antes de os grifos chegarem. — Mira encontra meus olhos. — Precisa ficar a salvo, Violet. Eu te amo. Não morra. Vou odiar ser filha única.

Dessa vez, ela não diz isso com um sorriso convencido, como no dia do Alistamento em Basgiath.

Xaden me puxa para o lado dele enquanto Mira corre escada acima na direção do telhado.

Não acredito que isso está acontecendo. De jeito nenhum eu vou conseguir fugir para me manter segura e deixar minha irmã aqui, sem ter uma forma de saber se ela vai ficar viva ou se vai morrer. Isso é o tipo de coisa da qual nunca ouvimos falar em Preparo de Batalha.

Nem fodendo. Cada célula do meu corpo se rebela.

— Não! — eu me debato, mas não adianta. Ele é forte demais. — Mira! E se você se machucar? A velocidade de Tairn pode salvar você. Deixa a gente ficar, pelo menos.

Ela olha por cima do ombro no batente da porta, mas vejo sua expressão severa.

— Quer que eu confie em você, Riorson? Tira ela daqui já, porra, e arranja um jeito de ela ficar sentada naquele dragão. Nós dois sabemos que ela vai morrer se não conseguir fazer isso.

— Mira! — eu grito, arranhando os braços de Xaden, mas ele já me carrega escada abaixo com uma mão na minha cintura, como se eu pesasse menos que a espada que ele leva nas costas. — Eu te amo! — berro na direção da torre, mas não há como saber se ela me ouviu.

— Posso confiar que você vai pegar sua mochila? — pergunta Xaden enquanto marcha pelos corredores. — Ou vou precisar carregar você daqui sem tudo que você trouxe?

— Eu posso pegar. — Eu o empurro, e ele me solta.

Só preciso de alguns minutos para pegar a minha mochila e a de Rhiannon, já que deixamos tudo intacto, até mesmo enfiando os casacos lá dentro. Então, volto para o corredor onde Xaden me espera, a mochila pendurada nos ombros. Parece consideravelmente menor do que a mochila que ele usou para vir até aqui, e não quero pensar no que ele deixou para trás para conseguir me forçar a ir embora mais rápido.

Eu não me dou ao trabalho de olhar para ele, marchando na direção da porta, mas ele agarra meu cotovelo e me faz virar.

— Nem pensar. É perigoso demais sair das muralhas da fortaleza. Vamos subir. — Ele passa um braço pela minha cintura e praticamente me arrasta para a torre mais próxima. — Suba.

— Que merda! — grito para ele, sem me importar que todos os membros do meu esquadrão estejam ouvindo enquanto subimos a mesma torre. — Tairn pode ajudá-los!

— Sua irmã está certa. Você precisa ir embora, então nós vamos. Agora *suba*, cacete.

— Dain — tento argumentar, percebendo que ele está logo na nossa frente.

Ele se vira e pega a mochila de Rhiannon, jogando em cima do próprio ombro.

— Pela primeira vez, Riorson e eu concordamos em alguma coisa. Não é só você que precisamos tirar daqui. Pense nos outros alunos do primeiro ano. — O pedido nos olhos dele me faz ficar calada. — Quer sentenciar todo um esquadrão *sem treinamento* à morte? Porque eu consigo sobreviver. Cianna, Emery e Heaton também conseguem. E sabemos que esse filho da puta do Riorson também consegue. Mas e Rhiannon? Ridoc? Sawyer? Quer que a morte deles seja culpa sua? — ele pergunta, as palavras entrecortadas enquanto subimos na direção da porta aberta.

Essa fuga não é só por minha causa.

Chegamos ao telhado enquanto Emery monta no seu dragão, que está precariamente empoleirado na parede da fortaleza, menor que a da Divisão.

Deuses, eu nunca vou conseguir montar em Tairn desse ângulo.

— Ridoc e Quinn já estão voando — Liam nos informa enquanto Emery chega aos céus, onde Cath e Deigh estão pairando, as asas golpeando o ar.

— Você é o próximo! — grita Xaden para Liam, e Dain assente.

Deigh esmaga a alvenaria com a força de seu pouso, e Liam corre pela passarela estreita na direção do Rabo-de-adaga-vermelho.

— Você agora, Aetos — ordena Xaden.

— Vi... — começa Dain.

— Isso foi uma ordem. — Não tem como argumentar contra esse tom, e todos sabemos disso, especialmente quando Cath substitui Deigh na parede. — Eu levo ela. Vai.

— Vai — eu peço.

Nunca me perdoaria se alguma coisa acontecesse com Dain por minha causa. Ele pode até ter sido um babaca nesses últimos meses, mas isso não apaga todos os anos em que ele foi meu melhor amigo.

Dain parece que quer ficar e lutar, mas por fim assente, virando-se na direção de Xaden.

— Vou confiar em você para tirar ela daqui.

— Tem muita confiança rolando hoje — retruca Xaden. — Agora suba no seu dragão para eu poder levá-la até o dela.

Dain me lança um olhar longo e intenso, e então se vira e corre, subindo pela perna de Cath de uma forma tão parecida com a Armadilha que fico perdida em memórias.

— *Onde você está?* — pergunto a Tairn, vendo o céu vazio lá em cima.

— *Quase chegando. Eu estava fazendo o que podia ser feito.*

— Eu não vou conseguir — digo para Xaden, me virando para encará-lo. — Os outros já foram. Pode debitar esse favor do que você me deve, eu não ligo. A gente pode ficar. Não posso simplesmente deixá-la aqui. Isso é errado, e é algo que ela nunca faria comigo. Preciso ficar por ela. Só... preciso.

Existe tanta compaixão e compreensão naqueles olhos que, quando ele solta minha cintura, penso que talvez ele me deixe ficar. Então, ele leva as mãos até minha bochecha, deslizando-as para minha nuca, e cola a boca na minha.

O beijo é inconsequente e arrebatador, e eu me entrego totalmente, sabendo que pode ser o último. A língua dele explora minha boca com tamanha urgência que eu pago na mesma moeda, virando o rosto para chegar mais fundo.

Deuses, não é só tão bom quanto eu estava fantasiando que seria, quando me lembro daquela noite. É ainda melhor. Ele foi cuidadoso comigo quando estávamos encostados naquela parede, mas não existe nenhuma hesitação na forma como ele reivindica minha boca, nenhuma cautela naquele ímpeto que cresce no meu estômago. Ele só interrompe o beijo quando nós dois estamos sem fôlego, e então descansa a testa contra a minha.

— Vá embora por *mim*, Violet.

— *Estou quase chegando* — avisa Tairn.

Xaden estava enrolando para dar tempo para que Tairn e Sgaeyl chegassem. Meu coração endurece como uma pedra, e fico imóvel.

— Eu vou te odiar por isso.

— Eu sei. — Ele assente, um vislumbre de puro arrependimento aparecendo no rosto dele enquanto se afasta. — Vou sobreviver a isso. — Ele tira as mãos do meu rosto e me pega nos braços, me erguendo no ar. — Braços para cima. Segura firme.

— Vai. Se. Foder.

A forma enorme de Tairn aparece atrás dele, e Xaden se abaixa no chão de pedra enquanto Tairn voa diretamente em cima de mim, sua sombra me cobrindo por um segundo antes que a garra me pegue da mesma forma que ele fez inúmeras vezes quando eu caí no meio de um voo.

— *Precisa nos levar de volta!*

— *Eu fiz tudo que pude e não vou arriscar sua vida.* — Ele sobe mais alto, e então me joga para as costas dele em uma manobra que já praticamos. — *Agora segura firme para voarmos mais rápido.*

Olho por cima do ombro e vejo Xaden em cima de Sgaeyl, aproximando-se rapidamente. Atrás deles, centenas de metros abaixo, uma dúzia de grifos rodeia a fortaleza.

Não se ganham os Jogos de Guerra com força bruta. É com astúcia. É sobre saber a hora de dar o bote, e para isso você precisa entender onde seus inimigos – seus amigos – são mais vulneráveis. Ninguém é amigo para sempre, Mira. Em certa altura, as pessoas mais próximas de nós se tornam inimigas de alguma forma, mesmo que seja através de um amor bem-intencionado ou apatia, ou se vivermos tempo o bastante para nos tornarmos o vilão das histórias delas.

— Página 80, o Livro de Brennan

CAPÍTULO VINTE E OITO

Os muros de pedra de fora do escritório do professor Markham na Divisão dos Cavaleiros prendem minhas costas, irritando minha relíquia enquanto apoio todo meu peso ao lado da porta fechada. Parece que estou pronta para saltar do meu próprio corpo de tanta preocupação – e por causa do acúmulo insuportável de poder que está prestes a entrar em combustão a qualquer instante.

Já faz dois dias que viemos embora de Montserrat. A viagem de volta até Basgiath demorou um dia, e o dia depois disso foi de um longo e excruciante silêncio.

O sol mal se ergueu. Eu não fiz o trabalho da biblioteca desde que voltei, e de alguma forma consegui sair pela porta antes mesmo de Liam perceber que fui embora. O café da manhã não importa. Não estou nem aí se perder a formatura. Esse é o único lugar que consigo pensar em estar.

Passos ecoam na escada circular, fazendo meu estômago se apertar, e sinto o batimento cardíaco acelerar quando olho para a porta, procurando qualquer sinal de uma túnica cor de creme.

Em vez disso, Xaden aparece no corredor, segurando duas canecas de latão que soltam vapor, vindo na minha direção.

— Você ainda me odeia?

— Com certeza.

Isso não é bem verdade, mas é fácil colocar nele a culpa que me consome há dois dias inteiros.

— Achei que você já estaria esperando. — Ele entrega uma das canecas como uma oferta. — É café. Sgaeyl disse que você não dormiu.

— Não é da conta dela se eu estou dormindo ou não — retruco. — Mas obrigada. — Pego a caneca. Parece que ele dormiu por oito horas seguidas e ainda tirou umas férias desde ontem. — Aposto que você dormiu superbem.

— *Pare de falar para Sgaeyl sobre meus hábitos noturnos* — resmungo para Tairn.

— *Não vou nem me dignar a responder a essa sua exigência.*

— *Andarna é minha favorita.*

Tairn bufa.

Xaden se inclina contra a parede na minha frente, tomando um gole do café.

— Eu não durmo direito desde a noite em que meu pai saiu de Aretia para declarar a guerra de secessão.

Abro a boca.

— Isso já faz mais de seis anos.

Ele encara a xícara.

— Você tinha... — Paro de falar. — Nem sei quantos anos você tem agora.

Mira estava certa. Eu não sei quase nada sobre ele. Ainda assim... sinto como se soubesse *quem* ele é de verdade, lá dentro. Será que é possível que minhas emoções fiquem mais confusas ainda, em se tratando dele?

— Vinte e três — ele responde. — Fiz aniversário em março.

E eu nem fiquei sabendo.

— O meu é em...

— Julho — responde ele com um leve sorriso. — Eu sei. Tomei como obrigação pessoal saber tudo sobre você no segundo em que te vi no Parapeito.

— Ah, sim, porque isso não é nem um pouquinho bizarro. — Deixo o café esquentar minhas mãos congelando.

— Não dá para saber como acabar com a vida de alguém sem compreender quem esse alguém é primeiro — ele fala baixinho.

Eu ergo o olhar, descobrindo que ele já estava me encarando.

— E esse ainda é o seu plano?

As palavras de Mira me assombraram nos últimos dois dias. Ele estremece.

— Não.

— O que mudou? — Minha frustração me faz apertar a caneca com mais força. — Quando foi que você decidiu que *não* ia me arruinar?

— Talvez quando vi Oren segurar uma faca na sua garganta — ele diz. — Ou quando percebi que os hematomas no seu pescoço eram dedos, e queria matar todos eles de novo só para poder fazê-los sofrer lentamente. Talvez tenha sido na primeira vez que eu te beijei sem pensar, ou quando percebi que estou completamente fodido porque não consigo parar de pensar em fazer *muito mais* do que só te beijar.

Fico sem fôlego com essa confissão, mas ele só suspira, deixando a cabeça pender contra a parede.

— *O momento exato importa?* — ele pergunta na minha cabeça. — *Ou só importa que as coisas mudaram entre nós?*

— Não faz isso — sussurro, e ele ergue a cabeça para me encarar.

— *Não faz isso o quê? Dizer que não dá pra não pensar em você? Ou falar diretamente dentro da sua cabeça?*

— As duas coisas.

— *Você pode aprender a fazer isso também.*

Por que é tão impossível desviar o meu olhar do dele? Tão impossível lembrar que aquele beijo na torre foi só um jogo para ele, e que *tudo isso* pode ser só um jogo? Tão impossível esganar essa dor insuportável que parece revirar meu âmago toda vez que penso nele?

— *Vamos. Tente.*

Enquanto encaro aqueles olhos com pontos dourados, percebo que ele está certo. Eu poderia ao menos tentar. Fixo um pé mentalmente no chão dos Arquivos e sinto o poder ondular por minhas veias. Uma energia laranja reluzente entra por uma porta atrás de mim, e vejo a luz dourada que brilha da janela que criei para Andarna. Respiro fundo e me viro lentamente.

E ali, passando pela linha do telhado, está a sombra de uma noite cintilante. *Xaden.*

Passos ecoam nas escadas, e nós dois olhamos.

— Acho que vocês dois tiveram a mesma ideia — diz Dain quando nos vê, parando na parede ao meu lado. — Há quanto tempo estão esperando?

— Não muito — responde Xaden.

— Horas — digo ao mesmo tempo.

— Droga, Violet. — Dain passa as mãos pelo cabelo úmido. — Você está com fome? Quer ir tomar café da manhã?

— *Não, seu idiota, ela obviamente não quer.* — O comentário sarcástico de Xaden preenche minha cabeça.

— *Para com isso, porra* — devolvo, na minha cabeça. Em voz alta, digo: — Não, obrigada.

— *Olha só quem aprendeu.* — A boca de Xaden se curva para cima por um instante.

Mais passos ecoam pela escada e eu prendo a respiração, meus olhos fixos na porta.

O professor Markham para de andar quando vê nós três parados do lado de fora de seu escritório, mas depois continua andando.

— A que devo esse prazer?

— Só me diga se ela está morta. — Fico parada no meio do corredor.

Markham olha para mim com uma certa reprovação.

— Você sabe que não posso dar nenhuma informação confidencial. Se houver algo a ser discutido, faremos isso em aula.

— A gente estava lá. Se for confidencial, já sabemos sobre o ataque — rebato, minhas mãos começando a tremer enquanto aperto a caneca com mais e mais força.

Xaden a tira das minhas mãos.

— Não é muito apropriado que eu...

— Ela é minha irmã — imploro. — Eu mereço saber se está viva, e mereço *não* ouvir isso em uma sala cheia de outros cavaleiros.

Ele aperta a mandíbula.

— O entreposto sofreu danos consideráveis, mas não perdemos nenhum cavaleiro em Montserrat.

Graças aos deuses. Meus joelhos cedem e Dain me pega, puxando meu corpo para um abraço familiar enquanto sinto o alívio inundar meu sistema.

— Ela está bem, Vi — sussurra Dain contra meu cabelo. — Mira está bem.

Eu assinto, tentando relutar contra as emoções para continuar no controle. Não vou me emocionar agora. Não vou chorar. Não vou demonstrar fraquezas. Aqui, não.

Só tem um lugar aonde posso ir, uma pessoa que não vai me repreender por desabar.

No segundo que volto a mim, saio dos braços de Dain.

Xaden desapareceu.

Pulo o café da manhã e a formatura e vou direto para o campo de voo, aguentando firme por tempo o bastante para chegar no meio da campina, onde finalmente caio de joelhos.

— Ela está bem — choro, com a cabeça nas mãos. — Não abandonei ela pra morrer. Ela está viva. — Ouço o ar se mexendo e de repente vem a sensação de escamas duras contra as costas da minha mão. Eu me inclino sobre o ombro de Andarna, jogando meu peso sobre ela. — Ela está viva. Ela está viva. Ela está viva.

Repito a mesma frase até conseguir acreditar nisso.

***

— Você tem irmãos? — pergunto a Xaden na vez seguinte em que estamos no ringue.

Talvez seja o comentário de Mira sobre eu não saber o suficiente sobre ele ou minhas emoções conflitantes, mas ele conhece muito mais da minha vida do que eu conheço da dele. Preciso nivelar o jogo.

— Não. — Ele para, surpreso. — Por quê?

— Só queria saber. — Volto à posição de luta. — Vamos começar.

No dia seguinte, eu pergunto a ele qual é a sua comida favorita no meio da aula de Preparo de Batalha, usando nossa conexão mental. Tenho certeza de que ouvi ele derrubar alguma coisa lá atrás antes de responder.

— *Bolo de chocolate. Para de ser esquisita.*

Eu abro um sorriso.

Num outro dia, depois de Tairn ter me feito passar por uma série de manobras de voo exaustivas em que nem a maioria dos alunos do terceiro ano conseguiria ficar sentado, ficamos empoleirados em um pico da montanha com Tairn e Sgaeyl quando pergunto a ele como conheceu Liam, só para ver se vai me dizer a verdade.

— *Fomos acolhidos na mesma casa transitória. Qual é a de todas as perguntas?*

— *Eu mal te conheço.*

— *Você me conhece o suficiente.* — Ele me lança um olhar para dizer que já cansou desse assunto.

— *Muito pouco. Me diz alguma coisa que seja verdade.*

— *Tipo o quê?* — Ele se vira no assento.

— *Tipo a origem das cicatrizes prateadas nas suas costas.* — Prendo a respiração, esperando pela resposta, esperando qualquer abertura para que eu possa entrar.

Mesmo a seis metros de distância, consigo ver a forma como ele fica tenso.

— *Por que você quer saber disso?*

Aperto mais as escamas do pomo. Instintivamente, eu já sabia que as cicatrizes eram um assunto particular, mas a reação dele evidencia que são mais do que uma memória dolorosa.

— *Por que você não quer me contar?*

Sgaeyl se empertiga e então deslancha no ar, deixando Tairn e eu para trás.

— *Tem um motivo para essa insistência?* — pergunta Tairn.

— *Pode me dar um motivo pra não insistir?*

— *Ele se importa com você. Saber disso já é difícil o bastante para ele.*

Eu bufo.

— *Só o que ele quer é me manter viva. Tem uma diferença.*

— *Para ele, não.*

***

Estamos em meados de meio de maio, e o céu da tarde de Basgiath está cristalino no dia em que acontece a primeira batalha dos Jogos de Guerra, o que significa que a graduação está chegando. Por mais que eu queira ficar empolgada por finalmente estar perto de sobreviver a meu primeiro ano na Divisão de Cavaleiros, sinto o estômago apertar de tanta ansiedade.

As aulas de Preparo de Batalha estão ficando cada vez mais curtas, porque muitas informações são confidenciais. O professor Carr está cada vez mais ansioso por eu ainda não ter manifestado um sinete como a maioria dos outros cadetes do primeiro ano. Dain está estranho pra caralho (uma hora ele está superamigável e logo depois indiferente). Xaden está ficando cada vez mais misterioso (se é que isso é possível) e cancelando nossas sessões de treinos sem explicações. Até mesmo Tairn parece saber algo que não está me contando.

— Qual você acha que vai ser a nossa missão? — pergunta Liam à minha direita enquanto estamos na formatura no centro do pátio com o resto da Quarta Asa. — Deigh acha que vamos ficar na ofensiva. Não para de falar sobre como a gente vai dar uma surra em Gleann… — Ele para, como se estivesse escutando algo do seu dragão. — Acho que dragões também têm inimizades — ele sussurra finalmente.

Os líderes estão reunidos na nossa frente, recebendo suas ordens de Xaden.

— Definitivamente estamos na ofensiva — responde Rhiannon à minha esquerda. — Ou a gente já estaria em campo. Não vejo nenhum cavaleiro da Primeira Asa desde a hora do almoço.

Sinto meu estômago desabar. A Primeira Asa. Claro que seria nossa primeira oponente. *Qualquer coisa* é válida durante os Jogos de Guerra, e Jack Barlowe não se esqueceu de que o mandei pra enfermaria por quatro dias. Ele me evitou por semanas depois que Xaden executou Oren e os outros que me atacaram, além de, claro, todo mundo ter parado de mexer comigo depois do que aconteceu com Amber Mavis. Ainda assim, eu via o jeito como ele me olhava quando acabávamos nos cruzando no corredor ou no refeitório, um ódio puro ardendo naquelas profundezas glaciais que eram seus olhos azuis.

— Acho que ela está certa — digo a Liam, fazendo um esforço para não me remexer inteira enquanto o sol me cozinha no uniforme de voo. Já faz um tempo que superei a inveja que sentia dos escribas e de seus uniformes bege, mas esse clima me faz sentir como se tivéssemos nos dado mal no departamento de uniformes. Não ajuda em nada que eu tenha dormido de mau jeito, porque meu joelho está me *matando*, e a atadura para estabilizá-lo parece me queimar. — Por que vocês acham que os cavaleiros só usam preto?

— Porque fica foda — responde Ridoc atrás de mim.

— Pra ser mais difícil de ver quando a gente sangra — opina Imogen.

— Esqueçam que eu perguntei — resmungo, observando qualquer sinal de que a reunião da liderança vá acabar. Sangrar é a última coisa que eu quero fazer hoje.

— *Estamos na ofensiva ou defensiva?* — pergunto a Xaden mentalmente.

— *Estou meio ocupado.*

— *Ah, não, eu te distraí?* — Um sorriso curva meus lábios.

Merda, eu estou flertando? Talvez.

Se eu me importo? Estranhamente... não.

— *Sim.* — O tom dele é tão grosseiro que eu preciso pressionar os lábios para não rir.

— *Qual é. Vocês estão demorando uma eternidade aí. Me dá uma dica.*

— *As duas coisas* — ele rosna, mas não me bloqueia com seus escudos. Eu sei que ele consegue me bloquear se quiser, então o deixo em paz para continuar a reunião que ele precisa fazer.

Ofensiva *e* defensiva? Essa tarde vai ser interessante.

— Você recebeu notícias de Mira? — sussurra Rhiannon, olhando rapidamente para mim.

Balanço a cabeça.

— Isso é... desumano.

— Você achou mesmo que eles iam quebrar a regra da correspondência? Mesmo se tentassem, minha mãe teria acabado com isso rapidinho.

Rhiannon suspira, mas não a culpo. Não tem muito o que discutir nesse assunto.

A reunião dos líderes acaba, e Dain volta ao lado de Cianna. Ele está praticamente brilhando, as mãos abrindo e fechando numa energia nervosa.

— Qual vai ser? — pergunta Heaton. — Ofensiva ou defensiva?

— As duas coisas — ele diz, enquanto os outros líderes de esquadrão voltam para relatar tudo a seus cavaleiros.

Finjo ficar surpresa e olho para além dele, mas não vejo Xaden ou os líderes de setor.

— A Primeira Asa pegou uma posição de defesa em uma das fortalezas de treino na montanha, e lá estão guardando um ovo de cristal — informa Dain, e os cavaleiros mais velhos do esquadrão murmuram empolgados.

Faz sentido. É provavelmente um simbolismo para representar as espécies diferentes de dragão que levaram seus ovos para Basgiath quando Navarre foi unificada.

— E o que tem isso? — pergunta Ridoc. — Vocês parecem bastante empolgados por causa de um ovo.

— Pelo histórico dos últimos anos, sabemos que os ovos valem mais pontos — diz Cianna, abrindo um sorriso entusiasmado. — Estatisticamente, bandeiras valem menos pontos, e professores capturados ficam numa média entre os dois.

— Mas eles gostam de mudar bastante essas coisas — acrescenta Dain. — Podemos estar atrás de um objetivo de verdade e descobrir só depois que não era tão valioso quanto pensávamos.

— Então como isso se configura como ofensivo e defensivo ao mesmo tempo? — questiona Rhiannon. — Se eles estão com o ovo, então obviamente a gente precisa ir até lá e pegar o ovo.

— Porque recebemos uma bandeira para defender, e não temos um entreposto para fazer isso. — Ele abre um sorriso. — E nosso esquadrão foi designado para carregá-la.

— *Você deu a Dain a missão de defender a bandeira da Quarta Asa?*

— *Espero que ele tenha aprendido alguma coisa com a aula que a sua irmã deu pra ele em Montserrat* — responde Xaden, mas a voz dele está mais baixa, o que estou aprendendo que significa que ele está mais longe. Não posso evitar me perguntar se teremos a habilidade de nos comunicar dessa forma daqui a alguns meses, quando a distância entre nós for maior.

Meu peito dói ao pensar que ele não vai mais estar aqui. Vai estar arriscando a vida no fronte.

— E quem é que vai levar a bandeira? — pergunta Imogen.

De alguma forma, o sorriso de Dain fica ainda maior.

— Essa é a parte divertida.

Pelos próximos vinte minutos, recebemos instruções sobre as estratégias que vamos adotar enquanto andamos até o campo de voo, e pelo visto Dain estava prestando atenção na aula de Mira.

O plano é simples: usaremos nossas forças individuais e repassaremos a bandeira com frequência entre nós, sem dar chance para a Primeira Asa descobrir quem está com ela.

Quando chegamos ao campo, dezenas e mais dezenas de dragões preenchem o chão lamacento, todos posicionados como se também fossem esquadrões organizados em formatura. É fácil avistar Tairn, que ergue a cabeça acima de todos os outros.

Uma ansiedade palpável preenche o ar enquanto passamos pelos outros esquadrões, todos montando enquanto os líderes de esquadrão e setor nos dão ordens de última hora.

— A gente vai ganhar — diz Rhiannon, confiante, passando o braço pelo meu enquanto andamos até a nossa parte do campo.

— Como você consegue ter tanta certeza assim?

— Temos você, Tairn, Riorson e Sgaeyl. E obviamente… eu. — Ela abre um sorriso. — A gente não vai perder de jeito nenhum.

— Você com certeza…

Paro de falar quando vejo Tairn por completo.

Ele está orgulhoso na frente da nossa seção, sem se importar de dar a deferência para Cath como dragão de Dain, mas não é sua posição que me faz prender o fôlego. É a sela que está atada nas costas dele que me faz ficar boquiaberta.

— *Soube que está na última moda* — Tairn se exibe.

— Isso… — Eu não tenho palavras. Os aros de metal preto parecem todos conectados de forma intricada enquanto passam por cada pata dianteira e se juntam na frente de seu peitoral, formando uma placa triangular antes de subir pelos ombros até uma sela com estribos seguros e atados. — Isso é uma sela.

— É maneiro, isso sim. — Rhiannon dá um tapa nas minhas costas. — E vou te falar que parece bem mais confortável que os ossos de Feirge. Te vejo lá em cima.

Ela passa por Tairn e vai na direção do próprio dragão.

— *Não posso usar isso.* — Balanço a cabeça. — *Não é permitido.*

— *Sou eu que decido o que é permitido ou não* — rosna Tairn, abaixando a cabeça até onde estou e soprando vapor na minha direção. — *Não existe uma regra que diga que dragões não podem modificar os assentos para servirem a seus cavaleiros. Você se empenhou tanto, se não até mais, do que qualquer outro cavaleiro da Divisão. Só porque seu corpo é diferente dos outros não significa que não mereça ficar sentada. Um cavaleiro não é definido por uns retalhos de couro e um pomo.*

— Ele está certo, sabe? — concorda Xaden enquanto se aproxima, e eu brevemente me pergunto aonde ele tinha ido e como voltou tão rápido.

— Ninguém te perguntou.

Meu pulso acelera e minha pele fica corada ao vê-lo. Nossos uniformes fazem todos os cavaleiros parecerem bonitos, mas com Xaden isso fica ainda mais evidente na forma como destaca as linhas musculosas de seu corpo.

— Se você não usar, vou ficar pessoalmente ofendido. — Ele cruza os braços e examina as amarras. — Considerando que fui eu que mandei fazer para você e praticamente fui queimado vivo no processo de fazer ele vestir. — Ele levanta uma sobrancelha para Tairn. — Mesmo que ele tenha auxiliado no processo de projetar a sela, devo acrescentar.

— *Os primeiros modelos eram inaceitáveis, e você teve a audácia de beliscar as escamas do meu peito quando foi descuidado ao montá-la hoje.* — Os olhos dourados de Tairn se estreitam na direção de Xaden.

— Como eu ia saber que o couro do protótipo ia queimar tão fácil? E não é como se existissem diversos manuais instruindo a fazer uma sela que caiba em um *dragão* — comenta Xaden.

— Não importa, porque eu não posso usar. — Eu me viro para Xaden. — É linda, uma maravilha da engenharia, mas…

— Mas? — Ele trava a mandíbula.

— Mas todo mundo aqui vai saber que não consigo montar em Tairn sem isso. — Sinto o calor nas bochechas.

— Odeio dar essa notícia, Violência, mas todo mundo já sabe. — Ele gesticula para a sela. — Aquilo ali é o jeito mais prático de você montar. Tem alças na altura da coxa para você se prender quando for subir, então teoricamente, você deveria conseguir mudar de posição em voos longos sem se desamarrar, já que também fizemos um cinto.

— Teoricamente?

— Ele não foi favorável à ideia de fazer um teste em voo.

— *Você só vai poder voar em cima de mim quando minha pele tiver derretido de cima dos meus ossos, Dirigente de Asa.*

Uma descrição bem detalhada.

— Olha, não tem nenhuma regra que proíba selas. Na verdade, você vai estar fazendo um favor ao permitir que Tairn use todo o próprio poder e pare de se preocupar com isso. E eu também vou conseguir relaxar, se isso importa pra você.

Enterro as unhas na palma da mão e procuro outro motivo, outra desculpa, mas não encontro nada. Eu posso não querer parecer diferente de todos os outros cavaleiros nesse campo, mas já sou.

— *Porra, esse seu olhar teimoso sempre me faz querer te beijar.* — A expressão de Xaden continua neutra, até mesmo entediada, mas seus olhos parecem mais intensos quando ele encara a minha boca.

— *E você me diz isso num momento em que qualquer um pode ver se fizer isso.* — Prendo o fôlego.

— *Desde quando você acha que eu me importo com o que as pessoas pensam de mim?* — Ele levanta o canto da boca, e agora eu só consigo me concentrar nisso. Droga. — *Eu só me importo com o que pensam de você.*

Porque ele é um Dirigente de Asa.

Não há nada pior que cadetes fofocando que você dormiu com alguém só para conseguir proteção. Foi isso que Mira me avisou antes do Parapeito.

— Monta logo, Sorrengail. Temos uma batalha para ganhar.

Desvio o meu olhar do dele e estudo a estrutura complexa e maravilhosa da sela.

— É linda. Obrigada, Xaden.

— De nada. — Ele vira se de costas, mas se inclina um pouco para mais perto de mim, e um calafrio percorre minha coluna quando os lábios dele roçam meu ouvido. — Considere o meu favor pago.

— Isso aí é uma sela?

Pulo para longe de Xaden, mas ele não se move um centímetro quando Dain nos interrompe, segurando uma enorme bandeira amarela pendurada em uma vara de um metro e vinte, os olhos arregalados quando ele encara Tairn.

— *Não, é uma coleira* — rebate Tairn, fechando os dentes com força.

Dain recua.

— Sim — responde Xaden. — Algum problema com isso?

— Não. — Dain olha para Xaden como se ele estivesse sendo irracional. — Por que eu teria um problema? Qualquer coisa que deixe Violet mais segura é ótima para mim, caso ainda não tenha percebido.

— Que bom. — Xaden assente e se vira na minha direção, acrescentando mentalmente: — *Aposto que seria ainda mais constrangedor se eu te beijasse agora, hein?*

Sim, por favor.

— *Da próxima vez que a gente se beijar, é melhor não ser só para irritar Dain.*

Da próxima vez, melhor ser porque nós dois queremos isso.

— *A próxima, é?* — O olhar dele abaixa mais uma vez para minha boca.

É claro que agora só consigo pensar nisso, a sensação dos lábios dele nos meus, a forma como as mãos dele sempre seguram minha nuca, a forma como a língua dele desliza contra a minha. Eu me impeço de me inclinar mais. Por pouco.

— Vai logo liderar sua Asa, ou sei lá o que você faz.

— Estou indo roubar um ovo. — O sorriso dele brilha antes de se virar para Dain. — Não deixe a Primeira Asa pegar essa bandeira.

Dain assente e Xaden vai embora, atravessando o campo até onde Sgaeyl o espera.

— É uma ótima sela — diz Dain.

— Eu também acho — concordo, e Dain me oferece um sorriso antes de andar até Cath.

Seguindo na direção da perna de Tairn, acabo rindo quando ele abaixa o ombro para mim.

— O quê? Não botaram uma escada?

— *Pensamos no assunto e decidimos que isso te tornaria vulnerável.*

— É claro que vocês pensaram… — Eu paro antes de subir quando vejo um borrão dourado cavalgando na minha direção. — Andarna?

— *Eu também quero batalhar.* — Ela praticamente desliza até parar na minha frente.

Fico boquiaberta. Andarna anda voando conosco, e durante um tempo curto ela até consegue acompanhar Tairn, mas a forma como aquelas escamas brilham sob a luz do sol vai ser um farol para… todo mundo.

Mas se eu posso ter uma sela, então…

— Entendi. — Meus olhos percorrem o campo de voo, que está mais lamacento do que o normal desde a temporada de degelo dos picos montanhosos acima. — Role ali. — Aponto para a lama. — A não ser que isso atrapalhe suas asas. São as escamas na sua barriga que me deixam mais preocupada, por te deixarem visível demais de longe.

— *Sem problemas!* — Ela dispara para longe e eu monto em Tairn, encontrando a sela que de fato cobre a base do seu pescoço e as escamas do pomo.

— Achei que tivesse dito que couro era ruim. — A sela em si é feita de um couro preto suntuoso, completo com dois pomos erguidos para encaixar as mãos, e quando eu me acomodo a sensação é perfeita. Eu me abaixo e ajusto os estribos e o sistema de fivelas nas alças.

— *O couro é um risco na área do meu peitoral se recebermos um ataque de fogo, já que sua sela acabaria deslizando e caindo. Mas, se receber um ataque direto vindo de cima, então estar sentada em um pedaço de metal não irá te salvar.*

Não me dou ao trabalho de chamar a atenção dele para o fato de que o único fogo que receberíamos seria o vindo de outros dragões, um problema impensável, já que grifos são apenas asas e bicos. Em vez disso, enfio as coxas nas alças próprias para elas e aperto as fivelas.

— *Isso é genial* — digo para Xaden.

— *Me avise se precisar de mais modificações depois de ganharmos hoje.*

Babaca arrogante.

Estamos no ar alguns instantes depois, e Andarna acompanha Tairn de perto, assim como praticamos.

Nossa missão é manter a bandeira longe das mãos inimigas, então ficamos no perímetro do campo de batalha de cento e cinquenta quilômetros que engloba a maior parte da cordilheira central, enquanto os outros esquadrões fazem o reconhecimento da área e roubam o ovo.

Uma hora depois, durante a tarde, eu me pergunto se na verdade esse posto era para servir de punição para Dain, em vez de uma honra. Fomos separados em duas formações apertadas de seis dragões, sete se considerarmos Andarna. Dain está com a bandeira do grupo dele na nossa frente, e, quando chegamos ao pico seguinte, ele vai para a direita.

Tairn desce para a esquerda, e sinto um frio na barriga enquanto mergulhamos pela lateral montanhosa. As alças largas apertam minhas coxas, me mantendo firmemente presa no lugar, e meu coração parece retumbar com euforia pura, tão forte quanto o vento no meu rosto e nos óculos enquanto mergulhamos mais e mais e mais.

Pela primeira vez, não sinto medo de cair das costas dele. Lentamente, desencaixo as mãos do pomo, e um segundo depois ergo as mãos enquanto descemos na direção do vale abaixo.

Vivi vinte anos e nunca me senti tão viva quanto nesse momento. Sem nem precisar me aterrar nos Arquivos, o poder corre pelas minhas veias, estalando com um poder próprio, eletrizando cada um dos meus sentidos com uma força que quase faz doer.

Tairn abre as asas, parando com o vento e saindo do mergulho.

— *Vai precisar trabalhar os músculos dos seus ombros, Prateada. Vamos praticar esta semana.*

Inclinando-me o máximo que consigo para fora da sela, vejo Andarna nas garras de Tairn enquanto voltamos para deslizar no ar perto do chão do vale.

— *Obrigada! Agora já consigo* — diz Andarna, e Tairn a solta.

O poder chacoalha meus ossos, como se estivesse procurando uma forma de sair, e eu me forço a me endireitar no assento. É diferente do que costumava acontecer... como se, em vez de estar pronto para ser moldado por minhas mãos, fosse o poder que quisesse *me* moldar.

Um instante de medo congela minha espinha. E se a explosão de poder por eu não manifestar um sinete escolheu justo *hoje* para acontecer? Balanço a cabeça. Não tenho tempo de pensar no que *pode* acontecer, não quando estamos no meio dos Jogos de Guerra. Meu poder só está se sentindo mais livre porque finalmente não preciso me concentrar tanto em não cair. Só isso.

Sentada ereta na sela, passo meu olhar pela paisagem enquanto Tairn começa a subir de novo, e meu coração bate rápido. Lá no alto, do lado oeste da cumeeira, está uma torre cinza que quase se esconde no penhasco. Eu não teria visto, se não fosse por…

— *Aquilo ali é o que eu acho que é?* — O medo apenas alimenta a energia incontrolada que pinica a minha pele.

Tairn já virou a cabeça naquela direção.

— *Dragões.*

Olho por cima do ombro na direção de Liam e Rhiannon, e vejo que Tairn deve ter repassado a mensagem, porque quebramos a formação e nos espalhamos enquanto os dragões mergulham do penhasco acima de nós, seguindo em direções diferentes.

Aumentamos a quantidade de alvos para eles, mas agora é um contra um.

Uma chuva de granizo atinge minha pele, desviando pelas escamas de Tairn, mas ele é forçado a guardar as asas na lateral do corpo para evitar receber danos.

Meu estômago parece ir parar na garganta quando entramos em queda livre, o chão do vale se aproximando com uma rapidez alarmante. O calor e a energia ameaçam devorar cada centímetro do meu corpo, e até meus olhos parecem estar em chamas. Porra, meu sinete *vai* me fazer explodir durante os jogos.

— *Aterre-se agora!* — ruge Tairn.

Eu fecho os olhos, colocando os dois pés no chão de mármore dos Arquivos, erguendo uma parede ao meu redor, deixando apenas entradas para a torrente de poder de Tairn e Andarna e o acesso a Xaden. Imediatamente, sinto que meu controle voltou.

Quando abro os olhos, estamos subindo, as asas de Tairn batendo com tanta força que eu deslizo mais contra a sela a cada empurrão.

Ele ultrapassou o cadete que manipula gelo da Primeira Asa em um mergulho atrás de nós, e eu estremeço ao perceber que o dragão mal consegue controlar a descida, aterrissando na direção oposta da qual seguimos.

— É ali que estão protegendo o ovo. — Precisa ser, considerando que outros três dragões substituíram os outros na beirada do penhasco, prontos para um ataque.

— *Também acho. Segure firme.* — Tairn mal tem um segundo para gritar as ordens antes de outro dragão voar do vale e soprar fogo diretamente em nós.

— Tairn! — grito, observando horrorizada enquanto as chamas vêm na nossa direção.

Tairn se ergue, recebendo o ataque diretamente na barriga, me protegendo de tudo menos do calor intenso que passa ao lado.

Que porra é essa?

— *Andarna?* — Se algo acontecer com ela porque a Primeira Asa resolveu dar tudo de si...

— *Sou à prova de fogo, lembra?*

Eu solto uma respiração trêmula. Uma preocupação a menos, mas o outro dragão continua nos perseguindo, abrindo a boca e curvando a língua.

Tairn vai para o lado e balança a cauda, acertando o dragão agressor na lateral do corpo, logo abaixo da asa. O outro dragão ruge, caindo para o lado, perdendo altitude a uma velocidade alarmante.

Porém, não me concentro na descida. Em vez disso, uso o tempo que tenho para tentar encontrar o entreposto que vi mais cedo. Meu coração acelera quando o vejo escondido em meio a um penhasco, com um único dragão restante montando guarda.

— *Xaden!* — grito mentalmente. — *O ovo está ali!*

— *Já estou a caminho. Estamos a trinta quilômetros.* — O tom de pânico na voz dele faz um nó se formar na minha garganta, que só aumenta quando vejo Deigh e Liam travados em uma batalha acima de nós com uma Rabo-de-escorpião-laranja muito familiar... Baide.

Jack está aqui.

— *Precisamos ajudar Liam.*

Vamos. Tairn acelera, e Andarna fica para trás. Assim que vejo que ela se escondeu na lateral da montanha onde ficará segura, eu me abaixo mais no pescoço de Tairn, diminuindo a resistência do ar enquanto subimos mais rápido do que já fizemos antes. O vento repuxa a trança da minha cabeça, as mechas soltas chicoteando meu rosto enquanto mantenho os olhos fixos em Deigh e Liam.

Baide lança sua cauda contra Deigh, o bulbo venenoso perigosamente perto da garganta do dragão.

— *As escamas dele são mais resistentes do que você pensa. É Liam que está em perigo* — avisa Tairn, subindo mais alto.

Estamos quase lá quando Jack desembainha a espada e pula das costas de Baide para a de Deigh, pegando Liam de surpresa enquanto os dragões se atracam perto da torre da qual nos aproximamos à velocidade máxima.

Liam mal tem tempo de conseguir ficar em pé quando Jack enfia uma espada na lateral de seu corpo.

— Liam! — O grito escapa da minha garganta enquanto Jack enfia uma bota no estômago de Liam, forçando o corpo dele para fora da espada... e também para fora do corpo de Deigh.

Não. Não. Não.

Liam cai, os braços estendidos enquanto despenca na nossa frente.

— *Pega ele!* — exijo, com medo de que Tairn não vá conseguir.

Deigh e Baide colidem contra a torre, e vejo Jack rolando em segurança para a torre mais alta, o sorriso sádico tão arregaçado no rosto que vejo de longe enquanto Tairn muda de rumo numa arrancada dramática.

As faixas de couro nas minhas coxas são a única coisa que me mantêm no lugar enquanto perseguimos o corpo de Liam, as asas de Tairn guardadas contra o corpo, mas as pedras estão perto demais, e nós estamos muito alto.

Não. A minha garganta se fecha. Eu me recuso a perdê-lo. Não quando ele dedicou tantos meses da própria vida a me manter viva. Fracassar com Liam não é uma opção. Só... não é.

— *Andarna?* — eu a chamo, abrindo a janela da minha mente, onde seu dom dourado me espera.

— *Pode usar* — ela responde. — *Concentre-se em tudo, menos em você e Tairn!*

Ela está certa. Não adianta eu conseguir alcançar Liam se Tairn estiver congelado.

— *Vai!*

Eu alcanço o poder dela e minhas costas arqueiam quando ele percorre minha coluna, inundando meus dedos até os pés, alcançando todo o meu corpo antes de se irromper dali em uma onda de choque que passa por Tairn.

De repente, somos as únicas coisas se mexendo, mergulhando no céu sem vento na direção do corpo congelado de Liam, a poucos metros das rochas ásperas abaixo.

Temos poucos instantes. Meu coração inteiro estremece com o esforço que faço para segurar tudo ao meu redor, o poder que flui de Andarna diminuindo ao passo que Tairn estende suas asas e garras, pegando o corpo de Liam do ar e estraçalhando as pedras abaixo com a força da própria cauda enquanto nós mesmos mal conseguimos escapar da morte.

— *Peguei ele.*

O tempo volta a correr, o vento voltando a chicotear meu rosto enquanto subimos, virando de forma brusca para evitar colidir com o cume da montanha.

— *Andarna?*

— *Estou segura.* — A voz dela é pouco mais que um sussurro na minha cabeça.

A fúria e a raiva fazem meu sangue borbulhar quando meus olhos se fixam na figura acima da torre. Essa é a última vez que esse cuzão do caralho vai vir atrás de mim ou dos meus amigos.

Feirge aparece abaixo, os braços de Rhiannon esticados enquanto eles se emparelham abaixo de nós. Tairn desacelera o bastante para transferir Liam para ela. Ele está vivo... precisa estar. Essa é a única possibilidade que aceito.

Com minha visão periférica, vejo Cath e os outros dragões vindo do norte assim que outro esquadrão deslancha do penhasco acima de nós.

Baide paira no ar atrás de nós, voando no encalço do cuzão que é o seu cavaleiro, que ainda está se gabando no topo da porra daquela torre.

— Suba! — ordeno, desembainhando uma lâmina nas minhas costelas e deixando uma mão livre para afrouxar as fivelas quando for a hora certa.

— *Você não vai descer!* — Tairn grita comigo enquanto seguimos para afrente, deixando a dragão laranja menor para trás. Ele vira a cabeça para a esquerda, soprando uma labareda de fogo na direção dos dragões da Primeira Asa para impedir que se aproximem e obtendo esse resultado enquanto passamos voando por eles.

Um poder maior parece chiar dentro do meu peito e eu travo meu olhar em Jack. Consigo ver o prazer doentio no rosto dele enquanto nos aproximamos, o sangue que escorre de sua espada. O sangue de Liam.

Um dragão gigantesco aparece no horizonte. Não preciso olhar ou sequer consultar meus sentimentos para saber que é Xaden, mas não posso me dar ao luxo de desviar a atenção para contemplá-lo. Tairn está numa arrancada mais rápida do que qualquer arrancada que já fizemos, e o poder corre pela minha pele, incendiando meu sangue.

Se essa for a hora, a hora do meu poder reagir, então pode apostar que eu vou levar esse escroto comigo. Tairn é à prova de fogo, mas Jack não é.

— Mais rápido! — grito, minha voz desesperada pela preocupação de não conseguir chegar a tempo.

Tairn se lança contra a torre, as asas batendo mais e mais rápido, e por instinto jogo minhas mãos para a frente como se pudesse projetar todo esse poder que se debate dentro de mim na direção do inimigo que acabou de tentar matar meu amigo, que se esforçou para me matar em todas as oportunidades que teve.

Aquele chiado de magia cresce até se transformar em um vórtice letal e rodopiante de energia, e apesar dos meus pés ainda estarem aterrados, o poder chega ao limite do que consigo aguentar, fazendo o telhado dos Arquivos desintegrar em minha mente. Poder puro estala acima de mim, revirando-se ao meu redor, enrolando-se em meus pés.

Eu sou o céu e o poder de cada tempestade que já existiu.

Eu sou a infinidade.

Um grito se liberta da minha garganta no instante em que um relâmpago corta os céus, acompanhado de um trovão aterrorizante.

Aquele feixe azulado projeta uma morte prateada em cima da torre, e faíscas estalam quando tudo explode em uma ruína de pedras. Tairn vira para o lado para evitar o estouro, e eu giro meu corpo na sela.

Jack cai montanha abaixo em uma avalanche de pedras. Sei que ele não vai sobreviver a isso.

Pela forma como Baide uiva abaixo de nós, ela também sabe disso.

Minhas mãos tremem enquanto guardo a adaga limpa nas costelas. O único sangue que vai jorrar vai ser encontrado nas pedras lá embaixo, mas olho para minhas mãos como se estivessem cobertas de morte.

Tairn ruge com o som inconfundível do orgulho.

— *Dominadora de relâmpagos.*

A morte de um cadete é uma tragédia inevitável, porém comumente aceita. Esse processo diminui o rebanho, selecionando apenas os cadetes mais fortes, e, desde que a causa da morte não desobedeça ao Códex, qualquer cavaleiro envolvido em tirar a vida de outro não será punido.

— O guia para a Divisão dos Cavaleiros, por major Afendra (edição não autorizada)

CAPÍTULO VINTE E NOVE

Nós pousamos no campo de voo depois do que parecem ser apenas minutos. Ou talvez uma vida toda. Não tenho certeza.

O chão estremece quando os dragões aterrissam por todos os lados, o campo rapidamente se enchendo de cavaleiros da Quarta Asa celebrando e de cavaleiros da Primeira demonstrando raiva. Os dragões vão ao céu assim que seus cavaleiros desmontam, com a exceção de Andarna, que espera entre as pernas dianteiras de Tairn enquanto eu me atrapalho para desafivelar as correntes.

Jack está morto.

Eu o matei.

Eu sou o motivo para os pais dele receberem uma carta, o motivo para que o nome dele seja entalhado em uma pedra.

Do outro lado do campo, Garrick ergue o ovo de cristal acima da cabeça enquanto Dain acena a bandeira e todos os membros da Quarta Asa comemoram, indo na direção do par como se fossem deuses.

O peso de Tairn se remexe embaixo de mim enquanto desafivelo a última amarra e deslizo para fora da sela. Minha cabeça está a mil, sem dúvida fazendo com que eu fique tonta e cambaleie, tentando me equilibrar enquanto desço pelo ombro de Tairn e desmonto.

Tropeço na lama, ficando de joelhos quando chego aonde Andarna está entre as patas dianteiras de Tairn, claramente exausta.

— Me diga que Liam está vivo. Me diga que valeu a pena.

— *Deigh disse que ele está vivo. A espada pegou apenas a lateral do corpo dele* — avisa Tairn.

— Boa. Boa. Ótimo. Obrigada, Andarna. Sei o quanto isso te custou. — Ergo o olhar para os olhos dourados da dragão, que dá uma piscada lenta.

— *Valeu a pena.*

A náusea continua me atormentando, a boca salivando. *Eu o matei. Eu o matei.*

— Caramba, Sorrengail! — grita Sawyer. — Relâmpagos? Esse segredo você guardou, hein!

Relâmpagos que usei para tirar uma vida.

Meu estômago se aperta e uma sombra escura me cobre, mas não é Xaden. Tairn dobra a asa ao meu redor, fechando o mundo lá fora enquanto vomito tudo que comi hoje.

— *Você fez o que era necessário* — diz Tairn, mas isso não impede meu estômago de revirar, apertando-se de novo, tentando forçar algo que nem tenho para regurgitar.

— *Você salvou o seu amigo* — acrescenta Andarna.

Por fim, meu estômago assenta, e eu me forço para ficar em pé, limpando a boca com as costas da mão.

— Você precisa descansar, né?

— *Fico orgulhosa de você ser minha.* — A voz de Andarna estremece, o piscar de olhos ficando mais lento. — *Mesmo que agora eu precise de um banho.*

Tairn recolhe as asas e Andarna dá um passo para a frente, decolando no céu com um bater de asas forte, voltando para o vale.

Eu encaro a sela. Preciso tirar isso de Tairn para ele também poder descansar. Porém, tudo em que consigo pensar é que eu finalmente tenho um sinete, um sinete de verdade, e a primeira coisa que fiz com ele foi matar uma pessoa.

— Violet? — Dain aparece à esquerda. — Foi *você* que projetou aquele relâmpago? O que derrubou a torre?

O que matou Jack.

Assinto com a cabeça, tentando pensar em todas as vezes que direcionei um ataque para o ombro em vez do coração. Os venenos que usei para derrubar em vez de matar. Deixei Oren inconsciente no chão no dia da Ceifa e nem tentei cortar a garganta dele quando invadiu meu quarto.

Tudo isso porque eu não queria ser uma assassina.

— Nunca vi nada daquele tipo. Acho que faz mais de um século que um dominador de relâmpagos aparece… — Ele hesita. — Violet?

— Eu matei ele — sussurro, examinando a placa central da sela. Deve ser essa a parte que conecta tudo, certo? Ele precisa sair dessa coisa de algum jeito.

Mamãe vai ficar muito orgulhosa ao saber que eu sou exatamente igual aos outros. Igual a ela. Meu estômago vazio revira outra vez, e me encolho como se meu corpo estivesse tentando expurgar a culpa.

— Merda. — Ele esfrega as mãos nas minhas costas. — Está tudo bem, Vi.

A sensação para mais rápido dessa vez, e Dain me puxa num abraço, nos balançando gentilmente, os gestos relaxantes da sua mão subindo e descendo pelas minhas costas.

— Eu matei ele.

Por que isso é tudo que consigo dizer? Pareço uma caixinha de música quebrada, repetindo a mesma música de novo e de novo, e *todo mundo* está me vendo. Todo mundo vai ver que não consigo lidar com as consequências do meu próprio sinete.

— Eu sei. Eu sei. — Ele pressiona os lábios no topo da minha cabeça. — E, se você não quiser usar esse tipo de poder de novo, não precisa...

— Sai de perto dela com essa ladainha de merda. — Xaden empurra Dain e me tira dos braços dele; depois me segura pelos ombros, virando para que eu o encare. — Você matou o Barlowe.

Eu assinto com a cabeça.

— Relâmpago. É o seu sinete, né? — Ele olha para mim com tanta intensidade, como se na minha resposta houvesse uma coisa crucial da qual ele precisa.

— Sim.

A força que faz ao fechar a boca demarca sua mandíbula, e ele assente uma vez.

— Achei que fosse isso, mas não tinha certeza até ver você derrubar aquela torre.

Ele achou que fosse isso? Como é possível?

— Me escuta, Sorrengail. — Ele ergue a mão e acaricia as mechas soltas do meu cabelo, prendendo-as atrás da minha orelha, o toque surpreendentemente gentil. — O mundo é um lugar melhor sem o Barlowe. Nós dois sabemos disso. Queria ter sido eu a acabar com a vida miserável dele? Com certeza. Mas o que você fez salvou inúmeras vidas. Ele era só um valentão, e só ia piorar quando ficasse mais poderoso. A dragão dele vai escolher outro cavaleiro quando estiver pronta. Fico feliz que ele tenha morrido. Fico feliz que tenha sido você a matar ele.

— Eu não queria. — Sai num sussurro. — Eu estava com tanta raiva, e tínhamos acabado de pegar Liam. Achei que minha relíquia ia finalmente explodir. — Arregalo os olhos. — Passou perto, Xaden. Perto *demais*. Eu precisava fazer alguma coisa.

— Seja lá o que tenha feito, foi o que fez Liam ficar vivo. — Ele passa o dedão pela minha bochecha, aquele gesto em conflito com o tom que adota, e os olhos dele se abrem de um jeito que me mostra que ele sabe muito bem o que eu fiz.

— Eu não quero isso — confesso. — Rhiannon consegue mover objetos pelo espaço, e Dain tem retrocognição…

— Ei — interrompe Dain.

— Você acha que eu já não sabia disso? — diz Xaden por cima do ombro dele.

— Kaori consegue dar vida à própria imaginação, e Sawyer dobra metais. Mira consegue estender proteções. Todo mundo tem um sinete que não é útil só em batalhas. São ferramentas para o bem do mundo. E o que é que eu sou, Xaden? Sou a porra de uma *arma*.

— Você não precisa usar seu poder, Vi… — Dain começa a dizer, a voz suave e reconfortante.

— Pare. De. Mimar. Ela. Porra. — Xaden pronuncia cada palavra como uma frase. — Ela não é mais criança. É uma mulher adulta. Uma cavaleira. Comece a tratar ela como uma e pelo menos tenha a decência de dizer a verdade. Você acha que Melgren ou qualquer outro general vai deixar que ela guarde um poder desses? Aliás, acha que a mãe dela vai deixar que guarde um poder desses? Não é como se ela pudesse escondê-lo, não depois de ter *demolido* um dos fortes de treino.

— Você só quer que ela seja igual a você — argumenta Dain. — Um assassino a sangue frio. Daqui a pouco vai dizer para ela que tudo bem, que você se acostuma com a sensação de matar alguém.

Prendo o fôlego.

Xaden encara Dain, furioso.

— O sangue que corre em minhas veias é tão quente quanto o seu, Aetos, e, se quiser ocupar o meu cargo ano que vem, é melhor começar a entender que você *nunca* se acostuma com a sensação de matar alguém, mas vai entender que ela é necessária. — Ele se vira de novo para mim, os olhos escuros nos meus. — Não estamos mais na escola. Estamos numa guerra. E você já me ouviu dizer uma vez antes, mas a verdade horrível que aqueles que não estão no fronte preferem esquecer é que uma guerra *sempre* vem com cadáveres.

Começo a balançar a cabeça, mas ele estreita os olhos.

— Você pode até não gostar disso, pode até odiar, mas um poder como o seu salva vidas.

— Matando pessoas? — grito.

Se Sgaeyl estava certa, e sinetes refletem quem somos em nosso âmago, então eu sou exatamente igual ao apelido que Xaden me deu… Violência.

— Derrotando os exércitos invasores antes que eles tenham a chance de machucar os civis. Você quer manter o sobrinho de Rhiannon vivo naquele vilarejo da fronteira? É assim que vai conseguir. Quer manter Mira viva enquanto ela está atrás das linhas inimigas? É. Assim. Que. Vai. Conseguir. Você não é só *uma* arma, Sorrengail. Você é *a* arma. Se treinar essa habilidade, se reivindicá-la para si, vai ter o poder de defender um *reino inteiro*.

Ele alisa as outras mechas rebeldes do meu cabelo, limpando minha visão para que eu não tenha escolha a não ser enxergar a honestidade em seus olhos. Quando ele tem certeza de que não vou mais argumentar, olha para o lado.

— Rhiannon, pode levá-la de volta para a cidadela?

— Claro. — Rhiannon se aproxima.

Dain bufa e vai na direção dos outros líderes de esquadrão, nos deixando ali.

— A sela… — começo a dizer.

— Tairn consegue tirar sozinho. Foi uma das exigências dele para o projeto. — Xaden se vira, mas depois hesita. — Obrigado por salvar Liam. Ele é importante para mim.

— Você não precisa me agrad… — Suspiro para as costas dele. — Pronto, lá se foi ele.

— Vocês dois têm o relacionamento mais estranho do mundo — comenta Rhiannon, enganchando o braço no meu.

— Não temos relacionamento nenhum.

Ergo o olhar para Tairn, que surpreendentemente se segurou durante toda aquela conversa com Xaden e Dain.

— *Vá* — pede Tairn. — *Mas não se deixe consumir pela culpa, Prateada. O que você sentir é natural. Permita-se sentir, mas deixe que esses sentimentos diminuam. O Dirigente de Asa tem razão. Com um sinete como o seu, você é a maior esperança que o reino tem contra as hordas do mal que querem destruí-lo. Descanse, e eu vejo você amanhã. Eu mesmo tiro a sela.*

— Vocês dois definitivamente têm um relacionamento — continua Rhiannon, me puxando para longe do campo. — Eu só não sei se é uma coisa mais tipo "os opostos se atraem" que faz vocês dois ficarem mostrando as garras e dentes o tempo todo um para o outro ou aquele esquema de uma ardência mais letal e lenta de tensão sexual. — Ela me olha de soslaio. — Agora me conta como foi que vocês conseguiram voar tão rápido.

— Como assim?

— Quando Liam estava caindo, Feirge e eu voamos o mais rápido que conseguíamos, mas eu sabia que seria tarde demais, considerando nosso ângulo e velocidade, e achei que você… — Ela balança a cabeça. — Só me pareceu que você estava muito acima dele em um segundo, e no seguinte já estava com ele. Nunca vi um dragão voar assim tão rápido. Parece que eu pisquei e perdi.

A culpa agora me consome por outro motivo. Rhiannon é minha amiga, a amiga mais próxima que tenho aqui, considerando o que Dain e eu nos tornamos. De todas as pessoas, ela deveria saber…

— Não sinta culpa pelo que não pode contar a ela. Esse segredo pertence aos dragões, e não a você — avisa Tairn. — *Ninguém tem o direito de colocar em risco os nossos filhotes. Nem mesmo você, Prateada.*

— Tairn é muito rápido — digo, tentando explicar. Não é bem mentira, mas também não é verdade.

— E graças aos deuses. Zihnal deve realmente amar Liam, que enganou a morte duas vezes só hoje.

Mas não foi Liam que enganou a morte.

Fui eu.

E eu não consigo evitar pensar se em algum lugar, em algum plano da existência, Malek está sentado em seu trono, com raiva de mim por ter roubado uma alma de seu poder.

Só que, até aí, eu o presenteei com Jack.

Mesmo que talvez isso tenha partido a minha alma para sempre.

***

O alvo de madeira do meu quarto estremece quando uma das adagas afunda ao lado da última que já joguei. Posso estar com raiva do mundo, mas ao menos minha mira não erra. Se eu errar, tem uma chance grande de a lâmina voar pela janela, considerando onde pendurei o alvo.

Atiro mais três, uma atrás da outra, e acerto o pescoço do alvo em forma de pessoa todas as vezes.

Qual é a necessidade de tentar mirar nos ombros se vou acertar pessoas com relâmpagos? Por que me restringir tanto assim? Girando o pulso, lanço a próxima adaga, acertando o meio da testa do alvo quando ouço uma batida na porta.

Ou é Rhiannon perguntando pela décima vez se quero falar sobre o que aconteceu hoje, ou é Liam…

Eu paro. Não pode ser Liam, vendo se de fato já fui dormir, porque Liam ainda está na enfermaria, recuperando-se da espadada que levou no torso.

— Pode entrar.

Quem se importa se estou só de camisola? Não é como se eu não pudesse matar um intruso com uma adaga. Ou com relâmpagos.

A porta se abre ao meu lado, mas não me dou ao trabalho de olhar enquanto atiro outra adaga. Aquela estatura? Aquele cabelo preto que vejo com a visão periférica? O perfume inebriante? Eu nem preciso olhar: meu corpo me informa de que é Xaden.

Então, meu corpo me lembra exatamente da sensação de ter a boca de Xaden na minha, e meu estômago revira. Merda, eu estou tensa demais para lidar com ele ou com a forma como ele me faz sentir hoje à noite.

— Tá imaginando que sou eu nesse alvo aí? — ele pergunta, fechando a porta e se recostando contra ela, cruzando os braços. Então ele se sobressalta, o olhar acalorado percorrendo meu corpo.

De repente, a brisa de primavera que entra pela janela não é suficiente para esfriar minha pele, não quando ele está me olhando desse jeito.

Minha trança comprida balança em minhas costas enquanto pego outra adaga da cômoda.

— Não. Mas uns vinte minutos atrás era você.

— Quem é agora? — Ele ergue uma sobrancelha, cruzando os calcanhares.

— Ninguém que você conheça. — Com um giro do pulso, a próxima lâmina acerta o esterno. — Por que veio até aqui? — Eu olho para ele só por tempo o bastante para ver que ele tomou banho e está vestindo o uniforme padrão em vez do uniforme de voo, e definitivamente não tempo o suficiente para notar o quanto ele está bonito. Eu gostaria de vê-lo, pelo menos uma vez na vida, inquieto e desgrenhado, de qualquer outro jeito que não com esse controle que ele demonstra e veste feito armadura. — Deixa eu adivinhar. Já que Liam está fora de combate, o dever de me passar sermão sobre dormir só com uma camisola de algodão é seu, agora.

— Não vim passar sermão em ninguém — ele fala baixinho, e eu consigo sentir o calor de seu olhar me acariciando enquanto passa pelas alças pretas finas da camisola que estou vestindo. — Mas definitivamente dá pra ver que você não está de armadura.

— Ninguém seria assim tão idiota pra me atacar depois do que aconteceu. — Pego outra adaga da cômoda, a pilha diminuindo. — Não quando sabem que eu consigo matar qualquer um num raio de cinquenta metros à minha volta. — Segurando a ponta afiada da arma, eu me viro de leve até conseguir encará-lo. — Você acha que funciona em áreas internas? Como é que alguém vai dominar relâmpagos se não estiver a céu aberto?

Mantendo meu olhar no dele, atiro a adaga no alvo. O som satisfatório da madeira se rachando me diz que acertei.

— Porra, isso me deu mais tesão do que deveria. — Ele respira fundo. — Acho que você vai precisar descobrir isso aí.

O olhar dele desce para minha boca, e os braços ficam tensos.

— Você não vai chegar em mim e dizer que pode me treinar? Que pode me salvar? — Estalo a língua e sinto o ímpeto absurdo de percorrer as linhas da relíquia dele até o pescoço com lambidas, traçando aqueles padrões. — Nem se parece com o Xaden que eu conheço.

— Não faço ideia de como treinar um dominador de relâmpagos, e, pelo que vi hoje, você não precisa de ninguém para te salvar. — Um desejo puro emana dos olhos dele enquanto percorre meu corpo, desde os pés descalços até a bainha da camisola no meio da minha coxa, passando pelos seios e o pescoço, finalmente chegando aos meus olhos.

— Só de mim mesma — murmuro.

Quando ele me olha desse jeito, só consigo pensar em fazer coisas que acabariam por me arruinar. E hoje à noite, eu não tenho certeza se me importo com isso. É uma combinação perigosa.

— Então por que veio até aqui, Xaden?

— Porque acho que eu não consigo ficar longe. — Ele não parece satisfeito com essa confissão, mas prendo a respiração mesmo assim.

— Você não deveria estar comemorando lá fora com todo mundo? Todo o resto da Asa está comemorando.

— Ganhamos uma batalha, e não uma guerra. — Ele se afasta da porta e dá um único passo, diminuindo a distância entre nós. Ergue a trança de cima do meu ombro, passando o dedo pelas mechas. — E achei que você talvez ainda estivesse chateada.

— Você me mandou superar, lembra? Então por que caralhos está preocupado se eu estou chateada? — Cruzo os braços, escolhendo a raiva em vez do tesão.

— Eu disse que você precisaria desenvolver uma tolerância para a sensação de matar alguém. Nunca que deveria superá-la. — Ele solta minha trança.

— Mas eu deveria, certo? — Balanço a cabeça, voltando para o meio do quarto. — Passamos três anos aprendendo a matar, promovendo e elogiando quem faz isso da melhor forma.

Ele nem estremece. Continua a me observar daquele jeito tão calmo que me enfurece.

— Não estou com raiva por Jack ter morrido. Nós dois sabemos que ele queria me matar desde o Parapeito, e uma hora acabaria conseguindo. Estou com raiva porque a morte dele *me* mudou. — Dou um tapinha no peito, no lugar em que fica meu coração. — Dain me disse que esse lugar arranca todas as cordialidades superficiais e revela o que uma pessoa tem de verdade lá dentro.

— Não vou negar. — Ele continua me observando enquanto eu ando em círculos.

— E eu só fico pensando que, quando era mais nova, perguntei ao meu pai o que aconteceria se eu quisesse ser uma cavaleira igual a minha mãe e Brennan, e ele me disse que eu não era como eles. Que meu caminho era diferente, mas este lugar arrancou toda a minha civilidade, todas as cordialidades superficiais que tinha, e no fim o meu poder é mais destruidor do que o de *qualquer* pessoa aqui dentro. — Eu paro na frente dele, erguendo as mãos. — E não é como se eu pudesse culpar Tairn por esse poder, e eu nem faria isso. Sinetes dependem unicamente do cavaleiro e só são alimentados pelo dragão, o que significa que isso aqui estava escondido debaixo da minha pele esse tempo todo, esperando pra ser libertado. E só de pensar que... — Sinto um nó na garganta. — Esse tempo todo, eu tinha essa esperança minúscula que me alimentava de que eu seria como Brennan, e que esse seria o final da minha história. Que meu sinete seria a regeneração, e eu poderia consertar todas as coisas quebradas. Em vez disso, fui feita para quebrar as coisas. Quantas pessoas vou matar com isso aqui?

Os olhos dele ficam mais brandos.

— Quantas você escolher matar. Só porque recebeu um poder hoje não significa que perdeu a escolha de como usá-lo.

— O que tem de errado comigo? — Balanço a cabeça, apertando os punhos. — Qualquer outro cavaleiro ficaria eufórico.

Mesmo agora, sinto o poder eletrizante sob minha pele.

— Você nunca foi igual aos outros cavaleiros. — Ele se aproxima, mas ainda não me toca. — Provavelmente porque você nunca nem quis estar aqui.

Deuses, quero que ele toque em mim, para apagar tudo de horrendo que aconteceu hoje, para me fazer sentir alguma coisa, qualquer coisa que não seja essa vergonha acumulada.

— Nenhum de *vocês* queria estar aqui. — Aponto a relíquia da rebelião dele com a cabeça. — E vocês todos estão bem.

Ele me olha, me *olha de verdade*, e parece que vê coisas demais.

— A maioria de nós faria este lugar arder em chamas se tivesse chance, mas todos os marcados *querem* estar aqui porque essa é a única forma de sobreviver. Não é o mesmo pra você. Você queria uma vida tranquila cheia de livros e fatos históricos. Queria escrever relatórios de batalhas, não estar no meio delas. Não tem nada de *errado* com você.

Pode ficar com raiva de ter matado uma pessoa hoje. Pode ficar com raiva que essa pessoa tenha tentado matar seu amigo. Pode sentir o que quiser dentro dessas quatro paredes.

Ele está tão perto que consigo sentir o corpo quente dele através do tecido fino da minha camisola.

— Mas não do lado de fora.

Não é uma pergunta.

— Nós somos cavaleiros — ele diz, como se essa explicação bastasse. Ele pega minhas mãos, levando-as até o próprio peito. — Então faça o que for preciso pra tirar isso de dentro de você. Quer gritar? Grite comigo. Quer bater em alguma coisa? Bata em mim. Eu aguento.

Bater nele é a última coisa que quero fazer, e, de súbito, cansei de lutar contra esse instinto.

— Vem — ele sussurra. — Me mostra o que você é capaz de fazer.

Fico na ponta dos pés e beijo Xaden.

Apesar de não ser proibido, cadetes são encorajados a não desenvolver conexões românticas fortes enquanto estudam na Divisão pelo bem da eficácia da unidade.

— Artigo Quinto, Seção Sete, Códex do Cavaleiro de Dragão

CAPÍTULO TRINTA

O corpo dele fica rígido por um instante, dois, mas logo em seguida ele nos gira impossivelmente rápido, prendendo minhas costas contra a porta, sacudindo o batente. *Uau.* Ele segura meus pulsos com uma mão, conduzindo-os para cima da minha cabeça.

— Violet — grunhe Xaden contra minha boca. O tom é uma súplica, enchendo minhas veias com um tipo completamente novo de poder. Saber que ele fica tão afetado quanto eu com a atração que sentimos é como injetar adrenalina em minhas veias. — Não é isso que você quer.

— É exatamente o que eu quero — rebato. Quero substituir a raiva pelo tesão, a morte que cometi neste dia pela afirmação da minha própria vida, fazendo meu coração bater mais rápido, e ele é capaz de entregar tudo isso e mais. — Você disse pra fazer o que eu precisava fazer.

Arqueio as costas, pressionando os seios contra o peito dele.

O ritmo da respiração dele muda, e consigo ver a guerra que ele trava internamente extrapolando por seus olhos: uma guerra que estou determinada a vencer.

É hora de parar de evitar essa tensão insuportável e rompê-la de uma vez.

Ele se abaixa, a boca a centímetros da minha.

— E eu estou te dizendo que eu sou a última coisa da qual você precisa. — Xaden mal consegue conter o rosnado em sua voz, que ecoa por seu peito e incinera cada nervo do meu corpo.

— Você tem outra pessoa para sugerir? — Meu coração fica acelerado quando decido cair no blefe dele.

— Nem fodendo.

O arroubo de ciúme inconfundível faz os olhos de Xaden se estreitarem por um segundo antes de os quadris dele me prenderem contra a porta, e meu alívio instantâneo com a resposta que ele me deu é substituído por uma onda de tesão puro. Consigo ver aquele infame controle dele chegando ao limite, quase perdendo o equilíbrio na ponta de uma faca. Tudo que ele precisa é de… um… empurrãozinho. E eu estou prestes a fazer isso sem nenhum remorso.

— Que bom. — Ergo a cabeça até encontrar a dele, puxando o lábio inferior entre os meus, chupando gentilmente antes de dar uma mordiscada. — Porque tudo que eu quero é você, Xaden.

Aquelas palavras parecem rachar algo dentro dele, e ele cede.

Finalmente.

Nossas bocas se encontram, e o beijo é quente e intenso, completamente descontrolado. A urgência parece descer pelas minhas costas quando ele segura minha bunda com as mãos, me esmagando contra os seus quadris, minha coluna acompanhando os entalhes da porta atrás de mim quando uso a madeira de apoio para me empurrar para mais perto da força dele.

Abraço a cintura dele com as pernas, cruzando os tornozelos. Minha camisola se ergue com o movimento, mas eu não me importo, não quando o jeito avassalador como ele está me beijando consome toda a minha concentração. As carícias daquela boca e daquela língua provocadora roubam qualquer pensamento lógico que eu pudesse ter, e o meu mundo se limita àquele exato beijo, àquele exato minuto e àquele exato homem. *Meu.* Neste instante, Xaden Riorson é *meu.*

Ou talvez eu pertença a ele. Mas, porra, quem é que se importa, desde que ele continue me beijando?

O calor invade meu corpo em um ímpeto viciante, incendiando cada centímetro da minha pele enquanto a boca dele desliza para o meu pescoço, um arroubo sensual que me arranca um gemido.

— Deuses — ele diz contra meu pescoço, e então nos mexemos.

A madeira arranha o chão e estala quando minha bunda se assenta sobre a escrivaninha, e meus tornozelos se descruzam das costas dele quando Xaden se inclina sobre mim, os dedos travados nos cabelos da minha nuca enquanto ele me puxa para outro beijo. Eu retribuo, faminta, com um desejo que só conheço por causa dele.

Jogo as mãos para trás para apoiar meu peso, tirando tudo o que tem no caminho e derrubando no chão. O relógio para de bater.

— Você vai me odiar amanhã de manhã. Você. Não. Quer. Isso. Aqui. — Ele pontua cada palavra com beijos que vão subindo pela minha mandíbula até chegar em meu ouvido. Dá uma mordida no lóbulo da minha orelha, e sinto meu âmago se derreter por completo.

— Para de me dizer o que eu quero ou deixo de querer. — Minha respiração fica ofegante enquanto passo os dedos pelas mechas curtas do cabelo dele, inclinando a cabeça para o lado, facilitando o acesso ao meu pescoço. Ele aproveita, descendo por ele até o ponto que se curva para o meu ombro.

Porra, como isso é bom. Cada toque da boca dele na minha pele quente é como fogo em brasa, e eu prendo a respiração quando ele se demora em um lugar sensível, detendo-se ali. Porém, ele logo fica imóvel de novo, a respiração quente e molhada contra meu pescoço.

Franzo a testa, e um pensamento nada bem-vindo me invade.

— A não ser que seja *você* que não *me* quer.

— Parece que eu não te quero? — Ele pega minha mão e a desliza por entre nossos corpos, e meus dedos se curvam no volume que se projeta por seu uniforme. Eu gemo de puro desejo ao sentir o quanto ele ficou duro por mim. — Eu sempre te quero, porra. — Ele grunhe, e eu o aperto de leve. Então, ele levanta minha cabeça, capturando meu olhar, e eu reconheço a urgência selvagem naquela profundeza com manchas douradas. Reflete exatamente o que eu sinto. — Quando você entra em qualquer lugar em que eu esteja, não consigo desviar o olhar. Quando chego perto de você, é isso que acontece. Fico duro na hora. Caralho, eu não consigo nem *pensar* direito quando você está por perto. — Ele esfrega o quadril contra a minha mão, e eu aperto o volume com a força que sinto apertar meu estômago. — Querer você não é o problema.

— Então qual é?

— Estou tentando fazer a coisa certa e não me aproveitar de você depois que teve um dia ruim. — Ele aperta a mandíbula.

Sorrio e beijo o canto da boca dele.

— Por aqui, eu sempre tenho um dia ruim. E não vai estar se aproveitando se eu estiver pedindo... — Roço os dentes contra os lábios dele. — Ou melhor, se eu estiver *implorando* pra que você melhore meu dia.

— Violet. — Ele pronuncia meu nome como um aviso, como se ele fosse algo com que eu precisasse tomar cuidado.

Violet. Ele só diz meu nome quando estamos sozinhos, quando todas as paredes e fingimentos que colocamos entre nós desaparecem, e os deuses são testemunhas de que eu quero ouvir isso mais e mais, exatamente desse jeitinho.

— Eu não quero pensar, Xaden. Só quero sentir. — Eu o solto. Dou um puxão na fita que prende minha trança comprida e passo os dedos pelos meus cabelos.

Os olhos dele escurecem, e com isso eu sei que ganhei.

— Cacete, o seu cabelo — ele diz, e então para a centímetros da minha boca. — E a sua *boca*. Tudo que eu quero fazer é te beijar, mesmo quando você me irrita.

— Então me beija.

Eu arqueio as costas na direção dele e reivindico aqueles lábios, beijando Xaden como se fosse a única chance que eu fosse ter para fazer isso. Esse tipo de desespero não é natural; é um fogo selvagem que provavelmente vai nos consumir se deixarmos.

O beijo é deliciosamente carnal, profano, e eu me derreto contra ele, acompanhando cada carícia de sua língua com a minha. Ele tem gosto de menta, de Xaden, e eu só quero mais e mais.

Xaden é o pior tipo de vício, perigoso e insaciável.

— Me diz pra parar — ele sussurra, o dedão acariciando a pele sensível da parte interna da minha coxa.

— Não pare. — Eu vou morrer se ele parar.

— Caralho, Violet — ele grunhe, deslizando a mão entre as minhas coxas.

Deixa para lá. É *assim* que eu quero que ele diga meu nome a partir de agora. Desse jeitinho.

Ele desliza o tecido da minha calcinha por cima do meu clitóris e eu arqueio as costas com a explosão de prazer que invade meu corpo, tão doce que quase sinto o gosto na boca.

Ele captura meus lábios nos dele mais uma vez, faminto, a língua deslizando contra a minha enquanto os dedos dele me acariciam através do tecido, usando a calcinha para aumentar a fricção. Tento balançar meus quadris contra a mão dele para aumentar a intensidade, mas meus pés estão pendurados na escrivaninha e não tenho apoio. Só posso ir até onde ele me deixar.

— Me toca — eu exijo, minhas unhas fincando-se na nuca dele, o desejo martelando como se fosse um tambor.

A voz dele ofega contra a minha boca.

— Se eu colocar minhas mãos em você, se eu colocar de verdade, não sei se vou conseguir parar.

Ele pararia. Eu sei disso, lá no fundo da minha alma. É por isso que confio nele com meu corpo.

Meu coração? Não tem poder de decisão nenhum nessa jogada.

— Para de tentar ser tão *honrado* e me fode, Xaden.

Ele arregala os olhos e me beija como se eu fosse o ar que faltasse em seus pulmões, como se a vida dele dependesse disso, como eu acho que a minha depende. Os dedos dele deslizam por baixo da minha calcinha e me acariciam onde estou mais molhada, e um gemido escapa da minha boca. O toque dele é eletrizante.

— Tudo em você é macio. — Ele me beija profundamente, enquanto os dedos me tocam e me provocam, fazendo com que o desejo doce se retese ainda mais dentro de mim. Finco as unhas nos ombros dele, arqueando as costas enquanto ele desenha círculos cada vez mais apertados contra meu clitóris inchado. — Aposto que o seu gosto é tão bom quanto a sensação do toque.

O prazer me causa arrepios, um fogo aceso e vivo inflamado embaixo da minha pele.

— Continua. — É tudo que sou capaz de dizer e pedir, enquanto minha pele fica corada e meu batimento cardíaco acelera. Vou explodir em chamas, e tudo que posso fazer é gemer contra a boca dele quando Xaden desliza um dedo para dentro de mim. Meus músculos se apertam ao redor dele, e ele enfia mais um.

— Você é gostosa pra caralho. — A voz dele fica rouca, parecendo que vem de uma profundeza em brasas. — Isso vai ferrar com a nossa vida, mas não vejo a hora de sentir você gozar com o meu pau aí dentro.

— Ah, meus *deuses*.

Aquela *boca*. Jogo as mãos contra a parede para ter um apoio, derrubando alguma coisa quando levanto os quadris. Algo estilhaça no chão à minha esquerda enquanto eu me apoio mais nos dedos dele. Ele os curva dentro de mim e eu ofego, prendendo as coxas contra os quadris dele que ainda vestem o uniforme. E, quando ele usa o dedão para acariciar meu clitóris, a fricção e a pressão me levam à beira do êxtase.

Solto um grito, e Xaden abafa o som com a boca dele, me beijando com aquela língua afiada, acompanhando cada movimento dos dedos dele dentro de mim. O poder vem em uma explosão, ondulando pelos meus ossos, e eu me agarro a Xaden ainda mais, me surpreendendo com aquela energia eletrizante inesperada.

— *Olha só para você. Você é linda, Violet. Goza, vai, por mim.* — As palavras dele rodopiam na minha mente, a boca dele grudada na minha, e aquela intimidade me leva ao limite do prazer, que então transborda.

Ele engole meu grito e minhas costas caem para trás, a primeira onda do orgasmo passando por mim, liberando aquela tensão apertada em explosões de faíscas nos limites da minha visão, me destroçando em um milhão de estrelas derrotadas. Um relâmpago acerta o lado de fora da minha janela, iluminando meu quarto de novo e de novo enquanto ele me acaricia com um toque experiente que me leva do primeiro clímax a um segundo.

— Xaden — gemo enquanto o prazer diminui e explode outra vez.

Ele abre um sorriso e tira os dedos de dentro de mim, e eu me desfaço apenas em uma respiração ofegante e um desejo puro, segurando a camisa dele. Quero que ele a tire *agora*. Ele concede o meu pedido, arrancando a camada de tecido, e então nos beijamos de novo, as mãos explorando e as línguas acompanhando. A sensação da pele dele debaixo dos meus dedos é divina, impossivelmente macia sobre todos os centímetros de músculos enrijecidos. Traço as linhas das costas dele, memorizando cada curva e cavidade quando os tendões se mexem a cada movimento.

— Preciso de você dentro de mim *agora* — ofego, e então tento desabotoar a calça de couro dele.

— Entende o que está me pedindo? — ele pergunta enquanto eu empurro o tecido e qualquer outra coisa para baixo de seus quadris, libertando o volume grosso que é o pau dele. Está quente e duro nas minhas mãos, e o gemido que arranco dos lábios dele me faz sentir invencível.

— Estou pedindo pra você me foder. — Ergo as costas e o beijo.

Ele geme, arrastando meus quadris para a beirada da escrivaninha, e depois puxa minha calcinha para baixo, me deixando exposta. Meu batimento cardíaco acelera ainda mais.

— Eu tomo o supressor de fertilidade — eu digo.

— Eu também — ele responde. Claro que sim. A última coisa que alguém quer no mundo são bebês, correndo por aí nesta Divisão. Porém, é melhor deixar claro do que se arrepender depois.

Ele segura meus quadris, me erguendo para ter um ângulo melhor, e a cabeça do pau dele roça contra meu clitóris. Eu arfo, e os olhos dele se fixam nos meus. O desejo que vejo em cada linha retesada do seu corpo é a minha ruína. Não ligo se isso vai condenar nós dois. Preciso dele.

Sem mais restrições. Chega.

Eu estico a mão e levo o pau dele até minha entrada, mas essa posição é horrível. Ele é muito mais alto que a escrivaninha, e, se eu não estivesse tão desesperada para senti-lo, ia rir, mas estou desesperada. Ajusto o corpo, mas isso não ajuda muito. Cada segundo de espera parece que se estende por décadas.

— Essa porra dessa escrivaninha — ele xinga.

Sinto exatamente o mesmo.

Os bíceps dele se flexionam e Xaden me ergue pela parte de trás das coxas, e eu o abraço pelo pescoço, minhas pernas travando ao redor da cintura dele, minha camisola se esticando entre nós dois quando ele se vira. Nossas bocas se encontram em outro beijo devastador e minhas costas batem contra o armário, mas eu nem sequer pisco, consumida demais pela língua e a sensação dele entre as minhas coxas.

— Merda. Você está bem?

— Eu estou bem — respondo. — Você não vai me machucar.

Ele empurra o pênis para dentro daqueles primeiros centímetros apertados, e gemo ao sentir como o encaixe é justo, como o pau dele precisa me alargar.

— *Continua.* — Eu estou ocupada demais o beijando para falar. — *Preciso de você inteiro dentro de mim.*

— *Você vai acabar me matando, Violet.*

O último resquício do controle dele se esvai, e com uma única estocada ele entra por inteiro dentro de mim.

Eu gemo enquanto o beijo. Ele vai *fundo*. Tão fundo que consigo senti-lo ocupar todo o meu interior.

— *Me diz que você está bem.* — Ele já está se mexendo, graças aos deuses.

— *Estou perfeitamente bem.* — A sensação é mais do que perfeita. O poder volta a surgir sob minha pele, zumbindo em uma urgência sem palavras, frenética.

— *Você é tão gostosa.* — Ele volta a movimentar os quadris para dentro e para fora de mim, de novo e de novo, num ritmo firme e brutal, a boca deslizando para o meu pescoço enquanto uma mão se ergue para segurar meu peito.

Não consigo nem pensar para além do prazer enlouquecedor que aquilo provoca, minhas costas batendo no armário a cada impulso, preenchendo o quarto com o som dos nossos corpos empenhados e da madeira rangendo. Cada vez que ele entra em mim é melhor do que a anterior. Minha respiração fica entrecortada.

— *Cacete, eu nunca vou me cansar de você, vou?* — ele diz, o rosto enterrado no meu pescoço enquanto arqueio as costas contra ele.

— *Cala a boca e me fode mais, Riorson.*

Amanhã ainda vai ser cedo para eu me arrepender disso.

Esticando a mão para cima, eu me seguro na beirada do armário com uma mão para poder me encaixar com mais força, encontrando os quadris dele, entrando com mais força e mais fundo. Ele abaixa uma das alças da camisola do meu ombro e o ar fresco da noite acaricia meu mamilo endurecido um segundo antes de a boca quente de Xaden o cobrir. As sensações aumentam, espiralando e rodopiando, formando um nó de prazer tão intenso dentro de mim que é insuportável e sublime ao mesmo tempo.

A porta do armário range e depois racha das dobradiças, e as sombras de Xaden aparecem, me protegendo quando a porta se destaca do resto e bate contra nós. Meu poder surge, respondendo ao dele, eletrizante sob a minha pele enquanto eu o agarro pelos ombros, minha boca grudada na dele.

Não há nada que nos faça parar. Não *conseguimos* parar.

— Porra — ele xinga enquanto me possui e depois de novo, sem parar, virando nossos corpos mais uma vez até que sinto um tecido nas costas. Só que não é da cama. É das cortinas ao lado da janela.

A energia estala mais uma vez com o encontro das nossas bocas, e ele ainda continua, deixando aquele nó dentro de mim cada vez mais apertado a cada movimento.

E o poder... é demais. Está me queimando, esquentando meu sangue, procurando um jeito de se libertar.

— Xaden — eu gemo, ao mesmo tempo me contorcendo e me segurando como se ele fosse minha única âncora no mundo.

— Eu estou aqui, Violet — ele promete, a respiração ofegante contra meus lábios. — Pode se soltar.

O relâmpago me percorre, tão brilhante que me faz fechar os olhos. O calor parece arder acima de mim enquanto o trovão retumba de imediato.

E é aí que sinto o cheiro de fumaça.

— Merda. — O poder de Xaden preenche o quarto, escondendo a pouca luz que tínhamos, e a cortina cai, mas nos movemos antes que o tecido incendiado consiga tocar minha pele.

O nó de prazer chega ao ápice quando ele me leva ao chão, e *finalmente* sinto todo o peso dele sobre o meu corpo enquanto ele mete dentro de mim. As sombras se dissipam, e vê-lo ali em cima, o olhar escuro fixo no meu em uma concentração intensa, é a visão mais linda que já tive.

— *Você. É. Tão. Lindo.* — Pontuo cada uma das palavras com um beijo.

Ele se afasta, o olhar buscando algo por um segundo antes de me devastar com outro beijo que me deixa desejando mais, levantando meus quadris contra os dele.

Esse homem consegue beijar com o corpo todo, movendo os quadris e a língua no mesmo ritmo, segurando o próprio peso só o bastante para eu conseguir respirar enquanto esfrega o peitoral por cima dos meus mamilos sensíveis. Ele me mantém naquele limite do ápice que ele mesmo ocupa, e eu não sei quanto tempo mais vou aguentar antes de incendiar o quarto todo.

— Eu preciso... preciso... — Meus olhos buscam os dele, frenéticos. Para onde foram minhas palavras?

— Eu sei.

Ele me beija de novo e leva uma mão ao encontro dos nossos corpos, usando aqueles dedos talentosos para me acariciar e me direcionar a outro orgasmo. Outro clarão lampeja, seguido de um trovão e escuridão enquanto eu me desfaço sob ele.

O prazer vem em ondas, submergindo mais e mais dentro de mim até que eu consiga apenas segurar os ombros de Xaden, aproveitando aquela entrega extasiada a ele.

— Linda — ele sussurra.

No segundo em que meu corpo se acalma, ele diminui o ritmo e segura um dos meus joelhos firmemente contra o meu peito, entrando em mim ainda mais fundo. Balanço os quadris na direção dele, o suor pingando da minha pele enquanto o vejo se desfazer com um fascínio ávido. A adoração que sinto quando ele perde o controle é tão grande quanto o medo que me invade quando eu mesma o perco. Quando viro os quadris, ele grunhe, arqueando o pescoço enquanto dá uma estocada. Duas.

Na terceira, ele grita, e então estremece dentro de mim, e o poder dele se deslancha em feixes de sombras, a força rachando o alvo de madeira do outro lado da janela.

Lascas voam, e Xaden explode em outra onda de escuridão que só dura o bastante para nos proteger dos destroços. As sombras, então, se retraem, e as adagas caem no chão atrás de mim.

Ele parece tão chocado e enfeitiçado quanto estou me sentindo. Nós nos encaramos, deitados, o peito ofegante depois do que só pode ser descrito como uma loucura completa.

— Eu nunca perdi o controle assim antes — ele diz, apoiando o peso em um braço e afastando meu cabelo do rosto com a outra mão. Aquele gesto é tão gentil, tão diferente do que acabamos de fazer, que tudo que consigo é sorrir em resposta.

— Nem eu. — O sorriso aumenta ainda mais. — Não que eu tivesse poder pra perder o controle antes.

Ele ri e rola nossos corpos para o lado, me mantendo bem perto de si e me deixando descansar em cima do seu bíceps.

Fungo, sentindo o cheiro de fumaça.

— Eu…

— Botou fogo nas cortinas? — Ele ergue uma sobrancelha. — Botou.

— Ah. — Eu não consigo me envergonhar disso, então passo os nós dos dedos pela barba por fazer da mandíbula dele. — E você apagou.

— Isso. Logo antes de eu destruir seu alvo. — Ele faz uma careta. — Eu te dou um novo.

Olho para o armário.

— E a gente…

— Pois é. — Ele ergue as duas sobrancelhas. — E acho que você também vai precisar de uma cadeira nova.

— Isso foi… — Eu nem mesmo tirei as calças dele por inteiro, e minha camisola está pendurada só em um ombro.

— Assustadoramente perfeito. — Ele segura meu rosto. — A gente precisa limpar você e ir dormir. Vamos deixar pra nos preocuparmos com… o seu quarto amanhã. Ironicamente, a cama foi a única coisa que não estragamos.

Eu me sento para confirmar que a cama está intacta, e Xaden faz o mesmo, inclinando-se para a frente. Imediatamente perco o interesse em tudo em volta, a não ser nas linhas dos seus músculos nas costas e na relíquia azul-marinho que Sgaeyl deu para ele.

Eu estico a mão e traço a relíquia em suas costas, meus dedos se demorando sobre as cicatrizes prateadas, e ele enrijece. São todas linhas curtas e finas, precisas demais para virem de um chicote, mas não existe um padrão demarcado, nunca se interseccionando.

— O que aconteceu? — sussurro, prendendo a respiração.

— Você não quer saber. — Ele está tenso, mas não se mexe para longe do meu toque.

— Eu quero, sim.

Não parecem ser de um acidente. Alguém o machucou de propósito, com uma intenção ruim, e isso me faz querer caçar quem foi e retribuir o que foi feito.

Ele aperta a mandíbula e olha por cima do ombro, os olhos encontrando os meus. Eu mordo o lábio, sabendo que naquele instante qualquer coisa pode acontecer. Ele pode me rejeitar como sempre, ou pode baixar a guarda e confiar em mim.

— Tem muitas — murmuro, descendo os dedos pela coluna.

— Cento e sete. — Ele desvia o olhar.

Aquele número faz meu estômago revirar, e paro de me mexer. *Cento e sete.* Foi o número que Liam mencionou antes.

— Esse é o número de crianças menores de idade que têm uma relíquia da rebelião.

— Isso.

Eu me viro para olhar para o rosto dele.

— O que aconteceu, Xaden?

Ele afasta meu cabelo do rosto, e o seu olhar é tão gentil que faz meu coração palpitar.

— Vi uma possibilidade de fazer um acordo — ele diz, baixinho. — E aproveitei.

— Que tipo de acordo te deixou com cicatrizes como essas?

Nos olhos dele, o conflito interno se deflagra, mas ele acaba por suspirar.

— Um do tipo que me deixou responsável pela lealdade dos cento e sete filhos que os líderes da rebelião deixaram para trás, e em troca, nós podemos lutar por nossas vidas na Divisão dos Cavaleiros em vez de sermos executados como nossos pais. — Ele desvia o olhar. — Preferi a morte como uma chance do que como uma certeza.

A crueldade da oferta e o sacrifício que ele fez para salvar os outros me acertam como um golpe físico. Eu o seguro pela bochecha, fazendo-o voltar a olhar para mim.

— Então se algum deles trair Navarre… — Ergo as sobrancelhas.

— Eu morro. As cicatrizes são um lembrete.

É por isso que Liam diz que deve tudo a Xaden.

— Eu sinto muito que isso tenha acontecido com você.

Especialmente porque não foi ele que liderou a rebelião.

Ele me encara como se pudesse ver as profundezas do meu ser.

— Você não tem por que me pedir desculpas.

Eu agarro a mão dele quando ele tenta se levantar.

— Fica.

— Melhor não. — Duas linhas aparecem entre as sobrancelhas dele enquanto me encara. — As pessoas vão acabar fazendo fofoca.

— Desde quando você acha que eu me importo com o que as pessoas pensam de mim? — Uso as palavras que ele usou comigo e me sento, levando a mão até a marca da relíquia em seu pescoço. — Fica comigo, Xaden. Não me faça implorar.

— Nós dois sabemos que isso é uma péssima ideia.

— Então é uma péssima ideia que é *nossa*.

Ele abaixa os ombros e eu sei que ganhei mais uma vez. Por esta noite, ele é meu. Nós nos revezamos para nos esgueirar para fora do quarto e nos limpar, e então ele sobe na cama atrás de mim.

— Só entre essas quatro paredes — ele diz baixinho, e eu entendo o que ele quer dizer.

— Só entre essas quatro paredes — concordo. Não é como se tivéssemos um relacionamento nem nada. Isso seria… desastroso, considerando a hierarquia deste lugar. — Nós somos cavaleiros, afinal.

— Eu só não confio que vou conseguir me controlar se alguém disser…

Eu dou um beijo na boca dele, silenciando-o.

— Eu entendo o sentimento. É… fofo.

Ele dá uma mordiscada na minha pele.

— Eu não sou fofo. Por favor, não pense que qualquer parte de mim é suave ou gentil. Você só vai se machucar. E faça o que fizer… — Ele enterra o rosto no meu pescoço, inalando profundamente. — Não se apaixone por mim.

Passo a mão por seu braço marcado e rezo para que eu não esteja me apaixonando. Aquela sensação arrebatadora de desejo e satisfação no meu peito deve ser o efeito de ter tido três orgasmos, certo? Não pode ser mais que isso.

— Violência?

Olho para a janela, na direção do céu infinitamente preto, mudando de assunto, minhas pálpebras ficando cada vez mais pesadas.

— Como você adivinhou que eu conseguia dominar relâmpagos?

Ele se estica o bastante só para eu conseguir aninhar minha cabeça embaixo do queixo dele.

— Achei que tivesse feito isso na noite que Tairn canalizou o poder por você, mas não tinha certeza, então não falei nada.

— Sério? — Eu pisco, pensando, mas meu cérebro está agradavelmente entorpecido, o sono lutando para me puxar. — Quando?

Fecho os olhos. Ele aperta o braço ao meu redor, me puxando para mais perto, as coxas encostadas na calça dele, e eu fico ainda mais sonolenta.

— Na primeira vez que você me beijou.

***

Quando acordo, Xaden já foi embora, mas isso não me surpreende. Ele ter decidido passar a noite no meu quarto? Isso sim foi chocante.

Encontrar uma jarra com um punhado de violetas primaveris? Sinto meu coração apertar. Deuses, eu estou muito encrencada.

Ele até mesmo juntou todos os destroços numa pilha no canto do quarto, o que significa que deve ter usado as sombras enquanto eu estava dormindo, porque não escutei nada.

Ainda estou exausta, mas me visto e prendo o cabelo rapidamente, notando que o sol já está alto no céu. Com Liam na enfermaria, farei a visita aos Arquivos sozinha hoje, mas talvez consiga aproveitar um minuto para visitá-lo no caminho de volta até aqui.

Estou amarrando as botas quando ouço uma batida na porta.

— Você só pode estar de brincadeira — eu digo alto o bastante para quem estiver do outro lado ouvir. — Só porque Liam está na enfermaria não quer dizer que eu preciso de outro… — escancaro a porta e tropeço na última palavra — …guarda-costas.

O professor Carr está parado no corredor da frente do meu quarto, o cabelo em pé enquanto me encara em uma avaliação científica, erguendo as sobrancelhas ao ver o estado de deterioração do meu quarto.

— Temos trabalho a fazer.

— Eu tenho que cumprir minha tarefa nos Arquivos — argumento.

Ele bufa.

— Você não vai ter tarefa nenhuma até podermos nos certificar de que não vai incendiar nada lá. Relâmpagos e papel não são uma boa combinação. Confie em mim, Sorrengail, os escribas não vão querer que você chegue nem perto dos livros preciosos deles, e, pelo visto, você não consegue controlar seus poderes nem quando está dormindo.

Tento ignorar a repreensão naquelas palavras, uma vez que ele já andou para bem longe, mas acabo seguindo-o pelo corredor.

— Aonde vamos?

— A um lugar seguro, no qual sabemos que vai ser impossível você provocar um incêndio florestal — ele diz, sem olhar para trás.

Vinte minutos depois, estamos no campo de voo, e, para minha surpresa, Tairn já está com a sela.

— *Como você fez isso?*

Ele sopra o ar pelas narinas, indignado.

— *Como se eu fosse deixar alguém projetar algo que eu mesmo não consigo vestir. Lembre-se de onde vem o seu poder, Prateada.*

— *Como está Andarna?* — pergunto, enquanto o professor Carr deixa uma bolsa nas minhas mãos. Para que é isso?

— *Ainda dormindo, mas está bem* — promete Tairn.

— É o seu café da manhã — responde Carr. — Com o tanto de poder que vai usar hoje, vai precisar se alimentar.

Ele sobe no próprio Rabo-de-adaga-laranja e, depois que eu monto em Tairn e afivelo a sela, decolamos.

O vento da primavera corta minhas bochechas enquanto voamos para a cordilheira, e fico agradecida por ter vestido o uniforme de voo hoje de manhã, pensando na sessão de treino que teríamos antes do almoço.

Aterrissamos quase meia hora depois, muito acima da linha das árvores.

Eu estremeço, esfregando os braços para afastar as temperaturas baixas que acompanham a altitude.

— Não se preocupe. Não vai ficar com frio por muito tempo — garante Carr, desmontando e tirando um livro do bolso. — De acordo com o que li ontem à noite, essa habilidade em particular tem o poder de fazer seu corpo aquecer, portanto...

Ele gesticula para os arredores.

— E nem tem tanta coisa assim pra queimar aqui, né? — completo. E também nenhuma testemunha, caso ele decida quebrar meu pescoço. Olho rapidamente na direção dele antes de desviar o olhar, desafivelando a sela e deslizando pela perna de Tairn.

— *Não saia de perto de mim.*

— *Nunca. Eu o queimarei vivo antes que ele consiga dar um único passo na sua direção.*

— Precisamente — responde Carr, me examinando. Evito encontrar o olhar dele enquanto verifico a atadura em meu joelho e me certifico de que não escorregou para baixo do uniforme. — É sempre intrigante para mim como a natureza encontra equilíbrio.

— Não sei se entendi direito o que quis dizer, professor.

— Esse tipo de poder, em alguém tão... — Ele suspira. — Você não se descreveria como frágil?

— Eu sou do jeito que sou. — Eu me empertigo. Nunca dei a esse professor em particular nenhum motivo para pensar que sou diferente.

— Isso não é uma ofensa, cadete. — Ele dá de ombros, olhando para a sela. — É um equilíbrio. Em todos os meus anos de serviço, comecei a perceber que existe uma relação que mantém os poderes em harmonia. O seu parece ser seu próprio corpo.

Um grunhido retumba no peito de Tairn enquanto ele empurra o dragão menor de Carr para longe.

— Seu dragão não confia em mim — declara o professor, como se fosse um problema acadêmico a ser resolvido. — E considerando que ele é o mais poderoso na Divisão neste momento...

— *Mas não no Continente* — admite Tairn.

— ... isso significa que você também não confia em mim, cadete Sorrengail. — Ele sustenta meu olhar, e o vento no topo das montanhas faz seus cabelos brancos dançarem como penas. — Por quê?

— *Não adianta mentir.*

— Fora você me chamar de frágil? — Fico perto da perna dianteira de Tairn, pronta para montar caso necessário. — Eu estava lá no dia em que você matou Jeremiah. O sinete dele se manifestou e aí você quebrou o pescoço dele como se fosse um galho na frente de todo mundo.

Carr vira a cabeça, pensativo.

— Sim, bem, ele estava em pânico, e é de conhecimento geral que inntínnsicos não podem ficar vivos. Eu acabei com o sofrimento dele antes que pudesse compreender que o fim chegaria.

— Nunca vou entender por que ler mentes é uma sentença de morte. — Apoio a mão na perna de Tairn como se fazer isso pudesse aumentar a absorção de sua força, mesmo que já consiga senti-la fluindo através de mim.

— Porque conhecimento é poder. Como filha de uma general, você já deveria saber disso. É impossível que alguém fique andando por aí com acesso irrestrito a materiais sensíveis e confidenciais. É um risco à segurança de todo o reino.

Ainda assim, Dain está vivo.

— *Porque Aetos é útil para eles, desde que consigam controlá-lo.* — Tairn sopra fumaça acima da minha cabeça, e o dragão laranja recua mais. — *O poder dele também é limitado ao toque, portanto é mais fácil de manipular.*

— Olha, você não precisa confiar em mim, e pode até usar seu poder em cima do seu dragão se preferir, mas espero que acredite quando digo que não planejo te matar, cadete Sorrengail. Perder um recurso como você seria uma tragédia para a nossa guerra.

Um *recurso.*

— E o fato de que você se uniu a Tairn torna você e Riorson o par de cavaleiros mais cobiçado do reino há anos. Quer um conselho? — Ele estreita os olhos.

— Por favor. — Ao menos ele é honesto demais, então é fácil saber sua posição.

— Saiba com precisão quem é leal a você. Você e Riorson possuem poderes excepcionais e letais. Qualquer cavaleiro teria inveja de vocês. Agora, juntos? — Ele franze as sobrancelhas grossas. — Vocês seriam um inimigo formidável, que os comandantes simplesmente não poderiam deixar existir. Entendeu o que estou querendo dizer?

A voz dele se suaviza no final.

— Navarre é minha casa, professor. Vou dar minha vida para defender meu país, assim como todos os Sorrengail que foram cavaleiros antes de mim.

— Excelente. — Ele assente. — Agora vamos começar a trabalhar. Quanto mais rápido você conseguir controlar o relâmpago, mais rápido nós dois podemos parar de congelar aqui em cima.

— Entendi. — Encaro a cordilheira. — Você só quer que eu... — Gesticulo para as montanhas ao nosso redor.

— De preferência em qualquer lugar que não seja bem aqui onde nós estamos, é.

Encaro as montanhas mais distantes.

— Não sei bem o que fiz para invocar o relâmpago antes. Foi uma reação... emocional. — E o que aconteceu ontem à noite definitivamente não vai ser discutido aqui.

— Interessante. — Ele anota algo no caderno com um bastão de grafite. — Você já manipulou relâmpagos antes, além de ontem durante os Jogos de Guerra?

Internamente, avalio não responder a essa pergunta, mas meu silêncio não vai ajudar em nada.

— Algumas vezes.

— E essas vezes foram resultado de uma reação emocional?

Tairn bufa, e eu dou um tapa na perna dianteira dele com as costas da mão.

— Sim.

— Entendi, então vamos começar por aí. Tente praticar o aterramento e sentir o que estava sentindo na hora. — Ele volta ao caderno.

— *Devo ir buscar o Dirigente de Asa?* — pergunta Tairn, rindo na minha mente.

— *Cala a boca.*

Aterro os dois pés nos Arquivos, e meu poder flui por mim e através de mim. A luz dourada de Andarna está lá também, mas suavizada desde que foi drenada ontem, e acima de mim estão as sombras escuras que sei que representam minha conexão com Xaden.

— *Você se meteu em algum problema?* — pergunta Xaden, como se sentisse a minha pergunta. — *E o que está fazendo tão longe?*

— *Estou treinando com Carr.* — Minhas bochechas esquentam ao ouvir o som da voz rouca dele. — *E como você sabe que estou longe?*

— *Se fortalecer seus poderes, vai conseguir fazer isso também. Não existe um lugar no mundo para onde você poderia ir que eu não iria te encontrar, Violência.*

Essa promessa deveria soar como uma ameaça, mas não soa. É reconfortante pra caralho.

— *Nesse momento eu ficaria contente em dominar alguns relâmpagos. Carr está me encarando, e vai ficar esquisito bem rápido se eu não descobrir como...*

Imagens... *de mim* invadem minha mente. São da noite passada, mas de alguma forma as vejo através dos olhos de Xaden, sentindo a ardência inconfundível de um desejo insaciável. Meu controle se vai... não, é o controle de Xaden, enquanto gemo embaixo dele, meus quadris seguindo o ritmo da mão dele, minhas unhas fincando na pele dele em uma dor prazerosa enquanto eu estremeço. Deuses, eu preciso... *não...* ele precisa de mim. O desejo dele está sedento pelo meu toque, meu gosto, pela sensação da...

O poder preenche todo o meu sistema, eletrizando minha pele, e um clarão brilha atrás dos meus olhos fechados.

As imagens cessam, e meus sentimentos voltam a ser meus.

E, porra, eu estou com tanto tesão que preciso alternar o peso do meu corpo de uma perna para a outra para diminuir a dor entre as coxas.

— Bom trabalho! — assente o Professor Carr, anotando algo.

— *Não acredito que você fez isso.*

— *De nada.*

Minhas bochechas estão coradas quando levanto as costas da mão para limpar o suor da testa.

— Está vendo? Eu disse. — Carr ergue o caderno. — O último dominador de relâmpagos relatou que sempre ficava com calor. Agora faça de novo.

Tairn dá uma risada engasgada.

— *Não quero ouvir nem uma porra de uma palavra* — aviso.

Dessa vez, me concentro na sensação de poder, e não no que recebi ali, expandindo meus sentidos e deixando que aquela energia branca e quente passe por mim, chegando a um ápice. Então, eu a libero, e o relâmpago acerta a dois quilômetros dali. Olha só para isso. Agora sou comprovadamente fodona.

— Talvez você pudesse melhorar essa mira da próxima vez? — O professor Carr encara o caderno. — Só não se esqueça de não exaurir a força física com que você controla esse poder. Ninguém quer ver você entrando em combustão espontânea. Um poder como o de Tairn vai te consumir se não conseguir contê-lo.

Consigo projetar relâmpagos mais outras cinco vezes antes de ficar exausta, e nunca consigo acertar a mira.

Isso vai ser mais difícil do que eu pensava.

No primeiro dia de julho, no aniversário da Batalha de Aretia, fica proclamado o Dia da Reunificação, que será celebrado em toda Navarre nesse dia, a fim de honrar as vidas perdidas durante a guerra, para salvar nosso reino dos separatistas, e aqueles que foram salvos pelo Tratado de Aretia.

— Proclamação Real do rei Tauri, o Sábio

CAPÍTULO TRINTA E UM

Ouço uma batida na porta enquanto tiro um punhado de roupas dos restos do que costumava ser meu armário.

— Pode entrar — digo, largando as roupas em cima da cama.

A porta se abre e Xaden entra, o cabelo esvoaçado como se tivesse acabado de sair do campo de voo, e meu batimento cardíaco acelera.

— Eu só queria… — ele começa a dizer e então para de falar, analisando os escombros que sobraram do meu quarto depois da noite de ontem. — De alguma forma eu me convenci hoje de que não tínhamos causado tanto dano, mas…

— É, a gente causou…

Ele olha para mim e nós dois abrimos um sorriso.

— Olha, a gente não precisa ficar esquisito um com o outro nem nada. — Dou de ombros, tentando aliviar a tensão. — Nós dois somos adultos.

Ele arqueia a sobrancelha com a cicatriz.

— Que bom, porque eu não ia ficar esquisito com você. Mas o mínimo que posso fazer é ajudar você a limpar essa bagunça. — Ele encara o armário e estremece. — Juro que não parecia tão estragado assim quando saí de manhã. Parece que você também fez algumas árvores pegarem fogo ontem à noite. Dois manipuladores de água precisaram ir até lá para apagar.

Minhas bochechas coram.

— Você foi embora cedo. — Tento deixar o meu tom o mais descompromissado possível enquanto sigo na direção da escrivaninha, que sobreviveu milagrosamente, e me abaixo para pegar os livros que derrubamos no chão.

— Eu tinha uma reunião da liderança e precisava estar lá mais cedo. — Ele roça o braço contra o meu quando se abaixa para pegar meu livro favorito de fábulas, o que Mira escondeu na minha mochila depois que voltamos a Montserrat naquela noite.

— Ah. — Fico mais leve. — Isso faz sentido. — Eu me endireito, devolvendo os livros para a escrivaninha. — Então não foi porque eu ronco.

— Não. — Ele levanta um canto da boca. — Como foi o treino com Carr?

Rápida mudança de assunto.

— Consigo projetar relâmpagos, mas não consigo mirar, e isso é exaustivo. — Espremo a boca, pensando naquele primeiro relâmpago que dominei. — Sabe, você foi meio babaca no campo de voo ontem.

Ele aperta o livro com mais força.

— Fui. Eu te disse o que achei que você precisava ouvir pra superar aquele momento. Sei que você não gosta que os outros te vejam de uma forma vulnerável, e você...

— Eu estava vulnerável — completo.

Ele assente.

— Se faz você se sentir melhor, também vomitei depois da primeira vez que matei uma pessoa. Não acho que você seja inferior por ter tido essa reação. Só significa que você ainda tem um pouco de humanidade.

— Você também — digo, gentilmente tirando o livro dele.

— Discutível.

Diz o homem que tem cento e sete cicatrizes nas costas.

— Não é, não. Pelo menos, não pra mim.

Ele desvia o olhar, e sei que vai voltar a subir a guarda a qualquer segundo.

— Me diz alguma coisa que seja verdade — peço, desesperada para mantê-lo ali comigo.

— Tipo o quê? — ele devolve, da mesma forma que perguntou quando estávamos voando, quando me deixou sentada naquela montanha e quando tive a audácia de perguntar sobre as cicatrizes dele.

— Tipo... — Tento percorrer rapidamente meus pensamentos, procurando algo para perguntar. — Tipo aonde você foi na noite em que te encontrei no pátio.

Ele franze o cenho.

— Vai precisar ser mais específica. Os terceiranistas são enviados para um monte de lugares o tempo todo.

— Bodhi estava com você. No dia antes da Armadilha. — Nervosa, percorro o lábio com a língua.

— Ah. — Ele pega outro livro e o deposita na escrivaninha, claramente enrolando para decidir se vai ou não se abrir comigo.

— Eu nunca contaria a ninguém as coisas que você me conta — eu prometo. — Espero que saiba disso.

— Eu sei. Você nunca contou a ninguém sobre o que viu naquela árvore no outono. — Ele esfrega a nuca. — Athebyne. Não posso te dizer o motivo ou qualquer outra coisa, mas tínhamos ido pra lá.

— Ah. — Definitivamente não era o que eu estava esperando, mas não é estranho que os cadetes precisem levar algo para um entreposto. — Obrigada por me contar.

Eu me mexo para devolver o livro para o seu devido lugar e vejo que a lombada está bem mais estourada depois que o derrubamos da escrivaninha ontem.

— Que droga. — Abro o livro pela quarta capa e vejo que está rasgado na costura.

Alguma coisa sai de lá de dentro.

— O que é isso? — pergunta Xaden, olhando por cima do meu ombro.

— Não sei.

Equilibrando o livro pesado com uma mão, eu puxo o que parece ser um pedaço duro de pergaminho que estava escondido dentro da costura. A gravidade parece ficar suspensa quando reconheço a caligrafia do meu pai, datada de alguns meses antes da sua morte.

Minha Violet,

Quando encontrar isto, provavelmente já estará na Divisão dos Escribas. Lembre-se de que o folclore é transmitido de uma geração para a outra para nos ensinar sobre o nosso passado. Se perdermos o folclore, perdemos nosso elo com o passado. Basta uma única geração desesperada para mudar a história (ou até mesmo apagá-la).

Sei que vai fazer a escolha certa quando chegar a hora. Você sempre foi o melhor do que eu e sua mãe tínhamos a oferecer.

Com amor,
Papai

Franzo o cenho e mostro a carta para Xaden, folheando o livro. As histórias são todas familiares, e é quase como se ainda ouvisse a voz do meu pai lendo cada palavra, como se eu ainda fosse uma criança enroscada no colo dele após um longo dia.

— Que enigmático — comenta Xaden.

— Ele ficou um pouco... misterioso nos anos depois da morte de Brennan — eu confesso baixinho. — Perder meu irmão fez meu pai ficar ainda mais recluso. Eu só conseguia passar tempo com ele porque estava sempre nos Arquivos, estudando para ser uma escriba.

As páginas estremecem quando folheio as histórias de um reino antigo que se estendia de um oceano a outro, e a Grande Guerra entre três irmãos que lutavam para controlar a magia nessa terra mítica. Algumas das fábulas contam histórias dos primeiros cavaleiros que aprenderam a se unir com dragões, e como essa união poderia se voltar contra o cavaleiro se ele tentasse consumir poder demais. Outras, de um grande mal que se espalhou pela terra enquanto o homem foi corrompido por magia sombria e se transformava em criaturas conhecidas como venin, que criaram um bando de feras aladas chamadas wyvern e devastaram toda a magia da terra numa ânsia desenfreada por mais e mais poder. Outra fábula fala sobre os perigos de absorver poder do chão, em vez dos céus, já que tirar magia da terra pode acabar enlouquecendo as pessoas.

Um dos propósitos dessas fábulas é ensinar crianças sobre os perigos do poder em exagero. Ninguém quer se tornar um venin; são monstros que se escondem debaixo da cama quando temos pesadelos. E certamente nunca devemos tentar controlar magia sem um dragão para nos firmar. Mas as fábulas são só isto: histórias infantis. Então por que meu pai deixou essa carta tão misteriosa e a escondeu dentro do livro?

— O que você acha que ele estava tentando te dizer? — pergunta Xaden.

— Não sei. Todas as fábulas neste livro falam que poder demais corrompe qualquer um, então talvez ele sentisse que alguém na liderança fosse corrupto. — Olho na direção de Xaden e brinco: — Eu não ficaria surpresa se o general Melgren arrancasse uma máscara um dia e revelasse que é um venin assustador. Ele sempre me deu arrepios.

Xaden ri.

— Bom, vamos esperar que não seja isso. Meu pai costumava dizer que venin estavam esperando nos Ermos e que um dia viriam nos pegar se não comêssemos os legumes direitinho. — Ele olha pela janela, à esquerda, e sei que está se lembrando do pai. — Ele disse que um dia não restaria magia nenhuma no reino se não tomássemos cuidado.

— Sinto muito… — começo, mas, quando ele fica tenso, decido que o que ele precisa é de uma mudança de assunto. — Então, que parte da bagunça a gente deveria arrumar primeiro?

— Tenho uma ideia melhor de como passar a noite — ele diz, enquanto coloca mais uma pilha de roupas na minha cama.

— Ah, é? — Olho para Xaden e vejo seus olhos escurecendo enquanto ele encara minha boca. Imediatamente meu coração acelera, e só de pensar em tocá-lo sinto um ímpeto de energia.

Não se apaixone por mim…

As palavras da noite de ontem são um contraste gritante com a forma como ele me encara agora.

Dou um passo para trás.

— Você disse para eu não me apaixonar por você. Mudou de ideia?

— Claro que não. — Ele fecha a mandíbula.

— Entendi. — Eu não esperava que fosse doer tanto assim, o que é parte do problema. Já estou emocionalmente envolvida demais para separar as coisas de sexo, não importa quão incrível seja. — É o seguinte. Acho que eu não consigo separar sexo de emoção quando é com você. — Bem, merda, agora eu já disse tudo. — Já estamos próximos demais pra isso, e, se a gente for ficar outra vez, uma hora eu vou acabar me apaixonando.

Meu coração fica acelerado com a confissão apressada, esperando uma resposta.

— Você não vai. — Algo parecido com pânico aparece nos olhos dele, e ele cruza os braços. Juro que consigo *vê-lo erguer* a guarda contra os próprios sentimentos. — Você nem me conhece. Não de verdade.

E de quem é a culpa?

— Conheço o bastante — argumento baixinho. — E temos todo o tempo do mundo pra entender como as coisas vão funcionar se você resolver parar de ser um bundão com as suas emoções e admitir que talvez se apaixone por mim também, se a gente continuar.

Xaden não teria projetado aquela sela e passado todo aquele tempo me treinando para lutar e voar se já não sentisse *alguma coisa*. Ele vai precisar lutar por isso também, ou não vai funcionar.

— Eu não tenho *nenhuma* intenção de me apaixonar por você, Sorrengail. — Ele estreita os olhos e pronuncia cada palavra lentamente, como se eu talvez pudesse interpretar aquilo de uma forma diferente.

Porra, até parece. Ele me deixou entrar na vida dele. Me contou das cicatrizes. Criou o meu arsenal de armas. Ele se importa. Ele está tão envolvido nisso quanto eu, mesmo que tenha um jeito péssimo de demonstrar.

— Ai. — Eu estremeço. — Bom, é evidente que você não está pronto pra admitir aonde isso vai dar. Então, é melhor concordarmos que foi coisa de momento. — Eu me forço a dar de ombros. — Nós dois precisávamos de uma válvula de escape... E deu certo, né?

— Isso — ele concorda, a apreensão marcando sua testa.

— Então, da próxima vez que eu te vir, vou agir da mesma forma que você está agindo agora e fingir que não lembro qual é a sensação de ter você dentro de mim.

Quente e duro. Ele tem um corpo incrível, mas não pode mandar no meu coração.

Ele dá um passo em frente com um sorriso torto, seu olhar aquecendo cada centímetro do meu corpo.

— E eu vou fingir que não me lembro da sensação dessas suas coxas macias ao redor da minha cintura, ou daqueles gemidinhos baixos que você dá logo antes de gozar.

Os dentes dele mordem seu lábio inferior, e preciso de toda a minha força de vontade para não puxar aquele lábio com a minha boca.

— E eu vou ignorar a lembrança das suas mãos prendendo meus quadris, me segurando contra o armário pra você poder ir mais fundo com a boca no meu pescoço. Vai ser fácil. — Meus lábios se abrem enquanto recuo, meu coração batendo rápido enquanto ele segue meu movimento, me colocando contra a parede.

Ele coloca a mão ao lado da minha cabeça enquanto se aproxima, os lábios curvados em um sorriso torto.

— Então acho que vou ignorar a lembrança quente e úmida de você em volta do meu pau, e como você ficou implorando pra eu continuar até que só conseguisse pensar em ultrapassar todos os limites e fazer exatamente o que você estava me pedindo.

Merda. Ele é melhor nesse jogo do que eu. Sinto minha pele corar. Quero ele mais perto. Quero exatamente o que fizemos ontem à noite, mas quero ainda *mais*. A respiração dele está ofegante contra meus lábios, e eu mesma não estou muito melhor.

Foda-se. Posso ficar com ele, certo? Posso me aproveitar do que ele está me oferecendo, e aproveitar cada segundo. Podemos destruir todos os móveis restantes neste quarto e depois passar para o quarto dele. Mas o que vai ser de nós de manhã cedo?

Vamos ficar na mesma, os dois querendo e só um de nós sendo corajoso o bastante para aceitar seus sentimentos, e acho que mereço mais do que um relacionamento ditado pelos termos dele.

— Você me quer. — Coloco a mão no peito dele só para sentir seu coração bater. — E eu sei que isso te assusta mesmo que eu te queira da mesma forma.

Ele fica rígido.

— Mas aí é que está. — Sustento o olhar dele, sabendo que ele pode sair correndo a qualquer segundo. — Você não pode mandar nos meus sentimentos. Pode me dar ordens lá fora, mas aqui, não. Não vou permitir que me diga que a gente pode transar, mas que eu não posso me apaixonar. Isso não é justo. Você só pode respeitar o que eu escolher fazer. Então a gente não vai transar de novo até eu *querer* arriscar meu coração. E, se eu me apaixonar, o problema é meu. Não seu. Você não é responsável pelas minhas escolhas.

Ele cerra a mandíbula uma vez, depois duas. Então se afasta da parede, me dando espaço.

— Acho que a gente devia parar mesmo. Vou me formar logo, e sabe-se lá onde vou estar no ano que vem. Além disso, você e eu já estamos presos um ao outro por causa de Sgaeyl e Tairn, o que complica... tudo. — Ele se retrai um passo de cada vez, a distância não apenas física. — E mais: com todo esse *fingimento*, certeza que logo vamos nos esquecer do que aconteceu ontem à noite.

A forma como nos encaramos me diz que nenhum dos dois *jamais* vai conseguir se esquecer. E ele pode evitar o quanto quiser, mas vamos acabar tendo essa mesma conversa de novo e de novo, até ele estar disposto a reconhecer o que estamos fazendo. Porque se tem uma coisa que eu tenho certeza de que vai acontecer é que vou me apaixonar por esse homem, se é que já não me apaixonei, e ele também já está a meio caminho disso, quer perceba ou não.

Dando as costas para ele, eu caminho até as metades despedaçadas do meu alvo e as pego antes de atravessar o quarto.

— Nunca achei que você fosse um mentiroso, Xaden. — Entrego as metades partidas para ele. — Você pode me dar um novo quando estiver pronto para encarar a realidade. Aí, a gente pode aproveitar mais um pouco dessa nossa válvula de escape.

Com isso, expulso aquele homem irritante para fora do meu quarto.

***

— Ficou sabendo que o rei Tauri vai celebrar o Dia da Reunificação aqui? — pergunta Sawyer enquanto joga a perna esquerda por cima do banco ao meu lado na hora do almoço.

— Sério? — Ataco o frango assado do meu almoço com avidez. Desde que comecei a treinar com Carr, meu apetite virou um poço sem fundo. Ele pelo menos só me arrasta até as montanhas durante uma hora por dia, mas, ainda assim, quando chega a hora do café da manhã, já estou faminta.

Um mês depois, ainda não consigo acertar a mira das merdas dos relâmpagos, mas ao menos consigo projetá-los vinte vezes durante uma hora, então já é uma melhoria. Procurando pelas mesas, eu encontro o olhar de Xaden enquanto ele partilha a refeição com o resto dos líderes na plataforma.

Ele está delicioso horrores hoje. Mesmo aquela nuvenzinha emburrada que o segue para todo lado tem um certo apelo quando ele revira os olhos para algo que Garrick diz.

— *Não olha pra mim desse jeito.*

— *Que jeito?* — Arqueio a sobrancelha.

Ele me encara.

— *Como se você estivesse pensando no ringue de luta ontem à noite.*

— Dã — diz Rhiannon. — É por isso que Devera está com uns quinhentos uniformes pretos de gala na área comum agora. Para onde quer que o rei vá, ele dá uma festa.

— *Olha, já que você mencionou isso...* — Passo a língua pelo lábio inferior, me lembrando da forma como os quadris de Xaden me prenderam no tatame depois que todo mundo já tinha ido embora. O quanto ficamos perto de ceder àquela urgência entre nós.

Ele flexiona a mandíbula, apertando o garfo com mais força.

— *Sério, não consigo me concentrar em mais nada quando você olha pra mim desse jeito.*

— É mesmo? — pergunta Ridoc. — Achei que eram pro dia da graduação.

Imogen bufa.

— Como se alguém se vestisse de gala pra isso. É basicamente uma formatura gigante onde Panchek fala "olha só, vocês sobreviveram, bom trabalho. Venham buscar suas missões e depois arrumem as coisas de vocês e vazem daqui".

Todo mundo ri com a imitação perfeita que ela faz.

— *Foi você que inventou essa regra ridícula de não se apaixonar* — eu lembro Xaden.

— *Você ainda está olhando pra mim.* — Ele se força a voltar a atenção para o próprio prato.

— *É difícil não olhar.*

Sinto saudades da boca dele na minha pele, da sensação do corpo dele contra o meu. Sinto saudades de olhar no rosto dele quando me viu chegar ao clímax. No entanto, sinto ainda mais saudades da sensação dele enroscado na cama comigo para dormir.

— *Eu fico aqui controlando minhas mãos e minhas memórias porque você pediu, e você fica aí me comendo com os olhos. Não é justo.*

Derrubo o garfo e todo mundo se vira para me encarar.

— Tudo bem aí? — pergunta Rhiannon, erguendo as sobrancelhas.

— Uhum. — Assinto, ignorando o calor que sinto subindo pelo pescoço. — Eu tô ótima.

Liam apoia o copo na mesa e olha de Xaden para mim, balançando a cabeça e reprimindo um sorriso. Claro que ele sabe o que está rolando. Precisaria ser completamente avoado para não saber, considerando que ele ajudou Xaden e Garrick a trazer um armário novo até o meu quarto.

— *Eu avisei para você parar de encarar.* — Ouço o riso na voz dele, mas o rosto é inexpressivo como sempre.

Bato o garfo na mesa, frustrada. Quer saber? Foda-se. Duas pessoas conseguem brincar assim.

— *Se você resolvesse criar coragem e admitir que tem alguma coisa rolando entre a gente, eu ficaria nua bem agora pra você ver cada centímetro de mim. E, depois que você implorasse, eu ficaria de joelhos, desabotoaria essas calças de voo que você está vestindo e colocaria meus lábios em volta do seu...*

Xaden engasga.

Todo mundo no refeitório vira na direção dele, e Garrick bate em suas costas até Xaden afastá-lo, tomando um gole de água.

Abro um sorriso e recebo seis olhares confusos da nossa mesa, só não de Liam, que revira os olhos.

— *Você vai acabar me matando* — diz Xaden.

***

Estamos há apenas dez dias da graduação, e estou contando cada um deles. É nesse dia que vamos descobrir para onde Xaden vai ser mandado, e se é longe de Basgiath. A maioria dos tenentes novos recebem uma posição nos entrepostos do interior, comandando os fortes perto das estradas que levam aos entrepostos das fronteiras, mas alguém com o poder de Xaden? Nem quero descobrir a distância que vamos ficar um do outro.

Ou o motivo para ele ainda não ter admitido que tem algo rolando entre a gente. Ou até confessado que ele não se arrependeu daquela noite. Eu aceitaria isso.

Não se apaixone por mim...

Sinto um formigamento familiar na nuca e sei que Xaden entrou na sala de Preparo de Batalha com o resto dos cadetes e a liderança.

A professora Devera começa logo a explicação, mas é difícil prestar atenção.

Hoje faz seis anos da morte de Brennan. Ele seria capitão a essa altura, ou até um major, considerando a forma como a sua carreira decolou logo de início. Talvez estivesse casado. Talvez eu já fosse tia. Talvez o coração do nosso pai não tivesse cedido daquela primeira vez quando soube da perda do filho, ou daquela última vez na primavera, há dois anos.

— *Me leva pra cama* — falo mentalmente, e então me afundo mais no assento. Porém, não me arrependo. Hoje, entre todos os outros dias, preciso de uma distração.

— *Talvez seja constrangedor na frente de toda essa gente.*

Não consigo vê-lo onde sei que está sentado no topo da sala, mas as palavras são como uma carícia na minha nuca.

— *Talvez valesse a pena.*

— E o que vocês teriam feito de diferente? — pergunta Devera, passando os olhos devagar pela multidão.

— Teria pedido por reforços se soubesse que as égides estavam enfraquecidas na área — responde Rhiannon.

— *Não mudei de ideia, Violência. A gente não tem futuro juntos.*

— E se os reforços não estiverem disponíveis? — pergunta Devera, arqueando uma sobrancelha. — Já notaram que as turmas que se graduam na Divisão dos Cavaleiros diminuem a cada ano, enquanto o aumento dos ataques nos custou sete cavaleiros *e* seus respectivos dragões só este ano? Precisa de uma companhia inteira da infantaria para compensar a perda de um cavaleiro.

— *A graduação é daqui a dez dias.* — Aquele prazo que se aproxima me deixa mais e mais tensa.

— Eu demoveria temporariamente cavaleiros dos entrepostos do interior para ajudarem a reconstruir as égides — responde Rhiannon.

— *Nem me lembre.*

— Excelente — diz Devera, assentindo.

— *É sério mesmo que você vai embora de Basgiath sem...*

Sem o quê? Declarar seu... tesão eterno?

— *Sim.*

É claro que ele vai. Xaden é mestre em controlar as próprias emoções, e é provavelmente por isso que está tão bitolado em também controlar as minhas. Ou será que existe algum outro motivo para ele estar se segurando tanto que eu ainda nem considerei? O sexo foi ótimo. Nossa química? Explosiva. Somos até... amigos, apesar de que a dor constante no meu peito me diz que nossa relação não se define só por isso. Se ele fosse só um babaca, eu diria que aquela noite foi só sexo (um sexo excelente, um sexo que *mudou a minha vida*) e seguiria em frente.

Só que ele não está sendo um babaca… não da forma convencional, e agora entendo o motivo de ele levar o próprio trabalho tão a sério. Ele é responsável por cada marcado que está aqui.

— *Seja lá no que você está pensando, pode deixar para quando não estivermos em uma sala cheia de outras pessoas* — ele diz.

— O que mais? — pergunta Devera, chamando alguém do segundo ano.

Já faz um mês e meio desde que destruímos meu quarto, e conseguimos nos controlar desde então, mesmo que uma única noite não tenha sido o bastante para saciar nenhum dos dois, pelo que fica claro nas nossas lutas noturnas no tatame. É claro que nós dois sabemos que se continuássemos o que estávamos fazendo só complicaríamos ainda mais uma situação que já é complexa.

Só que ele não deve estar aliviando essa tensão sexual que só aumenta entre nós dois… com mais ninguém. Certamente não. Aquele pensamento mesquinho se esparrama em mim com uma rapidez nauseante.

Paro de ouvir o que está acontecendo à minha volta, e meu estômago revira com essa possibilidade bem real.

— *Você tem outra?*

— *Não vou discutir isso com você agora. Preste atenção.*

Preciso de toda a minha força de vontade para não me virar e gritar com ele. Se eu passei todas essas últimas semanas me revirando nos lençóis sozinha enquanto ele…

— Boa ideia, Aetos. — Devera sorri. — Uma resposta digna de um Dirigente de Asa, se quer saber.

Deuses, o ego de Dain vai estar insuportável hoje durante o treino se Devera continuar rasgando elogios para ele.

No treino… seguro a caneta com força demais quando me lembro da forma que Imogen olhou para Xaden naquela noite. Merda. Isso faria sentido. Ela tem uma relíquia da rebelião e definitivamente não é filha da mulher que matou o pai dele, então acaba ganhando esse bônus.

— *A outra é a Imogen?*

Sinto ânsia.

— *Puta que pariu, Violência.*

— *É ou não é? Sei que a gente disse que não ia transar de novo, mas…*
— Estou arrependida de ter pedido pra ele continuar, e de fato deveria estar prestando atenção em vez de brigar com Xaden. — *Me conta, pelo menos.*

— Sorrengail — explode Xaden.

Eu congelo, sentindo o peso de todos os olhares sobre mim.

— Pois não, Riorson? — pergunta a professora Devera.

Ele pigarreia.

— Se reforços não estivessem disponíveis, teria pedido para Mira Sorrengail ser transferida temporariamente. As égides são fortes em Montserrat, e, com o sinete dela, poderia reforçar os pontos fracos até outros cavaleiros chegarem para fortalecer essas égides.

— Boa ideia — assente Devera. — E quais cavaleiros seriam a escolha mais lógica para ajudar a reforçar as égides desse desfiladeiro em particular?

— Terceiranistas — respondo.

— Continue. — Devera se volta para mim.

— Os terceiranistas aprendem a construir égides, e nessa altura do ano já estão quase indo embora, de qualquer forma. — Dou de ombros. — Melhor mandá-los mais cedo para que sejam úteis.

— *Já entendi, porra* — fala Xaden.

Ergo um escudo para bloqueá-lo.

— Essa é uma escolha lógica — concorda a professora. — E é só isso por hoje. Não se esqueçam de que deveriam estar se preparando para o último exercício dos Jogos de Guerra antes da graduação. Também esperamos cada um de vocês no pátio na frente de Basgiath hoje, às nove da noite, para os fogos de artifício e a celebração do Dia da Reunificação. Exclusivamente no uniforme de gala. — Ela ergue as sobrancelhas para Ridoc.

Ele dá de ombros.

— O que mais eu vestiria?

— Com você a gente nunca sabe — argumenta Devera, nos dispensando.

— Tem alguma coisa que eu precise saber que está acontecendo entre você e... — Liam ergue as sobrancelhas enquanto juntamos nossas coisas.

— Não tem absolutamente nada acontecendo entre a gente. Nadica de nada — eu insisto. Se Xaden não quer entender que existe algo rolando entre nós, já entendi o recado. Eu me viro para Rhiannon. — Então, empolgada pra escrever pra sua irmã daqui a dez dias?

Ela abre um sorriso.

— Estou escrevendo para ela uma vez por mês desde que chegamos. Agora finalmente posso mandar todas as cartas.

Pelo menos uma coisa boa vai acontecer na graduação. Vamos poder voltar a nos comunicar com nossos entes queridos.

***

Mais tarde naquela mesma noite, ajeito a faixa do vestido preto do uniforme e arrumo uma mecha solta do meu cabelo no penteado bonito que Quinn me ajudou a fazer antes de me encontrar com Rhiannon no corredor.

Ela soltou o cabelo das tranças de proteção que usa sempre, e os cachos apertados formam uma auréola ao redor do rosto, que ela pintou com um blush dourado. Escolheu calças de alfaiataria e um gibão que abotoa diagonalmente na frente, o que fica fenomenal em seu corpo mais alto.

— Gata — elogio, assentindo com a cabeça, e ela ajeita a faixa.

Escolhi o vestido de gola alta e sem mangas para esconder minha armadura com a saia comprida com uma fenda que segue até a coxa, que Devera me disse conferir mais mobilidade caso fosse atacada. Pessoalmente, não sou contra mostrar minhas pernas quando me mexo, principalmente considerando o quanto me esforcei para fortalecer as coxas com os exercícios de Imogen. A faixa é simples, do mesmo cetim preto de todo o resto, com meu nome bordado abaixo do ombro e a estrela indicativa do primeiro ano.

— Ouvi dizer que vai ter uma manada de caras da infantaria — diz Nadine quando se junta a nós.

— Você não prefere um pouco de cérebro pra acompanhar todo esse monte de músculos? — pergunta Ridoc ao aparecer junto de Sawyer.

— Nem *pense* em sair sem mim! — grita Liam, correndo para a frente e atravessando a multidão enquanto seguimos para a escadaria que leva ao campus principal de Basgiath.

— Achei que estivesse de folga hoje — respondo com sinceridade quando ele aparece ao meu lado. — Como você está bonito.

— Eu sei. — Ele dá um sorriso sarcástico, endireitando a faixa sobre o gibão preto. — Ouvi falar que cadetes da Divisão Hospitalar têm uma quedinha por cavaleiros.

— Até parece. — Rhiannon ri. — Considerando o tanto que têm que remendar a gente? Aposto que preferem os escribas.

— E por quem os escribas têm uma quedinha? — pergunta Liam enquanto descemos em um mar de roupas pretas, seguindo o caminho pelo qual passamos todas as manhãs para ir aos Arquivos. — Considerando que você quase foi uma?

— No geral, outros escribas — respondo. — Mas eu diria que cavaleiros, no caso do meu pai.

— Estou empolgado pra ver mais gente além de cavaleiros — fala Ridoc, segurando as portas abertas para passarmos pelo túnel. — As coisas por aqui estão ficando meio incestuosas.

— Concordo — comenta Rhiannon.

— Ué, você e a Tara ficaram terminando e voltando o ano inteiro — Nadine fala, mas logo empalidece. — Merda. Vocês terminaram de novo?

— Estamos dando um tempo até o dia do Parapeito — ela diz, e entramos na Divisão Hospitalar.

— É difícil de acreditar que vamos ser segundanistas daqui a duas semanas — fala Sawyer.

— É difícil de acreditar que a gente tenha sobrevivido — acrescento. Só tivemos um nome na chamada desta semana, um aluno do terceiro ano que não voltou de uma missão noturna.

Quando finalmente chegamos ao pátio, a festa já está a toda. A vista é uma mistura de azul-claro da Divisão Hospitalar, creme para os escribas e azul-marinho para a infantaria, além dos diversos uniformes pretos esparramados por ali. Deve ter mais de mil pessoas presentes.

Luzes mágicas pairam acima de nós na forma de uma dezena de candelabros, e cortinas de veludo estão penduradas para cobrir as paredes de Basgiath, transformando aquele espaço funcional externo em um tipo de salão de baile. Até mesmo um quarteto de cordas toca em um canto.

— *Onde você está?* — pergunto a Xaden mentalmente, mas não recebo resposta.

Todos nos espalhamos quando entramos, mas Liam fica ao meu lado, tão tenso quanto a corda de um arco.

— Me diz que está usando armadura embaixo disso aí.

— Acha mesmo que alguém vai me dar uma facada na frente da minha mãe? — Gesticulo para a varanda exposta onde minha mãe parece estar recebendo convidados e examinando o reino. Nossos olhares se encontram e ela sussurra algo para o homem ao seu lado, desaparecendo de vista.

Bom te ver também, mãe.

— Acho que, se alguém fosse te esfaquear, agora seria a hora, especialmente sabendo que matando você existe uma boa chance de matar o filho de Fen Riorson também. — A voz dele sai tensa.

Neste momento, percebo os olhares de oficiais e cadetes ao nosso redor. Ninguém está encarando meu cabelo ou o nome na minha faixa. Não, eles arregalam os olhos quando veem o pulso de Liam e os redemoinhos visíveis de sua relíquia da rebelião.

Passo o braço pelo dele e ergo o queixo.

— Me desculpa por isso.

— Você não precisa se desculpar. — Ele dá um tapinha agradável na minha mão.

— Claro que preciso — sussurro. Deuses, todo mundo está aqui reunido para celebrar o fim do que ele e os outros chamam de apostasia. Estão celebrando a morte da mãe dele. — Você pode ir embora, se quiser. Devia ir. Isso é…

Balanço a cabeça.

— Vou aonde você for. — Ele aperta a minha mão.

Sinto um nó na garganta e avalio a multidão, sabendo instintivamente que ele não está aqui. Não vejo Garrick, Bodhi ou Imogen, e definitivamente não vejo Xaden. Não era à toa que ele estava tão mal-humorado hoje.

— Não é justo com você. — Encaro de frente o oficial da infantaria que tem a audácia de parecer enojado ao ver o pulso de Liam.

— Duvido que você goste de celebrar o aniversário de morte do seu irmão também. — A postura de Liam transmite tanta dignidade que não consigo imaginar como ele consegue fazer isso.

— Brennan ia odiar tudo isso. — Gesticulo para a multidão. — Ele gostava mais de trabalhar do que de celebrar vitórias.

— Sim, parece que… — Ele para de falar, e eu aperto o braço dele com mais força quando noto que a multidão se abre diante de nós.

O rei Tauri anda ao lado da minha mãe, e, se a direção para a qual ele dá aquele grande sorriso cheio de dentes estiver certa, ele está vindo até nós. Carrega uma faixa púrpura em cima do gibão, presa ao peito por uma dezena de medalhas que ele nunca ganhou, de uma centena de campos de batalha onde nunca colocou os pés.

Mamãe mereceu todas as medalhas que recebeu, e elas enfeitam a faixa preta sobre seu vestido de gola alta e mangas compridas como se fossem joias.

— Vai — sibilo para Liam em um sussurro, forçando um sorriso para agradar minha mãe enquanto o general Melgren se junta a eles. Melgren pode ser brilhante, mas também é enervante pra caralho.

— No momento em que você mais corre perigo? Acho que não. — Ele endireita as costas.

Vou cortar fora aquela linda cabeça do Xaden por forçar Liam a passar por isso.

— Vossa Majestade — murmuro, inclinando-me em uma mesura e abaixando a cabeça como Mira me ensinou, notando que a cintura de Liam se curva também.

— Sua mãe me contou que você se uniu não apenas a um, mas *dois* dragões excepcionais — diz o rei Tauri, sorrindo embaixo do bigode.

— Sim, ela tem muita confiança no seu poder — acrescenta Melgren, o sorriso gelado enquanto me avalia descaradamente.

— Eu não diria isso — respondo com um sorriso educado. Passei tempo o bastante perto de generais, políticos e membros da realeza com um ego inflado para saber quando devo parecer humilde. — Ainda estou aprendendo a usar os meus poderes.

— Não seja tão modesta, filha — ralha mamãe. — Pelo que os professores dizem, só viram um dom tão poderoso poucas vezes na última década, em Brennan e no garoto Riorson.

O *garoto* é um homem de vinte e três anos, mas sei que não devo corrigi-la e pintar um alvo ainda maior nas costas de Xaden.

— E o seu dom? — o rei Tauri pergunta a Liam.

— Visão de longo alcance, Vossa Majestade — responde Liam.

Melgren estreita os olhos para a relíquia da rebelião no pulso de Liam e depois examina a faixa dele.

— Mairi, filho da coronel Mairi?

Aperto ainda mais o braço dele em um apoio silencioso, e mamãe parece notar.

— Sim, general. Mas fui praticamente criado pelo duque Lindell em Tirvainne. — Ele flexiona a mandíbula, mas é o único sinal de desconforto.

— Ahh — assente o rei Tauri. — Sim, o duque Lindell é um bom homem. Um homem leal. — O ar de superioridade me faz querer arrancar aquelas medalhas do peito dele.

— Devo toda a minha força moral a ele, Majestade. — Liam sabe muito bem jogar esse jogo.

— Deve mesmo. — Melgren assente outra vez, avaliando a multidão. — Agora me diga, onde está o tal do Riorson? Gosto de vê-lo uma vez por ano para garantir que não esteja causando problemas.

— Problema nenhum — respondo, recebendo uma encarada rápida de mamãe. — Ele é nosso Dirigente de Asa, na verdade. Salvou minha vida quando estávamos no fronte em Montserrat.

Me fazendo ir embora em vez de ficar para ajudar, mas, ainda assim, ele merece um crédito por eu não acabar distraindo Mira e causar a minha própria morte, a dela *e* a de Tairn. Xaden fez mais do que me salvar. Acreditou em mim quando contei que Amber tinha levado os alunos que não se uniram a dragões até o meu quarto. Mandou fazer um arsenal inteiro de adagas só para mim. Projetou uma sela para Tairn para eu poder ir à batalha com meus colegas. Ele me protegeu quando eu mais precisava e me ensinou a me defender para não precisar de proteção para sempre.

E, enquanto os outros se apressam em se colocar à minha frente, Xaden fica ao meu lado, confiando em mim para fazer as coisas sozinha.

Porém, eu não digo nada disso. De que adiantaria? Xaden não está nem aí para o que essas pessoas pensam dele, então eu também não vou me importar. Em vez disso, continuo abrindo um sorriso agradável, parecendo estar maravilhada com os homens poderosos diante de mim.

— Os dragões deles são consortes — explica mamãe, o sorriso frio. — Então, ela se aproximou dele por necessidade.

Por tesão, por desejo e por causa dessa dor no meu peito que tenho medo de definir, mas tá, *necessidade* funciona.

— Excelente. — O rei exibe um sorriso. — É sempre bom ter um Sorrengail de olho nele por nós. Vai nos contar se ele decidir, hum, sei lá... — Ele ri. — Começar outra guerra, né?

Melgren sabe que isso seria absurdo, mas ainda assim encara a mim e a Liam com uma obsessão inquietante.

Fico com o corpo tenso.

— Posso garantir que ele é leal.

— Onde ele está? — Rei Tauri olha ao redor, no pátio. — Pedi para que todos estivessem presentes. Todos os marcados.

— Eu o vi um pouco mais cedo. — Sorrio, sustentando aquela mentira leve. Preparo de Batalha *foi* mais cedo. — Eu verificaria perto dos muros, talvez? Ele não é muito de festas.

— Ah, olhem só! Dain Aetos está ali! — diz mamãe, acenando para algum lugar atrás do meu ombro. — Ele ficaria tão feliz se fôssemos cumprimentá-lo — ela sugere ao rei.

— Mas é claro.

Os três partem, deixando Liam e eu em completo silêncio enquanto nos viramos para observar, tendo certeza de que não vamos dar as costas acidentalmente ao rei. Sinto como se tivesse acabado de sobreviver à morte certa, ou ao menos a algum desastre natural.

— Vou matar ele por obrigar você a vir a essa festa — murmuro baixinho enquanto Dain cumprimenta o rei com seus melhores modos.

— Xaden não me obrigou.

— Quê? — Eu me viro para ele.

— Ele nunca me obrigaria a passar por isso. Nunca obrigaria ninguém a passar por isso. Mas eu prometi que te manteria segura, e é isso que estou fazendo. Te mantendo segura. — Ele abre um sorriso torto.

— Você é um bom amigo, Liam Mairi. — Descanso a cabeça no braço dele.

— Você salvou minha vida, Violet. O mínimo que posso fazer é sorrir e acenar pra aguentar uma festa escrota.

— Não acho que eu vá conseguir sorrir e acenar. — Não se as pessoas continuarem olhando para o pulso dele desse jeito, como se tivesse sido ele a levar o exército pessoalmente até a fronteira.

Dain sorri e o rei vai embora, e então olha por cima do ombro, encontrando meu olhar e vindo na nossa direção.

Ele abre um sorriso, e é fácil me lembrar de quantos eventos desse passamos juntos ao longo dos anos. O toque dele é delicado quando segura minha bochecha.

— Você está linda, Vi.

— Obrigada. — Eu sorrio. — Você também está fabuloso.

Ele abaixa a mão e se vira para Liam.

— Ela já tentou fugir? Sempre odiou essas festas.

— Ainda não, mas a noite é uma criança — responde Liam.

Dain deve ter percebido a tensão no rosto de Liam, porque o sorriso se esvai quando ele olha na minha direção.

— A escadaria fica dois metros à direita. Eu distraio todo mundo enquanto vocês escapam.

— Obrigada. — Aceno para agradecer, lançando um sorriso na direção dele. — Vamos embora logo — digo para Liam.

Quando saímos da festa e voltamos para a Divisão dos Cavaleiros, vou direto ao pátio e aproveito para me aterrar, deixando que o poder passe por mim. Vejo a energia de Andarna, o poder irradiante de Tairn que me conecta a Sgaeyl e, por fim, as sombras cintilantes de Xaden.

Abro os olhos, traçando a fluidez daquela sombra brilhante, e sei que ele está em algum lugar na minha frente.

— Liam, você sabe que eu adoro você, né?

— Que bom…

— Vai embora. — Ando para a frente, atravessando o pátio.

— Quê? — Liam me alcança. — Não dá pra eu simplesmente te largar aqui sozinha.

— Sem ofensas, mas eu consigo fritar este pátio inteiro com um relâmpago se quiser, e preciso ver Xaden. Então, vai embora. — Eu dou um tapinha no braço dele e continuo caminhando na direção daquele sentimento, usando-o para me guiar.

— Bom, sua mira é uma merda de acordo com você mesma, mas eu entendi o recado! — ele grita, já ficando para trás.

Não me dou ao trabalho de criar luzes mágicas enquanto passo pelo lugar em que normalmente fazemos a formatura diariamente e continuo andando na direção das silhuetas encostadas na única abertura nessa muralha. Só tem um lugar onde Xaden pode estar.

— Me diz que ele não está lá fora — digo para Garrick e Bodhi, e mal consigo ver as feições deles na luz da lua.

— Eu poderia, mas estaria mentindo — comenta Bodhi, esfregando a nuca.

— Você não vai querer vê-lo. Hoje não, Sorrengail — avisa Garrick, com uma careta. — Senso de autopreservação nunca é demais. Perceba que nem a gente está com ele, e somos os melhores amigos dele.

— Tá, mas eu sou a…

Abro a boca e fecho algumas vezes porque… porra, nem sei o que represento para ele. Mas sinto aquele desejo que faz meu coração de refém, aquela necessidade urgente de ficar ao lado de Xaden porque sei que ele está sofrendo, mesmo que isso me faça me atirar em um mar de incertezas… Não posso negar o que ele representa para mim. Descalço as sapatilhas de couro do uniforme de gala; são mais um risco que qualquer outra coisa, e nesse vento? Bom, vamos ver como vai ser.

— Eu só… sou dele — digo, por fim.

Pela primeira vez desde o ano passado, eu subo no Parapeito.

E quanto aos cento e sete inocentes, as crianças dos oficiais executados, agora carregam consigo o que será conhecido como uma relíquia da rebelião, transferida pelo dragão que fez a justiça do rei. E, para demonstrar a misericórdia de nosso grande rei, serão todos alistados na prestigiosa Divisão dos Cavaleiros em Basgiath, para que possam provar sua lealdade ao nosso reino através de seu serviço ou de sua morte.

— Adendo 4.2, Tratado de Aretia

CAPÍTULO TRINTA E DOIS

Andar no Parapeito no Dia do Alistamento é um risco garantido. Andar no Parapeito em uniforme de gala, descalça, no escuro? Isso é completa loucura.

Os primeiros três metros, os que ainda estão dentro da muralha, são os mais fáceis, e, quando chego na beirada, onde o vento ondula minha saia como uma vela, começo a duvidar do meu plano. Vai ser difícil chegar até onde Xaden está se eu desabar para a morte certa.

Porém, eu o vejo sentado em um ponto que fica a um terço do caminho da ponte estreita de pedra, encarando a lua como se de alguma forma aquilo pesasse sobre seus ombros, e meu coração dói. Ele tem a vida de todos os cento e sete marcados entalhada nas próprias costas e é responsável por cada uma delas. Mas quem é que fica responsável por ele? Quem é que *cuida* de Xaden?

Todas as pessoas do outro lado da ravina celebram a morte do pai dele, e ele está aqui, passando pelo luto sozinho. Quando Brennan morreu, eu tinha Mira e meu pai, mas Xaden não tem ninguém.

Você nem me conhece. Não de verdade. Não foi isso que ele respondeu quando eu disse que acabaria me apaixonando por ele? Como se de alguma forma saber quem ele é fosse diminuir o meu desejo por ele, mas tudo que aprendo sobre Xaden me faz me apaixonar com mais força e de forma mais imprudente.

Ai, deuses. Eu conheço essa sensação. Negá-la não faz com que seja mentira. Meus sentimentos são o que são. Não fujo de um desafio desde que atravessei este Parapeito um ano atrás, e não é agora que vou voltar a fugir.

Da última vez que estive aqui, estava aterrorizada, mas, neste momento, a distância até o chão não é o que está fazendo meu batimento cardíaco ficar acelerado. Existem jeitos piores de cair, e descubro isso ao perceber que estou caindo de amores por ele. *Merda*. Aquela dor no meu peito queima com mais intensidade do que o poder que percorre minhas veias.

Estou apaixonada por Xaden.

Não importa que ele esteja para ir embora de Basgiath ou que provavelmente não seja recíproco. Não importa nem mesmo que ele tenha me avisado para não me apaixonar por ele. Nossa química não é uma paixonite ou consequência do elo entre nossos dragões que me faz ficar me voltando para esse homem. É meu coração imprudente.

Me afastei da cama e dos braços dele porque Xaden é inflexível e fica dizendo que não posso me apaixonar por ele, mas agora já era. De que adianta me segurar mais? Não deveria aproveitar cada momento que temos enquanto ele ainda está aqui?

Dou o primeiro passo na ponte estreita de pedra e estico os braços para me equilibrar. É exatamente igual a andar em cima da coluna de Tairn, e já fiz isso centenas de vezes.

Só que estou usando um vestido.

E Tairn não vai me pegar se eu cair.

Ele vai ficar tão bravo quando descobrir que fiz isso...

— *Já estou* — responde Tairn.

Xaden vira a cabeça na minha direção.

— Violência?

Dou um passo e depois outro, endireitando as costas com a memória muscular que não tinha ano passado, e começo a travessia.

Xaden puxa as pernas para cima e *dá um pulo* para ficar em pé.

— É melhor dar meia-volta agora! — ele grita.

— Vem comigo — peço, gritando por cima do som do vento, me segurando no lugar quando uma lufada enrosca a saia em minhas pernas. — Eu deveria ter vindo de calça... — murmuro, e continuo andando.

Ele já está vindo na minha direção, os passos tão largos e confiantes como se estivesse pisando em terra firme, diminuindo nossa distância enquanto eu lentamente sigo para a frente até estarmos diante um do outro.

— Que porra você tá fazendo aqui? — pergunta Xaden, prendendo as mãos na minha cintura. Está vestindo o uniforme de voo, e não o de gala, e nunca esteve tão lindo.

O que eu estou fazendo aqui? Estou arriscando tudo que tenho para chegar até ele. E se ele me rejeitar... não. Não há espaço para isso no Parapeito.

— Eu poderia perguntar a mesma coisa.

Ele arregala os olhos.

— Você podia ter caído e morrido!

— Eu poderia dizer a mesma coisa. — Abro um sorriso, mas está trêmulo.

A expressão nos olhos dele é selvagem, como se tivesse passado do ponto onde consegue se conter naquela fachada apática e impassível que veste em público.

Aquilo não me assusta. Gosto mais quando ele age de forma verdadeira comigo, de qualquer forma.

— E você parou pra pensar que, se cair e morrer, eu vou morrer também? — Ele se inclina mais para perto e meu coração retumba.

— De novo — digo baixinho, pousando uma mão naquele peito firme, logo acima do coração —, eu poderia dizer o mesmo.

Mesmo que a morte de Xaden não fosse matar Sgaeyl, não tenho certeza se *eu* sobreviveria.

Sombras se erguem, mais escuras do que a noite que nos cerca.

Você esqueceu que eu domino as sombras, Violência. Estou tão seguro aqui quanto no pátio. Vai dominar um relâmpago para amenizar a sua queda?

Tá. Ele tem razão.

— Eu... talvez não tenha pensado nisso tanto quanto você — confesso. Só queria ficar perto de Xaden, então fui até perto dele, e que se dane o Parapeito.

— Você vai mesmo acabar me matando. — Ele flexiona os dedos na minha cintura. — Agora volte.

Não entendo isso como uma rejeição, não da forma como ele me olha. Travamos uma luta emocional durante o último mês. Inferno, até mais do que isso, e um de nós dois precisa demonstrar fraqueza. Finalmente confio nele o bastante para saber que ele não vai me dar um golpe fatal se eu fizer isso.

— Só se voltar comigo. Quero estar onde você está.

E estou falando sério. Todo mundo, todo o resto do planeta, pode desaparecer, e eu não vou me importar, desde que esteja com ele.

— Violência...

— Eu sei por que você disse que não via um futuro para nós. — Meu coração acelera como se fosse alçar voo quando confesso aquelas palavras.

— Sabe mesmo? — É claro que ele não vai facilitar as coisas. Nem sei se ele sabe o *significado* da palavra "fácil".

— Você me quer — declaro, encarando-o nos olhos. — E não estou falando só na cama. Você. Me. Quer. Euzinha, Xaden Riorson. Você pode até não dizer, mas faz melhor do que isso. Você *demonstra*. Você demonstra isso toda vez que escolhe confiar em mim, toda vez que seus olhos encontram os meus. Você demonstra com cada treino de luta pro qual não tem tempo e cada aula de voo que te priva dos seus próprios estudos. Você demonstra quando se recusa a tocar em mim porque se preocupa que eu não te queira de volta, e demonstra mais uma vez quando gasta seu tempo procurando violetas antes de uma reunião da liderança pra eu não acordar me sentindo sozinha. Demonstra isso de um milhão de formas diferentes. Não adianta negar.

Ele flexiona a mandíbula, mas não nega.

— Você acha que a gente não tem futuro porque tem medo de que eu não vá gostar de quem você é atrás de todos esses muros que ergueu ao seu redor. E eu mesma também tenho medo. Admito que tenho. Você vai se formar, e eu, não. Vai embora de Basgiath daqui a semanas, e provavelmente nós dois vamos ficar de coração partido. Mas, se deixarmos o medo matar isso que a gente tem, então não merecemos mais nada. — Levo uma mão até a nuca dele. — Eu te disse que *eu* é que ia decidir quando estava preparada para arriscar meu coração. E digo para você que acabei de decidir que estou.

Ele me encara com uma mistura de esperança e apreensão idêntica à que estou sentindo, e sinto meu sonho tomar forma.

— Você não está falando sério — ele diz, balançando a cabeça.

E é com essas palavras que ele destrói qualquer sonho que eu tinha antes.

— Estou falando sério.

— Se é sobre a coisa da Imogen...

— Não é. — Balanço a cabeça, o vento esparramando os cachos que Quinn passou tanto tempo arrumando. — Sei que você não tem mais ninguém. Eu não estaria andando no Parapeito no meio da noite se achasse que você está de brincadeira comigo.

Ele franze o cenho e me puxa para mais perto para eu sentir o calor do seu corpo.

— O que fez você pensar que eu tinha outra pessoa? Preciso admitir que isso me irritou pra caralho. Nunca te dei motivos pra pensar que estou indo pra cama de outra pessoa.

O que significa que ele só vem até a minha.

— Foi só minha insegurança, e a forma como Imogen olhou pra você e Garrick quando vocês estavam lutando. Pode até ser que você não sinta nada por ela, mas ela definitivamente sente algo por você. Conheço aquela cara. É a mesma cara com que eu fico quando estou olhando pra você.

Sinto a vergonha queimando minhas bochechas. Eu poderia mudar de assunto ou fingir que não, mas isso não vai ajudar o nosso relacionamento (se é que o que a gente tem pode ser definido assim). Não posso esconder meus sentimentos, não importa que sejam fracos ou irracionais.

— Você ficou com ciúmes. — Ele reprime um sorriso.

— Talvez — confesso, e então decido que essa resposta é covarde. — Tá. Sim. Ela é forte e feroz e tem a mesma personalidade impiedosa que você. Sempre achei que ela combinava muito melhor com você.

— Conheço bem a sensação. — Ele balança a cabeça. — E você também é forte e feroz e tem um quê impiedoso. Sem contar que é a pessoa mais inteligente que já conheci. Esse seu cérebro é sexy pra caralho. Imogen e eu somos só amigos. Confia em mim, ela não estava olhando pra mim, e, mesmo que estivesse… — Ele para de falar, erguendo a mão para segurar minha nuca enquanto nos mantém firmes, apesar das lufadas fortes do vento. — Que os deuses me ajudem, mas eu só tenho olhos pra você.

A esperança é uma droga mais forte do que qualquer coisa que estivessem servindo naquela festa.

— Ela não estava olhando pra você?

— Não. Pensa no que acabou de dizer e me tira da equação. — Ele ergue as sobrancelhas, esperando que eu chegue à conclusão certa.

— Mas no tatame… — arregalo os olhos. — Ela gosta do Garrick.

— Agora entendeu, né?

— Entendi. E você, vai parar de tentar me afastar?

Sob a luz da lua, ele encara meus olhos antes de encarar alguma coisa em cima do meu ombro.

— Já acabou com essa história de se colocar em perigo só pra que eu ouça o que você tem a dizer?

— Provavelmente não.

Ele suspira.

— Só tenho olhos para você, Violência. Era isso que queria ouvir?

Eu assinto.

— Mesmo quando não estou com você, só tenho olhos para você. Da próxima vez, é só perguntar. Você nunca teve um problema em ser brutalmente honesta comigo. — O vento sopra ao nosso redor, mas Xaden permanece tão imóvel quanto o Parapeito. — Se eu me lembro bem, você jogou adagas mirando na minha cabeça, e é algo que eu prefiro muito mais do que ficar olhando enquanto você tropeça nos próprios anseios. Se formos fazer isso, precisamos confiar um no outro.

— E você quer fazer isso? — Prendo a respiração.

Ele suspira, um suspiro longo e árduo, e diz:

— Sim. — Ergue a mão, acariciando minha bochecha com o dedão. — Não posso fazer promessas, Violência. Mas cansei de lutar contra isso.

Sim. Uma palavra nunca significou tanto para mim. Então, pisco, me lembrando do comentário anterior sobre ciúmes.

— Como assim, você conhece a sensação de ciúmes?

Ele aperta a mão na minha cintura, desviando o olhar.

— Ah, não, se eu preciso confiar em você e falar o que estou pensando, então quero que seja recíproco.

Não vou ser a única pessoa a ficar vulnerável aqui neste precipício.

— Vi Aetos te beijar depois da Ceifa e quase perdi o controle — ele resmunga, me encarando nos olhos.

Se eu já não estivesse apaixonada por ele, esse empurrãozinho teria me feito me apaixonar.

— Você já me queria naquela época?

— Eu te quero desde o primeiro minuto em que te vi, Violência — ele confessa. — E se fui grosso com você hoje... bom, foi um dia ruim.

— Eu entendo. E você sabe que eu e Dain somos só amigos, certo?

— Eu sei que é assim que você se sente, mas não tinha certeza na época. — Ele passa o dedão pelos meus lábios. — Agora, dê meia-volta e vê se vai para terra firme.

Ele quer ficar aqui mais tempo, sofrendo.

— Vem comigo. — Seguro o uniforme dele, pronta para puxá-lo comigo se for preciso.

Ele balança a cabeça e desvia o olhar.

— Hoje não é uma noite boa para eu cuidar de ninguém. E sim, sei que é uma merda eu dizer isso, já que você também perdeu Brennan nesse dia...

— Eu sei. — Deslizo as mãos pelos braços dele. — Vem comigo, Xaden.

— Vi... — Ele abaixa os ombros, e a tristeza que se instaura no ar entre nós dois me deixa com um nó na garganta.

— Confia em mim. — Eu me afasto dos braços dele, segurando sua mão. — Vem.

Um momento de silêncio tenso decorre ali, antes de ele assentir uma vez e nós seguirmos em frente; ele me segura no lugar enquanto eu me viro.

— Sou bem melhor nisso agora do que era da última vez.

— Estou vendo. — Ele fica perto, uma mão na minha cintura enquanto volto a caminhar pela última parte do Parapeito. — Usando a porra de um vestido.

— Na verdade é uma saia — digo por cima do ombro, apenas a meros metros da parede.

— Olha pra frente! — ele resmunga, e é só o medo na voz dele que me impede de fazer algo arrogante, tipo dar saltinhos para chegar até o nosso destino.

No segundo em que estamos dentro das muralhas, ele me puxa contra ele, minhas costas grudadas ao seu peito.

— Nunca mais coloque sua vida em risco por uma coisa tão banal quanto falar comigo. — O grunhido que ele solta é baixo contra minha orelha, e sinto arrepios nas costas.

— Ano que vem eu vou me divertir tanto — provoco, andando mais um passo e entrelaçando os dedos com os dele para que me siga.

— Liam vai estar aqui ano que vem para garantir que você não faça nenhuma idiotice.

— Você vai *amar* receber as cartas dele — prometo, pulando os últimos centímetros do Parapeito e chegando ao pátio. Olho em volta, vendo tudo vazio, e calço as sapatilhas. Hum. Garrick e Bodhi estavam aqui agorinha.

— Eles provavelmente sabem que vou matar os dois por deixarem você subir. De vestido, Sorrengail? Sério?

Continuo segurando a mão dele e atravesso o pátio.

— Pra onde a gente tá indo? — Ele soa tão babaca quanto no dia em que o conheci.

— Você vai me levar pro seu quarto — digo por cima do ombro enquanto nos dirigimos aos dormitórios.

— Eu vou fazer o quê?

Escancaro a porta, feliz pelas luzes mágicas que tornam mais fácil ver Xaden agora, sua expressão de desdém e tudo.

— Você vai me levar pro seu quarto — repito, virando para a esquerda e nos guiando para além do corredor que dá para o meu quarto, e então subindo a escadaria em espiral.

— Alguém vai acabar nos vendo — ele argumenta. — Não é com a minha reputação que estou preocupado, Sorrengail. Você é aluna do primeiro ano, e eu sou seu Dirigente de Asa…

— Todo mundo já deve saber. Ateamos fogo em metade da floresta naquela noite — eu o lembro enquanto subimos e passamos pela porta que dá para o corredor do segundo ano. — Você sabia que, na primeira vez que subi essas escadas com Dain, fiquei horrorizada que não tinha um corrimão?

— Você sabia que não suporto ouvir o nome dele nos seus lábios quando está me levando pro *meu* quarto? — Ele sobe as escadas atrás de mim, as sombras se curvando nas paredes como se pressentissem seu humor e não quisessem ter nada a ver com isso. Mas as sombras de Xaden não me assustam. Não tem mais nada nesse homem que me assuste, exceto a extensão dos sentimentos que tenho por ele.

— Enfim, agora olha só pra mim. — Abro um sorriso quando chegamos no andar do terceiro ano, empurrando a porta. — Praticamente dançando no Parapeito de vestido.

— Não parece uma boa hora para me lembrar disso. — Ele me segue no corredor. Parece muito com o corredor do segundo ano, mas tem menos portas e um teto alto e abobadado.

— Qual é o seu?

— Eu deveria fazer você adivinhar — ele murmura, mas mantém os dedos entrelaçados nos meus enquanto andamos por aquele corredor enorme. É claro que é o último.

— Quarta Asa — bufo. — Sempre precisa ir mais longe.

Ele desfaz as próprias proteções e abre a porta, parando ao lado para que eu possa entrar primeiro.

— Vou precisar fazer uma égide na sua porta nova antes de eu ir embora, ou te ensinar a fazer égides nos próximos dez dias.

Não fico pensando no prazo da partida dele, cada vez mais próximo, quando entro em seu quarto pela primeira vez. É o dobro do meu (e a cama também). Sobreviver até o terceiro ano parece trazer ótimas vantagens. Ou talvez o tamanho seja reflexo da patente dele, vai saber.

Está impecavelmente limpo e conta com uma poltrona grande perto da cama, um tapete cinza-escuro, um armário grande de madeira, uma escrivaninha arrumada e uma estante que me faz sentir inveja imediata. Uma prateleira de espadas ocupa a área ao lado da porta, com tantas adagas que nem sequer consigo contar; do outro lado, ao lado da cama, está um alvo idêntico ao do meu quarto. Cadeiras e uma mesa ficam em um canto, e a janela dele tem vista para Basgiath, mas uma Basgiath emoldurada por grossas cortinas pretas com o emblema da Quarta Asa na barra.

— Às vezes fazemos as reuniões de líderes dos setores aqui — ele diz, ainda parado na porta.

Eu me viro para ele, vendo que me observa com curiosidade, como se estivesse aguardando meu julgamento sobre o seu espaço. Caminho até a estante de armas e deixo meus dedos roçarem os cabos de adagas diferentes.

— Quantos desafios você já ganhou?

— Seria melhor perguntar quantos perdi — ele diz, entrando e fechando a porta atrás de si.

— Aí está esse ego que conheço e de que gosto tanto — murmuro, indo até a cama, que, assim como a minha, tem lençóis pretos.

— Eu já te disse o quanto você está linda hoje? — ele fala em voz baixa. — Se não, fui um idiota, porque você está deslumbrante.

Sinto as bochechas corarem e abro um sorriso.

— Obrigada. Agora senta aqui. — Eu dou um tapinha na cama dele.

— Quê? — Ele levanta as sobrancelhas.

— Senta — ordeno, encarando-o.

— Não quero conversar sobre isso.

— Nunca disse que precisava. — Não tem necessidade de especificar o *isso*, e eu não vou deixar que os acontecimentos de quase seis anos atrás ergam uma barreira entre nós, nem mesmo por uma única noite.

Para minha surpresa absoluta, ele faz o que eu peço, sentando-se na beirada da cama. As pernas compridas são esticadas à sua frente, e ele se inclina levemente nas palmas das mãos.

— Tá, e agora?

Eu me coloco entre as coxas dele e passo os dedos por seu cabelo. Ele fecha os olhos, inclinando-se contra o meu toque, e eu juro que sinto meu coração se abrir.

— Agora sou eu que vou cuidar de você.

Ele abre os olhos e, deuses, como eles são lindos. Memorizo cada pontinho dourado naquelas profundezas de ônix, e isso é bom, porque não sei para onde ele vai ser mandado depois de se formar. Vê-lo uma vez a cada poucos dias não vai ser a mesma coisa do que poder tocá-lo sempre que eu quiser.

Soltando os cabelos dele, fico de joelhos.

— Violet...

— Vou só tirar as suas botas. — Abro um sorrisinho torto enquanto desamarro uma e depois a outra, tirando-as. Eu me levanto e levo o par até o armário.

— Pode só deixar aí — ele diz.

Eu deixo as botas ao lado do armário, caminhando até a cama.

— Eu não ia xeretar as suas roupas. E não é como se eu já não tivesse visto todas elas, mesmo.

Ele olha para minha saia, o olhar intenso cada vez que a fenda revela um pedaço da minha coxa.

— Você usou isso aí a noite toda?

— É isso que você ganha por ficar andando atrás de mim — provoco, ficando diante dele mais uma vez, entre suas pernas.

— Bom, eu não tô reclamando da visão das costas. — Ele inclina o queixo e ergue o olhar para mim.

— Fica quieto e deixa eu tirar isso de você. — Eu desabotoo a linha de botões na diagonal do peito, e ele tira o uniforme. — Você voou hoje?

— Geralmente ajuda. — Ele assente com a cabeça enquanto eu me inclino para deixar a jaqueta na poltrona. — Esse dia é sempre...

— Sinto muito. — Eu o encaro nos olhos enquanto digo isso, torcendo para que ele saiba o quanto estou falando sério, e então seguro a camiseta dele.

— Eu também sinto muito. — Ele ergue os braços, e tiro a camiseta dele antes de descartá-la ao lado da jaqueta.

— Você não precisa ficar pedindo desculpas. — Mantenho os olhos nos dele enquanto seguro aquele rosto anguloso, traçando a cicatriz que divide sua sobrancelha ao meio. — Isso foi de um desafio?

— Foi Sgaeyl. — Ele dá de ombros. — Na Ceifa.

— A maioria dos dragões deixam seus cavaleiros com uma cicatriz, mas Tairn e Andarna nunca me machucaram — digo, distraída, passando a mão por seu pescoço.

— Ou talvez eles já soubessem que você ia acabar com uma. — Ele traça o longo corte prateado no meu braço da vez que levei um golpe da espada de Tynan. — Eu queria matar aqueles desgraçados. Em vez disso, precisei ficar parado lá enquanto eles tentavam te derrubar, três contra um. Eu já estava quase perdendo o controle e prestes a interferir quando Tairn pousou.

— Foi só dois contra um depois que Jack fugiu — eu o lembro. — E você não podia interferir. É contra as regras, lembra?

Mas ele tinha dado um passo nessa direção. Aquele único passo que denunciava que ele teria interferido de qualquer maneira.

A boca dele se curva em um meio sorriso, o mais sexy que já vi.

— No fim das contas, você ficou com dois dragões. — A expressão dele desmorona. — Daqui a duas semanas, nem vou estar aqui para ver quando você for desafiada, e nem vou poder fazer nada sobre isso.

— Eu vou ficar bem — prometo. — Vou acabar envenenando quem não conseguir enfrentar mesmo.

Ele não ri.

— Vem. Vem logo pra cama. — Eu me inclino e beijo a cicatriz na sobrancelha dele. — Já vai ser um novo dia quando você acordar.

— Eu não mereço você. — Ele enrosca os braços no meu quadril, puxando meu corpo para mais perto. — Mas vou ficar com você mesmo assim.

— Que bom. — Eu roço meus lábios nos dele. — Porque acho que estou apaixonada por você.

Meu coração bate descontroladamente, e o pânico parece tomar conta dos meus pulmões. Eu não deveria ter dito isso em voz alta.

Ele arregala os olhos, me apertando mais.

— Você acha que está? Ou está mesmo?

Seja corajosa.

Mesmo que ele não sinta o mesmo, ao menos vou ter falado a verdade.

— Eu estou mesmo. Estou tão loucamente apaixonada por você que nem consigo imaginar o que seria da minha vida sem você. E provavelmente não deveria ter dito isso, mas, já que estamos aqui, vou ser completamente honesta.

Ele esmaga a boca contra a minha, me puxando para o colo dele para eu enroscar as pernas em volta de sua cintura. Ele me beija com tanta força que eu me perco naqueles lábios, me perco nele. Não falamos uma palavra quando ele tira minha faixa, minha blusa e começa a desabotoar a saia, tudo sem interromper o beijo.

— Fique em pé — ele diz, contra meus lábios.

Xaden. — Meu coração parece a mil.

— Eu *preciso* de você, Violet. Agora. E nunca preciso de *ninguém*, então não sei como lidar com esse sentimento, mas vou fazer o possível. E se não quiser que a gente se envolva hoje à noite tudo bem, mas aí vou precisar que saia por aquela porta agora. Porque, se não sair, vai acabar deitada e nua na minha cama daqui a dois minutos.

A intensidade do olhar dele e a veemência de suas palavras deveriam me assustar, mas não me assustam. Mesmo quando ele perde o controle, sei que nunca vai me machucar.

Ao menos não com seu corpo.

— Vá embora ou fique aqui, mas, seja como for, preciso que fique em pé — ele implora.

— Acho que dois minutos é superestimar sua habilidade com um corpete. — Olho para a armadura que ainda estou vestindo.

Ele abre um sorriso e me tira do colo dele.

Meus pés se firmam no chão.

— Vou cronometrar.

— Isso é…

— Um. Dois. — Ergo os dedos. — Três.

Ele fica em pé em um segundo, a boca grudada na minha, e paro de contar. Estou ocupada demais acompanhando as carícias da língua dele, sentindo a ondulação dos músculos sob meus dedos, e não estou nem aí para onde minhas roupas vão parar.

Sinto o ar nas pernas quando a saia vai ao chão, e eu o ajudo chutando as sapatilhas enquanto chupo a língua dele.

Ele grunhe, as mãos descendo por minhas costas em alta velocidade. Os cadarços são afrouxados em tempo recorde e o corpete cai no chão, me deixando só de lingerie, já que não dava para ficar com muita coisa embaixo do uniforme de gala.

As adagas, tanto as dele quanto as minhas, caem no chão enquanto ele desamarra as bainhas nas coxas. Uma cacofonia gloriosa de metal reina até nós dois estarmos nus, e ele me beija até eu perder o fôlego.

Então ele passa as mãos pelo meu cabelo, e os grampos voam até os fios estarem soltos e caindo pelas minhas costas. Ele se afasta um minuto para percorrer meu corpo com aquele olhar faminto.

— Linda pra caralho.

— Acho que deve ter passado de dois minu… — começo a falar, mas ele agarra a parte de trás das minhas coxas e me ergue, me tirando do chão. Eu caio de costas na cama com um pulinho, e, sinceramente, eu já deveria ter previsto que isso iria acontecer, considerando que ele vem me colocando de costas no chão há quase um ano.

— Ainda está contando? — ele pergunta, ajoelhando-se ao lado da cama e me arrastando em cima do edredom até a beirada.

— Precisa que eu seja a fiscal do tempo? — provoco quando minha bunda chega na beirada da cama.

— Fique à vontade. — Ele abre um sorriso, e antes que eu possa falar qualquer outra coisa, a boca dele está entre minhas coxas.

Inspiro com força e jogo a cabeça para trás com o puro prazer que é a língua dele ali, lambendo e circulando meu clitóris.

— Meus *deuses*.

— Qual deles você está chamando? — ele murmura contra minha pele. — Porque só estamos eu e você aqui neste quarto, Vi, e eu não gosto de dividir.

— Você. — Eu enrosco meus dedos no cabelo dele. — Estou chamando por você.

— Agradeço por você me achar uma divindade, mas prefiro que use meu nome. — Ele me lambe desde a entrada até o clitóris, finalmente estalando a língua contra aquele pedaço sensível, e eu gemo. — Porra, o seu gosto é bom demais.

Ele ergue as minhas coxas para apoiá-las sobre os seus ombros e se encaixa como se não precisasse estar em mais nenhum lugar além dali neste momento.

Então, ele me devora com a língua e os dentes.

O prazer, quente e insistente, enrosca-se em meu estômago e eu me deixo perder naquela sensação, erguendo e abaixando os quadris enquanto ele me leva cada vez mais perto do êxtase com cada carícia experiente de sua língua.

Minhas coxas tremem quando ele encontra um ritmo contra meu clitóris e enfia dois dedos dentro de mim. Eles ficam presos ali enquanto ele me acaricia no mesmo ritmo que a língua. Não consigo pensar. Simplesmente *não consigo*.

O poder assoma dentro de mim como um dilúvio, misturando-se ao prazer até virarmos uma coisa só, e, quando ele me leva à beira daquele precipício, é o nome dele que grito enquanto expulso o poder com cada onda do clímax a que chego.

O trovão retumba, sacudindo o vidro da janela de Xaden.

— Um já foi — ele diz, beijando cada centímetro do meu corpo até em cima enquanto fico ali inerte. — Apesar de que acho que vamos ter que controlar melhor esses fogos de artifício ou as pessoas sempre vão saber o que estamos fazendo.

— A sua boca é... — Balanço a cabeça enquanto as mãos dele deslizam embaixo de mim, nos levando ao centro da cama. — Estou sem palavras.

— Deliciosa — ele sussurra, os lábios roçando a minha barriga. — Você é deliciosa. Eu nunca deveria ter esperado tanto tempo para pôr a boca em você.

Ofego quando ele chupa a aréola do meu peito, a língua acariciando-a enquanto estimula o outro mamilo entre o dedão e o indicador, fazendo um novo fogo aumentar nas minhas veias, seguindo as brasas do último.

Quando ele chega no meu pescoço, estou me debatendo embaixo dele, tocando cada parte do seu corpo ao meu alcance, passando as mãos pelos braços, pelas costas e pelo peito dele. Deuses, esse homem é tão incrível. Cada linha do corpo dele foi entalhada para a batalha, afiada com lutas e espadas.

Nossas bocas se encontram em um beijo profundo, e consigo sentir o gosto de nós dois enquanto ergo os joelhos, encaixando os quadris dele exatamente onde devem ficar: entre as minhas pernas.

— Violet — ele geme, e consigo sentir a cabeça do pênis dele bem na minha entrada.

— Eu não posso brincar? — provoco, arqueando os quadris para ele deslizar contra mim, e prendo a respiração com aquele movimento.

Ele mordisca meu lábio inferior.

— Pode brincar o quanto quiser depois, se agora eu puder ter você.

É, me parece um bom plano.

— Eu já sou sua.

Ele sustenta meu olhar, acima de mim, apoiando o próprio peso para não me esmagar.

— E você já tem tudo que eu posso dar.

Isso me basta… por enquanto. Assinto, arqueando meus quadris outra vez.

Com nossos olhares unidos, ele se enfia dentro de mim com um único movimento dos quadris, consumindo cada centímetro, e então entrando mais até estar enterrado até o fim.

Não consigo encontrar palavras para descrever aquela pressão, a forma como meu corpo se estica e como ele se encaixa ali.

— Você é uma delícia. — Contraio os quadris porque não consigo evitar.

— Eu poderia dizer o mesmo. — Ele sorri, usando minhas próprias palavras contra mim. Ele se move num ritmo poderoso, profundo e lento e me faz arquear as costas com cada estocada enquanto nossos corpos se encontram de novo e de novo e de novo.

Ele nos leva para cima da cama, e eu jogo os braços para trás, me apoiando na cabeceira para ter uma alavanca melhor enquanto vou de encontro a cada estocada dos seus quadris. Deuses, é uma melhor que a outra. Quando peço para ele ir mais rápido, ele me dá um sorriso malicioso e continua naquele ritmo que me deixa vendo estrelas.

— Eu quero que dure. *Preciso* que dure.

— Mas eu… — Aquele fogo no meu âmago está tão apertado e tão pronto para explodir que quase consigo sentir o gosto dessa doçura.

— Eu sei. — Ele mete outra vez, e gemo com a sensação gostosa pra caralho. — Vamos juntos.

Ele ajusta o ângulo da posição para roçar no meu clitóris a cada vez que entra em mim, pressionando o meu joelho para a frente, me tomando ainda mais fundo.

Eu não vou sobreviver. Vou morrer bem aqui nesta cama.

— Então eu vou morrer com você — ele promete, me beijando.

Eu estou tão delirante que nem percebi que disse as palavras em voz alta, mas aí eu me lembro de que nem preciso.

— *Continua. Continua, por favor.* — O poder borbulha sob minha pele, travando minhas pernas.

— *Você já está quase gozando. Porra, é tão bom sentir você assim em volta do meu pau. Não vou cansar disso nunca. Nunca vou cansar de você.*

— Eu te amo. — Aquelas palavras são libertadoras, mesmo que ele não as repita de volta para mim.

Ele arregala os olhos e perde o controle enquanto continua a me penetrar, e aquele prazer retesado explode dentro de mim, meu poder estalando outra vez, estalando no quarto, estilhaçando como vidro enquanto ele se joga para o lado, me levando consigo enquanto continua em busca do seu próprio ápice, grunhindo contra meu pescoço enquanto as últimas ondas do meu orgasmo me deixam trêmula contra ele.

Longos minutos se passam antes da nossa respiração se estabilizar, e uma brisa leve sopra sobre minha coxa, largada em cima da dele.

— Tá tudo bem aí? — ele pergunta, afastando meu cabelo do rosto.

— Eu estou ótima. Você foi ótimo. Isso foi…

— Ótimo? — Ele sugere.

— Exatamente.

— Eu ia dizer "explosivo", mas acho que "ótimo" serve. — Ele enrosca os dedos no meu cabelo. — Eu amo o seu cabelo. Se você algum dia quiser me fazer ficar de joelhos ou ganhar uma discussão, é só soltá-lo. Eu vou entender.

Abro um sorriso enquanto a brisa sopra aquelas madeixas castanhas com pontas prateadas.

Espera. Não deveria ter brisa nenhuma.

Sinto o estômago apertar e me apoio em um cotovelo para olhar por cima do ombro de Xaden.

Ah, essa não, não, não. — Cubro a boca com a mão, olhando a destruição que causamos. — Acho que eu estourei o vidro da sua janela.

— Bom, a não ser que tenha mais alguém por aí soltando relâmpagos, sim, foi você. Entendeu o que eu disse? Explosivo.

Ele dá risada.

Eu ofego. Foi por isso que ele se jogou para o lado, para me proteger da minha própria destruição.

— Me desculpa. — Eu avalio os danos, mas só vejo areia em cima da cama. — Vou precisar dar um jeito de controlar isso.

— Eu ergui um escudo. Não precisa se preocupar. — Ele me puxa de volta para outro beijo.

— O que a gente vai fazer?

Consertar uma janela é bem diferente de substituir um armário.

— Agora? — Ele penteia meus cabelos para trás. — Bom, contando com esse, já foram dois, e eu diria que o melhor agora é a gente se limpar, tirar a areia da cama e fazer você chegar no terceiro. Talvez no quarto, se ainda estiver acordada.

Fico boquiaberta.

— Depois de eu estilhaçar a sua janela.

Ele sorri e *dá de ombros*.

— Eu protejo nós dois caso você decida descontar na cômoda na próxima.

Eu olho para o corpo dele, e aquele desejo volta a se acender. Como não se acenderia com aquela aparência abençoada pelos deuses dele e por eu me sentir *eu mesma* abençoada pelos deuses por estar com ele?

— Tudo bem. Eu topo o terceiro.

***

Estamos quase chegando no quinto, meus quadris segurados por Xaden enquanto eu lentamente monto nele, passando os dedos pelos redemoinhos pretos da relíquia em seu pescoço. Nem sei bem como ainda estamos nos mexendo, e, mesmo assim, parece que não conseguimos parar naquela noite, não cansamos nunca.

— É mesmo linda — eu digo para ele, me levantando apenas para me afundar de novo, consumindo cada centímetro dele.

Ele flexiona as mãos, os olhos ficando mais iluminados.

— Eu costumava achar que era uma maldição, mas agora percebo que é um presente. — Ele arqueia os quadris, me atingindo em um ângulo sublime.

— Presente? — Deuses, ele está roubando cada linha do meu pensamento.

Alguém bate na porta.

— Vai embora, caralho! — rosna Xaden, me segurando pelas costas e abaixando meus ombros para me puxar para a próxima estocada.

Eu caio para a frente, abafando meu gemido contra o seu pescoço.

— Queria mesmo poder ir. — A voz parece tão carregada de arrependimento que eu acredito na pessoa.

— É melhor alguém estar morrendo se for pra eu sair desta cama, Garrick — retruca Xaden.

— Acho que *muita* gente morreu, e é por isso que estão chamando a Divisão inteira para a formatura, seu escroto! — rosna Garrick.

Tanto eu quanto Xaden nos assustamos, os olhares se encontrando em choque. Saio de cima dele, e Xaden me cobre com um cobertor antes de enfiar as calças rapidamente e ir até a porta.

— Que porra você está falando? — ele pergunta, abrindo só uma fresta da porta.

— Traga o uniforme de voo, e é melhor trazer a Sorrengail também — declara Garrick. — Estamos sendo atacados.

A incapacidade de controlar um sinete poderoso é tão perigosa para um cavaleiro (e todos ao redor dele) quanto nunca manifestar um.

— O guia para a Divisão dos Cavaleiros, por major Afendra (edição não autorizada)

CAPÍTULO TRINTA E TRÊS

Nunca me vesti com tanta rapidez assim *na vida*, e nem me importei em pegar as bainhas da minha coxa.

— Que horas são? — pergunto a Xaden, vestindo meu uniforme de gala e as sapatilhas e tirando o cabelo do rosto.

Uma formatura obrigatória e urgente para a Divisão inteira significa *pressa*.

As égides estão falhando. Quantos navarrianos vamos perder?

— Quatro e quinze. — Ele termina de amarrar os cadarços, armado até os dentes enquanto pego as bainhas das adagas, certa de que alguma está faltando. — Você vai congelar lá fora.

— Vou ficar bem. — Fico de joelhos e localizo a adaga faltante, puxando-a pela alça da bainha antes de ficar em pé outra vez.

— Pega isso. — Xaden joga uma das suas jaquetas de voo para mim, prendendo meu cabelo. — Se Garrick estiver certo e estivermos sob ataque, então imagino que vão mandar os cadetes mais velhos ficarem nos entrepostos de guarda, e aí você não vai precisar ficar em formatura muito tempo. Não suporto a ideia de você passar frio.

O que significa que *ele* vai embora.

Meu coração dá um sobressalto enquanto visto a jaqueta, desajeitada. Ele vai estar em segurança, certo? Vai ficar num posto no interior e é o cavaleiro mais poderoso da Divisão.

Com minhas mãos cheias de armas, não peço a ele que pare quando começa a abotoar a jaqueta para mim.

— Precisamos ir pra formatura. — Ele segura meu rosto. — E, se eu precisar ir embora, não se preocupe. Sgaeyl deve me arrastar de volta daqui a alguns dias. — Ele me beija, rápido e com força. — Meu desejo por você ainda vai acabar me matando. Vamos logo.

A melhor coisa de um instituto militar mergulhado no mais completo caos? Ninguém percebe quando saio do quarto do meu Dirigente de Asa e acompanho o mar de cavaleiros, todos arrumando suas roupas para entrar em formatura. Todos ali estão movidos pela adrenalina, ocupados demais se arrumando para notar o que eu estou fazendo ou a forma como a mão de Xaden toca rapidamente na minha antes de se juntar aos outros líderes perto da plataforma no pátio.

Eu também não sou a única ainda vestida com o uniforme de gala.

O vento está cortante quando finalmente chego ao meu lugar, mas ao menos a jaqueta de Xaden esconde o meu cabelo.

— É melhor que isso seja importante, porque eu finalmente ia aproveitar a chance com aquele médico moreno lindo — reclama Ridoc enquanto entra atrás de mim.

Liam fica à minha direita, ainda abotoando o uniforme.

— A noite foi boa? — pergunto a ele.

— Ótima — ele murmura, as bochechas rosadas sob a luz da lua.

— Alguém viu Dain? — pergunto a Nadine quando ela entra na minha frente.

— Todos os líderes de esquadrão estão lá na frente, com as outras lideranças — ela responde por cima do ombro enquanto Rhiannon se aproxima.

Rhi dá um bocejo gigantesco e se sobressalta.

— Violet Sorrengail — ela sussurra, aproximando-se de mim —, essa jaqueta é do Riorson?

A cabeça de Liam se vira na minha direção. Maldito poder de escuta.

— Por que você acha isso? — Faço um péssimo trabalho de fingir choque, enfiando as bainhas em todos os bolsos disponíveis dessa coisa. São três, que são consideravelmente mais fundos do que os da minha jaqueta.

— Ah, sei lá. Talvez porque esteja enorme em você e tenha três estrelas aqui? — Ela dá um tapinha no próprio uniforme, que só exibe uma estrela.

Puta merda. Dá para ver que nenhum de nós estava pensando direito.

— Poderia ser de qualquer aluno do terceiro ano. — Dou de ombros.

— Com um brasão da Quarta Asa no ombro? — Ela ergue uma sobrancelha.

— Isso limita um pouco as possibilidades — concordo.

— E um brasão de *Dirigente de Asa* embaixo dessas estrelinhas? — ela provoca.

— Tá, tudo bem, é dele sim — sussurro rapidamente enquanto o comandante Panchek sobe na plataforma, seguido do pai de Dain e dos Dirigentes de Asa.

Xaden tem muito autocontrole e não olha para mim, mas eu não posso dizer o mesmo de mim, especialmente quando não resta nenhuma dúvida de que ele está prestes a ser mandado embora... e eu ainda consigo sentir a boca dele na minha pele.

— Eu sabia! — Rhi sorri. — Me diga que foi bom.

— Eu quebrei a janela dele. — Estremeço, as bochechas esquentando.

— Tipo... você jogou alguma coisa nela?

— Não, tipo eu acertei com um relâmpago... diversas vezes, e a janela estilhaçou. — Olho para a plataforma. — E olha só pra ele agora, todo calmo e tranquilo.

Sinto um aperto no peito e me pergunto qual é a versão *verdadeira* dele. Aquela que está lá em cima, controlada, pronta para comandar sua Asa? Ou aquela que estava comigo há menos de meia hora? A que declarou que ele não me merece, mas que vai ficar comigo mesmo assim?

Xaden não parece nada satisfeito, e o olhar dele encontra o meu por um milissegundo.

— *É a porra dos Jogos de Guerra.*

Sinto o alívio e a incredulidade me atingirem em medidas iguais.

— *Você tá de brincadeira?*

Fomos tirados da cama por causa dos Jogos de Guerra?

— *Queria estar.*

— Caramba. — Rhiannon abre um sorriso. — Queria que alguém me fizesse arrebentar uma janela.

Eu me viro para ela, revirando os olhos.

— Ah, por favor, você teve muitas chances de...

— Oi, Aetos — diz Rhiannon, inclinando-se sobre o meu ombro e rapidamente usando a mão para cobrir meu colarinho com o brasão e a patente de Xaden. — O dia já começou bem, né?

Dain olha para Rhiannon como se ela tivesse bebido demais enquanto caminha até o esquadrão.

— Não muito, não. — Ele olha na nossa direção. — Sei que está cedo, ou... tarde, dependendo de como foi a noite de vocês, mas passamos o ano todo treinando para isso, então é melhor vocês acordarem.

Ele se vira na direção da plataforma enquanto Panchek sobe ao pódio.

— Obrigada — sussurro para Rhiannon enquanto ela volta a ficar parada do meu lado. Não estou a fim de ouvir um sermão de Dain sobre minhas escolhas. Hoje, não.

— Divisão dos Cavaleiros! — grita Panchek, a voz ecoando pelo pátio. — Bem-vindos ao último evento dos Jogos de Guerra deste ano.

Um murmúrio se espalha pela formatura.

— O alerta que soou foi semelhante ao que teria soado no caso de um ataque de verdade, a fim de medir a rapidez com que vocês conseguem se arrumar, e vamos seguir o exercício assim. Se as fronteiras tivessem sido atacadas simultaneamente e as égides fraquejassem, vocês seriam chamados para o serviço para reforçar as Asas. Coronel Aetos, poderia nos dar a honra de explicar o nosso cenário?

O pai de Dain dá um passo à frente com um pergaminho em mãos e começa a leitura:

— O momento que tememos chegou. As égides que dedicamos nossas vidas a sustentar estão fraquejando, e houve um ataque coordenado e sem precedentes às nossas fronteiras; como consequência, diversos vilarejos estão cercados por revoadas de cavaleiros de grifo. Baixas em massa entre civis e infantaria já foram relatadas, assim como a morte de diversos cavaleiros.

Ele está exagerando no dramalhão.

— Como faríamos se vocês fossem uma força pronta para a batalha, estamos mandando as Asas disponíveis para todas as direções — ele continua, olhando para cada Asa até chegar na nossa. — A Quarta Asa vai para o sudeste. Cada esquadrão vai escolher qual entreposto reforçará dentro daquela região. — Ele levanta um dedo. — As escolhas são por ordem de chegada. Dirigentes de Asa, no entanto, serão designados aos seus para determinar o quartel-general do exercício que estamos propondo.

Ele se vira para cada Dirigente de Asa, repassando ordens, mas olha na nossa direção, sem dúvida procurando Dain, antes de se virar na direção de Xaden. Algo na forma como o sorriso dele desaparece por um instante faz o cabelo da minha nuca ficar eriçado.

— Riorson, você vai estabelecer o quartel-general da Quarta Asa em Athebyne. Dirigentes de Asa, juntem os esquadrões para o seu próprio quartel como quiserem, tirando todos e quaisquer cavaleiros de dentro de suas Asas. Considerem isso como um teste de liderança, já que não existem limites em um cenário do mundo real. Vocês receberão ordens atualizadas assim que chegarem aos entrepostos selecionados. O exercício vai durar cinco dias. — Ele dá um passo para trás.

Athebyne? Fica além das égides… foi para onde Xaden voou para aquela missão secreta. Eu procuro o olhar dele, mas está fixo no coronel.

— Cinco dias inteirinhos? Vai ser tão divertido! — exclama Heaton com uma alegria apavorante, passando as mãos pelo cabelo pintado de roxo. — Vamos fingir que estamos em guerra.

— É — acrescenta Imogen baixinho. — Acho que vamos mesmo.

— Assim como na vida real, os líderes de esquadrão de vocês precisam fazer as escolhas rapidamente e depois reportar ao campo de voo em trinta minutos — decreta Panchek. — Estão dispensados.

— *Tairn* — eu chamo.

— *Já estou indo.*

— Vamos pegar um entreposto em Eltuval, mais ao norte da região designada para nós — declara Dain, virando-se enquanto Rhiannon se inclina outra vez no meu ombro, escondendo o brasão de Xaden. — Não vou ficar preso num entreposto qualquer da costa quando sabemos que não é esse o lugar que Poromiel escolheria atacar. Alguém tem algum problema com isso?

Balançamos a cabeça.

— Ótimo. Então, vocês ouviram o comandante. Têm trinta minutos para trocarem de roupa, arrumarem a mochila com o necessário para cinco dias e irem direto para o campo de voo.

A formatura é interrompida e todos corremos para os dormitórios.

— Que ordem será que vamos receber quando chegarmos lá? — pergunta Rhiannon enquanto nos movemos com insistência pelo engarrafamento de cadetes que tentam entrar nos dormitórios. — Caçar mais ovos?

Acho que vamos descobrir logo, logo.

Levo dez minutos para amarrar meu joelho e atar meus ombros para um voo longo, e depois visto meu próprio uniforme de voo. Preciso de mais cinco minutos para desembaraçar o cabelo do toque de Xaden e fazer uma trança, o que me deixa com só cinco minutos para arrumar a mochila. Jogo a jaqueta de Xaden lá dentro, para o caso de alguém resolver xeretar meu quarto enquanto eu estiver fora.

— *Leve todas as adagas que tiver* — ordena Xaden na minha mente, me sobressaltando.

— *Já estou vestindo doze.* — Continuo atirando os itens dentro da mochila.

— *Ótimo.*

— *Eu te vejo no campo, né?* — Se ele for embora sem dizer adeus, vou pessoalmente atrás dele para matá-lo.

— *Sim.* — A resposta é curta, mas termino de arrumar as coisas e saio, encontrando Rhiannon e Liam no corredor.

Um burburinho de empolgação acompanha a multidão enquanto andamos até o campo de voo, recebendo suprimentos dos funcionários da cozinha perto da área comum quando passamos por ali. Sem dúvida vamos tomar o café da manhã em cima dos dragões.

Quando chegamos, preciso de um segundo para absorver aquela vista. Cada dragão da Divisão preenche o campo, ficando na mesma formação que usamos no pátio, e centenas de luzes mágicas flutuam acima como estrelas, concedendo ao espaço uma energia sobrenatural, como se estivéssemos em um enorme salão em vez do campo de voo. É lindo e ameaçador em medidas iguais.

Uma mistura de energia nervosa e ansiedade domina o ar, e mais de uma pessoa vomita seja lá o que bebeu ontem à noite enquanto o campo se enche de cavaleiros.

— Nós vamos ganhar — declara Rhiannon enquanto seguimos pelas Asas no meio de dragões que rugem demais e estalam demais as próprias mandíbulas. Não somos os únicos sofrendo de ansiedade. — Somos os melhores. Vamos ganhar. — O rosto dela estampa a determinação — Já estou até sentindo o gostinho daquela designação de Líder de Esquadrão no ano que vem.

— Você vai conseguir — eu digo a ela, e me viro na direção de Liam enquanto chegamos ao nosso setor. — E você? Também quer obter toda a glória para ser um Líder de Esquadrão?

É óbvio que ele está na lista, considerando suas habilidades de combate e notas altas.

— É o que vamos ver. — Ele fica estranhamente tenso quando continuamos andando.

Chegamos aos nossos dragões, e não deixo de notar que Tairn está parado no lugar que deveria ser de Cath, forçando o dragão de Dain para o lado enquanto Dain faz uma contagem de cabeça. Meu dragão ególatra já veste sua sela, e Andarna está protegida embaixo de sua asa.

Merda. Vão forçar Andarna a nos acompanhar.

— E, se formos atacados pelo inimigo, você precisa encontrar um esconderijo e ficar lá, igual da última vez. Você brilha demais e vira alvo fácil — Tairn diz a ela.

— Tudo bem.

— O que está vestindo? — eu pergunto a Andarna, que sai de debaixo da asa de Tairn com a cabeça erguida exibindo uma nova engenhoca que parece uma sela, mas não é.

— O Dirigente de Asa mandou fazer pra mim. Está vendo? Engancha na de Tairn.

Não consigo conter um sorriso quando vejo o formato de um triângulo nas costas de Andarna, que estou certa de que se conecta ao peito de Tairn.

— É incrível.

— *Só vou usar se não conseguir acompanhar. Agora vou poder ir junto!*

E eu tenho mais um motivo para adorar Xaden.

— Bom, eu amei. — Eu me viro para Tairn, que está ocupado rosnando para Cath se afastar e deixar mais espaço para ele. — Quer que eu conecte alguma coisa?

— *Eu cuido disso.*

— Claro que sim. — Então me ocorre: vão ser cinco dias. *Droga.* — Vai ficar tudo bem se você se separar…

— Segundo Esquadrão! — chama Dain. — Preparem-se para quatro horas de voo na primeira etapa da jornada. Vamos precisar manter uma formação estrita nos primeiros quinze minutos enquanto os outros esquadrões se dispersam. — Então ele olha para mim, para algo acima do meu ombro. — Dirigente de Asa?

Eu me viro e vejo Xaden caminhando até nós, o cabo de duas espadas nas costas erguendo-se acima dos ombros, e sinto um nó se fechar na garganta. Como vou fazer para me despedir dele na frente de toda essa gente? E mais importante: como nossos dragões vão lidar com isso?

— *Não se preocupe, Prateada* —Tairn interrompe meus pensamentos em tom resoluto. — *Tudo vai acontecer da forma que tiver de acontecer.*

— Como eu posso ajudar? — pergunta Dain, endireitando os ombros.

— Preciso de você — Xaden diz para mim.

Perdão? — retruca Dain antes que eu possa assentir.

— Relaxa, ele só veio se despedir — explico.

— Se vai se despedir, vai ser dele — corrige Xaden, indicando Dain com a cabeça. — Estou arrumando o esquadrão do quartel e você vem comigo. Liam e Imogen também.

Fico boquiaberta. Eu o *quê*?

— Nem fodendo — rebate Dain, dando um passo para a frente. — Ela é do primeiro ano, e Athebyne fica além das égides.

Xaden pisca.

— Não pensou nesse argumento para Mairi também?

Olho por cima do meu ombro e lá está: Liam está na frente de Deigh, de queixo erguido. Quase como se estivesse esperando por isso.

— *O que está acontecendo?* — pergunto a Xaden.

— Liam é o melhor cadete do ano dele, mesmo que você o tenha designado para proteger Violet — argumenta Dain, cruzando os braços.

— E Sorrengail consegue dominar relâmpagos — diz Xaden, dando um passo à frente, o braço dele roçando meu ombro. — E não que eu deva alguma explicação a você, *segundanista*, porque não devo, mas

Sgaeyl e Tairn não conseguem ficar separados por mais do que poucos dias…

Claro. Agora tudo faz sentido.

— Que você saiba! — exclama Dain. — Ou vai me dizer, com sinceridade, que tem certeza que Sgaeyl estava tresloucada quando você apareceu em Montserrat? Você nunca nem testou quanto tempo conseguem passar longe um do outro.

— Você quer perguntar pessoalmente a ela? — questiona Xaden, arqueando a sobrancelha.

Um rosnado baixo ecoa enquanto Sgaeyl se adianta, uma ameaça brilhando em seus olhos. Meu coração parece bater na garganta por causa de Dain. Não importa quanto tempo passe perto dela, sempre tem uma parte de mim que a vê como a sentença de morte que ela representa.

— Não faz isso. Todo mundo sabe que um monte de cavaleiros morre durante os Jogos de Guerra, e ela vai estar mais segura comigo — argumenta Dain. — Qualquer coisa pode acontecer quando estivermos longe de Basgiath, mais ainda com você levando Violet para além das égides.

— Não vou nem me dignar a responder isso. Foi uma ordem.

Dain estreita os olhos.

— Ou esse foi seu plano o tempo todo? Separar Violet do esquadrão para poder usá-la e conseguir a vingança que quer contra a mãe dela?

— Dain! — Balanço a cabeça, indignada. — Você sabe que isso não vai acontecer.

— Sei mesmo? — ele retruca. — Ele espalhou para todo mundo a coisa do se-ela-morre-eu-morro, mas já se perguntou se isso é mesmo verdade? Você sabia que Tairn não vai sobreviver à sua morte? Ou foi tudo enganação para ganhar sua confiança?

Prendo o fôlego.

— Você precisa parar com isso agora.

— Por favor, pare com isso enquanto ainda está perdendo, Aetos — diz Xaden entredentes. — Quer saber a verdade? Ela está muito mais segura comigo além das égides do que com você. Protegida. Nós dois sabemos disso.

A expressão nos olhos dele é parecida com a de Sgaeyl, e aí me ocorre o motivo para ela tê-lo escolhido como cavaleiro. Os dois são impiedosos e dispostos a aniquilar qualquer coisa que esteja em seu caminho para atingir um objetivo.

E Dain está no caminho de Xaden.

— Para com isso. — Coloco a mão no braço de Xaden. — Xaden, para. Se quiser que eu vá com você, eu vou. Simples assim.

O olhar dele volta para o meu, suavizando-se imediatamente.

— Nem fodendo — sussurra Dain, mas aquilo reverbera pelos meus ossos como um relâmpago.

Eu me viro, tirando a mão do braço de Xaden, mas fica óbvio pela expressão de Dain que ele sabe que tem alguma coisa rolando entre mim e Xaden... e está magoado. Sinto o meu estômago se contorcer.

— Dain...

— Ele? — Dain arregala os olhos, o rosto corado. — Você e... *ele*? — Ele balança a cabeça. — As pessoas estavam fofocando por aí e achei que fosse só isso, mas você... — A decepção pesa sobre os ombros dele. — Não vá, Violet. Por favor. Ele vai acabar te matando.

— Sei que você acha que Xaden tem algum motivo para me querer morta, mas eu confio nele. Ele teve muitas oportunidades, mas *nunca* me machucou. — Dou um passo na direção de Dain. — Uma hora você vai ter que aceitar isso.

Dain parece horrorizado por um segundo, mas rapidamente disfarça.

— Se é essa a sua escolha... — Ele suspira. — Então acho que só me resta aceitar, não é?

— É, sim. — Eu assinto. Graças aos deuses essa bobagem toda vai ficar no passado.

Ele engole em seco e se inclina na minha direção, sussurrando:

— Vou sentir saudades, Violet.

Então, ele se vira nos calcanhares e segue até Cath.

— Obrigado por confiar em mim — diz Xaden, quando vou na direção da perna dianteira de Tairn.

— Sempre.

— Precisamos ir.

Ele para, como se fosse dizer mais alguma coisa, mas se vira em vez disso. Enquanto vai na direção de Sgaeyl, não consigo deixar de notar que os dois homens mais importantes da minha vida estão se afastando de mim nesse momento, seguindo em direções opostas. Considerando qual deles escolhi seguir, minha vida está prestes a mudar para sempre.

O primeiro ataque de grifo conhecido ocorreu no ano 1 D.U. (Depois da Unificação), perto do que hoje é o entreposto comercial de Resson. No limite da fronteira protegida pelos dragões, esse local sempre foi vulnerável a ataques e, durante os últimos seis séculos, mudou de mãos nada menos do que onze vezes no que se tornou uma guerra eterna para assegurar nossos territórios de inimigos sedentos por poder.

— Navarre, uma história completa, por coronel Lewis Markham

CAPÍTULO TRINTA E QUATRO

Nós voamos manhã adentro e depois à tarde, e, quando não consegue mais acompanhar, Andarna se engancha na sela de Tairn no meio do voo. A pequena Rabo-de-pena já está adormecida quando Xaden escolhe passar pelos Penhascos de Dralor, a cadeia de centenas de quilômetros de altura que dá a Tyrrendor a vantagem geológica acima de todas as outras províncias do reino – e de todas as províncias do Continente, na verdade – em vez de contornar tudo, seguindo para as montanhas ao norte de Athebyne.

Tenho a sensação de algo repuxando meu peito, e depois um *craque* quando atravessamos a barreira das égides.

— *Estou sentindo uma coisa diferente* — digo a Tairn.

— *Sem as égides, a magia aqui ainda é selvagem. É mais fácil para os dragões se comunicarem dentro das égides. O Dirigente de Asa vai precisar considerar isso quando comandar sua Asa a partir desse entreposto.*

— *Tenho certeza de que ele já pensou nisso.*

É quase uma da tarde quando nos aproximamos de Athebyne, parando em um lago perto do entreposto por ordem dos dragões, para que possam beber água. A superfície do lago é lisa como vidro, refletindo os picos dentados à nossa frente com uma perfeição de tirar o fôlego antes que a legião pouse nas margens e faça a água ondular em pequenas ondas de choque. Uma floresta espessa de árvores e pedras grandes cerca a beirada da água, e ali perto a grama foi amassada, o que significa que nossos dragões não são os primeiros a descansar neste território.

Temos dez dragões conosco, e, apesar de não conseguir reconhecer todos eles, sei que Liam e eu somos os únicos primeiranistas do grupo. Deigh pousa ao lado de Tairn, e Liam salta do assento com uma facilidade de quem não passou as últimas sete horas no céu.

— *Vocês dois precisam beber e provavelmente comer alguma coisa também* — digo aos meus dragões enquanto me desafivelo da sela. Minhas coxas estão doloridas e tenho câimbras, mas a sensação não é tão ruim quanto em Montserrat. As horas a mais que passei na sela nesse último mês ajudaram.

Tairn enfia uma garra na fivela e Andarna cai no chão, sacudindo a cabeça, depois o corpo e, por último, o rabo.

— *E você precisa dormir* — Tairn responde. — *Passou a noite acordada.*

— *Eu durmo quando você dormir.* — Passando pelos espinhos com cuidado, desço pela pata dianteira dele e caio sobre a margem cheia de musgo.

— *Posso passar dias sem dormir. E prefiro que você não acabe lançando relâmpagos sem querer por falta de sono.*

Fico com vontade de responder que preciso de esforço para dominar os relâmpagos, mas, depois que estilhacei a janela de Xaden ontem à noite, acho que não posso me considerar especialista no assunto. Ou talvez seja só com Xaden que eu perca o controle. De qualquer forma, é perigoso ficar perto de mim. Fico surpresa que Carr ainda não tenha desistido de me ensinar.

— É estranho estar além das égides — digo, mudando de assunto.

As garras de Tairn afundam no solo quando Liam se aproxima, esticando o pescoço acima dos ombros. Considerando a agitação generalizada da legião de dragões, eu me pergunto se é algo que todos conseguem sentir, essa sensação *errada* no ar que faz meus cabelos da nuca arrepiarem.

— Estamos a vinte minutos de Athebyne, então se hidratem! Não temos ideia de qual cenário nos espera por lá — diz Xaden, a voz se estendendo para todo o esquadrão.

— Tudo bem aí? — pergunta Liam, seguindo na minha direção, enquanto Tairn e Andarna dão alguns passos para chegar até a água.

— *Fique com Tairn* — digo para Andarna. Longe assim da proteção do Vale, ela é um alvo brilhante.

— *Pode deixar.*

Deuses, eu deveria ter deixado Andarna em Basgiath. No que é que eu estava pensando, trazendo-a para cá? Ela é só um filhote, e esse voo foi exaustivo.

— *A escolha não foi sua* — diz Tairn, censurando meu pensamento. — *Os humanos, mesmo aqueles que se uniram, não decidem para onde os dragões voam. Mesmo um dragão tão jovem quanto Andarna conhece o que quer.* — As palavras dele não me oferecem muito conforto. No fim das contas, sou responsável pela segurança dela.

— Violet? — insiste Liam na pergunta, franzindo o cenho.

— Se eu falar que não sei, vai achar que eu sou fraca?

Há tantas formas de responder a essa pergunta. Fisicamente, eu estou dolorida, mas bem. Agora, mentalmente… sou um misto de ansiedade e antecipação pelo que os Jogos de Guerra vão trazer. Fomos avisados de que a Divisão sempre perde dez por cento de uma turma prestes a se graduar no último teste, mas minha desconfiança vai além disso. Só não consigo descobrir o que é.

— Vou achar que você está sendo sincera.

Olho para a esquerda e vejo Xaden conversando com Garrick. Naturalmente, o líder do setor entrou no esquadrão pessoal de Xaden.

Xaden olha na minha direção, nossos olhos se encontrando por um segundo, e é só disso que eu preciso para relembrar meu corpo de que algumas horas atrás ele estava nu comigo na cama, as linhas dos seus músculos retesados contra a minha pele. Estou tão apaixonada por esse homem. Como faço para que não fique tão óbvio em meu rosto?

Seja profissional. É só isso que eu preciso fazer. Mas a forma como estou atenta a cada coisa que ele disse e fez desde que saímos do quarto praticamente me faz um exemplo ambulante da razão pela qual nenhum primeiranista deveria transar com seu Dirigente de Asa, muito menos se apaixonar por ele. Que bom que ele só vai ser meu Dirigente de Asa por mais uma semana, no máximo.

— *Se continuar olhando pra mim desse jeito, vamos acabar parando por bem mais de meia hora* — ele avisa sem olhar para mim.

— *Promete?*

Ele se vira na minha direção, e juro que posso ver um *sorriso* antes de ele voltar a falar com Garrick.

— Você está bem com seja lá o que estiver acontecendo aí? — pergunta Liam, me assustando.

— E se eu falar que não sei? — Dou a mesma resposta, curvando os lábios.

— Eu acharia que você está dando um passo maior que a perna. — A expressão dele agora é só brincalhona.

— Pra alguém que diz que deve a vida a Xaden, não me parece uma boa recomendação. — Abaixo a mochila e reviro os músculos tensos dos meus ombros. — Não começa a dar uma de Dain.

— *Tudo bem aí?* — pergunta Xaden.

— *Sim. Só estou meio dolorida.* — A última coisa que quero é ser um peso para ele.

— Não é isso. — Liam faz uma careta. — Eu só conheço as prioridades dele.

— Sinto muito que tenha sido arrastado até aqui por minha causa — digo baixinho para os outros não ouvirem. — Você deveria estar em um dos entrepostos com Dain, não ser levado para longe das égides. O coronel Aetos é um homem justo, mas não tenho dúvida nenhuma de que essa missão foi para "dar ao Dirigente de Asa marcado o que ele merece". — Imito a voz do pai de Dain nesse último pedaço, e Liam revira os olhos.

— Não estou com medo, ninguém me *arrastou* até aqui e, acredite se quiser, Violet, as ordens que eu recebo nem sempre têm a ver com você. Tenho outras habilidades, sabe? — Ele brinca com um sorriso, mostrando a covinha e me dando um empurrão com o quadril.

— Nunca me esqueci do quanto você é incrível, Liam. — E estou falando sério. Ele dá uma tossida, e eu o abano para longe. — Agora eu preciso de um pouco de privacidade.

Ele curva a cabeça e estica o braço, como se estivesse me apresentando para a floresta atrás de nós, e entro naquelas profundezas cheias de sombras.

Quando volto para a margem do lago, Xaden se afasta de Garrick e estica a mão enquanto se aproxima.

Ergo as sobrancelhas. Ele vai… não. Ele não faria isso. Não na frente de outros oito cadetes.

Ele entrelaça os dedos nos meus. *Acho que ele faria, sim.* É mais do que o toque da pele dele que faz meu coração bater mais rápido. Ele está quebrando a própria regra.

Lanço um olhar significativo para onde os outros se reuniram, em diversas posturas relaxadas perto das margens, mas, ainda assim, aperto mais a mão dele.

— Nenhum deles vai dizer nada sobre você, ou sobre nós. Confio em cada pessoa aqui com a minha vida — ele me diz, puxando meu braço na direção de pedras que têm quase o dobro da minha altura, no lado mais distante do lago.

— As pessoas gostam de uma fofoca. Deixa eles falarem. — Não tenho vergonha de amar Xaden, e eu posso lidar com qualquer fofoquinha malvada que cruzar o meu caminho.

— Você só está falando isso agora. — Ele aperta a mandíbula. — Bebeu água? Ou comeu?

— Trouxe tudo de que preciso na mochila. Não precisa se preocupar comigo.

— Me preocupar com você é noventa e nove por cento do que eu faço. — O dedão dele acaricia o dorso da minha mão. — Quando chegarmos ao entreposto, quero que descanse depois que soubermos nossa missão. Liam fica com você enquanto eu provavelmente levo os terceiranistas em uma patrulha.

— Eu quero ajudar — protesto imediatamente.

Não foi por isso que ele me trouxe? Pelos relâmpagos? Não que minha mira seja digna de prêmio, mas ainda assim.

— Vai poder ajudar depois que descansar. Precisa estar bem recarregada para usar o seu sinete, ou corre o risco de chamuscar. Tairn é poderoso demais.

Ele tem razão, mas não quer dizer que eu goste do que está me dizendo.

Assim que ficamos longe da vista dos outros, ele me coloca contra a pedra mais alta e depois se abaixa na minha frente.

— O que você tá fazendo? — Passo os dedos pelo cabelo dele só porque posso fazer isso. O fato de que posso tocar nesse homem me deixa de pernas bambas, e planejo aproveitar todas as vantagens desse privilégio enquanto ainda puder.

— Suas pernas estão doloridas. — Ele começa a massagear minhas batatas da perna, tirando a tensão dali com suas mãos fortes.

— Acho que não vamos poder ir embora até que os dragões estejam prontos, né?

O toque dele parece quase proibitivo.

— Sim. Temos mais uns dez minutos, por aí. — Ele me lança um sorriso malicioso.

Dez minutos. Considerando que não temos nenhuma ideia de como vai ser o restante do dia, fico mais do que feliz em aproveitar o tempo que temos. Solto um gemido enquanto meus músculos se soltam e minha cabeça descansa na pedra.

— Isso dói de um jeito muito gostoso. Obrigada.

Ele ri, subindo as mãos até os músculos retesados da minha coxa.

— Confie em mim, meus motivos não são altruístas, Violência. Vou usar qualquer desculpa para colocar as mãos em você.

A barba por fazer em seu rosto roça a palma das minhas mãos enquanto as deslizo ao redor de seu rosto para segurar sua nuca.

— Eu digo o mesmo.

A respiração dele muda quando chega no topo das minhas coxas, os dedos massageando os músculos até se submeterem a ele.

— Sinto muito pelo que aconteceu hoje de manhã.

— Quê?

Ele ergue o olhar, a luz do sol refletindo aqueles pingos dourados, e arqueia a sobrancelha.

— Estávamos no meio de um assunto, caso você não se lembre.

Um sorriso lento se esparrama no meu rosto.

— Ah, eu me lembro, sim.

O botão mais alto da jaqueta dele está desabotoado, e eu agarro o tecido e o puxo para mais perto de mim. Quando será que vou conseguir controlar esse desejo constante que sinto por ele? Já o senti dentro de mim diversas vezes nas últimas horas, e ainda assim aceitaria mais uma rodada… ou umas três.

— É errado pensar que eu queria que tivéssemos tido tempo de terminar?

— Acho que eu nunca vou *terminar*. — Ele se ergue, cada parte de seu corpo acariciando o meu enquanto sobe. — Sou ganancioso demais quando o assunto é você.

Ele inclina a cabeça sobre a minha e esconde o resto do mundo com um beijo lento e delicioso. A língua dele desliza por entre meus lábios para acompanhar a minha como se ele não tivesse nenhum outro plano naquele dia a não ser memorizar cada cantinho da minha boca.

Meu corpo inteiro parece acordar e borbulhar quando ele beija o caminho até meu pescoço. Segura minha cintura, esmagando minhas curvas contra seus ângulos duros, e não sou nada além de calor e urgência. Meu coração pulsa com tanta força que, em meus ouvidos, parece o bater de asas. Deuses, eu nunca vou me cansar disso.

Ele geme, a mão deslizando até a minha bunda.

— Me diga no que está pensando — ele pede.

Enlaço o pescoço de Xaden com os braços.

— Eu estava pensando que você é exatamente como eu previ que seria quando transou comigo no meu quarto.

— Ah, é? — Ele se afasta, a curiosidade faiscando em seus olhos. — E como, exatamente, você me previu?

— Um vício muito perigoso. — Meu olhar passa pela linha prateada da cicatriz em seu rosto, pelos cílios grossos que muitas mulheres matariam para ter e pelo nozinho no nariz que combina perfeitamente com aquela boca esculpida. Eu já disse que o amo, então não tenho nenhum segredo para resguardar. Inferno, comparada a ele, sou um livro aberto. — Impossível de saciar.

Os olhos dele ficam mais escuros.

— Vou ficar com você — ele promete, assim como fez ontem à noite. Ou hoje de manhã? — Você é minha, Violet.

Ergo o queixo.

— Só se você for meu.

— Eu sou seu há muito mais tempo do que você poderia imaginar.

Como se as palavras o deixassem à deriva, ele segura minha nuca e me dá um beijo longo e firme, roubando meu fôlego, e cada pensamento se esvai ao sentir o gosto da sua língua, a urgência esquentando ainda mais minha pele.

Xaden tira a boca da minha, ofegante, interrompendo o beijo e inclinando a cabeça para o lado como se escutasse algo.

— O que foi? — pergunto. Ele fica inteiro tenso em meus braços.

— Merda. — Ele arregala os olhos, desviando o olhar do meu. — Violet, eu sinto muito...

— É sério mesmo que os cavaleiros de dragão passam tempo assim? — uma mulher pergunta atrás de Xaden, a voz rouca.

Ele se vira tão rapidamente que é só um borrão. Sombras me escondem, espessas como uma nuvem de tempestade.

Não consigo ver porra nenhuma.

— Xaden! — alguém grita, e diversas pessoas vêm correndo, pisoteando a grama. Talvez seja Bodhi?

— É bobagem esconder o que eu já vi — diz a mulher, o tom curto e grosso. — E, se os rumores são verdadeiros, só existe uma cavaleira de cabelos prateados naquela sua escola que é uma fábrica de mortes, o que significa que é a caçula da general Sorrengail.

— Caralho — pragueja Xaden. — *Preciso que você fique calma, Violência.*

Calma? As sombras se dissipam, e eu deixo as mãos pendendo para o lado caso precise agarrar uma adaga ou usar meus poderes, dando um passo para o lado para conseguir ver melhor.

Um par de cavaleiros de grifo está parado na campina a cerca de seis metros, as feras estranhamente silenciosas embaixo deles. Elas têm um terço do tamanho dos nossos dragões, mas as garras e bicos parecem capazes de estraçalhar pele e escamas da mesma forma.

— *Tairn!*

— *Estou indo.*

— *Fique com Sgaeyl* — falo para Andarna.

— *Os grifos parecem apetitosos daqui* — ela responde.

— *Eles são do seu tamanho. Não venha.*

— Uma porra de uma Sorrengail. — A mulher parece só alguns anos mais velha do que eu, mas tem o porte de uma cavaleira veterana. Arqueia uma sobrancelha escura, me encarando como se eu fosse algo que precisasse ser tirado dos estábulos com uma pá.

O som de asas batendo preenche o ar quando um punhado de cavaleiros de dragão aparece ao nosso redor. Imogen. Bodhi. Um aluno do terceiro ano com uma cicatriz no lábio que eu reconheço. Liam. Nenhum deles, porém, está pegando em armas.

Ao menos os números estão a nosso favor. O poder se desdobra debaixo da minha pele, e eu escancaro a porta dos Arquivos, deixando que a energia me percorra com uma torrente de calor escaldante. O céu retumba.

— Não! — Xaden se vira e me puxa contra o peito, passando os braços ao meu redor e prendendo meus braços.

— O que você está fazendo? — Jogo meu peso contra Xaden, mas é inútil. Ele me prendeu bem.

Um sopro de vento acerta minha lateral direita quando Tairn pousa.

— Puta merda, esse aí é *gigante* — comenta a mulher. Atrás do braço imóvel de Xaden, vejo os cavaleiros de grifos recuarem com passos rápidos, os olhos arregalados enquanto olham para cima.

Xaden ergue a mão e segura minha nuca, e olho na direção dele. Que porra ele está fazendo? Me dando um último beijo antes de morrermos?

— Se algum dia você já confiou em mim, Violet, preciso que se lembre disso agora.

O pedido nos olhos dele me deixa completamente embasbacada. Nossos inimigos estão logo ali, e ele quer ter... um *momento de romance*?

— Só fique aqui. Fique calma. — Os olhos dele procuram os meus, vasculhando por uma resposta para a qual não sei nem a pergunta. Então, ele me entrega para Liam.

Me *entrega*, como se eu fosse a porra de uma mochila.

Liam prende meus braços com uma força cuidadosa, mas que não cede.

— Sinto muito por isso, Violet.

Por que todo mundo está pedindo desculpas?

— Me. Solta — exijo, enquanto Xaden caminha na direção dos cavaleiros de grifo ao lado de Garrick.

O medo aperta meu coração como uma prensa. Ele não pode achar que vai conseguir vencer todos aqueles grifos e cavaleiros sozinho.

— Não posso — diz Liam, pedindo desculpas, abaixando a voz. — Queria mesmo poder.

Tairn ruge à minha direita com tanta força que a saliva voa, acertando Liam no rosto e fazendo meus ouvidos estalarem. Liam abaixa as mãos e se afasta lentamente, erguendo as palmas das mãos.

— Já entendi. Você já deixou bem claro. Não vou botar a mão nela.

Livre dele, eu me viro na direção do campo no instante em que Xaden alcança os cavaleiros.

— Vocês chegaram *cedo demais*, porra — ele diz.

Sinto meu coração parar de bater no peito.

Nos últimos dias de seu interrogatório, Fen Riorson perdeu a conexão que tinha com a realidade, revoltando-se contra o reino de Navarre. Acusou o rei Tauri e todos os que vieram antes dele de uma conspiração tão imensa, tão impronunciável, que não vale ser repetida aqui por este historiador que vos escreve. A execução dele foi rápida e misericordiosa, considerando que era um louco que custou inúmeras vidas.

— Navarre, uma história completa, por coronel Lewis Markham

CAPÍTULO TRINTA E CINCO

De alguma forma, consigo continuar respirando, o que é impressionante considerando que parece que meu coração vai explodir em milhões de pedaços. Eu concentro meu olhar no inimigo.

Nunca tinha visto um cavaleiro de grifo antes. Os dragões normalmente os queimam até virar cinzas, junto das suas montarias metade águias, metade leões.

— O que aconteceu com a reunião que tínhamos marcado para amanhã? Ainda não temos toda a carga — diz Xaden para a cavaleira de grifo, a voz calma e monótona.

— O problema não é a carga — diz a mulher, balançando a cabeça. Diferente do nosso uniforme preto, o uniforme deles é marrom, combinando com as penas mais escuras das suas feras... que no momento me encaram como se eu fosse o jantar.

— *Se tentarem alguma coisa, são eles que vão virar lanche* — diz Tairn.

Carga. Eu mal processo o que Tairn está dizendo ao ouvir o choque daquelas palavras. E Xaden os conhece. Ele está *trabalhando* com eles, ajudando o inimigo. A traição corta minha garganta como vidro quando tento engolir em seco. É por causa disso que ele estava se esgueirando da Divisão.

— Então vocês só estavam esperando aqui perto para conversar caso a gente decidisse voar mais cedo? — pergunta Xaden.

— Estávamos patrulhando em Draithus ontem, fica a uma hora ao sudeste daqui...

— Eu sei onde fica Draithus — retruca Xaden.

— Vai saber, vocês navarrianos ficam agindo como se não existisse nada para além da fronteira — desdenha o cavaleiro de grifo. — Não sei nem por que estamos nos dando ao trabalho de avisar.

— Avisar? — Xaden inclina a cabeça.

— Perdemos um vilarejo aqui perto para uma horda de venin há dois dias. Eles dizimaram tudo.

Aquilo me sobressalta, e arregalo os olhos. O *que* foi que ela acabou de falar?

— Venin nunca chegam tão a oeste — diz Imogen, à esquerda.

Venin. Aham, foi isso que disseram. Mas que porra é essa? Eu acharia que alguém estaria tirando uma comigo se não fossem os dois grifos gigantescos atrás do par de cavaleiros. Mas ninguém mais está rindo.

— Até agora — responde a mulher, virando-se na direção de Xaden. — Sem dúvida eram venin, e um tinha um dos...

— Não diga mais nada — interrompe Xaden. — Você sabe que nenhum de nós pode saber os detalhes, ou arriscamos perder tudo. Só precisa que *um* de nós seja interrogado.

— *Você está ouvindo isso?* — pergunto a Tairn, olhando por todos os lados para ver se mais alguém notou o quanto as falas da mulher são ridículas, mas todos os outros parecem... horrorizados, como se acreditassem de verdade que um vilarejo foi destruído por criaturas míticas.

— *Infelizmente, sim* — responde Tairn.

— Sem detalhes ou não, parece que a horda vai seguir para o norte — diz o homem. — Direto para o nosso entreposto comercial na fronteira, na frente da sua guarnição em Athebyne. Vocês estão armados?

— Estamos armados — confessa Xaden.

— Então nosso trabalho aqui terminou. Já repassamos o aviso — diz o homem. — Agora precisamos defender nosso povo. Essa viagenzinha só nos deixou com mais ou menos uma hora para chegar a tempo.

Imediatamente, a atmosfera muda e se intensifica, e os cavaleiros ao meu redor parecem se preparar para algo.

Xaden olha por cima do ombro na minha direção e, em vez de rir do absurdo do que estão discutindo, o rosto dele está completamente sério.

— Se acha que um dia vai conseguir convencer uma Sorrengail a arriscar o pescoço por alguém de fora das próprias fronteiras, então você é um tolo — diz o homem, lançando um olhar de desdém na minha direção.

O poder contido estala dolorosamente embaixo da minha pele, exigindo que eu o liberte.

O homem se inclina levemente para o lado e me olha de cima a baixo, obviamente me avaliando.

— Eu me pergunto o que o seu rei estaria disposto a pagar para ter de volta a filha da sua general mais condecorada. Aposto que o resgate valeria o bastante para conseguirmos armas para defender Draithus por uma década.

Resgate? Ah, nem ferrando.

Tairn rosna.

— Porra — murmura Bodhi, chegando mais perto de mim.

— Tente. Experimente para você ver. — Dobro os dedos na direção dele, soltando só poder o bastante para o relâmpago acender as nuvens acima de nós.

As sombras correm de forma ameaçadora dos pinheiros que cercam a campina enquanto Xaden ergue as mãos, e os dois cavaleiros de grifo ficam tensos quando a escuridão para a centímetros dos pés deles.

— Se der um passo na direção *dessa* Sorrengail aqui, vai estar morto antes mesmo de conseguir dar impulso para a frente — diz Xaden, a voz ficando mortalmente baixa. — Ela não é negociável.

A mulher olha para as sombras e suspira.

— Vamos estar lá com o resto da nossa revoada. Mandem um sinal se conseguirem escapar dos descrentes. — Ela se afasta, levando o homem de volta para onde os grifos estão.

Eles montam em questão de segundos e decolam.

Todo mundo ali presente se vira para mim com expressões que variam da expectativa para algo parecido com medo, e meu estômago se aperta. Ninguém ficou surpreso com a familiaridade dos cavaleiros de grifo falando palavras como "venin". E todos sabiam que Xaden estava ajudando o inimigo.

Eu sou a intrusa aqui.

— Boa sorte, Riorson. — Imogen afasta uma mecha do cabelo rosa de trás da orelha, a relíquia da rebelião aparecendo embaixo das mangas do uniforme enquanto ela se vira para nos dar espaço.

Meu estômago despenca ainda mais, minha mente a mil, procurando por qualquer explicação que não seja a verdade óbvia e devastadora enquanto todos lentamente seguem Imogen de volta para o lago.

Vejo uma relíquia da rebelião subindo pelo braço de um terceiranista quando ele passa na minha frente.

Garrick está aqui. Ele é Líder de Setor, mas… está aqui, e não com os esquadrões do Setor Fogo. Bodhi e Imogen também. A cavaleira morena com um piercing no nariz é Soleil, acho, e definitivamente tem uma relíquia no seu antebraço esquerdo. E quanto ao segundanista do Setor Garra? Ele também tem uma.

E Liam... Liam está ao meu lado.

— *Tairn* — eu chamo, tentando manter minha respiração o mais estável possível enquanto Xaden me encara, o rosto dele voltando para o padrão "Dirigente de Asa", tão sem emoções que parece mais uma máscara.

— *Prateada?* — A cabeça gigante de Tairn se vira na minha direção.

— *Todos eles têm relíquias da rebelião* — eu digo. — *Todo mundo nesse esquadrão fora eu é filho de um separatista.*

No caos do campo de voo, Xaden havia construído seu esquadrão só com marcados.

E todos eles são. Uns traidores. Do caralho.

E eu caí direitinho nessa armadilha.

Eu me deixei levar por *ele*.

— *Sim. Eles são* — concorda Tairn, a voz resignada.

Meu peito parece que vai ceder enquanto sinto o peso disso. Isso é muito pior do que Xaden me trair, simplesmente. Ele está traindo todo o nosso reino. Só existe uma explicação para que até meus próprios dragões tenham ficado tão dóceis na presença de um inimigo.

— *Você e Andarna também mentiram pra mim.* — Essa traição é demais, e meus ombros pesam. — *Vocês sabiam o que ele estava fazendo.*

— *Nós dois te escolhemos* — diz Andarna, como se isso melhorasse as coisas.

— *Mas vocês sabiam.*

Eu olho para onde Liam ousa me encarar com pesar e depois para Tairn, cujo foco letal encara o horizonte como se ainda não tivesse decidido se vai queimar Xaden vivo ou não.

— *Para os dragões, um elo é tudo* — Tairn explica enquanto Xaden se aproxima. — *Só existe um elo mais sagrado para nós do que um dragão e seu cavaleiro.*

Um dragão e seu consorte.

Todo mundo sabia exceto eu. Até meus próprios dragões. Ah, deuses. Será que Dain estava certo? Tudo que Xaden fez até agora foi um truque para ganhar minha confiança?

O sabor doce da minha felicidade e do meu amor, confiança e afeição, que brilhavam com tanta intensidade no meu peito minutos atrás, fraqueja dolorido, procurando por oxigênio como uma fogueira de acampamento apagada por um balde de água pela manhã. Tudo que posso fazer é ficar observando as brasas serem afogadas e morrerem.

Xaden me observa com uma apreensão crescente enquanto chega mais perto, como se eu fosse algum tipo de animal encurralado que vai lutar com garras e dentes para escapar.

Por que fui tão tola de confiar nele? Como é que eu fui me *apaixonar* por ele? Meus pulmões e meu coração uivam de dor. Isso não pode estar acontecendo. Eu não posso ser assim tão inocente. Mas acho que sou, sim, porque agora estamos aqui. O corpo dele inteiro funciona como a porra de um aviso, especialmente a relíquia escura que fica tão evidente em seu pescoço nesse instante. O pai dele pode ter sido o Grande Traidor, pode ter custado a vida do meu irmão, mas a traição de Xaden me perfura ainda mais fundo.

Ele estremece quando meus olhos o encaram, ferozes.

— Algum dia fomos amigos? — sussurro para Liam, procurando pela força de gritar.

— Nós somos amigos, Violet, mas eu devo tudo a ele — responde Liam, e, quando eu ergo o olhar, ele me observa com tanta tristeza que quase sinto pena dele. Quase. — Todos nós. E assim que você der a ele a chance de se explicar…

Pronto. A raiva vem ao meu socorro, passando por cima da mágoa.

— Você me viu treinar com ele! — Empurro o peito de Liam, e ele cambaleia pela grama. — Você ficou ali do lado e viu tudo enquanto eu me apaixonava por ele!

— Ah, merda. — Bodhi enlaça as mãos atrás do pescoço grosso.

— Violência, deixa eu explicar — diz Xaden. Ele sempre soube da minha verdadeira natureza, e, sinceramente, as sombras que ele projeta já deveriam ter me dado uma dica sobre quem Xaden é. Ele é um mestre dos segredos.

Um poder acumulado ondula em meus ossos enquanto dou as costas para Liam e encaro Xaden outra vez.

— Se você sequer pensar em tocar em mim, eu juro que vou te matar. — Meu poder reacende com a raiva que estou sentindo, e um relâmpago cruza os céus, pulando de uma nuvem para outra.

— Acho que ela está falando sério — avisa Liam.

— Eu sei. — Xaden cerra a mandíbula quando nossos olhares se encontram, parados ali. — Todo mundo, voltem para a margem. Agora.

Ele me observa com apreensão, aproximando-se.

— Sei o que você está pensando — diz Xaden com aquela sua voz baixa e enganosa, e vejo um vislumbre de medo naquelas profundezas cor de ônix.

— Você não faz ideia do que eu estou pensando.

Traidor. Do. Caralho.

— Está pensando que eu traí o nosso reino.

— Um chute bem lógico. Parabéns. — Outro relâmpago se liberta, estalando pelas nuvens. — Você está trabalhando com cavaleiros de grifo? — Deixo as mãos livres na lateral do corpo, só para o caso de precisar delas para usar meu poder, apesar de saber muito bem que não sou páreo para ele. Ainda não. — Meus deuses, Xaden, você é tão clichê. Um vilão se escondendo às claras.

Ele se encolhe.

— Na verdade, eles são chamados de paladinos — diz Xaden baixinho, sustentando meu olhar. — E eu posso até ser um vilão para alguns, mas pra você, não.

— Oi? Quer mesmo discutir a questão semântica da sua traição?

— Dragões têm cavaleiros, grifos têm *paladinos.*

— E você só sabe disso porque está colaborando com eles. — Recuo alguns passos para não dar um soco na cara dele, como estou com vontade de fazer. — Está trabalhando com nossos inimigos.

— Você alguma vez pensou que às vezes pode começar do lado certo de uma guerra e acabar de outro?

— Nesse caso? Não. — Aponto para a margem. — Fui treinada como escriba, lembra? Tudo que a gente fez foi defender nossas fronteiras durante seiscentos anos. São eles que não aceitam a paz como solução. Que carga você está trazendo para eles?

— Armamento.

Fico sem chão.

— Que eles usam para matar cavaleiros de dragão?

— Não. — Ele sacode a cabeça, enfático. — Essas armas são usadas para lutar apenas contra venin.

Eu o encaro, boquiaberta.

— Os venin são coisas de contos de fadas. Tipo o livro que meu pai...

Eu pisco, aturdida.

A carta. O que ele tinha escrito mesmo? *O folclore é transmitido de uma geração para a outra para nos ensinar sobre o nosso passado.*

Será que ele estava tentando dizer que... não. Isso é impossível.

— Eles são reais — Xaden confirma baixinho, como se estivesse tentando suavizar um golpe.

— Então está me dizendo que as pessoas que conseguem, de alguma forma, acessar a fonte da própria magia sem um dragão ou grifo para canalizar, corrompendo seus poderes para além de qualquer salvação, de fato existem — eu digo lentamente, só para tudo ficar evidente. — Que não é só parte de uma fábula criacionista.

— Isso. — Ele franze o cenho. — Eles drenaram toda a magia dos Ermos e estão espalhados por aí como uma infestação.

— Bom, pelo menos isso condiz com as lendas. — Cruzo os braços. — Como é mesmo a história? Um irmão se uniu a um grifo, outro a um dragão, e, quando o terceiro ficou com inveja, foi diretamente até a fonte da magia, perdendo a própria alma e entrando em guerra com os outros dois.

— Isso. — Ele suspira. — Não era assim que eu queria ter te contado isso.

— Quer dizer, presumindo que você *fosse* me contar algum dia! — Olho para onde Tairn está observando tudo, a cabeça baixa como se precisasse incinerar Xaden a qualquer instante. — Gostaria de contribuir com alguma coisa para essa discussão?

— *Ainda não. Preferia que chegasse às suas próprias conclusões. Escolhi você por sua inteligência e coragem, Prateada. Não me decepcione.*

Eu me impeço de mostrar o dedo médio para o meu dragão por muito pouco.

— Beleza. Caso eu acredite que os venin existem e estão andando pelo Continente usando seus poderes sombrios, então também precisaria acreditar que eles nunca atacam Navarre porque... — Arregalo os olhos diante da possibilidade de uma conclusão lógica. — Porque nossas égides anulam toda magia que não vem dos dragões.

— Correto. — Ele alterna o peso do próprio corpo de uma perna para a outra. — Ficariam sem poderes no segundo em que atravessassem a fronteira.

Porra, isso faz sentido, e eu estava desesperada para que não fizesse.

— O que significa que eu precisaria acreditar que não fazemos ideia de que Poromiel está sendo atacada brutalmente por dominadores sombrios logo além do nosso território. — Franzo o cenho.

Ele desvia o olhar e respira fundo antes de me encarar novamente.

— Ou talvez você precise acreditar que sabemos disso e escolhemos não fazer nada.

Ergo o queixo, indignada.

— Por que nós escolheríamos não fazer *nada* enquanto as pessoas estão morrendo? Vai contra tudo em que nós acreditamos.

— Porque a única coisa que mata os venin é exatamente o que confere poder às nossas égides.

Ele não diz mais nada enquanto continuamos parados ali, apenas com o som da água batendo na margem, ecoando as palavras que parecem querer perfurar meu coração.

— É por isso que estão acontecendo ataques nas fronteiras? Estão procurando o material que usamos para alimentar as égides? — pergunto.

Não porque eu acredite nele, ainda não, mas porque ele não está tentando me convencer de nada. Meu pai costumava dizer: *a verdade raramente requer esforço.*

Xaden assente.

— O material é forjado em armas para lutar contra os venin. Aqui, olha isso.

Erguendo o braço direito, ele pega uma adaga de cabo preto da bainha na lateral do corpo. Estou brutalmente atenta a cada movimento, apavorada ao perceber que ele sempre teve chances de me matar quando bem entendesse, e isso não é diferente agora. Apesar de que seria uma morte mais rápida se usasse uma das espadas que está em suas costas. Ele se mexe lentamente, estendendo a adaga para mim como uma oferta.

Eu a aceito, notando a lâmina afiada, mas é o metal que está integrado ao cabo marcado em runas que me faz ofegar.

— Você pegou isso da escrivaninha da minha mãe? — Ergo o olhar para ele.

— Não. Sua mãe provavelmente tem uma dessas pelo mesmo motivo que você deveria ter uma. Para se defender dos venin.

Vejo tanta pena nos olhos dele que sinto meu peito se comprimir.

A adaga. Os ataques. Estava tudo bem na minha frente.

— Mas você me disse que não havia chance de algum dia lutarmos contra algo como isso — sussurro, me apegando à última esperança de que isso tudo seja uma brincadeira de mau gosto.

— Não. — Ele se aproxima mais, esticando a mão, e então baixando-a como se tivesse mudado de ideia. — Eu te disse que tinha esperanças de que, caso uma ameaça dessas existisse, nossos líderes nos contariam.

— Você distorceu a verdade para usar do jeito que quisesse.

Curvo as mãos ao redor do punho da adaga e a sinto zumbindo com o poder. Venin são reais. Venin. São. Reais.

— Sim. E eu poderia estar mentindo para você, Violência, mas não estou. Não importa o quanto pense que eu esteja agora, eu *nunca* menti para você.

Aham. Tá.

— E como eu vou saber que isso é verdade?

— Porque dói pensar que somos o tipo de reino que faria uma coisa dessas. Dói ser obrigado a modificar tudo o que você pensa que sabe. Mentiras são reconfortantes. A verdade é dolorosa.

Encaro Xaden, ainda sentindo o poder da arma.

— Você poderia ter dito isso a qualquer hora, mas em vez disso escolheu esconder *tudo* de mim.

Ele se encolhe.

— Sim. Deveria ter contado meses atrás, mas não podia. Estou arriscando *tudo* ao contar isso agora…

— Só porque você precisa, e não porque quer…

— Porque, se o seu *melhor amigo* vir essa memória, tudo estará perdido — ele interrompe, e eu ofego.

— Você não sabe se…

— Dain não quebrou uma regra nem para *salvar sua vida*, Violet. O que acha que ele faria se descobrisse o que está acontecendo?

O que Dain *faria*?

— Tendo a acreditar que ele não colocaria o Códex acima das pessoas que estão sofrendo fora do nosso território. Ou talvez eu pudesse ter subido escudos que impediriam Dain de bisbilhotar. Ou talvez ele continuasse a respeitar os limites que impus e nunca nem procurasse por isso. — Estreito os olhos. — Mas acho que nunca vamos saber, não é? Porque você decidiu não confiar em mim para saber qual seria a coisa certa, não é, Xaden?

Ele espalma as mãos.

— Isso é muito maior do que eu e você, Violência. E a liderança faz de tudo para continuar sentada atrás das proteções e manter a existência dos venin em segredo. — A voz dele fica rouca quando me implora: — Eu vi meu próprio pai ser executado por tentar ajudar essas pessoas. Não poderia arriscar você também. — Ele invade mais o meu espaço a cada palavra, segurando meu pulso, mas não consigo mais permitir que meu coração faça as escolhas difíceis que minha cabeça deveria estar fazendo. — Você me ama, e…

— Amava — corrijo, desviando dele para conseguir uma porra de um *espaço*.

— Ama! — ele grita, me impedindo de andar e fazendo com que todos os cavaleiros ali perto nos ouçam. — Você me *ama*.

Uma daquelas brasas no meu peito tenta reacender, e eu a esmago antes que tenha a chance de arder em chamas.

Lentamente, eu me viro na direção dele.

— Tudo o que eu sinto… — engulo em seco, relutando para segurar minha raiva e não me desmanchar ali — *sentia* por você era baseado em mentiras e enganação.

A vergonha faz minhas bochechas arderem por ter sido ingênua o bastante para me apaixonar por ele para começo de conversa.

— Tudo que existe entre nós é real, Violência. — A intensidade com que ele diz aquilo faz meu coração doer ainda mais. — O resto eu posso explicar se me der tempo. Mas, antes de chegarmos no entreposto designado, preciso saber se você acredita em mim.

Olho para a adaga e ouço as palavras da carta do meu pai como se ele as tivesse me dito em voz alta. *Sei que vai fazer a escolha certa quando chegar a hora.* Ele me avisou da única forma que poderia: através dos livros.

— Sim — digo, entregando a adaga de volta para Xaden. — Eu acredito. Mas não significa que confio em você.

— Pode ficar pra você. — A postura dele se suaviza em alívio.

Guardo a adaga na coxa.

— Está me dando uma arma logo depois de ter me enganado por meses, Riorson?

— Claro. Eu tenho outra, e, se o que os paladinos disseram for verdade e os venin estiverem vindo para o norte, talvez você precise dela. Nunca menti quando disse que não poderia viver sem você, Violência. — Ele se afasta lentamente, os lábios formando um sorriso triste. — Nunca gostei de mulheres indefesas, lembra?

Não estou pronta para ficar de risadinha com ele.

— Eu só quero chegar em Athebyne logo.

Ele assente e, alguns minutos depois, levantamos voo.

— *Nós sabemos que não mentimos. Só não contamos tudo* — diz Andarna, voando no espaço logo atrás de Tairn para evitar a resistência do vento enquanto nos dirigimos ao entreposto.

— *Isso é mentir por omissão* — eu argumento. Algo que já aconteceu demais por hoje.

— *Ela está certa, Dourada.* — A tensão irradia de cada linha no corpo de Tairn, de cada batida de suas asas. — *Você tem todo o direito de ficar com raiva.* — Ele se vira para o lado, seguindo a cordilheira ao longo das fronteiras. As alças da minha sela me seguram firme. — *Fizemos uma escolha para proteger você sem seu consentimento. Foi um erro que não cometerei outra vez.*

A culpa que ele sente se sobrepõe às minhas próprias emoções, derretendo minha raiva em parte... e eu começo a pensar.

Pensar de verdade.

Se os venin existem, deve existir algum registro. Ainda assim, não havia nenhuma cópia de *Fábulas dos Ermos* dentro dos Arquivos, o lugar de Navarre que deveria ter um exemplar de cada livro escrito ou copiado nos últimos quatrocentos anos, o que significa que meu pai não me deu um livro apenas raro… ele me deu um livro proibido.

Quatrocentos anos de livros, e nem um único…

Quatrocentos anos. Porém, nossa história se expande até seiscentos anos. Tudo ali é cópia de um trabalho mais antigo. O único texto original nos Arquivos mais antigo do que quatrocentos anos (da época em que começamos a guerrear com Poromiel) são os pergaminhos originais da Unificação, datando de mais de seiscentos anos.

Basta uma única geração desesperada para mudar a história (ou até mesmo apagá-la).

Deuses, meu pai deixou isso de bandeja para mim. Sempre me disse que os escribas tinham todo o poder.

— *Sim* — diz Tairn enquanto fazemos a curva no último pico, o topo livre de neve devido ao calor do verão, e o entreposto montanhoso de Athebyne aparece na mesma hora que os Penhascos de Dralor. — *Uma geração decide mudar o texto. Outra escolhe ensinar aquele texto. A geração seguinte cresce e a mentira se transforma em história.*

Ele se inclina para a esquerda, seguindo a curva da montanha, e depois desacelera enquanto nos aproximamos do campo de voo do entreposto.

Seguro os pomos com força quando pousamos na frente da estrutura que assoma, empoleirada na lateral do último pico nessa cordilheira. O projeto é idêntico ao de Montserrat, uma fortaleza quadrada simples com quatro torres, e muralhas que mal são grossas o suficiente para um dragão decolar. O exército gosta de uma padronização.

Eu me desafivelo da sela e desço pela perna dianteira de Tairn.

— E de alguma forma devemos nos concentrar nos Jogos de Guerra — murmuro, ajustando a mochila nos ombros, pensando em um entreposto que pode ou não estar sob ataque de criaturas lendárias logo, logo.

Os outros desmontam, e olho para trás na direção de Andarna, já enrolada nas patas de Tairn.

Xaden anda acompanhado de Garrick, olhando para mim de uma forma que parece desejosa. Eu dei tudo para ele, e ele nunca nem me deixou entrar na vida dele de verdade. A dor irrompe em meu peito com o tipo de angústia que só é causada por um coração partido, lacerante e impossível de se ignorar. Imagino que seja essa a sensação de ser esfaqueada por uma lâmina cega e coberta de ferrugem. Não está afiada para cortar com rapidez e tem total chance de a ferida infeccionar. Se não posso confiar nele, então não existe um futuro para nós dois.

A atmosfera está tensa quando nós dez passamos pelos portões e entramos no entreposto. Que está completamente *vazio*.

— Que porra é essa? — Garrick caminha pelo pátio até o centro da estrutura, olhando para os lugares onde deveria haver gente, assim como em Montserrat.

— Parem — ordena Xaden, avaliando as muralhas que assomam pelos quatro cantos acima de nós. — Não tem ninguém aqui. Dividam-se e inspecionem. — Ele olha para mim. — Você não sai do meu lado. Não acho que isso faça parte dos Jogos.

Eu começo a argumentar que ele não tem como saber disso, mas a lufada de vento pelos portões abertos me impede. Os únicos sons de uma fortaleza que deveria abrigar mais de duzentas pessoas são nossos passos no chão rochoso: ele está certo. Sinto que tem alguma coisa bem *errada*.

— Ótimo — respondo com uma dose de sarcasmo, e todo mundo menos Liam, que está atrás de mim mais uma vez, se espalha em grupos de dois ou três, subindo as diversas escadarias.

— Por aqui — diz Xaden, indo para a torre sudoeste.

Nós subimos os lances de escada, chegando finalmente ao topo do quarto andar, onde uma porta nos leva até o mirante de observação que dá para o vale lá embaixo, incluindo uma vista para o entreposto comercial poromielês.

— Essa é uma das guarnições mais estratégicas que temos — digo, procurando por algum sinal da infantaria e de cavaleiros que deveriam estar ali. — Ninguém abandonaria este lugar só por causa dos Jogos de Guerra.

— É exatamente disso que estou com medo. — Xaden percorre o vale com o olhar, estreitando os olhos no entreposto muito abaixo. — Liam.

— Deixa comigo.

Liam dá um passo para a frente, inclinando-se na muralha de pedra enquanto se concentra na estrutura distante abaixo de nós. O entreposto comercial fica a vinte minutos andando, talvez mais, ao descer pelo caminho de cascalho que percorre a lateral da montanha onde fica Athebyne. Os telhados de diversas construções aparecem acima da muralha circular que os defende, uma revoada de grifos e seus paladinos aproximando-se do sul.

Xaden vira-se na minha direção e o olhar dele não é nada convidativo.

— O que Dain disse para você antes de sairmos? Ele se inclinou e sussurrou alguma coisa.

Eu pisco tentando me lembrar.

— Ele disse algo tipo… — Vasculho minha memória. — Vou sentir saudades, Violet.

Xaden fica tenso.

— E ele disse que eu ia acabar te matando.

— Sim, mas ele sempre fala isso. — Dou de ombros. — O que Dain tem a ver com esvaziar um entreposto inteiro?

— Encontrei uma coisa! — grita Garrick da torre sudeste, segurando o que parece ser um envelope, enquanto ele e Imogen atravessam o parapeito grosso da muralha, vindo na nossa direção.

— Você contou a ele sobre minhas viagens até aqui? — questiona Xaden, os olhos severos.

— Não! — Balanço a cabeça. — Diferente de certas pessoas, eu nunca escondi *nada* de você.

Ele se afasta, olhando para um lado e depois o outro antes de se voltar para mim, arregalando os olhos.

— Violência — ele diz baixinho. — Aetos tocou em você depois que te contei sobre Athebyne?

— Quê? — Franzo a testa e tiro uma mecha de cabelo solta do rosto enquanto o vento rodopia ao nosso redor.

— Mais ou menos assim? — Ele ergue a mão e toca na minha bochecha. — O sinete dele precisa que ele toque o rosto da pessoa. Ele te tocou assim?

Abro a boca.

— Sim, mas ele sempre me toca assim. Ele n-nunca… — eu balbucio. — Eu saberia se ele tivesse lido minhas memórias.

O rosto de Xaden desmorona, e ele segura minha nuca.

— Não, Violência. Acredite em mim, você não saberia. — O tom que ele usa comigo não é nada acusatório, só carrega uma resignação que parece perfurar o que restou do meu coração.

— Ele não faria isso.

Balanço a cabeça. Dain já fez muitas coisas, mas nunca me violaria dessa forma, nunca tentaria tirar de mim algo que nunca ofereci. *Mas ele já tentou fazer isso uma vez.*

— Está endereçado a você — diz Garrick, entregando o envelope para Xaden.

Xaden tira a mão do meu rosto e rompe o selo. Consigo ler o destinatário do envelope enquanto ele tira a carta de dentro.

Jogos de Guerra para Xaden Riorson, Dirigente da Quarta Asa.

Reconheço a caligrafia… como não reconheceria, já que vi aquela letra durante a minha vida toda?

— Foi o coronel Aetos que escreveu.

— O que diz? — pergunta Garrick, cruzando os braços. — Qual é a missão?

— Gente, acho que estou vendo uma coisa logo ali no entreposto — diz Liam, apoiado no parapeito. — Ah, puta merda.

O rosto de Xaden empalidece, e ele amassa a carta usando o punho antes de olhar para mim.

— Diz que nossa missão é sobreviver, se conseguirmos.

Ah, *deuses*. Dain de fato leu minhas memórias sem permissão. Deve ter contado ao pai para onde eles têm fugido. Eu traí Xaden sem querer... Traí todos eles.

— Aquilo ali não é... — Garrick balança a cabeça.

— Gente, isso é bem ruim! — grita Liam, e Imogen corre até onde ele está.

— Não é sua culpa — Xaden diz para mim, e então desvia os olhos dos meus, virando-se para os amigos que estão correndo até nosso grupo. — Fomos mandados até aqui para morrer.

Pois ali, na terra além das sombras, abrigavam-se os monstros da noite que devoram a alma das crianças que perambulam perto demais da floresta.

— "O grito do wyvern", Fábulas dos Ermos

CAPÍTULO TRINTA E SEIS

Xaden entrega a carta para Garrick, e o resto de nós vai até a beirada do parapeito para ver o que vamos enfrentar, mas não consigo ver nenhuma ameaça no vale abaixo, nem nas planícies que se estendem por quilômetros diante dos Penhascos de Dralor.

— *Tem alguma coisa errada* — diz Tairn. — *Senti já no lago, mas está mais forte aqui.*

— *Consegue determinar a localização?* — pergunto, sentindo o pânico entalar na garganta. Se o pai de Dain sabe que Xaden e os outros estavam fornecendo armas para os paladinos de grifos, existe uma chance muito grande de isso aqui ser uma execução.

— *Está vindo do vale lá embaixo.*

— Não consigo ver porra nenhuma lá — diz Bodhi, inclinando-se sobre a beirada de pedra.

— Bom, eu consigo — responde Liam —, e, se aquilo ali é o que eu acho que é, então estamos fodidos.

— Não me diga o que acha ser. Me diga o que tem certeza de que é — ordena Xaden.

— A carta diz que estão testando o seu comando — lê o Líder de Setor atrás de nós. — Você tem duas escolhas: abandona esse vilarejo inimigo, ou abandona o comando da sua Asa.

— O que isso quer dizer, cacete? — Bodhi estica a mão e pega a carta.

— Estão testando nossa lealdade sem dizer isso de fato. — Xaden cruza os braços, parado ao meu lado. — De acordo com a carta, se formos embora agora, conseguimos chegar na localização nova do quartel-general da Quarta Asa em Eltuval a tempo de receber as ordens para os

Jogos de Guerra, mas, se fizermos isso, o entreposto de Resson e seus ocupantes vão ser destruídos.

— Pelo quê? — pergunta Imogen.

— Venin — responde Liam, simplesmente.

Meu estômago revira.

— Tem certeza? — pergunta Xaden.

Liam assente.

— Quer dizer, o máximo de certeza que consigo ter sem nunca ter visto um antes. São quatro e estão vestindo roupas roxas. Eles têm veias vermelhas distendidas ao redor dos olhos vermelhos. É assustador pra caralho.

— Parece que é isso mesmo. — Xaden balança o corpo ao trocar o peso de uma perna para a outra.

— Eu gostava mais quando a gente só entregava as armas e pronto — murmura Bodhi.

— Ah, e tem um cara com um cetro gigantesco — continua Liam. — Juro por Dunne, em um segundo a planície estava vazia e no outro eles só... apareceram, andando na direção dos portões. — Os olhos dele estão arregalados, as pupilas dilatadas enquanto usa o sinete para olhar para o vale lá embaixo.

— Veias vermelhas? — pergunta Imogen.

— Porque a magia corrompe o sangue deles à medida que perdem a própria alma — murmuro, olhando para Xaden, me perguntando se ele lembra do que Andarna disse na noite em que atravessamos o túnel na direção do campo de voo. — A natureza equilibra todas as coisas.

Todas as cabeças se viram para mim, exceto por Liam.

— Quer dizer, isso se as fábulas estiverem corretas — emendo. Uma parte de mim deseja que estejam, ou eu não saberei nada sobre os inimigos lá embaixo. Mas é claro que, se isso for verdade...

— *Sete grifos pousaram ao nosso lado* — Tairn me informa.

Todo mundo enrijece, sem dúvida recebendo a mesma mensagem dos próprios dragões.

— *Andarna, fique com Tairn* — eu digo. Pode ser até que Xaden confie nos paladinos, mas Andarna praticamente não sabe se defender.

— *Beleza* — ela responde.

— O cara do cetro acabou de... — começa Liam.

Uma explosão de sons ecoa pelo vale escasso em árvores, seguida por uma fumaça azul. Meu coração dá um sobressalto.

— Estourar os portões — ele termina.

— Quantas pessoas moram em Resson? — pergunta Bodhi.

— Mais de trezentas — responde Imogen enquanto outro estrondo ecoa pelo vale. — É o entreposto que usam para fazer o comércio anual.

— Então vamos até lá. — Bodhi se vira e Xaden dá um passo para trás, bloqueando o caminho com a mão. — Você só pode estar de zoeira.

— Não temos nenhuma ideia do que vamos enfrentar. — O tom de Xaden me lembra aquele dia do Parapeito. É um tom de comando.

— Então a gente vai ficar aqui parado enquanto um monte de gente morre? — questiona Bodhi, e eu fico tensa. Nós todos ficamos, observando Xaden.

— Não é isso que estou dizendo. — Xaden balança a cabeça. Ele precisa escolher. É isso que diz na carta dos Jogos de Guerra. Ele pode abandonar este vilarejo ou o comando da Asa, que agora o espera em Eltuval. — Não estamos na porra de um exercício de treinamento, Bodhi. Alguns de nós, se não todo mundo, vai morrer se formos até lá embaixo. Se tivéssemos sido designados a uma Asa na ativa, haveria uma liderança mais velha e mais experiente tomando essa decisão, mas não fomos. Se não tivéssemos sido marcados com relíquias da rebelião, se não tivéssemos ajudado o inimigo… — Ele me olha rapidamente. — Nem estaríamos aqui para fazer essa escolha. Então, deixando de lado a estrutura de comando, o que vocês acham?

— Estamos em maior número — diz Soleil, estreitando os olhos castanhos para o campo e tamborilando as unhas verdes nas pedras crenuladas do parapeito. — E temos superioridade aérea.

— Pelo menos não tem nenhum wyvern. — Olho para os céus só para garantir.

— Hum. Quê? — Bodhi ergue as sobrancelhas.

— Wyvern. As fábulas dizem que os venin os criaram para competir com dragões, e, em vez de canalizar *por* eles, eles canalizam o poder *para* eles. — Vamos torcer para que alguma coisa naquele livro não seja verdade.

— É, a gente não devia procurar mais encrenca. — Xaden olha de soslaio para mim, analisando o céu.

— São quatro venin e nós estamos em dez — fala Garrick, saindo de perto da beirada do parapeito.

— Temos armas para matá-los — complementa Liam, virando-se de novo para o vale. — E Deigh me disse que sete paladinos…

— Estamos aqui — diz a morena mais velha que encontramos no lago, caminhando pelo parapeito da construção vinda do sudeste do entreposto. — Deixei a revoada do lado de fora assim que notamos que o entreposto parece… abandonado. — Ela olha para as nuvens de fumaça se erguendo do vale lá embaixo, parecendo resignada, os ombros caídos. — Não vou pedir para que lutem conosco.

— Não? — Garrick ergue as sobrancelhas.

— Não. — Ela dá um sorriso triste. — Quatro deles equivalem a uma sentença de morte. O resto da revoada está fazendo as últimas intercessões aos nossos deuses. — Ela se vira para Xaden. — Vim pedir para vocês irem embora. Vocês não têm ideia do que eles são capazes de fazer com o poder que possuem. Só dois foram suficientes para destruir uma cidade *inteira* no mês passado. *Só. Dois.* Perdemos duas revoadas tentando impedir. Se tem quatro lá embaixo… — Ela sacode a cabeça. — Estão atrás de alguma coisa e vão matar todo mundo em Resson até conseguirem. Peguem a legião de vocês e voltem para casa enquanto ainda podem.

O medo aperta meu peito, mas meu coração dói ao pensar em deixar todas aquelas pessoas para morrer. Vai contra tudo o que lutamos para proteger, mesmo que não sejam cidadãos de Navarre.

— Nós temos dragões — diz Imogen, a voz aguda. — Isso deve valer de alguma coisa. Não temos medo de lutar.

— Vocês têm medo de morrer? Algum de vocês já esteve em combate de verdade? — A morena nos encara e, de repente, eu me sinto… jovem, enquanto respondemos apenas com silêncio. — Foi o que eu pensei. Os dragões de vocês valem de alguma coisa, sim. Eles podem levar vocês pra longe bem rápido. Fogo de dragão não mata nenhum venin. Só as adagas que estão nos trazendo, e isso nós temos. Ela olha para Xaden. — Obrigada por tudo que fez. Você nos manteve vivos nesses últimos anos e nos deu uma chance de lutar.

— Você vai até lá para morrer — diz Xaden, de modo prático.

— Isso. — Ela assente enquanto outra explosão ecoa. — Subam na legião de vocês e deem o fora. Bem rápido.

Ela nos dá as costas, descendo de novo pelo parapeito, de cabeça erguida antes de desaparecer torre adentro do outro lado.

Xaden aperta a mandíbula e vejo a luta que trava em seus olhos.

Um peso imenso se acomoda em meu estômago.

Se formos embora, eles vão todos morrer. Todos os civis. Todos os paladinos. Não vamos ter matado ninguém, mas seremos cúmplices das mortes.

Se lutarmos, provavelmente vamos morrer como os outros.

Podemos viver como covardes ou morrer como cavaleiros.

Xaden endireita os ombros, e a pedra no meu estômago se transforma em náusea. Ele tomou uma decisão. Consigo ver nas linhas rígidas de seu rosto, na determinação de sua postura.

— Sgaeyl disse que nunca fugiu de uma luta, e essa não vai ser a primeira vez. E não vou ficar aqui parado enquanto pessoas inocentes morrem. — Ele balança a cabeça. — Mas não vou ordenar que se juntem a mim. Eu sou responsável por *todos* vocês. Nenhum de vocês atravessou o Parapeito porque *queria*. Ninguém aqui queria. Vocês atravessaram porque *eu* fiz um acordo. Fui eu que forcei vocês a entrar na Divisão, então não vou achar ruim se alguém quiser voar de volta para Eltuval. Façam suas escolhas. — Ele passa uma mão pelo cabelo. — *Eu não quero você em perigo.*

Em um mundo perfeito, era tudo que eu precisaria ouvir.

— *Se os outros podem fazer uma escolha, eu também posso.*

Ele aperta a mandíbula.

— Nós somos cavaleiros — declara Imogen, enquanto mais uma explosão ressoa. — Nós defendemos aqueles que não podem se defender. É isso que fazemos.

— Você salvou todo mundo aqui, primo — diz Bodhi. — E somos gratos por isso. Agora, quero fazer o que fomos treinados pra fazer, e, se isso significa que não vou voltar pra casa, então acho que Malek vai ter que proteger minha alma. E eu não acharia ruim reencontrar minha mãe, de qualquer forma.

— Vou dizer a você a mesma coisa que disse depois da Ceifa no nosso primeiro ano quando decidimos começar a contrabandear as armas — fala Garrick. — Você nos manteve vivos esses anos todos, agora somos nós que decidimos como vamos morrer. Eu estou com você.

— Isso mesmo! — diz Soleil, tamborilando os dedos em cima da adaga na coxa. — Eu tô dentro.

Liam dá um passo em frente e fica ao meu lado.

— A gente precisou ficar assistindo enquanto nossos pais eram executados porque tiveram a coragem de fazer a coisa certa. Quero ter uma morte tão honrosa quanto a deles.

Sinto um aperto maior no peito. Os pais deles morreram para expor uma verdade, enquanto a minha mãe sacrificou meu irmão para guardar um segredo abominável.

— Concordo — assente Imogen.

Os outros fazem o mesmo.

Um por um, todo mundo concorda, até só restar eu.

Xaden me encara.

Se acha que um dia vai conseguir convencer uma Sorrengail a arriscar o pescoço por alguém de fora das próprias fronteiras, então você é um tolo. Não tinha sido isso que a paladino falara no lago?

Então foda-se ela.

— *Tairn?* — Não sou só eu que vou à guerra.

— *Vamos nos deliciar com os ossos deles, Prateada.*

Uma descrição bem gráfica, mas entendi o recado.

Não vou deixar que pessoas inocentes morram, independentemente de qual lado da fronteira vivem. Não vou deixar que meus colegas de esquadrão arrisquem a própria vida enquanto fujo, apesar da súplica que vejo nos olhos de Xaden.

Pelo menos Rhiannon, Sawyer e Ridoc não estão aqui. Vão viver para chegar ao segundo ano.

Mira vai entender. Não tenho dúvidas de que ela faria o mesmo.

E quanto à minha mãe… a adaga na escrivaninha significa que ela sabe e não faz nada para impedir isso. Acho que vou acabar sendo a segunda filha que ela vai sacrificar para manter a existência dos venin em segredo.

— Já fui uma pessoa indefesa — digo para Xaden, erguendo o queixo. — Mas agora sou uma cavaleira. E os cavaleiros lutam.

Os outros gritam em concordância.

Mil emoções atravessam o rosto de Xaden, mas ele apenas assente enquanto anda pelo parapeito.

— Liam. Relatório.

O irmão de criação de Xaden fica ao seu lado e se concentra mais uma vez.

— Os paladinos estão lutando, todos os sete… seis, na verdade. Parece que estão tentando desviar o foco dos civis, mas, caramba, os venin estão fazendo um tipo de fogo que nunca vi entre os cavaleiros. Três rodeiam a cidade, e um deles caminha até a estrutura no meio. Uma torre de relógio.

Xaden assente, e então nos divide de acordo com os objetivos. Garrick e Soleil vão traçar um perímetro de reconhecimento enquanto os outros têm como alvo os venin em diversas partes de Resson, ficando de olho no avanço até a torre do relógio enquanto chegamos perto da cidade.

— A única forma de matá-los é usando as adagas.

— Isso significa que vamos precisar desmontar do dragão e lutar quando conseguirmos levar as pessoas da cidade para algum lugar seguro que encontrarmos — acrescenta Garrick, o rosto sério. — Não atirem suas armas a não ser que tenham certeza de que vão acertar o alvo.

Xaden assente.

— Salvem o máximo de pessoas que conseguirem. Vamos.

Descemos os degraus e passamos pelo pátio silencioso, Xaden na liderança. Quando saímos do entreposto, nossos dragões esperam, todos empoleirados na beirada da cumeeira, balançando-se em agitação enquanto examinam o entreposto lá embaixo.

Eu fico entre Tairn e Sgaeyl.

— *Eu sabia que você faria a escolha certa* — diz Sgaeyl, olhando na direção de Xaden, que caminha com Liam, os passos perigosamente perto do penhasco à esquerda. — *Ele também sabia. Mesmo que não goste de te ver em perigo, ele sabia que você faria a coisa certa.*

— *Bom, ele me conhece bem melhor do que eu o conheço.* — Ergo uma sobrancelha na direção dela.

Ela pisca.

— *Você já não é mais a garota que tremia no pátio, tentando esconder seu medo depois do Parapeito. Eu aprovo.*

— *Nunca pedi sua aprovação.* — Se estou aqui para morrer, o melhor é ser sincera em meus últimos momentos.

Ela dá um sopro de vento e cutuca a cabeça de Tairn com a dela, mas ele está friamente concentrado no entreposto.

O terreno rochoso se esmaga sob as minhas botas enquanto passo por baixo de Tairn e vou até Andarna, parada entre as pernas dianteiras dele, observando o ataque. Fico bem diante dela, impedindo que veja aquela carnificina.

— *Fique aqui e se esconda.*

Não vou levar um filhote para uma batalha e ponto-final.

— *Fique aqui* — ela resmunga, sarcástica.

Reprimo um sorriso triste. É muito triste mesmo que eu não vá poder acompanhá-la em seus anos de adolescente rebelde.

— *Concordo.* — Tairn abaixa o ombro para mim. — *Você é um alvo, pequena.*

— *Estou falando sério* — digo para Andarna, passando a mão pelo focinho escamoso dela. — *Se não voltarmos até de manhã, ou se achar que os venin estão se aproximando, voe de volta para o Vale. Fique atrás das égides, não importa o que aconteça.*

Ela bufa.

— *Não vou abandonar você.*

Sinto uma dor tão imensa no peito que resisto ao ímpeto de massagear o pedaço acima do meu coração. Em vez disso, endireito os ombros. Precisa ser dito.

— Você vai sentir no instante em que acontecer, então vai saber que não há nada para abandonar. E, por mais que sentir isso parta seu coração, quando sentir, voe. Prometa que você vai voar.

Alguns instantes se passam antes de Andarna finalmente assentir.

— Vá — sussurro, acariciando aquele focinho lindo uma última vez. Ela vai ficar bem. Vai voltar para o Vale. Não posso me permitir acreditar no contrário.

Ela me dá as costas e vai na direção do entreposto, e eu tomo coragem e caminho entre as pernas de Tairn, aproveitando para olhar uma última vez para o vale lá embaixo. Xaden e Liam estão à minha direita fazendo o mesmo.

Um grito rompe o ar, e então um dragão cinzento enorme aparece no vale entre as duas cordilheiras ao sul… do outro lado da fronteira poromielesa. Guarda as duas pernas sob o corpo enquanto voa para longe de nós, indo direto na direção de Resson.

— Temos uma legião por perto? — pergunta Liam.

— Não — responde Xaden.

É como se o chão debaixo de mim sumisse.

Eu poderia jurar que vi uma legião de dragões na fronteira. Não foi isso que Mira disse em Montserrat?

O dragão berra outra vez, lançando uma onda de chamas azuis pela montanha, fazendo as árvores menores pegarem fogo antes de chegar à planície onde Resson fica. Fogo. Azul.

Não. Não. *Não.*

— Wyvern. — Meu coração vai parar na garganta. — Xaden, aquilo ali tem duas pernas, e não quatro. Não é um dragão. É um wyvern.

Talvez se eu disser mais algumas vezes, vou acreditar no que estou vendo.

Puta. Merda. É isso que a liderança tem *escondido*?

Eles deveriam ser um mito, não seres de carne e osso. Assim como os venin.

— Bom, lá se foi nossa superioridade aérea — lamenta Imogen do outro lado, e então dá de ombros. — Foda-se. Eles também podem morrer.

— *Eles criaram abominações* — diz Tairn, um grunhido baixo estremecendo em seu peito.

— *Você sabia disso?*

— *Suspeitava. Por que acha que fui tão duro com você durante as manobras de voo?*

— *Você e eu precisamos trabalhar melhor essa comunicação.*

— Acho que agora sabemos todos os detalhes — diz Liam.

— Alguém quer mudar de ideia? — pergunta Xaden para os outros. Ninguém responde. — Não? Então, hora de montar.

Ando até o ombro de Tairn, e Xaden vem até mim.

— Vire-se, Violência — ele ordena, e eu me viro, erguendo o olhar para ele. Ele tira mais uma adaga e a embainha em um lugar vazio em minhas costelas. — Agora você tem duas.

— Não vai me dar um sermão para que eu fique segura no entreposto? — pergunto, minhas emoções em turbilhão por tê-lo assim tão perto.

Ele escondeu tudo isso de mim, e ainda assim meu peito dói só de olhar para ele.

— Se eu pedisse para você ficar, você ficaria? — Ele me encara.

— Não.

— Exatamente. Tento não lutar por coisas que sei que vou perder.

Eu o encaro com força.

— Falando em saber que vai ganhar lutas, o general Melgren vai saber o que aconteceu aqui. Inclusive, já deve até saber o resultado dessa batalha — digo.

Ele faz que não lentamente com a cabeça e aponta para o pescoço, para a relíquia da rebelião que rodopia ali.

— Você se lembra de que eu disse que percebi que isso aqui era um presente, e não uma maldição?

— Sim. — Quando eu estava na cama dele.

— Confie em mim. Por causa disso aqui, Melgren não consegue ver porra nenhuma.

Abro a boca, me lembrando que Melgren gostava de dizer que queria ver Xaden uma vez por ano pelo menos.

— Tem mais algum segredo que você esteja guardando de mim?

— Sim. — Ele envolve meu pescoço com as mãos gentilmente, chegando mais perto ainda de mim. — Fique viva e prometo que vou contar tudo o que quiser saber.

Aquela confissão simples faz meu coração ficar apertado. Por mais que eu esteja com raiva, não consigo imaginar viver em um mundo sem ele.

— Eu preciso que você sobreviva, mesmo que eu odeie ainda te amar.

— Consigo viver com isso. — Ele levanta um canto da boca e abaixa a mão, virando-se e andando na direção de Sgaeyl.

Tairn abaixa o ombro outra vez e eu monto, me acomodando na sela e amarrando as faixas na coxa enquanto guardo a mochila atrás do assento. Chegou a hora.

— *Encontre um esconderijo bom, Andarna. Não consigo suportar a ideia de você se machucar.*

— *Mire na garganta* — ela diz, entrando no entreposto abandonado.

Sgaeyl levanta voo à minha direita, e eu seguro os pomos com força enquanto Tairn decola na direção dos céus com uma batida forte das asas.

— *Tem alguma coisa naquele entreposto. Todos sentimos* — diz Tairn enquanto segue junto com Sgaeyl, descendo pelo penhasco em um mergulho profundo que deixa meu estômago para trás.

As faixas da sela apertam minhas coxas, mas fazem seu trabalho e me mantêm sentada enquanto abaixo os óculos de voo para proteger meus olhos do vento. Nós voamos pela sombra, o sol afundando atrás dos Penhascos de Dralor e fazendo a tarde ficar sombria.

Outra explosão ecoa, dessa vez tirando um pedaço das paredes de pedra altas do entreposto comercial enquanto Tairn se aproxima, por pouco não acertando um paladino e nos levando até lá, voando rápido demais para ouvir algo que não seja os gritos das pessoas enquanto correm pelas ruas, fugindo em êxodo pelos portões.

— *Para onde foi o wyvern?* — pergunto a Tairn.

— *Voltou para o vale. Não se preocupe, vai voltar.*

Ah, que alegria.

Meu olhar passa pelos telhados do pequeno entreposto até eu ver aquela coisa, ou pessoa, sei lá. Vejo uma silhueta no topo da torre de madeira do relógio, usando um manto roxo que vai até o chão, estremecendo no vento e lançando chamas azuis parecidas com adagas nos civis lá embaixo.

Ele é mais assustador do que qualquer ilustrador poderia ter pintado, com rios de veias vermelhas espalhando-se em todas as direções ao redor daqueles olhos sem alma, consumidos pela magia. O rosto dele é esquelético, com maçãs do rosto afiadas e lábios finos, além de uma mão em formato de garra que segura um bastão vermelho comprido de madeira retorcida.

— *Tairn!*

— *Sim, vamos.* — Tairn desvia de Sgaeyl, virando-nos para o outro lado e voltando para o vilarejo. Algumas batidas de asas depois, fogo sai de sua boca, incinerando a torre do relógio enquanto voa acima dela.

— *Pegou nele!* — Eu me viro na sela, observando a estrutura de madeira desmoronar com aquele golpe. Porém, só demora alguns segundos para o venin sair das chamas, e não vejo nenhum arranhão. — *Porra, ele ainda está lá* — eu digo enquanto atravessamos o entreposto de volta para nossa área designada, mentalmente me amaldiçoando por pensar que seria assim tão simples.

Existe um motivo para essas criaturas povoarem todos os pesadelos navarrianos... e não é por serem fáceis de matar. Vamos precisar chegar perto o bastante para enfiar uma adaga nele.

Eu me viro para a frente bem a tempo de ver uma figura enorme de asas e dentes cruzar nosso caminho com um grito de estourar tímpanos, e o rabo de Tairn bate na muralha de pedra atrás de mim, destruindo um pedaço enquanto desvia do wyvern. Nós quase somos atingidos pelo sopro de chamas azuis que sai de sua boca, e uma árvore ali perto cai, pegando fogo.

— *O wyvern voltou!*

— *Esse aí é outro* — diz Tairn. — *Vou repassar ordens aos outros.*

É claro que ele vai. Xaden pode até dar ordens aos cavaleiros neste campo, mas Tairn claramente lidera os dragões.

O wyvern se vira e vai na direção do centro da cidade, encolhendo as duas pernas e batendo as asas que parecem fios de teia de aranha. Uma cavaleira num uniforme marrom parecido com o nosso o monta, e os olhos dela têm o mesmo tom de vermelho que o venin na torre do relógio.

— *Xaden, tem mais de um wyvern.*

Um instante de silêncio se instaura, mas consigo sentir o choque de Xaden, e depois sua fúria.

— *Se você se separar de Tairn, me chame, e continue lutando até eu chegar.*

— *Isso não tem a menor chance de acontecer. Não vou deixá-la sair das minhas costas, Dirigente de Asa* — grunhe Tairn enquanto olho de fato pela primeira vez para o espaço aéreo em cima da cidade, cheio de dragões, grifos e wyvern, exatamente como nos mitos de criação.

— *Soleil encontrou a entrada selada do que parece ser uma mina* — diz Xaden. — *Preciso…*

Tairn se vira abruptamente, seguindo na direção das montanhas.

— *… que você veja se consegue dar cobertura para Garrick e Bodhi poderem evacuar as pessoas da cidade* — ele completa. — *Liam está a caminho.*

— *Vou fazer isso.* — Meu batimento cardíaco acelera. — *Tairn, eu não consigo mirar.*

— *Você vai conseguir* — ele responde, como se aquilo fosse inevitável. — *As ordens estão sendo repassadas pelos grifos.*

— *Dragões conseguem se comunicar com grifos?* — Ergo as sobrancelhas.

— *Naturalmente. Como acha que nos comunicávamos antes de os humanos se envolverem nessa história?*

Eu me abaixo no pescoço dele enquanto cruzamos a cidade, passando por uma clínica, o que parece ser uma escola e fileiras e mais fileiras de um mercado ao ar livre em chamas. Não vejo nenhum sinal de venin trajando roxo enquanto passamos pelo corpo ressequido de um grifo e seu cavaleiro perto do centro da cidade. Meu estômago revira, especialmente quando vejo um wyvern fazendo a volta e retornando… e Sgaeyl pronta para interceptá-lo.

— *Ela consegue lutar sozinha* — Tairn me lembra. — *E ele também. Recebemos nossas ordens. Concentre-se.*

Concentre-se. Claro.

Passamos por famílias abandonando suas casas arruinadas e, depois, por cima das muralhas da cidade, seguindo na direção da lateral da montanha onde o Rabo-de-clava-marrom de Soleil bate o rabo com força nas placas de madeira que cobrem o túnel abandonado. Alguns outros prédios ladeiam a estrada, mas isso é tudo.

Tairn vira para a esquerda quando nos aproximamos, a faixa apertando minhas pernas enquanto meu peso muda na sela com aquele movimento abrupto. Então ele abre as asas para pairar na frente de Soleil, encarando Resson e a multidão que grita, correndo as centenas de metros entre as paredes da cidade e nossa localização, todos liderados por um par de grifos e seus paladinos, que continuam olhando para trás, examinando os céus.

Porém, o que eles não veem é a venin caminhando na nossa direção vinda do norte do portão, observando os movimentos da multidão com seus olhos vermelhos estreitos. As veias dos dois lados dos olhos dela estão mais pronunciadas do que as do cavaleiro, e seu manto azul comprido me lembra do venin com o cajado que sobreviveu à explosão da torre do relógio.

— *Já avisei Fuil. Ela vai proteger Soleil* — diz Tairn, virando-se na direção da ameaça.

— *Nos leve para longe da multidão.* — O poder já estremece sob minha pele.

Uma criança tropeça na estrada de terra, e meu coração se aperta enquanto o pai dela a pega nos braços e continua a correr.

Deigh passa por nós, e com o canto do olho vejo que ele aterrissa enquanto ergo meus braços e deixo meu poder se libertar, concentrando-me na venin.

O relâmpago cai. Um pedaço da muralha da cidade cai.

Cacete.

— *Continue tentando. Deigh diz que precisamos de mais tempo!* — pede Tairn.

Eu cometo o erro de me virar na sela, notando que tanto Liam quanto Soleil desmontaram de seus dragões, levando as pessoas para dentro da mina enquanto Deigh e Fuil ficam de guarda de lados separados da fila de evacuação. Se alguma coisa acontecer (se algum daqueles wyvern que circulam a cidade decidir olhar para eles), estão vulneráveis, assim como as pessoas que estão tentando proteger.

Um trio de grifos voa para perto deles, todos os três trazendo pessoas nas garras, deixando-as na entrada da mina e voltando para pegar outra leva.

A energia me percorre enquanto tento acertar a venin outra vez, mas dessa vez acerto um dos prédios no morro à direita. A madeira racha e voa para os lados enquanto a estrutura desmorona.

Isso chama a atenção da venin e ela olha para cima, e meu estômago revira quando ela me vê. Vejo maldade pura em seus olhos vermelhos enquanto ela ergue a mão esquerda e a gira, puxando o ar.

As rochas caem pelas montanhas.

Soleil ergue as mãos, impedindo o desabamento antes que possa esmagar as pessoas que correm até as minas lá embaixo. Seus braços tremem, mas as rochas caem pelos dois lados do caminho de evacuação, e a rota de fuga permanece desimpedida.

Eu me viro de volta para a venin, ofegando.

O poder puro é palpável no ar, arrepiando os meus braços enquanto ela abaixa as palmas das mãos no chão. A grama ao redor dela fica marrom, e então as flores e os campos de trevos verdes começam a murchar, as folhas se curvando e perdendo toda a cor.

— *Tairn, ela está…*

— *Canalizando* — ele rosna.

Lanço outro ímpeto de energia enquanto aquela praga se irradia pela venin, como se ela estivesse drenando a essência da terra, mas acerto perto demais da estrada, perto demais daquelas últimas pessoas retardatárias que correm para se salvar.

— *Cuidado. Deigh disse que o prédio do outro lado da estrada tem uma caixa de algo marcado com o brasão da família de Liam* — Tairn me informa enquanto lanço outro relâmpago que não chega nem perto da venin. — *Ele diz que é extremamente… instável* — ele termina, pausando quando termina.

— *Não estou preocupada com o prédio* — respondo, enquanto o círculo de morte se expande embaixo das asas de Tairn e eu retiro ainda mais poder do dragão, preparada para projetar outro relâmpago.

Soleil vai na direção da venin, com Fuil atrás, a adaga empunhada enquanto o resto do grupo de pessoas da cidade entra finalmente no túnel.

Tudo isso vai valer a pena se eles sobreviverem.

A onda de morte continua avançando à frente da venin, indo para fora e alcançando o último civil no meio da estrada. Ele cai e depois grita, sem som, curvando-se para dentro de si enquanto seu corpo se transforma inteiro, sobrando só a casca.

O ar congela em meus pulmões, meu coração sobressaltado. A venin só…

— Soleil! — grito, mas já é tarde demais.

A terceiranista cambaleia alguns passos naquela zona de morte, a dragão chegando até ela enquanto as duas estremecem e caem, Fuil erguendo uma nuvem de poeira com o impacto.

As duas são dissecadas em questão de segundos, os corpos secos. Sinto um aperto no peito e, por um segundo, não consigo respirar. A venin agora tem ainda mais poder.

— *Informe a Deigh o que aconteceu!* — Olho por cima do ombro e vejo Liam correndo até Deigh. Ele precisa de tempo.

— *Já informei.* — Tairn vai para a esquerda enquanto uma bola de fogo é lançada contra nós, a primeira de uma série que nos faz recuar pela estrada.

— *Perdemos Soleil* — digo para Xaden.

O único reconhecimento que recebo é uma onda de luto, e eu sei que vem dele.

Os grifos levantam voo, os paladinos usando um poder que parece menor que o nosso contra os venin, e dois wyvern se aproximam, sem ninguém montado em cima.

— *Diga para mudarem de tática. Não têm chance nenhuma se não conseguirem chegar perto dos venin* — eu digo a Tairn.

Os grifos mudam de rumo, e eu liberto meu poder mais uma vez, acertando mais perto da venin. Ela me encara e depois se vira na direção das batidas das asas que escutamos.

Garrick e os outros terceiranistas marcados estão chegando. Ela está em desvantagem numérica e, caramba, espero que saiba disso.

Os grifos se ajudam, rasgando um dos wyvern que se aproximam no instante em que Liam monta e Deigh decola, escapando daquele círculo de morte que só avança, mas o outro wyvern se abaixa, seguindo na direção da venin.

Bem no caminho que passa pela construção.

— *Você disse que aquele prédio tem material instável, certo?* — pergunto.

— *Sim.*

Não tenho certeza se vou acertar, mas…

— *Excelente ideia.*

Tairn nos coloca em posição, pairando a uns seis metros do chão enquanto Liam voa na direção dos grifos acima, enfiando lanças de gelo na garganta do wyvern machucado. O sangue escorre do wyvern quando ele cai do céu com um grito de estourar os tímpanos.

Um já foi.

A venin alcança a estrada, e o wyvern aterrissa no caminho de terra para ela poder montá-lo.

— *Agora!* — grito.

Tairn respira fundo e exala uma labareda de fogo quando o wyvern decola, fazendo o prédio estourar com seja lá o que estivesse lá dentro. O calor banha meu rosto, manchando a bochecha quando o prédio explode, envolvendo tudo ali perto.

Aquela tempestade de fogo quase nos atinge, mas Tairn vira para a esquerda, escapando da explosão por pouco.

Grito, erguendo os braços enquanto voltamos, o vento aliviando a ardência nas bochechas. Derrubamos um wyvern e evacuamos boa parte das pessoas, e sem chance de algo ter sobrevivido a essa explosão.

Tairn abaixa a asa direita e viramos rapidamente, nos preparando para percorrer a cidade outra vez. Olho para a direita e ofego. A explosão não só *não* matou o wyvern como a cavaleira está viva e bem, voando na direção de...

Merda. Merda. *Merda.*

Mais wyvern do que dragões saem do vale ao sul, e eu estou tentando muito não entrar em pânico quando sopros de fogo azul são lançados ao nosso redor. Eu me viro na sela e vejo um wyvern em perseguição, aproximando-se assustadoramente rápido enquanto passamos pela muralha do entreposto.

— *Você tem alguma ideia de como vamos fazer pra matar tantos wyvern?* — eu pergunto a Tairn, o pânico assomando no meu peito como uma âncora que ameaça me puxar para baixo naquele caos de pensamentos.

São ao menos seis wyvern, pelo que estou vendo, todos com extensões imensas de asas e dentes afiados, vindo direto na nossa direção.

— *Usando os mesmos métodos que usam para dragões* — diz Tairn, levando os wyvern para longe do centro do entreposto, onde Garrick e Bodhi estão a pé, os dois perseguindo o venin da torre do relógio com adagas em mãos.

— *Não tenho nenhum arpão por aqui!*

— *Não, mas você tem relâmpagos, e um relâmpago pode parar o coração de qualquer dragão.*

— *Me diga que informou aos outros como Soleil e Fuil morreram.* — Todo mundo que está no chão é vulnerável.

— *Todos sabem o que está em risco.*

Deuses, ainda tem crianças lá embaixo, algumas gritando, outras em um silêncio de cortar o coração enquanto as mães arrastam seus cadáveres pela rua.

Não existem palavras para descrever a cena.

— *Precisamos levar essas coisas para longe da cidade* — digo a Xaden, me virando na sela o máximo que as faixas na coxa permitem para ter uma visão melhor do espaço aéreo e dos wyvern. Alguns deles parecem ter desacelerado para circular o que resta da torre do relógio.

— *Seja lá o que querem, deve estar por lá* — diz Tairn.

— *Concordo com as duas coisas. Faça o que for preciso para ganhar tempo para que os outros terminem de evacuar a cidade* — responde Xaden. — *Estamos limpando o perímetro agora.* — Ele para, e uma onda de preocupação rompe a nossa barreira emocional. — *Tente não morrer.*

— *Vou tentar.*

Um wyvern mergulha, e então sobe mais uma vez, uma perna humana pendurada entre os dentes.

Damos outra volta e nos dirigimos ao sul, subindo pelo entreposto, para longe do centro e do que Bodhi e Garrick estão fazendo.

— *Pararam de nos seguir* — grunhe Tairn. — *Precisamos tirá-los de lá.*

— *Aquela venin não pareceu gostar quando projetei um relâmpago.*

— *Você é uma ameaça.*

— *Então vamos chamar a atenção deles e fazer a ameaça valer.*

Ele grunhe, aprovando.

Escancaro os portões do poder de Tairn, deixando que estale e acumule embaixo da minha pele.

Assim que estamos longe das muralhas, ergo a mão e liberto todo o meu poder.

Relâmpagos cortam os céus, recebendo a atenção da horda de wyvern, e um deles sai do padrão de voo e vem na nossa direção, a cauda venenosa chicoteando atrás dele.

Talvez essa não tenha sido uma boa ideia.

— *Agora já começamos* — diz Tairn.

Beleza.

Eles finalmente chegam ao lado de fora das muralhas.

Invoco mais poder e o uso, meus braços tremendo com o esforço de controlar aquele arroubo de energia pura. Projeto um primeiro relâmpago, que não acerta o wyvern, ficando mais longe do que eu gostaria de admitir. O pavor faz minha boca se encher com o gosto de cinzas. Não estou pronta para isso.

— *Tente outra vez.*

— *Eu não consigo controlar isso tão bem...*

— *Tente outra vez!* — exige Tairn.

Eu tento outra vez, arrombando as paredes entre mim e Tairn, e a energia que ele canaliza me invade ainda mais. Relâmpagos cortam o céu crepuscular em uma luz tão forte que eu preciso piscar.

— *De novo!*

Deixo o poder me tomar de novo e de novo, concentrando-me na localização do wyvern enquanto Tairn desvia das labaredas de fogo azul. Por fim, um relâmpago acerta o wyvern que está atrás de nós, e ele cai no chão, atingindo as montanhas com um baque satisfatório.

— *E quanto ao venin com quem se uniu?* — Estou tremendo com o esforço de controlar o poder, lutando para impedir que me consuma. Suor pinga do meu rosto.

— *Com sorte, serão como nós. Se matar o wyvern, o cavaleiro morre, mas é difícil saber com tantos wyvern sem cavaleiros.*

— *"Com sorte" não é o melhor conjunto de palavras pra essa situação...* — Eu me viro na sela e observo horrorizada enquanto dois outros wyvern sem cavaleiros voam do vale. — *Os civis precisam de mais tempo para chegar até as minas. Vamos garantir que eles tenham isso.*

Tairn rosna em concordância e voamos de volta por cima do entreposto.

Xaden segura um wyvern pelo pescoço, estrangulando-o com sombras enquanto um terceiranista joga gelo contra seu cavaleiro, e os outros quatro estão fazendo tudo que podem para afastar os recém-chegados com uma combinação de fogo de dragão e magia.

O poder me invade como ondas que ardem enquanto faço cair mais relâmpagos do que já fiz durante os treinos. Eu viro meu braço e miro outro relâmpago em um wyvern voando perto do portão da frente – ou o que costumava ser o portão da frente. Erro o wyvern, mas acerto uma torre vazia, pedras caindo por todas as direções, e um pedaço grande acertando o rabo de um wyvern, fazendo-o girar no ar.

Tairn dá outra guinada e voltamos. Respiro fundo e invoco outro relâmpago: esse acerta o wyvern diretamente nas costas com um estalo satisfatório. A besta gigantesca berra e depois cai pela lateral da montanha com um baque ensurdecedor.

Voltando mais uma vez para passar pela cidade e eufórica devido ao meu abate, lanço outros três relâmpagos, um atrás do outro. Infelizmente, acelerar não significa ter mais precisão, e o arroubo de adrenalina também não ajuda a minha pontaria. Consigo causar mais três explosões alarmantes, no entanto, e uma delas distrai um wyvern muito maior que perseguia Bodhi, dando a ele certa vantagem, e seu dragão aproveita para dar uma guinada à esquerda e aparecer atrás do wyvern, afundando os dentes no pescoço cinza escamoso. Ouço um *craque* sombrio, e então o dragão de Bodhi solta o corpo sem vida do wyvern, deixando que caia ao chão quinze metros abaixo.

— *Esquerda!* — grito enquanto dois wyvern aparecem perto da nossa retaguarda.

Deixo que Tairn faça as manobras evasivas e me concentro em lançar o maior número de raios possível enquanto os wyvern continuam acelerando atrás de nós. Meus braços tremem, ficando mais fracos a cada relâmpago, enquanto eu tento controlar meu poder para que não acerte os outros cavaleiros.

Sgaeyl está do lado oeste do entreposto, e meu coração entala na garganta quando ela voa baixo e Xaden faz uma manobra impressionante correndo em cima do dorso dela e pulando, aterrissando com um rolamento na rua abaixo. Quase imediatamente, as sombras saem de todas as direções e cobrem as pessoas gritando enquanto tentam se proteger da mandíbula faminta de um wyvern.

Um dos wyvern que me perseguem deve notar que Xaden está fora da sela, porque guarda suas asas por um instante, mergulhando na direção do chão, apenas para abri-las no último segundo, deslizando os poucos metros acima das sombras sedosas. Merda. Está avançando rapidamente na direção de Xaden, a bocarra aberta como se pretendesse abocanhá-lo como um lanchinho.

— *Xaden!* — grito em voz alta, mas ele já notou o wyvern, atirando uma corda de sombras muito acima dos prédios em um enlace perfeito ao redor da cabeça de Sgaeyl, que o puxa do chão para fora do caminho do wyvern. Num minuto, Xaden está pendurado na corda de sombras e, no outro, está sentado enquanto Sgaeyl dá outro rasante pela cidade.

Estive tão focada em Xaden, entretanto, que me esqueci completamente do wyvern que me persegue. Tairn não se esqueceu, e começa a subir mais e mais, levando o wyvern para longe do entreposto enquanto ganha mais altitude com uma rapidez nauseante.

— *Violência!* — grita Xaden. — *Embaixo de você!*

Eu olho para baixo e arfo, um sopro de fogo azul subindo na nossa direção.

— *Vire!*

Tairn rodopia para a esquerda, e minha bunda sai da sela, segurada no ar apenas pelas alças enquanto viramos de cabeça para baixo para evitar as labaredas por pouco. Porém, quando Tairn se endireita, o wyvern continua nos perseguindo. Sinto o coração na garganta enquanto o wyvern abre a boca, os dentes afiados e cobertos de sangue batendo enquanto tenta segurar o dorso de Tairn.

— Não! — Ergo os braços para projetar um relâmpago na direção dele e me preparo para o impacto.

Um borrão azul entra no meio de nós dois, e o wyvern é derrubado pelo corpo de um dragão azul-marinho. Sgaeyl. Sua boca rasga o dorso do wyvern com diversas mordidas rápidas, a carne sendo dilacerada e o sangue espirrando no que eu chamaria de refeição aérea mais brutal que já vi. Ela, então, lança o wyvern para cima e acerta o animal devorado na cabeça com seu Rabo-de-adaga, lançando o cadáver ao chão muitos metros abaixo de nós.

Sgaeyl acelera, vira e passa direto por nós, a asa deslizando sob a de Tairn de uma maneira quase afetuosa: um contraste completo ao olhar feroz que parece ser direcionado a mim, o sangue de wyvern ainda pingando da boca. Recado dado. O trabalho dela é ficar de olho em Xaden, e o meu é ficar de olho em Tairn.

Rapidamente me viro na sela, verificando se estamos sendo seguidos por mais wyvern, e então digo a Tairn:

— *Vamos subir e ver se conseguimos contabilizar melhor o que estamos enfrentando.*

Mal chegamos a trinta metros acima da cidade quando vejo que Liam e Deigh estão voando rapidamente na direção oposta e sendo perseguidos por um venin em cima de um wyvern.

— *Liam precisa de ajuda!* — digo.

— *Vamos* — diz Tairn, nos virando no ar. Ficamos pairando no céu por um segundo antes que suas enormes asas peguem impulso com o vento para nos virar e chegar mais perto de Liam.

O venin ergue um tipo de bastão, projetando bolas de fogo azuis em Deigh, mas ele consegue evitá-las enquanto Liam fica em pé e corre pelo dorso de Deigh na direção do rabo. No último segundo, Deigh usa o rabo para lançar Liam no ar na direção do wyvern. Eu nem sequer tenho tempo de gritar antes que ele caia agachado no dorso do wyvern e desembainhe uma das adagas com runas idênticas às que Xaden me deu.

O venin se vira, erguendo o bastão, mas Liam é rápido e brutal, cortando o pescoço do venin com uma precisão doentia. O wyvern para de bater suas asas dentro de segundos, o corpo pesado caindo ao chão, e Liam pula das costas da criatura no instante em que Deigh voa embaixo dele, pegando-o no ar com facilidade.

Um wyvern vem em nossa direção pela esquerda, aproximando-se e batendo as asas rapidamente.

— *Tairn!* — O poder enche minhas veias e eu ergo as mãos, mas Tairn rodopia no ar, virando meu mundo de ponta-cabeça enquanto passa as garras e o rabo de chicote no wyvern, rasgando-o do pescoço até o rabo, dilacerando-o no ar e então se endireitando enquanto o wyvern verte um caminho ensanguentado até o chão.

A tontura que sinto é resultado das acrobacias de Tairn.

Pela primeira vez desde que concordamos em defender os civis nesse entreposto comercial, desde que nos foi informado que havia quatro venin e não havia jeito de ganhar, um pouco do pânico no meu peito parece amainar. Pode ser que a gente consiga sobreviver hoje. Talvez.

Mas naquele instante um wyvern desce das nuvens acima de nós, mergulhando na direção de Tairn enquanto guarda as asas, tornando-se uma lança pontiaguda com seus dentes.

Não tenho tempo de fazer nenhuma manobra evasiva. Está a segundos de distância... mas um borrão vermelho preenche toda a minha visão quando Deigh aparece, atirando-se na lateral da enorme fera cinza.

Não sinto alívio quando a colisão faz Liam perder o assento e cair em cima do pescoço de Tairn em uma velocidade terrível.

— Violet!

— Liam! — Eu o pego pelas mãos enquanto ele desliza por mim e seguro com força, um grito escapando da boca quando meus ombros se deslocam com o peso de carregá-lo, e Tairn se vira rapidamente para seguir Deigh. — Segura firme!

Fazendo uma careta, Liam se arrasta sobre os próprios cotovelos, apesar do ângulo impossível, e então se segura nos pomos da sela. Eu me atiro em cima dele, protegendo sua cabeça e me segurando com tudo o que tenho enquanto Tairn rodopia e dá guinadas para se manter por perto, mas longe o bastante de Deigh e o wyvern cinza gigantesco.

As garras rasgam as escamas um do outro, travados em uma batalha a alguns metros de distância, em meio a dentes batendo, e rugidos de dor catastróficos vêm de Deigh. Estão perto demais para eu tentar projetar relâmpagos, e não existe nenhuma garantia de que eu vá acertar o wyvern em vez de Deigh.

Tudo que posso fazer é segurar Liam.

Agarrando o cinto que nunca uso, eu o passo em volta do torso de Liam, afivelando-o.

— Isso deve te segurar até você conseguir pular em cima de Deigh, mas não posso usar relâmpagos sem acertá-lo! — grito por cima do vento que nos assola.

A agonia nos olhos dele me faz prender o fôlego.

— Por que fez isso? — eu grito, meus dedos procurando um apoio no uniforme para puxá-lo para mais perto. Eu encontro a parte de trás do colarinho e o puxo. — Por que você arriscaria uma manobra dessas?

Deuses, se alguma coisa acontecer com eles...

O olhar dele encontra o meu.

— Aquela coisa ia arrancar um pedação de Tairn. Você salvou minha vida, agora é a minha vez. Não importa o que pense de mim por guardar segredos de você, nós ainda somos amigos, Violet.

É impossível responder quando Tairn rodopia outra vez, erguendo o corpo inteiro de Liam, e o cinto de couro escorrega embaixo de seus braços. Eu agarro as costas do uniforme dele, mas não acho um lugar bom para segurar. Alguns instantes passam e eu não consigo respirar, não consigo pensar em nada além do desespero de manter Liam em segurança, até Tairn voltar a ficar na horizontal, tentando ficar perto o bastante de Deigh sem colocar nenhum de nós em risco no processo.

O grito de Deigh, porém, me corta até os ossos enquanto o wyvern e o dragão travam um mergulho.

— *Não consegue fazer nada?* — imploro a Tairn.

— *Estou tentando!* — Ele guina para a direita e mergulha, posicionando-se entre o duelo que espirala para baixo, pronto para um ataque. Nós dois é que deveríamos estar lutando por nossas vidas, e não Liam e Deigh.

E, deuses, Deigh está perdendo, o que significa que Liam…

Sinto a garganta fechar. *Não.* Isso não vai acontecer.

— *Vem pra cá!* — grito para Xaden. A energia estala por minhas mãos, mas não tenho um alvo claro. Estão se mexendo rápido demais.

— *Estou caçando os venin nas muralhas!* — ele responde.

— *Deigh está lutando pela vida dele!*

Aquele instante de terror que aperta meu peito como uma prensa não pertence a mim. Pertence a Xaden.

— *Se eu for embora, todas essas pessoas vão morrer!*

Estamos sozinhos nessa. Um olhar rápido para o campo me diz que todos os outros dragões estão travando uma batalha própria.

Tairn balança o rabo, batendo-o com força na traseira do wyvern, e sai ensanguentado, mas aquela desgraça não solta Deigh. Ele flexiona as garras, segurando-se mais forte embaixo das escamas vermelhas.

— Deigh! — O grito de Liam é feroz, a voz fraquejando no fim.

Tairn ataca, agarrando o ombro do wyvern e arrancando sangue, mas isso não basta. Ele se vira para pegar um ângulo melhor, e a força da manobra quase faz Liam se soltar, mas a fivela o segura.

Outro wyvern sem um cavaleiro voa à nossa direita.

— À direita!

Tairn vira o corpo mais rápido do que eu já senti antes e rasga a garganta daquela nova ameaça, sacudindo o corpo da criatura como o de uma boneca de pano, e então abre a boca e solta o cadáver para que despenque centenas de metros abaixo de nós.

Depois, Tairn mergulha para alcançar Deigh enquanto ele e o wyvern correm em direção ao chão.

O pavor se acomoda dentro do meu peito, agourento e pesado.

— *Estamos a caminho!* — diz Xaden.

Só que vai ser tarde demais.

— Violet! — Liam grita acima do vento, e eu desvio a atenção do massacre ao nosso lado enquanto mergulhamos para baixo. — Precisamos eliminar os cavaleiros.

— Eu sei! — respondo. — A gente vai fazer isso!

Eles só precisam aguentar mais um pouco. Os dois.

— Não, estou dizendo que é o...

Tairn golpeia outra vez e somos atirados de lado enquanto ele mastiga outro buraco da asa do wyvern com os dentes, rasgando o rabo com suas garras, mas a criatura ainda assim não solta Deigh por nada. As asas agora estão completamente rasgadas, mas ele não parece se preocupar enquanto se firma mais na barriga de Deigh, como se estivesse pronto para morrer para conseguir matá-lo junto com ele.

— Vai dar tudo certo — eu prometo a Liam, o vento fazendo minhas bochechas arderem. Precisa dar tudo certo: mesmo enquanto nos aproximamos mais do chão, mais e mais a cada segundo, só precisa... dar certo.

Deigh grita outra vez, o som mais fraco e mais agudo do que o último. É quase um choro.

— *Precisamos subir!* — avisa Tairn.

— Ele está morrendo! — Liam se lança pelas costas de Tairn, tentando alcançar seu dragão só para tocar no Rabo-de-adaga-vermelho uma última vez.

— Segure... — eu começo a dizer, mas o grito de dor de Deigh fecha minha garganta, roubando minha voz. Ele está sendo dilacerado e não podemos fazer nada.

O wyvern ruge por sua vitória um segundo antes de os dois baterem no chão com um baque ensurdecedor. O wyvern manca para longe com as patas traseiras, usando as garras que ficam na ponta das asas.

Deigh não se mexe.

O grito áspero de Liam estilhaça meu coração, e Tairn abre as asas, dando uma guinada brusca para que não soframos do mesmo destino.

— *DEIGH.* — A onda de luto de Tairn irrompe em meu coração enquanto ele sopra fogo em cima do wyvern, e o choro de Andarna preenche minha mente.

Não. Se Deigh...

— *Ele está...* — Nem consigo terminar a frase.

— *Ele se foi.* — Tairn muda de curso, indo na direção da montanha do lado de fora das muralhas onde Deigh caiu.

Não. Não. *Não.* Isso significa...

— Liam! — Eu agarro meu amigo enquanto pousamos rapidamente, as garras de Tairn fincadas no chão quando paramos ao lado do corpo de Deigh.

— *Você tem poucos minutos* — avisa Tairn.

— Eu te levo até ele — prometo, já remexendo na fivela do cinto. — *Deigh se foi* — digo para Xaden, minha voz trêmula. — *Liam está morrendo.*

— *Não.*

Sinto o pavor dele, a tristeza e a raiva sobrepujante dominarem minha mente, tudo misturado aos meus sentimentos até um ponto em que fica difícil respirar.

Minutos. Só temos alguns minutos.

— Aguente firme — sussurro para Liam, resistindo ao ímpeto de chorar quando ele me olha com aqueles olhos azuis arregalados de dor e choque.

Depois de tudo que Liam desistiu de ter por minha causa, esse é o mínimo que posso fazer por ele. Poder levá-lo até Deigh, da mesma forma como ele me levaria até Tairn ou Andarna. Tairn se deita completamente, achatando-se o máximo possível enquanto desafivelo as alças da coxa. Então agarro o torso de Liam com os braços e deslizamos pela lateral de Tairn, caindo em pé no sopé rochoso da montanha, longe do entreposto.

Deigh está a apenas alguns metros de distância, o corpo dobrado em um ângulo nada natural.

Isso não é justo. Não é certo. Deigh, não. Liam... não. Eles são os mais fortes do nosso ano. São o melhor de nós.

— Não vou conseguir — diz Liam, cambaleando, trôpego.

Corro para segurá-lo quando ele cai, mas seu corpo considerável é pesado demais para mim, e nós dois caímos de joelhos.

— Nós vamos conseguir — eu me forço a dizer, sentindo o nó formado na garganta ao tentar enganchar o braço dele acima do meu ombro. Estamos tão perto.

Se um venin vier agora, então eu lidarei com ele.

— Não dá. — Ele cai em cima de mim, deslizando pela lateral do meu corpo. Eu caio em meus calcanhares e ele joga a cabeça no meu colo, o corpo todo mole. — Está tudo bem, Violet — ele diz, erguendo os olhos para mim, e eu tiro meus óculos só para conseguir vê-lo melhor.

Ele está com dificuldade de respirar.

— Não está tudo bem. — Quero gritar diante dessa injustiça, mas isso não vai ajudar em nada. Minha mão fica trêmula enquanto tiro os óculos dele, erguendo-os até a testa, e afasto os cabelos loiros de seu rosto. — Nada disso está certo. Por favor, fique — imploro, e não consigo mais conter as lágrimas que descem pelas bochechas. — Lute para ficar aqui. Por favor, Liam. Lute para ficar.

— No Parapeito... — Ele revira o rosto, dolorido. — Precisa tomar conta da minha irmã.

— Liam, não. — Engasgo com aquelas palavras, as lágrimas entupindo minha garganta. — Você vai estar lá. — Acaricio o cabelo dele. Ele está bem. Fisicamente, está perfeito, e, ainda assim, vejo sua vida se apagando. — Você precisa estar lá.

Ele precisa sorrir para a irmã de quem sentiu falta por anos, mostrar aquelas covinhas para ela. Precisa entregar a ela as cartas que escreveu. Ele *merece* isso depois de tudo pelo que passou.

Ele não pode morrer por mim.

— *Tairn* — eu choro. — *Me diga o que fazer.*

— *Não tem nada que você possa fazer, Prateada.*

— Nós dois sabemos que eu não vou estar lá. Só prometa cuidar de Sloane — ele implora, os olhos procurando os meus enquanto a respiração fica mais ofegante. — Me promete.

— Eu prometo — sussurro, segurando a mão dele e apertando com força, sem me dar ao trabalho de limpar as lágrimas. — Vou cuidar da Sloane.

Ele está morrendo e não há nada que eu possa fazer. Nada que *ninguém* pode fazer. Como é que todo esse poder pode ser tão *inútil*?

O batimento dele debaixo das minhas mãos desacelera.

— Ótimo. Isso é ótimo. — Ele força um sorriso fraco, e aquela covinha faz uma aparição leve antes de sua expressão murchar. — E eu sei que você se sente traída, mas Xaden precisa de você. E não estou falando que ele só precisa que você fique viva, Violet. Ele precisa de *você*. Por favor, escute o que ele tem a dizer.

— Tudo bem. — Eu assinto, tentando forçar um sorriso. Ele poderia pedir qualquer coisa para mim agora e eu daria de bom grado. — Obrigada, Liam. Obrigada por ser minha sombra. Obrigada por ser meu amigo.

Ele fica borrado em minha visão enquanto as lágrimas escorrem mais rápido.

— Foi... uma honra. — O peito de Liam sacode enquanto seus pulmões relutam.

Um sopro de vento ergue as mechas soltas da minha trança, afastando-as do rosto. Segundos depois, sinto Xaden correr até nós, uma torrente das emoções dele sobrecarregando as minhas.

— Liam, não — Xaden consegue dizer enquanto se abaixa na nossa frente, os músculos no rosto relutando para controlar a expressão, mas não há como esconder o desespero que parece invadir nossa conexão mental.

— Deigh — Liam pede em um sussurro estrangulado, virando-se para Xaden.

— Eu sei, irmão. — Xaden aperta a mandíbula, e nossos olhares se cruzam por cima de Liam, as lágrimas invadindo meus olhos. — Eu sei. — Ele se inclina para a frente e ergue Liam nos braços, ficando em pé e carregando o amigo. — Eu te levo.

Ele caminha lentamente pelo terreno pedregoso até o corpo de Deigh, dizendo coisas que não consigo ouvir de onde continuo ajoelhada, as pedras perfurando meu joelho através do tecido do uniforme enquanto observo Xaden se despedindo.

Xaden abaixa Liam, deixando-o sentado contra o ombro intacto de Deigh, e então ajoelha ao seu lado, assentindo lentamente para seja lá o que Liam disse.

O grito de um wyvern corta o ar acima de nós, e eu olho para cima por instinto.

Uma nuvem de asas cinza batendo vem na nossa direção do lado mais alto do vale. Wyvern. Dezenas e *dezenas* de wyvern.

— *Olhe para o vale!*

A cabeça de Liam gira lentamente, e os dois olham.

Xaden inclina a cabeça, e minha respiração parece congelar nos pulmões quando as sombras parecem momentaneamente chicotear ao redor dele como uma explosão de fúria e dor.

Segundos depois, um grito sem som e de partir a alma preenche minha cabeça com tanta força que meu coração se estilhaça como vidro contra um chão de pedra.

Não preciso perguntar. Liam se foi.

Liam, que nunca reclamou de ser minha sombra, nunca hesitou em ajudar, nunca se gabou de ser o melhor do nosso ano. Ele morreu para me proteger. Ah, deuses, e eu tinha acabado de perguntar para ele se éramos mesmo amigos.

Se apenas um desses monstros conseguiu matar meu amigo, o que esse *tanto* de outros pode fazer?

Um wyvern ensanguentado mergulha na nossa direção, e Tairn joga sua asa sobre mim. Ouço o som dos dentes batendo e um grito agudo acima antes de ele retirar a asa.

— *Somos alvos fáceis aqui no chão* — avisa Tairn enquanto o wyvern voa para longe.

— Então vamos ser os caçadores. — Eu cambaleio para ficar em pé, a tempo de ver Xaden correr em minha direção.

— Violência! — Xaden me segura pelos ombros, o olhar determinado. — Liam me pediu que eu te dissesse que tem dois cavaleiros com essa horda.

— Por que ele me diria isso e não... — Sinto um peso no peito.

— Porque ele sabia que eu precisaria segurar os wyvern o máximo de tempo possível. — Xaden estuda meu rosto como se nunca mais fosse vê-lo.

— E eu sou a única que pode matar todos eles.

Talvez usar tanto assim o meu poder me mate, mas é a nossa melhor chance. A melhor chance que *ele* tem de sobreviver.

— Você vai conseguir. — Ele me puxa para perto, beijando minha testa. — Eu não existo sem você — ele diz, contra minha pele.

Antes que eu possa reagir, ele se vira na direção do vale e ergue os braços, projetando uma barreira de sombras que consome todo o espaço entre as cumeeiras.

— *Vai!* — ele grita. — *Vou te dar o máximo de tempo que conseguir!*

Cada segundo importa, e esses vão ser meus últimos, *nossos* últimos.

Em apenas um segundo, olho por cima do ombro, para longe de Tairn, e vejo as ruínas em chamas do entreposto. As pessoas da cidade correm das muralhas, fugindo dos wyvern que circulam acima. Sinto um aperto no estômago quando constato nosso fracasso: não conseguimos evacuar todos os civis.

No segundo seguinte, respiro, trêmula, inalando o ar cheio de fumaça, vendo um grifo solitário atravessar aquele vapor, seguido de Garrick e Imogen em seus dragões, e só posso torcer para que os outros ainda estejam vivos.

No terceiro segundo, eu me viro na direção dos corpos sem vida de Liam e Deigh, e a raiva irrompe pelas minhas veias mais rápido do que qualquer relâmpago que já dominei. A horda de wyvern atrás das paredes de Xaden vai rasgar Tairn e Sgaeyl da mesma forma que fizeram com Deigh.

E *Xaden*... Não importa o quanto ele seja forte, não vai conseguir segurá-los para sempre. Os braços dele já tremem com o esforço de controlar tanto poder. Vai ser o primeiro a morrer se eu não me transformar na coisa da qual ele me chamou sob aquela árvore, tantos meses atrás. *Violência.*

Existem dúzias de wyvern, e apenas uma de mim.

Preciso ser tão estratégica quanto Brennan, e tão confiante quanto Mira.

Passei a maior parte do último ano tentando provar que não sou nada parecida com a minha mãe. Não sou fria. Não sou insensível. Só que talvez *exista* uma parte de mim que é mais parecida com ela do que eu quero admitir.

Porque agora, neste instante, parada perto do cadáver do meu amigo e do dragão dele, tudo o que quero fazer é mostrar a esses filhos da puta a extensão da minha violência.

Abaixo os óculos e me viro para o ombro de Tairn, montando rapidamente. Não preciso pedir a ele que decole, não quando nossas emoções estão tão alinhadas dessa forma. Nós dois queremos a mesma coisa.

Vingança.

Aperto as alças nas coxas e Tairn irrompe céu acima, decolando com o bater pesado das asas. O wyvern ensanguentado se afastou, e Tairn voa diretamente na direção dele. Nem me importo se é o mesmo que matou nossos amigos. Todos eles vão morrer.

Assim que chegamos perto o bastante, ergo as mãos, soltando todo o meu poder com um grito gutural. O relâmpago acerta o wyvern na primeira tentativa, lançando o monstro ao chão perto das muralhas.

Mas eu não chego a ver o wyvern que estava vindo da nossa esquerda.

Não até sentir o rugido de dor de Tairn.

Porém, foi o terceiro irmão, que dava ordens aos céus para invocar seu maior poder, que finalmente venceu seu irmão invejoso, pagando um preço imenso e terrível.

— "A ORIGEM", FÁBULAS DOS ERMOS

CAPÍTULO TRINTA E SETE

Eu me viro na sela e vejo uma venin (aquela que matou Soleil, com as veias parecidas com galhos distendendo-se dos olhos vermelhos) segurando uma espada que fincou entre as escamas de Tairn, logo atrás de suas asas.

— *Tem uma venin nas suas costas!* — grito para Tairn enquanto a venin lança uma bola de fogo na direção da minha cabeça. Passa raspando e sinto o calor na minha bochecha.

Tairn rodopia, executando uma manobra de subida estonteante que faz meu peso cair sobre a sela, e ainda assim a venin continua se segurando, agarrando a espada fincada enquanto seus pés voam embaixo dela. No segundo em que Tairn fica na posição horizontal, a venin me encara como se eu fosse a próxima refeição dela, andando até mim com determinação pura nos olhos, empunhando as adagas serrilhadas com pontas verdes.

— *Tem outros três wyvern sem cavaleiros perseguindo a gente!* — grita Tairn.

Porra. Tem alguma coisa que eu não estou percebendo. Isso vem me atormentando no fundo da minha mente, como se fosse um teste para o qual eu estudei, mas de cuja resposta não me lembro.

— Você não é meio pequena para uma cavaleira de dragão? — sibila a venin.

— E mesmo assim consigo matar *você*.

Se eu não fizer alguma coisa, Tairn e eu vamos morrer.

— *Preciso que você fique reto* — digo para Tairn, desafivelando as alças da coxa.

— *Você* não *vai se levantar!* — rosna Tairn.

— *Não vou deixar ela te matar!*

Fico em pé e desembainho as duas adagas que Xaden me deu hoje mais cedo. Cada desafio, cada obstáculo e cada hora passada com Imogen na sala de pesos, cada vez que Xaden me levou para o ringue precisa ter valido de alguma coisa. Certo?

Isso é só um desafio… com um dominador sombrio não tão fictício… no Parapeito.

Um Parapeito em movimento e que voa.

— *Senta de novo!* — ordena Tairn.

— *Você não vai conseguir se livrar dela. Ela vai te cortar de novo. Vou precisar matá-la.*

Afasto o medo. Não posso sentir medo neste momento.

Na luz crepuscular e sob o brilho sinistro da cidade queimando abaixo de nós, desvio do primeiro golpe da adaga dela e depois do segundo, abaixando meu corpo e erguendo o antebraço para bloquear um golpe vindo de cima, impedindo que o metal se finque no meu rosto. A força do impacto resulta no som de algo quebrando, e sei que é um dos meus ossos.

Uma dor excruciante me paralisa momentaneamente enquanto a adaga voa para longe. Só me sobrou uma. Meu coração bate acelerado enquanto meu pé tropeça em um dos espinhos de Tairn e eu cambaleio.

Não consigo nem segurar meu braço arruinado e latejante enquanto ela continua avançando, vindo na minha direção enquanto golpeia com suas adagas de pontas verdes. É como se ela soubesse exatamente o que vou fazer antes que eu executasse qualquer movimento. Ela combate cada um dos meus ataques com outro ainda mais rápido, como se estivesse se adaptando ao meu estilo de luta de forma quase instantânea. Ela é sobrenaturalmente rápida. Nunca vi Xaden ou Imogen se mexerem assim tão rápido.

Consigo bloquear cada um dos ataques, mas não existe dúvida de que estou atuando apenas na defensiva. Ela nem está usando um uniforme apertado, só um manto solto que treme com o vento, e ainda assim…

A dor lateja ao meu lado, quente e afiada, e eu caio para trás incrédula, encontrando uma das adagas dela protuberando na minha lateral, logo abaixo da beirada da armadura de escamas de dragão.

Tairn ruge, e Andarna solta um grito.

— *Violet!* — grita Xaden.

— *Ela é rápida demais!*

Eu duvido que a adaga tenha acertado algum órgão vital nessa posição, e luto contra a náusea que umedece minha boca para equilibrar a única outra arma de matar venin que tenho, arrancando a dela do meu corpo. Porém, algo não está certo. A ferida começa a *queimar*, e eu imediatamente preciso me esforçar para continuar equilibrada enquanto ácido parece percorrer minhas veias. A ponta da adaga não está tão mais verde quando cai dos meus dedos.

— Tanto poder inexplorado. Não é à toa que fomos chamados até aqui. Você poderia fazer o céu se submeter a você com todo esse poder e aposto que nem sabe o que fazer com ele, não é? Cavaleiros nunca sabem. Vou te rasgar no meio e ver de onde vêm todos esses lindos relâmpagos. — Ela acena com a outra adaga na minha direção, e eu percebo que ela está *brincando* comigo. — Ou talvez eu deixe *ele* fazer isso. Você iria preferir estar morta se eu te entregasse para o meu Mestre.

Ela tem um *professor*?

Ela é a porcaria de uma estudante, assim como eu, e ainda assim não sou páreo para ela. Mal consigo ver em qual mão a adaga está. Meu braço lateja tanto que parece ter um pulso próprio, e sinto uma dor aguda em minha lateral.

— *Use o que tiver ao redor* — ordena Xaden. Ele dividiu seu poder, e sombras se projetam dos penhascos à minha esquerda, cobrindo o mundo ao meu redor, e ao redor da venin também, em uma nuvem de completa escuridão.

E eu tenho o poder de convocar a luz.

O controle agora é meu, e conheço as costas de Tairn como a palma da minha mão. Movendo-me para a direita, onde consigo sentir a curva do ombro dele, fico em posição de luta, apertando a adaga com a mão boa, e deixo o meu poder explodir naquela escuridão, iluminando o céu por um segundo precioso e estrondoso.

A venin está desorientada, de costas para mim. Enfio a adaga com runas entre as costelas dela, exatamente no lugar que Xaden me mostrou meses atrás, e a puxo de volta para não perdê-la. Ela cambaleia para trás, o rosto ficando acinzentado antes de cair das costas de Tairn.

Eu cambaleio, oscilando enquanto o ácido em minhas veias queima mais intenso, me incinerando por dentro.

— *Ela morreu* — consigo dizer, lançando as palavras na direção de Tairn, Xaden, Andarna, Sgaeyl... seja lá quem estiver ouvindo.

As sombras desaparecem, deixando que a luz crepuscular banhe o céu enquanto cambaleio na direção da sela, segurando a ferida na lateral do corpo para estancar o sangramento.

— *Você se machucou* — acusa Tairn.

— *Eu estou bem* — minto, encarando com olhos arregalados enquanto um sangue escuro escorre pelos meus dedos. Isso não é bom. Não é nada bom.

Não vou conseguir lutar corpo a corpo de novo, não com a ferida aberta, e logo vou estar fraca demais para usar meus poderes. A força está se esvaindo de mim junto do sangue. Guardo a adaga. Agora, minha melhor arma é minha mente.

Respirando fundo, eu tento estabilizar meu batimento cardíaco para *pensar*.

— *Estão caindo* — diz Tairn, e eu desvio o olhar da ferida e vejo três wyvern caírem do céu, indo de encontro à morte.

Wyvern sem cavaleiros.

Criados por venin.

E aqueles todos morreram porque matei uma única venin.

Era isso que Liam estava tentando me dizer. Quando um dragão morre, seu cavaleiro morre, mas, aparentemente, quando um venin morre, os wyvern que eles criaram também morrem. Todos eles. É assim que podemos salvar todo mundo nessa batalha.

Há outros dois cavaleiros entre a horda que Xaden está impedindo de avançar.

— *Precisamos eliminar os cavaleiros* — sussurro.

— *Sim* — concorda Tairn, seguindo minha linha de raciocínio. — *Ideia excelente.*

— *Está disposto a apostar sua vida nisso?*

Se eu estiver errada, nós dois vamos morrer, assim como Xaden e Sgaeyl.

— *Eu apostaria em você com a minha vida, assim como o fiz desde o primeiro dia* — ele diz, dando uma guinada para voar na direção do vale enquanto os outros dragões se apressam com seus cavaleiros para nos seguir, sem dúvida obedecendo ao comando de Tairn. Somente Garrick e o seu Rabo-de-escorpião-marrom estão à nossa frente, voando baixo e rápido na direção de Xaden. — *Três venin estão mortos, mas um deles está...*

Observo horrorizada enquanto o venin carregando um cetro da própria altura sai da escuridão lançando um olhar ameaçador para Xaden.

— *À sua esquerda!* — grito para Xaden.

Sgaeyl se vira e lança uma labareda de fogo na direção do venin, mas ele nem sequer hesita.

Garrick se inclina no assento e atira uma adaga, mas, antes que chegue até o venin, a figura encapuzada bate com o cetro no chão e desaparece como se nunca tivesse estado ali.

Ele se foi. Mas para onde?

— Que porra foi essa? — eu grito para os ventos.

— *Um general sabe reconhecer outro, e esse é o líder deles* — fala Tairn.

O tal do Mestre?

— *Eu não vou aguentar por muito mais tempo!* — grita Xaden, os braços tremendo tanto que parece que o corpo dele vai se rasgar ao meio enquanto seguimos rapidamente na direção da boca do vale.

— *Tenho um novo plano* — eu digo para Xaden enquanto Tairn se esforça ao máximo. — *Preciso que afaste suas sombras.*

— *QUÊ?* — Ele já está oscilando; consigo ver as formas que se debatem contra as sombras, os wyvern desesperados para passar.

— *Quanto sofrimento.* — A mágoa na voz de Andarna me faz sobressaltar.

Eu viro a cabeça na direção do entreposto e vejo um vislumbre dourado, e meu coração para de bater.

— *Não! Não é seguro pra você aqui!*

— *Você precisa de mim!* — ela grita.

— *Por favor, vá se esconder. Um de nós precisa sobreviver a isso* — eu digo para ela enquanto Tairn passa por Xaden e Sgaeyl. — *Xaden, você precisa abaixar as sombras. É o único jeito.*

— *Tairn!* — grita Sgaeyl, o medo perpassando sua voz de uma forma que nunca ouvi antes.

— *Não peça isso para mim.*

Até mesmo a *voz* de Xaden estremece. Aquelas sombras vão desaparecer quer ele queira, quer não. Ele está se esforçando tanto que vai chamuscar.

— *Se algum dia você já confiou em mim, Xaden, preciso que se lembre disso agora.* — Eu uso as palavras dele de antes, mal conseguindo respirar através da dor lacerante na lateral do meu corpo. Ele vai entrar em combustão espontânea se não confiar em mim.

— *Caralho!*

Em um piscar de olhos, a parede de sombras desaparece, e os wyvern voam na nossa direção com uma velocidade aterrorizante. Se eu não conseguir, ninguém vai sobreviver. Eles são muitos.

— *Encontre o cavaleiro mais poderoso, Tairn.*

É a melhor aposta. A única que podemos fazer.

Estamos a segundos da rota de colisão.

— *Assim que eu tiver eliminado o cavaleiro, vai sobrar só um, Xaden. Mate esse e o resto dos wyvern vai cair.*

— *Eu estou indo.*

Só que eu vou chegar primeiro. Tairn é mais rápido que Sgaeyl.

— *Você já nos salvou por segurar essa barreira tanto tempo.*

Quando ele começa a responder, eu projeto meu escudo, bloqueando-o para poder me concentrar.

Tairn olha para a direita e a esquerda, e eu destruo a última parede dos meus Arquivos, mantendo um pé firme naquele chão de mármore.

— *Ali* — diz Tairn, a cabeça virada para a direita. — *Aquele ali.*

No canto daquela horda voadora está um venin, as veias escarlates marcando as têmporas e descendo pelas bochechas.

— *Certeza?*

— *Absoluta.*

Fogo azul irrompe da horda, e eu mal tenho tempo de prender a respiração antes de uma torrente de sombras se erguer das pontas do vale e apagar todas as chamas.

O poder ondula pelos meus ossos, vibrando o meu cerne com a quantidade de energia que estou forçando meu corpo a conter.

— *Me diga que seu plano não é tentar pular nas costas do wyvern* — pede Tairn quando minha respiração hesita. Só mais alguns segundos e vamos estar perto o bastante.

— *Não vou precisar* — eu digo. — *Não ouviu o que a venin disse? Posso fazer o poder do céu se submeter a mim, mas vou precisar de todo o seu para fazer isso.*

Liberto o meu sinete, projetando relâmpagos uma vez e errando o wyvern, e depois outra vez, errando de novo.

Já estão quase chegando em nós enquanto tento acertar de novo e de novo, me esforçando até o limite e vendo Xaden apagar as chamas azuis antes que tenham a chance de me queimar viva.

Minha mira não está boa. Não estou pronta. Talvez se eu tivesse mais um ano ou dois de treino, mas por enquanto, não.

— *Preciso de mais, Tairn!*

— *Você vai chamuscar, Prateada!* — ele rosna, desviando de uma chama que Xaden não vê. — *Já está chegando ao seu limite.*

Meus braços tremem quando os ergo outra vez.

— *É a nossa única chance de salvar todos eles. Posso salvar Sgaeyl. Você só precisa decidir viver, Tairn, mesmo que eu não sobreviva.*

— *Eu não vou ficar vendo outro cavaleiro morrer porque não conhece o próprio limite. Se projetar mais um relâmpago que seja, pode ser seu último. Já sinto suas forças se esvaindo.*

— *Eu sei exatamente do que sou capaz* — prometo, enquanto a energia preenche meu corpo outra vez, meu coração sacudindo, tentando encontrar o ritmo certo. Quente. Estou tão quente que sinto que vou irromper em chamas. Canalizei poder demais. — *Eu não sou Naolin.*

O medo ameaça me consumir enquanto o venin cavalga à nossa frente, perto o bastante para que eu consiga ver sua boca rosnando, mas o pavor não é meu. É de Tairn.

— *Deixa eu ajudar!* — grita Andarna, e meu coração parece apertar mesmo quando hesita com a energia fluindo pelas veias.

Não tenho tempo de localizá-la, só espero que ainda esteja no entreposto.

— *Só o necessário* — eu digo para ela.

Engulo em seco, minha mão boa segurando a adaga que escorre sangue enquanto voamos na direção da muralha de wyvern. Alcanço o poder dourado dela, que se esparrama pela minha coluna e explode por mim, o tempo parando ao nosso redor.

Tairn abre as asas, nos fazendo pairar enquanto os wyvern vêm na nossa direção milímetro por milímetro, lutando contra a magia de Andarna com a própria.

Eu preciso *querer* matar aquele venin, e os deuses sabem que eu quero.

— *Agora!* — Empurro meus braços na direção do venin e ordeno que o relâmpago corte os céus, e ele faz isso, suas ramificações se esparramando em todas as direções, mas só preciso controlar uma única daquelas veias azuladas. Eu me concentro na que chega mais perto do venin, fazendo-a descer em explosões leves que desafiam o tempo. Meus braços vibram, e sinto o poder de Tairn irromper as barreiras do meu corpo enquanto repuxo aquele raio para o lado para descer, centímetro a centímetro, com minhas últimas forças, posicionando-o em cima do venin. — *Mais, Tairn!*

Ele ruge, e um relâmpago parece romper através de mim, fritando meus pulmões e fazendo até minha respiração arder enquanto o poder de Andarna se esvai. Não preciso estar perto dela para sentir seu cansaço, sua força diminuindo. Porém, só pego o necessário. Andarna vai sobreviver por hoje, mesmo que ela seja a única.

Eu só tenho mais alguns segundos, ou esse poder vai queimar através de mim e me arrastar para o além.

Xaden grita, destroçando aquela barreira em minha mente, e os sons da sua angústia e medo quase me sobrecarregam. Só que não tenho tempo para pensar nele, para me perguntar o que vai acontecer se eu não conseguir. Porque, neste instante, estou mais concentrada em obter uma vingança fria, do tipo que deixaria minha mãe orgulhosa.

Finalmente arrasto o relâmpago para o lugar onde precisa ficar enquanto minha pele estala e queima, paro de impedir o tempo e me seguro ereta o bastante para ver o relâmpago acertar, matando o venin ao primeiro toque de sua energia. Como se o tempo ainda estivesse congelado, o corpo dele cai lentamente de cima de seu wyvern.

No segundo seguinte, mais da metade dos monstros cai do céu, como se eles mesmos tivessem sido atingidos; e, como se estivesse me aguardando completar aquele objetivo, a ferida na lateral do meu corpo ameaça me queimar viva.

— *À esquerda!* — ruge Tairn, virando-se na direção do wyvern e do cavaleiro dele enquanto vêm na nossa direção com ódio nos olhos.

Uma corda de sombras projeta-se para cima, amarrando-se ao pescoço do venin enquanto Tairn dá uma guinada para a esquerda para evitar ser atingido, e eu mal consigo me manter sentada.

Xaden puxa o venin das costas do wyvern e o puxa para baixo, bem na direção da adaga que segura com a mão esticada.

Droga, às vezes eu me esqueço do quanto ele é maravilhosamente letal.

Sabendo que todos vão viver, deixo que a gravidade atue sobre o meu corpo... e escorrego das costas de Tairn.

— *VIOLET!*

Ouço o grito de Xaden enquanto caio.

Caso encontre um veneno que não consiga reconhecer, é melhor tratá-lo com todos os antídotos disponíveis. O paciente vai acabar morrendo, de qualquer forma, mas você ao menos terá aprendido alguma coisa.

— O GUIA MEDICINAL MODERNO, POR MAJOR FREDERICK

CAPÍTULO TRINTA E OITO

Acho que talvez eu morra hoje.

O ar passa por mim e meu estômago parece que foi deixado em algum lugar muito acima.

Porque estou caindo.

Numa queda sem fim.

Tairn ruge, e é o pânico, o tom agudo de seu uivo, que me força a abrir os olhos só o suficiente para vê-lo mergulhando atrás de mim, mas não consigo senti-lo em minha cabeça, não consigo sentir meus pés no chão dos Arquivos e não consigo acessar meu poder. Fui rompida, não tenho mais firmamento nenhum.

Minhas costas batem em alguma coisa, fazendo com que a respiração se esvaia dos meus pulmões, lentamente desacelerando minha queda, mas não a impedindo por inteiro, e um brilho dourado pulsa ao meu redor. O vento arrefece, os gritos de caos e destruição cessam, mas a queimação dentro de mim continua, ardente, me consumindo com seus dentes em chamas. *Tempo.*

Andarna parou o tempo com a força que restou.

Eu estou nas costas dela, caindo… porque ela não é forte o bastante para me carregar, mas corajosa o suficiente para voar batalha adentro. Ela deveria estar escondida no entreposto, a salvo de wyvern que são três vezes maiores que ela.

Sobrou algum wyvern? Conseguimos derrubar todos?

Quando o tempo volta a rolar, o vento chicoteando minha pele exposta, caio das costas dela e sou levada por braços humanos fortes.

— Violet. — Eu conheço aquela voz baixa, em pânico. *Xaden*. Só que não consigo me mexer, não consigo forçar meus lábios a se abrirem para gritar de dor quando ele pressiona ainda mais a ferida. — Caralho, deve ser veneno. Você precisa lutar.

Veneno. A adaga de ponta verde.

Que tipo de veneno poderia me paralisar não apenas fisicamente, como também impedir minha magia?

— Eu vou cuidar de você. Só… só fique viva. Por favor, fique viva.

É claro que ele quer que eu fique viva. Sou crucial para a sobrevivência dele.

Preciso de toda minha força, mas consigo abrir as pálpebras por um segundo, e o medo evidente no rosto dele faz meu coração se sobressaltar antes que eu perca a consciência.

***

— Talvez não seja veneno — alguém comenta em uma voz profunda quando eu acordo, mas não consigo abrir os olhos. Garrick, talvez? Deuses, tudo *dói*. — Talvez seja mágica.

— Você viu como ela projetou um raio direto na cabeça daquele venin? — outra pessoa pergunta.

— Agora não — Bodhi praticamente rosna. — Ela salvou sua vida, caralho. Ela salvou a vida de *todo mundo* aqui.

Só que eu não salvei. Soleil e… Liam estão mortos.

— O sangue dela está saindo *preto*, cacete — rebate Xaden, e os braços dele apertam ainda mais meu corpo, me segurando contra o próprio peito.

— Deve ser veneno — diz Imogen, chorando. É um som que nunca ouvi vindo dela. — Olha só! A gente precisa levar ela de volta pra Basgiath. Nolon *talvez* consiga ajudar.

Isso. Nolon. Me levem até Nolon. Só que eu não consigo dizer, não consigo fazer meus lábios se mexerem, não consigo nem alcançar os caminhos da mente que se tornaram tão familiares para mim quanto respirar. Estar desconectada de Tairn e de Andarna… e de Xaden é uma tortura em si.

— Seria um voo de doze horas. — A voz de Xaden fica mais aguda. — E tenho quase certeza de que ela está com o braço quebrado.

Se demorarem doze horas, vou acabar morrendo. A promessa do doce esquecimento paira no fundo da minha consciência, uma promessa de paz caso eu considere abraçá-la.

— Tem um lugar mais perto — diz Xaden baixinho, e sinto os dedos dele roçarem minha bochecha. O gesto é carinhoso de uma forma inquietante.

Outra onda de fogo me invade, chamuscando cada veia do meu corpo, e tudo que consigo fazer é ficar parada ali e aguentar.

Façam parar. Deuses, façam isso parar.

— Não pode estar falando sério. — A voz de outra pessoa se abaixa até virar um sibilo.

— Você colocaria tudo em risco — avisa Garrick enquanto o sono me puxa, a única escapatória para aquela dor dilacerante.

Tairn uiva tão alto que minhas costelas vibram. Ao menos ele está por perto.

— Eu não repetiria isso — murmura Imogen —, ou ele provavelmente vai te devorar. E não se esqueça de que, se ela morrer, existe uma chance de Xaden morrer também.

— Não estou dizendo para não fazer isso, só estou lembrando Xaden do que está em jogo — diz Garrick.

Será que Tairn consegue sentir a desconexão entre nós? Está sofrendo da mesma forma que eu? Será que a espada também estava envenenada? Andarna vai conseguir voar ou precisa dormir?

Dormir. É isso que eu quero. Um sono vazio e pacífico.

— Eu não estou nem aí pro que pode acontecer comigo! — grita Xaden com alguém. — Estamos indo pra lá, e isso é uma ordem.

— Não precisa dar ordens, cara. A gente vai salvar ela. — É Bodhi quem diz isso, acho.

— Honre seu apelido e lute contra isso, Violência — sussurra Xaden em meu ouvido. Então ele fala mais alto, para alguém mais longe: — Precisamos levar ela até ele. Vamos voar.

Sinto uma mudança quando ele começa a andar, mas a agonia do movimento contra a ferida é demais, então abraço a escuridão outra vez.

***

Horas se passam antes que eu acorde novamente. Talvez segundos. Talvez dias. Talvez seja uma eternidade, e eu fui sentenciada a ser torturada para sempre por Malek por minha pura imprudência, mas não consigo dizer que me arrependo de ter salvado todos eles.

Talvez seja melhor se eu simplesmente morrer. Só que aí Xaden pode morrer também.

Mesmo com aquela mágoa entre nós dois agora, não quero que ele morra. Nunca vou querer isso.

Um sopro firme de vento percorre meu rosto, e o barulho ritmado de asas me diz que estamos voando; preciso reunir toda a energia que tenho para erguer uma única pálpebra enquanto passamos por cima dos Penhascos de Dralor. Aquele declive de trezentos metros é inconfundível. É o que não só tornou a rebelião Týrrica possível, como também um levante que quase obteve sucesso.

O veneno arde em todas as veias do meu corpo, queimando cada terminação nervosa enquanto me percorre desenfreado, desacelerando meu coração. Até mesmo a ironia de que vou morrer envenenada, algo sobre o qual tenho conhecimento profundo, não consegue me fazer reunir a energia para falar ou dar qualquer ideia de qual pode ser o antídoto. Mas como eu poderia, sem nem saber o que foi usado contra mim? Até algumas horas atrás, eu nem sabia que venin existiam de verdade fora das fábulas, e agora estou consumida pela dor e pela morte.

É só uma questão de tempo, e o meu está cada vez mais curto.

***

A morte seria preferível a existir mais um segundo nessa fogueira na qual meu corpo se transformou, mas aparentemente é uma misericórdia à qual não tenho direito quando me sacodem para me acordar.

Ar. Não estou conseguindo puxar o ar. Meus pulmões se esforçam para inspirar.

— Tem certeza? — pergunta Imogen.

Cada passo de Xaden traz uma nova onda de agonia, começando no meu flanco e percorrendo todo o meu corpo.

— Para de perguntar isso pra ele, caralho — rebate Garrick. — Ele já tomou essa decisão. Apoie ele nisso ou some daqui, Imogen.

— E é uma decisão ruim — outro homem responde.

— Quando *você* tiver cento e sete cicatrizes nas costas, aí pode tomar a porra das decisões, Ciaran — rosna Bodhi.

O rugido de Tairn me assusta, e eu tremo, o que só intensifica a tortura indescritível que está atacando meu corpo.

— O que foi isso? — pergunta Garrick de algum lugar à esquerda.

— Ele basicamente disse que vai me fritar vivo se eu fracassar — responde Xaden, me puxando mais para perto. Acho que essa parte da união ainda está no lugar. Minha bochecha descansa no ombro dele, e eu posso jurar que sinto Xaden me dar um beijo na testa, mas não pode ser.

Não se guardam segredos de alguém com quem você se importa, muito menos segredos que vão custar minha vida a qualquer segundo, a julgar pela forma fraca como meu coração bate, esforçando-se para continuar bombeando aquele fogo líquido que cauteriza minhas artérias.

Deuses, eu preferiria que ele só me deixasse morrer.

Eu mereço isso. Sou o motivo de Liam estar morto. Sou tão fraca que nem sequer percebi que Dain pegou minhas memórias e as usou contra mim… contra Liam.

— Você precisa lutar, Vi — sussurra Xaden contra minha testa enquanto andamos. — Pode até me odiar quanto quiser depois que acordar. Pode gritar comigo, bater em mim e jogar as suas adagas na minha direção se quiser, mas precisa ficar viva. Não pode me fazer me apaixonar por você só pra morrer. Nada disso vale a pena se você não estiver aqui.

Ele soa tão sincero que quase acredito nele.

E é exatamente por isso que estou nessa situação.

— Xaden? — uma voz familiar chama, mas não consigo entender a conexão. Bodhi, talvez? Um dos segundanistas?

Tantos estranhos. E nenhum amigo.

Liam está morto.

— Você precisa salvá-la.

Vocês são todos uns covardes.

— Últimas palavras de Fen Riorson (arquivo confidencial)

CAPÍTULO TRINTA E NOVE

XADEN

— *Ela vai ficar bem.* — A voz de Sgaeyl é muito mais gentil do que qualquer outro tom que ela já tenha usado para falar comigo antes.

Mas, até aí, ela não me escolheu porque eu precisava ser mimado. Ela me escolheu porque eu tinha cicatrizes nas costas e pelo simples fato de ser neto do seu segundo cavaleiro: aquele que não conseguiu passar pela Divisão.

— *Você não sabe se ela vai ficar bem. Ninguém sabe.*

Já faz três dias, cacete, e Violet ainda não acordou. Três dias infinitos que passei nesta poltrona, me equilibrando na ponta de uma faca, entre a sanidade e a loucura, examinando fixamente cada vez que o peito dela levanta e desce, só para me certificar de que ainda está respirando.

Meus pulmões só se enchem de ar quando os dela respiram, e o tempo entre meus batimentos cardíacos é preenchido por um medo aguçado que me consome.

Ela nunca pareceu tão frágil para mim, mas agora parece, deitada no meio da minha cama, os lábios pálidos e rachados, as pontas dos cabelos mais apagadas daquele prata laminado natural. Por três dias, parecia que a vida tinha sido sugada de seu corpo, apenas uma sombra da sua alma restando por baixo da pele.

Hoje, porém, a luz da manhã mostra que as bochechas ganharam um pouco mais de cor perto da linha marcada dos óculos de voo.

Sou um imbecil do caralho. Deveria tê-la deixado em Basgiath. Ou a mandado com Aetos, mesmo que isso fosse um problema para Sgaeyl e Tairn. Ela nunca deveria ter sofrido a punição que o coronel Aetos nos infligiu. Por um crime que nem sequer sabia que eu estava cometendo. Nem mesmo suspeitava.

Passo a mão pelo cabelo. Ela não foi a única que sofreu.

Liam ainda estaria vivo.

Liam. A culpa vem acompanhada de um luto de partir a alma, e eu mal consigo respirar com a dor que sinto no peito. Eu tinha ordenado que meu irmão do coração cuidasse dela, e essa ordem acabou por matá-lo. A morte dele é minha culpa.

Eu deveria saber o que estava esperando por nós em Athebyne...

— *Você deveria ter contado a ela sobre os venin. Esperei por você para contar a informação, e agora ela está sofrendo* — Tairn rosna na minha cabeça.

O dragão é a prova viva e ardente da minha vergonha, mas pelo menos o elo que conecta nós quatro ainda está no lugar, mesmo que ele não consiga se comunicar com ela; o que significa que Violet está viva.

Ele pode gritar comigo o quanto quiser, desde que o coração dela ainda esteja batendo.

— *Eu deveria ter feito muita coisa diferente.*

O que eu não deveria ter feito é lutado contra os sentimentos que nutria por ela. Eu deveria tê-la agarrado depois daquele primeiro beijo do jeito que eu queria e a deixado do meu lado, abaixado todas as minhas barreiras e deixado que entrasse.

Sinto minhas pálpebras numa textura arenosa quando pisco, mas reluto contra o sono com cada osso do meu corpo. O sono é onde ouço aquele grito de partir o coração, ouço o choro dizendo que Liam morreu, escuto Violet me chamando de traidor sem parar.

Ela não pode morrer, e não só porque existe a possibilidade de que eu não sobreviva. Ela não pode morrer porque eu *sei* que não consigo viver sem ela se isso acontecer. Em algum lugar entre o choque da atração que sentimos no topo daquela torre e perceber que ela arriscara a própria vida dando uma bota para outra pessoa no Parapeito no primeiro dia, e então jogando as adagas na minha cabeça embaixo daquele carvalho, eu oscilara. Eu deveria ter percebido o perigo de me aproximar demais dela da primeira vez que a joguei de costas e mostrei o quanto seria fácil para ela me matar no ringue (uma vulnerabilidade que nunca permiti que mais ninguém visse), mas descartei aquilo achando que era só uma atração inegável que sentia por uma mulher extraordinária e linda. Quando eu a vi subindo na Armadilha, e depois defendendo Andarna na Ceifa, tropecei, baqueado pela astúcia e o seu senso de dever e honra. Quando entrei no quarto dela e vi a mão traiçoeira de Oren em seu pescoço, a raiva que fez com que fosse tão fácil matar todos os seis ali sem nem piscar deveria já ter me alertado que eu estava caminhando em direção a um abismo. E quando ela sorriu para mim depois de conseguir projetar um escudo com poucos minutos de prática, o rosto iluminando-se enquanto a neve caía ao nosso redor, eu me deixei levar.

Nós ainda nem tínhamos nos beijado, e eu já estava me deixando levar por aquela paixão.

Ou talvez tenha sido quando ela jogou as facas em Barlowe, ou quando o ciúme me corroeu por dentro ao ver Aetos beijar a boca com a qual eu já tinha sonhado inúmeras vezes. Olhando agora em retrospecto, mil pequenos momentos me arrastaram até o precipício, fazendo com que eu me apaixonasse pela mulher que agora estava deitada na cama na qual eu sempre imaginei que um dia ela estaria.

E eu nunca disse isso a ela. Só depois que ela já estava delirando com o veneno. E por quê? Por que eu tinha medo de dar a ela esse poder quando ela já o tinha? Por ela ser filha de Lilith Sorrengail? Porque ela continuava dando chances para Aetos repetidamente?

Não. Porque eu não conseguia expressar aquelas palavras sem ser completamente honesto com ela, e pela forma como ela me olhou no lago, aquela traição profunda...

O roçar dos lençóis me faz erguer o olhar para ela, e respiro direito pela primeira vez desde que ela caiu das costas de Tairn. Violet abre os olhos.

— Você acordou. — Minha voz soa rouca, como se tivesse sido arrastada pelo cascalho, quando pensei que fosse apenas meu coração que estivesse assim.

Cambaleio, ficando em pé, e dou os dois passos que me separam da cama. Ela está acordada. Está viva. Está... sorrindo? Deve ser algum reflexo errado da luz. Essa mulher provavelmente quer me atear fogo.

— Posso ver a ferida? — O colchão cede levemente quando me sento perto de seu quadril.

Ela assente e ergue os braços como um gato que estava cochilando no sol antes de deitar nos cobertores.

Afastando a coberta, eu desamarro o robe que cobre a camisola curta que troquei para ela usar naquela primeira noite e lentamente ergo a barra acima da pele macia do quadril, me preparando para as faixas pretas que descoloriram suas veias durante o voo, mas que lentamente se apagaram desde que chegamos. Não tem nada ali. Só uma linha prateada acima do osso do quadril. O ar escapa dos meus pulmões em alívio.

— É um milagre.

— O quê? — ela fala, olhando para a nova cicatriz.

Porra. Eu daria um péssimo médico.

— Água. — Minha mão treme de exaustão, alívio, eu nem me importo em saber, enquanto pego um copo de água da mesa de cabeceira. — Você deve estar com sede.

Ela se endireita, sentando-se, e aceita o copo, virando-o de uma vez.

— Obrigada.

— *Você.* — Deixo o copo vazio na mesa de cabeceira e me viro outra vez para ela, observando aqueles olhos cor de mel que me assombram desde o Parapeito. — *Você* é o milagre — termino em um sussurro. — Eu estava assustado pra caralho, Violet. Não consigo nem encontrar palavras para descrever o quanto.

— Eu estou bem, Xaden — ela diz baixinho, levantando a mão para pousar sobre meu coração que bate acelerado.

— Achei que eu ia perder você.

A confissão sai estrangulada, e talvez eu esteja testando a sorte depois de tudo que a fiz passar, mas não consigo evitar me inclinar para a frente, roçando os lábios na testa dela, depois na têmpora. Deuses, eu a beijaria para sempre se soubesse que isso poderia impedir a discussão que viria a seguir, para nos manter neste momento impecável em que eu de fato consigo acreditar que tudo pode ficar bem entre nós dois e que eu não estraguei de forma irreversível a melhor coisa que já aconteceu comigo.

— Você não vai me perder. — Ela me lança um olhar confuso, sorrindo como se eu tivesse dito algo estranho. Então ela se inclina e me beija.

Ela ainda me quer. Aquela revelação faz meu coração bater asas e *voar*. Eu a beijo mais profundamente, passando a língua em seu lábio inferior macio, chupando gentilmente aquela curva tenra. É tudo de que preciso para a urgência invadir meu sistema, exigente. As coisas entre nós são sempre assim: mesmo a menor das faíscas ateia um fogo selvagem que consome cada pensamento que não seja sobre quantas formas diferentes eu consigo fazê-la gemer. Vamos ter uma vida inteira desses momentos entre nós, na qual poderei despi-la por inteiro e me curvar ao altar de cada curva do seu corpo, mas essa não é a hora, não quando ela está acordada há menos de cinco minutos. Eu me afasto, soltando lentamente a boca dela.

— Vou compensar tudo para você — prometo, segurando as mãos delicadas entre as minhas maiores. — Não vou dizer que não vamos brigar ou que você não vai querer jogar adagas na minha cabeça quando eu inevitavelmente for babaca, mas juro que vou tentar ser melhor.

— Compensar o quê? — Ela se afasta com um sorriso intrigado.

Pisco, franzindo o cenho. Ela perdeu a memória?

— Quanto você lembra? Quando você chegou aqui, o veneno já tinha chegado até seu cérebro e…

Os olhos dela se arregalam, e algo muda, algo que faz meu estômago dar um nó enquanto ela puxa as mãos para longe.

Ela desvia o olhar, de um jeito que me informa que está tentando verificar como estão seus dragões.

— Não entre em pânico. Está tudo bem. Andarna não é exatamente a mesma, mas ainda é… ela. — Ela está grande pra caralho agora, mas não sou eu que vou dizer isso para Violet. O dom dela também se foi, de acordo com Tairn, mas vamos ter outras oportunidades para informá-la dessa novidade. Em vez disso, eu falo: — O médico me disse que não sabe que tipo de efeito colateral o veneno ainda pode ter, porque foi algo que ele nunca viu, e ninguém sabe quanto tempo vai demorar para você recuperar sua memória ou se sofreu algum dano permanente, mas vou te contar…

Ela ergue as mãos e passa os olhos pelo quarto, como se notasse onde estamos pela primeira vez, e depois cambaleia para fora da cama, fechando o robe. A expressão em seu olhar faz meu peito ficar apertado enquanto ela caminha, trôpega, até a janela grande do meu quarto.

As janelas dão para as montanhas onde esta fortaleza foi construída, até o vale lá embaixo e a linha de árvores marcando onde a terra foi queimada até a pedra e o vilarejo pequeno, o que costumava ser a cidade de Aretia.

O vilarejo que nós demos de tudo para reconstruir a partir de uma pilha de cinzas e ruínas.

— Violet? — Mantenho os escudos erguidos, tentando respeitar a privacidade dela enquanto vou até o seu lado, mas preciso saber o que ela está pensando.

Ela arregala os olhos, avaliando a cidade, cada estrutura idêntica de telhados verdes, e para no Templo de Amari, que era o nosso monumento mais famoso depois da nossa biblioteca.

— Onde estamos? E não ouse mentir para mim — diz ela. — De novo não.

De novo não.

— Você se lembra.

— Eu me lembro.

— Graças aos deuses — murmuro, passando a mão pelo cabelo. É uma coisa boa, uma prova de que ela está curada, mas… cacete.

— Onde. Estamos? — Ela pronuncia cada palavra, estreitando os olhos. — Fala logo.

— Pela forma como você está me olhando, acho que já sabe a resposta. — Não tem como essa mulher brilhante não reconhecer o templo.

— Parece Aretia. — Ela aponta para a janela. — Só existe um templo com essas colunas específicas. Eu já vi os desenhos.

— Sim.

Mulher. Brilhante. Pra caralho.

— Aretia foi queimada até só sobrar cinzas. Eu também vi *esses* desenhos, os que os escribas trouxeram para ilustrar os relatórios públicos. Minha mãe me disse que viu as brasas com os próprios olhos, então onde estamos? — Ela ergue a voz ainda mais.

— Aretia. — Parece incrivelmente libertador contar a verdade.

— Reconstruída ou nunca foi queimada? — Ela se vira de costas para mim.

— Está em processo de reconstrução.

— Por que eu não li nada sobre isso?

Começo a dizer para ela, que ergue uma mão e eu espero. Leva só um instante para deduzir a resposta. Aponta para minha relíquia da rebelião.

— Melgren não consegue ver o que acontece quando mais de três de vocês estão juntos. É por isso que ele não permite que vocês se reúnam.

Não consigo evitar e abro um sorriso. Essa mulher brilhante é minha. Ou era. Vai ser minha de novo, se depender de mim. O que provavelmente não depende. Suspiro, o sorriso desaparecendo de imediato. Puta que pariu.

Não, eu não vou desistir até que ela me diga para parar.

As coisas podem até estar complicadas, mas nós dois também somos pessoas complicadas.

— Sim, e não somos mais tão grandes a ponto de chamar a atenção dos escribas. Não estamos nos escondendo. Só não… fazemos alarde sobre a nossa existência. — O que tecnicamente também é a razão por este lugar ainda ser… meu. Os nobres não ficaram exatamente ávidos por investir dinheiro numa cidade queimada ou por pagar impostos em uma terra improdutiva. Uma hora eles vão acabar notando. E uma hora vou acabar por perdê-la. Vai ser aí que vou ficar doido. — Você tem o direito de saber o que quiser. É só perguntar.

Ela fica rígida.

— Me diga uma coisa.

— Qualquer coisa.

— O… — Os ombros dela tremem quando inspira. — O Liam morreu mesmo?

Liam. Uma nova pontada de tristeza enfinca-se em minhas costelas. Uns instantes de silêncio decorrem enquanto tento encontrar as palavras certas, mas não existem palavras certas nessa situação, então tiro do bolso a estatueta recém-terminada de Andarna do tamanho da palma da mão em que Liam estava trabalhando.

Ela se vira na minha direção, o olhar imediatamente capturado pela estatueta. Seus olhos lacrimejam.

— Foi culpa minha.

— Não. Foi minha. Se eu tivesse contado tudo antes, você teria se preparado. Provavelmente teria nos ensinado a matar todos eles. — Sinto minha alma rachar outra vez quando ela limpa as lágrimas com as costas da mão. Coloco a estatueta na mão dela. — Sei que deveria ter queimado isso, mas não consegui. Nós o preparamos para descansar ontem. Bom, os outros. Eu não saí deste quarto desde que chegamos. — Nossos olhares se encontram, e preciso me conter para não tentar segurá-la, mas sei que sou a última pessoa que ela quer reconfortando-a. — Eu não saí de perto de você.

— Bom, você de fato tem um interesse pessoal na minha sobrevivência — ela comenta com um sorriso sarcástico, os olhos cheios d'água. — Me dá um segundo para me vestir, e aí conversamos.

— Me expulsando do meu próprio quarto. — Tento falar naquele tom provocativo e sarcástico que costumava vir fácil quando conversávamos, e me afasto. — Essa é nova.

— Vai logo, Riorson.

Não consigo evitar de me encolher. Ela nunca usa meu sobrenome. Talvez seja porque não gosta de se lembrar de que sou filho de Fen Riorson, e tudo que meu pai custou a ela, mas para Violet sempre fui Xaden. Aquela perda parece um abismo infinito, um golpe mortal.

— O quarto de banho fica por ali. — Aponto para a outra parede e vou até a porta, pegando minha espada e embainhando nas costas ao sair.

Meu primo está recostado na parede do lado de fora conversando com Garrick, que agora exibe uma nova cicatriz de quinze centímetros da têmpora até a mandíbula, mas os dois ficam em silêncio quando fecho a porta. Os dois ficam tensos, e Garrick se endireita até atingir toda a sua estatura.

— Ela acordou — eu falo.

— Graças a Amari — diz Bodhi, relaxando os ombros. O braço dele ainda está numa tala, recuperando-se dos quatros lugares em que um venin arrebentou seus ossos.

— É ela quem vai escolher — digo, olhando para Garrick, vendo a preocupação em seus olhos. Ele já me disse que acha que ela vai guardar segredo. Aquela preocupação é mais para o meu estado mental se ela não me perdoar por não ter contado sobre tudo antes. — Se vai guardar o segredo ou não.

— Bom, quem vai precisar resolver isso é você — responde ele. — E aí ensiná-la a esconder isso de Aetos se ela quiser.

— Recebeu alguma notícia dos paladinos?

— Syrena sobreviveu, se é isso que está perguntando — responde Bodhi. — A irmã dela também. Só que o resto...

Ele balança a cabeça.

Ao menos as duas conseguiram, e, agora que Violet acordou, volto finalmente a respirar.

— Descobriu o que tinha naquela caixa que Chradh notou em Resson? — pergunto. O dragão de Garrick é muito sensível a runas, o que permitiu que os dois localizassem uma pequena caixa de ferro embaixo dos destroços da torre do relógio.

— Estão trabalhando nisso agora. Com sorte, vamos ter uma resposta daqui a pouco. Fico feliz que ela esteja bem, Xaden. Vou transmitir a notícia aos outros. — Ele assente uma vez e desce pelo corredor, quase tão familiar com a construção do castelo quanto eu, considerando que passou todos os verões aqui antes da apostasia, ou *secessão*, como os navarrianos gostavam de chamar a rebelião do meu pai.

Engraçado como as pessoas dão outro nome para qualquer coisa que os deixa desconfortáveis. Deixamos de acreditar que nosso rei faria a coisa certa, e *nós* é que somos os traidores.

Bodhi enruga o nariz.

— Que foi?

— Você está fedendo mais que um cu de dragão.

— Vai se foder. — Ergo o braço para dar uma conferida e não consigo negar. — Vou usar o seu quarto.

— Considere isso um favor pessoal para mim mesmo.

Mostro o dedo médio e vou para o quarto dele.

***

Uma hora depois, estou de banho tomado e impaciente enquanto aguardo do lado de fora do meu quarto, usando uma roupa lavada, ao lado de Bodhi, que dá o seu melhor para me animar, como sempre. A porta se abre logo depois, e Violet fica parada lá.

Quase engulo a língua ao ver o cabelo molhado solto com leves ondas até os seus seios. Não consigo nem articular o que tem naquelas mechas que me faz pular direto para o território do preciso-comer-ela-imediatamente, e estou ocupado demais tentando manter as mãos na lateral do corpo para me perguntar o motivo.

Só de ela existir eu já fico de pau duro. Já aceitei essa verdade no último ano.

Bodhi abre um sorriso que parece idêntico ao que minha tia costumava dar.

— Que bom te ver de pé, Sorrengail. — Então ele bate no meu ombro e vai embora, lançando um olhar por cima do ombro. — Vou buscar o plano B. Boa sorte.

Deuses, quero pegar Violet nos braços e amá-la até que esqueça tudo exceto o fato do quanto somos bons juntos, mas tenho certeza de que essa é a última coisa que ela vai querer fazer.

— Pode entrar — ela diz baixinho, e meu coração se sobressalta.

— Desde que esteja me convidando. — Eu entro, odiando ver a desconfiança naqueles olhos.

Independentemente de Violet acreditar ou não em mim, a verdade é que nunca menti para ela. Nenhuma vez.

Só não contei toda a verdade.

— Isso aqui tudo é original? — ela pergunta, o olhar percorrendo meu quarto.

— A maioria da fortaleza é feita de pedra — respondo enquanto ela estuda os arcos detalhados do teto, a luz natural das janelas que ocupam a parede oeste. — E pedra não queima.

— É mesmo.

Engulo em seco.

— Acho que, depois de tudo que viu, a pergunta que eu tenho para fazer é bem simples. Você está dentro? Está disposta a lutar conosco?

Ela poderia facilmente decidir nos entregar. Não sabia o bastante para nos condenar, mas agora sabe.

— Estou dentro — ela fala, assentindo.

Sinto um alívio mais poderoso do que qualquer coisa que já canalizei com Sgaeyl e estico a mão na direção dela.

— Eu sinto muito por ter precisado guardar… — As palavras morrem quando ela dá um passo para trás, me evitando.

— Não vai acontecer. — Uma imensidão de mágoa brilha naqueles olhos cor de mel, e eu sinto meu corpo *encolher* pra um caralho. — Só porque acredito em você e estou disposta a lutar pela causa não significa que confio meu coração nas suas mãos de novo. E não posso ficar com alguém em quem não confio.

Algo desmorona dentro do meu peito.

— Nunca menti para você, Violet. Nem uma única vez. E nunca vou mentir.

Ela caminha até a janela e olha para baixo, lentamente se virando na minha direção.

— Não é porque você não me contou tudo isso. Eu entendo. É a facilidade com a qual você guardou esse segredo. A facilidade com a qual deixei você entrar no meu coração e não recebi a mesma coisa em troca.

Ela balança a cabeça, e vejo tudo ali: o amor estampado, mas escondido atrás das defesas que eu, como um idiota, a fiz construir.

Eu amo Violet. É *claro* que eu a amo. Porém, se falar isso agora, ela vai pensar que estou dizendo pelos motivos errados, e, sinceramente, vai estar certa.

Não vou perder a única mulher por quem me apaixonei sem lutar.

— Você está certa. Eu guardei segredos de você — confesso, tentando de novo, dando mais alguns passos até estar a menos de trinta centímetros dela. Espalmo as mãos no vidro da janela ao lado da cabeça dela, prendendo-a ali levemente, mas nós dois sabemos que ela poderia sair dali se quisesse. Violet, porém, não se mexe. — Precisei de muito tempo para confiar em você, e muito tempo para perceber que me apaixonei por você.

Ouvimos uma batida na porta. Eu ignoro.

— Não fala isso. — Ela ergue o queixo, mas não deixo de notar que olha na direção da minha boca.

— Eu me apaixonei por você. — Abaixo a cabeça e encaro aqueles lindos olhos. Ela pode até estar com raiva, e com razão, mas não é nada inconstante. — E quer saber? Você pode até não confiar em mim, mas ainda me ama.

Ela abre a boca, mas não nega.

— Entreguei toda a minha confiança de graça a você uma vez, e uma vez é tudo que você vai ter. — Ela esconde a mágoa que sente, piscando rapidamente.

Nunca mais. Aqueles olhos nunca mais vão refletir o quanto eu a machuquei.

— Eu estraguei tudo por não contar antes para você, e não vou tentar justificar meus motivos. Mas agora estou confiando minha vida a você. A vida de *todos*. — Coloquei muita coisa em jogo só de trazê-la até aqui em vez de levar seu corpo de volta para Basgiath. — Vou contar tudo o que quiser saber, e tudo o que não quiser. Vou passar cada segundo do resto da minha vida reconquistando sua confiança.

Eu tinha me esquecido de qual era a sensação de me sentir amado, amado de verdade... Já fazia tantos anos desde que meu pai morrera. E minha mãe... *nem vou pensar nisso*. Mas aí Violet tinha me feito todas aquelas confissões, me dado sua confiança, seu coração, e agora eu me lembrava. Estou disposto a fazer qualquer coisa para guardar esse sentimento comigo.

— E se não for possível reconquistá-la?

— Você ainda me ama. É possível, sim. — Deuses, eu quero tanto beijá-la, fazê-la se lembrar exatamente do que somos juntos, mas não vou fazer nada. Não até ela me pedir. — Eu não tenho medo de dar duro, especialmente quando sei exatamente qual vai ser o gosto da recompensa. Prefiro perder a guerra inteira do que viver sem você. E, se isso significa que vou precisar me provar repetidas vezes pra você, é o que eu vou fazer. Você me deu seu coração, e ele agora é meu.

Ela já é dona do meu, mesmo que não saiba disso.

Ela arregala os olhos, como se finalmente enxergasse a determinação que tenho dentro de mim.

É hora de ela saber tudo. Conhecendo Violet, ela não vai querer se esconder e ficar em segurança atrás das muralhas de Basgiath, especialmente agora que sabe a corrupção que corrói aquelas paredes.

Ela vai lutar nessa guerra ao meu lado.

Outra batida insistente ressoa na porta.

— Caralho, como ele é impaciente — murmuro. — Você só vai ter uns vinte segundos pra me fazer uma pergunta, se eu bem conheço esse homem.

Ela pisca.

— Ainda tenho esperanças de que aquela carta em Athebyne fosse mesmo sobre os Jogos de Guerra. Acha que existe qualquer chance de termos entrado no meio de um ataque de wyvern no entreposto por acaso?

— Definitivamente não foi por acaso, maninha — diz a figura da porta.

Suspiro e dou um passo para o lado, observando os olhos de Violet quando ela vê quem está parado na soleira da porta

— Eu disse que conhecia mestres de veneno melhores — eu digo para ela baixinho. — Você não foi curada. Foi regenerada.

— Brennan? — Ela encara o irmão, boquiaberta.

Brennan abre um sorriso e estende os braços.

— Bem-vinda à revolução, Violet.

AGRADECIMENTOS

Primeiro de tudo, agradeço ao Pai Celestial por me abençoar mais do que eu imaginaria em meus sonhos mais malucos.

Agradeço também ao meu marido, Jason, por ser a melhor inspiração que uma autora poderia ter para um interesse romântico, e por seu apoio infinito enquanto corro atrás dos meus sonhos. Obrigada por segurar minha mão quando o mundo ficou de cabeça para baixo, me levar para todas as consultas médicas e administrar o calendário assustador que vem junto com ter quatro filhos e uma esposa com uma doença no tecido conjuntivo. No meio de tantas cirurgias e visitas ao especialista, você foi minha âncora. Obrigada a meus seis filhos, que me ensinam muito mais do que algum dia vão aprender comigo. Vocês são minha razão de viver. Nunca duvidem de que são essenciais para minha existência. Para minha irmã, Kate: eu amo você e tô falando sério. Obrigada também para meus pais, que sempre estiveram presentes quando precisei. Para minha melhor amiga, Emily Byer, por sempre ir atrás de mim quando desapareço na caverna da escrita durante meses.

Obrigada à minha equipe na Red Tower. Não consigo mensurar a gratidão que sinto por minha editora Liz Pelletier ter me dado a chance de abrir as asas e escrever fantasia, e me manter alimentada e gargalhando enquanto tentávamos terminar de editar isto aqui em 21 dias. Nenhum notebook foi machucado na escrita deste livro. Mas enfim, falando sério: este livro é um sonho para mim. Obrigada por fazê-lo virar realidade com seus conselhos, comentários, paciência e apoio infinito: nada disso seria possível sem você. Obrigada a Stacy por fazer o copidesque em noites insones. Heather, Curtis, Molly, Jessica, Riki e todo mundo na Entangled e Macmillan, por responderem um fluxo infinito de e-mails e por fazerem este livro chegar até os pontos de venda.

A Madison e Nicole, por todas as anotações incríveis e por ficarem lendo até tarde durante a última leitura. Elizabeth, obrigada por essa linda capa, e Bree e Amy, pela arte extraordinária. Obrigada à minha agente fenomenal, Louise Fury, que nem piscou quando eu disse que queria escrever fantasia e que facilita demais minha vida por simplesmente segurar a barra.

Obrigada às minhas esposinhas, nossa trindade diabólica, Gina Maxwell e Cindi Madisen: eu estaria perdida sem vocês. A Kyla, que tornou este livro possível. A Shelby e Cassie, por organizarem minha vida e sempre serem minhas maiores fãs. A Candi, por lidar com todos os imprevistos da nossa vida com gentileza e risadas. A Stephanie Carder, por ter tirado um tempo para ler isto. A todos os blogueiros e leitores que deram uma chance para mim ao longo dos anos, não sei nem como agradecer. Para meu grupo de leitoras, as Flygirls, por alegrarem todos os meus dias.

Por último, porque você é meu começo e meu fim, agradeço de novo a Jason. Tem um pouquinho de você em cada herói que eu escrevo.

SOBRE A AUTORA

Rebecca Yarros é autora best-seller do *USA Today* de mais de quinze livros. "Uma contadora de histórias talentosa", segundo o *Kirkus*, ela também recebeu o Prêmio de Escritores de Romance do Colorado. Filha de duas gerações de pessoas do exército, Rebecca ama heróis militares e vive um felizes para sempre com o seu próprio militar há mais de vinte anos. É mãe de seis filhos, e ela e a família moram no Colorado com seus buldogues ingleses teimosos, duas chinchilas encrenqueiras e uma gatinha chamada Artemis que manda em todos eles.

Depois de ter oferecido sua casa como lar temporário e adotado, em sequência, sua filha mais nova, Rebecca se dedica a ajudar crianças no sistema de adoção e acolhimento nos Estados Unidos através de sua organização sem fins lucrativos, a One October, que fundou junto do marido em 2019.

Para saber mais sobre a missão da ONG, visite o site:

www.oneoctober.org

Para saber mais sobre Rebecca e seus livros, visite:

www.rebeccayarros.com

Acreditamos
nos livros

Este livro foi composto em Adobe Garamond Pro,
Warnock Pro e Animosa e impresso pela Geográfica
para a Editora Planeta do Brasil em novembro de 2025.